中国禁书文库

马松源 ◎ 主编

线装书局

图书在版编目（CIP）数据

中国禁书文库.9/马松源主编.—北京:线装书
局,2010.3
ISBN 978-7-5120-0092-6

Ⅰ.①中…　Ⅱ.①马…　Ⅲ.①古典文学–作品综合集
–中国　Ⅳ.①I212.01

中国版本图书馆 CIP 数据核字（2010）第 027205 号

中国禁书文库

主　　编：马松源

责任编辑：崔建伟　赵　鹰

封面设计：博雅圣轩工作室

出版发行：线装书局

地　　址：北京市鼓楼西大街 41 号（100009）

　　　　　电话：010-64045283

　　　　　网址：www.xzhbc.com

印　　刷：北京彩虹伟业印刷有限公司

字　　数：3600 千字

开　　本：787×1092 毫米　1/16

印　　张：336

彩　　插：8

版　　次：2010 年 3 月第 1 版 2010 年 3 月第 1 次印刷

印　　数：1-1000 套

书　　号：ISBN 978-7-5120-0092-6

定　　价：4680.00 元（全十二卷）

目 录

藏书家藏禁书

第一篇 （明·王世贞）二酉堂藏书

《情楼迷史》

第二篇（明·范钦）天一阁藏书

《鸳鸯影》

二

《粉妆楼》

四

中国禁书文库

目录

五

中国禁书文库

目录

七

中国禁书文库

藏书家藏禁书

八

中国禁书文库

目录

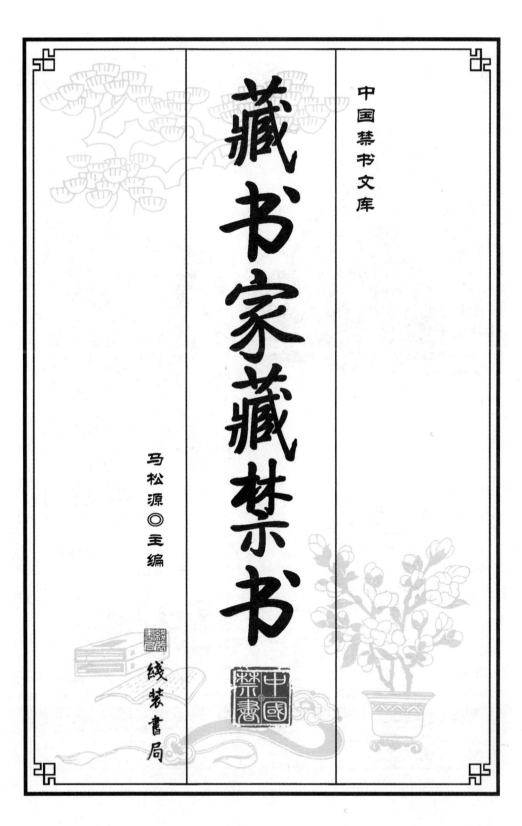

中国禁书文库

藏书家家藏禁书

马松源◎主编

线装书局

（明·王世贞）二百堂藏书

第一篇

情楼迷史

［清］佚名 撰

词曰：

> 美却青楼张丽容，玉郎才子偶相逢。
>
> 霞笺诗句相酬和，翠馆恩情乐正浓。
>
> 陆地风波飘蓬远，官房怨叹正无穷。
>
> 春风得意马蹄疾，会看佳人出尚宫。

第一回 中丞延师训爱子 霞笺题字觅姻缘

中国禁书文库

情楼迷史

话说元朝年间，有一家缙绅，姓李名栋，松江华亭人也。官拜御史中丞，夫人何氏。只因年迈，辞官退居林下，单生一子，起名彦直，乳名玉郎。少而颖异，长而涉猎。诸子百家，无不贯通，古今书史，靡不洞悉。只因他是一个盖世才子，性多孤傲，婚配之间必欲选一个才色兼备的女子，方才就姻。恐其误坠罗刹，终身莫赎，所以岁月蹉跎，年至弱冠，尚未花烛。那父母爱子之心，也就不肯十分逼他成姻。待等早登科第，然后议亲，未为晚也。只因本地华亭县内有一广文先生，真是饱学宿儒，启迪后生。这中丞李老御史就将儿子彦直送入学宫，〔由其早〕晚诱掖，成其功名。且学中尽是缙绅子弟，所食切磋，暂且不题。

却说学宫内有一会景楼，这些子弟终日在上讲书课文，每诵读之暇，借此眺望，以舒向倦。谁知有一家鸨儿，他养得一个小娘，姓张名丽容，小字翠眉，生得千娇百艳，且幼习翰墨,诗词歌赋,无不知晓。丝竹管弦,尽皆精通。只是禀性耿介,虽落风尘,常怀从良之意。总因他贞烈成性,每以污贱自耻,无奈鸨母过贪银钱,每到一处,仗养这丽容国色绝世,就想得一注大财帛到手,方才快乐。因闻松江华亭县乃人烟辏集之地,且多贵介王孙,他就侨居在华亭县学宫隔壁间居住。那院子里也有一座小楼,为对景楼。这丽容翠眉小娘,终日在楼上梳妆打扮,行止坐卧,不肯少离。设有那财多学少之人前来亲近,轻易不肯相见。这是他保守清规,借为养闲之地,却也不在话下。

再说那玉郎李公子,与他学中朋友终日温经习史,朝吟夕读,颇不寂寞。但学中有一位顽皮窗友,姓钱名洒银,自恃父亲执掌朝纲,行事每多乖戾,更兼姿秉愚顽,性懒功疏,博弈是他本行,宿娼是他性命。虽也在孙先生儒学中攻书,终日只是胡谈,言不及义。一日先生偶尔公出,不在学中,趁便就要饮酒取乐。随与众位窗友商议道:"诸位弟兄们,今日先生不在,这等明媚春光,何不设一筵席,彼此取乐片时,岂不是好。"李彦直说:"众位窗兄,既然洒银兄有兴,何不大家欢娱一番。"众人俱道:"随喜随喜,敬如尊命。"于是令司书童子治办酒桌,就在会景楼下燕饮。那时彼此酬酢,正在欢乐之时,忽闻丝竹之声自隔墙飞越而来。大家静听了一会,但觉宫商清婉,管弦缭亮。因其声而思其人,必有绝美之色,乃有此绝技耳。正在叹赏之际,忽听隔墙莺声呖呖说道:"趁此光风化日,何不将秋千打上一回。"众窗友无不听见。这玉郎李公子勃勃欲动,向着众人说道:"闻其声不如见其人,这粉墙一隔,好似云山万层,怎得快睹芳容,方才满意。诸位兄长,何不竟到楼上眺望一番。"众窗友说:"极妙!"随即携手拾级,一同登楼,看那秋千美人。

且说这丽容张氏,天生尤物,不加妆饰,自有一段可人雅趣。况是玉面婉如芙蓉,纤腰酷似杨柳。只见那秋千架上,好似仙姬降于云端,岂不令人可爱,有词为证:

> 粉头墙露出多娇,秋千影送来花貌。有千般旖旎,万种妖娆。最喜蓬松云髻,斜軃瑶簪,金钏轻遗落。碧纱笼玉体,衬红绡,铜雀何须锁二乔。

——右(上)调《梁州序》

且说李玉郎观见张丽容秋千之妙,不觉神魂飘荡,注目不舍。这一段痴情,早被人看出,众窗友说:"李兄如此迷恋佳人,又坐此名楼,何不将此美事作赋记之,以志不忘。"玉郎说:"小弟庸才,怎敢献丑。但既承台命,难以固辞。"钱洒银道:"李兄自是高才,七步八斗,人所难及,愿老兄速速濡毫。"李玉郎一听,更觉有兴,随唤书童,快取文房四宝过来,适书笥中尚有霞笺一幅,就以此物试题。只见他趁此浓兴,摇笔书写:

暂有视听乍疑思,涓涓一片仙音至。繁弦急管杂宫商,声同调歇迷腔字。独坐无言心自评,不是寻常月风情。野猿塞鸿声哀切,别有其中一段情。初疑天籁传檐马,又似秋砧和泪打。碎击水壶向日倾,乱剪琉璃闻风洒。俏者闻声情已见,村者相逢不肯恋。村俏由来趣不同,岂在闻声与见面。

这李玉郎将赋作完,众窗友无不称赞。那钱洒银说:"李兄之才真乃不愧子建,如此请教先生,自当嘉赏。"玉郎急止道:"此乃偶尔戏谈,岂可以对先生,恐获见责。"正说话间,先生自外归来,听见众人喧笑,又见杯盘狼藉,不觉怒道:"诸生为何不去读书,反在此宴会,是何道理?"这钱洒银乃是一个学长,说:"诸生功课已完,用此润笔,但是席残酒冷,不敢亵渎师长,如何是好?"孙先生不觉大怒,随将诸生责一回,忿然而去。这李玉郎见势头不好,对着众就推辞解手,因自思道:"方才戏题霞笺,此事倘被先生知道,殊非体面,不如趁此无人,不免抛过东墙,以绝后患。"正是:

远移蓬梗非无地,近就芝兰别有天。

却说这李玉郎将霞笺掷过东墙,适值张丽容正与一个小妓凝香在墙边斗百草耍子,抬头一看,忽见一片锦笺自天飞来,这丽容急急上前拾起,随细细看了一遍,说道:"小妹子,我仔细看来,词新调逸,句斟字酌,作此词者,非登金马之苑,必步风凰之池,宁与凡夫俗子为伍哉!我想这幅霞笺,自西墙飞来,久闻那边学宫,内有一李生小字玉郎,年力弱冠,胸怀星斗,今此霞笺或出自此生,也未可知。"这小妓女听说,随道:"姐姐言之有理,一些也不差。我前日偶立门间戏耍,见一少年才子,乘着一匹紫骝骏马,金辔雕鞍,风风流流,望学宫而来,后跟着一个小奚奴,携着包儿,甚是何人。那时妹子赶上前去问那童儿,他说:'此是千金子,裔出儒绅,姓李名彦直,小字玉郎。'看起那人不过二八纪,真真貌压潘安,才逾子建,且是那一段风流佳致,令人难以摹写。我想这霞笺必是他作的,再无可疑。姐姐你若注念他,好似夙世姻缘今朝定,天遣雕弓中雀屏。姐姐,你也是个士女班

头,何不回他一首,以寄情怀。"这丽容一听此言,不觉心肯。随说道:"妹子,你将胭脂染成的霞笺拿过一幅来,我即将前韵和他一首。"这小妓女递过霞笺,丽容展开,提笔写道:

太湖独倚含幽思,霞笺忽而从天至。龙蛇飞动发云烟,篇篇尽是相思字。颠来倒去用心评,似信多情似有情,不是玉郎传密契,他人焉有这般情。自小门前无系马,梨花夜雨可曾打?一任渔舟泛武陵,落花空向东风洒。名实常闻如久见,姻缘未合心先恋。诗中本是寄幽情,知心料得如见面。

丽容将赋题完,这小妓女凝香说:"姐姐高才,不烦构思,倚马成章,若是嫁得玉郎,真成佳配。"丽容说:"俚句虽已写完,但愧不能成韵,妹子须把此笺抛在西墙去。"这丽容有意玉郎,故暗嘱东风飘到那人面前,方为有趣,有一词为证:

轻将玉笋梁云烟,再祝司天乞可怜。三生若也是良缘,东华幸与些儿便,早觅知音送彩笺。

——右(上)调《懒画眉》

且说张丽容将此笺抛至西墙,原求李玉郎拾着才得快意。谁知天缘凑巧.事当有成,这玉郎终日坐在危楼,思想那秋千美人,不能相会,每于读书之际,时参眷念之情,因而意懒神倦,徐徐步下楼来,穿花径,过小池。正当消遣之时,忽抬头—看,见有一片红笺自东墙飞来。这玉郎喜不自胜,遂急急上前拾起,仔细看了一遍,说:"妙哉,妙哉!分明是和我的诗笺,况且词调宜人,字句留情,岂不令人爱杀。"正是:

昨遣红词过墙去,伊谁复见池边来。
不知玉郎丽容如何见面,如何定约,且听下回分解。

第二回 丽容和韵动情郎 彦直得笺赴佳会

话说这玉郎自从得了这丽容的霞笺,不忍释手,读了又看,看了又读,不觉叹了一声,说道:"细观此诗,真乃有情,甚觉着意。看他措词不凡,倦念更切。且金琼尽来献瑞,彩笔恰似流云,休夸这谢道韫出世,不减那李易安再生,岂风尘女子可论哉!我想东院内有座对景楼,有一美妓名唤丽容,小字翠眉,操志不凡,才貌出众,想此霞笺,或出伊手未可知也,不免叫出书童问他一番,或者知其端的也未可知。"即便唤了一声:"书童那里?"这书童听得叫他,即应一声,到得玉郎跟前,说道:"相公叫小人那边使用?"玉郎说:"此间[那]对景楼,闻听有个名妓张丽容,你可知道么?"书童说:"小人知之久矣,这隔墙有个翠眉张小娘,名博四方,声传名区,多少王孙公子为她断肠,等闲不肯出来相见,惹得那裹王空恼巫山。"玉郎说:"我要会她一会,不知怎么可以得见。"书童说:"相公若要会他,一些也不难。这翠眉小娘有一妹子名唤凝香,每日在门首闲耍,若是见了凝香,就可以见她姐姐了。"玉郎听说,满心欢喜,说:"此言有理。我明日假以买书为名,出离学宫,经过其门,若见凝香,便可不失此良遇。"正是:

> 霞笺赓和十分春,毕竟何时见玉人。
>
> 明日马蹄芳草地,定须解珮会风云。

且说这李玉郎与书童定计,要会那张丽容,恐其难见面。适值五月端阳节,丽容妹子凝香因见她姐姐拾得霞笺一幅,反复把玩,不肯释手,她就趁着中天令节,佩上了朱符,插戴了艾虎,有心到门首窥探那玉郎消息.正盼望间,抬头一看,见有一个骑紫骝来的,正是那白面郎君。因想道:"这题笺的定是他的。"心中好不欢喜,因就斜倚门边,遮遮掩掩看

其动静。

却说这李玉郎因见天气晴明，又值佳节，带领书童骑马过来，原是要来寻丽容相会，正走之际，那书童一眼觑着了凝香，随笔向玉郎说道："相公事有凑巧，定主天缘，你看那绿杨影里一座朱楼，白粉墙中半湾碧水，那壁厢一个姊妹，巧装打扮，岂非万绿丛中一点红乎？"这玉郎一听，冷眼观看，果是一个小小钗裙立在门首耍子。这玉郎正要叫书童招呼他问话，谁知那凝香小丫头，原是有心等着玉郎，一见他主仆二人，便自满心欢喜，叫了声："相公莫非玉郎乎？请到里边待茶。"这玉郎不胜惊讶，说道："请问大姐，小生从未识荆，何以便呼贱字？"凝香说："忝居隔壁，难言不识，观君尊容，揣君非度，非玉郎而何？"这玉郎亦问道："觑仰美容，莫非翠眉娘耶？"凝香说："翠眉乃是家姐，相公请进见我家姐如何？"玉郎欣然进步，便说："只是拜意不专，焉敢造次。"凝香道："这有何妨，请相公里边坐，唤我姐姐出来。"这玉郎自为三生有幸，今日快睹佳人，便步履相随，跟定凝香，望着对景楼下面来。凝香上楼唤了一声："姐姐快来，你那霞笺情人到了。"翠眉说："小贱才！好孙张狂，你是个女儿家，为何这等欺人？"凝香说："现在楼下立等，何云欺你？"这翠眉款动金莲，摇摆湘裙，蓦然一见，暗自惊：好个聪俊男子，果然风流绝世。这凝香说道："家姐在此，请相公相见。"李玉郎一见翠眉，恍若身在月宫，快睹嫦娥一般。说道："美人拜揖，小生久闻芳名，未获一会，今近玉体，如步瑶池。"翠眉道二万福，说："风尘鄙质，幸邀君驾，但恐暇弃，甚觉赧颜。"二人坐定，凝香献茶，此时虽属乍会，不惟情深，但觉神交。这翠眉先就说道："观君丰度，玩君霞笺，名唤玉郎，真乃名称其实，钦羡！钦羡！"玉郎说："观卿才貌，久欲相亲，今睹美容，诚为万幸，失敬！失敬！只是小生得蒙和韵，捧读佳章，可称词坛珠玉。"翠眉说："拙句呈政，自愧弄斧，岂不遗笑班门，但是两地欣逢，信由天合。"这玉郎答道："原来二笺相值，自属有缘。"此时小妓女凝香在旁，见他二人百般留恋，万样亲热，随说道："李相公，我姐姐虽落风尘，实矢志待字，你两个德容并美，才貌兼全，正是一对好姻缘。"翠眉说："小妮子，那个要你多嘴."二人正在难舍之际，忽然间鸨儿午睡方起，听见对景楼下有人说话，急唤凝香去问。这凝香去说："隔壁有个李玉郎相公，今日拜访我姐姐到此，我姐姐爱上他，正在那里絮道哩。"鸨儿说："这翠眉丫头，想我们〔人家〕不过弃旧迎新门户，朝趁夕送生涯，我年轻时节，不知哄过了多少子弟，如今年老，专靠你们挣家，你姐姐终日烧香许愿，不知有何心事，一味滞固，并不圆和，如何挣得钱财到手。昨日

赵尚书公子着人将二百两银子、四个尺头送来,接她到杭州去,不过是游一游西湖,到天竺烧一炷香就回,他还不肯作成我。今日为何见了这李公子,便然这样热恋哦!想是他回心转意,要与我做起一分人家来也未可知,岂不令人喜杀。待老身前去奉承一番,自然钱财到手。我的儿快去通知李相公,你说:'妈妈到了。'

却说李玉郎与张丽容对谈多时,心投意合,依依难舍,恨不能定以终身,方觉快意。但恐丽容尚有鸨儿,难以随心,因问道:"美人,小生细观你所和霞笺,甚觉有情。只怕你动有掣肘,不得稳便。如今鸨母在那里?"丽容答道:"午睡未起。"玉郎说:"何不请来相叙。"丽容方要着凝香去请,谁知这凝香早到跟前,说:"妈妈出来拜相公。"玉郎说:"有请。"这鸨儿走到近前,说:"相公,一时乏倦,睡梦东窗,有迭迎候,得罪!得罪!"玉郎说:"久慕香闺,无缘晋谒,今来唐突,拜迟!拜迟!"鸨儿说:"相公,老身忝居比邻,俺常在太湖石畔烧夜香,静听书声,敢是相公奋志青云?今日屈过寒门,不胜光宠。"玉郎道:"好说,小生误作刘阮,得游天合,真是佳会。"妈妈说:"二姐过来,今日是端阳正节,何不留公子在此一叙。"这丽容接口道:"正是现成东道,敢屈相公少坐,使咱蓬壁生辉。"玉郎说:"多谢厚情,岂敢过扰,书童过来,可将买书余下银子送妈妈,聊为一馔之敬,伏乞笑留。"鸨儿说:"公子,老身不意间款留一话,岂敢受赐,若如此、老身便是爱财了。"丽容一听,慌忙说道:"今日是令节,〔不得〕过执,自古道恭敬不如从命,看酒罢。"须臾间酒看摆完,就坐在对景楼下,三人共酌,小妓女服侍。不觉酒至三巡,忽凝香来请,说客到。这鸨母向着公子道:"外边有客到,一时暂且失陪,有罪。"玉郎说:"妈妈请便。"这鸨儿去了,丽容即请玉郎楼上坐,二人携手一同登上楼去,但见四壁挂着名人诗句,案上摆着宝鼎奇香,牙签收简,无不俱备,文房四宝,尽皆精良。此时玉郎虽在烟花,如遇良友,便说道:"观卿雅趣,知卿学问,小生虽为执鞭,亦欣慕焉。"丽容说:"公子之体如玉树,妾本贱质,敢劳公子过奖。妾在闺中窃闻君家多择良配,而百无一就者何也?"玉郎说:"小生缘浅,不遇丽人,因此逗留,久愆佳期。若有如卿才貌者,又何敢言择乎。我愚性最爱丽质,何分贵贱。若是文字知己,即当性命依之。"丽容说:"俺自己思着,只是败柳残花,怎〔插〕得君家雀屏?今不幸贱躯已落风尘,怎能够飞出樊笼,离却了陷井方好。"玉郎说:"小娘子不必悲伤,难道我做不起个公家软玉屏么?请问小娘子,既混风尘,即由造物,自甘苦节,更有何心。"丽容说:"李公子,你哪里晓的,〔今〕见君子不惟风雅宜人,而且至诚可敬。俺如今愿托终

中国禁书文库

情楼迷史

三五一九

身,即便脱却红粉,焉肯再抱琵琶,若不见弃,情愿永为捧砚。"玉郎说:"既蒙卿家真心待我,愿为比翼,永效于飞,若有异心,神明作证。"丽容见玉郎如此见爱,便说道:"既蒙君子慨许,我和你就此对天盟誓,将此双霞笺各藏一幅,留作他年合卺之据。"玉郎说:"有理,正是各留一幅,方为确实。"二人在楼上定了姻缘,俱各心肯,有词为证:

　　神明须有证,天地岂无灵。愿鉴微忱无虚谬,保佑我好夫妻松柏龄。虏诚惟一点,稽首拜三星。愿取今生常厮守,默祝我美姻缘永不更。

——右(上)调《偬偬令》

　　二人祝罢天地,各取霞笺,彼此你唱我和,不觉已至黄昏。这丽容与玉郎同宿在对景楼上,那鸳鸯枕间的叮咛,绣被中的恩爱,自不必说。次日起来,重摆筵席,交杯换盏,好不痛快。鸨儿见丽容肯去接客,亦自不胜欢喜,从此可以大获金银。玉郎心虽难舍,但恐孙先生知〔晓〕,只得告辞,临岐嘱别,有一段难以言传之景,有诗为证:

　　夜抱幽香小院春,如今春色破梨云。
　　彩鸾差作凡鸡伴,此夜谐和百岁恩。

　　不知玉郎如何舍了丽容,且听下回分解。

第三回 洒银公子求欢娱
丽容拒绝起祸端

话说李玉郎与张丽容定约之后,彼此你贪我爱,不时往对景楼走动,自不必讲。

却说玉郎有窗友,叫作钱洒银,自从那日同着众窗友在会景楼上看见了隔壁张丽容玩耍秋千,不觉魂飞天外,打动他平日好嫖心性。一日把持不住,说道:"我终日眠花宿柳,不曾见过这个小娘,说她是个凡间女子,料想尘世绝无。我如今心思梦想,几成沉疴之病,如何是好?欲向那边亲去寻她,我一个人怎好过去。也罢,风月场中有一个姓木的名子吹,惯在院子里往来,此人又极会帮衬,不免着小厮请他前来—陪,自然有成。"说罢就唤家童。这来福小厮走到面前说:"大爷有何吩咐?"洒银公子说:"西街上有—个木相公,快去请他来,你可认得么?"小厮说:"认得的。"洒银道:"好,既认得,快去请他来,说你大爷立等。"这小厮又说:"大爷你不晓得,此人是个骗人财物败人家产的,寻他怎么?"洒银道:"这厮好不可恶!叫你去请偏有许多闲话!"这小厮不敢作声,说:"待小人去请。"洒银说:"速去快来,说俺在这里立等。"这小厮穿街过巷,疾走如飞,寻着了木子吹,说:"我家大爷有请。"子吹道:"有何见教?"小厮说:"不知何事,要请相公速去。"子吹即便同小厮来到洒银家,见了公子:"小人拜揖,素仰道范,不敢高攀,今蒙呼唤,有何使令?"洒银说:"闻知老兄久走风月,极会作成,奉烦大驾,陪弟一游。如今我闷坐无聊,要同兄到院中寻一出色驰名美妓,快乐一会,不知可往那一家去?"子吹说:"这有何难,如今黄三娘家有个玉肌小娘,甚是美貌。陆四妈家有个风仙姐儿,果然标致。还有那李燕燕、崔婷婷,尽是些看得上眼的,待小子陪相公拣择一番,自然中意。"洒银说:"这都是我走过的,不好不好。"木子吹说:"此等人家小娘,就算是名妓了,公子尚不在意,除非学宫间壁,韩二妈家有个小娘,名唤张丽容,真乃美若仙姬,貌出凡尘,又且技艺精绝,词坛第一。只是一件,性子高傲,任那有财有势,等闲不能见面,却是有些古怪。"洒银说:"实不相瞒,我前日同窗友,在会景楼上见过她玩弄秋千,如同仙子临世,直到而今,叫我魂颠梦倒。只恐我一人独去,她便有多少推委,故此邀老兄前去,帮衬一二,自有厚谢。"子吹说:"公子若是放他不下,必欲会他一面,只得多带些金银打动她为妙。"二人商议已就,即往对景楼去寻张丽容,也有词为证:

　　追欢买笑,武陵源何处迢迢？落花流水小危桥。情荡漾,性粗豪,门前已有渔郎到。

——右(上)调《六幺讼》

　　洒银公子与木子吹走到丽容门首,叫了声:"有人么？"鸨儿出来迎接,一见便说:"木相公,近日少会,此位公子是谁？"子吹说:"此是洒银公子,他家钱老太爷现在当朝,金多银广,实属第一。"鸨儿说:"这等老身失敬了,请里边坐。"二人进内茶罢,子吹说:"公子久慕令爱芳容,急欲一会,这是五锭银子,乞妈妈晒留。"鸨儿说:"幸邀公子光降,且承厚仪,何以克当,待老身就唤女儿丽容出来奉陪。"此时洒银满心欢喜,要会多娇。谁知丽容既已身许玉郎,不肯接客。这鸨儿连唤数声,只听得丽容在楼上莺声说道:"小奴偶染微疾,不能陪客,得罪了。"洒银公子一听,说:"这等可恶！小厮们与我拿下来！"鸨儿道:"公子不要着恼,待老身再上去唤他。"鸨儿上楼,对着丽容说:"此是一位贵客,现有五大锭银子,好歹给为娘的赚下罢。"丽容说:"委实身边有恙,不能相陪。"这鸨儿无奈,便心生一计,将一小玉簪拔下,走到洒银面前说:"我儿丽容一时偶染寒疾,不能相陪,这是他心爱玉簪一枝,奉送相公,期你明日再来罢。"洒银说:"怎么？这是令爱的玉簪,期我明日再来的么？"鸨儿说:"正是。"这木子吹也从旁帮衬道:"公子,那《嫖经》上有云:'温存随娇女,婉转作情郎。'相公也要和气一些才是。"洒银道:"既如此,我们暂且回去,明日拿着玉簪再来相会。只是一件,老木,老木,漫说与他见面,就是方才答应的口声,犹如莺啭花梢,便令人消魂了。"子吹说:"果然好娇声。"说罢,木子吹竟陪公子去了。

　　正是:

　　佳人亲送玉搔头,明日应须谐凤俦。

翠被春浓人未起,卖花声已过前楼。

　　却说翠眉只因玉郎,在楼上假病,推脱了洒银公子。这玉郎便向翠眉说道:"适才洒银到来,我不〔觉〕着一大惊,此人鬼头鬼脑,又系我的窗友,倘若撞见了我,必然要先生面前搬弄一场是非,岂不拆散了咱的姻缘,如何是好?"翠眉说:"相公差矣!妾见学问充足,性格温柔,真是终身可托。俺如今风尘下贱,岂能仰配贵人,但欲充君下〔陈〕,以为一生结果,岂徒在一时之眷恋乎?就是与公子终宵在此歇宿,亦甚非长策。"玉郎一听此言,说道:"二笺相遇,你我皆出无心,诗句相投,天缘似乎有意,我如今要与你结个三生之愿,图一百岁之姻,岂肯露水待之。小娘子请自放心。"翠眉说:"君子言之虽确,但君出自宦门,抑且家有严君。俺如今乃花间贱质,何由得拜公姑?以此大费踌躇。"玉郎说:"岂不闻男女之际,大欲存〔焉〕,两心相得,虽父母之命不可止也,我当以心事禀知大人,再三恳求,决无不可之理。但恐你令堂不肯出脱了你,也是枉然。"丽容道:"君未观《娇红传》乎,倘有不虞,则〔申〕为娇死,娇为申亡,夫复何恨。昨晚家母欲索你宿钱,今日必遣凝香来与你絮聒。这都是娼家故态,不必计较。我已收拾百金,放在箱奁中,少刻若来,你可付与他拿去。"玉郎说:"你如此盛情,足见厚爱,所谓心坚金石,其臭如兰,咱二人暂且快乐一番,多少是好。"丽容说:"我看你心迷花酒,学业顿忘。如今秋闱已近,乘此南窗日永,清风徐来,俺欲效李亚仙故事,勉君诵读,不知君意若何?"玉郎说:"娘子此言甚善,就取过书来,待小生观看。"丽娘说:"你既读书,我将针线绣一香囊与你佩带,以敦厚意。"玉郎见她如此,说道:"想当初李亚仙不弃郑元和,那元和后中状元及第,小生愧无郑生之才,有负翠娘之望。"丽容说:"那郑元和富贵荣身,亚仙后封夫人,生下五子,并皆显达,贱妾岂敢仰望。我如今不愿生前受享诰封,只愿死后再同枕席耳。"玉郎见她如此真心,说道:"小生若有寸进,忘却娘子今日之恩,天必诛之!"丽容说:"郎君何必如此,你且看书。"二人正说话间,只见凝香走到面前,说道:"小妹奉妈妈使令,说近来生意欠好,钱财不能到手,难以度日,要移居在京都去。"又说:"一家过活那一样不在你身上,须要斟酌。"翠眉一听,将玉郎一瞅,玉郎早会其意,说道:"不必如此,我有带得百两白金在此,拿去奉送妈妈,以作薪水之用。"凝香接银到手,说道:"相公,有了银子,你二人放心耍子。"正是:无钱怎安身,有钱鬼可使。这凝香竟自去了,他二人正好放心快乐。谁知乐极生悲,忽有书童前来报道:"奶奶严命,老太爷身边有恙,请相公前去调养药饵方好。"玉郎一听,如坐针毡,对着丽容说道:"家父有恙,一定要回去的,如此怎好?"丽容说:"父母有恙,自当亲视汤药,这等官人急宜回去,待令尊平安,再来未迟。"玉郎说:"事处两难,如何是好?"丽容又道:"事有轻重,请君审之,何必作此儿女态乎?"这玉郎别了丽容,同着书童方才走到门首,谁知那洒银公子,只因前日赠他的玉簪,认是丽容的表记,他就竭诚早来相会。也是合该有事,这洒银偏偏遇着玉郎门首,不觉顿起醋意,说:"李兄何以至此?"玉郎难以回答,说:"偶然适过此间,并非有意寻春,现今家父抱病,不得细谈,小弟就此告辞,望兄恕罪。"玉郎得空即走,洒银怀恨入门,叫了一声:"鸨儿哪里?"不意翠娘送玉郎出门,方才转身,未及上楼,早被洒银看见,说:"小娘子,你是难得见的,请上,待我拜见。"翠眉说:"公子贵姓?"洒银道:"何必再问,昨日妈妈将你玉簪约我,今日特来相会,为何又推不知。"翠眉说:"公子请尊重,贱妾恨坠污泥,兹已洗尽红粉,此身已许李生,岂容更露头面。请君小坐,令吾舍妹相陪便了。"公子见她这样拒绝,不觉大怒,说道:"你乃万人之妻,还要守甚么贞节!"丽容说:"公子与李郎原系同窗好友,这瓜田履下,也要避些嫌疑。"公子说:"此节之事,管何嫌疑,只求一宿之乐,再不重犯就是了。"丽容说:"公子若是相逼,小奴惟有一死,决不从你。"公子怒道:"你原是烟花,这等放肆,我明日拿到你县里去,叫你不要慌。"这丽容一发大哭起来,说道:"个人立志从良,就是官长其奈我何!"说罢将公子推了一交,竟自上楼去了。这公子一团高兴,只落得一场没趣,对着鸨儿说道:"你女儿不过是个妓者,为何这等可恶,我明日定要摆布他。"鸨儿说:"公子休得着恼,你的造化来了。"公子说:"他如今推我一交。想是跌出来的造化么?"鸨儿道:"公子自幼读书,不曾看那《嫖经》,'打是亲,骂是爱',怎么不是造化?"公子道:"休得胡说!"竟自忿然去了。正是:

> 二八佳人真个美,血点樱唇喷香嘴。
>
> 流水无情恋落花,落花有意随流水。

不知这洒银公子如何摆布他,下回分解。

第四回　洒银定计拆鸳鸯　中丞得书禁浪子

话说这洒银公子，一心要去嫖那丽容，竟自败幸而回，不觉怀恨在心，随说道："昨日那丽容妮子，甚是可恶，不惟不与我相交，而且推我一交，放肆之极，如何放得他下。况这李玉郎我亲自见他从院子出来，他的人才又好，学问又通，自然与那丽容如漆投胶，哪里还放得我在眼中。也罢，如今到学中倡扬他一番，再禀了孙先生，管叫他拆散了姻缘，我或者得与他相亲，也未可知，就是这个主意。"

却说这孙先生是个斯文宗匠，作养人才的学究，教训甚严。每到更深人静，仍到书房内查点一番。这洒银公子明知他有个毛病，到得时候料想必来窃听。他就与众朋友说道："为人须贵老成，吾辈原登徒子，不可邪淫。如今彦直李兄，只因他父亲病了，唤得他家去，将来咱们皆被连累。"众窗友说："洒银兄，却是为何？"洒银说："列位有所不知，这隔墙有一张丽容，甚是美貌。不知何时，彦直李兄竟与他钩上了，竟到他家去嫖，月往日来，不止数次。似他这等宿娼，将来先生知道，吾等难免见责。"众窗友说："李兄少年老成，恐无此事，不可妄谈。"洒银说："诸兄不记那霞笺事乎？那日我们同在会景楼上观看那秋千之乐，李兄有一段呆视之情，所以欣然作了一幅霞笺。就以此作了他的媒证了，况小弟昨日学中亲见他出得院门，后边跟着个丽容小娘送他，更有何说。但是我恐他日后败露，不得不早为言之，以为先生责备的地步。"众窗友道："洒银言之有理，真是不愧学长。"孰知这些话俱洒银故意说的，适值先生出来查访，便一一听在心里，不觉大怒，便走到书房说道："洒银你方才说些甚么？"洒银说："弟子在此读书，更有何说？"先生道："你分明说甚么李彦直在外宿娼，还说没有。"洒银道："也曾说过李彦直，他真天生聪明。过目成诵，吾辈皆不能及，只此一句，再无他说。"先生更怒，说道："我耳中听得至真，讲的是嫖甚么妓者，你不肯承认，叫斋夫快拿板子来。"洒银急急止住道："先生不必动怒，待学生一一说来就是了。"先生道："快说！"这洒银便道："隔壁有一个妓者，名唤张丽容，那玉郎李窗兄，曾

在会景楼上见过他，就以秋千为题，赠他一幅霞笺，后来不知他怎样与他相见了。昨日学生在院子门口亲见他从内出来，后边那丽容尚自送他。学生恐日后先生见责，恐有连累，所以告诉众同窗，以为脱身之计。"先生听罢说："既吐真情，暂且饶恕。如今彦直在那里？"洒银说："他父亲有病，唤他回家了。"先生说："为何不辞而去？"洒银趁口说道："想是他撞见学生，他就难见先生了。"这先生气得怒发冲冠，因说道："自古训教不严，师之惰，养子不教，父之过，这学生既然回家，我就修书一封，叫斋夫送与李老先生管教他一番，有何不可？"洒银暗自欢喜，自为得计。正是：

　　画虎画皮难画骨，知人知面不知心。

　　却说这孙先生听了洒银之言，十分愤怒。说道："我看李彦直才华甚高，颖悟过人，将来定不可量。谁知习于下流，竟去嫖妓，本欲重责一场。如今他回家去了，不免修书一封，令斋夫速速送去，叫他父亲训教他一番，多少是好。"随提笔写道：

　　忝在知己，不须烦言。尊公子幼年美质，时当追琢。近来不习上进，眷恋张姬，宿娼功疏，难图画锦。业已访真，特寄书笺，用达忠言。乞老先生严加教训，尚有成就。草草陈情，余不宣。

写完封固停当，就差斋夫即时送去，暂且不提。

　　却说李老御史偶染寒疾，赖夫人调养，早已安和。一日与夫人并坐言欢，忽有家人来报说："学里孙师爷差人送书至此。那人口中言道，我家大相公连日不去读书，在妓女家走动。"李御史一听，甚是动怒，说："将书过来。"家人递过书去，拆开一看，说："有这等事！且将银子三钱赏那斋夫，令他上覆孙师爷说：'俺知道了。'"这家人出去，夫人说："相公，孙师爷书来，写些甚么？"这御史大怒，说道："你养得好儿子！近日书到不读，习了下流去嫖，这还了得！我要打死此子，省得辱没家门。"夫人说："经目之事，犹恐未真，传来之言，岂可轻信。"李御史说："既如此，快唤书童来审问。"家人唤到书童，御史说："跟随大相公伺候，逐日做些什么？"书童说："白昼随大相公在会景楼上读书。"御史说："晚间呢？"书童说："晚间在号房承宿。"御史说："我闻你大相公近日去嫖，你晓得么？"书童说："小人

不晓得。"御史道："看板子过来。"家人拿到板子，说："书童，料你不肯实说，家人扯下去打他十五板。"书童说："就死小人也不知道，可照那里说起。"打了十五并不肯说，御史更怒，说道："书童，你去快唤那畜生来。"这书童挨了板子，一步一跌走到书房。这玉郎正在那里思念翠眉，见书童到来，便说："我有封书，你可送去与张翠眉？"书童说："甚么张翠眉、李翠眉，老爷、太太知道了，先将书童的腿都打烂了，被俺遮饰已过。如今叫书童请大相公，你可自作道理。"这玉郎失了一惊，说："这可怎处？"无奈走到近前，说："爹妈有何吩咐？"御史说："我送你到学宫，作的是何功课？"玉郎说："会景楼上读书。"御史道："夜间呢？"玉郎说："号房安置。"那夫人就接口道："相公，你看孩儿，说话与书童一样。可见并无此事。"御史说："你妇人家晓些甚么！这不是孙先生寄来的书子，你自看去。"玉郎接在手中，看完失惊，自揣必是洒银陷害，便就闭口无言。老御史一时怒极，即将板子打了玉郎，骂道："狗畜生！你空戴儒冠，这书香一脉自此永坠了，留你这不肖子何用？"夫人说："相公息怒，须念幼年无知，教他从此改过就是了。"御史说："夫人，禽犊之爱非所爱，必须打死了他，方消吾恨。"说罢，举起板子又打。玉郎说："爹爹，孩儿知罪了，再也不敢如此。"御史说："狗子，你身穿青衫，岂不有愧，快脱下来！"这玉郎只因为穿着丽容赠他的寒衫，他就遮遮掩掩，不肯去脱，御史定然叫他脱下，玉郎不得已将青衫一脱，露出了那件衣服。老御史不觉更怒，又骂道："分明浪子形状，还敢嘴强，气杀我也，不肖子！那公卿之子不学流为庶人，庶人之子勤学可为公卿。你这样不成器的东西，有玷家声，书也不要你读了，与我锁禁房中，不许出门。"夫人道："相公，岂不闻尧舜之子尚且不贤，也要耐烦些。"御史道："一发胡讲，叫院子快送他到书房中锁禁起来。若放他出时，一顿打死。"这御史吩咐已毕，气倒在床上将息。夫人随把玉郎叫到一旁，说道："我儿，攻书是你本等，怎么做这等事。你如今快将张丽容丢下，我对你爹爹说，另选个侯门贵戚与你结姻，岂不是好。"玉郎说："母亲对我爹爹说，就娶那张丽容与孩儿为妻，孝顺母亲罢。"夫人道："还要胡说！难以劝解，家人们快且开了书房门，推他到里边去。"正是：

　　辱没家声习下流，不如打死也甘休。

　　儿孙自有儿孙福，莫与儿孙作远忧。

　　不知玉郎锁禁书房如何结果，下回分解。

第五回　丽容乘便去探病　中丞回府受虚惊

　　话说李玉郎,被孙先生一封书拆散了他的姻缘,他父亲便将他锁禁书房,不准出门。这玉郎只得尊命受禁,无可奈何,却也不在话下。

　　且说浙江有一都统阿鲁台,镇守松江等处,前者琉球等国作乱,被他一计平伏,成此大功。凯旋之日,指望封侯请赏,奈无物进与伯颜丞相,不得受爵。他就把参军铁木儿请到帐下商议,说道:"俺如今立此大功,指望封侯升赏,谁知泯灭无闻,思想起来,奈无异物进与伯颜丞相,所以不能如意。你有甚么计策,献上来再为斟酌。"铁木儿道:"元帅听禀,伯颜丞相富贵已极,天下奇宝皆出其门,为今之计,须得绝色女子进去,方得欢心。"阿鲁台说:"妙计,妙计! 就烦将军,以千金彩缎往苏杭等处搜寻一个绝色美人,俺好进与那伯颜丞相,以图升赏。"铁木儿说:"小将自当奉命,但请放心。"二人计议已定,要选那绝世佳人献与丞相,暂且不提。

　　再说那张丽容,自从与李玉郎相交之后,他二人情投意合,又是文字知己,真乃山盟海誓思不断,再期来生续姻缘。不意被洒银进谗,孙先生将书信寄去,被他爹爹锁禁书房,不准出门。自然雁杳鱼沉,音信难通。这丽容放心不下,说道:"奴家自见李郎,将谓终身可托,谁想陡遭谗佞,竟起风波。日来被洒银公子在缠扰,正无处躲避。偶然白尚书夫人生辰,来唤奴家承应,一来借此遣我愁肠,二来便道探取李郎消息,岂不是好,不免叫过冯才,来问一问路径,可曾打李郎门首经过否?"说罢即唤冯才,冯才说:"姐姐呼唤,必有酒食吃,看有甚么事情。"这冯才走到近前,说:"姐姐有何传令?"丽容说:"今日白尚书老夫人生辰,叫我前去承应,你可将乐器放在锦囊中,随我前去。"冯才说:"拿甚么好,紫鸾箫罢。"丽容说:"不好,萧史秦楼逢弄玉,我今何意品鸾箫。不好,不好。"冯才说:"斑竹管如何?"丽容说:"湘妃雨后来池上,又被风吹别调开。也不好。"冯才说:"琥珀词何

如?"丽容见他说到此处,一发伤心,说道:"知音只向知音说,不是知音不与弹,更不好了。"这冯才被丽容絮叨急了,说道:"还有一个琵琶,拿去何如?"丽容说:"这个使得,当初古人借此写怨,我有一腔春恨,正要弹他,取来拿上。我且问你,我如今要到白府去,可打李府经过么?"冯才说:"正打李相公门道经过。"丽容道:"我欲进去探玉郎一番,不知可容进去否?"冯才说:"如今李相公不是前日那个李相公了,学里孙先生被洒银公子唆拨一场,知道他在我家来嫖,一封书送与李都宪。那都宪大怒,逼他回家去了,竟是一顿好打。如今锁禁在书房内,竟为害起一场相思病来,不知生死哩。"丽容一听心如刀割,不觉大放悲声。冯才说:"快且不要如此,妈妈叫我不要说,我如今多嘴,不可惹出事来。"丽容听得此言,只得呜呜咽咽不住的坠泪,这一段伤感之情,令人难道,有词为证:

关关睢鸟,双双上林稍。同举还同宿,同食还同饱。谁想大限无端,何期来早。雄在东洲唤,雌在西林叫。似雨逐寒梅,粉褪娇,毕竟命儿招。

——右(上)调《月儿高》

话说张丽容听见李玉郎有病,恨不能步走到跟前,会他一面,方才是好。便说道:"冯才,你既要上白府去,必打从李都宪门首过,你可背了琵琶,快送我前去,重重有赏。"冯才说:"晓得。"这冯才牵过驴儿,搭上鞍辔,服侍丽容骑着,自己拿上琵琶,跟在后边,去探李玉郎的病症,这且不讲。

却说那玉郎,自从他父亲锁禁在书房,终日眠思梦想,念那张丽容的恩情,不觉得病在身,书童在旁侍汤药。这玉郎说道:"我自从父亲锁禁书房,朝夕如在囹圄。这时节茶饭不思,只觉淹淹沉沉,性命难保。天那!我丽容又不知一向何如?正是:海上有方医杂症,人间无药疗相思。书童,我且问你,如今老爷那里去了?"书童说:"老爷往白府拜寿去了。"玉郎道:"既如此,你可到张翠娘家讨一个音信回来,我也放心。"书童说:"相公你是聪明的,如今被张丽容弄的昏头搭脑,吃茶也是张丽容,吃饭也是张丽容。相公你想着张翠娘,翠娘不来想着你。我如今去问信,倘若老爷回来,怎么了得!"玉郎道:"不妨,只说你去取药去了。"书童说:"如此,小人就去。"

却说书童出的门来,行不数步,见一俏娘骑着驴儿,后边跟着一人,身背琵琶,迤逦而

来。这书童抬头一望,说:"好古怪,那边来的好像翠眉娘,我且等一等。"须臾之间,走到近前,抬头一看,果然是他。这书童慌忙问道:"姐姐要往哪里去?"丽容道:"特来探望相公。"书童说:"既来探望相公,为何拿着琵琶?"丽容道:"顺便还要到白府去做生辰。"书童道:"我家老爷如今也往白府拜寿去了,今日相公趁此空儿,叫我去问你消息,到也凑巧。"丽容说:"老爷既不在府中,敢求小哥方便,传与相公,说我丽容要会他一面。"书童说:"老爷甚是严恶!把相公锁禁在房中,不准出来,如何得见?"丽容道:"求小哥领进奴家一见何妨?"书童道:"我府中人多嘴众,倘若走了风声,老爷知道了,俺就吃罪不起。"这丽容一阵心酸,不觉两泪交流,说道:"玉郎相公,我如今与你难逢,你的病体又是这样沉重,料终身再无相见之期了。"说罢痛哭不已,这书童在旁看着他,就动了不忍之心了,说道:"翠娘,这样干系却也不小,我如今看你这等情意待我相公,也说不得了,我如今破上一身罪,领你到我相公房中做一个永诀罢。"丽容听说,谢了又谢,跟着就走。那冯才也要进去,书童说:"你可不要来。"冯才说:"怎么?"书童说:"俺这门槛高,你这乌龟怎样进得来?"冯才说:"这有何难,待我滚进去何妨?"书童瞧瞧无人,趁空领着丽容到书房,指与翠娘说:"你看如此封锁严密,如何见得面?翠娘你打窗眼里看一看,待我对大相公说罢。"这丽容便从窗眼一观,唬了一身冷汗。那一段悲伤之情,难以言传,有词为证:

看他容枯色槁,形衰力少,灭尽了刀马风流,瘦损了六郎花貌。记相逢那宵,记相逢那宵,共同欢笑,鸳衾颠倒,叫人魂消。

却说这丽容从窗眼窥见玉郎形容,心如刀割,必要进去会他一面,表其心事,无奈书童不敢开放。丽容说:"小哥,天上人间方便第一,你既领我到此,罪不容辞,索性开了房门,令我进去,诉我衷肠,就是你再造之恩了。"这冯才也就接口道:"小哥,你不晓得,心病还得心药医,你相公这病为我家姐姐起见,或者见上一面,他就好了,也未可知。"书童说:"有理,待我开了门,翠娘你可悄悄进去,速速出来,不要惹事才好。"这丽容见开了门,疾忙进去。只见玉郎卧在病床,昏昏沉沉,睡迷未醒。这丽容不敢高声,暗暗坠泪,抱着玉郎低低唤了一声:"相公,小奴在此。"玉郎惊魂初觉,听见娇声可爱,将眼一睁,看见了一个美人站在面前,说道:"你莫非翠娘么?我虽不能与你日里相见,就梦中也是难得的。"

丽容道："相公莫认作阳台，奴家闻你身染重疾，放心不下，故此悄悄进来看你。"这玉郎将神一定，方晓得是翠眉真个到此，随将手扯住，说道："翠娘，你好负心也！我是怎样想你，为何至今才来？"丽容说："只因老爷严厉，谁敢到此，今闻老爷白府拜寿，不在府中，故此冒死探问一番，以诉衷肠。"玉郎说："小娘子如此用心，教我如何感佩。"言之泪下如雨。丽容说："玉郎你有何心事，快向我说。"玉郎道："心有心事万千，一时难告，惟天可表。"二人正在诉说之时，忽然书童报道："老爷回府，听说要来看大相公，定要弄出事来了。这里又没有阴沟，冯才，看你躲在那里去，也罢，我外面快把门锁上，只说去取药，倘老爷不进来，便是天大的侥幸了。"话犹未尽，李御史已到书房门前，说道："我那不肖子被我打得几下，锁在此地，我想父子之情终不可失，当时五伦，已曾一夜十往。我如今闻得他有病，心甚悬挂，今日白府祝寿，因此先回。书童，开了书房门！"正说话间，这御史抬头，看见了一人，身抱琵琶，在那里抖战，就问："这是何人？"书童甚是灵便，禀道："我大相公心中闷倦，无可消遣，这个人叫做知古，会说琵琶词，因相公病体沉重叫他弹些词儿听听，适值老爷来到，尚未送出。"李御史说："这等可恶！定是淫词丽曲，有何可听？快与我又出去！"冯才怕打，巴不得早出来了，只有这个丽容无处躲避，急忙中钻到床底下藏了。这御史进房门看见公子病体沉重，早觉心疼，随问道："吾儿，你这病因何起的？想是你想着张丽容，不必如此，快些将息起来，自有名门大族，为爷爷的与你速速完姻。"玉郎说："既蒙教训，怎敢又去想他。只是病已到身，孩儿仔细将息便了。"御史说："我儿，只要你意马牢拴，紧〔系〕心猿，不可胡思乱想。"又吩咐书童："你明日再请太医下药，可好好服侍大相公，病痊时，重重有赏。我儿，为爷爷的去了，再来看你。"这御史方出去，走得数步，这书童急急跑到房中，说："我的骚娘快出来罢，不要连累我。"这御史听见，问道："书童，你说的甚么骚娘？"书童说："我大相公叫我扫床。"御史说："书童你好生服侍，不可怠慢。"书童说："晓得。"这御史方才去了。正是：

欲将诗酒牵愁侥，愁侥诗情酒兴疏。

却说这书童将李御史送出，急急回到房中，说："翠娘，翠娘，几乎做出事来累我一场好打。"丽容说："连我几乎惊死。"又向玉郎道："你看你家老爷，如此严厉，我和你纵有心

事如何了结?"玉郎道:"丽姐,我如今屈于大人之命,奈何,奈何! 我只是咱鸳鸯拆散,空在神前话盟,你如今去了,少不得我要先赴幽冥了。"丽娘说:"既已身许郎君,再无他说,倘有不虞,奴亦早归阴司,咱二人的姻缘,只可期之来世罢。"二人说到衷肠,令人不堪与闻。这书童又报道:"老爷方才回去,说大相公病重,仍〔就〕又要出来了。趁此无人,快且送翠娘出去罢。"二人手扯着手,不忍分离,又留恋了一回,各自洒泪而别。正是:

归家不敢高声哭,只恐猿闻亦断肠。

不知玉郎、丽容将来可能见面否,且听下回分解。

第六回　都统凯旋选美女
丽容被诓上京都

且说张丽容自从探病之后，又见李玉郎十分真心，为他害起病来，这丽容一段痴情，终日思想那玉郎。他就懒抹胭脂，无心打扮，就是那高客贵人，鸨儿百般撺掇，再也不去相陪，以此耽误了多少银子。这鸨儿恨在心头，便有个起发他的意思，这且不题。

再说那参将铁木儿，自从奉了阿鲁台之命，留心去访那绝色美女，再也选不出来。一日，无计可施，忽然想道："俺昨日奉元帅将令，着俺各处搜求美女进与伯颜丞相，急切无处找寻，如何是好？我想缙绅人家难以构求，平等人家又难出色，如今旷日迟久，岂不是个违命之罪。思想起来，不如到教坊司，唤瑟长问他，倘有绝色的选一个进去，也就是一件大功了。左右，快到教坊司唤一个瑟长来，我有话问他。"须臾之间，将瑟长唤到，领进去见参爷，铁木儿说："你是瑟长吗？"说："小人是瑟长，与老爷叩头。""你在教坊多年了？"瑟长说："小人在教坊一万年了。"参将说："胡说！打嘴！"这瑟长禀道："小人是积年的老乌龟。"这参将问道："你既积年的，我且问你，那出名的妓女有几名？"瑟长说："妓女虽多，绝色者甚少，小人不敢承应。"参将大怒，随吩咐道："我也是晓得的，想是你隐藏在院子内，好去骗人的钱财。"瑟长说："不敢，只是有一个美人，德色虽是兼全，但他禀性古怪，小人不敢提起。"参将说："怎么讲？"瑟长禀道："说此人姓张，名丽容，不但闭月羞花，抑且沉鱼落雁。说他精于琴棋，他又书画皆工。说他长于诗词，又且歌赋尽善。但是声价太高，轻易不肯见客，小人说来也是枉然。"参将道："果然貌美贤淑，无所不备，我将千金彩缎作为聘礼，你先去吩咐他鸨母，我随后亲到他家，与他面讲。"正是：

> 千金不须买花钱，台命传来敢浪言。
>
> 美女若教来相府，这回端的好姻缘。

话说这参将铁木儿，以千金聘那张丽容，先使瑟长去通音信，谁知他丽容鸨母早犯蹉跎，说道："我那丽容儿，往白府供唱，必要从李府经过去探玉郎的病症，这也不打紧，倘然李老爷知道此事，怎了？我已曾着人去打探，不见消息，好生放心不下。"正思虑间，那瑟长早已走进门来，说："妈妈，拜见了。"韩老鸨说："老官人久不到我家来，今日甚风儿吹到敝地，敢是讨月钱么？"瑟长说："岂为这些小事！"鸨儿说："所为何事？"瑟长道："有一件喜事特来报你知道。"鸨儿说："有何喜事？"瑟长回道："这里有位阿鲁台大老爷，闻得你女儿张丽容天姿国色，绝世无双。他将千金彩缎聘你女儿，进与伯颜丞相，差参将铁木儿亲到你家面讲，因此先着我来通知一声。"这鸨儿失惊道："别人不知，你是知道我家的，老身一家人口，单单靠着这个女儿赚钱养家，他若去了，老身只得饿死。"瑟长嗳呀一声，说道："妈妈，你来有算计的，今日为何这等失计，他将千金彩缎聘你女儿，你且收下，打发了他去，再寻几个中意的丫头，做起人家，岂不两便。况且官府利害，怎由得你？"鸨母说："老官你这等说，只是我舍不得这个好女儿。"瑟长说："你女儿我晓的，他近日恋着个情人哩。"妈妈道："便是恋着那李玉郎。"瑟长说："可有来，你女儿最会捣鬼，倘他两下合了一条腿，寻一个计策，使起官势来，多则不过二三百两，少则不过一二百两，如今比他平空的多了七八百两银子，难到不好？"韩老鸨说："我如今岂不知好歹，只是那个天杀的报我女儿的名姓！"瑟〔长说〕："是我，定遭瘟病。"鸨儿说："不要起誓，那报我女儿的，其实作成我赚银子，我还要补报他。"瑟长说："既如此，妈妈你许了他罢。"鸨母道："尚容忖量。"瑟长说："千个忖量不如一个笑语。"这也不在话下，你且听吾说来，有词为证：

丞相选娇娃，翠眉貌甚佳。阿鲁台不惜千金价，买丫鬟侍他，驾仙舟送他，云帆冉冉乘风挂。

——右（上）调《黄莺儿》

且说这瑟长撺掇着鸨母要出脱这丽容，鸨母犹豫不决，尚自不肯。正说话间只听人喧马嘶，一片声嚷，那参军铁木儿已到院子了，瑟长听得，慌忙跑出迎接，跪下禀道："瑟长接老爷，这就是张丽容家，请进去。"这参将到院中，鸨儿无奈，上前说道："小人磕头。"参将对着瑟长：“你与他讲过话了么？”瑟长说：“小人与他说过了，他说老爷严命，怎敢不从。”这鸨儿不及回话，那参将就说：“既如此，将千金彩缎叫他收下，就打发女儿上船。”鸨儿禀道：“如今未从在家，等他来时，也还要与他商量。”参将说：“有何商量，自要你去作主。”说罢，又取五两银子赏了瑟长。这瑟长作谢。那参将见是定了此女，便回去安排船只，起送去了。这且不讲，正是：

今朝选入他乡去，明日灯前少一人。

却说瑟长见铁木儿去了，对着鸨母说道：“如今参将老爷将你女儿选中，又以千金彩缎为聘，只是丽容尚未回家，如何是好？”鸨母说：“正是呢。”瑟长说：“此事不可走漏消息，这丫头就回来了。”鸨儿说：“老官，我有这样本事，才赚得这样钱，使你自放心。”瑟长说：“既如此，我先告辞了。”瑟长去后，鸨母即叫冯才，这冯才应了一声，说：“妈妈，有何吩咐？”鸨母说：“你丽容姐姐尚不回来，如何是好？况他知此消息，他怎肯依随嫁了去，你有甚么计较，说来我听。”冯才说：“妈妈，你平日哄千哄万，不知设法骗了人多少，如何倒来问我？”妈妈说：“此事非小可，那丫头如今恋着李玉郎，一片痴心要去嫁他，如何肯依我说。倘若逼起他来，他要寻死觅活，如何是好？所以我才合计于你。”冯才说：“既如此，我倒有一计，俺如今悄悄的到白府中，报他一个假喜信，只说李相公竟是病体好了，他父亲不忍监禁他，带了许多金银雇下游玩船，接你到船中去游虎丘山哩。那里晓得官船私船，等到船上，竟自连夜开去，有何不可？”鸨母说：“此计甚妙，真是人不知，鬼不觉，将他送出门了。”正是：

计就月中擒玉兔，谋成日里捉金乌。

且说冯才与鸨母定下此计，要诓那张丽容去船，送到京中伯颜丞相府中，这且慢讲。

却说张翠眉自探了玉郎之病，又往白府供唱，虽被白老夫人留得几日，心中挂着玉郎，恨不能再过其门，还要探他一番。忽白府家人自外边传一信来，说院子有一冯才，前来要与张丽容说话，须要禀知太太。院子传进，白夫人容他出去讲。这张丽容走将出来，

三五三五

说:"冯才,此来有何事情?"冯才道:"姐姐听禀,如今那玉郎李相公,他爹爹因他有病,不忍锁禁他,已竟放出。约姐姐去游玩山水,船已伺侯停当,请姐姐前去,速速陪他一游。"这丽容听了此话,喜出天外,不分真假,就进到内宅,禀知白夫人说:"贱婢家中有事,妈妈叫俺速回。"白夫人那管真假,打发他去了。丽容并不知是计,就跟着冯才便走,及到水边,上得船上,不见有甚么李相公,只见有两个侍女,慌忙叩头说:"姐姐,恭喜贺喜,婢子一路服侍到京中去,多乞包容。"这翠眉心中大惊,说:"此系何人之船,事有蹊跷,姐姐不可错认了人。"侍女说:"此系官船,服侍姐姐进京的。"翠眉更觉大惊,嚷道:"冯才!这是怎么说?如今李相公在那里,快与我讲个明白。"冯才道:"那里什么张相公、李相公,只因阿鲁台老爷,要选姿容绝世的女子,进与京中伯颜丞相,冯妈妈因你恋着情人李玉郎,不肯接客,得了千金彩缎,将你卖与他了。"翠眉一听此言,方才明白:"总恨我这狠心妈妈,如今是设计将我诓哄至此,我怎肯入你的圈套!冯才,快送我到家中去,与妈妈讲话。"冯才说:"这个却难,如今妈妈得了千金,已将你卖与参将老爷了,就是妈妈也做不得主。"翠眉说:"冯才,你把我诓哄至此,自然是你们定下的牢笼陷害我,既不能见我那玉郎,宁可死于此地,断不从你们这条计策!"这侍女见他二人争闹,说道:"姐姐,不必如此,如今是千金聘你,岂不为美?此行富贵已极,何必顾恋着一个穷酸,甘为下贱?"丽容听罢,说:"冯才,你快与我报知李相公,叫他速速前来见我一面,便死也甘心。"冯才说:"此处已有官府关防,那个容你如此!你如今不如写书一封,我便寄去,你与李相公做个永诀罢。"丽容说:"也讲得是,只是舟中那有纸笔,古人云:'血指写书方见情',我如今不免咬破指头,写血诗一首于向日霞笺之末,以寄幽恨",上写道:

死别生离莫怨天,
此身已许入黄泉。
愿郎珍重莫相弃,
拟结来生未了缘。
薄命妾张丽容敛衽再拜,
夫君玉郎亲拆。

丽容写罢,说:"冯才,此书烦你递与李郎,道我书不尽言,有死而已。"冯才得书去报李玉郎,这且不讲。

　　却说参将铁木儿见丽容已到船中,那里容得他这些情节,即令水手速速开船,送至京中,早完其事。这水手听说,不敢怠慢,即便扬帆撑篙,开船去了。正是:

　　　彩云梦断悲苏小,高挂云帆出豫章。

不知后事如何,下回分解。

第七回 丽容无奈寄血诗 玉郎情极追翠娘

　　话说张丽容将血书付于冯才，要送给李玉郎，叫他以为永诀之计。谁知事不凑巧，那李玉郎只因昼夜想着丽容，不得再会，真是无计可施。忽一日，听得他父亲出门赴席，他就大着胆越墙而出，急上去寻那丽容。穿街过巷不多时，来到丽容门首，将门敲得数下。冯才出来开门，看是李相公，说道："我正为着相公去见你，不意到得府上，说相公不在书房，不知往那里去了。如今来的正好，请里边坐。"玉郎进门，说："快请姐姐来见我。"冯才说："姐姐？姐姐因想得你，系吊死了。妈妈如今已走了。"玉郎一听，说："天那！丽容既死，我何以生为？"说罢就要撞死。冯才说："相公不要如此，姐姐虽死，到在我这袖里。"玉郎说："一个人怎么反在你袖里？"冯才说："有我姐姐的书在我袖里，如同他在一般。"玉郎急说道："快拿来我看！"冯才将书递过去，玉郎打开一看，是一幅霞笺，后有诗一首：

　　　　死别生离莫怨天，此身已许入黄泉。

　　　　愿郎珍重莫相弃，拟结来生未了缘。

玉郎看完，细详此诗，说道："你姐姐尚是未死，如今却往那里去了？快对我实言，决不肯相忘。"冯才说："实不相瞒，妈妈只因他恋着相公，不肯接客趁钱，这里阿鲁台老爷要选姿容绝色的女子，进与伯颜丞相，妈妈已将千金彩缎收下，将他卖去了。"玉郎说："果然卖去了？"冯才说："难道哄相公不成。"玉郎说："可恨！可恨！你快去将妈妈找回来，我与他讲话。"冯才说："妈妈自从打发姐姐去后，只恐相公前来胡缠，他已搬到他方，叫我在此暂守几日，那里去寻他？"玉郎说："你不还我大姐，我要送到官去。"冯才道："相公，这是阿鲁台大老爷，极有官势的，如何终用，劝你不要想罢。我还有话告诉你，那日开船之时，姐姐只因放你不下,就要投水自尽,亏我救得他。因此修书一封,着我报与你知道。如今两只大官船,一只是铁木儿参将伴送的,一只是姐姐在里面坐着的。如今开船不过一两日,相公快快赶上前去,倘然会他一面,也未可知。"玉郎听说,就叫冯才跟他同去赶。冯才说:"我是不去的,你自己去罢。"玉郎无奈,说道:"且喜我带得些银子在此,如今也顾不得爹娘了,连夜赶上会他一面,再作理会。"有词为证:

恨杀我侯门天样,羞杀我陌路萧郎。偷想怎到天台上,娇丽质在何方?渭水折柳愁萧玉,珠掌何能通凤翔?忙追上,顾不得风餐露宿,水远山长。

——右(上)调《解三省》

话说李玉郎闻听丽容已去,恨不能插翅飞到船边会他一面,方才是好。此时心忙意乱,疾走如飞,那里怕前途遥远,道路高低,没命的往前去赶。走至一个官码头,不见动静,前边有一担柴的人来了,这玉郎就问了一声:"老官,可见张丽容么?"那老人说:"山里红?没有。"玉郎见他年老耳聋,随大声问道:"我问的是翠眉娘。"老人说:"大尾羊?在山里。"玉郎便指说道:"你从那里来的?"老人说:"我是沿河来的。"玉郎说:"你可见有两只大船么?"老人说:"过去多时了。"玉郎又问:"过去了有多少路途?"老人道:"过去有两站多路了。"玉郎心忙说:"老官,起动你指引,陪我走一走何如?"老人说:"相公,我一日不趁钱,一日便忍饥,我是不去的,还要到山上打柴,没有闲工夫。"玉郎说:"老人家,我有银子送你。"老人说:"银子倒是小事,但是过去一两站路,只恐赶不上,空劳脚步。银子我也不要,你自去罢。"玉郎无奈,只得又往前赶。走了数日,到得徐州地方,玉郎说:"且喜此处埠头多有牲口",随叫了赶脚的牵驴儿过来。这脚夫答应一声,说:"相公要往那里去?"玉郎说:"我要赶铁木儿的座船,你可见过去么?"脚夫说:"那铁木儿可是两只大座船么?"玉郎道:"正是。"脚夫又说:"如此过去有两三日了,如何还赶得上?"玉郎说:"你既看见,那船中可见有甚么人么?"赶脚的说:"不见什么,只见船舱里面坐有一个妇人,声音不知是唱曲,不知是哭泣,又听的只顾叫道:'停长,停长。'且是声音凄凉。在那里寻死觅活哩。"玉郎一听,心胆俱裂,说:"你的驴儿快些雇于我,俺要速速赶上救他性命。若是赶得上,重重有谢。"掌鞭的说:"不敢言谢,只给我一两银子罢。"玉郎说:"就是一两,只要驴儿快

些就是了。"脚夫牵过驴来，这玉郎即便骑上，急急去赶那丽容。有词为证：

趁清晨跨上宝雕鞍，急煎煎扬鞭去加鞭。你道是蹇驴行须漫，怎知热心肠不放宽。加鞭赶上了翠眉娘，重相见传也么言，愿赠你扬州十万钱。

——右（上）调《雁儿落》

且说这玉郎心急如箭，将驴骑上，不住的加鞭去赶那丽容。这驴夫说："相公，你下来罢，打坏了我的驴儿，将什么趁钱？"玉郎说："你的驴儿不快，只得要打。"驴夫说："这叫做心急马行迟。"又走了数十里，玉郎说："前面是什么山？"驴夫说："是望夫山。"这玉郎触目惊心，不觉说道："我那翠眉妻呀，不知你可望我否？"正在感伤之际，那脚夫说："相公，快将银子与我，买草料与驴儿吃。"玉郎即将一两银子递与驴夫。这驴夫心生一计，竟将银子收下，骑上驴儿跑开了。此时丢下玉郎，走又走不动，赶又赶不上，不觉眼泪汪汪，说道："我那可意的眉娘已竟抛我几程，如今又无脚力，如何赶得上？□□只得挨上前去，到得前途，再作区处。驴夫，驴夫，你哄的我好不苦也！"谁知天意注定有这场分离，偏偏的浓云四布，大雨倾盆。荒野之间那里躲避，只得冒雨而行。此时神疲力倦，又值地上泥泞，黄昏黑暗，说不尽跋涉的艰辛，路途的苦楚。只是电光一照，看见了前面有座庄村，少不得一步步挨到庄上。此时大雨淋漓，那里有人可问，只得敲门，说道："有人么？"里边有一位老者听见，说："此时大雨，什么人叫门？"出来开看，见是一位相公，说道："如今风大雨紧，有何急事？相公这等自苦。"玉郎说："老丈，学生行路天晚，不意遭此大雨，乞老丈方便，铭佩难忘。"老者说："相公不必着慌，请到里边去避一避。"玉郎随着老者到一草堂，谢了又谢，随即脱下湿透衣服，求老者与他烘干。五更就要起程，这老者见他少年孤身，心忙似箭，便有可疑，随说道："我看相公这等狼狈，老拙备有夜膳，聊可充饥，幸勿见哂。还有言相问：如此天气竟冒雨而来，所为何事？这等要紧，望相公说明，致免疑惑。"玉郎说："事到有一件，只是说起来话长，难以言传。"老者道："相公，莫怪我说你是来历不明之人，若不说与老拙知道，不便容留，反觉得罪。"这玉郎一听此言，无可奈何，只得以实言相告，说："老丈，晚生实有一段心事，难以出口，求老丈海涵。"老者说："相公自管讲来，老夫愿闻。"玉郎道："说来倒惹老丈一场好笑。"老者说："岂敢！岂敢！"玉郎说："实不瞒老丈,学生与一青楼女张丽容情投意合,结为姻缘,誓同生死。忽被谗人离间,用计将俺夫妻拆散,今又唆拨他妈妈图银,卖于阿鲁台老爷,戒送京师进于当朝伯颜丞相。如今坐船由水路去了,学生故此急急赶来,只求见他一面,以决死生。乞老丈留宿见怜。"老者一听,说:"相公莫怪我直言,此乃无益之事,你那人总然依依难舍,可惜一入樊笼,如何能见,况又是进于伯颜丞相之人,他如今有利有势,我看相公乃一介书生,难以与他计较,劝相公不如回家去罢。"玉郎说:"老丈之言自是金石,奈学生与那人恩情难断,况是前途非遥,任他飞上焰魔天,也要腾云赶上去。"老者见劝他不住,只得留他一宿。明日玉郎谢了老者,又赶去了。正是:

> 乍得相逢结好盟,相逢又早别离情。
>
> 相思相见知何日,此时此夜梦魂惊。

话说李玉郎去赶丽容,那知铁木儿将他罗到手中,恨不能一步送到京师,早早献于伯颜丞相,以完其事。他便日夜催趱船户行走,不得少停。这玉郎那里还赶得上,这话暂且不讲。

再说丽容与玉郎有生死之约,岂肯远去京师。但见他整日哭天哭地,几番要去投水自尽。这铁木儿干系不小,因命几个侍女轮班小心防守。张丽容总然要死,也就无计可施。惟有悲伤落泪而已。及到京中,铁木儿打点要进美人。先将礼单开写珍奇宝物,料理停当,到得相府门首,见一长官,说道:"俺是守苏松都统阿鲁台麾下参将铁木儿,求见丞相的,要烦通报,见有黄金四十两,望乞笑留。"长官说:"你可见得丞相么?"木儿说:"见得的。"长官又道:"你且暂在此处等候,待俺与你去禀。"

且说左丞相伯颜乃天子之股肱,朝中之耳目,生杀予夺无不由他,升官加爵尽出其手,真乃是品居一人下,权尊百僚上。他的那赫赫威名震宇内,岩岩气象遍乾坤。

正值起事,这长官上前禀道:"今有苏松都统阿鲁台参将铁木铁要见。"伯颜说:"他如今镇守苏松一带地方,甚是一个美缺。从没见他有什么物件贡献于我,今来求见,有何话说,即命他进来。"长官传出钧旨,说道:"丞相爷命你进去。"那铁木儿就往里走,长官说:"此乃相府,不比别处,须要小心。"木儿拿着礼单到得堂下,说:"参将铁木儿叩头。"伯颜

丞相说:"你是阿鲁台差来的么?"参将说:"是。"丞相道:"你那本官屡报虚功,外邦尚未臣服,差你来何干?"铁木儿禀道:"本官久失敬仪,罪不容辞。聊具珍奇数件,美人一名,少伸犬马,现有礼单奉上。"

这伯颜丞相乃是酒色之徒,见有美人一名,便就中其所好,不觉满心欢喜。随吩咐道:"铁木儿,你说有美人一名,可曾进来否?"铁木儿说:"美人现在外厢,只因未蒙钧旨,不敢造次。"伯颜说:"既在外面,快备彩舆接进府来,休得迟延。"木儿即命侍女服侍丽容进府。

这丽容总想着那霞笺之事,只可付之流水。况且山高路远,做梦也不知玉郎前来赶他,遂跟着侍女到得丞相台下,说:"张丽容磕头。"伯颜丞相说:"美人,抬起头来。"

丽容将头一抬,丞相将丽容细细打量了一番,说道:"妙哇!天姿国色,绝世无双。铁木儿,你本官真是一个妙人,他既是用心如此,封侯进爵指日可望。你还有甚么话讲?"木儿说:"俺本官仰伏天恩,坐镇苏松,四国尽皆纳降,故特遣小官献纳美人来供歌唱,以觇升平之乐。"

丞相说:"我堂堂广宝,画栋雕梁,只少金钗十二,今喜得娉婷到此,满堂生香,岂是寻常佳觊。我将美人贮之金屋,早晚服侍于我,可以曲尽人生之乐矣。"这丞相正与木儿说到快活处,忽有圣旨来到,丞相摆了香案接旨。叩拜已毕,内史开读,说口:"'丞相伯颜所进番僧,教演宫女已熟,朕在便殿诏丞相同观。'谢恩!"

伯颜说:"万岁,万岁,万万岁!"谢恩已毕。

伯颜丞相吩咐说:"方才进的张丽容,甚可吾意。我与他正好快乐,谁知忽有圣旨命俺入朝,似此好事多磨,令人伤感,也罢,先令侍女将丽容送与后堂,令夫人暂且收管,候俺回朝再作理会。"正是:

　　君命来召不俟驾,玉踵连步急速行。

要知丽容后来如何,且听下回分解。

第八回 伯颜丞相纳丽容 奇妒夫人献宫中

却说伯颜丞相的夫人，天生奇妒，不能容物。听的有人传禀说："丞相新得一美人，乃苏松统制阿鲁台送来的。因圣上有旨来宣，丞相上朝去了。如今奉令送入内宅，望夫人暂为收留，待丞相回来再为发落。"夫人一听，不觉怒气冲天，说道："叫他进来，看是何如？"丽容刚到内宅，见了夫人，说："贱婢磕头。"夫人看了一眼，便说道："好个美人，生的果然标致。你看春山淡扫，秋水横波。腰肢摆动，香浮遍体。两脚行来，莲生满地。真乃好一个佳人。"有词为证：

> 看他温柔体态，旖旎轻扬，一似太真容貌，西施模样，谁不欲相亲相傍。美妆天姿国色果无双，令人频咽酸浆。
>
> ——右（上）调《琐窗郎》

却说夫人夸奖丽容的美处，原来别有深意。这丽容认是真心待他，谁知那夫人变下脸来，说道："贱人，贱人，这所在也不是你伫立的去处，叫侍儿快赶他到厨房去。"众婢子知道夫人的严恶，答应一声，即刻将丽容赶到厨下去了。众婢子回复夫人说："美人在那里哭泣哩。"夫人说："叫他不要哭，我还有个好地方安置他。我想这样美色，我见他犹自动情，何况那老儿。若是将他留在身边，势必夺我之宠。我有一计，如今皇帝家花花公主招赘了元都驸马，正要选人服侍公主出嫁。不如我将计就计，快写一道表章，将他献与太后，服侍公主，以绝老贼之念，岂不是好。"思想已罢，趁着丞相进朝未回，即将丽容偷偷送进宫去了。太后一见，看他十分美貌，亦是欢喜，以为公主得人，甚觉可意，将丽容留在宫中。这且不提。

中国禁书文库

情楼迷史

却说李玉郎来赶丽容,赶来赶去,盘费已尽,尚不能赶上丽容会得一面。及挨到京中,举目无亲,苦不可言。只得打听相府在那里,好去探听一个消息。但是侯门如海,向谁询问。坐在相府门首,又苦又恼。把那进谗的洒银公子恨了一回,遂又哭了一场。自分饿死京中,也不得见面了,不如回到店中,寻一自尽罢。方才转步,忽听有喝道之声。已经走到近前,这玉郎一时躲避不及,竟是闯了丞相的道了。那伯颜丞相大怒,说:"什么人敢来闯我的道,左右快与我拿过来审问。"众奴一听,答应了一声,就如鹰拿燕雀将李玉郎拿到相府审问。只见伯颜丞相坐了中堂,众人将李玉郎拥到堂上,丞相问道:"你看我头踏在前,节钺在后,是何等的威严。你怎么大胆闯俺的道?"李玉郎跪禀道:"念小生云间世族,寄迹京华。丞相天上台星,望乞垂怜草芥。"丞相听他之言,倬有儒风。因问道:"那里人氏?叫甚名字?快些讲来!"玉郎回禀道:"俺乃住居云间,姓李名彦直,小字玉郎。幼习儒业,长列黉序。"丞相说:"听汝之言,自然是松江人了,可有父母么?"玉郎说:"家父身在缙绅,于今退居林下。"丞相问:"是何官职?"玉郎道:"当年曾为御史。"丞相不觉起敬,说道:"原来是一位公子。"起来作揖。玉郎说:"不敢。"伯颜便道:"只管起来,我还有话问,你既是〔贵〕家子弟,为何狼狈至此?"玉郎跪说道:"有个缘故,只因游学京师,以图侥幸。谁知功名难望,盘费净尽,因此落寞。近闻乡人说,阿鲁台老爷所进有一张丽容,与学生系中表之亲,故此特到府前探言,谁知误犯台颜,望乞恕罪,施恩开放。"丞相一听,说道:"原来与新人有瓜葛之亲,几乎错认飘蓬。我看你英姿美貌,潇洒风流,多应是未遇蛟龙,将来禹门必跃。你方才说,阿鲁台所进丽容美女,有中表之亲。我想令妹到此,并无亲人,既为中表,相见何妨?"玉郎禀道:"学生到此,正图一面,丞相不疑,足见大度,不胜感激。"丞相说:"何疑之有。"命侍儿快请新娘出来相见。院子传进,夫人怒犹不已,吩咐侍儿:"你去对那老狗讲,只说太后打发公主出嫁,驸马闻听我府得一出色美人,即时宣进宫去了。"侍儿答应一声,便往外走,到得中堂,见了丞相,丞相说:"侍儿,请那新娘来见他表兄。"侍儿说:"老爷在上,小奴叩禀,昨朝进的美人,夫人见他十分标致,绝世无双,恐其夺了他的宠幸,连夜写下表章,将他献于太后,服侍公主招赘兀都驸马去了。老爷与那美人表兄说,教他不要思量罢。"丞相一听,大怒,说道:"气死我也!那张丽容原是阿鲁台献于我的,怎么献于太后,这是那里说起,岂不令人可恨!侍儿,你且回避,我自有处置。李生过来,你如今远来到此,令妹又不能相见,如何是好。也罢,科场已近,你可

在此攻书,倘得高掇巍科,老夫自当代为欢庆。"玉郎说:"多谢丞相大恩!"又吩咐院子道:
"你可将李相公送到相国寺中读书,吩咐僧人好好看待于他。那薪水之资,我这里一应送
去。"院子答应一声,即将玉郎领去。正是:

可惜美娇姿,堪嗔嫉妒妻。

情知不是伴,相随因事急。

不知李玉郎将来得见丽容否,下回分解。

且说李玉郎自华亭由省起身，千辛万苦来到京师，原图见丽容一面，及到丞相府内，将及相会，又遭夫人之妒，将丽容送入宫中去了。此时无可奈何，只得跟着院子到寺中安身。一到寺内，长老接见，院子说："此位相公姓李，丞相叫你好生服侍。他在此读书候场，薪水之资老爷按月送来。"说罢便自去了。这李玉郎从新又与长老作揖，说道："小生乃出外之人，总蒙丞相送到此处，早晚还烦长老照顾，于心不安。"长老说："又有何妨，小僧但愿服侍相公得步青云，名登金榜，便就光耀山门。"李玉郎说："小生才疏学浅，只恐有负长老。"李玉郎自此住在寺中读书，这话暂且不提。

却说丞相夫人假以太后打发公主出嫁，借端将丽容送进宫去，以绝祸根。只是那丽容一心想着玉郎，不得相见，巴不得个清净之处苟且安身，省的被那老儿点污，且可脱得夫人嗔怪，他到心安意肯住在宫中。这太后见他德性温柔，举止端方，甚是慊意，就发一道懿旨，令内侍递去，内侍捧旨到得相府，夫人迎接，就此开读："皇太后旨下：'伯颜夫人苗氏所进美人张丽容，甚是可意，足觇用心。但恐出身草茅，未瞻礼仪，着盈绣内，教演精熟，待公主娘娘大婚之日选用。'谢恩。"内侍已去。

且说这伯颜丞相见是懿旨已下，将丽容美人留在宫中侍奉公主，把那思念张美人的心肠方才绝了。但恨夫人醋意太重，失去了一桩珍宝，终日悒悒不乐。这也不在话下。

且说珍奇宝物归何处，富贵无如帝王家。那一日到得公主大婚之日，约定在金亭馆驿合卺，只见那长街短巷，家家尽垂丝帐，户户张灯结彩，哄动了远近人等，谁不来看妆奁。但见是宝珍堆积，光芒射日，彩被摆列，金珠惊人。这一番的热乱，人人争先观看，自不必言。

且说这李玉郎在寺中居住，一心想着丽容，那里念得下书去。终日长吁短气，日夜梦魂颠倒。长老见他如此光景，甚觉可疑。一日，问道："相公在此，甚是有慢，得罪，得罪。"玉郎见问，说道："小生无故受你供养，心实有愧，何以克当？"长老说："薪水鄙事，何足介意，只是相公在此，实属客边，或是小僧侍奉不到，相公自管明言。"玉郎说："各人自有心腹事，可与人言无二三。"长老便说道："为人结交须知己，不是知己莫与谈，我也不必问相公的心事，只是你终日愁闷，如何是好？如今圣上有一花花公主，招赘兀都驸马为婿，迎送嫁妆于金亭馆驿。街上士庶纷纷都往那里看景，相公何不借此一观，以消闷怀？"玉郎说："有这等事！小生要出去一看。"长老道："待贫僧奉陪，何如？"玉郎说："这等雪天，不劳禅步罢。"长老说："既如此，贫僧煮茗奉候。"二人辞别，玉郎思想道："适才长老说，圣上招兀都驸马，迎送嫁妆于金亭馆驿。想张丽容既入宫中，未必不随妆侍奉，或者天可怜见也在数内，若是邂逅相逢，亦未可知，不免前去打听一番，多少是好。"出得寺门，好大雪也，有词为证：

风一穹，云四合，迷失青山绿树多。惟有寒鸦栖古木，漫铺棘驼。瑶堆凤羽，琉璃殿上银妆裹。欲见宫娥，去金亭馆驿，天意肯从么？

——右（上）调《忆莺儿》

话说李玉郎听了长老之言，去看花花公主出嫁金亭馆驿，出的门来，偏是大雪满地，只因想着丽容，只得挨上前去。这且休提。

再说李玉郎有个服侍他的书童，奉家主之命，到得京中来寻玉郎，再寻不着。一日，说道："因大相公追赶丽容，不知去向，老爷奶奶放心不下，终日哭天哭地。着我追寻，我直赶到京中，无处寻问，俺已在此日久，盘费已尽，欠下店主人饭钱，毫无〔清〕办，幸店主人是个操军，今日花花公主出嫁，他在店中忙迫，为此我替他应名摆围。你看士庶人等纷纷俱来，看送嫁妆，或者我大相公出来观看，也未可知。苍天，苍天，可怜叫我遇着他，使俺主仆相见，真属万幸。"说罢，两眼留神便在那人层内不住观看。谁知事有凑巧，一眼觑着了李玉郎，说道："那壁厢来的好像我家大相公。"上前一认，果然是他，一手扭住，哭道："小人千找万寻，再也撞不着大相公，今日天假其便，得以见面，小人十分侥幸。"说罢，大哭起来，玉郎一阵〔心〕酸，痛倒在地，苏醒半日，说道："书童，我那爹娘在家安否？"书童

说:"老爷奶奶只为大相公追赶丽容,不回家中,哭泣不安。特着小人前来寻,我已经来此日久,费用俱尽,也是无可奈何了。"玉郎又问:"你为何身穿戎衣,这等打扮?"书童说:"只因公主出嫁,那店主人是个操军,我欠他饭钱,故此替他来应名,所以这般打扮。只是大相公到此,不知问着翠娘的消息么?"玉郎道:"说也可怜,那日我赶到京中,已将翠娘送入相府了。那时我往相府窥探,因为闯了道,那相爷将我拿住,自分必获重罪。那时我说与翠娘有中表之亲,这丞相信以为实,就欢欢喜喜命院子请翠娘与我相见。谁知事有中变,遭了一个奇妒夫人,恐其收下翠娘夺他之宠,乘丞相上朝,竟秘密的送入宫中去了,教人岂不可叹!"书童说:"翠娘一入宫中,这就是石沉大海一般,相公与翠娘相见之日,只可期之来世罢。小人劝相公不必再涉妄想,快与小人回家省亲,致免老爷奶奶悬挂。"玉郎说:"书童言之有理,但是我亦闻得公主出嫁,太后亲点四十名宫人从嫁,我想张丽容或在数内,亦未可知。况是明晚定宿在馆驿金亭中,我和你妆做军卒,浑入其内,倘然天可怜见会他一面,俺就死也甘心。"书童说:"这也不难,相公就穿上我的衣服,充一名军卒,待小人再去顶替一名。"玉郎听书童之言,满心欢喜。二人随各脱衣相换,好不兴头,有词为证:

　　脱下儒冠,把青毡带着。穿上戎衣,把蓝袍换却。乔打扮,他怎知变影移形。又况他行见错官家势,思令人顶岱岳。纵是觌面相逢,觌面相逢,只应偷眼看他。

——右(上)调《间黑麻》

李玉郎此时换了衣服,要去寻那丽容,不知寻着否,下回分解。

第十回

主仆相遇换戎衣
隔墙续情得奇逢

话说李玉郎改换衣服，扮作一个军人，一心去找丽容，走向前去，见了一伙军卒，尽是一样打扮，便就混入其内，摆成队伍，执戟扬戈，浑然无二，心内想道："我是一介书生，若非这个机缘，如何到此处。"正说之间，只见香奁嫁妆一对对摆设出来，真个光彩耀目，奇巧惊人。那些众宫女内使，尽是五花团蟒，花攒锦族，不计其数，前后跟随。那些香舆车仗，甚是众多。此时喧闹之际，玉郎便留心观看。只有一个颜色出众，秀雅宜人的，仔细一认，恰恰就是那丽容。但是众人属目之地，怎敢与他厮认。这玉郎以饿眼观看着丽容，心内把持不住，未免有些且前且却之意，不似那众人摆围的，寂然不动。李玉郎这番光景，也早被那丽容看出行藏，但是其人总似，衣服甚是不对，况且玉郎一读书之人，如何穿着这样衣服。不免触动情怀，心内想道："我当初上船进京之时，玉郎正然抱病在床，不能挪移，况我有血诗寄去，未必不病上加病，身为情死。且是一个软弱书生，如何走的这千山万水，况是天下面目相同的尽有，如何便就认定是他，这也不过付之想象而已。况他是一个军人，我又系一个女流，正当皇家严肃这地，便敢问他一声不成也罢？等到金亭馆驿住下，或者天可见怜，赐一机缘，问出一个明白，奴家死亦无恨。"说罢，不住的回首观看而去。正是：

乔妆军士混军卒，不许旁人识妙机。

再说李玉郎有心观看张丽容，自然见了他，就认真是他了。只是张丽容看见这个军卒，十分像那李玉郎，如何便认起真来，心中恍恍惚惚，难以定准。待要唤他一声，耳目众多，那里敢叫。只得含忍在心，暗暗垂泪而已。及到金宁馆驿，随着那些内使宫女，安置妥当，单候公主驸马合卺，好去服侍。这且不提。

却说这李玉郎身穿戎衣，替那军卒摆围，明明看见了丽容，只是森严之地，人稠目多，怎敢与他交头接耳上前厮认。因自想道："咳！那娇滴滴的翠娘，怎经的这样辛苦！到而今我只恨那洒银公子，无故进谗拆散我的姻缘，到使我二人跋涉万里，眼睁睁对面不得相见，岂不令人叹煞！我如今千回百折，无几奈何，不免充一名更夫，借一面巡锣，沿墙探一个消息，以满吾愿。或者天遣相逢，那人也有心将我访察，俺二人得见一面，诉一诉衷肠，各人的心事，便著在那断肠簿上，也就罢了。至若婚配之事，只可付之流水足矣。"思罢，便呜呜咽咽哭了一回。随与众军人说："列位年兄，看那天气严寒，雪降风冽，好不怕人。我是新充军卒，理宜任劳愿，众位长兄，少为歇息，我不免敲着榔锣，巡视一回。以表微意。"众军卒说："此乃大家公事，岂可累及一人。"李玉郎有心去探那丽容，那里顾得甚么寒冷。这玉郎即说道："三人同行，少者吃苦，这也是理所当然。"众军卒见他说得甚好，随接口道："既然如此，只得难为你了，我们暂且安息，再去换你罢。"玉郎得了这个美差，手提榔锣，即便打更去了。只是心内想了一想，说道："你看金亭馆驿，门高墙紧，周围宽大。那翠娘总住在里面，难道我会插翅飞进与他相见不成，我如今只好寻墙探听，做一个望梅止渴罢了。"

按下玉郎去寻丽容，再说那翠眉随着众宫人安顿在金亭馆驿，只因他路上看见个摆围的军士，像貌与玉郎无二，心中甚觉狐疑，说道："我自到京以来，与玉郎相别已久，那有音信可通，就为他身死异地，他可那里知道。不意昨间有一摆围的军士，面庞与玉郎浑一无二，令人难以想象。若说是他，他可如何来到这个所在？况是充应军卒，叫俺难以凭信。若说不是他，天下那有这等相似之人？且是他见了奴家一眼，觑定在我身上，只觉有一段不认不能、欲认不敢之意，实实令俺难以猜夺。我于今如何放得他下，正是：心头有事难稳睡，趁此良夜觅情郎。我如今心神燎乱，如何睡得下，我不免私出外堂，试探动静一番，且看众人睡了不曾。"及遍侍御之人各自睡熟，丽容喜道："何幸得紧！如今他们都已睡着了，我且走到堂下探听一番。"及至，四下一望，杳无人影，不觉叹了一声，说道："你看更深夜静，万籁俱寂，我一女流，纵有心事，请谁与我传示，我想这段苦衷，惟有上天可表。玉郎，玉郎，不知你可在墙外否？"不觉触动情怀，掩面哭泣起来。正在伤心之际，忽听墙外有咳嗽之声，丽容止住了泪痕，细细一听，说道："方才这个咳嗽音声，俨然是我那玉郎一般,我欲唤他一声,又恐错误,不得稳便。也罢,我将当年霞笺诗念上一两句,若是我那玉郎,他便闻声即悟,若不是他,也就茫然莫觉,庶不至弄出事来。"思罢,就将霞笺内得意之句,连连高声诵出墙外,这也是天缘凑巧,可可的李玉郎在墙外巡更,只听的风送清音,听的明白,不觉失了一惊,说道:"方才听见的是我霞笺诗,我想此诗惟有丽容注念在心,若非我那可意的人儿,谁能吟咏。况是深夜之间,这等有心,定是我那翠娘无疑了。"随大着胆,也顾不的有人知觉,便就叫了声"墙里边可是翠娘爱卿吗?"丽容一听是玉郎声音,不觉喜从天降,急急的答应一声:"墙外莫非玉郎乎?"玉郎说:"正是。"丽容又问:"你说你是玉郎,我赠你的霞笺血诗可曾带来?"玉郎道:"小娘子的是小生珍若灵符,时时佩带不忘。"丽容说:"你既然霞笺诗在你身边,你可隔墙与我丢过来。"李玉郎一听此言,即将霞笺从身边解下,丢将过去。丽容上前拾在手中,拆开了外函,映雪一照,只见霞笺血诗外又有两行和韵,写道:

> 人生离合系于天,切莫将身赴九泉。
>
> 似此两情金与石,今生应拟续前缘。

丽容看罢,心中好不欢喜,说道:"此是李郎前日和我舟中之韵,如此看来,真真是我那玉郎了,岂不令人痛死! 只是这一段墙,真如同万仞高山,我如今心腹事纵有万般,那里能说的明白,不免将要紧话嘱咐他几句。"随扬声道:"玉郎,玉郎,此地耳目众多,非谈心之所,幸而夜深人静,有两句要紧话儿,你可牢牢记着。你既为我来到京中,今当大比之年,君当努力功名,愿登虎榜。试毕之后,你可早上封章,咱两个的姻缘或有可望。"说罢,玉郎正与丽容〔复〕话,只听得里面有人喧嚷,唬的个玉郎急急提了梆锣,离墙边去了。不知玉郎与丽容何以见面,下回分解。

第十一回 金亭馆驿快合卺
公主点鬓露真情

　　话说李玉郎隔墙与丽容正诉衷情之际,忽听有人喧嚷,却是为何?原来公主驸马到得金亭馆驿,黎明就要拜堂合卺,所以五更时分,那些内使宫人俱各起来安排,执事不觉的彼此传呼,各按次序伺候着,成其大婚之礼。只见礼部赞礼官来到,吩咐这些执事之人各司其事,好服侍行礼,须臾之间,只见两班新人拥簇着两个新人,果然金枝玉叶嫁才子,朝郎驸马配佳人,说不尽金山银海,皇家富贵,有词为证:

　　　　玉洞金池,喜亲迎天女,成就婚期。香车内妆点许多珍异希奇。晓日初升,
　　楼台耸处,红云端里琉璃翠。叹人生,那曾见过这般遭际!

　　　　　　　　　　　　　　　　　　　　　　——右(上)调《惜奴娇》

　　公主驸马俱已班齐,掌礼官喝道:"请公主升座,驸马爷上前行君臣礼。"跪拜已毕,掌礼官又喝道:"请公主娘娘、驸马各行夫妇礼。"交拜已毕,宫人排列花烛,送入洞房。公主驸马自成婚之后,倏然之间不觉月余。一日,公主清晨睡起梳洗,唤张丽容来点鬓。这丽容满腔愁恨,无限幽思,正在伤感之际,忽有一宫人前来唤他,说道:"公主娘娘梳洗,令姐姐速去点鬓。"这丽容一听,即时跟着前去。到得妆前,见了公主,说:"丽容磕头,娘娘千岁。"那娘娘吩咐说:"丽容起来,与俺点鬓。"这丽容心头有事,神情散乱,手拿篦儿,别有所思。此时心中只有一个玉郎在怀,不觉失手将篦儿跌在地下。公主一时大怒,说道:"我看你终日双眉紧锁,珠泪暗流,似有心事,何不明言。若是仍前难免玉碎,你今须要从实说来。"丽容说:"奴婢蒙娘娘别眼看待,实有冤苦,今日蒙娘娘垂问,料想终难隐忍,我这一腔心事,就奏与娘娘知道,恕奴婢万死。"公主道:"快说上来。"丽容磕头,禀道:"奴婢

实是风尘下贱,遭逢不偶。"公主说:"你可有丈夫么?"丽容说:"原来有个丈夫。"公主道:
"既有丈夫,为何到此;又将你献与太后?"丽容说:"只为阿鲁台老爷以千金购奴,转献与
伯颜丞相。那夫人见妾有此颜色,顿起妒心,趁着丞相上朝,暗将奴写表献进来的。"公主
一听,心下明白,又说道:"你既有丈夫,叫甚名字,住居何方?"丽容说:"他姓李,名彦直,
松江华亭人氏。知贱婢进京,他就来京寻讨。只是堂堂相府,难以相见。况我今又〔在〕
宫中,叫他那里寻问消息,所以贱婢日夜悬念,不能放下,故此失手跌了篦儿,望娘娘恕
罪。"公主说:"你丈夫既在京中,这有何难,明日烦驸马差人与你打听的实,管你夫妻团
圆。"丽容将头磕下,禀道:"贱婢蒙娘娘厚恩,如同再造。"正说话间,只见驸马下朝来了,
一见公主,说道:"这丽容为何跪在此处?"公主道:"说也稀奇,此人乃有夫之妇,只因阿鲁
台拣选美人,将他选入相府,那伯颜夫人苗氏,又以嫉妒为心,背着丞相献于太后作为媵
妾的。"驸马道:"原来是这个缘故,你丈夫是何方人氏,姓甚名谁?"丽容说:"我丈夫姓李,
名彦直,松江华亭县人氏。幼习儒业,学高北斗,原是一个龙门之客,点额之鱼。"驸马一
听,触动心怀,不觉嗳呀了一声,说道:"公主真乃是一桩奇事,圣上今早金殿传胪新科状
元,也是姓李,名彦直,松江华亭县人。到与丽容丈夫同名同姓,难道就是他丈夫不成?
若要是他,岂不是千载奇遇。看那人弱冠貌美,胸藏星斗,自然是文章魁首了。张丽容过
来,你当初与李彦直分散之时,可有表记作证否?"丽容说:"有,有,有。红楼当日锁花钿,
吩咐新词结〔佳〕缘。无奈幽芳闭深阁,怀中剩有此霞笺。我如今现有霞笺可以为证。"驸
马道:"既有霞笺,何不取上来与我一观。"丽容即从怀中取出霞笺,献于驸马。驸马一看,
说道:"观此霞笺,写作俱佳,果然胸藏锦绣,笔逞龙蛇。张丽容,我如今宛转与你成其佳
配,岂不是好?"丽容一听,说道:"多谢驸马爷成就之恩。"驸马与丽容说到快意之时,有诗
为证:

古来好事定多磨,今日应须喜气多。

权把霞笺当红叶,管教织女渡银河。

不知驸马与他如何成就姻缘,且听下回分解。

第十二回 驸马赔妆送寓所 辞朝省亲求团圆

话说张丽容蒙公主娘娘垂问,正在告禀之时,忽然驸马下朝,叩问原因,丽容即以实言相告,且将当年定约霞笺献于驸马,知道此是何等机缘,何等造化,这且不讲。

且说这一班新贵赴罢琼林之后,公同商议说:"列位王公,俱各顶礼拜望,惟驸马府中,尚未晋谒。"这状元李彦直说道:"列位年兄,我等幸擢魏科,同沾雨露,前日已谒过王侯丞相,今日须往驸马府中一拜方好。"众位齐说:"年兄言之有理。"随各人整顿鞍马,齐到驸马府中晋谒。只见转过绿水红桥,便是高楼朱户。到此俱各下马,令人传报。驸马一听,心中正怀着丽容之事,要去见那状元李彦直。忽听传报进言说:"诸位新科老爷前来奉拜,已到门了。"驸马喜之,急忙吩咐:"快请!"只见这一〔班〕新贵进到驸马府中,那驸马出来迎接。到得中堂,列位新贵说:"晚生辈幸叨皇恩,得登甲第,特来造府禀谢。"驸马道:"学生愧□先施,有劳贵步,此理何敢克当。"驸马随与诸位新贵同拜了四拜,坐定茶罢。驸马道:"学生有一幅白头荣贵图,敢劳状元一〔题〕,不知肯赐教否?"李彦直答道:"驸马命晚生捉笔,敢不从命?但是愧不精工,恐污云笺。"说罢即将荣贵图展开,只见才高学博,不假思索,龙蛇飞舞,立刻写完,递与驸马。这驸马喜仔仔说道:"物以人贵,这幅云笺一得状元题咏,便觉价值千金。"□自□□说:"只是学生总非文人墨士,素性颇好歌词,近日得一幅霞笺,但不知何人题咏,乞状元一观,定其优劣。"李彦直说:"驸马既有锦绣,愿赐一览。"驸马即将霞笺递与彦直,这状元展开一看,不着心内着惊,神情俱失,对着众人不觉露出一段伤惨之情。有词为证:

见霞笺使我心惊□,这件事费人忖量。多管是故来相弄,想名花已入东墙。
又恐你把衷情说向咫尺,无渊如千丈想思账。由他主张,须道乐旨,分镜合徐

郎。

话说状元李彦直一见霞笺，触动他的心事，对着这些〔新〕进〔士〕，怎敢明言。驸马早已看出行藏，故意向着状元说道："这是古霞笺真堪赏玩，未审是何人题咏，看将起来这是和韵，还有前咏一幅，不知落于何人手中?"说道此间，这李彦直不觉两泪交流，几乎失声。驸马观此行径，知是状元与丽容真有这一段情缘，只对着一班新进士，怎好开口。遂含糊说道："学生既蒙列位光顾，酒筵已经摆完，请少坐，以尽一日之欢。"李彦直说："晚生辈理宜谒见，怎敢讨扰，愿乞此笺假动细玩一番，何如?"驸马说："宝剑赠与烈士，红粉付于佳人，有何不可，只是看过要还。"彦直说："这个自然。"那时接在手中，就要告辞。驸马说："状元乃列位班头，如何推脱？ 就此上席。"驸马有心，早吩咐丽容杂在众宫女之中，席前侑酒，令他二人各自相认，以便好送他团聚。只见这些内使宫人，摆列成行，歌的歌，舞的舞，极尽皇家富贵。惟有状元李彦直一眼觑着了张丽容，红裙艳妆，站到筵前，咫尺如同千里，惟有暗自惆怅而已。

再说那丽容蒙驸马叫他出阁相认，他在宫人之队，早看见首席上一位少年，头带乌纱，宫花红袍，分外齐整。更比当年韶秀，心中暗暗自喜，自不必言。但离别情深，和泪下咽，怎了扬声。这便是"银河隔断牛女会，各自心照泪滂沱。"这驸马是个知趣的人，见他两个的光景，知是原系旧交，一心要周全他成为夫妇，随吩咐了声"宫人回避。"只见这些内侍宫女俱各散去，李彦直领着一班新进士谢酒告辞。驸马说："有慢列位先生。"众位已去，驸马对着众内侍说："尔等速办妆奁，明日送张丽容到状元寓所成亲。"

正是：

今朝杯酒见衷肠，两地新诗结凤凰。

风静始知蝉在树，灯残方见月临窗。

到得次日，妆奁完备，驸马命公主将丽容金妆银饰，扎裹得天仙相似，命内侍送至寓所。这丽容喜从天降，叩谢了公主驸马之恩，上了彩舆，一路鼓乐喧天。到了寓所，李彦

直感激不尽,接到中堂。内侍说:"奉驸马之命,多多拜上状元。昨日见状元认了霞笺,即欲将尊阃就席间相见,奈诸客俱在,恐涉不雅,今备妆奁之资三千贯,特着咱家送与完聚。"彦直一听,说道:"多谢驸马厚恩,尚容登门叩谢。"打发众人回去,急急来见丽容,二人交拜了四拜,状元说:"夫妻本是前生定,一幅霞笺完始终。"丽容道:"今朝幸喜鸳鸯会,却蒙公主驸马情。"那书童在旁说:"老爷奶奶大喜,小的磕头。"状元道:"你且起来,听我吩咐。我如今幸喜中了状元,又得与夫人完聚。明日上表省亲,我自修书一封,你可先到家中报喜。我与夫人不日就要起程了。"书童说:"晓得,明日就去。"正是:

> 今宵久旱逢甘雨,况是他乡遇故知。
>
> 重会洞房花烛夜,果然金榜挂名时。

话说状元李彦直差书童前去报喜,他父母正在家中思想彦直。一日,老御史对着夫人说道:"自从孩儿出去,至今杳无音信。我已差人打探,不见回来,好生放心不下。"夫人说:"老身日夜悬念,怎生是好?"正说话间,书童已竟走到堂前,跪下禀道:"老爷奶奶,恭喜,贺喜,大相公中了状元,今蒙圣恩准赐驿还家省亲,不日就到,有书呈上。"老御史接书,拆开一看,上写道:

> 不肖男叩禀父母二位大人。儿自逃往京师,久离亲闱,罪不容死。幸赖家学渊源,得摄巍科。皇恩钦赐状元宫袍色彩,又蒙兀都驸马送出宫人,结为百年姻眷,不日驰驿还家,以谢罪愆。
>
> 不孝男彦直叩禀

御史看毕,满心欢喜,只是驸马赐一宫人,有些不解,随问道:"大相公总是中了状元,驸马为何送一宫人成亲?"书童禀道:"老爷,奶奶,不必追问,就是向日会景楼那话儿。"御史说:"天下有这等奇事!那张丽容如何到得宫中?"书童道:"说也奇怪,那阿鲁台老爷将翠娘夫人选入相府,只因丞相夫人醋意太重,乘间送于宫中,太后见他举止端方,善于服侍,就命他随嫁驸马,及到金亭馆驿,他就终日愁烦,公主问出真情,告知驸马,驸马又见他霞笺酬和,甚是赏心,便将他二人玉成夫妇了。"御史说:"原来如此！这叫作因时娇。"

（明·范钦）天一阁藏书

第二篇

鸳鸯影

［清］樵云山人 撰

第一回　众英才花下谈心

诗曰：

> 云山到处可舒襟，风月闲情试共寻。
> 世界蛇场观莫浅，古今儡傀看须深。
> 春秋满腹非无意，笑骂皆文各有心。
> 不是千年明眼士，当时芳臭孰知音。

话说嘉靖年间，浙江绍兴府山阴县，有一秀才姓柳，名素心，表字友梅，原是唐朝柳宗元之后，父亲柳继毅，官至京兆尹，不幸在十三岁上边，就亡过了。母亲杨氏，贤能有志，就苦心守节，立志教柳友梅读书，日夜不辍，真个是：

> 三更灯火五更鸡，雪案萤窗志足奇。
> 自古书香传奕叶，果然庭训振家仪。

自幼的时节，日间母亲做些女工，友梅便随母侍读，夜间燃灯，杨氏就课子读书，那咿唔之声，往往与牙尺剪刀声相间。杨氏训子之严，无异孟母断机。友梅读书之勤，亦不啻欧阳画荻。友梅生得一表人材，美如冠玉，又且颖悟过人，做的文章更篇篇锦绣，字字珠玑。十五岁上，就领了钱塘县学批首。虽然他父亲已故，门庭冷落，那友梅生性豪爽，贫乏二字，全不在他心上，平日只以读书做文为事，或遇看花赏月、临水登山，却也做些诗词自娱。同辈朋友，却又啧啧称羡他的才华。生平因慕李太白的风流才品，又取个别字月

仙,取谪仙爱月之意。隐居山阴县中,那山阴的所在,真个千峦竞秀,万壑争流,天穷好景,应接不暇。友梅的住居却弯弯抱着一带流水,远着数点青山,门栽几树垂杨,宛似当年陶令宅;径植百竿翠竹,依然昔日辟疆园。月到梅花,吟不尽林逋佳句;杯浮绿叶,饮不尽李白琼浆。曾有一诗单赞柳友梅的人才,诗云:

美如冠玉润如珠,倚马文章七步诗。

锦绣心肠能腴面,山川秀丽见丰姿。

陈思妙句应无敌,卫仪容差合宜。

一段风流谁得解,能挑卓女醉西施。

又有一诗单赞柳友梅的住居:

门淹垂杨绿树东,小桥曲径漫相通。

青山点点参云表,流水淙淙落涧中。

地产才郎知毓秀,花无俗气自吟风。

当年欲访幽人迹,却与西施旧宇逢。

原来柳友梅的住居,就在当初范蠡访西施的所在,那浣纱遗迹,至今尚存。柳友梅性又爱梅,他母亲生他这日,梦见梅花满树,落满怀中,因此父亲自小唤他是友梅。后园中栽着无数梅花,乃是他父亲的手栽。柳友梅生性爱梅,凡遇梅花开放时节,或把酒对花自斟自咏;或携朋挚友迭唱迭和,兴致最高。卧房常时供一枝梅花,古秀曲折,令人描画不就;无梅时节,更挂一幅梅花的单条,墨花飞舞,生气飘动,常自题其上云:

吟成白雪心如素,曼到梅花香也清。

昔日浣纱今日恨,玉人如许愿相亲。

因这一首诗,有分教:阳春白雪,诗中联罗绮之缘;柳艳梅香,花下结鸳鸯之带。

一日，正值初春，梅花竞盛，开满园林，也有二叶的，也有单瓣的，也有绿萼，也有玉叠，或红、或白、或老、或嫩，疏影横斜，暗香浮动，引起那林和靖的风流，鼓舞得孟浩然的兴致。昔贤高李迪有诗咏那梅花之妙。

其一：

琼姿只合在瑶台，谁向江南处处栽。

雪满山中高士卧，月明林下美人来。

寒依疏影萧萧竹，春掩残香漠漠苔。

自去何郎无好咏，东风愁寂几回开。

其二：

断魂只有月明知，无限春愁在一枝。

不共人言惟独笑，忽疑君到正相思。

花残别院烧灯夜，妆罢深宫览镜时。

旧梦已随流水远，山窗聊复伴题诗。

柳友梅是日正在那里把酒赏玩，对花吟咏，忽见小童抱琴走进来道："外边竹相公、杨相公来访。"原来竹、杨二生就是友梅同笔砚的朋友。竹生名干霄，表字凤阿，乃是兵部竹淇泉的嫡侄，与柳友梅又是年家，为人少年老成，最重义气，且文武兼长。杨生名怀璧字连城，乃是柳友梅母亲的内侄，做人雅有情谊。三人交往甚厚，平日间不是你寻我，便是我访你。柳友梅听见说二人来访，忙出来迎接。三人因平日往来惯了，全无一点客套，一见了，柳友梅便笑说道："前两日梅花开得十分烂漫，二兄为何不来一赏？"竹凤阿道："前两日因家叔父复命进京，匆忙数日，不得工夫。昨日要来，不期刚刚出门，撞见老刘厌物拿一篇寿文，立等要致与严相公夫人上寿。他说，'顷间去柳兄处寻不见，只得来央及兄'，又误了一日工夫。今早见风日晴和，弟恐错过花期，所以约了杨兄，不速而至。"杨生道："小弟连日也为些欲冗羁绊，未免辜负芳辰。"柳友梅道："我说老刘昨日来寻，必有缘故,原来又要奉承权贵耳。"三人说着话,待过茶,遂邀进后园看梅。果然清香扑鼻,素色精神,引起人无限兴致,真不减玉树风前,何异瑶台月下! 柳友梅即于花下,展开一幅花笺,吟诗一首。诗云:

> 素姿雅秀夺春开,压倒群花独占魁。
>
> 影入月中矜玉色,香浓雪里动诗才。
>
> 淡笼烟水疑图画,点缀琼瑶胜剪裁。
>
> 无限深情谁得解? 相思不尽题相陪。

竹、杨二生接诗吟玩,俱夸奖道:"有此好花,不可无此佳句。更值芳辰对景,知己谈心,今日可谓二美具,四难并矣!"柳友梅道:"拙咏欠工,还求和韵。"竹、杨二生齐应道:"这个自然。"竹凤阿随即吟成一首,和着柳友梅的韵,题于锦笺上云:

> 气禀先天得早开,名传南国播花魁。
>
> 难凋三友冰霜操,易赋千言珠玉才。
>
> 香冷暗侵高士卧,影疏振约美人栽。
>
> 年来有子堪调鼎,燮理阴阳可重陪。

柳友梅道:"凤阿兄诗句,声口超卓,绝无寒士气,鼎鼐才也。"杨连成看了,也赞道:"诗情雄壮,大有盛唐音韵,非中晚可及!"随即自己也展开一幅诗笺,花前题就,呈与柳、杨二生。柳友梅接来一看,上写云:

> 欲识天心待两开,流芳已占百花魁。
>
> 一枝初试阳亨象,数点中宣造化才。
>
> 逊雪难为郢客和,斗艳疑属寿阳栽。
>
> 不须攀折相寻问,半领春风得意陪。

柳友梅看罢,赞道:"杨兄佳句,当为翰苑仙才!"竹凤阿道:"但观末后一联,分明是春风得意,看花长安之意了。"三人互相题咏,赏玩了一回。

柳友梅就叫抱琴排上酒肴,即于花下对酌。饮了数盅,竹凤阿道:"此花秀而不艳,美而不妖。众花俱萎,此独凌寒自开,万才未荣,此独争春先放,虽然骨瘦姿清,而一种潇洒出尘之致,自非凡花可及,使人爱而敬之。就如二兄与小弟交,淡而自浓,久儿加敬。终不似老刘这班俗子,伺候侯门,趋迎府县,未免为花所笑。"友梅道:"虽如此说,只怕他又笑你我不为功名,终日饮酒赋诗,与草木为伍。"杨连城道:"他们笑我,殊觉有理。我们笑他,便笑差了。"竹凤阿道:"如何笑差?"杨连成道:"你我做秀才的,无不博个脱白挂绿,若弟辈功不成、名不就,又不会钻刺,又不去干谒,终日以诗酒陶情,哪能个平地一声雷,便扶摇万里去乎?"柳友梅道:"富贵从来有命,读书岂为功名!昔曾文正公已做状元,人道他一生吃着不尽,他尚云'我志不在温饱'。据小弟看来,功名还是易事,尚有难于功名者耳。"竹凤阿道:"柳兄妙才,功名自易,他日云程,自在玉堂金马之内。杨兄苦志萤窗,埋头雪案,其功名亦自不小,瀛洲夺锦,雁塔题名,应有日也。若弟赋性愚鲁,意不在书,志欲学剑,当效班孟坚投笔,觅个封侯万里,方遂生平,尚未知遇合何如?今友梅兄又说有难似功名的,更是何谓?"柳友梅含笑道:"此心曲事,难于显言。"竹凤阿道:"知己谈心,不妨倾肠倒肚,何必拘泥。就是小弟大言,也是酒后狂愚,不觉自陈肺腑。吾兄何必如此隐藏?"杨连城也道:"既系心交,不妨直道。"

三人一边说,一边饮酒。柳生至此,已饮了数杯,不觉乘着酒兴,笑说道:"小弟想人有五伦,弟不幸先父先亡,又无兄弟,五伦中已失了二伦。君臣朋友间,遇合有时,若不娶一个绝色佳人为妇,则是我柳友梅空为人在世一场!枉读了许多诗书,埋没了一腔情思,便死也不甘心。只是美玉藏辉,明珠含媚。天下虽有绝色佳人,柳友梅哪能个一时便遇?所以小弟说,尚有难于功名耳!"杨、竹二生齐道:"如兄之才,怕没有佳偶相谐吗?只要功名到手耳!"柳友梅道:"兄等不要把功名看重,佳人反看轻了。古今凡博金紫者,无不是富贵。而绝色佳人,能有几个?有才无貌,不可谓之佳人;有貌无才,不可谓之佳人;即或有貌有才,而于吾柳友梅,无脉脉相契之情,亦算不得吾柳友梅之佳人。"竹凤阿道:"听兄说来,古诗云:'倾国与倾城,佳人难再得',良有以也。"杨连城道:"昔相如见赏于文君,李靖受知于红拂,佳人、才子一世风流,动成千古美谈,事固有之。"柳友梅道:"小弟志愿还

不止此。文君虽慧，已非处子；红拂虽贤，终为婢妾。况琴心挑逗，月夜私奔之事，终属不经。若小弟决不为此。"杨、竹二生道："如此说来，怪不得兄说难于功名矣。"

三人谈笑饮酒，正说得情投意洽，忽见抱琴进来道："外面刘相公来访。"三人听见各不欢喜。柳友梅便道："蠢才！晓得我与竹相公、杨相公饮酒，就该回不在家了。"抱琴道："我也回他，刘相公道：'我方到竹相公处问，说在柳相公园中看梅，故此特来。'又望见内园花色，自要进来看花，因此回不得了。"柳友梅尚沉吟不动，只听见刘有美已在前厅，叫道："友梅兄，凤阿兄，好作乐！"柳友梅只得出来迎接。

原来这刘有美名斐然，也是个挂名秀才，勉强做几句丑时文，却一味抄袭旧文，钻刺当道。为人又言语粗鄙，外好滥交，中藏险恶。又因新断了弦，终日在外边寻些露柳墙花，品行一发不端了。为此三人都憎厌他。这一日走出来，望见柳友梅，便叫道："柳兄好人，一般通是朋友，怎么就分厚薄。你既有好花在家，邀老竹、老杨来赏，怎么就不呼唤小弟一声，难道小弟就不是同学的朋友？"柳友梅道："本该邀兄，只恐兄贵人多忙，无暇干此寂寞事耳！就是杨、竹二兄，也非小弟邀来，不过是偶然小集。兄若不弃嫌，请同到小园一乐何如？"刘有美听了，一径就同到后园。竹凤阿与杨连城看见了，只得起身相迎，因说道："今日刘兄为何有此清兴？"刘有美与杨连城作揖道："你一发不是人，这样快活所在，为何瞒着我，独自来受用？不通！不通！"又与竹凤阿作揖，致谢道："昨赖大才润色，可谓点铁成金。今早送与本县赵老师看了，便十分欢喜，大加称赞。若送到严相公府中看了，不知还有多少褒奖哩。令小弟增光，倘后有什么余荣，皆吾兄神力矣！"竹凤阿道："赵县尊欢喜，乃感兄高情厚礼，未必便为这几句文章。"刘有美道："常言说，'秀才人情半张纸'。小弟寒儒，贺相国之寿，只有这寿文足矣，倒没有什么厚礼。"杨连城道："小弟瞒兄看花，便怪小弟，像吾兄登县尊之堂，拜相国夫人之寿，抛撇小弟，就不说了？"说罢，众人都笑起来。

原来那位夫人，就是赵文华拜她做干娘的。因往天竺进香，赵文华就接她到县，恰好正值她的生辰，赵文华与她做起寿来，便哄动了合县的士夫。刘有美是个极势利的，况又拜在赵文华门下，因此做这篇寿文，兼备些礼物去上寿。只有柳友梅与竹凤阿、杨连城三人，一般有傲气的，不去上寿。那山阴县的矜绅，哪一个不去的？这一日在席间提起，刘有美道："今日与赵老师令堂上寿，虽是小弟背兄，也是情礼上却不过。还有一事，特来请三兄商议，若是三兄肯助一臂之力，保管有些好处。"柳友梅道："有何好处见谕？"刘有美道："严相国有一内亲的令爱，年已及笄，曾与会稽县朱世良割襟。近日朱家家事消乏，严相国的内亲要赵老师作主，替他另配一个女婿。县中人闻知，纷纷扬扬，说严府倚仗势力，谋赖婚姻，人都不服。我想这些人却痴，干你甚事？会稽县学中，第一是老方出头，要替他女婿告状。赵老师听得些风声，又不好发觉。今日与小弟师弟至情，偶然谈及，小弟想同学的朋友，通好说话。只有老方有些假道学，又尚气，为人敢作敢为，再不思前算后，与小弟再说不来。我晓得他与三兄极相契厚，三兄若出一言阻挡了老方，其婿徽商，不谙这里的事，只合罢休。不惟赵老师深感，就是严府里晓得了，那婚事也有些意思，包你宗师下来，严相公自然荐举，今年科举稳稳的了。这是上门生意，极讨好且不费力。"

竹凤阿听了，心下便有几分不快，因正色道："若论他倚仗严府势力，赖人婚姻，就是老方不出头，小弟与兄也该持一公论。事关风化，如何刘兄反要与他周旋，未免太势利了。"刘有美见竹凤阿辞色不顺，遂默默不语。柳友梅道："小弟只道刘兄今日特来看花，原来又为着严府的公事，这等便怪不得小弟不来邀兄赏梅了。"杨连城也笑道："良辰美景，只宜饮酒赋诗。若是花下谈俗事，颇觉不雅。刘兄该罚一巨觥，以谢唐突花神之罪。"刘有美被竹凤阿抢白几句，已觉抱惭，又见杨、柳生带笑讥刺，他甚没意思，只得勉强道："小弟与竹兄偶然谈及，如何便有罚酒？"柳友梅道："这个一定要罚。"叫抱琴斟上一大杯，递与刘相公。刘有美拿着酒，说道："小弟便受罚，倘后有谈及俗事者，小弟也不饶他！"竹凤阿道："这个自然，不消说？"刘有美吃干酒，看见席间笔墨淋漓，便笑道："看来三兄在此有兴做诗，何不见诗？"柳友梅道："弟辈诗已做完，只求刘兄也做一首。"杨、竹二生也道："刘兄有兴也和友梅兄原韵，以见一时之胜。"刘有美道："兄等又来奈何小弟了。小弟于这七言八句，实实来不得。"柳友梅道："吾兄长篇寿文，称功颂德，与相国夫人上寿，偏来得，为何这七言八句，不过数十字，就来不得！想道知此梅花没有荐举么？"刘有美便嚷道："柳兄该罚十杯？小弟谈俗事便罚酒，像老兄这等，难道就罢了？"随即斟了一大杯，递与柳友梅。杨连城道："若论说寿文，也还算不得俗事。"竹凤阿道："寿文虽是寿文，却与俗事相关，若不关俗事，刘兄连寿文也不做了。友梅兄该罚！该罚！"柳友梅笑了笑，把酒一饮而干。

四人正在那里饮酒赏玩，抱琴走到，呈上一个封筒，上面用一个图书。柳友梅道："是

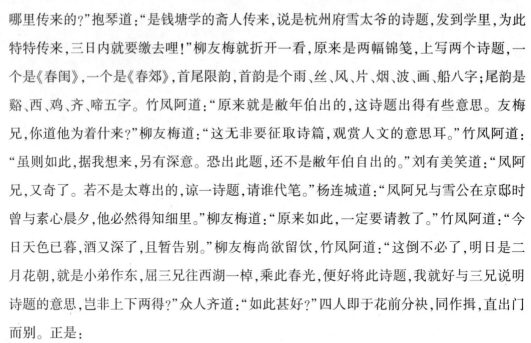

哪里传来的？"抱琴道："是钱塘学的斋人传来，说是杭州府雪太爷的诗题，发到学里，为此特特传来，三日内就要缴去哩！"柳友梅就折开一看，原来是两幅锦笺，上写两个诗题，一个是《春闺》，一个是《春郊》，首尾限韵，首韵是个雨、丝、风、片、烟、波、画、船八字；尾韵是谿、西、鸡、齐、啼五字。竹凤阿道："原来就是敝年伯出的，这诗题出得有些意思。友梅兄，你道他为着什来？"柳友梅道："这无非要征取诗篇，观赏人文的意思耳。"竹凤阿道："虽则如此，据我想来，另有深意。恐出此题，还不是敝年伯自出的。"刘有美笑道："凤阿兄，又奇了。若不是太尊出的，谅一诗题，请谁代笔。"杨连城道："凤阿兄与雪公在京邸时曾与素心晨夕，他必然得知细里。"柳友梅道："原来如此，一定要请教了。"竹凤阿道："今日天色已暮，酒又深了，且暂告别。"柳友梅尚欲留饮，竹凤阿道："这倒不必了，明日是二月花朝，就是小弟作东，屈三兄往西湖一棹，乘此春光，便好将此诗题，我就好与三兄说明诗题的意思，岂非上下两得？"众人齐道："如此甚好？"四人即于花前分袂，同作揖，直出门而别。正是：

　　一杯一杯复一杯，几人对酌山花开。

　　既醉欲眠君且去，明朝有意抱琴来。

未知柳友梅游湖何如，且听下回分解。

第二回　柳秀士舟中题句

诗曰：

> 世间真伪不相兼，只为才情赋自天。
> 班马文章由夙慧，瘦鲍诗句实前缘。
> 牙琴须遇知音解，卞玉还逢识者怜。
> 不是美人亲听得，空令雅韵落前川。

话说柳友梅到了次日，乃是二月花朝，天气晴和，莺花缭乱，那花间的百鸟，娇滴滴在枝上弄晴。柳友梅书斋晓起，不觉游兴勃勃。又急要晓得那雪太守诗题的意思，记得竹凤阿约游西湖，随即梳洗毕，吃过早膳，身上穿一领水墨色衣，头戴一片毡巾，手执一柄棕竹扇子，脚上穿一双红方舃鞋，飘然有凌云气概，真浊世之佳公子也。禀过母亲，就叫抱琴跟了，一径到竹凤阿家来。

恰好才到中途，望见竹凤阿已同着杨连城、刘有美，驾着兰舟，迤逦的荡将过来。抱琴先看见，叫道："竹相公哪里去？我家相公在此。"竹凤阿道："来得正好！"抱琴先跳上船，把缆系在绿杨之下，随接了柳友梅下船。竹凤阿见了柳友梅，因说道："昨晚相约，今早见天气好，弟恐辜负花晨，特驾小舟，屈了杨兄、刘兄，与吾兄同往西湖一游，不道吾兄先已移玉，可谓知己有同心也。"杨连城道："这才是有约不忘。"刘有美道："昨晚诗题想今日定要做了，但友梅兄可要晓得那诗题的意思么？说起来，只怕友梅兄不喜杀、还要想杀哩！"柳友梅道："诗题的意思，弟实不知，今日正要请教凤阿兄。难道兄已预先晓得了吗？"刘有美道："小弟倒已预先打听着了，才与二兄说过。凤阿兄也道：'如是，如是，不

差，不差！'若友梅兄要我说，昨日罚小弟的酒，今日要吃还我，若不吃，小弟只推不知罢。"竹凤阿道："这个容易。"不一时，舟人排上酒来，竹凤阿道："刘兄且请饮一杯，润润喉才说不妨。"刘有美道："兄等难道倒不吃。"竹凤阿叫将大杯来斟上酒，递与刘有美，次连城，次友梅，最后自己也斟了一杯奉陪。单有刘有美的酒量最高，拿起酒，一饮而干，一连饮了数杯乘着酒兴说道："昨日诗题，兄等道是哪个出的？"柳友梅道："是府里出的，学里传来的。"刘有美道："是学里传来的，却不是府里自出的。"柳友梅道："怎么不是府尊出的，却又是谁出的？"刘有美道："小弟也不知。昨晚别后，小弟一向有一相熟的旧邻，现在杭州府做书手，府中消息都晓得。昨日返舍，就遇着他在舍下了。小弟与他偶然谈及，他对我说，'诗题是太爷的一位小姐出的。'你道天下有这样聪明女子么？可不令人想杀！"柳友梅道："原来如此！怪不得兄要着魔矣。这样说起来，那小姐一定能诗的了。但世上难得才色兼全的女子，有才者未必有貌，有貌者未必有才，即或有貌有才，而无一种才貌的风情韵致，亦与无才貌者等。有才无貌，不可谓之绝色佳人；有貌无才，不可谓之女中学士；有才有貌，而风情或减，韵致歉然，亦如嚼蜡，便无味矣。""那小姐有沉鱼落雁之容，闭月羞花之貌，不惟女工针指，件件过人，至于诗词一事，尤其所长。就是雪府尊刻的《啸雪集》，倒有大半是小姐吟咏的，难道不是才色兼全钟情女子么？"竹凤阿道："兄知其一，未知其二，雪小姐的才貌果然是仁女班头，但我敝年伯的意思，必要配个文章魁首，为此出这诗题。虽试士，实欲择婿耳。"

柳友梅听说，心上也不觉暗暗欢喜，想道："我柳友梅若题破了雪小姐的诗题，便不患佳人难遇矣！"便一心想着雪小姐，不觉诗兴勃勃，如有所得，对着竹凤阿道："既如此，当吟成才士句，接续美人缘也。"竹凤阿道："正是！今日乘此春光，赋诗饮酒，亦一乐事，且请吟诗。"杨连城道："诗不成者罚酒三巨觞。"刘有美道："小弟诗是决做不出的，倒情愿罚酒。小弟昨夜闻此好消息，想了一夜，有了头，没了尾，有了尾，没了头，不觉没心绪起来，今早倒搁笔不题，索性养养精神，好若吟一首，如今决做不出的了。"柳友梅道："昨日尚未请教，今日正该同咏。"杨连城道："若无佳句，何谢良辰，正该同做。"竹凤阿道："既如此，请各挥毫。"

抱琴就在拜箧中，取出文房四宝，四人各分了纸笔。只见竹凤阿注目花笺，搜索枯肠；杨连城拿着一管笔，口里唧唧哝哝的吟哦；刘有美也不做声，拿着酒，只顾饮，奉起筋，不住吃;只有柳友梅也不想,也不写,也不饮酒,立起身往船头上散步,遥望那四周山色、一带花光,不觉诗思扑扑从天外飞来,喜动眉宇,便叫抱琴取过纸笔,顷刻写成七言律诗二首,真个是:

文成七步,笔扫千军。腕下霎时兴云雨,纸间顷刻走龙蛇。

柳友梅完写了诗,放在袖中,走入舱中,问道:"三兄诗俱完了么?"刘有美道:"兄怎么不去做诗,反去闲望,三杯头是不饶你的。"柳友梅道:"弟实不才,诗已粗成。"刘有美道:"这样险韵,兄难道完得如此神速?"竹凤阿道:"柳兄才极敏捷,他若诗成,尚未知鹿死谁手。小弟诗虽胡凑,尚欠推敲。杨兄佳句已完,亦未写出。柳兄既已诗成,何不赐教!"柳友梅就在袖中取出,与三人看。刘有美接在手中,叫道:"友梅兄果然做了,大奇、大奇!可谓真正才子。"竹凤阿笔道:"真正才子,合配个真正佳人。"杨连城道:"相配时,这诗题分明是姻缘薄了。"众人都挨拢来看,只见上写道:

其一:《春闺》

雨意迷离锁隔溪,丝丝飘堕湿花西。
风声远浦惊归雁,片刻巫山促晓鸡。
烟影半湾情欲绕,波光千顷恨还齐。
画栏整日凝眉望,船隐垂杨鸟自啼。

其二:《春郊》

雨余淑气满幽豀,丝柳迷花隔路西。
风日弄晴飞蛱蝶,片云凝彩堕山鸡。
烟笼野寺春光媚,波漾汀芦秀色齐。
画里文章看不尽,船归月落乱鸟啼。

鸳鸯影

三人看了,大加赞叹。竹凤阿道:"柳兄今日此诗,不但敏捷异常,似有神助,且字字清新俊逸,句句如织绵迥文,可谓李、杜复生,庾、鲍再出矣。敬服,敬服!小弟辈当为搁笔。"柳友梅道:"小弟俚句也是一时兴致所作,正要抛砖引玉,何故吝惜珠玑?""杨、竹二生道:"珠玉在前,自惭形秽,其实不敢献丑,每人情愿罚酒三杯。"刘有美道:"友梅兄如此奇才,虽曹子建七步成诗,哪里精工到此。明日送到府里,难道不动小姐的火!我们大家也奉柳兄一杯,挂挂红何如?"众人道:"说得有理,该奉,该奉!"三人先吃了罚酒,然后各人奉柳兄一杯。友梅酒量原不甚大,一连吃了数杯,自觉有些酒意,不免推开船去,临风散玩。杨连城与竹凤阿亦倚着相陪。不觉船已过钱塘江,那西湖的景致,已在目前。只有刘有美留心,把柳友梅二首诗,不住的吟哦,假意地叹赏,心下实要念熟了,好抄袭他的。

却好船已到湖,湖上烟花如市,士女如云,说不尽的景致。昔人有诗单赞那西湖的景致,诗云:

其一:

山色波光步步随,古今难画亦难诗。

水浮亭馆花间出,船载笙歌柳外移。

刺眼繁华如锦绣,引人春兴似游丝。

六桥几见轮蹄换,湖上于今泛酒卮。

其二:

万壑烟霞映远峰,水光山色画图中。

琼楼燕子家家市,锦浪桃花岸岸风。

彩舫舞衣凝暮紫,绣帘歌扇露春红。

苏公堤上垂杨柳,尚想重来试玉骢。

却说是日湖中,因有官船设宴,小舟倒不甚多。自断桥至苏公堤,但见一带垂杨与桃花相映,且是年春雪甚盛,梅花为寒所勒,与桃杏相次开发,尤为奇观。绿烟红雾,迷漫二十余里,歌吹为风,粉汗万雨,纨绮之盛,多于堤畔之柳,艳冶极矣！至于朝阳始出,夕春初下,月华与山色争妍,霞影与湖光并媚,一般好景,更极天然。三人观赏不尽,只有刘有美把柳友梅诗句只管吟哦,酒后声高,不觉吟诗之声,振于四野,随看顺风儿,一句一句竟飘向隔船舱玉人耳朵里去了。

但见隔船帘内,隐隐绰绰有几个美人窥探,最后一侍儿从旁边揭开垂帘,恰好柳友梅扯着刘有美道:"刘兄为何这般好景不看,只是吟诗。"那侍儿揭帘时,帘内两美人刚刚与柳友梅打个照面,只见那一个美人:

> 眉舒柳时,眼湛秋波。身穿着淡淡春衫,宛似嫦娥明月下;裙拖着轻轻环佩,犹如仙子洛川行。远望时,已消宋玉之魂;近观来,应解相如之渴。

又见那一个美人:

> 貌凝秋月,容赛春花。隔帘送影,嫣然如芍药笼烟。临水含情,宛矣似芙蕖醉露。虽然未入襄王梦,疑是巫山云雨仙。

柳友梅望见,神驰了半晌,方说道:"人家有如此标致女子,岂非天姿国色乎！昔人云'欲把西湖比西子',今则欲把西子比西湖矣。"刘有美也惊叹道:"果然天姿国色,绝世无双。"竹凤阿道:"但不知此是谁家宅眷?"柳友梅道:"莫非就是雪小姐么?"杨连城道:"观其举止端详,大约非小人家儿女。"竹凤阿道:"若果是她,正友梅兄听说才色兼全的女子矣。但这样女子,得一尚难,如何有两?"刘有美道:"好歹明日访她个下落回去。"四人说说笑笑,不觉金乌西坠,玉兔东升,那官船儿早已开去。是夜月色如银,夕岚如碧,四人由断桥至苏公堤,直至六桥,步月而归。回到船中,洗盏更酌,尽欢方睡。

只有柳友梅,自见了二美人之后,心下想道:"若得如此佳人为妇,我柳友梅便三生有幸矣！但不知她是谁家宅眷?"又见朋友在船,不好十分着想,睡在船中,却一夜不曾合眼。正是:

山色有情留客赏,湖光无意恋人游。

东风似与才郎便,飘堕诗声到隔舟。

未知后来如何,且听下回分解。

第三回　两闺秀湖上遇才郎

中国禁书文库

鸳鸯影

诗曰：

> 千秋慧眼落闺英，偏识风流才子心。
>
> 范蠡功成逢浣女，相如时到度琴音。
>
> 明珠岂混尘沙弃，白璧从无韫匵沉。
>
> 一见莫言轻易别，秋波临去最情深。

却说是日游湖的官船，就是杭州府雪太守夫人与福建梅兵备的小姐接风。那雪太守与梅兵备另设席在昭庆寺赏梅，夫人与小姐就排酒在船。雪太守与梅兵备原系姑表至亲，因往福建上任，从杭州经过，雪太守因此留住。雪太守是苏郡人，名霁，字景川。夫人王氏，只生得一子一女，一子尚幼，女儿年方二八，因她母亲梦见祥云绕屋而生，名唤瑞云，生得姿容绝世，敏慧异常。观其色，真个落雁沉鱼，果然羞花闭月；论其才，不惟女红之事，色色过人，即诗赋之间，般般精妙，就是雪太守的诗文，却也常常是她代笔。曾有一诗，赞那雪小姐的好处：

> 桃输绰约柳输轻，玉貌花容谁与衡。向月乍疑仙女降，凌波欲拟洛川行。
>
> 弱教看去魂应死，秀许餐时饥不生。最是依依临别际，眼传秋水更多情。

梅兵道是金陵人，名灏，字道宏，年已五十，只生得个女儿。临生这日，梅公梦一神人，赐他美玉一块，雪白无暇，因取名唤做如玉。这如玉小姐生得姿容，比瑞云小姐一般，真个眉如春柳，眼似秋波，更兼性情聪慧，八九岁时便学得描鸾刺绣，件件过人。不幸母

亲雪氏，先亡过了，每日间，但与梅公读书说字，乃山川秀气所钟，天地阴阳不异，有百分姿色，便有百分聪明。十四五岁时，便也知诗能文，竟成个女学士。曾有一诗，赞那梅小姐之好处：

> 云想娇容花想香，悠然远韵在新妆。轻含柳态神偏媚，淡扫蛾眉额也光。诗思只宜雪作侣，玉容应倩月为裳。风流多少情多少，未向人前已断肠。

凡家居无事的时节，往往梅公做了，叫如玉和韵，如玉做了，叫梅公推敲。就是前日雪太守出的诗题，也是他父女唱和之作。在金陵时，梅公寄与雪太守，要他和韵。雪太守因杭州是人文渊薮，故就把此题仰学试士，一则观赏人文，一则便为择婿基地。因此刘有美得此消息。

恰好是日游湖，柳友梅的船与官船相近，也是天缘有分，无意中刘有美把柳友梅的诗句高声朗吟，顺风儿吹到二小姐船中来。二小姐耳聪听见了。梅小姐想道："这诗首尾，是我父亲限的韵，为何这里也有人吟咏起来？又和得清新俊逸，似不食烟火者。"雪小姐也道："那诗果然字字风流，句句飘逸，令人有况李青莲之想。"二小姐一头说，一头把柳友梅的诗句，一句一句的都暗记在心上了。梅小姐忙叫侍儿朝霞道："你看湖内谁人吟咏？"那侍儿乖巧，轻轻的从旁边揭开垂帘，让二小姐从斜侧里窥看，自己却露出头来。恰好遇着柳友梅在那里指点湖山，笑谈风月。侍儿早又识货，骨碌碌两只眼睛，倒把柳友梅看个尽情，把柳友梅的丰神韵度都看出来。不知柳友梅的神魂，早已被帘内美人摄去了。因这一见，有分教：佳人闺阁，有怀吉士风流；才子文园，想杀多娇韵态。正是：

> 清如活水分难断，心似灵犀隔也通。
>
> 春色恋人随处好，男贪女慕两相同。

那侍儿看在眼中，藏在肚里，也不便就对二小姐说，直至船已离湖，瞒着雪夫人，到后船来，私与二小姐轻轻的说道："方才吟诗的船，就在吾船对面，他船内也有三四个少年，只是村的村，俏的俏。只有那身穿水墨色衣，头戴一片毡巾的，生得风流韵致，自然是个

才子。"梅小姐道："哪见得就是才子？"雪小姐忙问道："那诗可就是他吟咏的吗？"朝霞笑道："朝霞见他人物是风流的，那诗句是他吟咏、不是他吟咏，叫朝霞一时哪辨得出？据朝霞看来，一定是那人做的，别人也做不出。"梅小姐道："世间难得全美，有才未必有貌，有貌未必有才。哪见得就是他吟咏的？"雪小姐道："有才必须有貌，有貌必竟有才。朝霞说来亦未可知。"朝霞道："还是小姐说得好。我家小姐太心疑了。"雪小姐道："奴也闻前日爹爹说：'姑夫处寄来诗题，一时无暇，未便和韵，我已发到各学去了，看这些秀才做来。'莫非此生已知此题，故乘着春光赋就的么？若果就是他，真可谓风流才子矣。"如玉小姐道："原来如此。若果是他，古称潘安貌、子建才，殆兼之矣。"朝霞笑道："我想越中今日有两位佳人，只怕没有两个才子来相配对。"雪小姐道："越中人文渊薮，你哪里晓得就没有么？"梅小姐道："有或有之，只恐当面错过耳。"雪小姐道："既已当面，焉忍错过！"朝霞冷笑一声，忙问道："敢问二小姐，不错时，却如何？"雪小姐才要说，却好船已到钱塘门。梅兵道的大坐船已近，如玉小姐与雪夫人、瑞云小姐作别回船。雪太守处早有人役伺侯，就上岸登轿进城而去。正是：

数载亲情才见面，一朝分手便相离。

怎知天意由来合，雪与梅花仍旧依。

毕竟二小姐别后何如，且听下回分解。

第四回　梅兵宪难途托娇女

诗曰：

缓急人生所不无，全凭亲友力相扶。

陈雪友谊几知己，婴杵芳名为托孤。

仗义终须仗义起，奸谗到底仗谗辜。

是非岂独天张主，人事其间不可诬。

　　话说如玉小姐与雪夫人、瑞云小姐别后，随着梅兵备回船。梅小姐接住，梅公道："日闻汝舅舅邀我到昭庆寺赏梅，不料未及终席，人报提学院到，你舅舅只得又去接他。甚矣，乌纱之苦、皂隶之俗哉！"言未毕，雪太守也到，梅公接进船，即命小姐拜见过。坐毕，雪太守道："早间失陪，多有得罪。前日学院发牌，先考绍兴，不期今日就到敝郡。因此小弟惟恐失迎，只得去接他。况李念台与小弟虽然也是年家，为人甚是固执，既在宦途，不得不如此。姊丈托在至戚，当相谅耳！"梅公道："说哪里话，你我既系至亲，当脱略虚文，以真情相告。那李念台点了浙直学院，原与小弟同出京。我也曾面嘱他，越地人文极盛，幸为小弟择一佳婿。今既到此，他必不失信。况若进见时，尚与我致意。"雪太守道："领教，领教！只是目下还有一事，小弟方才回衙，见塘报甚是紧急，说闽中一路，山寇猖獗，劫了库，杀了知府，近日又沿及两广，人心惶惑。吾想，吾兄此行正当汛地，且有甥女年幼，路途遥远，盗贼窃发，如何去得！"

　　梅公听了，抚髀加叹道："闽寇作乱，小弟离京时已闻此信。小弟只为权臣当道，朝政日非，因此讨这个外差出来，访一佳婿，以完小女终身，就是小弟晚年也得半子相依，不忧

无靠。不料佳婿未逢,风波顿作,这也是我命运使然。《诗》不云乎:'岂不怀旧?畏此简书。'今已王命在躬,是有进无退了。"如玉小姐在旁听见,惊得面如土色,半晌的不言不语,不觉吊下泪来,说道:"此事怎了?"雪太守道:"我兄是一定要去的。只是甥女恐去不得,莫若留到小弟衙斋,暂住几时,俟平静日,送到任所何如?"梅公闻言说道:"吾兄之言,正合愚意,但只是小女,自令姐去世后,无一刻不在膝下。小弟此番出山,也只为择婿而行,谁料婿尚未得,女又相离。今者闽越山川,道途险厄,天涯父女,至戚睽违,心虽铁石,宁不悲乎!难承老舅厚谊,见领小女,但小弟此去,多凶少吉,尚不知父女相见何期!"言至此,不觉扑簌簌掉下几点泪来。如玉小姐与朝霞从旁听见,亦不觉潸然泪下。如玉小姐道:"爹爹暮年,且是文士,当此贼寇狂獗之际,爹爹深入虎口,恐祸生叵测。据孩儿看来,爹爹何不急上疏告病还乡,或者圣明怜念,另遣人去,也未可知。"梅公叹道:"我岂不知?但我为严氏弄权,讨差出外,这些有见识的,也就纷纷告退,眼见得朝已无人。当此举步艰难之际,内有权臣,外养臣寇。若不早除外患,必致遗害腹心。况此间贼寇,名虽为寇,原系良民,总为饥寒逼迫,贼类相扳,以至于此。我若此去,当抚则抚,当剿则剿,誓必扫清巢穴,以报国家。我已备员兵选,奉命出京,又复不去,这分明临难退缩了。不惟负罪名教,且为严党所笑矣!如何使得?"如玉小姐道:"爹爹所言,俱为臣大义,非儿女所知。只是爹爹此去,水土异乡,乏人侍奉,倘病窃发,暮年难堪,叫孩儿放心不下。"雪太守道:"父女离别,自难为情,然事已至此,已无可奈何。姊丈既以甥女见托,甥女即吾女也,当择一佳婿报命。还有一话,弟倒忘了,前日姊丈见教的诗题,极有趣味,弟未及和,已发到学里去了。吾想越中大郡,定有美才,不日文宗考试,自拔一二佳士,或者良缘有在,得一佳婿,也未可知。甥女是个闺阁英流,合配个文章魁首。"梅公闻言,便改容拭泪道:"闻兄之言,顿开茅塞,若肯为小弟择一佳婿,小弟虽死异域,亦含笑矣!"因看着如玉小姐道:"我明日送你到舅舅衙中,不必说是舅舅,只以父女称呼,便好为你寻亲。"如玉小姐道:"孩儿既蒙嫡亲舅舅收管,就如母亲在的一般,料然安妥。只望爹爹尽心王事,以靖群丑,则佳奉有日。万勿以孩儿为念。"梅公道:"你既有托,我已心安,我闽中此去,七尺之躯悉听于天矣!今夜尚图相聚,明日便一片征帆、千里关山耳!且将酒来,我与舅舅痛饮几杯,以叙别情。"正是:

鸳鸯影

江洲衫袖千年泪，易水衣冠万古愁。

莫道英雄不下泪，英雄有泪只偷流。

　　左右斟上酒，二人共饮了一回，不觉更深。雪太守径道回府。梅公吩咐小姐道："你今夜收拾停当，明日好到舅舅府中去。"小姐听了，不敢违拗，即忙打点。

　　次早，梅公叫两乘轿，一乘坐小姐，一乘自坐，亲送到雪太守府里来。雪太守已着人伺候，接进后衙。梅公就叫如玉小姐拜了雪太守四拜，随即与雪太守也是四拜，说道："骨肉之情，千金之托，俱在于此。"雪太守道："姊丈但请放心，小弟决不辱命。"如玉小姐心下哽咽，一句话也说不出，只是掩泪而已。雪太守即命治饭。梅公道："小弟倒不敢领了，一则凭限要紧，一则已唯午时解维，停不得了。"雪太守道："暂饮一杯，聊作渭城三唱，以壮行色。"叫左右斟上酒来。雪太守恭上，梅公接了酒道："今日与吾兄、小女一别，未知何日相逢？"雪太守道："吉人自有天相，不日扫清小蠡，便可荣升，不须忧虑。"一连饮了三杯，梅公也回敬一杯，就要起身。如玉小姐含泪拜别，梅公亦泣然泪下，只得吞声而别。正是：

世上万般苦楚事，无非死别与生离。

雪太守与梅公直送出钱塘门方别。正是：

人事无端覆云雨，天心有意合姻缘。

待看雨散云收后，一段良缘降自天。

未知后来何如，且听下回分解。

第五回　栖云庵步月访佳人

诗曰：

世间何事最难禁？才色相逢意便深。

在昔文王歌窈窕，至今司马露琴心。

千秋佳话非虚业，百载良缘实素襟。

拙鸠空有争巢力，哪得鸳鸯度绣针。

话说柳友梅，自那日游湖遇见二美人之后，心下十分想慕，甚至废寝忘食。到了次日，先打发了抱琴回去，自己只托为考试进城，就与竹凤阿、杨连城作别。刘有美亦自托有事别去不题。

只有柳友梅心上想着二位美人，一径往杭州城中来，各处物色，并无下落，只得回身转出城来。行了数里，不觉日色渐西，那向西的月色最易落去。复行了数里，到了一个旷野所在，柳友梅此时心上已走得个不耐烦，但远远望见一个小庵，中间树林阴翳，竹影交加，虽然土木结构，却也幽雅可爱。柳友梅寻访了一日，不免神思困倦，巴不能到个所在歇息，遂一径到小庵来。

那小庵门前抱着一带疏篱，曲曲折折，鲜花细草，点缀路径。到得庵门，门边栽着数株杉树，排列着三四块文石，柳友梅便于石上小憩。只见庵门上边刻着"栖云庵"三字，从里走出一个老僧，近前把柳友梅仔细一看，惊问道："相公莫非柳月仙么？"柳友梅惊起，忙问道："老师何得就知小生姓名？"老僧道："老僧昨夜偶得一梦，梦见本庵伽蓝菩萨吩咐道：'明日有柳月仙到此，他有姻缘事问你，你须牢待他。'今日老僧因此等了一日，并无一

人，直到这时候才遇见相公，故尔动问。"柳友梅一发惊讶，暗想道："此僧素不相识，晓得我的姓氏，已就奇了，为何把小生的心事都说出来？我正要寻访二美人的下落，何不就问他一声。"因上前作揖道："老师必是得道高僧，弟子迷途，乞师指示！"那老僧道："不敢，不敢，且请到里面坐。"

柳友梅随着老僧就一步步来到正殿。殿上塑的是一尊白衣大士。柳友梅拜过，老僧就延至方丈，施礼毕，分宾主坐下。待过茶，那老僧问道："请问相公尊居何处？因甚到此？"柳友梅道："小生山阴人氏，先京兆就是柳继毅，昨同敝友游湖，偶尔到此。"老僧道："原来就是柳太爷的公子，失敬了！数年前，小僧在京时，也曾蒙令先尊护法，是极信善的，不意就亡过了，可叹，可叹！"柳友梅道：""敢问老师大号？"老僧道："衲号静如。"柳友梅道："敢问老师与小生素未相识，缘何便知小生姓名，且独见肺腑隐情？"老僧道："小庵伽蓝最是灵应，老僧因梦中吩咐，故而详察到此。老僧哪里得知？"柳友梅道："原来如此。"静如就吩咐道人收拾晚斋。柳友梅又问道："宝刹这样清洁，必定是一方香火了，但不知这是古刹，还是新建？"静如道："小庵叫做栖云庵，也不是古迹，也不是一方香火，乃是本府雪太爷捐俸建造的，已造了四五个年头。"柳友梅道："雪太爷为何造于此处？"老僧道："太爷只因无子，与他夫人极信心奉佛，为此建造一所正殿，供奉白衣观音，要求子嗣，连买田地也费了一二千金。"柳友梅道："如今雪太爷有子么？"静如道："儿子终有一个，他未生子时，已先生下一位小姐。"柳友梅笑道："莫说生一位小姐，便生十位小姐，也比不得一个儿子。"静如道："柳相公，不是这般说。若是雪太爷这位小姐，便是十个儿子，也比不得。"柳友梅道："却是为何？"静如道："这位小姐生得有沉鱼落雁之容，闭月羞花之貌，自不必说；就是些描鸾刺绣，样样精工，也不为稀罕；最妙是古今书史，无所不通，做出来的诗辞歌赋，直欲压倒古人。就是雪太爷的诗文，也还要她删改。柳相公，你道世上人家有如此一个儿子吗？"柳友梅听见说出许多美处，不觉身体酥荡，神魂都把捉不定起来，暗想道："据老僧说来，刘有美之言验矣！"忙问道："这位小姐曾字人否？"静如道："哪里就有人字？"柳友梅道："她父亲现任黄堂，怕没有富贵人家，门当户对的，为何尚未字人？"静如道："若论富贵，这就容易了。雪太爷却不论富贵，只要人物风流，才学出众。"柳友梅道："这个也还容易。"静如道："还有一个难题目，雪老爷意思原欲就于任上择婿，但是来议亲的，或诗或赋，要做一篇，直等雪太爷与小姐中意，方才肯许。偏有那小姐的眼睛又高，遍杭城秀士做来诗文，再无一个中意，所以耽搁至今，一十七岁了，尚未字人。闻得近日雪太爷又出什么新巧诗题，叫人吟咏，想也是为择婿的意思。"柳友梅道："原来如此。"心下却暗喜，这段姻缘却就在这里明白。又想道："只是所闻不如所见，眼见的是两位，耳闻的又只是一个，又不免有些疑惑。只是一个美人有个消息，那一位美人不愁无下落矣。"

不一时，道人排上晚斋，二人吃了。不觉月已昏黄，静如道："相公，今是行路辛苦，只怕要安寝了。"便拿了灯，送到一个洁静房里，又烧一炉好香，泡一壶苦茶，放在案上，只看柳友梅睡了，方才别去。

柳友梅听了这一片话，想起那湖上遇见的两个美人，与静如所说的小姐，不胜欢喜，只管思量，便翻来复去，哪里睡得着？只得依旧穿了衣服起来，推门一看，只见月色当空，皎洁如同白昼，遂步出庵门前闲步。一来月色甚佳，二来心有所思，不觉沿着一带疏篱月影，便出庵门。离有一箭多远，忽听得有人笑话。柳友梅仔细一望，却是人家一所花园，园内桃李芳菲，便信步走进去。走到亭子边，往里面一张，只见有两个人，一边吃酒，一边做诗。柳友梅便立住脚，躲在窗外听他。只见一个穿黄的说道："下面这个险韵，亏你押。"那个穿绿的道："下面的还不打紧，只上面这几个字，哪一个不是险韵？费了心了，除了我老张，再有哪个押得来？"穿黄的说，"果然押得妙！越地才子不得不推老兄。再做完了这结句，那女婿便稳稳的做得成了。"穿绿的便低着头想了又想，哼了又哼，直哼唧了半晌，忽大叫道："有了，有了！妙得紧，妙得紧！"忙忙拿笔写在纸上，递与穿黄的看。穿黄的看了，便拍掌道："妙，妙！真个字字学老杜，不独韵押得稳当，且有许多景致。兄之高才捷足，弟所深报者也！"穿绿的道："小弟诗已成，佳人七八到手，兄难道就甘心罢了？"穿黄的道："小弟往日诗兴颇高，今夜被兄压倒，再做不出。且吃几杯酒，睡一觉，索性养养精神，却苦吟一首，与兄争衡。"穿绿的道："兄既要吃酒，待小弟再把些诗吟咏一遍，与兄听了下酒如何？"穿黄的道："有理，有理！"穿绿的遂高声吟道：

雨落阶前水满溪，绿绳牵出野牛西。

风大吹开杨柳絮，片片飞来好似鸡。

穿黄的也不待吟完，便乱叫道："妙得甚！妙得甚！且贺一杯再吟。"遂斟一盏递与穿

绿的,穿绿的欢喜不过,接了酒一饮而干。又续吟道:

烟迷隐隐山弗见,波起粼粼湖不齐。

画也难描昔日景,船中歌曲像莺啼。

穿绿的吟罢,穿黄的称羡不已,赞道:"后面二联一发好得紧!"

柳友梅在窗外听了,忍不住失声笑将出来。

二人听见,忙赶出窗外来,见了柳友梅,使问道:"你是何人,却躲在此处笑我们?"柳友梅说:"学生偶尔看月到此,因闻佳句清妙,不觉手舞足蹈,失声唐突,多得罪了!"二人看见柳友梅一表人物,说话又凑趣,穿黄的道:"兄原来是知音有趣的朋友。"穿绿的道:"既是个妙人,便同坐一坐何如?"便一把手扯了柳友梅同到亭子中来。柳友梅道:"小弟怎好相扰?"穿绿的道:"四海皆兄弟,何妨!"遂让柳友梅坐了,叫小的们斟上酒,因问道:"兄尊姓大号?"柳友梅道:"小弟贱姓柳,表字月仙。敢问二位长兄高姓大号?"穿黄的道:"小弟姓李,贱号个君子之君,文章之文。"因指着穿绿的说道:"此兄姓张,尊号是良卿,乃是敝地第一个财主而兼才子者也。这个花园便是良卿兄读书的所在。"柳友梅道:"如此失敬了。"张良卿道:"月仙兄这样好耳,隔着窗便都听见了!咏便咏个《春郊》,只是有些难处。"柳友梅道:"有甚难处?"张良卿道:"最难是首尾限韵,小弟费尽心力,方得成篇。"柳友梅道:"谁人出的诗题,要兄如此费心?"张良卿道:"若不是个妙人儿,小弟焉肯费心!"柳友梅道:"既承二兄相爱,何不一发见教!"李君文道:"这个话儿有趣,容易说不得,兄要说时,可吃三大杯,便说与兄听。"张良卿道:"有理,有理!"遂叫斟上酒。柳友梅道:"小弟量浅,吃不得许多。"李君文道:"要听这趣话儿,只得勉强吃。"柳友梅当真吃了。张良卿道:"柳兄妙人,说与听罢。这诗题是敝府太尊的一位小姐出的。那位小姐生得赛西施,胜王嫱,十分美貌,有誓不嫁俗子,只要嫁个才子,诗词歌赋敌得她过,方才肯嫁。太尊因将这难题目难人,若是做得来的,便把这小姐嫁他,招他为婿。因此小弟与老李拼命苦吟。小弟幸和得一首,这婚姻便有几分想头。柳兄你道好么?"柳友梅听了,明知就是静如所言,却不说破,只说道:"原来如此,敢求原韵一观。"张良卿道:"兄要看时,须也做一首请教请教。"柳友梅道:"弟虽不才,若见诗题,也杜撰几句请正。"

张良卿在拜簇中取出原韵，递与柳友梅。柳友梅看了，分明是湖上吟咏的二题，假意道："果然是难题目，好险韵，好险韵！"张良卿道："既已看了，必求做诗。"柳友梅道："班门弄斧，只恐贻笑大方。"李君文道："我看柳兄如此人物，诗才必妙，莫太谦了！"遂将笔砚移到柳友梅面前。柳友梅不好推逊，只得提起笔，拈拈墨，就吟诗一首云：

《春闺》

雨后轻寒半野溪，绿机懒织日衔西。风帘静卷雕梁燕，片月催残茅店鸡。

烟锁天涯情共远，波深春水思难齐。画眉人去归何月，船阻关河猿夜啼。

柳友梅写完了，递与二人道："勉强应教，二兄休得见笑！"二人看了柳友梅笔不停书，文不加点，信手做完，甚是惊讶，拿来念了两遍，虽不深知其意，念来却十分顺口，不像自己七扭八拗，因称赞道："原来柳兄也是一个才子，可敬，可敬！"柳友梅道："小弟俚言献丑，怎如张兄字字珠玉！"张良卿道："柳兄不要太谦，小弟是从来不肯轻易赞人的。这首诗果然和得敏捷而快，合式而妙。"柳友梅道："张兄佳作已领教过，李兄妙句还要求教。"李君文道："小弟今日诗兴不发，只待明日，见过小姐的真诗方做哩！"柳友梅道："原来李兄这等有心，但小姐的真诗如何使得一见？"李君文道："兄要见小姐的真诗，也不难，只是她两个题目兄只做一首，恐怕还打不动小姐。兄索性把这《春郊》的诗一发做了，小弟明日便把小姐的真诗与兄看。"柳友梅道："李兄不要失言。"张良卿道："李兄是至诚君子，小弟可以保得，只要兄做得出第二首。"柳友梅此时已有几分酒兴，又一心思量看见那小姐的真诗，便不禁诗思勃勃，提起笔来，又展开一幅花笺，任意挥洒，不消半刻，早又和成一首《春郊》诗，递与二人。二人看了，都吓呆了，口中不言，心下想道："这才是真正才子！"细细展开一看，只见上写道：

《春郊》

雨过春色媚前溪，丝柳牵情系浪西。风阵穿花惊梦县，片云衔日促鸣鸡。

灯光凝紫连山迥，波影浮红耀水齐。画意诗情题不到，船楼鼓吹听莺啼。

二人读完了，便一齐拍案道："好诗，好诗！真做得妙！"柳友梅道："醉后狂愚，何足挂齿。那小姐的真诗，还要求二兄见赐一看。"李君文道："这个自然，明日觅来一定与兄看，就是倒不曾请教得，吾兄不像这里人，贵乡何处，因甚到此，今寓在何处？"柳友梅道："小弟就是山阴县人，昨天城中访一朋友，出城天色已晚，今借寓在前面栖云庵，偶因步月得遇二兄。"张良卿道："原来贵县就是山阴，原是同省，今年乡试还做得同年着哩。"柳友梅道："不惟同省，益且同学，小弟倒忝在钱塘学中。"张、李二人道："原来兄贵庠倒在这里，我说兄必竟是个在庠朋友，若是不曾进过的，哪有这等高才捷作？兄既寓在栖云庵，一发妙了，明日奉拜，就可见小姐的真诗了。"三人一心都想着小姐，只管小姐长、小姐短，不觉厌烦。你一句，我一句，说得有兴，复移酒到月下来吃，直吃得大家酩酊，方才起身。张、李二生送出园门。柳友梅临别时，又嘱咐道："明日之约千万不可忘了！"二人笑道："记得，记得！"

三人别了，此时已有三更时候，月色转西，柳友梅仍照旧路回到庵中去睡了，心下想道："我道佳人难遇，必须寻遍天下，不期就在杭郡访着，可谓三生有幸。"又想道："访便访了一个佳人的消息，只是那一位美人，不知又在何处？倘若一般俱不能成美，成个虚相思，却也奈何！"既又想道："既有了消息，便蹈汤赴火，也要图成，难道做个望梅止渴罢了么！"左思右想，真个亿万声长吁短叹，几千遍倒枕捶床，直捱到数更才朦胧睡去。正是：

才人爱色色贪才，才色相连思不开。

必竟才郎怀美色，果然美色惜真才。

未知柳友梅毕竟何如，且听下回分解。

第六回　合欢亭入梦逢巫女

诗曰：

淡云疏雨恣高唐，一种幽情入梦中。

漫说黄梁清俗士，试看蝴蝶化周郎。

红楼粉面原虚幻，翠阁蛾眉半醉乡。

莫向春风沉意乐，离迷魂断楚襄王。

却说柳友梅只为心上想着那二美人，左思右想了一回，不免神思困倦。才朦胧睡去，忽走到一座花园，四周花木，一带槿篱环抱着曲池，流水濛绕着石径。斜桥半中间高高的起一座亭子。那亭子靠着一块太湖石。太湖石畔，罩着一大棵绿萼梅，玲珑曲折，香气纷披。柳友梅飘飘然随着池畔曲折，一径从石路上弯弯的走过板桥。只见那些牡丹亭、芍药栏、大香棚、蔷薇架、木樨轩，周围绕着那座亭子，亭子上梅花如雪，香气连云。柳友梅徘徊不忍别去。正是：

似随残雾似随潮，花岸依然旧板桥。

竹径朱扉风半启，纸窗梅影月空摇。

红余珊枕钗寒禺，绿闇东墙韵冷萧。

梦里只疑身是阮，阶前妒杀翠云条。

柳友梅到得亭子边，心上恍恍惚惚，就于那亭子下面小石磴上坐憩片时。只见亭子

上写着"合欢亭"三字,两行挂着一对联,就是柳友梅自己的诗句:"吟成白雪心如素,梦到梅花香也清。"柳友梅看见吟罢,心下想道:"原来这里却有人写着我得意的诗句,只可惜那样一个仙源,恨无仙子过耳。"心下才这般想,但听得半空中,一派仙乐,声音嘹亮。柳友梅侧耳听来,但听得:

> 悠扬逸响,分明皎月度琴声;宛转清音,一似冷风飘笛韵。幽情欲动处,乍疑司马遇文君;曲韵听来时,还拟张生狎崔女。新声送入高唐梦,化作巫山一片云。

柳友梅方才听罢,抬头仰望,只见几个青衣,拥着两个仙女,乘云冉冉而下。一个身穿着缟素衣裳,驾着一朵红云;一个身穿着淡绿色衣,手执碧玉意,俱从半空中堕将下来。

柳友梅此时,心下又惊又喜,不免仔细定睛一看,心下尚依稀仿佛记得像那船上相逢的二美人,暗喜道:"吾柳友梅不知何缘,与二美便在这里相逢。"遂上前问道:"敢问仙姬降临何处,因甚到此?"那白衣的女子道:"妾乃瑞云洞六花仙子是也。"那绿衣的女子道:"妾乃碧玉洞五花仙子是也。与郎君共有姻缘之分,故尔到此。"白衣女子道:"且待妾开却洞门与仙郎欢会。"说罢,将衣袖从石壁上一拂,只见石壁内就现出两扇朱扉,内中雕栏画槛,瑶草奇花,迥非人境。那白衣女子道:"仙郎请进。"柳友梅听得,喜出望外,便笑脸相迎,二女子亦携手相邀,同入洞中。怎见得洞房的好处?但见:

> 绣帘飘动,锦帐高张。排列的味味珍羞,尽是琼浆玉液;端供着煌煌炬烛,赛过火树银花。香焚兰麝,暗消宋玉之魂;衾抱鸳鸯,深锁襄王之梦。酥胸微露处,笑看西子玉床横;醉眼俏传时,娇嫚杨妃春睡起。正是未曾身到巫山峡,雨意云情已浓浓。

柳友梅随着二女子到得洞中,已觉神魂飞荡,又见洞房无限好景,真令满心欢畅,乐意无穷,回说道:"不知小生何缘,蒙仙姬错爱至此?"二女子道:"郎君乃天上仙姿,妾等亦非人间陋质,与郎君共有良缘,今幸相逢,共酬凤愿耳。"柳友梅道:"只恐凡夫污质,有沾仙体。"那二女子道："此系天缘,不须过逊。"话毕,二女子就亲施玉手,捧着两杯酒,递与柳友梅。柳友梅接在手,便觉异香扑鼻,珍味沁心,与寻常世上的酒味大不相同,才饮下喉,便陶然欲醉起来。友梅饮罢,横着醉眼,看那二女子。那二女子果然丰姿绝世,骨态鲜妍,一个个露出万种的风情、千般的韵致,反来引诱柳友梅。柳友梅见了,不觉魂飞魄舞,身体都把捉不定,便倒入二女子怀中。那二女子便扶起柳友梅,同归罗帐,共放鸳衾。大家解衣宽带,遂成云雨之欢。但见:

罗衫乍褪,露出雪白酥胸;云鬟半偏,斜溜娇波俏眼。唇含豆蔻,时飘韩椽之香;带绾丁香,宜解陈王之佩。柳眉颦,柳腰摆,禁不起雨骤云驰;花心动,花蕊开,按不住蜂狂蝶浪。粉臂横施,嫩松松抱着半弯雪藕;花香暗窃,娇滴滴轻移三寸金莲。三美同床,枕席上好述两女;双娥合衾,被窝中春锁二乔。欢情浓畅处,自不知梦境裹王;乐意到深时,胜过了阳台神女。正是:幻梦如真,情痴似梦。

柳友梅先搂定绿衣女子,与她交欢。只见那女子颜色如花、肌肤似雪。柳友梅搂定香肩,团成一片,但觉枕席之间,另有一种异香,似兰非兰,似蕙非蕙,像在那女子心窝里,直透出皮肤中来的。柳友梅与她贴体交欢,闻嗅此香,便遍身酥麻起来,笑问道："仙姬遍体异香,不知从何处得来,几令小生魂杀?"那女子微笑道："仙郎贪采花香,如纵蝶寻花,恣蜂销蕊,使妾万种难当,满身香气亦被君沾染去矣。"柳友梅便轻轻的扑开花蕊,深深的探取花心。只见那女子花心微动,便娇声婉转,俏眼朦胧,露出许多春态。柳友梅不觉魂消。虽则春情如醉,尚留后军以图别阵。

回顾那白衣女子,娇羞满眼,春意酥慵,似眠非眠、似醉非醉的光景,却也像杨妃春睡的在那里了。柳友梅见了,不觉雨意转浓,云情复起,便再整旗枪决战,捧着那女子道："仙容倾国倾城,能不魂消心死!"白衣女子道："仙郎风流情态,动荡人心,阳和透体,遍骨酥麻,叫奴一腔春思亦都被君泄尽。"说罢,将女子分开玉股,耸起金莲,觉花心微动,即凑上前来。柳友梅极力的奉承,温存的摩弄,但觉舌吐丁香,胸堆玉蕊,已不知消魂何地,却又露滴牡丹心了。

中国禁书文库

鸳鸯影

三五九一

云雨既毕,那柳友梅尚舍不得二女子,二女子也舍不得柳友梅,便一个捧着柳友梅的前心,一个捧着柳友梅的后背,把友梅拥在中间。柳友梅觉得粉香腻玉,贴体熨肌,便浑身通泰,透骨酥麻,如在隋阳帝任意车中,不知风流快活为何如矣。

正在欢乐之际,忽听得晓钟声响,惊得一身冷汗,醒来乃是南柯一梦。但闻数声清馨,又见半窗残月,那二美人不知向何处去了。此时已是五更时候,静如老和尚起来做早功课了,柳友梅所以被他惊醒。醒便醒了,柳友梅心想道:"这二女子,分明是我在湖上相逢的美人,今夜忽然梦见起来,这姻缘或者有些意思么?"又想那合欢亭之乐,尚恋恋念念,舍不得二女子,意欲入梦再寻。那晓得天色已明,此时要起来,又舍不得好梦;要睡,又不睡下去。只好心神恍惚,如醉如痴,拥着被呆呆地坐在床上,想那二美人,倒忘了昨夜花园下之约了。正是:

楚峡云娇宋玉愁,月明溪净映银沟。

襄王定是思前梦,拟抱霞衾上玉楼。

却说静如老僧,做了早功课,就走到柳友梅房中来问道:"柳相公昨夜安寝么?"友梅道:"昨日偶得一梦,正要待师详察。"静如道:"梦见什么来?"柳友梅道:"昨夜梦见走到一座花园,四围花柳,满屋梅香。小生在彼游玩,只见半空中一派仙乐,降下两个仙女。一个身穿缟素,驾着一朵红云,口称'六花仙子';一个身挂绿衣,手执着碧玉如意,口称'五花仙子',从空而下。我与她饮酒交欢,正在兴浓之际,却被钟声惊觉,不知主何吉凶?"静如暗点点头,笑道:"柳相公,这姻缘事有些意思了。"柳友梅忙问道:"却是为何?愿详其说。"静如道:"柳相公,你是读书人,最聪明的,岂不知六花是雪,五花为梅? 这分明梅雪争春的意思了。柳相公的姻缘,想不在梅边定雪边矣。"柳友梅恍然大悟道:"闻师之言,如梦方觉,如醉如醒,既已良缘有在,我柳友梅便蹈汤赴火,亦所不辞! 只恐好事多磨,良缘难遂耳。"静如道:"柳相公,你不须忧虑! 本庵伽蓝菩萨签诀最灵验,可把婚姻事情问一问,便知端的了。"柳友梅道:"正该如此。"

随即梳洗过,走到神前拜了四拜,通诚乡贯、姓名、年月、心事,将签筒摇上几摇,不一时求着一签,上写道:

五十功名心已灰,那知富贵逼人来。

绣帏双结鸳鸯带,叶落霜飞寒色开。

柳友梅看见,惊叹道:"神明之言,却与老师所详有些暗合,但不知应在何时?"静如道:"从此签看,本当应在秋冬之际。这姻缘两重不须说了,但必要金榜题名,然后洞房花烛哩!"柳友梅道:"若到此日,当重修庙宇,再塑金身。"静如道:"这个自然,到后日应验了,方信老僧不是诳语。"柳友梅拜谢过,便欲别去。静如道:"岂有此理,且请用过早膳去。"柳友梅只得坐下吃过饭,然后别去,寻那张、李二生,再看雪小姐的真诗。正是:

朝云深锁梨花梦,夜月空闲绿绮心。

不向幽闺寻女秀,世间何处觅知音。

毕竟柳友梅与二小姐如何作合,且听后来分解。

第七回　假张良暗计图连理

诗曰:

闲将青史闷难禁,古古今今事业深。

谋似子房怀隐恨,智能诸葛泪余襟。

月当圆处还须缺,花若称时便被侵。

可笑愚痴终不悟,几番机变几番心。

却说张良卿因一时酒后高兴,便没心把雪小姐的心事,都对柳友梅说了。后见柳友梅再三留意,又见诗句清新,到第二日起来,倒想转来,心下倒有几分不快,因走到亭子中来。只见李君文蓬着头,背剪头手,走来走去,像有心事的。张良卿见了,道:"老李,你想什么?"李君文也不答应。张良卿走到面前,李君文恼着脸道:"我两个聪明人,平日间自道能赛张良、胜诸葛,今日为何做这样糊涂事起来?"张良卿道:"却是为何?"李君文道:"昨夜那姓柳的,又非亲,又非故,不过是一时乍会,为何把真心话通对他说了。况他年又少,人物又生得风流逸秀,诗又做得好,他晓得这个消息,却不是鸿门宴上放走了沛公!我们转要与他取天下了。好不烦难么!"张良卿道:"小弟正在这里懊悔,来与你商议,如今却怎生区处?"李君文道:"说已说了,没甚计较挽回。"张良卿道:"昨夜我也醉了,不知他的诗,必竟与我如何?拿来再细看看。"李君文遂在书架上取下来,二人同看了一回,面面相觑。张良卿道:"这诗反复看来,倒像是比我的好些。我与你莫若窃了他,一家一首,送到府里去,燥脾一燥脾,风光一风光,有何不可?小柳来寻时,只回他不在便了。"李君文道:"小弟昨夜要他做第二首,便已有心了。今仔细商量,还有几分不妥。"张良卿道:

"有甚不妥？"李君文道："我看那柳月仙小小年纪，也像个色中饿鬼。他既晓得这个消息，难道倒罢了不成？况他又是钱塘学里，他若自写了去，一对出来，我们转是抄旧卷了，那时便有许多不妙。"

张良卿道："兄所言亦是，却又有一计在此。何不去央学里的周斋夫，叫他收诗的时节，但有柳月仙的名字，便藏匿过了，不要与他传进，难道怕他飞了进去不成？"李君文道："此计甚妙。但只是诗不传进，万一府里要他，到学里查起来，这事反为不美。就是柳月仙见里面不回绝他，终不心死，倒不如转同他去做个明修栈道，暗度陈仓的计吧！"张良卿道："怎么一个明修暗度？"李君文道："只消将这两首诗，通把来写了自家的名字，却把兄昨日做的，转写了柳月仙的名字，先暗暗送与周斋夫，与他约通了，然后约同了柳月仙，当面各自写了，一同送去，那周斋夫自然一概收诗，这叫做'明修栈道'了。却暗暗挽周斋夫换了送去。那小姐若看见了你的诗好，自然把柳月仙遗弃了。那时他自扫兴而去，兄便稳取荆州了，还不是'暗度陈仓'么！"

张良卿听了，满心欢喜道："好算计，好算计！求要求韩信，拜要拜张良。毕竟兄有主意，只是要速速为之。周斋夫那里，却叫哪个好去？"李君文道："这个机密事，如何叫着别人？须是小弟自去。只是老周是个利徒，须要破些钞，方得事妥。"张良卿道："成大事者，不惜小费。这个如何论得！称二两头与他，许他事成再谢。"李君文道："二两也不少了。"张良卿只得取了二两银子，用封筒封了，就将柳友梅二首诗用上了好花笺，细细写了，落了自家的名字；转将自家的诗，叫李君文写了，作柳友梅的。却不晓得柳友梅的名字，只写个"柳月仙题"。写完了，李君文并银子同放在袖中，一径到钱塘学里来，寻周斋夫。正是

损人偏有千般巧，利己仍多百样奸。

谁识老天张主定，千奸百巧总徒然。

原来这周斋夫，姓周名荣，乃是钱塘学里的一个老值路，绰号叫做"周酒鬼"。为人喜杀的是白物，耽杀的是黄汤。但见了银子，连性命也不顾；倘拿着酒杯，便头也割下来。凡有事央他，只消一壶酒，一个纸包，随你转递文字、卖嘱秀才这些险事，也都替你去做

了。

这日，李君文来寻他，恰好遇他在学门前，背着身子数铜子，叫小的去买酒。李君文到背后。轻轻的将扇子在他肩上一敲，道："老周，好兴头！"周荣回转头来，看见李君文笑道："原来是李相公。李相公下顾，自然兴头了。"李君文道："要兴头也在你老周身上。"周荣听见口中是上门生意，便打发了小的，随同李君文走到转弯巷里，一个小庵来坐下，因问道："李相公有何见谕？"李君文道："就是前日诗题一事，要你用情一二。"周荣道："这不打紧，只要做了诗，我与李相公送到府里去就是了。"李君文道："诗已在此，只是有些委曲，要你用情与我周旋。"周荣道："有甚委曲，只要在下做得来的，再无不周旋。"李君文就在袖里摸出那两幅花笺道："这便是做的两首诗，一首是敝相知张兄的，一首是个柳朋友的，通是本学。老周你通收在袖里，过一会，待他二人亲送诗来，烦老周将他的原诗藏起，只将此二诗送与府里。这便是你用情处了。"周荣笑道："这等说来，是个掉绵包的意思了。既是李相公吩咐了，又通是本学的相公，怎好推辞作难，只凭李相公罢了！"

李君文来时，在路上已将二两头称出一两，随将一两头递与周荣道："这是张相公一个小东，你可收下。所说之事只要你知我知，做得干净相，倘后有几分侥幸，还有一大块在后面哩！"周荣接着包儿，便立身来说道："既承相公盛情，我即同李相公到前面酒楼上，领了他的情何如？"李君文道："这倒不消了。张敝友在家候信，还要同来，耽搁不得了，容改日待我再请你吧！"周荣道："即是今日就要干正经，连我酒也不吃了，莫要饮酒恨他的事。"李君文道："如此更感雅爱！"遂别了周荣，忙忙来回复张良卿。

此时张良卿已等得不耐烦，看见李君文来了，便即着问道："曾见那人么？"李君文道："刚刚凑巧，一到就撞见，已与他说通了。怎么小柳还不见来？"正说不知，只见柳友梅已从园门边走进来。原来柳友梅只因昨夜思量过度，梦魂颠倒，起来迟了。又因与静如和尚细谈一朝，梳洗毕，吃了饭，到张家园来，已是日午了。

三人相见过，张良卿道："月仙兄为何此时才来？"柳友梅道："因昨夜承二兄厚爱，多饮了几杯，因此来迟，得罪！"李君文笑道："想是不要看雪小姐的新诗了？小弟今早倒已觅得在此。"柳友梅道："原来兄不失信。既如此，乞赐一观。"李君文道："看便看，只是我三人的诗，也要送去了。今早学里来催，今晚可同送去吧！"柳友梅道："承二兄见契，更感雅爱。"李君文就在拜篮中。取出一幅花笺，递与柳友梅道："这便是雪小姐的诗了。"柳友

梅接来一看，只见上写一首七言律诗：

石径烟染绿荫凉，柳拖帘影透疏香。

去时燕子怜王谢，今日桃花赚阮郎。

半枕梦魂迷蛱蝶，一春幽恨避鸳鸯。

雨丝飘处东风软，依旧青山送夕阳。

原来这首诗，乃是杭州一个名妓做的。李君文因许了柳友梅的诗，只得拿来搪塞他。

柳友梅看了，笑道："诗句甚好，只是情窦大开，不像个千金小姐的声口。此诗恐有假处。"李君文道："这诗的真雪小姐的，为何假起来？"柳友梅将诗细看，只是不信。张良卿道："月仙兄看出了神了！且去干正经要紧，这时候也该去了，不要说闲语，误了正事。"李君文道："小弟诗未做完，没份，只要二兄快快写了同送去。"张良卿与柳友梅各写了自己的诗，笼在袖中，二人一同出园门，竟到钱塘学里来。正是：

游蜂绕树非无意，蝼蚁拖花亦有心。

攘攘纷纷恋春色，不知春色许人侵。

却说柳友梅同着张良卿，一同到学里来，恰好才到学前，撞到了刘有美，忙问道："我哪里不寻兄来，前月西湖上别后，兄寓在哪里？小弟那日就返舍，令堂便著抱琴来问了几次。这几日不归，悬望得紧哩！"柳友梅道："小弟也就要返舍。"随指着张、李二兄道："只因偶遇着张、李二兄，因此逗留这两日。"刘有美道："原来如此！"忙与张、李二生作了揖，叙了些文。柳友梅问道："刘兄今日何往？"刘有美道："难道兄倒忘了？就是为诗题一事了。但不知兄又何往？"柳友梅笑道："小弟也为送诗而去。刘有美暗点点头道："那两位莫非也是么？"柳友梅道："然也。"刘有美听了，就忙忙的作别道："小弟有事去了。兄若送了诗去，千万速回！"柳友梅道："多感，多感！"刘有美去后，友梅就同张、李二生来寻周荣，各自付诗与他。

却说周荣见三人来，心下已自暗会，假作不知，道："三位相公既然各有诗了，只留在学里,待在下送去就是。"二人齐道:"如此有劳你,明日诗案出了,请你吃喜酒吧!"周荣道:"使得,使得。"三人别了周荣回去。柳友梅只得又在栖云庵住了一宿,到次早抱琴也寻来接了,就一同归去不题。

且说刘有美遇见了柳友梅,为何如此着恼?他原来这日湖上,已有心盗袭柳友梅的诗句。到次日,便访知梅、雪二小姐的下落,便到暗记柳友梅的二诗写好,落了自家名字,封好,连忙赶到杭城,送诗到钱塘学里来,也去央及了周荣,不期路上撞见了柳友梅,耽搁了半日。又听他们说来,他三人也为送诗,仍恐打破了自家的网。因此又叮嘱柳友梅作速回家,自己急急忙忙的别去。正是:

> 天定一缘一会,人多百计千方。
> 纵使人谋用尽,哪知天意尤长。

毕竟送诗以后,二小姐去取何如,且听下回分解。

第八回　慧文君识眼辨真才

诗曰：

> 琴声曲曲动文君，识得当年司马心。
>
> 自古佳人怀吉士，由来才子遇闺英。
>
> 灵机一片原相照，慧眼千秋好细寻。
>
> 凤鸟于飞凰自合，等闲岂许俗禽侵。

却说刘有美已抄袭了柳友梅的诗，送到学中。次日，周荣就将张良卿的倒换诗，一同有美混杂送进，真个神不知鬼不觉，把柳友梅一个真正才子的名字，反暗里遗落了。

话分两头，且说如玉小姐，自梅公走后，就住在雪太守衙斋，终日与端云小姐一处。梅小姐见雪小姐颜色如花，才情似雪，十分爱惜。雪小姐见梅小姐诗思不群，仪容绝世，百般敬重。平日间，不是你寻我问奇，便是我寻你分韵，花前清昼，月下良宵，或同行携手，或相对凭栏，如影随行，不离顷刻。说来的无不投机，论来的无不中意。只是如玉小姐因想着父亲远任，又闻闽寇未宁，每每寝不安席，食不甘味。或是思量了，或是说及了，生生掉下泪来，枕席间亦每有泪痕。雪小姐时常来劝慰她，只是至情关系，哪里放心得下。正是：

> 事有关心，关心者乱。
>
> 颦眉有意，不语谁知。

一日，梅小姐新妆初罢，穿一件淡淡春衫，叫侍儿朝霞跟了，走到庭中曲栏边，海棠树下摘花。只见一双粉蝶轻轻的飞过墙来，点缀着春光，十分荡漾。那侍儿朝霞道："小姐你看，好一对双飞的蝶儿。"那梅小姐注目一看，笑道："果然好一对双飞蝴蝶。"朝霞就将扇儿一扑，不料竟扑入梅小姐怀中。梅小姐道："你看蝴蝶一般好有情也。"恰好雪小姐悄悄的走将来看见，微笑道："闺中韵事，姐姐奈何多要占尽，今日之景，又一美题也。"梅小姐也笑道："贤妹既不容愚姐独占，又爱此美题，何不赠一诗，便平分了一半去矣。"雪小姐道："分得固好，只恐点染不佳，反失美人之韵，又将奈何？"梅小姐道："品题在妹，姐居然佳士，虽毛遂复生亦复何虑？"雪小姐忙取纸笔，题诗一首，呈与梅小姐看。只见上写着七言绝句一首《美人扑蝶》：

> 绣罢春绡意惘然，淡烟笼日媚花间。
>
> 闲将团扇招飞蝶，似爱双飞故倍怜。

梅小姐看毕，欢喜道："潇洒风流，深情远韵，令人思味无穷。若贤妹是一男子，则愚姐愿侍巾栉终身矣。"雪小姐听了，把眉一蹙，半晌不言，说道："小妹既非男子，难道姐姐就弃捐小妹不成？此言殊薄情也。"梅小姐道："吾妹误矣。此乃深感贤妹才华，欲得终身相聚而恐不能，故作此不得已之极思也。正情之所钟，何薄之有！"雪小姐道："终身聚与不聚，在姐愿与不愿耳。你我若愿，谁得禁之而不能。"梅小姐道："虑不能者，正虑妹之不愿也。妹若愿之，何必男子！我若不愿，不愿妹为男子矣。"

雪小姐方回嗔作喜道："小妹不自愧其浅，反疑姐姐深意，真可笑也。只是还有一事，我两人愿虽不违，然聚必有法，但不知姐姐聚之之法又将安出？"梅小姐道："昔日娥皇、女英同事一舜，姐深慕之，不识妹有意乎？"雪小姐道："小妹若无此意，也不问及姐姐了。"梅小姐道："你我才貌虽不敢上媲皇、英，然古所称闺中秀、林下风应亦不愧，但必配得一个真正才子，方谐凤愿，不知何日相逢？"雪小姐道："湖上之吟，言犹在耳。舟中之句，何日忘之。姐姐难道倒忘了么？"梅小姐道："非敢忘也，只恐良缘不偶，好事多磨耳。"雪小姐道："松柏岁寒，不改其操；梅花雪压，不减其香。自古贞妹静女，此心终始不渝。此十年待字大易，所以著有贞也。况天下事，远在千里，近在目前。昨闻爹爹说，学里诗篇只在早晚送来。或者天缘有在，此诗也送进来，不远在千里，便近在目前乎！"朝霞从傍听见，

也笑说道："我看此生临去，以目送情，将心致意，一定也是钟情人也。自然良于显投，必不明珠暗弃。二小姐不须过虑。"言未了，一声梆响，门上扛进几只卷箱，就是学里送来的诗笺在内了。二小姐听见，忙叫朝霞去看来。

朝霞去不多时，随与使女进内房。朝霞把卷箱开了，二小姐忙取诗笺，大家展玩，翻来翻去，并无一首中意的。直看到后面，只见一幅花笺写着两首诗句，二小姐忙看一遍，分明就是湖上相闻的。忙看名字，却写着山阴刘斐然题。二小姐疑心，便在锦囊中取出湖上相闻的诗句，出来一对，却喜字字不差。原来这日湖上闻吟之后，二小姐各各有心，却暗记了柳友梅的诗句。回去便把二诗写出，将白松绫子绣成两幅鸳鸯锦笺，珍藏在身。到这日取出来同看，看来诗句一般，只是字迹可厌。梅小姐道："这诗果然和得风流逶逸，自然是个出色才人。细玩其词，当是林和靖、李太白一流人物。只是字迹污浊，并无妍秀之气，若出两手，恐有抄袭之弊。"雪小姐道："这诗不独上下限韵，和得绝不费力，而情辞宛转，诗句清新，其人之风流郁雅如在纸上。只是妹也疑心，既是才子，必无能诗不能书之理，都恐其中还有假处。"

一边说，一边又翻到后边，又见一幅花笺写着两首诗，二小姐同看了一遍，梅小姐道："那首诗却也做得清新俊逸，与前者倒像一人所咏，毕竟也是个风流才子。"雪小姐道："只是诗句虽像出一手，字迹又一般秽恶，恐怕又非真作。"作看后面名字，却写着钱塘张白眉题。朝霞听见二小姐在那里彼此相疑，便说道："朝霞虽不知诗中意味，但其人之风情韵致，我朝霞目睹的必竟诗思不群，字体有致，必无相反之理。"在人互相议论，只因字迹丑陋，便惹起许多疑惑。正是：

闺中儿女最多情，一转柔肠百虑生。

忽喜忽愁兼忽忆，等闲赍杀悄心灵。

二小姐又看到后边，又拣出第三幅诗笺，上面却只写得一首《春郊》。二小姐看了，忍不住只管冷笑，忙看名字，却写着山阴柳月仙题。雪小姐道："这样胡言也送了进来，忒也可笑。"细看字迹，也一般的写不像样。梅小姐道："看来诗中俱有疑惑，要辨真假，除非面试耳。"朝霞道："老爷自然还要面试，待面试时便一任奸观难逃秦镜了。"

正说话间，忽听得一声鼓响，雪太守已退堂。二小姐忙收拾诗笺，将二幅好诗放在一

边,将那首好笑的也放在下面,好与雪太守看。不一时雪太守进来,看见二小姐在那里看诗,便问道:"你姊妹二人在这里选诗,中间有几个有才的?"雪小姐道:"诗句虽多,真才却少。"雪太守笑道:"难道越地人才不足邀你二人盼么?"梅小姐就叫朝霞,将这几幅诗笺呈在案上。雪太守随展开第一幅诗笺,看未终篇,便惊讶道:"此异才也,吾目中不见久矣。不知何处得来,却为你二人选出,纵有英妙,自当让此生出一头地矣。"忙看姓名,却写着山阴刘斐然题。雪太守道:原来异才,反出在山阴。我记得前日面见学院,他对吾说,山阴柳友梅是越中第一个才子。本院在京时,已闻其名,今尚未曾面见。这姓刘的却也在山阴,莫非就是那柳友梅么? 只不过他可唤做这个名字。"雪小姐道:"孩儿辈也在这里疑心。"雪太守道:"有甚疑处?"雪小姐道:"孩儿辈疑其诗句虽佳,字迹可厌,其中恐有抄袭之弊。"

雪太守暗点点头,又看到第二幅诗笺,却写着钱塘张白眉题。看了一遍,也极口赞道:"得此诗可谓既生瑜,复生亮矣。与前诗并驱中原,尚未知鹿死谁手。只可惜字体一般,都不佳耳。"雪小姐道:"后边还有一个姓柳的,也是山阴人,字法也不佳,诗句更可笑。"说罢,便把第三幅诗笺呈与雪太守道:"爹爹,你道可好笑么?"雪太守也不待看完,便道:"何物狂生,如此胡言也送到本府这里来。可笑,可笑!"雪小姐道:"看来诗句可疑,爹爹却如何区处?"雪太后道:"这个不难,只消我明日面试一番,使知端的矣。况他二生诗才虽美,不知文行何如? 若只是诗词一路,而于举业空疏,品行不立,后面只流入山人词客里去了,也非久大之器。我所以必竟还要面试一番。"二小姐道:"爹爹所言,深得观人之法,如此最好。"

三人谈笑间,忽一声梆响,传进一道文书,雪太守看了,原来是学院发考科举的牌,雪太守看过便道:"既如此,我也不必另行复试了,就此录科一事,便好详察真伪矣。"随即吩咐礼房准备试卷,限即日亲临考试不题。正是:

流水高山思转深,玉堂金马器难沉。
文君已具怜才眼,司马何愁空鼓琴。

毕竟雪太守面试何如,且听下回分解。

第九回　重结鸳鸯双得意

诗曰：

良材岂许等闲寻，遇合姻缘本素襟。

东阁无贤谁物色，西厢有女是知音。

奇才析赏如珠玉，佳句吟成当瑟琴。

自得美人题品后，果然一字值千金。

却说刘有美、张良卿自送诗后，各人心上尽道姻缘有分，十拿九稳，只候诗案出来。连候数日，并不见有消息。

一日走到学前，只见已挂了录考的告示，那些秀才一个个都打点文战了。刘有美看上好不惊讶，张良卿闻知也像老鼠遇着了猫，无处躲避，只得又去寻问周荣，周荣也只没法。惟有柳友梅晓得了录科的消息，心下暗想道："雪公此举，名虽举科，实欲择婿耳。似我柳友梅这样一个才貌，谅与她令爱的德容，也相配合得过。只是一件，我记得静如老僧详梦说，我的姻缘不在梅边定雪边，又况那日湖上相逢，也是两位佳人。今雪公一女，安能遂抵二美乎？"心下虽这样想，但考期已近，不得不到杭城。随即禀知母亲，叫抱琴挑了琴剑书箱，主仆二人一径行过钱塘江，复到栖云庵寓下。

次日，雪太守亲临考校，那些秀才，哪一个不献出万斛珠玑、千篇锦绣来取功名。又且雪太守自那诗题一出，将择婿的风声播传于外，这些少年子弟也有不为功名，反为着佳人的，如柳友梅者，正复不少。正是：

鸳鸯影

金榜名标方得意,洞房眷美实萦情。

十年未识君王面,已信婵娟多悟人。

谁知雪太守心上,名虽录科也,实为着择婿。这一日坐在堂上出题后,便将这些秀才远远的一一赏鉴过。然酸的酸,腐的腐,俱只平平,内中惟有一生,生得:

面如满月,唇若涂朱。眼凝秋水之神,眉萃春山之秀。胸藏锦绣,风檐下顷刻成文;笔落天花,潇洒间立时作赋。得言太白识荆州,允信欧阳遇苏轼。

雪太守看在眼里,心上暗喜道:"若得此生内外俱美,诚佳婿也。但不知可就是前日题诗的,我且试他一试。"便提朱笔,在题目牌上判下两个红字道:"如有少年名士,倚马奇才,不妨亲递诗文,本府当面请教,实系真儒,定行首擢。"

雪太守判了,左右传下,那些书生看了,不觉又惊又喜。惊的是枵腹难医,眼见得必无我份;喜的是朱衣暗点,侥幸得万一成名。只有柳友梅听见,好像玉殿传牌报他中状元的,满心欢喜,暗想道:"雪太守好有心人也。这分明要鉴别文才,面观人物,选择东床的意思耳。料吾诗句虽佳,只是文词未阅,今日乘此机会,正好去面呈一番,不惟使雪太守知我柳友梅的文才,也使他认得我柳友梅的面貌,那姻缘事就有根了。"思算已定,柳友梅作诗更快。

不半日,便做完了文字,柳友梅就亲递到雪太守面前。雪太守看见柳友梅一表人才,昂然气宇,便起身相接。柳友梅行过礼,便呈上文字,道:"生员末学菲才,幸遇老公祖作养人才,特蒙面试,斗胆献丑,乞赐垂青。"雪太守道:"本府素性爱才,既逢佳士,敢惜品题;况得亲见临文,兴复不浅。"说罢,便将柳友梅的文字,细细翻阅。真是个:

篇文绵绣,字字珠玑。萃山川之秀气,玉琢金相;夺天地之英华,龙姿凤彩。洵是文章成黼黻,果然翰墨吐丝纶。

雪太守看了连声称赞道:"好美才!好美才!本府遍访遗贤,曾无真士,不意近在股

肱，未能物色。深负冰清之鉴矣？"忙问名字，柳友梅忙打一恭道："生员姓柳，名素心，字友梅。原籍山阴，今进在钱塘学中。"雪太守道："贵庠既系钱塘，为何前日诗篇里边，不见有贤契名字？"柳友梅道："生员下俚微词，本不敢争歌白雪，但已亲送学宫，何至浮沉未入玄鉴？"

雪太守爽然自失道："可又奇了！既如此，贤契可将前日所咏原诗今为写出，待本府查验便知。"说罢，就取两幅花笺，递与柳友梅，柳友梅接了，随即挥毫，将原和的《春闺》、《春郊》四首逐一写出，呈上雪太守。雪太守看了，但见写得龙蛇飞舞，字字有神，已自不同。只是诗句念来，却与张、刘二生一字不差。雪太守看了，心上已晓得柳友梅是个真正才子。前日之诗，自然是盗袭的了。只不说破，道："贤契佳句，本府今带回领教。"柳友梅见雪太守赞他文字，又要他录出原诗，分明已有心了。两人心照，遂各别不题。

只有刘有美是日听得柳友梅亲递文字，心上已自惊讶，又听说，太守要他录出原诗，分明晴天里一个霹雳，神魂都吓散了，文字也做不出，只得勉强完篇而去。张良卿听说，也知马脚已露，心上突突如小鹿撞的一般；文字本来不济，那日被一吓，便只字也没有，只得曳白而回。正是：

假虽终日卖，到底有疑猜。

请看当场者，应须做出来。

且说雪太守，回衙见了二小姐，便笑说道："吾今日为汝二人得一佳士矣。快请你母亲来与她商议。"不一时雪夫人已到。雪太守道："我日前因受了梅道宏之托，为着如玉甥女的事，又为自己瑞云孩儿的事，故把诗题为由，遍访良才，实欲寻觅佳偶，以完二女终身，不料阅遍杭郡，竟无一人。前日只有张、刘二生的诗句清新俊逸，我以为得此两贤实为双美，不道又是盗窃人长。"二小姐听说，两个惊疑。雪小姐忙问道："爹爹，他盗窃谁来？"雪太守道："盗窃的，是山阴柳友梅的诗。"雪夫人道："可就是相公曾说忆念有日的柳友梅么？"雪太守道："然也。"雪夫人道："那生果然生得人物何如？才学出众否？"雪太守道："那柳友梅生得面如宋玉，才比相如，自不必说。只是他顷刻成文，真个万言倚马，我已目击。他日云程定在玉堂金马，功名决不在我之下，只不知他可曾授室？"夫人道："若

他还未有室，便可与他议姻。"雪太守道："只是还有一事，要与夫人商议。我想此生才貌实为全美，若将此生配了瑞云，恐如玉甥女说我偏心；若将此生配了如玉，又恐端云女儿说我矫情。若要舍此柳生，分外再寻一个，又万万不能有此全美。我想昔日娥皇、女英同事一舜，古圣人已有行之者，我见他姊妹二人，才貌既仿佛，情意又相投，我意欲将来同许下柳生，未知夫人意下如何？"雪夫人道："既是相公主张，料应不差。我正虑端云年幼，不堪独主蘋蘩，若得甥女作伴，彼此相依，实为两美。况且此生才貌兼全，更为难得。只是梅姑夫远任，不知他意下毕竟何如？你我不好便自专主。"雪太守道："道宏临别，将择婿一事当面嘱托我，今日此举，亦为不负前言，只是他尚未知一木双栖的缘故耳。我到明日，姑心许之，将一字寄到闽中，俟道宏回信，然后连姻，未为晚也。"雪夫人道："相公所言甚为有理。"随指着二小姐说道："只不知他二人心下何如耳？"雪太守道："这也不难，我明日还要请那柳生面试新诗，我就叫她姊妹二人各出一题，若是做来的诗如玉中意，便配了如玉；端云中意，便配了端云。若他两个心上都中意了，我便将来同许下柳生。这便大家如愿矣。"雪夫人道："如此最好。"如玉小姐与端云小姐在旁听见，各自低头不语，心上都暗喜不题。

雪太守到了次日，随即差人往钱塘学里来请柳友梅。差人领命，走到学前，要寻柳友梅，却好撞见周荣的老儿，吃了几杯早酒，在那里走来。差人认得是周斋夫，便问道："老周，我问你，学里柳友梅相公的下处在哪里？府里太爷相请哩！"周荣听说柳友梅，误认是刘有美，顺口的答道："刘有美么，太爷为何请他？"差人道："就为前日诗文，太爷中意他，今早特特来请。"周荣笑笑道："嘎，原来如此。这样我同你去，要吃报喜酒，赚他报喜钱哩！"差人道："就是。"便一心认是刘有美，一径同着差人，走到刘有美的寓所。谁知刘有美只为做了虚心的事，前日录科时节，闻知消息不好，仍恐雪太守查验起来，不好意思，便连夜出城，一道烟走了。

此时周荣同差人来寻他，早已窥其户阒其无人了。差人道："既不在此，你且同我去回复太爷，再来寻请便了。"周荣道："我不去，你自去回太爷便了。"差人道："是你本学相公，今既不在，便同去回复何妨。"周荣料没其事，只得同来回复。差人禀过，雪太守忙唤周荣问道"柳素心是你本学生员，为何请不到来？"周荣听见说柳素心三字，心上吃了一吓，半响的不能言语，尚记得诗笺的名字，有个柳月仙，没有柳素心，因支吾道："在学的是

柳素心,送诗的是柳月仙,如今老爷要请的是柳友梅,因此小人认错,不曾请到。"雪太守道:"你且记来,柳素心是谁? 柳月仙是谁? 如今本府请的柳友梅又是谁?"周荣道:"柳月仙想就是柳素心,就是柳友梅。"雪太守笑笑道:"蠢奴才,既就是他,为何不去请来?"即着原差同去,请到回话。

却说周荣,只认是刘有美,那晓得太守请的是柳友梅,只得同着差人寻到柳友梅下处,差人呈上名帖,柳友梅随即同着二人,来到府中。雪太守接见,梅友梅行礼过,雪太守忙问道:"月仙二字,可也是贤契的佳字么?"柳友梅道:"此乃生员偶尔取意,何敢蒙公祖太宗师称问。"雪太守忙在袖内取出一幅诗笺,递与柳友梅道:"这诗笺可也是贤契的佳咏么?"柳方梅看见,方惊讶道:"此乃友人张良卿所咏,为何冒附贱名?"雪太守又在袖中,取出二幅诗笺,递与柳友梅道:"这诗句可也是贵同学的佳篇么?"柳友梅复接来一看,方恍然大悟道:"这四首诗通是生员的拙咏,二首在西湖游玩,同友人刘有美做的;二首是月下闻吟,同友人张良卿咏的。为何通被他二人窃来,若非老公祖冰鉴,生员几为二生所卖矣!"便指着周荣说道:"前日诗笺,通交付你送进来的,为何差错至此,反不见有我的原诗?"周荣至此,吓得面如土色,魂都不在身上,哪里还开得口,跪在地上,只得磕头道:"小人该死! 小人该死!"雪太守怒骂道:"原来是你这该死的奴才,作弊更换,几乎误我大事。"周荣道:"小的焉敢更换,通是张良卿、李君文二人叫我更换的,小的不合听信他,小的该死了。只是那个刘有美的诗,是央及我送一送来,不知他怎生更换的,一发与小的不相干。"雪太守大怒,叫左右将大板子来,把周荣打了三十,革退学役。正是:

从前作过事,没兴一齐来。

雪太守责罚了周荣,方才邀柳友梅到后衙来,随即看坐。柳友梅谦逊了一回,方才坐下。茶罢,雪太守便道:"昨见贤契诗文,真是字字珠玉,令人不忍释手。今接芝宇,不胜庆幸。"柳友梅道:"生员学浅才疏,蒙老公祖作养,俯赐登龙,实出望外。"雪太守道:"贤契青年椿萱,自然并茂,但不知贵庚多少? 曾授室否?"柳友梅道:"先京兆已去世七载,今只家慈在堂,少违庭训,虚度二十,未有家室。"雪太守听说未曾娶室,心上满怀欢喜,便道:"原来就是柳京兆老生的令郎,失敬! 失敬! 今得贤契如此美才,柳氏可谓有子矣! 天之

报施自不爽了。"随吩咐左右,摆酒在啸雪亭,即领雪公子出来也拜见过。此时雪公子已有一十多岁了,取名继白,表字莲馨,生得面庞与瑞云小姐一般。柳友梅有心,便仔细将雪公子一看。但见:

> 垂髫之貌,总角之年。
>
> 姿神娟洁,骨格仙妍。
>
> 义欺宋玉,秀萃文园。
>
> 伫看掷果,不让潘安。

柳友梅看见,心上暗喜道:"其弟如此,其姊可知。"相见过,柳友梅因见了雪公子的仪容,一发添了许多思慕爱悦的光景。

雪太守道:"前读佳句清新,有怀如渴。昨者偶同小儿试拈二题,还要求贤契一咏,幸勿吝珠玉,以慰素怀。"柳友梅道:"生员碌碌庸材,焉敢班门调斧。"雪太守道:"对客挥毫,文人乐事,况本府有意相求,俾得亲见构思,益遂幽怀矣。"说罢,随叫左右在里面传出二题。雪太守随即接过一看,递与柳友梅,柳友梅接来一看,原来是两个诗题:一个是《寻梅》,一个是《问柳》。《寻梅》以"逢"字为韵,《问柳》以"缘"字为韵。柳友梅暗点点头道:"那诗题出得好深情也!好慧心也!《寻梅》以'逢'字为韵,是叫我去寻觅相逢的意思。《问柳》以'缘'字为韵,是叫我访问有缘的意思。若非那小姐的深情慧心,安得到此?料想诗人笔伏,必无此闺阁幽情也。"心下才这般想,雪太守已叫左右,将文房四宝端摆在啸雪亭,就请柳友梅到亭子中来。但见亭子内:

> 图书满壁,光生画锦之堂;笔墨盈几,文重洛阳之价。茶烟清鹤梦,常留奴
>
> 夜共聆琴;花雨酿蜂声,时有南州频下榻。怡情何必名山业,能远尘梦即隐伦。

柳友梅看见亭子内,花香草嫩,笔精墨良,又一心想着小姐的深情远韵,不觉兴致勃勃,诗思云涌,提起笔来,如龙蛇飞舞,风雨骤至。不一时,满纸上珠玑错落。正是:

读书破万卷，下笔扫千军。

漫道谦为德，才高不让人。

柳友梅须臾之间，即将二诗呈上，雪太守见了，真个满心欢畅，不觉连声赞道："奇才，奇才！不惟诗思风雅，又捷敏如此，几令老夫亦退避三舍矣。敬服，敬服！"看了一遍，遂暗暗叫人传进后衙与二小姐看。

不一时，左右摆上酒来，柳友梅慌忙辞谢道："生员荷蒙台宠，得赐识荆，何敢更叨盛款。"雪太守道："便酌聊以叙情，勿得过逊。"柳友梅只得坐下，雪太守到上坐了，雪公子与柳友梅对面相陪，已分明行翁婿的礼了，三人欢饮不题。

且说柳友梅二诗，传进与二小姐看。原来是《寻梅》二字是梅小姐出的，《问柳》二字是雪小姐出的。梅小姐就将《寻梅》的诗展开一看，只见上写道：

寻　梅

孤踪何处问芳容，贞静偏于雅客逢。

不向东风怜俗士，独乘明月嫁诗翁。

幽心目断寒山外，远韵神驰洛水中。

吟得新篇无限意，思君拟欲托宾鸿。

梅小姐看毕，赞道："果然好诗，深情远韵，托意悠长，可谓言有尽而意无穷。"雪小姐将《问柳》的诗也细玩一遍，只见上写道：

问　柳

凝烟临水独嫣然，几向东君访凤缘。

待月有情应共玩，迎风无意倩谁怜。

丝纶莫惜枝枝吐，黄绿还教叶叶鲜。

逸韵柔姿凭折取，好留佳句动人传。

雪小姐看过,便也赞道:"情词婉转,思致悠扬。诗句至此,我不能赞一辞矣。"二小姐各自看毕,又交互看了一回,两人心上俱暗喜不题。

雪夫人见她两人看诗中意,遂暗叫人传与雪太守知道。雪太守与柳友梅谈饮了一回,酒至中间,雪太守道:"贤契英年,又如此才高学博,正该宜室宜家,为何尚未授室?"柳友梅道:"婚姻乃人生大事,生员别有一段隐衷,一时在公祖老师之前不敢说出,只是终身关系,未能轻易许可耳。"雪太守道:"本府有一舍甥女,即新任福建海兵备之女,本府受舍亲之托,又见贤契如此美才,意欲亲执斧柯,未敢云淑女好逑君子,亦庶几才士宜配佳人。不识贤契心下何如?"柳友梅听说,心下暗想:我只道他为着自己女儿的事,不道他反为甥女的事。我想,静如老僧说我的姻缘,不在梅边定雪边,今番验矣。便答道:"生员一介寒儒,虽蒙台命,何敢何仰。"雪太守道:"愚意已决。老夫有一敝年定行淇泉的侄儿也在山阴,当令作媒,到尊慈处说合。若蒙许允,贤契佳吟,即作聘礼。俟舍甥女奉和原诗,以为回聘之敬。贤契慎勿过辞。"柳友梅心上已自许允,只不好便尔应承,只得说道:"既承台命谆谆,当回去与家慈商议奉复。"二人又饮了一回,只见天色将暮,柳友梅就告别而回。正是:

衫衣昔日嫔两女,铜雀当年锁二乔。

重结鸳鸯乐何限,仁看仙子降河桥。

毕竟柳友梅与二小姐婚配如何,且听下回分解。

第十回　拆开梅雪两分明

中国禁书文库

鸳鸯影

诗曰

世事翻云复雨间，良缘难遂古今然。

达溪花落蠡夫恨，凤凤琴空崔女怜。

高谊合离原不贰，钟情生死实相连。

佳人端的归才子，聚散由来各有天。

却说柳友梅，别了雪太守出来，抱琴接着，复回到栖云庵来。静如迎着问道："近闻雪太守看中意的柳相公诗文，一定姻缘有分了。"柳友梅道："不知事体如何？"静如道："得相公这般才貌，也不负太爷择婿一片苦心。"柳友梅道："不敢，不敢！"遂将张、刘二生抄诗，周荣作弊之事，细细说了一遍。静如道："姻缘天定，人谋何益！"柳友梅道："只是还有一事请教，我今日去见雪公，只道他为着令爱的事，不料他又为甥女梅小姐的事，绝不提起雪小姐之姻缘，不知何故？"静如道："原来雪太爷如此用心，正是他为己为人之处。老僧向日说柳相公的姻缘，不在梅边，定雪边，今日看来，方信老僧不是诳语，这姻缘两重自不必说了。"柳友梅道："是便是，只恐人心难度，或者雪公另有所图，也未可知。"静如道："料柳相公的才貌，瞒不过雪太爷的眼睛，纵使雪太爷看不到，那小姐的慧心明眼，安肯使美玉空埋，明珠暗弃么？"柳友梅起初心上还有些疑惑，被静如这一篇话便一天狐疑都解散了，便满心欢喜，笑说道："但不知小生何缘，便能有福消受此二位佳人。"

说话间，已是黄昏时候。道人掌上灯来，静如道："柳相公可用夜饭么？"柳友梅道：

"夜饭倒不消了，只求一壶茶就要睡了，明日好返舍。"静如就去泡了茶，送与柳友梅。柳友梅就到客房中去睡了。

次早，别了静如，回去见过母亲杨氏，先把张、刘二生抄诗一事说了一遍，然后把雪太守录科面试，请酒题诗，亲许婚姻的事，也细细与母说知。杨氏夫人喜道："吾儿素有雅志，今果遂矣。只是姻缘已遇，功名未遂，必须金榜名标，然后洞房花烛，方是男儿得意的事。况世情浅薄，人心险恶，似张、刘小人辈也须你功名显达，意念方灰。不然，未有不另起风波者。今考期已近，秋闱在迩，汝宜奋志，以图上进。"柳友梅道："谨依慈命。"母子二人俱各欢喜。柳友梅此时也巴不能个早登虎榜，成就凤鸾交，就一意读书，日夜用工，按下柳友梅不题。

却说雪太守，自与柳友梅约为婚姻，次早就差人拿个名帖，往山阴县来请竹相公。原来雪太守与兵部竹淇泉是同年，竹凤阿随叔父在京师相认过，因此请他出来作媒。怎知竹凤阿与柳友梅又是极相契谊的朋友。这一日竹凤阿闻年伯来请，就一径同差人到杭州来见雪太守。雪太守留进后衙相见。竹凤阿道："敢问老年伯呼唤小侄，不知有何分付？"雪太守道："不为别事，我有一舍甥女，名唤如玉，就是舍亲梅道宏之女，今年一十七岁了。姿容妍雅，性情聪慧，论其才貌，可称女中学士。又有一个小女，名唤瑞云，年才二八，小舍甥女一岁，颇亦聪明，薄有姿色，不但长于女红，颇亦善于诗赋。老夫因受过梅舍亲之托，虽有甥女之分，一般如同己出。前日因录科这日，偶见山阴柳友梅，文才貌逸，诗思清新，是个当今才子。我意欲将二女同许双栖。前已面嘱柳生，只不知他尊慈意下何如？因此特烦贤契道达其意。"竹凤阿道："柳友梅兄才貌果是卫家玉润，与小侄系至友，其诗文品行素所钦服，老年伯略去富贵而取斯人，诚不减乐广之冰清矣。小侄得执斧柯，有胜荣幸。想柳兄素仰老年伯山斗，未有不愿附乔者。"雪太守道："得如此足感大幸！只是贵县到郡中，往返相劳，为不当耳。老夫有一回聘的礼，若其尊慈许允，即烦贤契致纳。"说罢，便在袖中取出绣成的两幅鸳鸯锦笺，递与竹凤阿道："这就是回聘的礼。"竹凤阿道："友梅兄未行纳采之礼，何得就蒙老年伯回聘之仪？"雪太守道："柳友梅曾在敝衙中间咏新诗，老夫即将他佳句准为聘礼。随命舍甥女并小女奉和原诗，以作回聘之敬。这一幅鸳鸯笺便定百年鸾凤友，年侄幸转致之。"竹凤阿道："柳友梅兄承老年伯如此垂爱，真恩同高厚。"二人说着话，留过小饭，竹凤阿遂告辞起身，别去不题。

雪太守别过竹凤阿,随要写书差人到福建去,报与梅道宏得知。

且说梅公自到了福建,各处剿抚,虽然寇盗渐渐平静,那晓得闽南烟瘴之地,水土不服。又值盗贼窃发之际,风鹤惊惶。况梅公年的近六旬,气血渐衰,哪受得这些风霜劳苦,又想着父女远离,家乡遥隔,心神闷闷,不半年便已过劳成疾,奄奄不起了。只得写书,差人到杭州来雪太守处报知。

这一日,雪太守才要写书差人到福建去,忽报福建梅兵爷差官到,雪太守命他后堂相见。不一时,差官进来拜见过,呈上家书。雪太守便问道:"你老爷好么?"那差官掩着泪眼,只不出声。雪太守看来,暗想道:"却是为何?"便又问道:"你奉老爷差来,必有要紧话,为何见本府只是不言不语。"差官只得含着泪说道:"我老爷只为王事勤劳,积忧成疾。差官来时,曾于榻前候问,已见他骨瘦如柴,形容枯槁。这多时病体多应不起了。"雪太守听说,方惊讶道:"原来你老爷如此大病,我这里哪里晓得。我且问你,你来时,你老爷可有话嘱咐你?"差官道:"嘱咐事尽在书中,只是临行的时节,曾有数语嘱咐道:'骨肉天涯,死生南北。零丁弱女,赖记终身。'叫差官亲致雪老爷。"雪太守听了,不觉扑簌簌掉下泪来,不免顿足道:"道宏休矣,道宏休矣!"遂留差官在外厢伺候,雪太守就进后衙,把家书与如玉小姐观看。不一时,如玉小姐来了,就把家书一同开看,只见上写道:

眷小弟梅颢愿顿首致书于景翁大舅台座前:弟自与兄翁钱塘门分袂到闽,且喜小寇渐平,奈烟峦瘴疠、风鹤惊惶兼之。父女暌违,家乡遥隔,殷忧孔切,举目靡亲。人孰无情,谁能堪此?遂至奄奄不起,一病垂危。今病体莫支,转念弱女子无成立,抚心自痛,回首凄然。兄翁若念骨肉之情,不负千金之托,如亲己女永计终身,弟虽生无以酬大德,死亦有以报知己也。临榻草草,伏冀台原不宣。

另有一书付如玉女儿开看,梅小姐随展开一看,只见上写道:

母舅当事之如父,舅母当事之如母,事舅姑以孝,相夫子以顺。我身死后柩必归茔。言已尽矣。汝毋自哀。

如玉小姐看了,真个看一字堕一泪,心中哽咽,惊得面如土色,话也说不出。正在悲切之际,忽报梅兵爷的讣音到了,如玉小姐听见,吓得神魂都散,不觉闷倒在地。雪夫人与瑞云小姐连忙来唤醒，不觉呜呜咽咽地哭将起来。哭了一场，端云看见，亦为之泪下不题。

却说梅公临终时节，吩咐侄儿梅从先，要扶柩回金陵，安葬祖茔的。因此讣音方至，灵柩也就到了，大船歇在钱塘门。到了次日，雪太守不免要备些礼物去吊奠，如玉小姐也要扶柩回金陵去了。只是虑如玉小姐无人陪伴，雪太守就叫公子雪连馨同去，就顺便往金陵纳个南雍，又着一能事家人服侍了雪公子。这一日舟中奠别，好不苦楚，正是：

　　昔日尚生离，今朝成死别。

　　生离犹自可，死别复何如。

按下梅小姐的事不题。

却说竹凤阿，自领了雪公之命，不敢怠慢，随即回见柳友梅。将一女双栖的事，委曲说一遍。柳友梅道："这事在知己面前怎好假词推托，只是小弟与家母说来，小弟寒儒，安能有福遂消受此二位佳人，况此事已不知经了多少风波。小弟与兄阔别久了，不曾与兄细谈衷曲，今日可试言之。"便将张、刘二生抄诗，周荣作弊等事，从头至尾与竹凤阿说了一遍。竹凤阿道："人心之险，一至于此。可恶，可恶！只是雪公今日此举，略去富贵，下交贫贱，是真能具定见于牝骊黄之外者。佳人难得似功名，吾兄慎勿错过。"柳友梅笑道："据如今看来，佳人反易似功名了。"竹凤阿道："兄今日不要把功名看难，佳人就看易了，古今绝色佳人，不必皆自功名上得的，而掀天的功名富贵，反自有佳人上来的。此范蠡所以访西施，相如所以挑文君也。兄已幸遇佳人，何患功名不遂。"说罢，便把雪太守付来的二幅鸳鸯笺，递与柳友梅道："这便是佳人的真迹，功名的左券了。"柳友梅接来，随把二幅诗笺俱展开一看，只见一幅上：

《寻梅》和韵

　　落落奇姿淡淡容，幽香未许次人逢。

　　心随明月来高士，名在深山识远翁。

　　引我情深遗梦里，思君魂断暗香中。

一林诗意知何限，可欲乘风寄冥鸿。

又一幅上是：

《问柳》和韵

临风遥望意悠然，似与东皇合旧缘。

照酒能留学士醉，侵衣欲动美人怜。

看来月里神余媚，移到花间影自鲜。

珍重芳姿漫轻折，春深有意与君传。

柳友梅看毕，却原来就是和成的《寻梅》《问柳》二诗，便赞道："诗才俊逸，真不减谢家吟雪侣，果然名不虚传。"竹凤阿道："只等尊慈之命，便好回复雪公。"正说间，忽见抱琴走进来道："学院科考在即，府里录科的案上，相公已是第一。"竹凤阿道："恭喜！恭喜！"梅友梅道："小考何喜？"竹凤阿道："虽然小喜，然今日佳人才遇，便已功名有基，岂不可喜？"二人说罢，柳友梅就进去与母亲说知，杨氏自然允从，就把二诗珍藏好了，当晚就留竹凤阿住下。

次早，柳友梅自己要赴考，竹凤阿要去回复雪太守，两人吃过早膳，正好同行，便一径渡过钱塘江，来到杭州城。才到钱塘门，只见一双大船歇在马头，满船挂孝。雪太守的执事，也在船旁。不一时，雪太守素冠素服，在舟中奠别，哭声甚哀。竹凤阿、梅友梅看见，不胜惊讶道："却是为何？"忙问众人，众人道："是福建梅老爷的灵柩，今日小姐扶柩回京，太爷在船奠别。"竹凤阿道："原来梅公已死，这等弟辈在雪公面上，也该走遭。"柳友梅听说，惊呆了半晌道："正是，也该走遭。"随叫抱琴去备了些吊奠的礼物，写了两张名帖，一同到官船边来致吊。二人拜过，雪太守就邀二人到自己船中来坐下，便对竹凤阿道："前将舍甥小女的事相托贤侄，不想梅舍亲遂尔去世，电光石火，能不痛惜！"竹凤阿道："前领老年伯盛意，已一致达柳伯母，伯母已自俯从。只待秋闱榜发，便好谐姻。不料梅公竟尔仙游，令甥女转还有待了。"雪太守道："老夫言出信从，虽然有待，舍甥女终身便百年永托矣！"梅友梅道："小婿承岳父洪恩提挈，五内铭感。今闻梅岳父仙游，心胆俱裂，始终安敢

二心。"雪太守道："我也知贤婿钟情，非负心人可比。"说罢，梅友梅因考事迫促，只得起身告辞道："本该相送，因考期在迩，不敢停留，万望鉴原。"雪太守道："莫拘细礼，这是贤婿前程大事。"柳友梅只得告辞。竹凤阿亦别去不题。

且说刘有美自录科这一夜回家，仍恐雪太守查验，好几日不敢出头。雪太守见张、刘二人如此行径，一定是个小人，为此倒不提起。到发案日，只以无名字愧之。

这一日发了案，家人来报知刘有美道："相公，府里录科案发了。"刘有美忙问道："可有我的名字？"家人道："想是不见有。"刘有美皱着眉道："那雪公忒也好笑，诗辞是游戏事，我文字是真的，为何便遗落我。"又问道："第一是谁？"家人道："就是柳友梅。"刘有美道："是我！"家人道："不是，是柳友梅相公。"刘有美道："原来是他。我说一定是小柳。咦，雪老，雪老！常言道，冷一把，热一把，你看中意了小柳，为何就遗落我起来，难道我文字也是假的。"背着手，垂着头，踱了几踱，只见眉头一皱，计上心来道："有了，有了！前日小柳送诗的时期了，有两个姓张、姓李的同行，我也认得他，想也是钱塘学里，想那日也往送诗，一定也为着雪小姐的事，何不寻他商议一商议，计较一计较。"思算已定，便吩咐家人道："我为考事不遂，要进京纳监，你为我收拾些行李停当，今日就要起身。"说罢，便到赵文华处讨了一封书，荐到严府里去，便回家取了行李。刘有美已断弦过了，又无内顾之忧，一径到杭州来等那张、李二人。

原来张良卿也为抄诗一事，仍恐发觉，倒躲在李君文家里，叫李君文在外边打听风声。这一日，刘有美去寻，恰好半路就撞见李君文，便上前深深的作一揖道："李兄哪里去？"李君文抬头，认得是刘有美，便问道："刘兄哪里去？"刘有美便道："有事相商，特来拜访，但这里不是说话的所在，必竟要到尊府去。"他问道："前日的张兄在家么？"李君文道："张敝友这两日倒也在舍下养病。"李君文就同刘有美一径到家来。吩咐小的们去请张相公出来，刘相公在此。小的们进去说了，张良卿听得，误认是柳友梅，不敢出头。小的连催几次，躲在内书房，声也不应了。李君文见不出来，只得自进来道："老张，不是那小柳，是刘有美，出来何妨？"张良卿道："我只道是小柳，不敢出来。"李君文道："若是他，我已先与你回了。"

张良卿便同李君文出来相见过，刘有美道："雪小姐的事已变卦了，二兄可晓得么？"张良卿道："小弟有些贱恙，连日杜门，未知其详，托李兄打听，不道幸遇吾兄。"刘有美道：

"雪太守招小柳为婿，前日录科案上取了，他是第一，这便无私而有私了。"李君文道："我兄一定想必是超等了。"刘有美道："哪里还轮到小弟，小弟已在孙山之外了。"张良卿道："吾兄大才，为何也被遗落？这便不要怪也不取小弟了。"刘有美道："原来兄也见屈，可恶，可恶！"李君文道："屈已屈了，如今却有甚计较？"刘有美道："依小弟算计，须弄他一个大家不得，方出我气。"张良卿道："如何弄个大家不得？"刘有美道："近闻朝廷有采办宫女之说，小弟现拜在严太师门下，到京中可把梅、雪二小姐的天姿国色吹在他耳朵里。梅、雪二老兄素与严太师作对，今梅老已死，雪老孤立无援，待他动一疏，再把雪老拿进京师，然后降一旨意，把梅、雪二小姐点进宫去，这便大家不得了。"李君文拍手道："好计！好计！若如此，任凭那柳生妙句高天下，赔了夫人又折兵。只是到严府中去，须要备些礼物。别件看不上眼，必是些金珠玉玩才动得他。"张良卿道："既要出气，也说不得了。"刘有美道："若是礼盛些，还可与严太师处讨个前程，出来还做得官哩！"张良卿道："既如此，我有明珠一颗，现具黄金十两拿去打杯，再拿些银子就央老李与我去觅些玉玩古董，明日就同刘兄起身进京。总是如今科甲甚难，谋个异路前程也罢。"便留刘有美在家里住下，把些银子就央李君文去买玉玩。自己又收拾些铺陈行李停当，雇了船，次早就同刘有美起身进京不题。正是：

尽道人谋胜，谁知天意坚。

天心如有定，谋尽总徒然。

因这一去，有分见：塞北他年走孤飞之才子，江南异日增落魂之佳人。未知日后何如，且听下回分解。

第十一回　古寺还金逢妙丽

诗曰：

由来方寸可耕耘，拒色还金忆古人。

仗义自能轻施与，钟情原不在身亲。

百年永遂风流美，一夜相逢性命真。

不是才多兼德至，花枝已泄几分春。

　　却说柳友梅，自遇了梅、雪二小姐的姻缘，心上巴不能个早登上云梯月殿，成就了凤友鸾交。哪晓得半中间，梅公一变，如玉小姐扶柩回金陵。翌日与雪太守话别后，别了竹凤阿，自己同抱琴一径到学院前，寻个下处歇了，心上好生忧闷，暗想道："我只道佳人已遇，只要功名到手，遂了吾母之志，应验了金榜题名，然后'洞房花烛'的两语，谁料半中间，忽起这段风波。如今功名未卜何如？玉人又东西飘泊，不知寻梅问柳的姻缘，又在何日相逢矣。"心下这般想，便没心绪起来，倒把为功名的心灰冷了一半。没奈何只得叫抱琴跟了，出外闲步。

　　行了三四里，忽到一座古寺，进得寺门，门前一尊伽蓝就是大汉关帝像。柳友梅拜了两拜，想道："前在栖云庵，曾把姻缘问过神圣，许我重结鸳鸯的签诀，今果有验，但日下姻缘尚在未定之天，何不再问一问。想了一想，仍旧祷告了，就将签筒摇了几摇，不一时，求上一签，只见依旧是栖云庵的签诀。柳友梅看毕，想道："若如此签，便不患玉人飘泊矣。"拜谢过，便走进寺中，但见古树茏葱，禅房寂静，鸟啼隔叶，花落空苔，并无一人，遂步到正殿上来，只见佛座侧边，失落一个白布搭包，抱琴走上，拾起一看，内中沉沉有物。抱琴连

忙拿与柳友梅，打开一看，却是四大封银子，约有百余金。柳友梅看毕，便照旧包好，叫抱琴束在腰间，心下想一想，对抱琴道："此银必是过往人偶然遗忘或匆忙失落的。论起理，我该在此候他来寻，交付与他，方是丈夫行事。只是我考期在即，哪里有工夫在此守候，却如何处理？莫若交与寺僧，待他还吧！"抱琴道："相公差了，如今世上哪有好人！我们去了，倘寺僧不还，哪里对去？却不辜负了相公一段好意。既是行此阴骘事，还是等他一等为妙。"柳友梅道："你也说得是。"只得没法，两人在寺中盘恒了一回，又往寺外来，探望守了半日，只见日色已西，并无人来。柳友梅见天已渐暮，心上好生不耐烦。

直到抵暮，只见一个老妇跟跄而来，情甚急遽，忙进寺门到正殿上去。柳友梅就随后进来看她，但见到佛殿上、佛座前，四下一望，便顿足道："如此怎了，如此怎了！佛天，佛天！料我性命也活不成了。"不免呜呜咽咽哭将起来。柳友梅见老妇如此，忙上前问道："老妈妈，你为着甚来，如此情急？"老妇道："相公听禀，老身因拙夫为盗相扳，现今系狱，冤审赃银一百二十两，要纳银赎罪。昨日没奈何，只得把一小女卖与一位客人为妾，得过价银一百两。那客人也怜我夫主无辜受祸，分外身价之外助银二十两，尚少三十。今早才去领银回家，不想路上遇了公差，老身被他逼慌，只得隐避过了。到此寺中，把银放在佛座下。避过公差，老身忙出寺门，竟忘取了银子。到家想着急急寻来，已自不见，一定已落他人，眼见我一家性命都活不成了。"老妇一边说，一边下泪。说罢，又大哭起来。柳友梅道："原来如此。你不须啼哭，幸喜银子我拾得在此，我已等你一日了，只问你银子是几封？何物贮的？"老妇道："银子是四封，外面是白布搭包。"柳友梅道："不差。"就叫抱琴在腰间解出，交与老妇道："如今收好了。"妇人见有了原银，喜出望外，便拜倒地下道："难得相公这样好人，只是叫老身何以补报，求相公到舍下去，叫我小儿小女一家拜谢相公。"柳友梅道："天色已暮，我就要归寓了。"老妇道："相公尊寓却在何所？"柳友梅道："在学院前。"老妇道："老身家里也就在学院东首，一带槐柳底下，相公正好到寒舍作寓，待老身补报万一。"柳友梅因天色已夜，就一径归去。老妇就随后追来，抱琴也跟着。

不一时，已到院东一带槐柳树下，就是老妇的门首了。老妇死也要留柳友梅进去，柳友梅望见自己寓所已近在西首，只得进去一遭。老妇迎进去了，柳友梅坐在中间一个小小草堂里面，但听得内边呜呜咽咽，像个女子哭声，甚是凄楚悲凉，正是：

如怨如慕,如泣如诉。情悲欲绝处,定然薄命之红颜;肠断几回时,疑是孤舟之嫠妇。余音听到凄其处,事不关心也觉愁。

柳友梅听到伤心,不觉自己也坠下泪来,转沉吟不动身了。抱琴走进道:"夜已黄昏,相公好回寓了。"柳友梅才要起身,只见老妇已点出灯来,随后便领出十余岁的孩子,年方二八的一个女儿。就叫女儿:"你且拭干了泪眼,拜了大恩人。"柳友梅连忙走开,那孩子与女子已是扑地四拜。柳友梅看一眼那女子,只见那女子生得如花似玉,美艳异常。但觉:

纤腰袅娜,皎如玉树风前;粉面光华,宛似素梨月下。泪痕余湿处,乍疑微雨润花容;眉黛锁愁时,还拟淡烟凝柳叶。棒心西子浑如许,远嫁昭君近也非。

柳友梅看了,不觉魂消了半晌。便问道:"妈妈方才的令爱,就是日闻所言的么?"老妇人含着泪道:"正是。只因她心上不愿嫁那客人,为此在里面啼哭。"柳友梅道:"果然可惜了你女儿。"老妇道:"也是出于无奈,老夫妇只生一子一女,实实是舍不得的。"柳友梅道:"这个自然。只是今晚我要回寓,明日你可到我寓中,我有话与你说。"说罢,柳友梅就要回去。老妇苦留不住,只得放柳友梅回寓了。

柳友梅独在寓中,心下想道:"我只道美貌佳人,天下必少,不料今日还金之后,又遇着如此一个倾国倾城的女子。只可惜红颜薄命,就要遗落外乡,我何计以救之?"约算囊资,尚有百金,只不能足三五之数。想了一想,道:"有了,不免写一字到竹凤阿处,暂借应用。救人患难,也说不得了。"次早便写书叫抱琴到竹凤阿家里去了。自己把囊资约算,足有百金,便准等老妇来。

老妇因感柳友梅的恩德,次早也就来拜谢。柳友梅道:"此何必谢。只是你女儿既已与人,若还原银,可还赎得么?"老妇道:"那客人也怜我夫妇无辜受累,这百金明是多出的,我女儿能值许多? 若还原银自然肯的。只是还银夫便死,留银女又亡,也是没奈何耳。"言至此,那老妇又扑簌簌落下泪来。柳友梅道:"你不必悲伤,我已停当一百两银在此,你可将原银送还那客人。倘后日少银,通在我身上是了。"老妇道:"难得相公这样好心,真是重生父母,只是叫老身怎受得。"柳友梅道:"银钱事小,救命事大。人在颠沛患难

中,我若不救,谁可救来!"老妇道:"只是何以图报相公?"柳友梅道:"既要救人,安敢图报!"老妇没奈何,只得拿了柳友梅的银子,辞谢了别去。就将原银送了客人,将柳友梅的银子先纳完官,然后来到狱中,见了丈夫李半仙,将柳友梅还银赎身的事,细细与丈夫说了一遍。李半仙道:"世上有这样好人,是我再生父母了。只是受人大恩,何以报答,可就把我女送他。只不知可曾娶室,若是娶过,便做个侍妾也罢。他行了这般阴德,还有极大的造化在后面哩!"李老妇道:"我心上也是如此。"

中国禁书文库

鸳鸯影

那狱中人听见说了,也道:"不要说你一个女儿,这样人便是十个女儿也该送他。"李老妇遂别了丈夫归来,家里就治些酒肴,傍晚就来请柳友梅道道:"受相公这样大恩,真起死肉骨,今晚聊备一盏水酒,以尽穷人之心。"柳友梅道:"缓急时有,患难相扶,何必劳妈妈费心,况我场事在即,料没工夫领情。"老妇道:"请相公吃酒,相公自不屑,但有事相求,必要相公到寒舍走遭。"柳友梅道:"若是少银子,明日就有,我已着人回去取来。"老妇道:"不是银子,另有事回家。"柳友梅道:"有事就此说明,何必更往。"老妇道:"一定要相公去。"柳友梅被逼不过,只得去走遭。随闭上寓房,一径同到李老妇家来。

老妇领着柳友梅直到内房中,只见几案上齐齐整整已排列许多酒肴。房屋虽小,却也精洁幽雅,尽可娱目。中间挂一幅名画,焚一炉好香,侧里设一张竹榻,挂一条梅花纸帐。庭子内栽着些野草闲花。梅友梅坐下暗想道:"好一个洁净所在,倒可读书。"不多时,李老妇拿出一壶酒,道:"柳相公请上坐,待老身把酒奉敬,以谢大恩。"柳友梅道:"这不敢当。我还不曾问得妈妈,你夫主姓甚名谁?近托何业?如何为人扳害?"李老妇道:"拙夫姓李,号半仙,风鉴为业。只因在人丛里相出一大盗,为他扳害,以致身家连累,性命不保。"柳友梅道:"原来如此,真是无辜受罪了。"

李老妇道:"老身倒不曾请问相公,尊居何处?尊姓尊号?曾娶过夫人否?"柳友梅道:"小生姓柳,字友梅,家世山阴,已定过杭州雪太爷的小姐。"李老妇道:"我说相公一定是个贵人。老身受柳相公大恩,苦无以报。就是昨日相见看见过的小女,名唤春花,长成一十六岁了,情愿与柳相公纳为婢妾,永执巾帚,以尽犬马之报。"柳友梅道:"言重,言重!小生断无此心。"李老妇道:"柳相公虽无此心。老身实有此意。相公的大德,我已与拙夫说知,实在自拙夫的意思。"说罢,便唤女儿出来。

原来这李春花,生得姿容娇艳,美丽异常,又且性格温柔,颇娴诗句,兼善麻衣相法。

那日见了柳友梅，便晓得他是个贵人，好生顾盼留意，只恨身已属人。谁知柳友梅又有意救她。为此这晚也情愿出来执壶把盏，如执婢女之礼。柳友梅看见，便惊讶道："岂有此理！我去了。"即忙起身就要出来。那晓得门已闭上，母女二人苦劝留住。柳友梅无可奈何，只得勉强坐下，心下暗想道："这分明要活活捉弄我了。我今晚还是做个鲁男子，还是做个柳下惠？学柳下惠不可，还是学鲁男子吧！"思量了又要起身，春花女又扯住不放。又转念道：料今夜学鲁男子也是我，学柳下惠也是我，只要定了主意，心下是这般想。只见春花女斟着一杯酒，伸出笋尖样雪白一般的玉手，双手捧来，递与柳友梅。柳友梅至此，但见灯光之下有女如花，也不觉心醉魂消，不好意思，只得接着酒饮了。春花女又执壶斟起一杯，柳友梅心下想道："酒乃色之媒，酒能乱性，不可吃了。"硬推辞道："小生量浅，吃不得了。"春花女又百般的劝诱，柳友梅只是不饮。老妇见柳友梅坚拒不饮，只得说道："柳相公不用酒，想要睡了，就请内房去睡吧！"柳友梅道："睡倒不消，只求一壶茶坐一坐，天明就要走。"

老妇又去泡一壶好茶，烧一炉好香，叫女儿陪了柳友梅，自己同儿子去睡了。柳友梅坐便坐下，怎当她一个如花似玉的佳人，坐在面前，那心猿意马，哪里捉缚得定，只得寻一本书来观看。就在书桌上抽出一本来，恰好乃是一本感应篇，展开一看，看到后面，只见载的陆公容拒色故事，有诗一首云：

> 风清月白夜窗虚，有女来窥笑读书。
>
> 欲把琴心通一语，十年前已薄相如。

梅友梅看了，叹道："好个'十年前已薄相如'。古人此语，若先为我柳素心今夜说了。想起来这事我柳素心断不可行。"

春花女道："贱妾闻鲁男子拒门不纳，是不可行也。柳下惠坐怀不乱，是或可行也。柳相公何必太执？"柳友梅道："岂不闻以鲁男子之不可，方可学柳下惠之可。我柳素心是学鲁男子，不是学柳下惠的。这事断乎不可行！"春花女见话不投机，只得又捧了一盏茶，自吃了半盏，剩却半盏，又亲手的奉与柳友梅。

柳友梅见春花女娇羞满眼，红晕生辉，至此又舌吐丁香，唇分绛玉，双手奉过茶来，愈觉欲火难禁,色情莫遏。忽又转一念道:"我柳素心若行此事,便前功尽弃矣。"接了茶,便顺手的泼在地下。但见月色当窗,花影如画,推开一看,如同白昼。春花女道:"月色皎矣,佼人僚矣,正妾与相公今夕之谓也。"柳友梅道:"岂不知'有女如云,虽则如云,匪我思存'。"春花女听了,蹙着眉半晌无语,不免垂下泪来道:"如此说来,柳相公必弃捐贱妾矣。妾虽自献,实以相公才德容貌,不是常人,愿以终身永托,故中情孔切,至于如此。此文君所以越礼于相如,红拂所以私奔于李靖也。今柳相公如此,使妾何地容身,早知今日反成累,悔不当初莫用心。"

柳友梅听到此处,转不觉情动于中,对着李春花道:"小娘子不是这般说,这事于我辈读书人,前程最有关碍,小娘子既系慧心之女,小生亦非薄情之士。终身之计,俟令尊出狱,明行婚娶就是了。"春花女道:"只恐柳相公既已好逑淑女,焉肯下顾小星。今日倘尔不纳,异日安肯相容。"柳友梅道:"小娘子不要错认小生,小生曾于西湖上题诗,遂成姻眷。肃雪亭咏句实结良缘。"便将梅、雪二小姐的亲事,一一说了,道:"小生原系钟情,非负心可比。"春花女道:"原来如此,谚云:'娶则妻,奔则妾',自媒近奔,妾愿以小星而待君子。但恐他日梅、雪二夫人未必肯相容耳。"柳友梅道:"小生非系钟情,可无求于淑女。既求淑女,安有淑女而生妒心者?倘后日书生侥幸,若背前盟,有如此月。"春花女道:"若得相公如此用心,虽仓促一言,天地鬼神实与闻之,纵使海枯石烂,此言亦不朽矣!只是贱妾尚有一言相赠。"柳友梅道:"小娘子金玉,敢求见教。"春花女道:"千秋才美,固不须于功名富贵。然天下所重者功名也。今柳相公既具拾芥文才,如山德行,今年又适当鹿鸣时候,若一举成名,便百般如愿矣。贱妾深有望于相公。"柳友梅道:"小娘子至情之言,当铭五内,倘得十进,后会有期。"二人说罢,只听得鸡声三唱,天声已明。柳友梅就起身出门,春花女直送至门首,临行又嘱咐道:"柳相公前程得遂,莫负此盟。"一边说,一边落下几点泪来。柳友梅至此,转忍不住,也眷恋了一回,没奈何,只得分手别去。正是:

　　意合情方切,情深别自难。

　　丈夫当此际,未免意情牵。

未知柳友梅别后何如,且听下回分解。

第十二回　西湖玩月续春游

诗曰：

富贵由来自在天，达人识破始悠然。

好花于树终须落，明月一年得几圆。

有酒莫教杯放去，进山且与日留连。

沧桑变幻知何尽，行乐春秋便是仙。

且说柳友梅，自别了春花女，回到寓所，不觉神情恍惚，如在梦里，暗想道："夜来若主意一差，岂不前功尽弃，幸喜还把握得定，只是我看此女姿容如名花系念，情思如飞鸟依人，使我心醉魂销，于梅、雪姻缘外我又添出一段相思之苦。"

不一时，只见抱琴随着竹凤阿一同来到寓所。竹凤阿道："昨见华翰宠顾，不知吾兄要银何用。及问尊使，方知吾兄成此盛德之事，小弟亦乐观其成，为此亲自送来。"说罢，便叫抱琴取出银子，竹凤阿道："银子倒是一百在此，恐吾兄资李缺乏，因此多带几两，以足吾兄之用。"柳友梅道："吾兄慷慨如此，真不减鲍叔之高情矣。"柳友梅就将五十两叫抱琴送到李妈妈家去。

却说春花女，别了柳友梅，进去对着母亲道："世间有这样好人，昨夜我几番劝诱他，他并无邪念，好一个正人君子。及至孩儿把终身相托，他又许我明行婚娶，若负前盟，有如此月。深情厚德，真令人痞寐难忘。"李老妇道："柳相公行如此阴德，又如此多情，他日前程万里，正未可料，我儿即做他一个婢妾，也有荣耀。"正说间，只见抱琴已将五十两头送来，李老妇连忙接住道："世上难得你这样好人，老身举家感戴。"抱琴道："我家相公生

平极肯济人患难,凡遇人有事,就像自身上的一般。"抱琴交付了银子去了。

李老妇就把银子去纳足了官,上下使用又去了数金,真个钱可通神,就放了李半仙出来。这一番父子团圆,夫妻完娶,哪一个不感柳友梅的恩德。次日,李半仙也亲自到柳友梅寓所拜谢不题。正是:

> 济人须济急,救人须救彻。
>
> 不有拿云手,网罗谁解结。

且说柳友梅,自救了春花女一家,冥冥之中,又添了许多阴德。囊资短少,又喜有竹凤阿,乃是一个好施的朋友,与他一力周旋。虽姻缘成就不在他的心上,却记春花女之言,与母亲慈训暗合,遂安心读书,以图进取。却好提学考过,发案日学院李念台面行发落,把柳友梅的文字大加称赏,高高的又取了一个第一。只因科考一日,不见了刘有美、张良卿,及发案日,又不见二人,柳友梅甚不放心,细细打听,方知已同进京纳监去了。

时光易过,悠忽之间早又秋试之期。柳友梅随众应试,就约了杨连城、竹凤阿等一同赴试。到了八月十五日,三场完毕,柳友梅出来,对着杨连城、竹观阿道:"今试事完华,揭晓又还有几日,功名自有天命。当此秋光皎洁,月华明媚之时,西湖之景,比春日正妍,真可乐也。"竹凤阿道:"文战已毕,正宜登山临水,以洗涤尘襟。"杨连城道:"好舒秋兴,以续春游。"三人各各有兴,杨友梅便叫抱琴发了行李,鼓棹往西湖游玩。

这一番再来,西湖西景致比那二月间更自不同。但觉江流有声,断桥垂露,山高月小,波清烟素。是日八月既中秋,月光正圆。放舟至湖,天影将暮,三人到了,心旷神怡,把酒临风,豪兴自别。但见:

> 银湖明月,空登万丈水光寒;栖棹笙歌,宛转数声山树碧。长烟横素练,迷离绕堤畔残杨;秋气剑晴空,皎洁拟断桥积雪。金风动,玉露浮,疑是黄寒宫阙迩;碧梧深,素波静,恍如皓魄女仙来。正是春来花柳还如昨,秋湖山水便不同。

柳友梅看了,想起当日湖上题诗的事,便对杨、竹二生道:"湖上题诗,舟中窥美;曾几

何时,湖上顿易,风景云殊,如同隔世。不知玉人飘泊,今又何处也?"竹凤阿道:"人有悲欢,月常圆缺,世事奇奇怪怪,安能无变易之理。且从来好事多磨,良缘难遂。然佳人才子实天作之合,又非人可预度。"柳友梅道:"但恐世态似秋云,人情如活水。我想老刘与我辈何等相知,隔日尚尔同舟,明朝就如敌国,人心难测一险至此。安知今日他不另起风波?"竹凤阿道:"只是谋事在人,成事在天,有何益处?"三人把酒对月,又赏玩了一回。

　　不觉夜色将阑,籁声渐寂,湖上游船略略稀少。柳友梅又同着杨连城、竹凤阿复携酒到苏公堤桥上,把红毡铺下,三人席地而坐,饮酒望月。但见万里无云,月光如洗。不一时,彩霞斗艳,华色争妍。原来月是太阳之精,到得秋气皎洁将际,白帝司令,金风一动,便华采异于常时。是夜更阑人静,云霞凑集,那月里的精神发见出来,便结成一团华采,千层秀丽,分外光明。柳友梅与杨连城、竹凤阿望见,疑是月里嫦娥裁下的绫罗锦绣。又似那广寒仙子舞罢的霓裳羽衣。正是:

　　　　未曾身到蟾宫里,如在瑶台琼屋中。

　　柳友梅看见,欢喜不尽,便对杨、竹二生道:"昔贤苏东坡中秋望月,曾有二词,一首是《念奴娇》,一首是《水调歌头》。词中意思,若先获我心者,试歌一遍,与二兄饮酒何如?"杨连城道:"得兄豪兴如此,真不辜负好月。"竹凤阿道:"柳兄意思,莫不是要借东坡词句,一吐胸中浩气么?"说罢,柳友梅便把东坡二词歌道:

　　念奴娇

　　凭高眺远,见长空万里,云无留迹。桂魄飞来光射处,冷浸一天秋碧。玉宇琼楼,乘鸾来去,人在清凉国。江山如画,望中烟树历历。

　　我醉拍手狂歌,举杯邀月,对影成三客。起舞徘徊风露下,今夕不知何夕?便欲乘风,翩然归去,何用骑鹏翼。水晶宫里,吹断一声横笛。

水调歌头

明月几时有？把酒问青天。不知天上宫阙，今夕是何年。我欲乘风归去，又恐琼楼玉宇，高处不胜寒。起舞弄清影，何似在人间！

转朱阁，低绮户，照无眠。不应有恨，何事长向别时圆？人有悲欢离合，月有阴晴圆缺，此事古难全。但愿人长久，千里共婵娟。

柳友梅把二词对月浩歌，音喉清亮，响彻云际。每歌一字，几尽一刻。飞鸟为之徘徊，壮士听而欲泪。歌罢，杨、竹二生齐拍手道："好歌！好歌！"竹凤阿道："昔从东坡镜心吟出，今从柳兄绣口歌来，深情远韵，听者魂销。"杨连城道："若使坡仙听得，千载下又添一知己。"三人说说笑笑，不觉露气满空，暗侵衣袂，直吃到大家酩酊，但见东方欲白，方才归舟。正是：

月为留人人意醉，人因恋月月华妍。

年年月下人同玩，岁岁人间月几圆。

却说柳友梅与杨、竹二生，西湖玩月之后，又游玩了数日，方同回家。到了揭晓之日，柳友梅高高的中了浙江省第一名解元，报到家中，杨氏夫人不胜欢喜。及闻内侄杨连城也中了第五名的经魁，益发喜出望外。只有竹凤阿不曾中得，柳友梅深为扼腕。竹凤阿心上因不喜文，倒也不在心上。过几日，又去应武举了。

雪太守闻知柳友梅中了解元，也不胜欢喜，自谓择婿有眼，随差人到金陵梅小姐处报喜，顺便就接雪公子并小姐一同回杭州。李半仙听说新解元就是柳友梅，忙回去与女儿说知。春花女亦满心欢乐不题。

且说梅如玉小姐自扶枢回金陵去后，就安葬了梅公，心下便要回杭州。又因思慕父亲，不忍遽别，为此蹉跎过夏，直到中秋。又因雪公子纳了南雍，秋闱也不免就进去观场。为此耽搁过了八月望后。哪晓得天下事竟有出自意外的。雪公子年纪不止一十六，文字倒也清通，竟已三场完毕。及到揭晓，却也中了第二十七名的文魁，报到梅小姐家来，梅小姐也不胜之喜。恰好雪太守是日要差人往南京报喜，那南京捷报雪公子的人，早已到了。

雪太守看见了报人，不觉惊喜交集，说道："我家公子小小年纪，虽然纳个南雍，今年也只好观场。哪有侥幸就中之理。"报录的道："这个难道好哄得老爷的！"雪太守喜出望外，随即打发了报录的。却好雪公子与梅小姐也到了，这一日大排筵宴，随排了三桌酒，在后衙啸雪亭上。雪太守与夫人坐了一桌，如玉小姐与瑞云小姐也合了一桌，公子雪莲馨因是个新贵。雪太守因命他倒坐了一个独桌。这一日夫妻父子之乐，甥舅姊妹之欢，好不快活热闹。梅如玉小姐虽然心上意念梅公，然是日闻知丈夫柳友梅已中解元，心上也自欢喜，一同饮宴，真是合家欢乐。

正在饮酒间，忽门上报道："禀老爷，外面天使到。"太守忙排香案出来迎接，只见四个校尉，捧过圣旨，开读道：

> 朕闻成宪者，祖宗之遗制；功令者，国家之大经。凡尔臣工，罔敢或逾。今雨雪霁伪立私党，倡作诗词，背弃程法，靡乱风俗，废本朝之盛典，习晋唐之陋规，祖宗成宪何存？国家功令安在？敕下锦衣卫，拿问奏复。

读罢，四校尉就把雪太守去了冠，带上了刑具。这一日就要起身。雪公子听得，年幼不谙甚事，直惊呆了。出堂来，见父亲拿下，身系缧绁，不觉就哭起来。四校尉道："你儿子是个举人了，快叫他弄些盘费与我，今日就要起身的。"雪太守忙对雪公子道："我儿，你不用啼哭，圣明在上，我又无大故，此去料没甚事，只为这诗题一事起的祸根。我去后，可速速与你柳姐夫商议。你虽年少，幸喜已得成名，但学问未足，来春就要会试，你须专意读书，以图上进。柳姐夫是才高学博的，汝当以师资相与，方有益处。我去家眷即发回苏，你就可同柳姐夫上京。我去自有主张，不必以我为念。"雪公子道："只是爹爹此去，前途保重，凡事相机。"雪太守道："这事我自有处，不须你分付。"那校尉见无银使用，便立催起身。原来雪太守虽做个黄堂，却因平日清廉，竟无银子。又因雪莲馨一中，费用去了。为此这一日，雪公子勉强在内边凑得一百两银子，送与校尉，权为路费。校尉嫌少不要，只得又在库吏处凑了五十两添上，打发了校尉。校尉尚不足意，便星夜促他起身。雪夫人与二小姐在内衙闻知，惊得无计可施，不知祸从何起。雪公子尚舍不得父亲，遂去苦苦恳留，那校尉哪里肯放松，只是立逼起身。父子二人无可奈何，只得分手，洒泪而别。正

是：

　　欢处忽斐来，喜后兼愁集。

　　世事梦中身，人情云里月。

未知雪太守去后，凶吉何如，且听下回分解。

第十三回　连及第驰名翰院

诗曰：

> 人生何境是神仙，服药求医总不然。
>
> 寒士得官如得道，贫儒登第似登天。
>
> 玉堂金马真蓬岛，御酒宫花实妙丹。
>
> 漫道山中多甲子，贵来一日胜千年。

　　却说雪太守去后，公子雪莲馨遂进后衙来。雪夫人接住，含着泪眼问道："你爹爹临去，可有甚吩咐你。这番事因甚起的？"雪公子道："爹爹说，这事总为诗题一事起的。"如玉小姐听见，不免也掉下泪来道："如此说来，倒是我们做孩儿的带累爹爹了。"雪公子道："这也不独为此，总是如今权臣当道，小人得志，君子道消，故有此事，不过借此为由耳。"雪夫人道："你爹爹去后，还是在此，还是回苏？"雪公子道："爹爹吩咐，家眷即发回苏，我就去同柳姐夫商议入京。"雪夫人道："既如此，我这里可就打点回苏，你可就到山阴柳姐夫家，商议进京。一来看你爹爹，二来就好会试。只是你到柳姐夫处，他是有才学的，必有识见，须与他商议一个万全之策，保得你爹爹无事才好。"雪公子道："孩儿自然与他细细商议，母亲且请宽怀。"雪夫人道："长安险地，就是你到京中，凡事也要留心谨慎。"雪公子道："这个自然，只是母亲与二姐姐在家，且莫忧愁，孩儿到京，便有消息。"雪夫人道："正是须早寄个信来。"

　　雪公子忙收拾行装，别了雪夫人、二小姐，叫一能事家人跟了，一径到山阴来寻柳友梅。

三六三〇

却说柳友梅,自中了解元,家里送旗匾,设筵宴,亲朋庆贺,好不热闹。只待诸事略定,就要到雪太守处,行过梅、雪二小姐的聘,定那寻梅问柳的姻缘;并去再访春花,践却前盟,以完终身大事,方快心畅意。忽报雪莲馨也中了,心下益发欢喜,及过数日,忽闻雪公被拿,心上好生惊讶,暗想道:"这祸从何而来?我想雪公平日清廉,又无大故,如何被拿?总是我良缘不偶,好事多磨,故多这些,翻云覆雨的事。功名虽稍遂,佳人犹未谐,叫我柳友梅如何放心得下。但此事必有缘由,不知从何处起。"想了一想道:"是了,是了。一定又是刘有美与张良卿这匪人在严府里边弄出来的了。他今进京已有半年多了,深恨雪公查诗并科举无名的事,为此又起这段风波耳。"

才想念间,忽抱琴报道:"外面雪相公拜访。"家人呈上名帖,柳友梅忙出迎接。相见过,柳友梅道:"啸雪亭一会,不觉已自半年,忽闻秋翻搏云,伫看春龙奋迹"。雪莲馨道:"吾兄月挂高攀,不日杏林独步。小弟驽马之驾,焉敢望其后尘?"柳友梅道:"只不知岳父盛德,为何罹此奇祸?今岳母家眷,尚在杭城否?"雪莲馨道:"奉家严之命,已发回苏了。"柳友梅道:"正该如此,以避不测,但不知此事,祸从何起?吾兄可晓得么?"雪莲馨道:"小弟年幼,未谙世务,只是家父临行曾说'此事总为诗题一事起的',小弟想诗辞不过小事,为何触怒圣明?"柳友梅道:"如此倒是小弟累及岳父了。"雪莲馨道:"这与吾兄何干?"柳友梅道:"吾兄未知共详,岳父春间曾有一诗题在外,小弟曾于西湖游玩,同一敝友刘有美题过;又于月下闻吟,同一张良卿咏过。后将二诗送到岳父府中,不料竟被二人窃取,写做自己的,反把小弟原诗沉没了,直到岳父录科面试,方知小弟原诗。次日岳父遣使来邀小弟,又被一小人误认,因此亲查,方知二人作弊情由。小弟蒙岳父提挈,兼附丝萝。二生被黜,自觉情虚,一同避进京去,一向不知下落。近日有人传说,他二人现在严相公门下,这风波一定是他起的。"雪莲馨道:"原来有这一段情由,这风波从此而起,一定无疑。但目今事体却如何区处为妙?"柳友梅道:"严相国岩岩之势,举朝惮他。夏贵溪尚且不免,杨椒山已被刑戮,力难与争。近日只好以利诱之。但岳父清廉,哪得许多使用。我有一敝友,极相契谊,家道颇富饶,做人又慷慨,常有鲍叔、陶朱公之风,可将此事告托他,与他贷银周旋。我想吾友为人任侠,自慨然允从,就一边仗托他是了。"雪莲馨道:"只是何人,便得有此侠骨?"柳友梅道:"不是别人,便是竹凤阿兄。"雪莲馨道:"原来就是竹兄,他原来如此义侠,明日就同吾兄去拜托他。"柳友梅道:"还有一事,他令叔竹淇泉,现为兵

部尚书,又与岳父同年,一发托他在里面周旋。他看在同年面上,自肯出力,这便可保无事矣。"雪莲馨道:"吾兄所见甚是,也不知凤阿兄今年曾中么?"柳友梅道:"文场见屈,弟深为扼腕。今又去应武举了,也在早晚一定有报。"雪莲馨道:"明早可同兄拜访。"当晚雪莲馨就在柳友梅家住下。

次日,就同到竹凤阿家来,备说前事,就把雪莲馨的来意,柳友梅一一拜托了他。竹凤阿听了,不觉怒气冲冠,目睁发指,击节道:"天下有这样不平的事!原来张良卿、刘有美二小人又生这段风波来害年伯,真可恶也。'看来世态金能语,说到人情剑欲鸣',正今日之谓矣。老年伯的事,通在小弟身上,二兄不必忧虑。"柳友梅道:"得如此,足感大恩。"雪莲馨道:"仁兄高谊,可薄云天,真有陶朱、鲍叔之义风,又具荆轲、聂政之侠气,几令小弟望拜下风,尚未知衔结何地?"竹凤阿道:"谊属通家,事关知己,况老年伯以无故受祸,事在不平,弟当拔刀相助,敢望报乎!"

三人才说罢,只见门外一群人蜂拥进堂,竹凤阿掠问何事?众人道:"新解元是哪一位?"竹凤阿疑是寻柳友梅的,道:"这不是!"众人道:"不是,是武解元竹相公。"柳龙梅道:"这就是了。凤阿兄,恭喜!恭喜!"众人随拥着竹凤阿。竹凤阿随停当了报录人,就留柳友梅、雪莲馨到后书房坐下,商议进京。柳友梅道:"恭喜吾兄武闱高中,不日也要进京,小弟与莲馨兄便附骥相从何如?"竹凤阿道:"若得二兄同行甚好,并约了杨连城兄,一来就好打探老年伯消息,二来知己同行,亦不寂寞。只是事不宜迟,即日就该起身。"柳友梅道:"正是宜速行了。明日出行最利,就是明日起身吧!"竹凤阿道:"今晚打点,明日就行。"柳友梅便归去别了母亲,又去约了杨连城来,叫抱琴搬了行李铺陈。竹凤阿打点了银子,雪莲馨家眷已发回苏,又无担搁,叫了船,三人便星夜起身,赶进京去。

却说雪太守被校尉拿进京中,便拘禁在狱。原是张、刘二人在严府弄的手脚,又无大故,因此到柳友梅、雪莲馨、竹凤阿来京,尚未审问。竹凤阿旋即与叔父竹淇泉说了,在严府里说明挽回,上下使用,去了半万之数,方得事松。雪太守见父子翁婿,已在一处,倒已心宽。柳友梅在京中,挨过残冬,到了新年,转眼又是春闱。柳友梅与雪莲馨、杨连城等一同入场应试,真是文齐福齐,柳友梅已高中了第九名进士,雪莲馨也中了第八十名进士,杨连城也中了第九十名进士;及至殿试,杨友梅中了第一甲第三名探花及第,钦赐翰林学士。雪莲馨是第二甲第十名,也送了馆职;杨连城是第三甲进士,因选了苏州府理刑。竹凤阿去应武闱,倒高中了第一名武状元。因这一年边报紧急,圣旨钦赐文武状元一体优礼,同到金阶面圣,饮赐御酒宫花,游街三日,并宴琼林,好不荣耀。正是:

十里红楼映远溪,状元归去杏莺啼。
人生莫羡荣华境,只要文章福运齐。

要知柳友梅去后何如,且听下回分解。

中国禁书文库

驾鸯影

第十四回　为辞婚种祸边庭

诗曰：

> 姻缘富贵本由天，何事奸谋强欲连。
>
> 灵鹊原非鸿鸟伴，山鸡岂入凤群翩。
>
> 多才自古多情钟，忌士由来忌用贤。
>
> 谁料花皇自有主，一番风雨一番鲜。

　　且说柳友梅探花及第，琼林宴后，便要谒见相公，也不免就要到严府里去。这一日去谒严相公，严相公留茶，因见柳友梅一表人才。美如冠玉，又是簇新一个探花，钦赐翰林学士。严相公便有了心。相见后坐罢，便问道："原来贤契如此青年。"柳友梅道："不敢，门生今年二十有一。"严相公道："前看序齿录上，见贤契尚未授室，何也？"柳友梅道："门生因先京兆早亡，幼孤无力，因此迟晚。"严相公道："原来如此，如今再迟不得了。我尚记得令先尊在京时，与老夫朝夕盘桓，情意最密。只不晓得有贤契这等美才，不日奏过圣上，老天当执斧柯。"柳友梅道："这个何敢劳老太师。"吃了三道茶，柳友梅就辞谢出来。

　　原来严明公有一内侄女，就是要托赵文华昔日在山阴县寻亲的，至今未配，那时已嗣在严相公身边。因见柳友梅少年及第，人物风流，便就注意到他，故此留茶询问。知他尚未娶亲，不胜欢喜，明日就托赵文华说亲。赵文华此时已骤升至通政司了。赵文华领了严府之命，安敢怠慢，随即来见柳友梅。二人叙了些寒温客套，赵文华便开口道："严老太师有一内侄女，今已嗣在太师身边，胜似己出，德貌兼全，妆奁富厚。昨老太师见年兄青年甲第，闻知未娶，特托小弟作伐，意欲缔结朱陈之好，此乃老太师盛意，年兄大喜，使弟

得执斧柯，不胜荣幸。"柳友梅道："蒙老太师盛意，赵老先生美情，本不当辞，只是晚弟已曾定过雪景川之女，虽未行聘，然已约为婚姻，不好另就。"赵文华道："雪景川之女尚未可必，如今严老太师当朝一品，谁不钦仰。况他美意谆谆，眼前便是，如何辞得！"柳友梅道："雪公之女久已有约，况他为着小弟受了多少风波，背之不仁，不敢从命。严老太师盛意，万望老先生为晚弟委曲善辞。"赵文华见话不入门，摇着头，皱着眉，冷笑笑道："辞亦何难，只恐拂了老太师的意，不肯就是这样罢的，亲事不成，便有许多不便。"柳友梅道："若说做官，自有官评，这婚姻却万难领教。"赵文华道："只怕还该三思，不要拂了太师的意才好。"柳友梅道："他事尚可通融，这婚姻乃人伦纪法所关，既已有求，岂容再就，只求赵老先生在太师面前多方复之。"

赵文华见柳友梅再三不允，别了柳友梅，回到严府，将柳友梅之言一一说了。严相公听说，就是雪景川之女，便道："雪景川之女素有才貌，去岁张、刘二生到我门下时，盛称他二女姿容绝世，才思无双，只是雪老执拗，不肯轻易嫁人，原来就与柳友梅约为婚姻。只是我如今一个相国的女与他入伐，也不算辱没了，他为何就回绝了我，可好无理。"赵文华忙打一恭道："老太师请息怒，或者嫌卑职人微言轻，不足取信，另遣一媒去说，他或肯从，也未可知。"严相公道："贤契尚不肯听，别人焉足取信。我晓得他倚仗新探花的势，看不上老夫。我只叫他探花的帽可戴得成？"赵文华道："老太师且不要着急，前闻老太师门下中书刘有美，与他颇有旧谊，老太师若遣他去说，必一说即从。"严相公想一想道："也罢，待老夫先尽了他。"就着堂后官去请刘中书来。

原来刘有美得借严府的力，谋做了一个中书。这日闻知太师来请，忙到严府伺候。堂后官通报，刘有美进见，匍匐阶下，连忙打恭问道："老太师呼唤，有何吩咐？"严相公道："就是新科的柳探花，老夫有一内侄女，意欲招他为婿。昨曾托赵通政为媒去说，他却以定过雪景川的女来推托。闻他与贤契有旧，特此相烦。"刘有美道："难得老太师这样盛意，柳探花既得为师门桃李，今复乘相府鸾凤，又何幸至此！"严相公笑道："贤契如此说，他偏看不上老夫，前日竟把老夫回绝。我也罢了，只我想来，我一堂堂相府，要招一东坦也不可得，岂不遗笑于人？何以把握朝纲！为此再烦契通达愚意。他若肯时，老夫自然俯从，他若不肯，也悉凭他。只是叫他不要错认了主意。"刘有美忙打一恭道："待中书委曲去说，以利害说之，不怕他不从。"

遂别了严公，寻到柳友梅公寓。长班将名帖传进，柳友梅晓得是刘有美，心下想道："一定此来又为严府作说客了。"忙出迎接，二人喜笑相迎。见礼毕，刘有美道："两年契阔，小弟无日不思。今幸相逢，然咫尺有云涯之隔了，有胜庆幸。"柳友梅道："闻兄一向在严府中，小弟入京便欲来访，但侯门似海，拜见无从。前日奉谒太师，又不好造次相询，惆怅至今。今幸遥临，曷胜快慰。"刘有美道："吾兄致身青云，真个喜从天降。今又有一大喜，小弟一来奉拜，一来就奉贺。"柳大梅道："有何喜事？"刘有美道："严太师愿以令爱相扳，岂非大喜？"柳友梅道："姻缘自是喜事，只是小弟已曾与雪景川、梅道宏二公处约为婚姻，是吾兄所深知的，理无再就。昨蒙令尊师赵老先生见谕，小弟已力辞过，何得又劳吾兄？"刘有美道："梅、雪二处，终不比严太师这样富贵。他官居宰辅，执掌朝纲，生杀予夺，一出其手。吾兄得为东坦，难道不胜似梅、雪二处的姻缘处？况且是太师有意相求，像小弟辈求之亦不可得。"柳友梅道："小弟生平于功名富贵，实实看得淡，断不以穷达而移其志。至于婚姻有约，乃人伦纪纲所关，亦岂敢以始终而贰其心。况小弟于梅、雪二处的姻缘，已不知受了多少风波。现今雪公尚为小弟受无因之祸，小弟何忍背之！"

刘有美听说到此，不觉打着心事，红了脸，只得又勉强说道："吾兄坚执不从，也难相强，只恐触怒于严太师，有所不便耳。"柳友梅道："祸福自有天命，小弟断不以利害而易初心。"刘有美笑笑道："兄翁真钟情人，小弟多言，倒是小弟得罪了。"说毕，二人遂相别去。

到次日，柳友梅就来回拜刘有美。刘有美又劝道："兄翁于梅、雪二公的婚姻，虽然有约，然实未曾行聘，兄翁何执意如此？况今雪公之事尚未了局，梅公又已故世，如今严太师岩岩之势，举朝惮服。兄翁若舍严府而就梅、雪，是犹舍珠玉而取瓦砾。且拂其意，这倒于雪公身上一发不便，是雪公的事因婚姻而起，复因婚姻而转盛了。吾兄还宜三思！"柳友梅道："小弟愚痴，出于至性，诗不云乎：'我心匪石，不可转也。我心匪席，不可卷也。'只小弟与梅、雪二公之谓矣！严太师之命，万难从命，望为转辞。"刘有美百般劝诱，柳友梅百般的苦辞。刘有美只得回复了严相公，将往复的言语一一说了。严相公道："这畜生好无礼，这且由他，我且有处。"正是：

林不得香蜂蝶恨，留春无计燕莺羞。

花枝失却东皇意，雨雨风风哪得休。

却说严介溪见不从亲事，怀恨在心。恰好遇着边报紧急，北人遣使来议河朔一事，奉旨要差人往北议和。严介溪想一想道："这畜生不受抬举，前日他说不以利害易心，专意在梅、雪二处的姻缘，我就叫他翁婿二人不怕利害的去走遭，只怕那时来求我姻亲也就迟了。"算计已定，次日便暗暗将二人名字奏上。旨意下来，将雪景川立功赎罪，加了兵部侍郎的职衔；将柳友梅加了翰林院学士的职衔，充作正副使奉命往北，共议河朔，兼讲和好。限五日内即行，回朝另行升赏。

旨意一下，早有人报到柳友梅寓所来。柳友梅闻知，心下呆了一呆，暗想道："这一定严嵩陷我了。但我去也罢，如何又陷累我岳父？我翁婿二人一去后，把我梅、雪二处的姻缘不知又如何结局矣。"

正踌躇间，忽报外面竹老爷、杨老爷要见，柳友梅忙出迎接。相见过，竹凤阿揖也不作完就说道："有这等事！小弟方才见报，方晓得吾兄翁婿出使北庭，这只是谁人陷害？"杨连城也道："小弟尚不知，顷间凤阿兄来，方知有此奇事，只不知又是哪里起的？"柳友梅："就是严府为小弟辞婚一事起的祸端。然今圣旨既下，即系君命，做臣子的岂可推托。只是我岳父暮年，怎当此塞外驰驱之苦，内弟又甚年轻，无人可代，如何是好？"竹凤阿道："不要说令岳年高难去，就是吾兄以白面书生奉使北鄙，良不容易。"杨连城道："正是。吾兄文士，匹马驰驱，深入不毛，又况正当暑天将近，酷日炎蒸，胡沙卷尤，如何去得！"柳友梅道："以身许国，死生祸福，惟命是从。只是小弟上有老母，内无弟媳，将寻梅问柳的姻缘空抛在天涯，不可惜耳！"言念及此，转不觉儿女情深，英雄气短矣。

三人正说间，只见长班又进来禀道："雪太老爷、小老爷来了。"柳友梅忙出迎进。雪公先与杨、竹二生见过，然后雪莲馨、柳友梅一一俱见过了，雪公忙问道："这风波不知又是哪里起的？又是谁人陷我二人？"柳友梅道："小婿才与柳、竹二兄说来，此乃严府又因小婿辞婚起的。"雪公道："却是为何？"柳友梅就将赵文华为媒，及刘有美说亲的事，一一说了一遍。雪公道："原来如此。但今已奉皇命，就是朝廷的事了。捐躯赴国，本臣子分内的事，亦复何辞。只是我儿虽已成名，尚属年幼，二女又远在故乡；就是贤婿亦上有老母，内无兄弟。此番一去，吾与贤婿匹马胡沙，尚不知死生何地，未免回首凄然。"言至此，雪公不觉扑簌簌掉下泪来。柳友梅与雪莲馨亦泫然泪下。竹凤阿、杨连城亦为之动容悲

切。雪莲馨因含泪说道："据孩儿想来，爹爹可以年老病辞，柳姐夫亦可以养亲告假，何不同上一疏，或者个中，犹可挽回。"雪公叹道："国家有事，若做臣子的如此推托，则朝廷养士何用！生平所学何事！我想汉朝苏武出使，北廷拘留一十九年，旌毛尽落，鬓发尽白，方得归来；宋朝富弼与契丹讲和，往返数回，得家书不开，恐乱人意。这多是前贤所为。你为父的虽不才，也读了一生古人书，做了半世朝廷官，今日奉命北往，岂尽不如前贤，愿为临难退缩，遗笑当世乎？"梅友梅道："此番一行，风尘劳苦，死生患难，固未可料，然做臣子的功名事业，未必不由此一显。此盘根据错节之所见利器也。吾人举动，乃关一生名节，贪生畏死断使不得。"竹凤阿道："在连馨兄身上，爱亲心切，故作此不得已之极思；在老年伯及吾兄身上，爱君之心更切，故有此论。君亲虽曰不同，忠孝本无二理耳。"杨连城道："若到日后归来，功成名遂，君亲具庆，忠孝双全，又可成一段千秋佳话矣。"说罢，雪公随吩咐雪莲馨："我与你姐夫去后，你便可告假回乡间，杨兄已选苏州司李，或顺便就同杨年兄归去，善慰母亲，好生安慰二位姐姐，叫她们不必忧烦。我去倘能不辱君命归来，欢会有期。"柳友梅也就把家中事体，托与杨连城得知，随吩咐抱琴道："在老夫人面前，只说我在京候选，切莫说出使边庭的事，恐怕惊坏了老夫人。"抱琴领命不题。

次日，雪公与柳友梅翁婿二人就辞了朝，领了敕书，带了两个能事家人，把铺陈行李发在城外馆驿中往下。此时京都衙门常规，也有公饯的，也有私饯的。乱了几日，竹凤阿与杨连城二人也同设了一席，饯行过了。雪公竟同柳友梅往北而去。

却说雪莲馨送了父亲去后，随即告假还乡省母。恰好杨连城选了苏州府理刑，领了凭要出京，雪莲馨即着抱琴约了，一同起身下去。竹凤阿却授了御印总兵之职，也往沿边一路镇守去了。正是：

> 摧锋北陷穹庐去，避祸南迁故土来。
>
> 谁为朝廷驱正士，奸人之恶甚于豺。

毕竟柳友梅与雪公如何归来，与梅、雪二小姐又如何作合，且听后来分解。

第十五回　掷金钱喜卜归期

诗曰：

> 天涯海角有穷时，惟有相思无尽期。
>
> 残梦楼头空自忆，离愁花底问谁知。
>
> 云山深锁真情恨，风雨翻成薄命词。
>
> 我向鳞鸣占信候，金钱掷破叹归迟。

却说梅如玉、雪瑞云二小姐，自雪公去后，就与雪夫人回苏。原来雪公的旧宅在苏州府桃花坞中，回家住下，只要打听雪公的消息。后闻雪莲馨，柳友梅与竹凤阿入京去挽回了，心下终宽。捱过残冬，直到岁底才有信来，知雪公的事已渐乎妥，方觉放心。及至春围，忽报雪连馨中了进士，柳友梅中了探花，母女三人真喜出望外，满心欢畅。只道不日衣锦还乡，便可乘鸾跨凤。哪晓得过了数月，反无音信起来，不知为着何故，母女三人又不胜忧闷。雪老夫人对着二小姐道："自你父亲去后，已近一年，幸天保佑无事。更喜两登科第，实为望外。但不知到今数月，为何反无音信？"瑞云小姐道："去岁忆分袂，临别见青杨如织。今年又望绿柳成荫，因甚缘由，鱼沉雁杳？"如玉小姐蹙着眉，无言无语，半晌才说道："云山修阻，烟水苍茫，徒令人目断长安，不知归舟何日！昔时守孝情长，今觉思亲倍切。"雪夫人道："我闻银灯频剔，喜占音候，金钗可当，为问归期。何不寻一卜士问之？"二小姐道："如此甚好。"就叫朝霞在门首去看来。

朝霞走出来，站立门首。不一时，只见一个起课先生，手中摇着课筒过去。朝霞一看，只见那先生：

头顶方巾透脑油，海青穿袖破肩头。

面皮之上多麻点，头项旁边带瘿瘤。

课筒手托常作响，招牌腰挂不须钩。

谁知外貌不堪取，腹里仙机神鬼愁。

朝霞立在门内，远远望见他腰间挂着一个小小招牌，上面写道："李半仙，课精鬼神，相善麻衣。"朝霞想道："这个先生一定又会相面，又会起课的了。"遂叫声起课先生这里来。。那李半仙见有人请他，忙走过来，进了门，走到中堂坐下。朝霞就进去报与夫人、二小姐知道。二小姐就随着夫人一径在厅堂后，来看他起课。

李半仙见夫人出来，便问道："夫人要起课么？"雪夫人道："正是要起课。且问先生就定居此，还是新来到的？"李半仙道："在下到处起课，哪有定居。前往绍兴、山阴县走了几日，偶到这里。"夫人道："可认得山阴新探花柳老爷家么？"李半仙道："柳老爷是我大恩人，夫人却问他怎的？"夫人道："就是我家老爷的小婿。今日起课也是为他。"李半仙道："如此就是前任杭州府雪太守贵婿。"夫人道："你为何就晓得？"李半仙道："柳老爷未中时，曾在舍下住过一宿。在下前日自他家里来。柳老爷真是好人，我曾受他大恩，未曾报德。昨我在街上，听有人传说，他出使边庭，不知此信可确？我也要访他一个真信。"夫人惊问道："为甚出使边庭起来？"李半仙道："在下也不知何故，也是道听途说，不知可真？前日他老夫人也曾叫我起一课，看起来，此信竟像真的。我今因奉他老夫人之命，一路卖卜进京访问，因此在这里经过，不期又遇了夫人。"雪夫人道："如此，你且与我起一课看。"

李半仙就将手中课筒递与朝霞，朝霞送与老夫人。夫人对着天地，暗暗的祈告了一番，仍叫朝霞递还李半仙。李半仙拿在手中，摇来摇去，口中念些单单单、折折折、内象三爻、外象三爻的仪文，不多时起成一课。李半仙道："不知夫人何用？"夫人道："问归期。"李半仙道："是个未济卦，未济终须济。日子虽不能归，然终有荣归的日。但妻占夫卦，官爻不发动，倒是子孙文书爻动了。又临腾蛇白虎，一空还有虚惊。自身尚不能归，或是音信，或是子侄，预先有个归来了。"雪夫人道："只是我老爷的归期，在于何日？"李半仙把手抢一抢道："今日不归，直要等坎离交济，来岁春夏之际，方许归期。"雪夫人道："为何要到来年?"李半仙道:"卦上是这般发见,连我也不知其中缘故,我只据理直谈便了。"

夫人又叫朝霞取过课筒,又祷一番,递与李半仙,李半仙重排杀象,早又起成一课,却是个姤卦。李半仙道:"夫人,这又何用?"雪夫人道:"婚姻。"李半仙道:"姤者,遇也,又婚姻也。这婚姻已有根了,绝妙的一段良缘,他日夫荣妻贵,只嫌目下稍有阻隔,也临腾蛇爻上,必竟也有一件虚惊。更有一种奇妙之处,又是两重姻缘。"雪夫人听了,与二小姐道:"那先生起课,果系是半仙了。我又不曾与他说,他又不晓得,如何便说是两重姻缘,只不知姻缘成在何日?"因又问道:"姻缘应在何时?"李半仙又把手抡一抡道:"据卦看来,也要到来岁秋间可成。"李半仙起完了课,因又笑道:"在下不但会起课,且粗相理。似老夫人这般相貌,日后要受三封诰命,贵不可言。只是目下,气色稍带阴滞,尚有一段惊忧。过了今天,来春便喜从天外降,恩向日边来矣!"随指着朝霞道:"像这位姐姐,也有些福气在面上,后有个贵人抬举哩!"说罢,便要告辞起身。

雪夫人叫留便饭。随进来命二小姐写了封家书,顺便寄他带去。又封了一封银子,随出堂来。李半仙才用过饭,雪夫人叫朝霞传语,嘱付道:"有劳先生,家书一封附寄到京,谢仪一两,权作酬资。"李半仙道:"家书附带当得,酬仪断不敢领耳。"再三推了几次,李半仙方才取了,竟飘然而去。正是:

　　天地有先机,世人不能识。

　　直到应验时,方知凶和吉。

却说李半仙去后,雪夫人与二小姐,因闻差出使边庭的话,心上又添了一段忧疑。遂叫家人往外边打探,并到报房看报何如。

未知家人去从何知,且听下回分解。

第十六回　点宫秀暗添离恨

诗曰：

一番风鹤一番惊，闺阁幽情自不禁。

旧恨乍随流水逝，新愁又似白云深。

鱼书寄去成空问，呜信传来莫慰心。

留得贞风付才子，兰房有日共调琴。

却说雪夫人与如玉小姐、瑞云小姐，因听李半仙说了出使边庭的话，心上好生忧闷，只得叫家人出外打听，并往报房看报回话。

家人去了一日才回，对夫人说道："小的日间打听，又往报房查看，说出使边庭事果真。太老爷与柳老爷通已辞朝出塞去了，为此不能个归。闻说又是严府举荐出来，保奏上去的，不知又是何故？"夫人与二小姐听说，通惊得面如土色。雪夫人道："这是哪里说起，我想塞外长驱，又况敌情难测，你爹爹年已迟暮，你丈夫亦系书生，如今深入虎口，岂能免不测之祸！"如玉小姐亦垂泪说道："料此番一去，多凶少吉，况系严贼荐举，明明设阱陷人。只是我母女三人，为何薄命至此！"瑞云小姐心上亦甚忧疑，但见母亲与姐姐在那里悲切，不好更添愁恨，只得劝解道："虽然如此，母亲与姐姐且免愁烦，看来李半仙的课果系如神，他说爹爹自身，目下尚不能归，一定还有虚惊。这出使边庭的话，分明应验了。他说先有音信，子侄归来，且看后来消息何如？倘侥天幸，或得无事，也未可知。母亲还请放心。"雪夫人道："课虽如此，只是叫我如何放心得下！"三人说话间，只见家人进来报道："好了！好了！夫人、小姐不须忧虑，老爷已有家书到了。"就把家书呈上。雪夫人道：

"是谁寄来的？那寄书人曾留下么？"家人道："是一位姓张的相公寄来的，小人要留他，他忙忙的说道：'我有要紧的事到杭州，还要寄书到山阴，新探花柳老爷家去。'因此小人不曾留得。"夫人与二小姐连忙拆开书看，只见写道：

> 愚夫雪霁谕道贤妻玉贞：自我去后，赖吾祖宗福泽及皇天荫佑，幸保无事。更喜春闱，一子一婿并登科第，尤出望外。不料乐极悲生，祸从福始。柳贤婿以力辞严府婚姻，遂致贾祸，及今与我并使边庭，尚不知身首何处。但我一身殉国，义不容辞。转思二女无归，决宜改嫁，字到当即遣谋另作良缘。不日朝廷采办宫女，仍恐旨急下，勿至临时后悔。料我二人，国家事大，身家事小，归期难卜，先此预闻。

雪夫人看毕，不免顿足道："如此怎了，如此怎了！"二小姐看见，也不觉惊呆了半晌。仔细把书一看，雪小姐道："母亲且不要慌，这书中的字，不是爹爹的手迹，况且又无年月印信，多分又是假的。"如玉小姐看了，也笑道："看来又是奸人所为，若是真的，那寄书的人为何就去？"雪夫人道："哪里就见得不是真的。"如玉小姐道："字迹不真，又无年月印信，眼见是假。况退婚大事，爹爹与柳生何等交情，焉有他意未从，就写字归来而令别嫁者。"瑞云小姐道："才说寄书人姓张，一定是昔日题假诗的张生耳。只是奸人作恶，为何种种至此！"雪夫人始初疑惑，被二小姐看出书中真伪，一篇慰说，便心宽了一半。但只愁出使边庭，心上终有许多忧虑。

又过了数日，只听得家人说来，外面纷纷扬扬，要点采秀女之说，不知可真。忽一日，家人来报道："夫人如何是好？外面点秀女之说，果系真了。"夫人道："哪里见得就真。"家人道："某处已在哪里议亲，某家已在哪里成婚。又闻某家略迟了些，已报了名字去了。不论大家小户，通甚惊惶。如今太老爷及柳老爷已北去了，小老爷又不见回来，并无一个实信。如今却怎生区处？"雪夫人道："眼见为真。前日，书虽是假的，这个却不是假的了，如何是好？"不免又有些媒婆听知雪府里有两位小姐，便一个来，一个去，进来议亲。雪夫人虽立定主意，哪里回得绝他。

一日里，有两个媒婆进来，一个姓花、一个姓李，一同见过了夫人，又见过了两位小

姐。那两个媒婆，便把二小姐上下仔细一看，便笑说道："媒婆不知走过城中多少乡宦人家，见过了许多小姐，从没有似二位小姐这样标致的。果然好个千金小姐。"雪夫人道："你两人又是哪家来的？"那花婆道："媒婆是张员外家差来夫人处说亲的。"那李婆道："媒婆不是别家，是本府有名的刘员外家差来，到夫人、小姐处求亲的。"雪夫人道："又是什么姓张姓刘的，你且说姓刘的是哪家？姓张的又是哪一家？"花婆道："张员外，是苏州有名的张十贯家。他只生得一子，人物又丰厚，家道又富饶，新在京师纳监归来。闻知雪老爷府中小姐的才貌，又见外边婚娶甚多，因此特差媒婆到夫人处恳求。"那李婆道："我家刘员外家与张员外家系是至戚，就是有名的刘百万家。他家大相公，一同张相公在京师纳监回来，在京中也曾会过雪老爷，与雪老爷也是极相契的，因此便晓得府中有二位小姐，一到家便要差媒婆来求亲。近日正值人家盛行婚娶，为此特来议亲。夫人，这是绝好的一头亲事，莫要错过。"雪夫人道："但我家二位小姐，我老爷在家时，已曾定过今科新探花柳老爷家的了。一等回来，便要成亲。"李媒婆道："原来夫人还不知新探花的信么？新探花出使边庭，被北人拘留住了，也看上了新探花的才貌，北主竟招他做附马去了。夫人还想他回来么？"

雪夫人听了，惊呆了半响，忙问道："你哪里晓得？"李媒婆道："就是昨日，他们两位相公在京师回来的信哩！"花媒婆道："闻说出使边庭，是雪老爷与柳老爷同去的。昨说雪老爷已放回，柳老爷招为附马，是断断不能回来的了。"雪夫人道："但不知此信可真否？"李媒婆道："怎么不真！是他相公们昨日在那里亲口说的，媒婆偶尔听得，听她两位相公说来，却又一样。"花媒婆道："正是说来一样，所以可信。"雪夫人听她两个婆子，你一句，我一句说得像个真的了，便吓得面如土色，不免顿足道："此信若真，便镜拆钗分，良缘割断了。"

李媒婆道："夫人且不要慌，有两位这样如花似玉的小姐，在媒婆身上，婚配那两位多才多貌的相公，夫人下半世正受用不尽哩！"花媒婆道："只是如今朝廷要点秀女，婚娶只在早晚，断迟不得。"李媒婆道："只等这里夫人与小姐允从了，我们就去回复了二员外，就好行聘了。"雪夫人道："虽如此说，也还要等我家太老爷或小老爷回来，方好作主。"花媒婆道："小老爷不知在几时回来？"李媒婆道："夫人，点秀女是早晚间事，如何待得老爷回家！"雪夫人道："这事终要待他回来作主。"媒婆见说不止，只得告辞，起身道："既夫人主意未定，待媒婆明后日再来讨回音罢，只是夫人不要错过了好亲事。"说罢，花、李二婆子就出去了。

雪夫人将二媒婆的说话说与二小姐得知，二小姐当媒婆说话的时节，已在内房听见。至此，正在那里掩泪对泣。又听雪夫人一说，直惊呆了。如玉小姐道："总是红颜薄命，数该如此。但忠臣不事二君，烈女岂更二夫。我心如石，断无转移。"端云小姐道："宁可人负我，莫使我负人。生为柳生妻，死作柳家鬼。莫说媒婆来说亲，就是朝廷要点我去，也抛一死，做个贞节女，不愿为失节妇也。"雪夫人道："三贞九烈固妇人有志的事，但恐怕目下朝廷要点秀，不容人作主，如何是好？你爹爹既无实信，你弟弟又不回来，叫我一妇人怎生区处？"

端云小姐含垂泪，说道："母亲，你不必忧疑，孩儿闻十朋之妻，投江自尽，至今贞风千古，流芳百世，私心窃愿效之。"如玉小姐亦垂泪道："小青有云：祝发空门，洗心浣虑，入宫有绿云之粉黛，谅无素顶之娥眉，窃愿长作废人，以了今生孽债。"雪夫人听见二小姐说到伤心，不免堕下泪来。二小姐亦潸然出涕。

正在悲凄之际，只见家人报道："夫人，不好了，不好了！不知何人，已将二小姐的名字报进府县去了。只在早晚，采办官要来点名查检了。"雪夫人道："如此怎了，如此怎了！"二小姐听说，吓得面也失色，神飞魄散了，不觉呜呜咽咽，哭将起来。如玉小姐忙到房中，把青丝剪下，朝霞急来劝时，早已剪落。瑞云小姐哭了一场，忙寻自尽，要学钱玉莲投江的故事了。雪夫人见二小姐如此行径，心下十分烦恼，却又无可奈何。倒是朝霞说道："夫人、小姐俱不要惊慌，乱了方寸。朝霞倒有一计在此。"雪夫人道："有何妙计？你且说来。"朝霞道："如今事在危急。我家小姐已把青丝剪落，扮作道装，料然没事。只是二小姐要寻自尽，心虽贞烈，如何使得。且夫人只生得这位小姐，胜似掌上珍珠，倘小姐一行此志，夫人何以为情？况有日玉镜重圆，未免鸳鸯先拆。小姐是断断死不得的。"瑞云小姐道："死生固大，岂不痛心。只据今日看来，未免性命事小，失节事大，故宁抛一死，以谢柳生耳。"朝霞道："小姐心虽贞烈，也不要把性命忒看轻了。谚云：'千金之子，不死于监贼'，为其身可爱也。小姐千金之躯，为何遂不惜死！朝霞蒙夫人、小姐抚养成人，今小姐有难，朝霞岂敢爱身。朝霞情愿将身代小姐一行，何如？"雪夫人道："若得你如此好心，真可谓女中侠士，不意裙钗有此忠胆。"瑞云小姐道："此余前世自作之孽，何忍连累及

你。"

正说间，忽见家人走进来道："夫人，采办官即日要到了，如何是好？"朝霞道："事急矣，快把小姐身上的衣服，脱与朝霞穿了。小姐速速避去，只留我家小姐在此。他们见剃发出家，自然罢了。朝霞便认做了二小姐一行。"雪夫人见事势没法，只得叫瑞云小姐把身上衣服，脱与朝霞穿了。朝霞穿起，宛然与瑞云小姐一般。正是：

　　虽然不似千金体，也有娥眉一段娇。

不一时，采办官到了。随照花名查验，点到如玉小姐，见已是一个剃头尼姑，忙叱道："为何出家人也报了？"连忙去了名字。点到端云小姐，朝霞走上前面，采办的内使把来仔细一看，喝采道："好一个有造化的女子，明日自中上意！"众人就把朝霞扶上了轿，蜂拥而去。姑苏城里纷纷扬扬，到处只道是雪太守的女儿点去了。正是：

　　无端风雨来相妒，吹落枝头桃李花。
　　直待东君亲作主，这番春色许重嘉。

不知朝霞去后，梅、雪二小姐的姻缘毕竟何如，且听下回分解。

第十七回　雪莲馨辞朝省母

诗曰：

双亲未老已成名，人世荣华莫与衡。

有了果然诸事足，辞官原不为身轻。

离愁顿减同花笑，欢喜相逢拟梦情。

独有倦游人未至，空令二美计归程。

却说二小姐闻了柳友梅出使边庭、招赘附马之说，心下已自惊慌。忽遇朝廷又点宫女，被人竟把名字报进，急得没法，如玉小姐只得把头发剪下，扮作尼姑；瑞云小姐要投江死节，幸亏朝霞一个女使反有丈夫气骨，亲身代往，力救此难。这一日点去后，雪夫人与二小姐倒好生放心不下，只得叫家人去打听，看采办官几时起身，并看老爷回来的消息，家人去了不题。

却说这报名的事，原是刘有美同着张良卿，在严相公门下时，闻知雪公与柳友梅出使边庭，中了他计，又闻朝廷不日往苏杭采办宫女，便道是天赐机缘。因此在京中商议，写了一假书，二人给了假星夜赶回苏州，把假书叫张良卿先送至雪夫人处，慌了他手脚，乱了他主意。然后又叫媒婆来，吩咐了她进去说亲，造出一段招附马没对证的事，来哄骗她。谁料雪夫人立定主意，要等雪公回来，二小姐又立志不肯再嫁。媒婆来回复了，心上又气又恼，又没法，只得暗暗把二小姐的名字，报进府县，做个大家不得，行个赔了夫人又折兵的计策。这一日，闻知雪小姐已点去，采办官要上京了，后细细打听，方晓得是一位小姐，一个小姐已落发为尼了。心上又好笑又反悔又可惜。没奈何只得往杭州，到家中看看，再作道理。张良卿与刘有美遂一同回杭州不题。

且说雪夫人叫家人出去打听，家人去了一日，方回来道："禀知夫人，采办官明日就起身了。太老爷的消息，出使后尚未有报。闻说小老爷已告假还乡，就同苏州府理刑杨老爷一同出京的。今早府里人已去迎了也，只在早晚就到。"雪夫人道："若早到一日，这点宫妃一事也就易处，如今已是迟了，几坏了我二位小姐，空送了一个侠女。"

正说间，忽报小老爷回来了。雪夫人听了，心上不胜欢喜，恰如拾着了活宝的一般。不多时，雪莲馨已进内堂，雪夫人忙来接着，便说道："我儿你回来了么?"雪莲馨答道："正是孩儿回来了。"随跪在地下拜了母亲四拜。又与如玉小姐、瑞云小姐姐见过。雪莲馨把如玉小姐仔细一看，记得昔日绿云乌发，今变为道扮仙装，不胜惊讶。又见二姐姐对着雪莲馨俱垂首掩泪，心上一发疑惑，暗想道："却是为何?"又见母亲看了二小姐掩泪，亦为出涕不语。雪莲馨道："孩儿为家国多艰，久离膝下，有缺晨昏，望恕孩儿不孝之罪。"雪夫人道："这也不消说了。"才要开口，不免又掉下泪来。

雪莲馨忙差问道："今日母子重逢，至亲聚首，正宜欢喜，为何母亲面带忧容? 二姐姐亦愁眉不展，只是掩泪，却是何故?"雪夫人只得拭干了泪眼，说道："自你去后，家中不知受了多少惊惶。去岁闻你爹爹平安，心上稍宽。及到今春，报你与柳姐夫通中了，不胜可喜，感谢天地。哪晓得直到夏间，反无音信，我与你二姐姐又起了无限忧愁。谁料后来，传说你爹爹与柳姐夫出使边庭，这一惊真是不小。但尚未知真假，直待你爹爹书到，方知此说是真。书中又说朝廷采办宫妃，二女决宜改嫁的事。这一日叫我母女三人通惊呆了。孩儿，朝廷虽采办宫妃，柳姐夫虽出使外域，你爹爹为何竟写起改嫁二字?"

雪莲馨惊问道："母亲这是哪里说起，爹爹并无书来家，为何说起改嫁二字?"雪夫人道："这家书，倒亏你一位姐姐识破，知是假的，方才放心。哪晓得日后点宫妃的事渐渐真了。"雪莲馨道："点秀女是上意，果是真的。但二位姐姐系是出使大臣的妇女，人也不敢妄报。"雪夫人道："可恨将名已报去，人已点去了。"雪莲馨道："哪有此事? 如今二位姐姐现在。"雪夫人道："若不是这个义侠女，你二姐姐已自不在了。今二位姐姐虽在，你柳姐夫却已不在，叫你二位小姐虽生之日，犹死之年矣! 叫你做娘的，忧容何日得开? 你二位姐姐的愁眉何日得展?"言至此，不觉又坠下泪来。

雪莲馨道："母亲，你且免愁烦，爹爹与柳姐夫荣归有日。点秀女的事，今孩儿已归，

料然没事,少开怀抱,以俟归期。"雪夫人道:"你姐夫出使边庭,北主已招为驸马,哪里还有归期?你大姐姐已矢志空门,二姐姐几置身鱼腹。纵使掬尽西江,洗不净愁肠万斛,叫我如何得开怀抱?"雪莲馨道:"原来如此。这招赘驸马之说,却又从何处说来?"雪夫人道:"也从前日点宫女的时节,与你姐姐说亲的传来,说他在京师晓得的。"雪莲馨道:"孩儿离京时曾打探爹爹消息,并不闻有此信。哪有此事!此总是奸人作恶,造捏百端,欲使人堕其诡计耳。"雪夫人道:"据你说来,此事又谁人造出?"雪莲馨道:"母亲可记得那日来说亲的,是说哪一家?"雪夫人道:"我尚记那日说姓张姓刘的二家。"雪莲馨道:"都分又是张良卿、刘有美二小人造此风波耳。他在京与严府到柳姐夫处说亲,今闻柳姐夫出使,又乘机挑衅。前闻他二人也告假回来,必定是他两个。奸人心曲,真似羊肠。幸二位姐姐贞心,始终如一,仵看玉镜重圆,会见鸾钗复合。"

雪夫人被儿子一篇安慰,一番分剖,方回嗔作喜道:"若得如此,慎毋忘义女朝霞。"雪莲馨道:"朝霞又为甚来?"雪夫人道:"朝霞已代吾女点进宫去了。"遂将点秀女朝霞身代之事,细细与雪莲馨说了。雪莲馨叹道:"不谓女流有此侠骨,是红裙中纪信矣。闻杨年兄与采办的内使,在京曾有一面,想尚未起身。明日待孩儿同杨年兄去拜他,可把朝霞认为亲妹,他自然另眼相看,不敢待慢。且等爹爹与姐夫还朝,好动一疏,救她出宫就是。圣明闻此义侠之女,天恩自肯释放。母亲与二位姐姐如今俱免忧愁。"雪夫人道:"如此甚好。明日你可就同杨年兄往拜,想采办官即日进京矣。"雪莲馨道:"孩儿晓得。"母亲二人说罢,如玉小姐与瑞云小姐听说柳友梅无事,亦放心归房不题。

次早,雪莲馨便同杨连城拜过采办内使,就将朝霞认为亲妹。内使道:"既系令妹,就是奉使北庭雪公的令爱了,大臣之女何人便尔轻报,但今已造名入册,系是上用的了。俟明日面圣奏明释放吧!"雪连馨道:"得如此,足感内使大人恩造。"说罢,二人告辞出来。杨连城便打点上任,雪莲馨亦自归家,采办内使是日便起身进京。

却说苏州点秀女,杭州的采办官也就到了,人心惶惑,盛行婚娶,也像杭州一般。李春花母女二人在家急得手足无措,李半仙又出门进京去了,无计可施。然终是小户人家,倒好躲避,母女二人商量,倒往乡间母舅处,暂避地了罢。便连夜叫只小舟,锁着门避去。直待打听采办官进京了,方才回家,因此无事。正是:

朝廷行一事，百姓便惊心。

不是贞心女，花枝几被侵。

毕竟柳友梅如何归来，与梅、雪二小姐又如何作合，且听下回分解。

第十八回　柳友梅衣锦还乡

诗曰：

富贵还乡今古荣，锦衣花马坐春风。

玉楼此日逢双美，金榜当年冠众雄。

倾国佳人来月殿，千秋才子下蟾宫。

男儿到此方为美，留得风流佳话中。

却说柳友梅与雪公出使北庭，流光易过，日月如梭，不觉已近一年，早又腊尽春回，梅花吐玉，杨柳拖金之日了。雪莲馨告假在家，时常打听北庭的消息，要听得雪公和柳友梅去后的下落，却又无处可通音问，心上好生忧闷。但有雁字尺遥，欲寄鱼书水远。又恐惹起母亲与二姐姐的忧虑，只好挂在心头，不敢放在眉头。

一日，正值园梅盛开，白花如雪，融成一片冰心，香气迷空，占尽二江春色。又见淡黄杨柳，好鸟初鸣，嫩绿池塘，晴光乍转，早又是初春天气。雪莲馨吩咐家人，备酒在后园望花亭，请老夫人与两位小姐一同赏花。不一时酒已齐备，雪夫人随同着如玉小姐、瑞云小姐来到后园看梅，果然梅花放玉，嫩柳摇金，脂香随万里之风，春色奔千花之秀，说不尽许多景致。雪莲馨接了母亲、姐姐，一径到望花亭来。雪夫人上坐了，如玉小姐与瑞云小姐从旁，雪边馨就在瑞云姐姐肩下坐下。

四人坐罢，丫鬟们斟上酒来，雪夫人道："今日我母子四人在此，对花赏玩，不知你爹爹与姐夫驰驱塞外，跋涉风沙，何时能够衣锦还乡，聚首庭闱耳。"雪连馨道："母亲、姐姐，且宽怀饮一杯。昨日，孩儿曾往报房打听，说北人河朔一事，和议已成，爹爹与姐夫荣归

有日。"雪夫人喜道:"得如此,感谢天地。"

雪莲馨便对二小姐道:"愚弟久困文墨,并无好句,二姐姐素精音律,多有佳吟,今日乘此良辰,名花在目,或诗或赋,敢求赐教一篇。"如玉小姐道:"愚姐自父亲去后,心中如醉,哪里还有兴咏诗? 即使吟来,也是凄风苦雨,徒益人愁。今日花下题诗,固是文人韵事,然情之戒矣,心似摇旌,正是无可奈何,空教好花落去。"因指瑞云小姐道:"除非贤妹,诗情胜似愚姐。"瑞云小姐道:"三春花柳,共嗟薄命之词;五里风烟,同咏断肠之句。每怀靡及,无日不思。当此愁闷无聊时,何得言小妹诗情胜似姐姐?"雪莲馨道:"士悲秋色,雅女怀春,人孰无情,谁能堪此! 但今日梅花在目,料可相寻,柳色方新,不妨试问。二姐姐何必太谦!"如玉小姐道:"只愁无句寻梅,空怀如渴。"瑞云小姐道:"却又倩谁问柳,以遂幽情。"雪夫人道:"但今日对此梅花,不可一无佳咏,曷联吟一首,以记情况何如?"二小姐道:"既丞慈命,当勉续貂。"随叫丫环取过文房四宝,即于花下联吟一首。雪夫人随展花笺,提笔写上:

　　　　自将心事与梅花,

写毕,递与如玉小姐,如玉小姐接来一看,随举笔题下:

　　　　无语凭花只自差。

题罢,传与端云小姐,瑞云小姐接来看了,也就提笔写上:

　　　　几欲向花通一语。

写完,就递与雪莲馨,雪莲馨一看,说道:"好诗! 好诗! 字字有意,句句含情。"便提起笔来,续成末句写道:

　　　　不知花意落谁家。

母子四人这一个构思白雪，那一个炼句阳春，满席上墨花乱坠，笔态横飞。

正在对花吟咏之际，只见丫环从外边传来一本报来。雪莲馨道："这两日没有报送，我正要看来。"揭开一看，只见一本叙功事："原任杭州知府，今加兵部侍郎雪霁，同新科探花、今入翰林学士柳素心，奉使边庭，讲议和好，不辱君命，还朝有功，着实授原职。又雪霁告病恳切，准着驰驿还乡，调理痊可，不时召用。又翰林院柳素心告假省亲，准告，俟经筵举行，进京召用。"又一本叙功事："总兵竹凤阿镇守有功，加升江南提督。"又一本封赠事："故福建兵备梅颢，忠勤为国，加封太子太保，钦赐御祭一筵。"又一本释放宫女事："掖庭女宠，请如唐太宗天宝年间，悉行驿放。俱奉圣旨是。"雪莲馨看毕，便细细与夫人、小姐说知，举家欢喜。一霎时，把这些旧恨新愁，尽尽为春风和气了。正是：

否极泰方至，离多合始来。

天机原自尔，人事岂能违。

却说雪公与柳友梅出使边庭，因议河朔一事，和议不能就成，往来反复，直到一年方得议成。翁婿二人还朝面君，就急急告假还乡。圣旨依奏，奉旨驰驿还乡。雪公实受了兵部侍郎的职，柳友梅实受了翰林院学士的职。一路上百官迎送，人夫轿马，冠盖仆从，好不兴头。不一月余，便到了苏州。雪莲馨接了，备酒接风。柳友梅因又在雪公处盘桓了数日，方回山阴省亲。

杨夫人见儿子归来，不胜欢喜。柳友梅见过母亲，便把到京登第，及出使边庭的事，细细说与母亲得知。杨氏夫人道："我只道你在京听选，原来吾儿已成此段功名，可无愧你父的家声，并你母守节的志气矣。但抱琴归来，为何并不提起？"柳友梅道："是孩恐惊坏了母亲，吩咐他如此说的。"杨氏夫人道："原来如此。但你今日已金榜名标，正该洞房花烛，早结梅、雪姻缘，成就百年鸾凤。"柳友梅道："孩儿心上也只有这一段姻缘未完耳。只是前日是竹凤阿为媒，他今已升了江南提督，正好为我作媒，但尚未到任，还要待他几日。"杨氏夫人道："这也不妨，待他几日。但自你出门后，又有一李半仙到我家来，他说曾受你大恩，你又曾许娶他的女儿，可有此事么？他已到京访你。我因你久无音信，也就托他访个消息，你曾遇见他么？"柳友梅道："李半仙不曾遇见，这姻事同是有的。"便将昔日

还金赎身之事，一一说了一遍。

杨氏夫人道："既如此，你也该践却前盟。"柳友梅道："正是。我也要去访他。"才说罢，只见长班进来道："禀老爷，外面有一相士求见。"柳友梅道："请他进来。"柳友梅出来迎接，却原来就是李半仙，二人一见如故。李半仙道："老大人德行如山，今果风云万里。学生荷蒙大恩，未报万一，曷胜惶恐。"柳友梅道："辱承厚谊，千里相寻，才与家慈谈及。今幸遥临，曷胜忻幸。"李半仙便把雪夫人昔日寄的家书递还柳友梅道："这是令岳雪老爷的家书。前日到京，不曾面致，今仍送还老大人。"柳友梅收好便道："即如此，姑苏家岳处，必曾相认过？"李半仙道："到过几次。"柳友梅道："正好与学生作媒，明日行聘，就烦尊驾走遭。"李半仙道："当得效劳。"柳友梅道："令爱姻事，俟梅、雪二处行聘后，便好相求。"李半仙道："小女蓬荜陋姿，改日当送到府中，永执箕帚耳。"二人说罢，柳友梅就留李半仙住下，当晚不题。

到次日，刘有美与张良卿在家，闻知柳友梅做了翰林学士，衣锦还乡，好不荣耀。老着脸只得也来拜望，把昔日奉承严府的面孔，撺转来又奉承柳友梅了。柳友梅是个大量的，倒把从前丑态一概相忘，原以旧交优待。答拜后，就叫家人发两个名帖，一个去张良卿相公，一个去请刘有美相公。就叫李半仙择了一个行聘吉日，治酒。就央李半仙做主媒，请刘有美与梅小姐为媒，张良卿与雪小姐为媒，备了两副盛礼，一时同送到苏州雪公家来。雪公受了，置酒款待众人，彼此欢喜无尽。但雪公这日，只不发回聘的礼。众人道："却是为何？"李半仙便问道："老大人回聘的礼可乘吉日发去，为何只是不发？"雪公道："有个缘故，老夫有一义女，名唤朝霞。老夫出使时节，为朝廷点宫妃一事，亲代小女点进宫中，老夫感其义侠，不忍忘本，意欲与柳贤婿同上一疏，救她出宫，三女同归，庶几恩尽义至。今闻皇上洪恩，释放宫女。前已着人到京领归，俟其归来，祈贤婿可再用一副聘礼，送到老夫处，老夫便将三副回聘的礼，一起发回，乞将此意转致柳贤婿。"李半仙道："足见老大人仁尽义全，令人钦仰。"

张、刘二生听了，方晓得前日点进宫的，也还不是雪小姐，自悔从前之失。李半仙与众人随别了雪公回去，回复了柳友梅。柳友梅道："原来又有这一段缘由。"随即另择一日，仍备一副盛礼，送到雪公家来。恰好朝霞已从京中领回。雪公受了，随发了回聘的礼，又置酒款待了众人回去。

柳友梅过了几日，又择了一个大吉之期，要行亲迎之礼。柳友梅是年已二十多岁，一个簇新探花，钦授翰林学士，人物风流，才貌出众，人人羡慕。到姑苏来娶亲，柳友梅备着三支大船，三顶花轿，御赐红灯夹道，宫花、鼓乐满湖。舟至阊门，柳友梅骑着高头骏马，乌纱帽、皂朝靴、大红员领。翰林院执事两边排列，柳友梅亲自到桃花坞中亲迎。一路上，火炮喧天，好不兴头热闹。梅、雪二小姐与朝霞金装玉裹，打扮得如天仙帝妃一般，拜辞了雪公、夫人，洒泪上轿。雪公排了兵部侍郎的执事，雪连馨也排了翰林院的执事，俱穿了吉服送亲。杨连城闻知，也排着推官执事来送亲。恰好柳友梅成亲这日，竹凤阿升了江南提督，已到了任。这一日穿了大红吉服，黄罗伞盖了耀日盔，排了提督府的执事，也来送亲。李半仙与张良卿、刘有美三人都是吉服骏马，簪花挂红，两头赞礼，直到胥门下船归去，好不荣耀。

到了山阴，山阴知县也来迎接。一路上了轿，到了柳探花府门首下轿。拥入中堂。柳友梅居中，三位新人左右分立，参拜天地家庙礼毕，迎入洞房。外面倒是李半仙陪着众人饮酒。房里是四席酒，柳友梅与二小姐、朝霞同饮。花烛之下，柳友梅偷眼将二小姐一看，真个有沉鱼落雁之容，闭月羞花之貌，宛然湖上相逢的美人。又将朝霞一看，分明就是那日揭帘时的侍女，满心快畅，此时侍妾林立，不便交言，将无限欢喜通忍在肚中，只等众散去，然后同归洞房。

原来柳友梅后边新造的厅楼四间，左右相对。左边是梅小姐，右边是雪小姐。左边下面一间，就做了朝霞的房。右边下面一间，后日便好做春花的房。柳友梅与二小姐、朝霞同在洞房，诉说从前相慕之心，并湖上相逢，舟中题句及咏寻梅问柳一诗的事，尚疑似合欢亭梦里巫山，栖云庵夜来神女。这一夜亲身云雨之乐，比昔日梦中梅、雪之缘更自不同，真是少年才子佳人，你贪我爱，好不受用。正是：

潇洒佳人，风流才子，天然吩咐成双。兰堂绮席，烛影耀辉煌。看红罗绣帐，宝妆篆、金鸭焚香。分明是，芙蓉浪里，对对浴鸳鸯。

欢娱当此际，山盟海誓，地久天长。愿五男二女、七子成行。男作公卿宰相，女须嫁、君宰侯王。从兹去，荣华富贵，福禄寿无疆。

右调《满庭芳》

　　到了次日，柳友梅随请众人，饮宴了两日。第三日晓，又备酒到后堂，请老夫人见过礼，排下五桌酒，柳老夫人上坐了一桌。柳友梅、如玉小姐、瑞云小姐与朝霞各人依次各坐了一桌。二小姐取出向日柳友梅所咏的《春闺》《春郊》四诗，及《寻梅》《问柳》二首同看了一遍。杨友梅也取出，昔日二小姐和成的《寻梅》《寻柳》二诗也同看了一遍。大家展玩一番，母子姑媳同饮个合家欢，方各各归房。从此自相敬爱，百分和美。柳友梅因念李春花昔日之盟，随与二小姐说明，也到李半仙家娶来，做了第四位夫人。

过了几时，柳友梅随同四位夫人上了祖墓，拜过了父亲柳继毅的坟，又到栖云庵把银一千两，送与静如和尚，酬他昔日之情。静如就与柳友梅建造了一座关帝阁，了完旧愿。

不隔几时，朝廷举经筵，钦召友梅进京。友梅就同二小姐到雪公家归宁了。然后同着梅如玉小姐，顺便往金陵，拜了岳父梅道宏的墓。恰好正值御祭，柳友梅又与梅公重建造了坟墓，料理了些家事，然后进京。住不上一二月，因记挂四位夫人，就讨差回来。柳友梅只愿与四位夫人吟诗做文，不愿做官。后一科就分房，后一科南京主试，收入许多门生。后直到詹事府正詹。因他无意做官，因此不曾拜相。雪公后日，也不愿做官，遂挂冠林下。因慕山阴禹穴的胜景，也就移居到柳友梅处来。

雪莲馨又与杨连城的妹子结为婚姻，亲上加亲，一发契谊。

后来，梅小姐生了两个儿子，雪小姐生了一个儿子，朝霞也生了一儿一女，李春花也生一女一子，真是五男二女。因梅公无嗣，柳友梅即将如玉小姐次子，承继梅公之后，又与竹凤阿结为姻眷。后五子俱登科第，夫妇五人受享人间三四十年风流之福，岂非千古佳话！

鸳鸯影

粉妆楼

[明] 罗贯中 撰

第一回 系红绳月下联姻 折黄旗风前别友

诗曰：

光阴递嬗似轻云，不朽还须建大勋。

壮略欲扶天日坠，雄心岂入驽骀群。

却缘否运姑埋迹，会遇昌期早致君。

为是史书收不尽，故将彩笔谱奇文。

从来国家治乱，只有忠佞两途；尽忠的为公忘私，为国忘家，常存个致君的念头，那富贵功名总置之度外。及至势阻时艰，仍能守经行权，把别人弄坏的局面重新整顿一番，依旧是喜起明良，家齐国治。这才是报国的良臣，克家的令子；惟有那奸险小人，他只图权震一时，不顾骂名千载，卒之，天人交怒，身败名裂，回首繁华，已如春梦。此时即天良发现，已悔不可追，从古到今，不知凡几。

如今且说大唐一段故事，出在乾德年间。其时，国家有道，四海升平，那一班兴唐世袭的公侯，有在朝为官的，有退归林下的。这都不必细表。

单言长安有一位公爷，乃是越国公罗成之后。这公爷名唤罗增，字世瑞。夫人秦氏所生两位公子：长名唤罗灿，年一十八岁，生得身长九尺，臂阔三停，眉清目秀，齿白唇红，有万夫不当之勇，那长安百姓见他生得一表非凡，替他起个绰号，叫做粉脸金刚罗灿；次名罗焜，生得虎臂熊腰，龙眉凤目，面如敷粉，唇若涂朱，文武双全，英雄盖世，这些人也替他起个绰号，叫做玉面虎罗焜。他二人每日操演弓马，熟读兵书，时刻不离罗爷左右。正是：

一双玉树阶前秀，两粒骊珠颔下珍。

话说罗爷见两位公子生得人才出众，心中也自欢喜，这也不在话下。只因罗爷在朝为官清正，不徇私情，却同一个奸相不睦。这人姓沈，名谦，官拜文华殿大学士、左丞相之职。他平日在朝，专一卖官鬻爵，好利贪财，把柄专权，无恶不作。满朝文武，多是他的门生，故此无一个不惧他的威势。只有罗爷秉性耿直，就是沈太师有什么事犯在罗爷手中，却秋毫不得过门，因此他二人结下仇怨。这沈谦日日思量要害罗爷的性命，怎奈罗爷为官清正，无法可施，只得权且忍耐。

也是合当有事。那一日，沈太师正朝罢归来，忽见众军官传上边报。太师展开一看，原来边头关鞑靼造反，兴兵入寇，十分紧急，守边将士申文求救。太师看完边报，心中大喜，道："有了！要害罗增，就在此事。"

次日早朝，会同六部上了一本，就保奏罗增去镇守边头关，征剿鞑靼。圣上准本，即刻降旨，封罗增为镇边元帅，限十日内起程。

罗爷领旨回家，与秦氏夫人说道："可恨奸相沈谦，保奏我去镇守边关，征讨鞑靼。但是尽忠报国，也是为臣份内之事。只是我万里孤征，不知何时归家，丢你们在京，我有两件事放心不下。"太太道："有哪两件事，这般忧虑？"罗爷道："头一件事，奸臣当道，是是非非，我去之后，怕的是两个孩儿出去生事闯祸。"太太道："第二件是何事？"罗爷道："第二件，只为大孩儿已定下云南贵州府定国公马成龙之女，尚未完姻；二孩儿尚且未曾定亲。我去不知何日才回，因此放心不下。"夫人道："老爷言之差矣。自古道：'儿孙自有儿孙福，莫替儿孙作马牛。但愿老爷此去旗开得胜，马到成功，早早归来。那时再替他完姻，也未为晚。若论他二人在家，怕他出去招灾惹祸，自有妾身拘管，何必过虑。'"当下夫妻二人说说谈谈，一宿晚景已过。

次日清晨，早有合朝文武并众位公爷，都来送行。一气忙了三日，到第四日上，罗爷想着家眷在京，必须托几位相好同僚的好友照应照应，想了一会，忙叫家将去请三位到来。看官，你道他请的那三位？头一位，乃是兴唐护国公秦琼之后，名唤秦双，同罗增是嫡亲的姊舅；第二位，乃是兴唐卫国公李靖之后，名唤李逢春，现任礼部大堂之职；第三位，乃陕西西安府都指挥使，姓柏，名文连，这位爷乃是淮安府人氏，与李逢春同乡，与罗

增等四人最是相好。

当下三位爷闻罗爷相请，不一时都到越国公府前，一同下马。早有家将进内禀报，罗爷慌忙开正门，出来迎接。接进厅上，行礼已毕，分宾主坐下。

茶罢，卫国公李爷道："前日多多相扰，今日又蒙见召，不知有何吩咐？"罗爷道："岂敢，前日多多简慢。今日请三位仁兄到此，别无他事，只因小弟奉旨征讨，为国忘家，理所当然；只是小弟去后，舍下无人，两个小儿年轻，且住这长安城中，怕他们招灾若祸。因此办杯水酒，拜托三位仁兄照应照应。"三人齐声道："这个自然，何劳吩咐？"

当下四位老爷谈了些国家大事，早已夕阳西下，月上东山。罗爷吩咐家将，就在后园摆酒。不一时酒席摆完，叙坐入席。酒过三巡，食供两套。忽见安童禀道："二位公子射猎回来，特来禀见。"罗爷道："快叫他们前来见三位老爷。"只见二人进来，一一拜见，垂手侍立。李爷与柏爷赞道："公郎器宇不凡，日后必成大器。老夫辈与有荣施矣！"罗爷称谢。秦爷命童儿，另安杯箸，请二位少爷入席。罗爷道："尊长在此，小子理应侍立，岂可混坐？"李爷与柏爷道："正要请教公郎胸中韬略，何妨入座快谈？"罗爷许之，命二人告罪入席，在横头坐下。

那柏文连见两位公子生得相貌堂堂，十分爱惜。原来柏爷无子，只有原配张氏夫人所生一女，名唤玉霜小姐，爱惜犹如掌上珍珠。张氏夫人早已去世，后娶继配侯氏夫人，也未生子。故此柏爷见了别人的儿女，最是爱惜的。当下见了二位公子，便问罗爷道："不知二位贤郎青春多少，可曾恭喜？"罗爷道："正为此焦心。大孩儿已定下云南马亲翁之女，尚未完姻；二孩儿未曾匹配。我此去，不知何日才得回来，代他们完娶？"柏文连道："小弟所生一女，意欲结姻，只恐高攀不起。"罗爷大喜，道："既蒙不嫌小儿，如此甚好。"遂向李逢春道："拜托老兄执柯，自当后谢。"正是：

　　一双跨凤乘鸾客，却是牵牛织女星。

李逢春道："柏兄既是同乡，罗兄又是交好，理当作伐。只是罗兄王命在身，后日就要起马，柏兄不久也要往陕西赴任，此会之后，不知何时再会。自古道："拣日不如撞日。就是今日，求柏兄一纸庚帖，岂不更妙？"罗爷大喜，忙向身边解下一对玉环，双手奉上，道："权为聘礼,伏乞笑留!"柏爷收了玉环,便取三尺红绫,写了玉霜小姐年庚,送与李爷。李爷转送罗爷,道:"百年和合,千载团圆,恭喜!"罗爷谢之不尽,收了庚帖。连秦爷也自欢喜,一面命公子拜谢,一面重斟玉液,再展金樽。四位老爷只饮得玉兔西沉,方才各自回府。

罗爷自从同柏爷结亲之后,收拾家务。过了两天,那日奉旨动身,五鼓起马,顶盔贯甲,装束齐整,入朝辞过圣上。然后回府,拜别家堂祖宗,别了秦氏夫人。有两位公子跟随,出了越国公府门,放炮动身。来到教场,点起三万人马,大小三军摆齐队伍,祭过帅旗,调开大队,出了长安。呐喊摇旗,一个个盔明甲亮,一队队人马高强。真正号令严明,鬼神惊怕。怎见得他十分威武,有诗为证:

大将承恩破虏臣,貔貅十万出都门。

捷书奏罢还朝日,麟门应标第一人。

话说罗爷整齐队伍,调开大兵,出了长安。前行有蓝旗小将报说:"启元帅,今有文武各位老爷,奉旨在十里长亭钱别,请令施行。"罗爷闻言,传令大小三军,扎下行营,谢过圣恩。一声令下,只听得三声大炮,安下行营。罗爷同二位公子勒马出营,只见文武两班一齐迎接,道:"下官等奉旨在此钱行,未得远接,望元帅恕罪。"罗爷慌忙下马,步上长亭与众官见礼。慰劳一番,分宾主坐下。早有当职的官员摆上了皇封御酒、美味珍肴。罗爷起身向北谢恩,然后与众人序坐。

酒过三巡,食供九献。罗爷向柏爷道:"弟去之后,姻兄几时荣行?"柏爷道:"多则十日总要去了。"罗爷道:"此别不知何时才能会?"柏爷道:"吉人天相,自有会期。"罗爷又向秦爷指着两位公子道:"弟去之后,两个孩儿全仗舅兄教训。"秦爷道:"这个自然,何劳吩咐。但是妹丈此去,放开心事,莫要忧愁要紧!"罗爷又向众人道:"老夫去后,国家大事全望诸位维持。"众人领命。罗爷方才起身,向众人道:"王命在身,不能久陪了。"随即上马,众人送出亭来。

一声炮响,正要动身,只见西南巽地上,刮起一阵狂风,飞沙走石。忽听得一声响亮,将中军帅旗折为两段。罗爷不悦,众官一齐失色。

不知吉凶如何,下文再看。

第二回　柏文连西路为官　罗公子北山射虎

话说罗爷见一阵怪风，将旗吹折，未免心中不悦，向众人道："老夫此去，吉少凶多。但大丈夫得战死沙场，以马革裹尸还足矣！只是朝中诸事，老夫放心不下，望诸位好为之。"众人道："下官等无不遵命。但愿公爷此去，旗开得胜，马到成功，早早得胜还朝，我等还在此迎接。"大家安慰一番，各各回朝覆旨。只有两位公子同秦双、柏文连、李逢春三位公爷不舍，又送了一程。看看夕阳西下，罗爷道："三位仁兄，请回府罢。"又向公子道："你二人也回去罢。早晚侍奉母亲，不可在外游荡。"二位公子只得同三位老爷，洒泪牵衣而别。罗爷从此去后，只等到二位公子聚义兴兵，征平鞑靼，才得回朝。此是后话，不表。

单言二位公子回家，将风折帅旗之事告诉了母亲一遍，太太也是闷闷不乐。过了几日，柏文连也往陕西西安府赴都指挥任去了，罗府内只有秦、李二位老爷常来走走。两位公子，是太太吩咐无事不许出门，每日只在家中闷坐。

不觉光阴迅速，秋去冬来。二位公子在家闷了两个多月，好坐得不耐烦。那一日，清晨起来，只见朔风阵阵，瑞雪飘飘。怎见得好雪，有诗为证：

满地花飞不是春，漫天零落玉精神。

红楼画栋皆成粉，远水遥岭尽化银。

话说那雪下了一昼夜，足有三尺多深。须臾天霁，二位公子红炉暖酒，在后园赏雪。只见绿竹垂梢，红梅放蕊。大公子道："好一派雪景也。"二公子道："我们一个小小的花园，尚且如此可观，我想那长安城外，山水胜景再添上这一派雪景，还不知怎样可爱呢！"

二人正说得好时，旁边有个安童插嘴道："小的适在城外北平山梅花岭下经过，真正是雪白梅香，十分可爱。我们长安这些王孙公子，都去游玩。有挑酒肴前去赏雪观梅的，有牵犬架鹰前去兴围打猎的，一路车马纷纷，游人甚众。"二位公子被安童这一些话动了心，商议商议，到后堂来禀一声。太太道："前去游玩何妨？只是不要闯祸，早去早回。"公子见太太许他出去赏雪，心中大喜，忙忙应道："晓得。"遂令家人备了抬盒，挑了酒肴，换了衣装，牵了马匹，佩了弓箭。辞了太太出了帅府，转弯抹角，不一时出了城门。

到了北平山下一看，青山绿水如银，远浦遥村似玉。那梅花岭下，原有老梅树，大雪冠盖，正在含香半吐，果然春色可观。当下二位公子，往四下里看看梅花，玩玩雪景。只见香车宝马，游人甚多。公子拣了一株大梅树下，叫家人放下桌盒，摆下酒肴，二人对坐，赏雪饮酒。饮了一会，闷酒无趣。他是在家闷久了的，今番要出来玩耍个快乐。

当下二公子罗焜放下杯来，叫道："哥哥，俺想这一场大雪，下得山中那些麋麀鹿兔无处藏身，我们正好前去射猎一回。带些野味回家，也不枉这一番游玩。"大公子听了，喜道："兄弟言之有理。"遂叫家人："在这里伺候，我们射猎就来。"家人领命。二位公子一起跳起身来，上马加鞭，往山林之中就跑。跑了一会，四下里一望，只见四面都是高山。二位公子勒住了马，道："好一派雪景！"

这荒山上倒有些凶恶，观望良久，猛地里一阵怪风，震摇山岳。风过处，山凹之中跳出一只黑虎，舞爪张牙，好生利害。二位公子大喜，大公子遂向飞鱼袋内取弓，走兽壶中拔箭，拽满弓，搭上箭，喝一声道"着"，飕地一箭，往那黑虎项上飞来。好神箭，正中黑虎项上，那虎吼了一声，带箭就跑。二公子道："哪里走！"一齐拍马追来。

只见那黑虎走如飞风，一气赶了二里多路。追到山中，忽见一道金光，那虎就不见了。二人大惊，道："分明看见虎在前面，为何一道金光就不见了，难道是妖怪不成？"二人再四个观看，都是些曲曲弯弯小路，不能骑马。大公子道："莫管他，下了马，我偏要寻到这虎，除非他飞上天去。"二公子道："有理。"遂一齐跳下马来，踏雪寻踪，步上山来。行到一箭之地，只见枯树中小小的一座古庙。

二人近前一看，只见门上有匾，写道"元坛古庙"。二人道："我们跑了半日寻到这个庙，何不到庙中歇歇？"遂牵着马，步进庙门。一看，只见两廊破壁，满地灰尘，原来是一座无人的古庙。又无僧道香火，年深日久，十分颓败。后人有诗叹曰：

古庙空山里，秋风动客衰。

绝无人迹往，断石横荒苔。

二人在内玩了一回，步上殿来。只见香烟没有，钟鼓全无，中间供了一尊元坛神像，连袍也没有。二人道："如此光景，令人可叹。"正在观看之时，猛然当的一声，落下一枝箭来。二人忙忙近前拾起来看时，正是他们方才射虎的那一枝箭。二人大惊，道："难道这老虎躲在庙里不成？"二人慌忙插起雕翎，在四下看时，原来元坛神圣旁边，泥塑的一只黑虎，正是方才射的那虎，脑前尚有箭射的一块形迹。二人大惊，道："我们方才射的，是元坛爷的神虎！真正有罪了。"慌忙一起跑下来，祝告道："方才实是弟子二人之罪！望神圣保佑弟子之父罗增征讨鞑靼，早早得胜回朝，那时重修庙宇，再塑金身，前来还愿！"祝告已毕，拜将下去。

拜犹未了，忽听得"咯喳"一声响，神柜横头跳出一条大汉，面如锅底，臂阔三停，身长九尺，头戴一顶玄色将巾，灰尘多厚；身穿一件皂罗战袍，少袖无襟。大喝道："你等是谁？在俺这里胡闹！"二位公子抬头一看，吃了一惊，道："莫非是元坛显圣么？"那黑汉道："不是元坛显圣，却是霸王成神！你等在此，打醒了俺的觉头，敢是送路费来与我老爷的么？不要走，吃我一拳！"抢拳就打。罗焜大怒，举手来迎，打在一处。正是：

两只猛虎相争，一对蛟龙相斗。

这一回，叫做：英雄队里，来了轻生替死的良朋；豪杰丛中，做出搅海翻江的事业。

不知后事如何，且看下回分解。

第三回 粉金刚义识赛元坛
锦上天巧遇祁子富

　　且言公子罗焜同那黑汉交手，一来一往，一上一下，斗了八九个解数。罗灿在旁，看那人的拳法不在兄弟之下，赞道："倒是一位好汉！"忙向前一手格住罗焜，一手格住那黑汉，道："我且问你：你是何人？为甚么单身独自躲在这古庙之中？作何勾当？"那人道："俺姓胡，名奎，淮安人氏。只因俺生得面黑身长，因此江湖上替俺起了名号，叫做赛元坛。俺先父在京曾做过九门提督，不幸早亡。俺特来谋取功名，不想投亲不遇，路费全无，只得在此庙中，权躲风雪。正在瞌睡，不想你二人进来，吵醒了俺的瞌睡，因此一时动怒，相打起来。敢问二公却是何人？来此何干？"公子道："在下乃世袭兴唐越国公罗门之后，家父现做边关元帅。在下名叫罗灿，这是舍弟罗焜，因射虎到此。"胡奎道："莫不是粉脸金刚罗灿、玉面虎罗焜么？"罗灿道："正是。"那胡奎听得此言，道："原来是二位英雄！我胡奎有眼不识，望乞恕罪！"说罢，翻身就拜。正是：

　　　　俊杰倾心因俊杰，英雄俯首为英雄。

　　二位公子见胡奎下拜，忙忙回礼。三个人席地坐下，细问乡贯，都是相好的；再谈些兵法武艺，尽皆通晓。三人谈到情蜜处，不忍分离。罗灿道："想我三人今日神虎引路，邂逅相逢，定非偶然。意欲结为异姓兄弟，不知胡兄意下如何？"胡奎大喜，道："既蒙二位公子提携，实乃万幸，有何不中！"公子大喜。当时序了年纪，胡奎居长，就在元坛神前撮土为香，结为兄弟。正是：

　　　　桃园义重三分鼎，梅岭情深百岁交。

当下三人拜毕，罗灿道："请问大哥，可有什么行李？就搬在小弟家中去住。"胡奎道："愚兄进京，投亲不遇。欲要求取功名，怎奈沈谦当道，非钱不行。住在长安，路费用尽，行李衣裳都卖尽了。日间在街上卖些枪棒，夜间在此地安身，一无所有。只有随身一条水磨钢鞭，是愚兄的行李。"罗灿道："既是如此，请大哥就带了钢鞭。"

拜辞了神圣，三位英雄出了庙门，一步步走下山来。没有半箭之路，只见罗府跟来的几个安童寻着雪迹，找上山来了。原来，安童们见二位公子许久不回，恐怕又闯下祸来，因此收了抬盒，寻上山来。恰好两下遇见了，公子令家人牵了马，替胡奎抬了钢鞭，三人步行下山。仍在梅花岭下赏雪饮酒，看看日暮，方才回府。着家人先走，三人一路谈谈说说，不一时进得城来。

到了罗府，重新施礼，分宾主坐下。公子忙取一套新衣服与胡奎换了，引到后堂。先是公子禀告了太太，说了胡奎的来历乡贯后，才引胡奎入内，见了太太，拜了四双八拜，认了伯母。夫人看胡奎相貌堂堂，是个英雄模样，也自欢喜。安慰了一番，忙令排酒。

胡奎在外书房歇宿，住了几日。胡奎思想老母在家无人照应，而且家用将完，难以度日。想到其间，面带忧容，虎目梢头流下几点泪来，不好开口。正是：

虽安游子意，难忘慈母恩。

那胡奎虽然不说，被罗焜看破，问道："大哥为何满面忧容？莫非有什心事么？"胡奎叹道："贤弟有所不知。因俺在外日久，老母家下无人。值此隆冬雪下，不知家下何如，因此忧心。"罗焜道："些须小事，何必忧心！"遂封了五十两银子，叫胡奎写了家书，打发家人，连夜送上淮安去了。胡奎十分感激，从此安心住在罗府。早有两月的光景，这也不必细说。

且说长安城北门外有一家饭店，是个寡妇开的，叫做张二娘饭店。店中住了一客人，姓祁，名子富，平日却不相认。只因他父亲祁凤山做广东知府，亏空了三千两库银，不曾谋补，被奸相沈谦上了一本，拿在刑部监中受罪。这祁子富无奈，只得将家产田地卖了三千多金，进京来代父亲赎罪。带了家眷到了长安，就住在张二娘饭店。正欲往刑部衙中来寻门路，不想祁子富才到长安，可怜他父亲受不住沈谦的刑法，头一天就死在刑部牢里了。这祁子富见父亲已死，痛哭一场，哪里还肯把银子入官，只得领死尸埋葬。就在张二娘店中过了一年，其妻又死了，只得也在长安埋了。并无子息，只有一女，名唤巧云，年方

二八,生得十分美貌,终日在家帮张二娘做些针指。这祁子富也帮张二娘照应店内的账目。张二娘也无儿女,把祁巧云认做了干女儿,一家三口儿,倒也十分相得。只因祁子富为人固执,不肯轻易与人结亲,因此祁巧云年已长成,尚未联姻,连张二娘也未敢多事。

一日,祁子富偶得风寒抱病在床,祁巧云望空许愿,说道:"若得爹爹病好,情愿各庙烧香还愿。"过了几日,病已好了,却是清明时节,柳绿桃红,家家拜扫。祁巧云思想要代父亲各庙烧香了愿,在母亲坟上走走;遂同张二娘商议,备了些香烛、纸马,到各庙去还愿上坟。那祁子富从不许女儿出门,无奈一来为自己病好,二来又却不过张二娘的情面,只得备了东西,叫了一只小船,扶了张二娘,同女儿出了北门去了。按下祁子富父女烧香不表。

单言罗府二位公子,自从结义了胡奎,太太见他们成了群,越发不许出门。每日只在家中闷坐,公子是闷惯了的,倒也罢了;把这个赛元坛的胡奎闷得无奈,向罗焜道:"多蒙贤弟相留,在府住了两个多月,足迹也没有出门。怎得有个开眼地方,畅饮一回也好!"罗焜道:"只因老母严紧,不能请大哥。若论我这个长安城外,有一个上好的去处,可以娱目骋怀。"胡奎问:"是什么所在?"罗焜道:"就是北门外满春园,离城只有六里,乃是沈太师的花园。周围十二三里的远近,里面楼台殿阁、奇花异草,不计其数。此园乃是沈谦谋占良民的田地房产起造的,原想自己受用,只因公子沈廷芳爱财,租与人开了一个酒馆,每日十两银子的房租,今当桃花开时,正是热闹时候。"胡奎笑道:"既有这个所在,俺们何不借游春为名前去畅饮一番,岂不是好!"

罗焜看着胡奎,想了一会,猛然跳起身来,说:"有了,去得成了。"胡奎忙问道:"为何?"罗焜笑说道:"要去游春,只得借大哥一用。"胡奎道:"怎生用俺一用?"罗焜道:"只说昨日大哥府上有位乡亲,带了家书,前来拜俺弟兄三个,俺们今日要去回拜。那时,母亲自然许我们出去。岂不是去得成了?"当下胡奎道:"好计,好计!"于是大喜,三人一齐到后堂来见太太。罗焜道:"胡大哥府上有位乡亲,昨日前来拜了我们,我们今日要去回拜。特来禀告母亲,方敢前去。"太太道:"你们出去回拜客人,只是早去早回,免我在家悬望。"三人齐声说道:"晓得。"

当下三人到了书房,换了衣服,带了三尺龙泉,跟了四个家人,备了马,出了府门,一路往满春园去。

不知此去何如,下文便晓。

第四回　锦上天花前作伐
祁子富柳下辞婚

话说罗府三人，带了家将，一直往城外满春园来。一路上，但见车马纷纷，游人如蚁。也有王孙公子，也有买卖客商；岸上是香车宝马，河内是巨舰艨艟，都是望满春园来游春吃酒的。三位公子无心观看，加上两鞭，早到了花园门首。胡奎抬头一看，只见依山靠水，一座大大的花园，有千百株绿柳垂杨，相映着雕墙画壁，果然话不虚传，好一座花园。

罗焜道："哥哥还不知道，这花园里面，有十三处的亭台，四十二处楼阁，真乃四时不谢之花，八节长春之景。"胡奎道："原来如此。"当下三人一齐下马，早有家将牵过马，拴在柳树之下。前去玩耍，三人往园里就走。正是：

> 双脚不知生死路，一身已入是非门。

话说三人步进园门，右手转弯有座二门，却是三间。哪里摆着一张朱红的柜台，里内倒有十数个伙计，旁边又放了一张银柜，柜上放了一面大金漆的茶盘，盘内倒有一盘子的银包儿。你道此是为何？原来，这地方与别处不同。别的馆先吃了酒，然后会账；惟有此处，要先会下银包，然后吃酒。为何？一者，不赊不欠；二者，每一桌酒都有十多两银子，会东惟恐冒失鬼吃下来银子不够，故此预先设法，免得淘气。

闲话休提。单言胡奎、罗灿、罗焜进了二门，往里直走。旁边有一个新来的伙计，见他三人这般打扮，知道他是长安城里的贵公子，向前陪笑道："三位爷是来吃酒的，还是来看花的？若是看花的，丢了钱，走耳门进去；若是吃酒的，先存下银子，好备下菜来。"这一句话把个罗焜说动了气，圆睁虎目，一声大喝道："把你这瞎眼的狗才，连人也认不得了！难道我们少你钱么？"当下罗焜动怒时，旁边有认得的，忙忙上前陪礼，道："原来是罗爷，快请进去。他新来小的是我家伙计认不得少爷,望乞恕罪!"这一番说话,公子三人方才进去,说道:"饶你个初犯罢了。"那些伙计、走堂的,吓了个半死。

看官,你道开店的伙计为何怕他? 原来,他二人平日在长安,最会闯祸抱不平。凡有冲撞了他的,便是一顿拳头,打得寻死。就是王侯、驸马,有什不平的事撞着他,也是不便的。况他本是世袭的公爷、朝廷的心腹,家有金书铁券,就打死了人,天子也不准本,苦主也无处伸冤。因此,长安城没一个不怕他。

闲话少说。单言三位公子,进得园来一看,只见千红万紫,一望无边,西边楼上笙歌,东边亭上鼓乐。三人看了一会,到了一个小小的亭子。那亭子上摆了一席,上有一个匾,写了"留春阁"三个字。左右挂了一副对联,都是长安名士写的。上写着:

月移疏柳过亭影,风送梅花入座香。

正中挂了一幅丹青画,上面摆了两件古玩。公子三人就在此亭之上,要了一回,叙了坐。三位才坐下,早有酒保上来,问道:"请问三位少爷,还是用什么菜,还是候客?"公子道:"不用点菜,你店上有上色的名酒、时新的菜,只管拣好的备来。"酒保答应了,去不多时,早将小菜放下,然后将酒菜、果品、牙箸、酒杯一齐捧将上来,摆在亭子上去了。

三人正欲举杯,忽见对过亭子上,来了两个人:头一个,头戴片玉方巾,身穿大红绣花直裰,足登朱履,腰系丝绦;后面的,头戴玄色方巾,身穿天蓝直裰,一前一后,走上亭子。只见那亭中,约有七八桌人,见他二人来,一齐站起,躬身叫道:"少爷,请坐!"他二人略一拱手,便在亭子口头一张大桌子前坐下。你道是谁? 原来,前面穿大红的,就是沈太师的公子沈廷芳;后面穿天蓝的,是沈府中第一个篾客,叫做锦上天。每日下午无事,便到园中散闷。他又是房东,店家又仗他的威风,沈大爷每日来熟了的,这些认得他的人,谁敢得罪他,故此远远的就请教了。

当下罗公子认得是沈廷芳,心中骂道:"好大模大样的公子!"正在心里不悦,不想沈廷芳眼快,看见了他三人,认得是罗府中的,不是好惹的,慌忙立起身来,向对过亭子上拱手,道:"罗世兄。"罗灿等当面却不过情,也只得将手一拱,道:"沈世兄请了,有偏了。"说罢坐下来饮酒,并不同他交谈。正是:

自古薰莸原异器，从来冰炭不同炉。

却表两家公子，都是在满春园饮酒，也是该应有祸，冤家会在一处。

且言张二娘同祁子富，带领了祁巧云，备了些香纸，叫一只小小的游船，到庵观寺院烧过了香，上过坟。回来尚早，从满春园过。一路上游船挤挤的，倒有一半是往园中看花去的。听得人说，满春园十分景致，不可不去玩耍。那张二娘动了兴，要到满春园看花，便向祁子富说道："前面就是满春园，我们带女儿进去看看花，也不枉出来一场。"祁子富道："园内人多，女孩儿又大了，进去不便。"张二娘道："你老人家太固执了。自从你祁奶奶去了，女儿长成一十六岁，也没有出过大门。今日是烧香路过，就带她进去玩耍，也是好的。就是园内人多，有老身跟着，怕怎的？"祁子富无言回答，也是合当有事，说道："既是二娘这等说来，且进去走走。"就叫船家把船靠岸："我们上去看花呢。船上东西看好了，我们就来。"

当下三人上了岸，走进园门。果然是桃红柳绿，春色可观。三个人转弯抹角，寻花问柳。祁巧云先走，就从沈廷芳亭子面前走过来。那沈廷芳是好色之徒，见了人家妇女，就如苍蝇见血的一般，只要是她有些姿色，必定要弄她到手方罢。当下忙忙立起身来，伏在栏杆上，把头向外望道："不知是哪家的，真正可爱！"称赞不了。正是：

身归楚岫三千丈，梦绕巫山十二峰。

话说沈公子在哪里观看，这祁巧云同张二娘不介意，也就过去了。不防那锦上天是个撮弄鬼，见沈廷芳这个样子，早已解意，问道："大爷莫非有爱花之意么？"沈廷芳笑道："爱也无益。"锦上天道："这有何难？那妇人，乃是北门外开饭店的张二娘。后面那人，想必是她的亲眷，不过是个贫家之女。大爷乃相府公子，威名甚大，若是爱他，待我锦上天为媒，包管大爷一箭就中。"沈廷芳大喜，道："老锦，你若是代我做妥了这个媒，我同爷爷说，一定放个官儿你做。"

那锦上天好不欢喜，慌忙走下亭子来，将祁子富肩头一拍，道："老丈请了。"那祁子富

回头见一个书生模样，回道："相公请了。"当下二人通了名姓。那锦上天带笑问道："前面同张二娘走的那位姑娘是老丈的甚么人？"祁子富道："不敢，就是小女。"锦上天道："原来是令爱，小生倒有一头好媒来与姑娘作伐。"祁子富见他出言冒失，心中就有些不悦。回头便说道："既蒙见爱，不知是什么人家？"这锦上天说出这个人来，祁子富不觉大怒。正是：

满面顿生新怒气，一心提起旧冤仇。

不知后面如何，且看下回分解。

第五回　沈廷芳动怒生谋
赛元坛原情问话

　　且说那祁子富问锦上天道："既是你相公代我小女做媒，还是哪一家？姓甚名谁，住在何处？"锦上天道："若说他家，真是人间少二，天下无双。说起来你也晓得，就是当朝宰相沈太师的公子，名叫沈廷芳，你道好也不好？我代你把这头媒做了，你还要重重的谢我才是。"那锦上天还未说完，祁子富早气得满面通红，说道："莫不是沈谦的儿子么？"锦上天道："正是。"祁子富道："我与他有杀父之仇，这禽兽还要与我做亲？就是沈谦亲自前来，叩头求我，我也是不依的！"说罢，把手一拱，竟自走去了。那锦上天被他抢白了一场，又好气又好笑，见他走了，只得又赶上一步，道："祁老爹，我是好意，你不依，将来不要后悔。"祁子富道："放狗屁！肯不肯由我，悔什么！"气恨恨地就走了。

　　那锦上天笑了一声，回到亭子上来。沈廷芳问道："怎么的？"锦上天道："大爷不要提起。先前没有提起姓名倒有几分，后来说起大爷的名姓、家世，那老儿登时把脸一翻，说道：'别人犹可，若是沈……'"这锦上天就不说了。沈廷芳追问道："沈什么？"锦上天道："门下说出来，怕大爷见怪。"沈廷芳道："但说不妨。"锦上天道："他说：'若是沈谦这老贼，他想要同我做亲？就是他亲自来叩头求我，我也不情愿。'大爷，你道这老儿，可恶是不可恶？叫门下也难再说了。"

　　沈廷芳听见了这些话，他哪里受得下去，只气得两太阳穴中冒火，大叫道："罢了，罢了！亲不允倒也罢，只这口气如何咽得下去！"锦上天道："大爷要出这口气也不难。这花园是大爷府上的，只须吩咐一声开店的，叫他散了众人，让他一天的生意，关了园门。叫些打手前来，就抢了他的女儿，在园内成了亲，看他从何处叫屈？"沈廷芳道："他若出去喊冤，如何是好？"锦上天道："大爷，满城文武，都是太师的属下，谁肯为一个贫民同太师爷作对？况且，生米煮成熟饭了，那老儿也只好罢了。那时大爷再恩待他些，难道还有什么

怕他不悦?"沈廷芳道:"说得有理。就烦你前去吩咐店家一声。"

锦上天领命,慌忙走下亭子来,吩咐家人,回去传众打手前来听命;后又吩咐开店的,叫他散去众人,讲明白了,让他一千两银子,快快催散了众人。忙得那店内的伙计,收拾了家伙,催散了游客。那些吃酒的人,也有才坐下来的,也有吃了一半的,听得这个消息,人人都是害怕的,站起身来往外就走,都到柜上来算账找当包。开店的道:"这是沈大爷有事,又不是我们不卖。银子都备下带来了,哪里还有得退还你们? 除非向太师爷找去!"那些人叹了口气,只得罢了,随即走了。开店的欢喜道:"今日倒便宜我了。"

那里面还有罗公子三人坐在那里,还没有散酒。酒保道:"别人都好说话,惟有这三个人坐在那里饮酒。那酒保向各处一望,见人去的也差不多了,只有留春阁还有罗府三人在那里,想了一会,无奈,没法弄他出去。"只得走到三人面前,不敢高声,陪着笑脸,说道:"罗少爷,小人有句话来秉告少爷,少爷莫要见怪。"罗焜道:"有话便说,为何这样鬼头鬼脑的?"酒保指着对过说道:"今日不知哪一人得罪了沈大爷,方才叫我们收了店。他叫家人回去传打手来,那时惟恐冲撞了少爷,两下不便。"罗焜道:"你好无分晓!他打他的,我吃我的。难道我碍他的事不成?"酒保道:"不是这等讲法。这是小的怕回来打架,吵了少爷,恐少爷不悦,故此请少爷今日早早回府。明日再请少爷来饮酒赏花,倒清闲些。"罗焜道:"俺不怕吵,最喜的是看打架。你快些去,俺们不多事就是了,要等黑了才回去呢。"酒保想来拗他不过,只得求道:"三位少爷既不回去,只求少爷莫管他们闲事才好。"三人也不理他,酒保只得去了。

再言罗焜向胡奎说道:"大哥,青天白日要关店门,在这园子里打人,其中必有原故。"胡奎道:"且等俺去问问,看是什的道理。"那胡奎走下亭子,正遇着锦上天迎面而来。胡奎将手一拱,道:"俺问你句话。"锦上天道:"问什么?"胡奎道:"足下可是沈府的?"锦上天道:"正是。"胡奎道:"闻得你们公子要关店打人,却是为何? 是谁人冲撞了你家公子?"锦上天知道他是同罗公子在一处吃酒的,便做成个话儿,就将祁子富相骂的话告诉了一番。胡奎道:"原来如此,该打的。"将手一拱,回到席上。罗灿问道:"是什么话说?"胡奎道:"若是这等说法,连我也要打他一顿。"就将锦上天的话,告诉二人一遍。罗焜道:"哥哥,你休听他一面之词,其中必有缘故。大凡贫人家做亲,允不允还要好好的回复;岂有相府人家要同一个贫民做亲,这贫民那有反骂之理!"胡奎道:"兄弟说得有理。等我去问问那老儿,看他是何道理。"胡奎下了亭子,前来问祁子富的曲直,这且不表。

且说祁子富，同锦上天说了几句气话，就同张二娘和女儿各处去游玩。正在哪里看时，忽见那吃酒的人一哄而散，鬼头鬼脑地说道："不知哪一个不允他的亲，还敢反骂他，惹出这场大祸来。带累我们白白的去了银子，连酒也吃不成了，这是哪里说起？"有的说道："又是那锦上天这个天杀挑的祸！"有的说："这个人岂不是到太岁头上去动土了！"有的说："想必这个姓祁的其中必有原故。"有的说："莫管他们闲事，我们快走。"

不言众人纷纷议论，且说那祁子富听见众人的言语吃了一惊。忙忙走来，这长这短告诉了张二娘一遍。张二娘闻言吃了一惊："都是你为人固执，今日惹出这场祸来，如何是好？我们快快走后门出去罢！"三个人转弯抹角，走到后门。后门早已封锁了，他三人一见，只吓得魂不附体。园内又无别处躲避，把个祁巧云吓得走投无路，不觉的哭将起来。正是：

　　　鱼上金钩难入水，雀投罗网怎腾空？

张二娘道："莫要哭，哭也无益。只好走到前门闯将出去。"当下三个人战战兢兢往大门而来。心中又怕，越发走不动了。及至赶到前门，只见那些吃酒看花的人，都纷纷散去了，只有他三人。

才走到二门口，正遇着沈廷芳，大喝一声道："你们往哪里走？左右与我拿下！"一声吩咐，只听得湖山石后一声答应，跳出三、四十个打手，一个个都是头扎包巾，身穿短袄，手执短棍，喝一声，拦住了去路，说道："你这老儿，好好的写下婚书，留下你的女儿，我家大爷少不得重重看顾你。你若是不肯，休想活命！"那祁子富见势不好，便拚命向前骂道："青天白日，抢人家妇女，该当何罪？"把头就向沈廷芳身上撞来。沈廷芳喝声："拿下！"早拥上两个家丁，向祁子富腰中就是一棍，打倒在地。祁子富挣扎不得，只得高声喊道："救命！"众打手笑道："你这老头儿，你这老昏颠！你省些力气，喊也是无用的！"

此处且按下众打手将祁子富捺在地下不表，单言沈廷芳，便来抢这个祁巧云。祁巧云见他父亲被打手打倒在地，料想难得脱身，飞身就往金鱼池边，将身就跳。沈廷芳赶上一步，一把抱住，往后面就走。张二娘上前夺时，被锦上天一脚踢倒在地，护沈廷芳去了。可怜一家三口，命在须臾。

不知后事，且看下回分解。

第六回 粉金刚打满春园
赛元坛救祁子富

话说打手打了祁子富，锦上天踢倒了张二娘，沈廷芳抱住了祁巧云，往后就跑。不防这边留春阁上，怒了三位英雄。当先是玉面虎罗焜跳下亭子来，见沈廷芳抱住了祁巧云往后面就走，罗焜想到擒贼擒王，大喝一声，抢上一步，一把抓住沈廷芳的腰带，喝道："往哪里走？说明白了话再去！"沈廷芳回头见是罗焜，吃了一惊，道："罗二哥不要为别人的事，伤了你我情分。"罗焜道："你好好地把她放下来，说明白了情理，俺不管你的闲事。"

众打手见公子被罗焜抓在手中，一齐来救时，被罗焜大喝一声，就在阶沿下拔起一条玉石栏杆，约二三百斤重，顺手一扫。只听得"乒乒乓乓"，"踢踢踏踏"，那二三十个打手，手中的棍哪里架得住，连人连棍，一齐跌倒了。

这边胡奎同罗灿大喝一声，抢起双拳，打开众人，救起张二娘同祁子富。沈廷芳见势头不好，又被罗焜抓住在手，不得脱身，只得放了祁巧云，脱了身去了。把个锦上天只吓得无处逃脱，同沈廷芳闪在太湖石背后去了。罗焜道："待俺问明白了，回来再打。"说罢去了。罗灿道："祁子富，你等三人都到面前来问话。"

当下祁子富哭哭啼啼，跟到留春阁内。祁子富双膝跪下，哭道："要求三位老爷救我一命。"罗灿道："祁老儿，你且休哭，把你的根由细细说来，自然救你。"祁子富遂将他的父亲如何做官，如何亏空钱粮，如何被沈谦拿问，如何死在监中，如何长安落薄，哭诉了一遍。又道："他是我杀父之仇，我怎肯与他做亲？谁想他看上小女有些姿色，就来说亲。三位英雄在上，小老儿虽是个贫民，也知三分礼义。各有家门，哪有在半路上说媒之理？被我抢白了几句。谁料他心怀不善，就叫人来打抢。若不是遇见了三位恩人，岂不死在他手？"说罢哭倒在地。三位英雄听了，只气得两太阳穴中冒火，大叫一声道："反了，反了！有俺三人在此，救你出去就是了。"

当下三人一齐跑下亭子来，高声大骂道："沈廷芳，你这个大胆的忘八羔子，你快快出来叩头陪礼，好好的送他三人出去，我便佛眼相看。你若执迷不肯，我就先打死你这个小畜生，然后同你的老子去见圣上。"

不表三位英雄动怒，且言那沈廷芳同那锦上天躲在湖山石背后，商议道："这一场好事，偏偏撞着这三个瘟对头打脱了，怎生是好？"锦上天道："大爷说哪里话，难道就口的馒头，被人夺了去，难道就罢了么？自古道：'一不做，二不休。'他三人虽是英雄，到底寡不敌众。大爷再叫些得力的打手前来，连他三人一同打倒，看他们到哪里去。"沈廷芳道："别人都好说话，惟有这罗家，不是好惹的。打出祸来，如何是好？"锦上天道："大爷放心，好在罗增又不在家里，就是打坏了他，有谁来与太师爷作对？"这一句话，提醒了沈廷芳，忙叫家人回去再点二百名打手前来，家人领命飞走去了。

且言沈廷芳听得罗焜在外叫骂，心中大怒，跳出亭子来，大喝："罗焜，你欺人太甚！我同别人淘气，与你何干？难道我怕你不成？你我都是公侯子弟，就是见了圣上，也对得起你。不要撒野，看你怎生飞出园去？"喝令左右："与我将前后门封锁起来，打这三个无礼畜生！"一声吩咐，众人早将前后八九道门都封锁了。那三十多名打手并十数名家将，仗着人多，一齐动手举棍就打。

罗灿见势头不好，晓得不得开交，便叫胡奎道："大哥，你看住了亭子，保定了那祁家三口，只俺弟兄动手。"遂提起有三百斤重的一条玉石栏杆，前来招架。罗焜也夺下一根棍棒，即便相迎，打在一处。沈廷芳只要拿祁子富，正要往留春阁去，被胡奎在亭子上保定了祁家三口。众打手哪里能够近身，那罗灿，威风凛凛，好似登山的猛虎；这罗焜杀气腾腾，犹如出海的蛟龙。就把那三、五十个打手，只打得胆落魂飞，难以抵敌。怎见得好打：

　　豪杰施威，英雄发怒。豪杰施威，惯救人间危难；英雄发怒，常报世上不平。一个舞动玉石栏杆，千军难敌；一个抢起齐眉短棍，万马难冲。一个双拳起处，挡住了要路咽喉；一个两脚如飞，抵住了伤心要害。一个拳打南山猛虎，虎也难逃；一个脚踢北海蛟龙，龙也难脱。只见征云冉冉迷花坞，细雨纷纷映画楼。

　　话说两位公子同沈府的家丁这一场恶打,可怜把那些碗盏、盘碟、条台、桌椅、古董、玩器都打得粉碎,连那些奇花异草,都打倒了一半。那开店的,只得暗暗叫苦:"完了,完了。先前还说指望寻几百两银子,谁知倒弄得家产尽绝,都打坏了,如何是好?"却又无法可施,只得护定了银柜。

　　且说罗焜等三人大施猛勇。不一时,把那三十多个打手、十数名家丁、二三十个店内的伙计,都打得头青眼肿,各顾性命,四下分散奔逃。

　　沈廷芳见势头不好,就同锦上天往后就跑。罗焜打动了性,还望四下里赶着打。胡奎见得了胜,叫道:"不要动手了,俺们出去罢。"罗焜方才住手,扶了祁子富三人下了留春阁。胡奎当先开路,便来夺门。才打开一重门,早听得一片声喊,前前后后拥进了有二百多人。一个个腰带枪刀,手提棍棒,四面围来,拦住了去路,大喝道:"留下人来! 望哪里去!"

　　原来,沈府里又调了二三百名打手前来,忙来接应。巧巧撞个满怀,交手便打。沈廷芳见救兵到了,赶出来喝道:"都与我拿下,重重有赏!"三位英雄见来得凶恶,一齐动手。不防那锦上天趁人闹里,一把抱住了祁巧云,往后就走。张二娘大声道:"不好了,抢了人去了!"

　　要知后事如何,且看下回分解。

第七回　锦上天二次生端
　　　　粉金钢两番救友

话说锦上天抱住了祁巧云望后就走。沈廷芳大喜,忙叫家丁捉了祁子富,一同往后去。不防张二娘大叫道:"不好了,抢了人去了!"胡奎听见,慌忙回头一看,见祁家父女不见了,吃了一惊,忙叫二位公子往里面打来。当下胡奎当先,依着旧路,同二位公子大展威风,往内里打将进去。沈府中二三百个打手,哪里挡得住,他三人在里面如生龙活虎的一般,好不利害。

看官,你道满春园非同小可,有十四五里远近,有七八十处的亭台,他三个人,一时哪里找得路来?沈廷芳抢了祁巧云,或是往后门里去了,或是在暗房里藏了,三人向何处找寻?也是祁巧云福份大,后来有一品夫人之份,应该有救。沈廷芳同锦上天抢了,却放在后楼上,复返出来,要想拿三位英雄出气。

若论三位英雄,久已该将诸人打散了,却因路径生疏,再者先已打了半日,力气退了些,故两下里只打得个平手。今敌不防沈廷芳不识务,也跳出来吆喝。罗灿便有了主意,想道:"若是顾着打,祁家父女怎得出去?且等俺捉住了沈廷芳,便有下落了。"走到沈廷芳的身边,进一步,大喝一声,一把抓住了沈廷芳的腰带,被他一提,望外就跑。众打手见公子被人捉去,一齐来救时,左有罗焜,右有胡奎,两条棍如泰山一般挡住了众人不得前进。这罗灿夹了沈廷芳走到门外,一脚踢倒在地。可怜沈廷芳如何受得起,只是口中大叫道:"快来救命!"正是:

　　魂飞海角三千里,魄绕巫山十二峰。

当下罗灿捉住了沈廷芳,向内叫道:"不要打了,只问他要人便了。"胡奎、罗焜听得此言,来到门外,阻住了左右的去路。众打手拥来救时,被罗灿大喝一声,腰间拔出一口宝剑,指着众人,说道:"你们若是撒野,俺这里一剑把你的主人驴头杀了,然后再杀你们的脑袋。"说罢,将一把宝剑向着沈廷芳脸上试了几下。沈廷芳在地下大叫道:"罗兄饶命!"家丁哪里还敢动手。罗灿喝道:"俺且不杀你,你只好好说出祁家父女藏在何处,快快送他出来!"沈廷芳说:"他二人,不知躲在哪里去了。罗兄,你放我起来,等我进去找他们出来还你便了。"罗灿大喝道:"你此话哄谁?"劈头就是一剑。沈廷芳吓得面如土色,大叫道:"饶命,待我说就是了。"罗灿道:"快说来!"沈廷芳无奈,道:"他们在后楼上。"罗灿道:"快送他出来!"

沈廷芳叫家人将他们送出来,家人答应,忙将祁家父女送出来。罗灿见送出人来,就一把提起沈廷芳,说道:"快快开门!"沈廷芳只得叫家人一层层开了门。胡奎、罗焜当先引路,救出祁子富三人。罗灿仗着宝剑,抓住了沈廷芳,说道:"还要送俺一程!"一直抓到大门口,看着祁子富、张二娘、祁巧云三人都上了船,去远了,然后把沈廷芳一脚,踢了一个筋斗,说道:"得罪了!"同胡奎等出园,顺着祁子富的船迤逦而去。

且言沈廷芳是个娇生惯养的公子,怎经得这般风浪,先时被罗灿提了半天,后来又是一脚踢倒在地,早已晕死过去了。吓得那些家人,忙忙救醒。醒来时众人已去远了。心中又气又恼,身上又带伤。锦上天只得叫众家人打轿,先送公子回府,他便入园内,对开店的说道:"今日打坏多少件物,明日到公子哪里去再算。"掌店的不敢违拗,只得道:"全仗大爷帮衬。"锦上天随后也向沈府去了,不提。

且说罗灿一路行走,对胡奎说道:"今日一场恶打,明日沈家必不甘休。我们是不怕的,只是兄与祁子富住在长安不得,必须预先商议才好。"想了一会,随叫家人过来,吩咐道:"你可先将马牵回府去,见了太太,只说留住我们吃酒,即刻就回来。"家人领命去了。

他们弟兄三人,赶上祁子富船,随叫拢岸上。祁子富跑下谢道:"多蒙三位英雄相救。不知三位爷的尊姓大名,尊府何处?明日好到府上来叩头。"胡奎用手扶起,指着道:"这二位乃是越国公罗千岁的公子,俺姓胡名奎,绰号叫赛元坛便是。"祁子富闻言,忙又跪下,道:"原来是三位贵公子,失敬了。"罗焜扶起,说道:"不要讲礼了。我们今日打了他,他岂肯罢休?俺们是不怕他的,明日恐怕他们来寻你们,你们却是弄他不过。那时羊入虎口,怎生是好?"这一句,提醒了祁子富,说道:"果然怎生是好?"

罗灿道："'三十六着，走为上着。'避避他就是了。"祁子富说道："我原是淮安府人，不如还到淮安去便了。"张二娘道："你们去了，那锦上天他认得我的，倘若你们去后，沈府寻我要人，那时怎生是好？"祁巧云道："干娘不要惊慌，同我们到淮安府去罢。若是干娘的终身，自有女儿侍奉。"张二娘流下泪来，说道："自从你母亲死后，老身没有把你当外人看待，犹如亲女一般。你如今回去了，老身也舍不得你，只得同你回去便了。"祁子富大喜，道："如此甚好。"商议已定，罗焜道："你们回去，还要听俺一言，方保路上无事。"祁子富道："求公子指救。"

不知罗焜说出甚的，且看下回分解。

粉妆楼

第八回　玉面虎三气沈廷芳
　　　赛元坛一别英雄友

话说罗焜听得祁子富同张二娘商议，要搬回淮安去，因说道："俺有一言，你们是有家眷的，比不得单身客人，踢脚利手的。倘若你们回去搬家再耽搁了两天，露出风声，那时沈家晓得了，他就叫些打手，在途中旷野之地假扮江洋大盗，前来结果你们的性命，那时连我们也不知道。岂不是白白的送了性命，无处伸冤？我有一计，好在胡大哥也是淮安人氏，今日在满春园内，那沈家的家丁，都是认得胡大哥的相貌了，日后被沈家看见，也是不得干休的。依我之计，请胡大哥回府，一者，回去看看太太；二者，回府住些时，冷淡冷淡这场是非；三者，你们一路同行，也有个伴儿。就是沈家有些人来，也不敢动手，岂不是两全其美！"

胡奎听了，连声赞道："三弟言之有理。自古道：'为人为彻。'我就此回去，一路上，我保他三人到淮安便了。"祁子富听罢，欢天喜地，慌忙称谢道："多谢三位公子，如此大恩，叫我如何补报得？"罗焜道："休得如此。还有一件事：你们今晚回去，不要声张，悄悄的收拾停当了。明日五更，就叫胡大爷同你们动身，不可迟误。要紧，要紧！"祁子富道："这个自然。"当下六个人在船中，商议已定。早到了北门，上了岸，已是黄昏时分。罗公子三人别了祁子富，回府去了。

且说祁子富就叫了原船，放在后门口准备动身；一面同张二娘回到家中，将言语瞒过了邻舍，点起灯火，三人连夜的将些金珠细软收拾收拾，打点起身。

按下祁子富收拾停当等候不表，胡奎、罗氏弟兄回到府中来到后堂，见了太太。太太问道："今日拜客，怎到此刻才回来？"罗灿道："因胡大哥的朋友留住了饮酒，回来迟了。"太太笑道："你还没有请客，倒反扰起客来了，与理不合。"胡奎接口道："伯母大人有所不知，只因小侄的朋友明日要动身回去，他意欲约小侄同行，小侄也要回去看看家母，故此

约他。明日就要告辞伯母回家去了。"太太道："贤侄回去，如何这般匆匆地？老身也没有备酒钱行，如何是好？"胡奎道："小侄在府多扰，心领就是一样了。"太太道："岂有此理。"忙叫家人随便备一席酒来与胡少爷钱别。家人领命，不多时酒席备完，太太便吩咐二位公子把盏。

他三人哪里还有心吃酒，勉强饮了几杯。胡奎起身入内，向罗太太道："小侄明日五鼓就要起身了，不好前来惊动伯母。伯母请上，小侄就此拜辞。"太太道："生受贤侄。贤侄回去定省时，多多与我致意。"胡奎称谢，又同罗氏弟兄行礼。辞了太太，到了书房，收拾行李，藏了钢鞭，挂了弓箭。罗公子封了三百两银子，太太另赠了五十两银子，胡奎都收了。称谢已毕，谈了一会，早已五鼓时分。

三人梳洗毕，吃毕酒饭，叫人挑了行李，出了罗府的大门。一直来到北门，城门才开还没人行走。三人出得城来，走了一刻，早到了张二娘饭店门首。祁子富早来迎接，将行李合在一处，搬到船中。张二娘同祁巧云查清了物件，拿把锁哭哭啼啼的把门锁了。祁子富扶了他二人，下了船中。正是：

只因一日新仇恨，弃了千年旧主基。

不表祁子富、张二娘、祁巧云三人上了船，且言罗府二位公子向胡奎道："大哥此去，一路上须要保重。小弟不能远送，就此告别了。"胡奎洒泪道："多蒙二位贤弟好意，此别不知何年再会？"罗氏弟兄一齐流泪道："哥哥不要伤心，再等平安些时，再来接你。"祁子富也来作别："多蒙二位公子相救之恩，就此告别了。"当下四人拜了两拜，洒泪而别。按下胡奎同祁子富回淮安去不表。

这且单言那沈廷芳，回到相府又不敢做声，闷在书房过了一夜。次日清晨早间，家人进来呈上帐目，昨日打坏了店中的家伙物件，并受伤的人，一一开发了银子去了。沈廷芳道："这才是人财两空！倒也罢了，只是这口气，如何咽得下去？罗家两个小畜生，等我慢慢地寻他；倒是祁家三口同那个黑汉，不知住在何处？"锦上天道："罗府之事且搁过一边；那黑汉，听他口音不是本处的，想必是罗家的亲眷，也放过一边。为今之计，大爷可叫数十个家人，到北门外张二娘饭店里去访访消息，先叫打手抢了祁巧云，再作道理。终成他三人还在哪里救人么?"

沈廷芳道:"倘若再撞见,如何是好?"锦上天道:"哪里有这等巧事。我一向闻得罗太太家法严紧,平日不许他们二人出来,怕他在外生事。昨日放他们一天,今日是必不出来的,包管是手到擒拿。"沈廷芳道:"还有一言,倘若我去抢了他的女儿,他喊起冤来,地方官的耳目要紧。"锦上天道:"这个越发不妨。门下还有一计:大爷可做起一个假婚书,就写我锦上天为媒。备些花红财礼,就叫家人打一顶大轿,将财礼丢在他家,抢了人就走。任他喊官,我这里有婚书为凭,不怕他。况且这些在京的官儿,倒有一大半是太师的门生,谁肯为一个贫民倒反来向太师作对?"

沈廷芳大喜,道:"好计,好计!事成之后,少不得重重谢你。"当下忙叫书童取过文房四宝放在桌上,道:"老锦,烦你的大笔,代我写一张婚书。"锦上天随即写一张,送与沈廷芳看。沈廷芳看了一遍,收藏好了,随唤二名家人进来,吩咐道:"我大爷只为北门外张二娘饭店有个姓祁的,他有个女儿生得端正,费了我多少银钱不曾到手。方才是锦上天大爷定下一计,前去抢亲。你二人可备下礼物花红,打手跟着轿子,前去将财礼丢在他家里,抢了上轿,回来重重有赏。倘有祸事,有我大爷作主。"家人领命,忙忙备了花红财礼,藏在身边;点了三十名打手,抬了乘轿子,一齐出北门来了。

不一刻,到了张二娘饭店门首。只见大门紧闭,众人敲了半日,并无人答应。众人道:"难道他们还睡着不成?"转到后门一看,只见门上有两把锁锁了。问到邻居,都不知道,只得回了相府报信。

家人走进书房,只见锦上天同沈廷芳坐在那里说话。见了家人回来,沈廷芳忙问道:"怎么的?"家人回道:"再不要说起,小人们只说代大爷抢了人来,谁知他家门都关锁了。旁边邻居大家都不知道往哪里去了。"沈廷芳听见此言,急急问他:"难道他是神仙,就知道了不成?"锦上天道:"大爷休要性急,门下又有一计,就将他抢来便了。"

不知锦上天说出何计,且看下回分解。

第九回　胡奎送友转淮安　沈谦问病来书院

话说那锦上天，向沈廷芳说道："张二娘祖籍是在此，开饭店的，谅她飞不上天去。今日锁了门，想她不过在左右邻舍家。大爷叫些家将前去，扭去她的锁，打开她的门；那时张二娘着了急，自然出头。我们只拿住张二娘，便知道祁子富的下落了，岂不是好？"沈廷芳大喜，说道："好计，好计！"随即吩咐家将前去了。正是：

　　另为一番新计策，又生无数旧风波。

不表锦上天定计，且说那些家丁奉了沈廷芳之命，忙忙出了相府，一直跑出北门。来到张二娘饭店，正要打门，猛抬头，只见锁上添了一道封皮，上写着"越国公罗府封"。旁边有一张小小的告示，上写道："凡一切军民人等，不许在此作践，如违拿究。"沈府家人道："方才还是光锁，怎么此刻就有了罗府的封皮？既是如此，我们只好回去罢，罗家不是好惹的。"说罢，众人齐回到相府。见了沈廷芳，将封锁的事说了一遍。

沈廷芳听得此言，只气得三尸爆跳七窍生烟，大叫一声："气死我也！"一个筋斗，跌倒在地，早已昏死过去。忙得锦上天同众家人，一齐上前救了半日，方才醒来，叹口气道："罗灿、罗焜欺人太甚，我同你势不两立了。"当下锦上天在书房劝了半日，也就回去。

沈廷芳独自一人坐在书房，越坐越闷，越想越气，道："我费了多少银子，又被他踢了一脚，只为了一个贫家的女子。谁知今日，连房子都被他封锁去了。这口气，叫我如何咽得下去？"想了又想，气了又气，不觉一阵昏迷困倦，和衣而睡。到晚醒来，忽觉浑身酸痛，发热头疼，好不难过。你道为何？一者，是头一天受了惊；二者，见罗府封了房子，又添一气；三者，他和衣睡着不曾盖被，又被风吹了一吹。他是个酒色淘伤的公子，哪里受得无

限的气恼,当时醒过来,连手也抬不起来了,只是哼声不止。吓得几个书童忙忙来到后堂,禀告老夫人去看。

夫人吃了一惊,问道:"是几时病的?"书童回道:"适才病的。"太太闻言,忙叫家人前去请先生。太太来到书房,看见公子哼声不止,阵阵发昏:"这是怎样的? 口也不开,只是哼声叹气?"

不多一时,医生到了。见过夫人,行了礼,就来看脉。看了一会,太太问道:"请教先生,是何症候?"医生道:"老夫人在上,令公子此病症非同小可。多应是气恼伤肝,复受外感,急切难好。只是要顺了他的心,便可速愈。"说罢,写了药案病原,告辞去了。

当下太太叫安童煎药,公子吃了,昏昏睡熟。夫人坐在床边,好不心焦。口中不言,心中暗想道:"他坐在家中,要一奉十,走到外面,人人钦敬,谁敢欺他? 这气恼从何而来?"沈太太正在思虑,只见公子一觉睡醒,只叫:"气杀我也!"夫人问道:"我儿为何作气? 是哪个欺你的? 说与为娘的知道,代你出气。"公子长叹一声,道:"母亲若问孩儿的病症,只问锦上天,便知分晓。"太太随叫安童快去请锦上天,只说太师爷立等请他。安童领命去了。夫人又吩咐家人,小心伏侍,回到后堂坐下,忽见家人禀道:"太师爷回府了。"

夫人起身迎接,沈谦道:"夫人为何面带忧容?"太太说:"相公有所不知,好端端的一个孩儿,忽然得了病症,睡在书房,十分沉重。方才医生说是气恼伤肝,难得就好。"太师大惊,道:"可曾问他为何而起?"太太道:"问他根由,他说问锦上天,便知分晓。"太师道:"那锦上天今在何处?"夫人道:"已叫人去请了。"太师闻言,忙忙进书房来看。只听得沈廷芳哼声不止,太师看过医生的药案,走到床前,揭起罗帐,问道:"我儿是怎么样的?"公子两目流泪,竟不开口。沈谦心中着急,又差人去催锦上天。

且说锦上天,正在自家门口,忽见沈府家人前来,说:"锦大爷,我家太师爷请你说话。"那锦上天吃了一惊,心中想道:"我与沈大爷虽然相好,却没有见过太师,太师也没有请过我。今日请我,莫非是为花园打架的祸放在我身上不成?"心中害怕,不敢前行。只见又有沈府家人前来催促,锦上天无奈,只得跟着沈府的家人,一同行走,到了相府。进了书房见了太师,不由的脸上失色,心内又慌,战战兢兢,上前打了一恭,道:"太师爷在上,晚生拜见。"太师道:"罢了。"吩咐看坐。

锦上天告过坐,问道:"不知太师呼唤晚生,有何吩咐?"太师道:"只为小儿病重如山,

不能言语，问起缘由，说是足下知道他的病症根由。请足下到来说个分晓，以便医治。"锦上天心内想道："若说出缘故，连我同大爷都有些不是；如若不说，又没得话回他。"想了一想，只得做个谎儿回他，说道："公子的病症，晚生略知一二。只是要求太师恕罪，晚生好说。"太师道："你有何罪，只管讲来。"锦上天道："只因晚生昨日同令公子在满春园吃酒，有几个乡村妇女前来看花，从我们席前走过。晚生同公子恐她伤花，就呼喝了她两句。谁知对过亭子内有罗增的两个儿子，长名罗灿，次名罗焜，在那里饮酒。他见我们呼喝那两个妇女，他仗酒力行凶，就动手打了公子同晚生。晚生白白的被他们打了一顿，晚生被打也罢了，公子如何受得下去？所以着了气，又受了打，郁闷在心，所以得此病症。"

太师闻言，只气得眼中冒火，鼻内生烟，大叫道："罢了，罢了！罗家父子行凶，欺人太甚！罢，罢，罢，老夫慢慢的候他便了。"又说了几句闲话，锦上天就告辞回家去了。太师吩咐书童："小心伏侍公子。"家人答应："晓得。"

太师回到后堂，将锦上天的话，细细说了一遍。夫人大气，说道："罗家如此欺人，如何是好？"太师道："我原吩咐过孩儿的，叫他无事在家读书，少要出去惹祸。那罗家原不是好惹的，三十六家国公，惟有他家利害。他祖罗成被苏定方乱箭射死，尽了忠，太宗怜他家寡妇孤儿，为国忘家，赐他金书铁券，就是打死了人，皇帝问也不问。今日孩儿被他打了，只好算晦气，叫老夫也没什么法寻他们。"夫人道："说是这等说，难道我的孩儿就白白被他打了一顿。就罢了不成？"太师道："目下也无法，只好再作道理。"当下沈太师料理各路来的文书，心中要想害罗府，却是无计可施。

一连过了五六日。那一天正在书房看文书，有个家人禀道："今有边关总兵差官在此，有紧急公文要见。"太师道："领他进来。"家人去不多时，领了差官进来，见了太师，呈上文书。沈谦拆开一看，哈哈大笑，道："我叫罗增全家都死在我手，以出我心头之恨。你也有今日了！"

不知后事如何，且看下回分解。

第十回　沈谦改本害忠良
章宏送信救恩主

话说沈谦见了边关的文书，要害罗增全家的性命。你道是怎生害法？原来罗增在边关连胜两阵，杀入番城。番将调倾国人马，困住了营。罗爷兵微将寡，陷在番城，特着差官勾兵取救。沈太师接了文书，便问道："你是何人的差官？"差官道："小官是边头关王总兵标下一个守备，姓宗，名信。现今罗爷兵困番邦，番兵利害非常，求太师早发救兵，保关要紧。"沈谦含笑道："宗信，你还是要加官，还是要问罪？"吓得那宗信跪在地下，禀道："太师爷在上，小官自然是愿加官爵，哪里肯问罪？"太师道："你要加官，只依老夫一件事，包你官升三级。"宗信道："只求太师抬举，小官怎敢不依！"太师道："非为别事，只因罗增在朝为官，诸事作恶，满朝文武也没有一个欢喜他的。如今他兵败流沙，浪费无数钱粮，失了多少兵马，眼见得不能归国了。如今将他的文书改了，只说他降顺了番邦。那时皇上别自出兵，老夫保奏你做个三边的指挥，同总兵合守边关，岂不是一举两得？"宗信听得官升三级，说道："凭太师爷做主便了。"沈谦见宗信允了，心中大喜，道："既如此，你且起来，坐在旁边伺候。"

沈谦随即叫家人章宏取过文房四宝，亲自动笔，改了文书。吩咐宗信："你明日五鼓来朝，到午门口，老夫引你见圣上面奏，说罗增投降了番城。"宗信领命，收了假文书，在外安歇，只候明日五鼓见驾。正是：

计就月中擒玉兔，谋成日里捉金乌。

话说沈谦同宗信要谋害罗增，好不欢喜。若是沈谦害死罗府全家，岂不是绝了忠臣后代？也是该因英雄相救。你道这章宏是谁？原来是罗府一名贴身的书童，自小儿是罗太太抚养成人，配了亲事。他却是有心机的人，因见沈谦与罗府作对，惟恐本府受沈谦暗害，故反投身沈府，窥视动静，已在他家十多年。沈谦却倚为心腹，并不知是罗府的旧人，也不知他的妻子儿女都在罗府内居住。

当下他听得沈谦同宗信定计，要害罗府全家的性命，吃了一惊。心中想道："我自小儿蒙罗老爷恩养成人，又配了妻子。到如今，儿长女大，皆是罗府之恩。明日太师一本奏准朝廷，一定是满门遭斩，岂不是绝了我旧主人的香烟后代？况且我的妻子儿女都在罗府，岂不是一家儿都是死？必须要想个法儿救得他们才好！左思右想，无计可施，除非回去，同二位公子商议。只在今晚一刻的工夫，明日就来不及了，待我想法出了相府才好。只是无事不得出府，门上又查得紧，怎生出去？"想了一会，道："有了，宅门上的陈老爹好吃酒。待我买壶好酒，前去同他谈谈，便混出去了。"

随即走到书房，拿了一壶酒，备了两样菜。捧到内宅门上，叫声："陈老爹在哪里？"陈老爹道："是哪一位，请进来坐坐，我有偏你了。"章宏拿了酒菜，走进房来。只见陈老爹独自一人自斟自饮，早已醉了。一见章宏，忙忙起身，说道："原来是章叔，请坐。"章宏道："我晓得你老人家吃酒，特备两样菜来的。"放下酒菜，一同坐下。那陈老爹是个酒鬼，见章宏送了酒菜来，只是哈哈的笑道："又多谢大叔，是何道理。"章宏道："你我都是伙计家，不要见外。"就先敬了一杯。

那陈老爹并不推辞，一饮而尽。那陈老爹是吃过酒的人，被章宏左一杯，右一杯，一连就是十几杯，吃得十分大醉。章宏想道："此时不走，等待何时？"就向陈老爹道："我有件东西，约在今日晚上去拿，拜托你老人家把锁留一留。我拿了就来，与你老人家平分。只是要瞒定了太师才好。"那陈老爹是醉了，只听得有银子可分，如何不依？说道："大叔要去，只是早些回来。恐怕太师呼唤，我却无话回他，要紧。"章宏道："晓得。恐怕有些耽搁，你千万不可下锁！"二人关会明白。章宏悄悄起身，出了宅门，一溜烟直往罗府去了。正是：

打破玉笼飞彩凤，顿开金锁走蛟龙。

话说章宏出了相府，早有初更时分。急急忙忙顺着月色来到罗府，只见大门早已关

了。原来自从罗增去后，太太惟恐家人在外生事，每日早早关门。章宏知道锁了，只得转到后门口，敲了几下。门公问道："是那个敲门？"章宏应道："是我。"门公认得声音，开了后门。章宏一直入内，那些老妈、丫头都是认得的，却都睡了。章宏来到妻子房内，他妻子正欲和儿女去睡，不觉见了章宏，问道："为何此刻回来，跑得这般模样？"章宏道："特来救你们的。"遂将沈谦暗害之事，细细说了一遍。妻子大惊，道："怎生是好？可怜夫人、公子，待你我恩重如山，必须想个法儿救他才好！"章宏道："我正为此事而来。你且引我去见太太、公子，再作道理。"

当下夫妻两个进了后堂见了夫人、公子，叩了头站在灯下。太太问道："章宏，你在沈府伏侍，此刻回来必有缘故。"章宏见问，就将边头关的文书，被沈谦改了假文书，同宗信通谋，明日早朝上本，要害罗家一门，细细说了一遍。夫人、公子闻言大惊，哭在一处。章宏道："且莫悲伤，事不宜迟，早些想法。"太太道："倘若皇上来拿，岂不是就绝了我罗门之后？如何是好？"罗灿道："不如点齐家将，拿住沈谦报仇，然后杀上边关，救出父亲，岂不为妙！"罗焜道："哥哥不可。沈谦这贼，君王宠爱，无所不依。我们动兵厮杀，若是天子拿问我们，便为反叛，岂不是自投其死！"罗灿道："如此说来，还是怎生是好？"

章宏道："小人有计在此。自古道：'三十六着，走为上着。'收拾远走他方，才有性命。"太太道："也罢，大孩儿可往云南马亲家去，求你岳丈调兵救你爹爹；二孩儿可往柏亲家去，求你岳丈与马亲翁会合，去救你爹爹。倘若皇上追问，老身只说你二人在外游学去了。"二位公子哭道："孩儿何能独自偷生，丢母亲在家领罪？就死也是不能的。"夫人怒道："老身一死无伤，你二人乃是罗门后代，雪海的冤仇要你们去报。还不快快收拾前去！再要为着老身，我就先死了！"二位公子哭倒在地，好不悲伤。正是：

　　　　人间最苦处，死别共分离。

话说那章宏的妻子，见公子悲伤，忙劝道："公子休哭。我想离城二十里有一座水云庵，是我们的家庵。夫人可改了装，星夜前去，躲避些时。等公子两处救兵救了老爷回来之后，那时依然骨肉团圆，岂不为妙？"夫人道："皇上来拿，我母子三人一个也不在，岂肯便罢？"章大娘道："我夫妻们受了太太多少大恩，难以补报。请太太的凤冠霞帔与婢子穿了，装做太太的模样，皇上来拿，我情愿上朝替死。"夫人哪里肯依。章宏道："事已如此，太太可快同公子收拾，出去要紧。"夫人、公子见章宏夫妇如此义重，哭道："我娘儿三个，受你夫妇如此大恩，如何报答?"章宏道："休要如此说，快快登程。"

夫人只得同公子换了装束。收拾些金银细软，打了包裹，叫章琪拿了。四人向章宏夫妇拜倒在地，大哭一场。夫人同公子舍不得义仆，章琪舍不得爹娘，六人好不悲伤。哭了一会，章宏道："夜深了，请夫人、公子快快前行。"太太无奈，只得同公子、章琪悄悄地出了后门，望水云庵而去。

要知后事如何，且看下回分解。

第十一回 水云庵夫人避祸
金銮殿奸相受惊

话说罗太太同二位公子,带了章琪,挑了行李包裹,出了后门。可怜夫人不敢坐轿,公子不敢骑马。二位公子扶了太太,趁着月色,从小路上走出城来,往水云庵去了。

且说章宏夫妇大哭一场,也自分别。章大娘道:"你在相府,诸事小心,不可露出机关。倘若得暇,即往秦舅爷府中暗通消息,免得两下忧心。你今快快去罢,让我收拾。"章宏无奈,只得哭拜在地:"贤妻,我再不能够见你了!只好明日到法场上,来祭你一祭罢。"章大娘哭道:"我死之后,你保重要紧!少要悲伤,你快快去罢。"正是:

空中掉下无情剑,斩断夫妻连理情。

话说章宏含悲忍泪别了妻子。出了后门赶回相府,也是三更时分。街上灯火都已尽了。幸喜章宏人熟,一路上叫开栅栏,走回相府。有巡更巡夜人役,引他入内宅门。早有陈老儿来悄悄地开了门,进去安歇,不表。

且说次日五鼓,沈太师起来,梳洗已毕,出了相府,入朝见驾。有章宏跟到午门,只见宗信拿了假文书摺子,早在哪里伺候。那沈谦关会了宗信的言语。沈谦三呼已毕,早有殿头官说道:"有事出班启奏,无事卷帘退朝。"一声未了,只见沈太师出班启奏:"臣沈谦有本启奏,愿吾皇万岁万万岁!"天子见沈谦奏本,便问道:"卿有何事,从直奏来。"沈谦爬上一步奏道:"只因越国公罗增奉旨领兵去征鞑靼。不想兵败被擒,贪生怕死,投降番邦,不肯领兵前去讨战,事在危急。现有边头关总兵王怀差官取救,现在午门候旨。求吾皇降旨定夺。"

皇上闻奏大惊,忙传旨召差官见驾。有黄门官领旨出朝召差官,领进午门见驾。三呼已毕,呈上本章。司礼监将本接上御书案,天子龙目观看。从头至尾看了一遍,龙心大怒,宣沈谦问道:"边关还是谁人领兵前去是好?"沈谦奏道:"谅番邦一隅之地,何足为忧?只须点起三千兵将校尉,差官领了,前去把守边头关就是了。"天子准奏,就封了宗信为指挥,即日起身。当下宗信好喜,随即谢过圣恩。出了朝门,同着四个校尉,点起三千羽林军,耀武扬威地去了。

不说宗信领兵往边头关去了,且说沈谦启奏:"臣闻得罗增有两个儿子,长名罗灿,次名罗焜,皆有万夫不当之勇。倘若知他父亲降了番邦,那时里应外合,倒是心腹大患。"皇上道:"卿家言之有理。"传旨命金瓜武士领一千羽林军前去团团围住罗府,不管老幼人等一齐绑拿,发云阳市口斩首示众。金瓜武士领旨去了。天子又向沈谦说道:"你可前去将他家私抄了入库。"沈谦也领旨去了。圣旨一下,吓得满朝文武百官,一个个胆战心惊,都说道:"罗府乃是国公大臣,一旦如此,真正可叹。"

其时,却吓坏了护国公秦双同卫国公李逢春、鄂国公尉迟远、保国公段忠。他四个人商议说道:"罗兄为人忠直,怎肯降番?其中必有缘故。我们同上殿保奏一本便了。"当下四位公爷一齐跪上金阶,奏道:"罗增不报圣恩,一时被困降番,本该满门处斩;求皇上念他始祖罗成汗马功劳,后来罗通征南扫北,也有无数的功劳,望万岁开恩,免他满门斩罪,留他一脉香烟。求吾皇降一道赦旨,臣等冒死谨奏。"天子闻奏,大怒道:"罗增谋反叛逆,理当九族全诛;朕念他祖上的功劳,只斩他一门,也就罢了。你们还来保奏,想是通同罗增谋反的么?"四位公爷奏道:"求皇上息怒。臣等想罗增兵败降番,又无真实凭据;就将他满门抄斩,也该召他妻子审问真情,那时他也无恨。"天子转言说道:"此奏可准。"即传令黄门官,前去叫沈谦查过他家事,同他妻子前来审问。黄门官领旨去了,四人归班。正是:

慢谈新雨露,再讲旧风云。

话说章大娘打发夫人、公子与丈夫章宏走后,这王氏关了后门,悄悄的来到房中,沐浴更衣,将太太的冠带穿戴起来。到神前哭拜在地,说:"先老爷太太在上,念我王氏一点忠心,救了主母、公子的性命!求神灵保佑二位公子同我孩儿,一路上平安无事,早早到两处讨了救兵回来，报仇雪恨，重整家庭！我王氏就死在九泉之下，也得瞑目。"说罢，哭了一场。回到太太房中，端正坐下，只候来拿。

坐到天明，家下男妇才起，只听得前后门一声呐喊，早有金瓜武士带领众军，涌进门来。不论好歹，见一个拿一个，见两个捉一双。可怜罗府众家人不知就里，一个个鸦飞鹊乱，悲声苦切。不多一时，一个个都绑出去了。当时，金瓜武士拿过众人，又到后堂来拿夫人、公子。打进后堂，那章大娘一声大喝："老身在此，等候多时。快来绑了，休得罗唆！"众武士道："不是卑职等放肆，奉旨不得不来。"就绑了夫人，来寻公子。假夫人说道："我两个孩子，一月之前，已出外游学去了。"武士领兵在前前后后搜了一会，见无踪迹，只得押了众人往街上就走。

出了大门，只见沈太师奉旨前来抄家，叫武士带夫人入内来查。只见章大娘见了沈谦，骂不绝口。沈谦不敢说话，只得进内收查库内金银家事。罗爷为官清正，一共查了不足万金产业，沈谦一一上了册子。封锁已毕，又问武士道："人口已曾拿齐了？"武士说道："俱已拿齐，只是不见了他家二位公子。"沈谦听得不见了两个公子，吃了一惊，说道："可曾搜寻否？"武士道："内外搜寻，全无踪迹。"沈谦暗暗着急，说道："原要斩草除根，绝其后患；谁知费了一番心机，倒走了两个祸根，如何是好？"便问假夫人道："两位令郎往哪里去了？快快说明！恐皇上追问加刑，不是玩的。"章大娘怒道："我家少老爷上天去了，要你这个老乌龟来问！"骂得沈谦无言可对，只得同金瓜武士领了人马，押了罗府五十余口家眷，往云阳市口而来。男男女女跪在两边，只有假夫人章大娘，另外跪在一条大红毡条上。

看官，你道章大娘装做夫人，难道罗府家人看不出来么？一者，章大娘同夫人的品貌相仿；二者，众人一个个都吓得魂不附体，哪里还有心认人，这便是忙中有错。

且说沈谦同武士，将罗府众人解到市口，忽见黄门官飞马而来，说道："圣上有旨，命众人押在市口，只命大学士沈谦同罗夫人一同见驾。"

当下二人进得朝门，众文武却不认得这假夫人。惟有秦双和他同胞兄妹，他怎不关心？近前一看，见不是妹子，心中好不吃惊。忙忙出班来看，只见他同沈谦跪在金阶。三呼已毕，沈谦呈上抄家的册子，并人口的数目，将不见了二位公子的话，细细奏了一遍。天子便向夫人说道："你丈夫畏罪降番，儿子知情逃匿，情殊可恨！快快从实奏来，免受刑

罚!"章大娘奏道:"臣妾的孩儿,一月之前出去游学去了。臣妾之夫遭困,并未降番;这都是这沈谦同臣妾之夫不睦,做害他的。"沈谦道:"你夫降番,现有边关报在。五日前差官赍报,奏闻圣上,你怎么说是老夫做害他的?"那章大娘见沈谦对得真,料想无命。便骂道:"你这害忠贤的老贼,口口冤屈好人,我恨不得食汝之肉!"说罢,向裙腰内掣出一把尖刀,向着沈谦一刀刺去。

　　不知后事如何,且看下回分解。

中国禁书文库

粉妆楼

第十二回 义仆亲身替主 忠臣舍命投亲

　　话说那章大娘上前一步，将尖刀就向沈谦刺来。沈谦叫声"不好"，就往旁边一让，只听得一声"滑喇"，将沈谦的紫袍，刺了一个五寸长的豁子。天子大惊，吓得两边金瓜武士一齐来救。章大娘见刺不着沈谦，晓得不好，大叫一声，回手就一刀自刎了，死在金銮殿下。沈谦吓得魂飞魄散。皇上看见，原来死了，没有审问，只得传旨拖出尸首。一面埋葬，一面传旨开刀，将罗府的家眷一齐斩首。可怜罗府众人也不知是什么缘故，一个个怨气冲天，都被斩了。街坊上的百姓，无不叹息。金瓜武士斩了众人，回朝缴旨。天子命沈谦，将罗府封锁了，行文各府州县，画影图形，去拿罗灿、罗焜。沈谦领旨，不提。后人有诗赞王氏道：

　　　　亲身代主世难求，却是闺中一女流。

　　　　节义双全垂竹帛，芳名千载咏无休。

　　话说罗门一家被斩，满朝文武，无不感伤。只有秦双好生疑惑，想道："方才分明不是我的妹子，却是谁人肯来替死，真正奇怪。"到晚回家，又疑惑，又悲苦，又不敢作声。秦太太早已明白，到晚家人都睡了，方才把章宏送信的话，告诉秦爷。说姑娘、外甥俱已逃出长安去了，又将王氏替死的话说了一遍。秦双方才明白，叹道："难得章宏夫妇如此忠义，真正可敬。"一面又叫公子："你明日可到水云庵去看看你的姑母，不可与人知道要紧。"公子领命。原来秦爷所生一子，生得身长九尺，黄面金腮，双目如电，有万夫不当之勇，有人替他起个混名叫做金头太岁的。秦环当下领命，不表。

　　且言沈谦害了罗府，这沈廷芳的病已好了，好不欢喜，说道："爹爹既害了罗增，还有罗增一党的人，须防他报仇。"沈谦道："等过些时，我都上他一本，参了他们就是了，有何难处？"沈廷芳大喜，道："必须如此，方免后患。"

不言沈家欢喜，且言那晚罗老夫人同了两位公子，带领章琪走出城来，已是二更天气。可怜太太乃金枝玉叶，哪里走得惯野路荒郊。一路上哭哭啼啼，走了半夜，方才走到水云庵。

原来这水云庵只有一个老尼姑，倒有七十多岁。这老尼见山主到了，忙忙接进庵中。烧水献茶，太太、公子净了面。摆上早汤，请夫人、公子坐下。可怜夫人满心悲苦，又走了半夜的路，哪里还吃得东西下去？净了面，就叫老尼即收拾一间洁净空房，铺下床帐，就去睡了。二位公子用了早饭，老尼不知就里，细问公子方才晓得，叹息一回。公子又吩咐老尼："瞒定外人，早晚伏侍太太。我们今晚就动身了，等我们回来，少不得重重谢你。"老尼领命，安排中饭伺候太太起来。

不多一会，太太起来了，略略梳洗，老尼便捧上中膳。公子陪太太吃过，太太说道："你二人辛苦一夜，且歇息一霄，明日再走罢。"二位公子只得住下。

到了次日晚间，太太说道："大孩儿云南路远，可带章琪作伴同行；若能有个机关，送个信来，省我挂念。二孩儿到淮安路近，见了你的岳父，就往云南，同你哥哥一路救父要紧。我在此，日夜望信。"二位公子道："孩儿晓得。只是母亲在此，不要悲伤，孩儿是去了。"太太又叫道："章琪我儿，你母亲是为我身亡，你就是我孩儿一样了。你大哥往云南去，一路上全要你照应。"章琪道："晓得。"当下四人大哭一场。正欲动身，忽听得扣门，慌得二位公子忙忙躲起。

老尼开了门，只见一位年少的公子走进来。问道："罗太太在哪里？"老尼回道："没有什么罗太太。"那人见说，朝里就走。吓得夫人躲在屏后，一张，原来是侄儿秦环。正是：

只愁狭路逢仇寇，却是荒庵遇故人。

太太见是秦环，方才放心，便叫二位公子出来大家相见。太太道："贤侄如何晓得的？"秦环遂将章宏送信，章大娘怒刺沈谦，金銮殿自刎之话，细细说了一遍。大家痛哭一场。秦环道："姑母到我家去住，何必在此？"罗焜道："表兄府上，人多眼众，不大稳便；倒

是此处安静，无人知道。只求表兄常来看看，小弟就感激不尽了。"秦环道："此乃理所当然，何劳吩咐。"当下安排饭食吃了，又谈了一会，早有四更时分。太太催促公子动身，可怜他母子分离，哪里舍得？悲伤一会，方才动身而去。秦环安慰了太太一番，也自回家去了。

单言两位公子走到天明，来至十字路口。一个望云南走，一个望淮安去。大公子道："兄弟，你到淮安取救兵要紧，愚兄望你的音信。"罗焜道："愚弟知道，只是哥哥云南路远，小心要紧，兄弟不远送了。"当下三人洒泪而别，大公子同着章琪，望云南大路去了。三人从此一别，直到罗焜大闹贵州府，暗保马成龙并众公侯，在鸡爪山兴兵，才得两下里相会。此乃后事，不提。正是：

　　　春水分鸰序，秋风折雁行。

话说二公子见哥哥去远了，方才动身上路。可怜公子独自一人，悲悲切切上路而行。见了些异乡风景，无心观看，只是趱路，非止一日。那一日，到了山东兖州府宁阳县的境界。只见那沈谦的文书，已行到山东省城了。各州府县，处处张挂榜文，捉拿罗灿、罗焜，写了年貌，画了图形。一切镇市乡村、茶坊酒肆，都有官兵捕快，十分严紧；凡有外来面生之人，都要盘问。罗焜心内吃惊，只得时时防备。可怜日间闪躲在古庙，夜间赶着大路奔逃，那罗焜乃是娇生惯养的公子，哪里受得这般苦处。

一日，走过了兖州府，到了一个村庄，地名叫做凤莲镇。罗焜赶到镇上，一看，是个小小的村庄。庄上约有三十多家，当中一座庄房，一带壕沟，四面围住，甚是齐整。公子想道："我这些时夜间行走，受尽风波。今日身子有些不快，莫要弄出病来，不大稳便。我看这一座庄上人民稀少，倒也还僻静，没得人来盘问。天色晚了，不免前去借宿一宵。"主意已定，走上庄来。正是：

　　　欲投人处宿，先定自家谋。

话说罗焜走到庄门口，问："门上有人么？"只见里面走出一位年老公公，面如满月，须

似银条，手执过头拐杖，出来问道："是哪一位？"罗焜忙忙施礼，道："在下是远方过客，走迷了路，特到宝庄借宿一宵，求公公方便。"那老者见公子一表人材，不是下等之人，说道："既是远路客官走迷了路的，请到里面坐坐。"

罗焜步进草堂，放下行李施礼，分宾主坐下。那老者问道："贵客尊姓大名，贵府何处？"公子道："在下姓章，名焜，长安人氏。请问老丈尊姓大名？"那老者道："小客人既是长安人，想也知道小老儿的贱名，小老儿姓程，名凤，本是兴唐鲁国公程知节之后。因我不愿为官，退归林下，蒙圣恩每年仍有钱粮俸米。闻得长安罗兄家被害，今日打发小儿程珮到长安领米讨信去了。"罗公子只得暗暗悲伤，勉强用些话儿支吾过。一会辞了老者，不用饭竟要睡了，老者命他在一间耳房内安歇。

罗焜见了安置，自去睡觉。谁知他一路上受了些风寒，睡到半夜里，头疼发热，遍体酸麻，哼声不止，害起病来了。吓得那些庄汉，一个个都起来打火上灯，忙进内里报信与程凤知道，说："今日投宿的那个小客人，半夜里得病了，哼声不止，十分沉重，像似要死的模样。"吓得程凤忙忙起来，穿好了衣衫，来到客房内。一看，只听得哼声不止。

来看时，见他和衣而睡，两泪汪汪，口中哼道："沈谦，沈谦，害得俺罗焜好苦也！"众人听了，吃一大惊，说道："这莫非就是钦犯罗焜？我们快些拿住他，送到兖州府去请赏，有何不可！"众人上前一齐动手。

未知后事如何，且看下回分解。

第十三回 露真名险遭毒手 托假意仍旧安身

话说程家众人听得罗焜说出真情,那些人都要拿他去报官请赏。程爷喝住道:"你们休得乱动!此人病重如山,胡言乱说,未知真假。倘若拿错了,不是自惹其祸?"当下众庄汉听得程爷吩咐,就不敢动手,一个个都走出去了。程爷吩咐众人:"快取开水来,与这客人吃。"公子吃了开水,程爷就叫众人都去安歇。

程爷独自一人点着灯火,坐在公子旁边。心中想道:"看他的面貌,不是个凡人。若果是罗家侄儿,为何不到边关去救他父亲,怎到淮安来作何勾当?"程爷想了一会,只见公子昏昏睡去。程爷道:"且等我看看衣服行李,有什么物件。"就将他的包袱朝外一拿,只听得铛的一声,一道青光掉下地来。程爷点灯一照,原来是一口宝剑落在地下。取起来灯下一看,真正是青萍结绿,万道霞光,好一口宝剑。再看鞘手上,有越国公的府号。程爷大惊:"此人一定是罗贤侄了。还好,没有外人看见。倘若露出风声如何是好?"忙忙将宝剑插入鞘内,连包袱一齐拿起来送到自己房中,交与小姐收了。

原来程爷的夫人早已亡故,只有一男一女。小姐名唤玉梅,年方一十六岁,生得十分美貌,文武双全。程爷一切家务,都是小姐做主,当下小姐收了行李。

程爷次日清晨起身,来到客房看时,只见罗焜还是昏昏沉沉,人事不省。程爷暗暗悲伤,道:"若是他一病身亡,就无人报仇雪恨了。"吩咐家人将这客人抬到内书房,铺下床帐,请了医生服药调治。他却瞒定了家人,只说远来的亲眷,留他在家内将养。

过了两日略略苏醒。程爷道:"好了,罗贤侄有救了。"忙又请医生调治。到中饭时分,忽见庄汉进来禀道:"今日南庄来请老爷收租。"程爷道:"明日上庄说罢。"家人去了,程老爷当下收拾。

次日清晨，用过早饭，取了账目、行李，备下牲口，带了四五个家人，出了庄门，到南庄收租去了。原来程爷南庄有数百亩田，每回收租有二三十天耽搁。程爷将行时，吩咐小姐道："我去之后，若是罗贤侄病好了，留他将养两天。等我回来，再打发他动身。"小姐道："晓得。"吩咐已毕，望南庄去了。

且言罗焜，过了三四日病已退了五分，直到睡醒。方知道移到内书房安歇，心中暗暗感激："难得程家如此照应，倘若罗焜有了天日之光，此恩不可不报。"心中思想，眼中细看时，只见被褥床帐都是程府的，再摸摸自己的包袱却不见了，心中吃了一惊："别的还可，单是那口宝剑，有我家的府号在上，倘若露出风声，其祸不小！"正欲起身寻他的包袱，只听得外面脚步响，走进一个小小的梅香，约有十二三岁。手中托一个小小的金漆茶盘，盘中放了一洋碗的盖碗，碗内泡了一碗香茶。双手捧来，走到床前，道："大爷请用茶。"公子接了茶便问道："姐姐，我的包袱在哪里？"梅香回道："你的包袱，那日晚上，是我家老爷取到小姐房中去了。"公子道："你老爷往哪里去了？"梅香道："前日往南庄收租去了。"公子道："难为姐姐，代我将包袱拿来，我要拿东西。"

梅香去不多时，回来说道："我家小姐上复公子，包袱是放在家里，拿出来恐人看见不便。"公子闻言，一发疑惑，想道："听她言词，话里有音，莫非她晓得我的根由了？倘若走了风声，岂不是反送了性命？"想了一想，不如带着病走为妙。罗焜站起身来，道："姐姐，我就要走了，快些代我拿来。上复小姐说我多谢，改日再来奉谢罢。"梅香领命去了。正是：

不愿身居安乐地，只求跳出是非门。

当时那小梅香进去不多一刻，忙忙的又走出来了。拿了一个小小的柬帖，双手递与公子，说道："小姐吩咐请公子一看便知分晓了。"公子接过来一看，原来是一幅花笺，上面写一首绝句。诗曰：

顺保千金体，权宽一日忧。

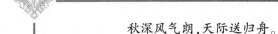

秋深风气朗,天际送归舟。

后面又有一行小字,道:"家父返舍之后,再请荣行。"公子看罢,吃了一惊,心中想道:"我的事倒都被她知道了。"只得向梅香说道:"你回去多多拜上你家小姐,说我感蒙盛情。"梅香进去,不表。

且言罗焜心中想道:"原来程老伯有这一位才能小姐,她的字迹真乃笔走龙蛇,好似钟王妙楷;看她诗句,真乃喷珠吐玉,不殊曹谢风彩。她的才能既高,想必貌是美的了,但不知她可曾许配人家?若是许了德门望族,这便得所;若是许了沈谦一类的人,岂不真正可惜了。"

正在思想,忽见先前来的小梅香掌着银灯,提了一壶酒;后面跟了一个老婆子,捧了一个茶盘。盘内放了两碟小菜,盛了一锡壶粥,放在床面前,旁边桌上点明了灯,摆下碗,说道:"相公请用晚膳。方才小姐吩咐,叫将来字烧了,莫与外人看见。"罗焜道:"多蒙小姐盛意,晓得。"就将诗字拿来烧了。罗焜道:"多蒙你家老爷相留,又叫小姐如此照应,叫我何以为报?但不知小姐姊妹几人?青春多少?可曾恭喜,许配人家?"那老婆子道:"我家小姐就是兄妹二人。公子年方十八,只因他赤红眼,人都叫他做火眼虎程珮;小姐年方十六,是老身乳养成人的。只因我家老爷为人耿直,不拣人家贫富,只要人才出众、文武双全的人,方才许配,因此尚未联姻。"罗焜听了,道:"你原来是小姐的乳母,多多失敬了。你公子如何不见?"婆子道:"进长安去了,尚未回来。"须臾,罗焜用了晚膳,梅香同那老婆子收了家伙回去了。

且言罗焜在程府,不觉又是几日了。那一天,用过晚膳,夜已初更,思想忧愁不能睡着。起身步出书房,闲行散闷,却好一轮明月正上东楼。公子信步出耳门,到后花园玩月,只见花映瑶池,树遮绣阁,十分清趣。正看之时,只听得琴声飘然而至。公子惊道:"程老伯不在家,这琴声一定是小姐弹的了。"

顺着琴韵声,走到花楼底下,朝上一望,原来是玉梅小姐在月台上弹琴。摆下一张条桌,焚了一炉好香,旁边站着一个小丫鬟,在哪里抚琴玩月。公子在楼下一看,原来是一个天姿国色的佳人。公子暗暗赞道:"真正是才貌双全。"这罗公子走到花影之下。

那玉梅小姐弹成一曲,对着一轮明月,心中暗暗叹道:"想我程玉梅才貌双全,年方二八,若得一个才貌双全的人定我终身,也不枉人生一世。"正在想着,猛然望下一看,只见一只白虎立在楼下。小姐大惊,快取弓箭,暗暗一箭射来。只听得一声弓弦响处,那箭早已临身。

不知后事如何,且看下回分解。

第十四回　祁子富带女过活
赛元坛探母闻凶

话说程小姐见后楼墙下边站立一只白虎，小姐在月台上，对准了那虎头一箭射去，只听一声叫："好箭！"那一只白虎就不见了，却是一个人，把那一枝箭接在手里。

原来那白虎，就是罗焜的原神出现。早被程小姐一箭射散了原神，那枝箭正奔罗焜项上飞来。公子看得分明，顺手一把接住，说道："好箭！"小姐在上面，看见白虎不见了，走出一个人来，吃了一惊。说道："是谁人在此？"只听得飕的一声响，又是一箭。罗焜又接住了，慌忙走向前来，对面打了一躬，说道："是小生。"那个小梅香认得分明，说道："小姐，这就是在我家养病的客人。"小姐听了，心中暗想，赞道："果然名不虚传，真乃是将门之子。"连忙站起身来，答礼道："原来却是罗公子，奴家失敬了。"公子惊道："小生姓张，不是姓罗。"小姐笑道："公子不可乱步、墙风壁耳，速速请回。奴家得罪了。"说罢，回楼去了。

公子明白话因，也回书房去了。来到书房，暗想道："我前日见她的诗句，只道是个有才有貌的佳人；谁知今日见她的射法，竟是个文武双全的女子。只可惜我父母有难，还有甚心情贪图女色？更兼订过柏氏，这也不必作意外之想了。"当下自言自语，不觉朦胧睡去。

至次日清晨起身，梳洗已毕。只见那个小丫鬟送了一部书来，用罗帕包了，双手送与公子，道："我家小姐惟恐公子心闷，叫我送书来，与公子解闷。"公子接书，道："多谢小姐。"梅香去了，公子道："书中必有缘故。"忙忙打开一看，原来是一部古诗。公子看了两行，只见里面夹了一个纸条儿，折了个方胜，打了一方图书，上写："罗世兄密启。"公子忙忙开看，上写道：

昨晚初识台颜，误放两矢，勿罪！勿罪！观君接箭神速，定然武艺超群，令人拜服。但妾闻有武略者必兼文事，想君词藻必更佳矣。前奉五言一绝，如君不惜珠玉，敢求和韵一首，则受教多多矣！

程玉梅端肃拜

公子看了来字，笑道："倒是个多情的女子。她既要我和诗，想是笑我武夫未必能文，要考我一考。也罢，她既多情，我岂无意？"公子想到此处，也就意马难拴了，遂提笔写道：

多谢主人意，深宽客子忧。

寸心言不尽，何处溯仙舟。

后又写道：

自患病已来，多蒙尊公雅爱，铭刻肺腑，未敢忘之。昨仰瞻月下，不啻天台。
想桂树琼枝，定不容凡夫攀折，惟有辗转反侧已耳。奈何，奈何！

远人罗焜顿首拜

写成也将书折成方胜，写了封记，夹在书中，仍将罗帕包好。只见那小梅香又送茶进来，公子将书付与丫鬟，道："上复小姐，此书看过了。"

梅香接书进去，不多一会将公子的衣包送将出来说道："小姐说，恐相公拿衣裳一时要换，叫我送来的。"公子说道："多谢你家小姐盛意，放下来罢。"那小丫鬟放下包袱进去了。公子打开包袱一看，只见行李俱在，惟有那口宝剑不是，另换了一口宝剑来了。公子一看，上有鲁国公的府号。公子心下明白，自忖道："这小姐，不但人才出众，抑且心灵机巧。她的意思分明是暗许婚姻，我岂可负她的美意？但是我身遭颠沛，此时不便提起。等待我父亲还朝，冤仇解释，那时央人来求他父亲，也料无不允。"想罢，将宝剑收入行装，从此安心在程府养病，不提。

且说那胡奎，自从在长安大闹满春园之后，领了祁子富的家眷，回淮安避祸。一路上

涉水登山，非止一日。那一天到了山东登州府的境界。

那登州府离城四十里，有一座山，名叫鸡爪山。山上聚集有五六百喽啰，内中有六条好汉：第一条好汉，叫做铁阁王裴天雄，是裴元庆的后裔，颇有武艺；第二位，叫做赛诸葛谢元，乃谢应登的后裔，颇有谋略，在山内拜为军师；第三位，叫做独眼重瞳鲁豹雄；第四位，叫做过天星孙彪，他能黑夜见人，如同白日；第五位，叫做两头蛇王坤；第六位，叫做双尾蝎李仲。这六位好汉，都是兴唐功臣之后。只因沈谦当道，非钱不行，这些人祖父的官爵都坏了，问罪的问罪了。这些公子不服，都聚集在鸡爪山，招军买马，思想报仇，这也不在话下。

单言胡奎带领着祁子富、车夫等，从鸡爪山经过。听得锣鼓一响，跳出二三十个喽啰，前来拦路。吓得众人大叫道："不好了！强盗来了！"回头就跑。胡奎大怒，喝声："休走！"抢起钢鞭就打。那些喽啰哪里抵得住，呐声喊都走了。胡奎也不追赶，押着车夫，连忙趱路。

走不多远，又听得一棒锣声，山上下来了两位好汉：前面的独眼重瞳鲁豹雄，后面跟着双尾蝎王坤，带领百十名喽啰，前来拦路。胡奎大怒，抢起钢鞭，前来迎敌。鲁豹雄、王坤二马当先，双刀并举，三位英雄战在一处。胡奎只顾交锋，不防后面一声喊，祁子富等都被喽啰兵拿上山去了。胡奎见了大吃一惊，就勇猛来战鲁豹雄、王坤。他二人不是胡奎的对手，虚闪一刀，都上山去了。胡奎大叫道："往哪里走！还我的人来！"舞动钢鞭，赶上山来。

寨内裴天雄听得山下的来人利害，忙推过祁子富来，问道："山下却是何人？"祁子富战战兢兢，将胡奎的来由，细说了一遍。裴天雄大喜，道："原来是一条好汉。"传令："不许交战，与我请上山来。"胡奎大踏步赶上山，来到寨门口，只见六条好汉迎接出来，道："胡奎兄请了。"胡奎吃了一惊，道："他们为何认得我？"正在沉吟，裴天雄道："好汉休疑，请进来叙叙。"胡奎只得进了寨门，一同来到聚义厅上。

见礼已毕，各人叙出名姓家乡，都是功臣之后，大家好不欢喜。裴天雄吩咐杀牛宰羊，款待胡奎。饮酒之间，各人谈些兵法武艺，真乃是情投意合。裴天雄开口说："目下奸臣当道，四海慌乱，胡兄空有英雄，也不能上进。不嫌山寨偏小，就请在此歇马，以图大业，有何不可？"胡奎道："多蒙大哥见爱。只是俺现有老母在堂，不便在此。改日再来听

教罢。"当下裴天雄等留胡奎在山寨中住了两日,胡奎立意要行,鲁豹雄等只得仍前收拾车子,送胡奎、祁子富等下山。

胡奎离了鸡爪山,那一日黄昏时分,已到了淮安地界。离城不远,只有十里之地,地名叫做胡家镇。离胡奎家门不远,只见一个人拿着一面高脚牌来竖在镇口。胡奎向前一看,吃了一惊。

不知惊的何事,且看下回分解。

第十五回　侯公子闻凶起意
柏小姐发誓盟心

话说胡奎到胡家镇口，看见一面高脚牌的告示。你道为何吃惊？原来这告示就是沈谦行文到淮安府来拿罗灿、罗焜的。告示前面写的罗门罪案，后面又画了二位公子的图形。各府县、各镇市乡村严巡拿获，拿住者赏银一千两；报信者赏银一百两；如有隐匿在家，不行首出者，一同治罪。胡奎一看，暗暗叫苦道："可怜罗门世代忠良，今日全家抄斩，这都是沈家父子的奸谋，可恨，可恨！又不知他弟兄二人，逃往何方去了？"胡奎只气得两道神眉直竖，一双怪眼圆睁，只是低头流泪。回到路上，将告示言词，告诉了祁子富等一遍。那巧云同张二娘听见此言，一齐流泪道："可怜善人遭凶，忠臣被害。多蒙二位公子救了我们的性命，他倒反被害了。怎生救他一救才好，也见得我们恩将恩报之意。"胡奎道："且等我访他二人的下落，就好了。"众人好不悲伤。

当下胡奎同祁子富赶过了胡家镇口，已是自家门口。歇下车子，胡奎前来打门。却好胡太太听得是他儿子声音，连忙叫小丫鬟前来开门。胡奎邀了祁子富等三人进了门，将行李物件查清，打发车夫去了。然后一同来到草堂，见了太太。见过了礼，分宾主坐下，太太问是何人，胡奎将前后事，细细说了一遍。那胡老太太叹了一回，随即收拾几样便菜，与祁子富、张二娘、祁巧云在内堂里用晚膳。然后大家安歇，不提。

一宿晚景已过，次日天明起身，祁子富央胡奎，在镇上寻了两进房子：前面开了一个小小的豆腐店，后面住家。祁子富见豆腐店家伙什物一应俱全，房子又合适，同业主讲明白了价钱，就兑了银子成了交易。过了几天，择了个日子，搬家过去。离胡奎家不远，只有半里多路，两下里各有照应。当晚，胡太太也是祁子富请过去吃酒，认做亲眷走动。自此，祁子富同张二娘开了店，倒也安逸。只有胡奎思想罗氏弟兄，放心不下。过了几日，辞了太太，知会了祁子富，两下照应照应；他却收拾行李、兵器，往鸡爪山商议去了，不提。

且言淮安柏府内，自从柏文连升任陕西西安府做指挥，却没有回家。只寄了一封书信回来，与侯氏夫人知道，说："女儿玉霜，已许越国公罗门为媳。所有聘礼物件交与女儿收好。家中预备妆奁，恐罗门征讨鞑靼回来，即要完姻。家中诸事，烦内侄侯登照应。"夫人见了书信，也不甚欢喜，心中想道："又不是亲生女儿，叫我备什么妆奁？"却不过情，将聘礼假意笑盈盈的送与小姐，道："我儿恭喜。你父亲在外，将你许了长安越国公罗门为媳了。这是聘礼，交与你收好了，好做夫人。"小姐含羞，只得收下，说道："全仗母亲的洪福。"母女们又谈了两句家常话，夫人也自下楼去了。

小姐送过夫人下楼之后，将聘礼收在箱内，暗暗流泪，道："可怜我柏玉霜，自幼不幸，亡了亲娘。后来的晚娘侯氏，却是与我大不和睦。今日，若是留得我亲娘在堂，见我许了人家，不知怎样欢喜！你看她说几句客套话儿，竟自去了，全无半点真心，叫人好不悲伤也！"小姐越想越苦，不觉珠泪纷纷，香腮流落。可怜又不敢高声，只好暗暗痛苦，不提。

单言侯氏夫人，叫侄儿侯登照管田地、家务。原来那侯登，年方一十九岁，生得身小头大，疤麻丑恶；秉性愚蒙，文武两事，无一能晓。既不通文理，就该安分守己，谁知他生得丑，却又专门好色贪花。那柏小姐未许罗门之时，就暗暗思想，刻刻留神，想谋占小姐为妻。怎当得柏小姐三贞九烈，怎肯与凡人做亲。侯登为人不端，小姐要发作他，数次只因侯氏面上，不好意思开口。这小姐，为人端正，他却也不敢下手。后来晓得许了长安罗府，心中暗暗怀恨，说道："这么一块美玉，倒送与别人。若是我侯登得她为妻，却有两便：一者，先得一个美貌佳人；二者，我姑母又无儿子，她的万贯家财，久后岂不是都归与我侯登一人享用？可恨罗家小畜生，他倒先夺了我一块美玉去了！"过了些时，也就渐渐断了妄想了。

一日三，三日九，早过了三个多月时光。他在家里，哪里坐得住，即将柏府的银钱，拿了出去结交他的朋友，无非是那一班少年子弟，酒色之徒。每日出去寻花问柳，饮酒宿娼，成群结党，实不成规矩。小姐看在眼内，暗暗怀恨在心。若是侯氏是个正气的，拘束他些也好；怎当她丝毫不查，这侯登越发放荡胡为了。正是：

游鱼漏网随波走，野鸟无笼到处飞。

话说侯登那日正在书房用饭，忽见安童来禀道："今日是淮安府太爷大寿，请大爷去拜寿。"侯登听了，来到后堂，秉知姑母，备了寿礼，写了柏老爷名帖，换了一身新衣服，叫家人挑了寿礼，备了马。侯登出了门，上了马，欣然而去。将次进城，却从胡家镇经过。正走之间，在马上一看，只见大路旁边，开了一个小小的豆腐店。店内有一位姑娘在哪里掌柜，生得十分美貌。侯登暗暗称赞，道："不想村中倒有这一个美女，看她容貌，不在玉霜表妹之下，不知可曾许人？我若娶她为妾也是好的。"看官，你道是谁？原来就是那祁巧云姑娘。那祁巧云看见侯登在马上看她，她就转身进去了。正是：

浮云掩却嫦娥面，不与凡人仔细观。

话说侯登见那女子进去，他就打马走了。到了城门口，只见挤着许多人，在哪里看告示。人人感伤，个个嗟叹。侯登心疑，近前看时，原来就是沈太师的行文，捉拿罗氏弟兄的榜文。侯登从头至尾看了一遍，心中好不欢喜，道："好呀！我只说罗焜夺了我的人财，谁知他无福受用，先犯下了罪案。我想罗焜是人死财散，瓦解冰消，焉敢还来迎娶？这个佳人，依旧还是我侯登受用了。"看过告示，打马进城。

到了淮安府的衙门，只见合城的乡绅，纷纷送礼。侯登下了马，进了迎宾馆，先叫家人投了名帖，送进礼物。那知府见是柏爷府里的，忙忙传请。侯登走进私衙，拜过寿，知府问问柏爷为官的事，叙了一回寒温。一面笙箫细乐，摆上寿面，款待侯登的寿酒。侯登哪里还有心肠吃面，只吃了一碗，忙忙就走。退出府衙，到了大堂，跨上了马，一路思想："回去同姑母商议，如此如此，这般这般。那怕柏玉霜飞上天去，也难脱我手！"想定了主意，打马回去。

要知后事如何，且看下回分解。

第十六回　古松林佳人尽节　粉妆楼美女逃灾

话说侯登听见罗门全家抄斩，又思想玉霜起来了。一路上想定了主意，走马回家，见了他的姑母，道："侄儿今日进城，见了一件奇事。"太太道："有何奇事？可说与我听听。"侯登道："可笑姑丈有眼无珠，把表妹与长安罗增做媳妇，图他家世袭的公爵、一品的富贵。谁知那罗增奉旨督兵，镇守边关，征讨鞑靼，一阵杀得大败，罗增已降番邦去了。皇上大怒，下旨将罗府全家拿下处斩。他家单单只走了两个公子，现今外面画影图形捉拿。这不是一件奇事？只是将表妹的终身误了，其实可惜。"

侯氏太太道："玉霜丫头自从许了罗门，她每日描鸾刺凤，预备出嫁，连我也不睬，显得她是公爷的媳妇。今日这般罗家弄出事来了，全家都杀了，待我前去，气她一气。"侯登道："气她也是枉然，侄儿倒有一计在此。"夫人道："你有何计？"侯登道："姑母年已半百，目下又无儿子，将来玉霜另许人家，这万贯家财，都是归她了，你老人家岂不是人财两空，半世孤苦？为今之计，罗门今已消灭，玉霜左右是另外嫁人的，不如将表妹许与侄儿为婚。一者，这些家私不得便宜外人；二者，你老人家也有照应。岂不是亲上加亲，一举两得？"侯氏道："怕这个小贱人不肯。"侯登道："全仗姑母周全。"

二人商议已定，夫人来与小姐说话。到了后楼，小姐忙忙起身迎接。太太进房坐下，假意含悲，叫声："儿呀，不好了！你可晓得这桩祸事？"小姐大惊，道："母亲，有什么祸事？莫非是爹爹任上，有什么风声？"太太道："不是你爹爹有什么风声，转是你爹爹害了你终身。"小姐吃了一惊，道："爹爹有何事误了我？"太太道："你爹爹有眼无珠，把你许配了罗门为媳，图他的荣华富贵。谁知罗增不争气，奉旨领兵去征剿鞑靼，不知他怎样大败一阵，被番擒去。若是尽了忠也还好，谁知他贪生怕死，降了番邦，反领兵前来讨战。皇上闻之大怒，当时传旨，将他满门拿下。可怜罗太太并一家大小一齐斩首示众，只有两位公

子逃走在外。现挂了榜,画影图形,普天下捉拿。他一门,已是瓦解冰消,寸草全无。岂不是你爹爹误了你的终身!"

小姐听了这番言语,只急得柳眉顿蹙,杏脸含悲,一时气阻咽喉,闷倒在地。忙得众丫鬟一齐前来,用开水灌了半日。只见小姐长叹一声,二目微睁,悠悠苏醒。夫人同了丫鬟扶起小姐坐在床上,一齐前来劝解。小姐两泪汪汪,低低哭道:"可怜我柏玉霜,命苦至此!害婆家满门的性命,如今是江上浮萍,全无着落,如何是好?"夫人道:"我儿,休要悲苦。你也不曾过门,罗家已成反叛,就是罗焜在,也不能把你娶了。等老身代你另拣个人家,也是我的依靠。"小姐道:"母亲说哪里话?孩儿虽是女流,也晓得三贞九烈。既受罗门之聘,生也是罗门之人,死也是罗门之鬼,那有再嫁之理?"侯氏夫人见小姐说话顶真,也不再劝,只说道:"你嫁不嫁,再作商量。只是莫苦出病来无人照应。"正是:

> 酒逢知己千杯少,话不投机半句多。

那侯氏夫人劝了几句,就下楼去了。小姐哭了一回,爬起身来,闷对菱花,洗去脸上脂粉,除去钗环珠翠,脱去绫罗锦绣,换了一身素服。走到继母房中,拜了两拜,道:"孩儿的婆婆去世,孩儿不孝,未得守丧。今改换了两件素服,欲在后园遥祭一祭。特来禀知母亲,求母亲方便。"侯氏听了不悦,道:"你父母现今在堂,凡事俱要吉利。今日许你一遭,下次不可。"小姐领命,一路悲悲切切,回楼而来。正是:

> 慎终未尽三年礼,守孝空存一片心。

玉霜小姐哭回后楼,吩咐丫鬟买些金银锞锭、香花纸烛、酒肴素馔等件。到黄昏以后,叫四个贴身的丫鬟,到后花园打扫了一座花厅,摆设了桌案,供上了酒肴,点了香烛。小姐净手焚香,望空拜倒在地,哭道:"婆婆,念你媳妇未出闺门之女,不能到长安坟上祭奠。只得今日在花园备得清酒一樽,望婆婆阴灵受享。"祝罢,一场大哭,哭倒在地。只哭得血泪双流,好不悲伤。哭了一场,化了纸锞,坐在厅上,如醉如痴。忽见一轮明月斜挂松梢,小姐叹道:"此月千古团圆,惟有罗家一门离散,怎不叫奴伤心!"

不说小姐在后园悲苦,且说侯登日夜思想小姐,见他姑母说,小姐不肯改嫁,心中想道:"再冷淡些时,慢慢地讲,也不怕她飞上天去。"吃了一头的酒,气冲冲的来到后花园里玩月。方才步进花园,只见东厅上点了灯火。忙问丫鬟,方才知道是小姐设祭,心中叹道:"倒是个有情的女子。且待我去同她答答机锋,看是如何。"就往阶下走来。

只见小姐斜倚栏杆,闷坐看月。侯登走向前,道:"贤妹,好一轮团圆的明月。"小姐吃了一惊,回头一看,见是侯登,忙站起身来道:"原来是表兄,请坐。"侯登说道:"贤妹,此月圆而复缺,缺而复圆;凡人缺而要圆,亦复如此。"小姐见侯登说话有因,乃正色道:"表兄差矣。天有天道,人有人道。月之缺而复圆,乃天之道也;人之缺而不圆,乃人之道也。岂可一概而论之!"侯登道:"人若不圆,岂不误了青春年少?"小姐听了,站起身来,跪在香案面前发愿,说道:"我柏玉霜,如若改节,身攒万箭;若是无耻小人想我回心转意,除非是铁树开花,也不得能的。"这一些话,说得侯登满面通红,无言可对。站起身来走下阶沿去了。正是:

　　　　此地何劳三寸舌,再来不值半文钱。

那侯登被小姐一顿抢白,走下厅来,道:"看你这般嘴硬,我在你房中候你,看你如何与我了事?"侯登暗暗捣鬼而去。

单言柏小姐叹了一口气,见侯登已去,夜静更深,月光西坠,小姐吩咐丫鬟,收了祭席,回上后楼。净了手,改了妆,坐了一回。吩咐丫鬟各去安歇,只留一个八九岁的小丫鬟在身边伺候。才要安睡,只见侯登从床后走将出来,笑嘻嘻的向小姐道:"贤妹,请安歇罢。"正是:

　　　　无端蜂蝶多烦絮,恼得夭桃春恨长。

当下小姐见侯登在床后走将出来,吃了一惊。大叫道:"你们快来! 有贼,有贼!"那些丫鬟、妇女才要睡,听得小姐喊"有贼",一个个拥上来。吓得侯登开了楼门,往下就跑。底下的丫鬟往上乱跑,两下里一撞,都滚下楼来。被两个丫鬟在黑暗中抓住,大叫道:"捉

住了！"小姐道："不要乱打，待我去见太太。"侯登听得此言，急得满脸通红，挣又挣不脱。小姐拿下灯来，众人一看，见是侯登，大家吃了一惊。把手一松，侯登脱了手，一溜烟跑回书房躲避去了。

可怜小姐气得两泪交流，叫丫鬟掌灯，来到太太房中。侯氏道："我儿此刻来此何干？"小姐道："孩儿不幸失了婆家，谁知表兄也欺我！"侯氏明知就里，假意问道："他怎样欺你的？"小姐就将侯登躲在床后调戏之言，说了一遍。侯氏故意沉吟一会，道："我儿，家事不可外谈，你们表姊妹，也不碍事。"小姐怒道："他如此无礼，你还要护短，好不通礼性！"侯氏道："他十九岁的人，难道他不知人事？平日若没有些眼来眉去，他今日焉敢如此？你们做的事，还要到我跟前洗清？"可怜小姐被侯氏热舌头磕在身上，只气得两泪交流。回到楼上，想道："我若是在家，要被他们逼死，还落个不美之名。不如我到亲娘坟上哭诉一番，寻个自尽，倒转安妥。"主意已定。次日晚上，等家下丫鬟妇女都睡着了，悄悄开了后门，往坟上而来。

原来，柏家的府第离坟茔不远，只有半里多路。小姐乘着月色来到坟上，双膝跪下，拜了四拜，放声大哭道："母亲的阴灵不远，可怜你女孩儿命苦至此！不幸婆家满门俱已亡散，孩儿在家守节，可恨侯登，三番五次调戏孩儿。继母护他侄儿，不管孩儿事情，儿只得来同亲娘的阴灵一路而去，望母亲保佑！"小姐恸哭一场，哭罢，起身走到树下，欲来上吊。

要知小姐死活如何，且看下回分解。

第十七回　真活命龙府栖身
假死人柏家开吊

中国禁书文库

粉妆楼

话说柏小姐在她亲娘坟上，哭诉了一场。思思想想，腰间解下罗帕一条，哭哭啼啼，要来上吊。不想那些松树，都是两手抱不过来的大树，又没有接脚，又没有底枝，如何爬得上去？可怜小姐寻来寻去，寻到坟外边要路口，有一株矮矮的小树。小姐哭哭啼啼，来到树边，哭道："谁知此树是我终身结果之处！"悲悲切切，将罗帕扣在树上，拴了个扣，望里一套。当时，无巧不成辞，柏小姐上吊的这棵树，原是坟外的枝杈，拦在路口。小姐才吊上去的时候，早遇见一位救星来了。

你道这救星是谁？原来，柏太太坟旁边住了一家猎户，母子两个。其人姓龙，名标，年方二十多岁。他住在这松园边十字路口，只因他惯行山路，武艺非常，人都叫他穿山甲。他今日在山中，打了些獐猫鹿兔，挑在肩上回来，只顾低头走路，不想走到十字路口，打这树下经过，一头撞在小姐身上。小姐虽然吊在树上，脚却还未曾离地，被他撞了一头。龙标吃了一惊，抬头一看，见树上吊了一个人，忙忙上前抱住。救将下来一看，原来是一个少年女子，胸前尚有热气。龙标道："此女这等模样，不是下贱之人。且待我背她回去，救活了她，便知分晓。"忙放下马叉，解下野兽，放在圹内，背了小姐一路回家。

走不多远，早到自家门首，用手叩门。龙太太开门，见龙标背了一个人回来，太太惊疑，问道："这是何人？"龙标道："方才打柏家坟上经过，不知她是哪家的女子，吊在树上，撞了我一头，是我救她下来的。还好呢，胸前尚有热气，快取开水来救她。"那龙太太年老之人，心是慈悲的，听见此言，忙煎了一碗姜汤，拿在手中。娘儿两个，将小姐盘坐起来，把姜汤灌将下去。不多一时，渐渐苏醒，过了一会，长吁一声："我好苦呀！"睁眼一看，见茅屋篱笆，灯光闪闪，心中好生着惊："我在松树下自尽，是哪个救我到此？"

龙太太见小姐回声，心中欢喜。扶小姐起来坐下，问道："你是谁家的女子？为何寻此短见？快快说来，老身自然救你。"小姐见问，两泪交流，只得将始末根由，细说了一遍。

　　龙太太听见此言，也自伤心流泪。道："原来是柏府小姐，可惨，可惨!"小姐说："多蒙恩公搭救，不知尊姓大名，在此作何生理?"太太道："老身姓龙，孩儿叫做龙标，山中打猎为生。只因我儿今晚回来得早些，撞见小姐吊在树上，因此救你回来。"小姐道："多蒙你救命之恩。只是我如今进退无门，不如我还是死的为妙。"龙太太道："说哪里话。目下虽然罗府受害，久后一定升腾。但令尊目下现今为官，你可寄一封信去，久后自然团圆。此时权且忍耐，不可行此短见。自古道得好：'山水还有相逢日，岂可人无会合时!'"小姐被龙太太一番劝解，只得权且住下。龙标走到松树林下，把方才丢下的马叉和那些野兽拿回家来。洗洗脚手关门去睡。小姐同龙太太安睡，不提。正是：

　　　　明知不是伴，事急且相随。

　　不表小姐身落龙家，且言柏府中侯氏太太，次日天明起身，梳洗才毕，忽见丫鬟来报说："太太，不好了! 小姐不见了!"侯氏闻言大惊，问道："小姐怎么样不见了?"丫鬟道："我们今日送水上楼，只见楼门大开，不见小姐。我们只道小姐尚未起来，揭起帐子一看，并无小姐在内；四下里寻了半会，毫无影响。却来报知太太，如何是好?"太太听得此言，"哎呀"一声，道："他父亲回来时，叫我把什么人与他?"忙忙出了房门，同众丫鬟在前前后后找了一回，并无踪迹。只急得抓耳挠腮，走投无路，忙叫丫鬟，去请侯相公来商议。

　　当时侯登见请，慌忙来到后堂，道："怎生这等慌忙?"太太说道："是为你这冤家，把那小贱人逼走了。也不知逃往何方去了，也不知去寻短见了? 找了半天，全无踪迹。倘若你姑夫回来要人，叫我如何回答?"侯登听了，吓得目瞪口呆，面如土色，想了一会，道："她是个女流之辈，不能远去，除非是寻死。且待我找她的尸首。"就带了两个丫鬟，到后花园内、楼阁之中、花树之下，寻了半天，全无形影。侯登道："往哪里去了呢? 若是姑爷回来，晓得其中缘故，岂不要我偿命? 那时将何言对他? 就是姑爷，纵好商议；倘若罗家有出头的日子，前来迎娶，那时越发淘气，如何是好?"想了一会，忙到后堂来与太太商议。

　　侯氏道："还是怎生得好?"侯登道："我有一计，不与外人知道，只说小姐死了，买了棺木来家，假意开丧挂孝，打发家人报与亲友知道。姑爷回来，方免后患。"太太道："可写信与你姑爷知道么?"侯登回道:"自然要写一封假信前去。"当下侯氏叫众丫鬟在后堂哭将起来,外面家人不知就里。侯登一面叫家人往各亲友家送信,一面写了假信,叫家人送到柏老爷任上去报信,不提。

那些家人,只说小姐当真死了,大家伤感。不一时,棺材买到,抬到后楼。夫人瞒着外人,弄些旧衣旧服,装在棺木里面;弄些石灰包在里头,忙忙装将起来,假哭一场。一会儿,众亲友都来吊孝,犹如真死的一般。当时侯登忙了几日,同侯氏商议:"把这棺材,送到祖坟旁边才好。"当下请了几个僧道,做斋理七,收拾送殡,不表。

且言柏玉霜小姐,住在龙家,暗暗叫龙标打听消息,看看如何。那龙标平日却同柏府一班家人都是相好的。当下挑了两三只野鸡,走到柏府门首一看,只见他门首挂了些长幡,贴了报讣,家内铙钹喧天的做斋理七。龙标拿着野鸡,问道:"你们今日可买几只野鸡用么?"门公道:"我家今日做斋,要它何用?"龙标道:"你家为何做斋?"门公道:"你还不晓得么? 我家小姐死了,明日出殡,故此今日做斋。"龙标听得此言,心中暗暗好笑道:"小姐好好地坐在我家,他们在这里活见鬼。"又问道:"是几时死的?"门公回道:"好几天了。"又说了几句闲话。拿了野鸡,一路上又好笑又好气。

走回家来。将讨信之言,向小姐细说了一遍。小姐闻言,怒道:"他这是掩饰耳目,满混亲友。想必这些诸亲六眷,当真都认我死了。只是我的贴身丫鬟也都听从,并不声张出来,这也不解然。他们既是如此,必然寄信与我爹爹。他既这等埋灭我,叫我这冤仇如何得报? 我如今急寄封信与我爹爹,伸明衷曲,求我爹爹速速差人来接我任上去才是。"主意已定,拔下一根金钗,叫龙标去换了十数两银子买柴米。剩下的把几两银子与龙标作为路费,寄信到西安府柏爷任上去了。要知后事如何,且看下回分解。

第十八回 柏公长安面圣
侯登松下见鬼

话说柏小姐，写了一封书，叫龙标星夜送到陕西西安府父亲任上。当下龙标收拾衣服、行李、书信，嘱咐母亲："好生陪伴小姐，不可走了风声。被侯登那贼知道，前来淘气，我不在家，无人与他对垒。"太太道："这个晓得。"龙标辞过母亲、小姐，背了包袱，挂了腰刀要走。小姐道："恩公速去速来，奴等日夜盼到。"龙标道："小姐放心，不要忧虑。我一到陕西，即便回来。"说罢，径自出了门，往陕西西安府柏老爷任上去了，不表。

且言柏文连，自从在长安与罗增别后，奉旨到西安府做指挥。自上任以后，每日军务匆匆，毫无闲暇之日。不觉光阴迅速，日月如梭，早已半载有余。那一日无事，正坐书房看看文书京报，忽见中军投进一封京报，拆开一看，只见上面写着：

> 本月某日，大学士沈谦本奏：越国公罗增奉旨领兵，征剿鞑靼，不意兵败被擒。罗增贪生怕死，已降番邦。圣上大怒，即着边关差官宗信升指挥之职，领三千铁骑，同侍卫四人守关前去。后又传旨，着锦衣卫将罗增满门抄斩，计人丁五十二口。内中只有罗增二子逃脱：长子罗灿，次子罗焜。为此特仰各省文武官员、军民人等，一体遵悉，严加缉获。拿住者，赏银一千两；报信者，赏银一百两；如敢隐藏不报者，一体治罪。钦此。

却说柏老爷看完了，只急得神眉直竖，虎眼圆睁，大叫一声，说："罢了，罢了，恨杀我也！"哭倒在书案之上。正是"事关亲戚，痛牵心肠"。

当下柏老爷大哭一场："可怜罗亲家，乃世代忠良义烈男儿，怎肯屈身降贼？多应是兵微将寡，遭困在边。恼恨奸贼沈谦，他不去提兵取救，也就罢了，为何反上他一本，害他

全家的性命？难道满朝的文武，就没有一人保奏不成？可恨我远在西安，若是随朝近驾，就死也要保他一本。别人也罢了，难道秦亲翁也不保奏不成？幸喜他两个儿子游学在外，不然，岂不是绝了罗门的后代！可怜我的女婿罗焜，不知落在何处？生死未保，我的女儿终身何靠！"可怜柏爷，一连数日两泪交流，愁眉不展。

那一日闷坐衙内，忽见中军报进禀道："圣旨下，快请大人接旨。"柏爷听了，不知是何旨意，吃了一惊。忙传令，升炮开门，点鼓升堂接旨。只见那钦差大人，捧定圣旨，步上中堂，望下唱道："圣旨下，跪听宣诏。"柏老爷跪下，俯伏在地。那钦差读道：

> 奏天承运皇帝诏曰：咨尔西安都指挥使柏文连知道：朕念尔为官数任，清正
> 可嘉。今因云南都察院无人护任，加尔三级，为云南巡按都察院之职，仍带指挥
> 军务，听三边总镇。旨意已下，即往南省，毋得误期。钦此。

那钦差宣完圣旨，柏文连谢恩已毕，同钦差见礼。邀到私衙，治酒款待，送了三百两程仪，备了礼物。席散，送钦差官起身去了。正是：

> 黄金甲锁雷霆印，红锦绦缠日月符。

话说柏文连，送了钦差大人之后，随即查点府库钱粮、兵马器械，交代了新官。收拾行装，连夜进了长安。见过天子，领了部凭。会见了护国公秦双，诉出罗门被害之事："罗太太未曾死，罗灿已投云南定国公马成龙去了；罗焜去投亲翁，想已到府上。"柏文连吃了一惊，道："小婿未到舍下。若是已至淮安，我的内侄侯登岂无信息报我之理？"秦双道："想是路途遥遥，未曾寄信。"柏爷道："事有可疑，一定是有耽搁。"想了一想，急急写了书信一封，暗暗叫过一名家将，吩咐道："你与我速回淮安，若是姑爷已到府中，可即令他速到我任上见我，不可有误！"家将得令，星夜往淮安去了。伯爷同秦爷商议救取罗增之策，秦爷道："只有到了云南，会见马亲翁，再作道理。"秦爷治酒送行。次日，柏文连领了部凭，到云南上任去了，不表。

且言侯登写了假信，打发柏府家人，到西安来报小姐的假死信。那家人渡水登山，去

了一个多月，才到陕西，就到指挥衙门。久已换了新官，柏老爷已到长安多时了。家人跑了一个空，思想赶到长安，又恐山遥路远，寻找不着，只得又回淮安来了。

不表柏家人空回，再言那穿山甲龙标，奉小姐之命，带了家书连夜登程。走了一月，到了陕西西安府柏老爷衙门。问时，衙役回道："柏老爷已升任云南都察院之职，半月之前，已是进京引见去了。"那龙标听得此言，说道："我千山万水来到西安，只为柏小姐负屈含冤，栖身无处；不辞辛苦，来替她见父伸冤，谁知赶到这里走了个空，如何是好？"想了一想，只得回去，见了小姐再作道理。随即收拾行李，也转淮安去了。

不表龙标回转淮安，且言侯登，送了棺材下土之后，每日思想玉霜小姐。懊悔道："好一个风流的美女，盖世无双，今日死得好不明白。也不知是投河落井，也不知是逃走他方？真正可疑。只怪我太逼急了她，把一场好事弄散了。再到何处去寻第二个一般模样的美女，以了我终身之愿？"左思右想，欲心无厌。猛然想起："胡家镇口那个新开的豆腐店中一个女子，同玉霜面貌也还差不多。只是门户低微些，也管不得许多了。且等我前去，悄悄的访她一访，看是如何，再作道理。"主意已定。用过中饭，瞒了夫人，不跟安童，换了一身簇簇新时样的衣服，悄悄出了后门。往胡家镇口，到祁子富豆腐店中，来访祁巧云的门户事迹。

当下独自一个来到胡家镇上，找寻一个媒婆，有名的，叫做王大娘，却是个不甚正经的，一镇的人家，无一个不熟识。这王大娘当下见了侯登，笑嘻嘻道："大爷，是哪阵风儿刮你老人家来的？请坐坐！"叫丫头："快些倒些好茶来。"侯登吃了茶，问道："你这里，这些时可有好的耍耍？"王大娘道："有几个，只怕不中你大爷的意。"侯登道："我前日见镇口一个豆腐店中，倒有个上好的姿色，不知可肯与人做小？你若代我大爷做成了，自然重重谢你。"王大娘道："闻得她是长安人氏，新搬到这里来的。只好慢慢的叙她。"侯登大喜。当下叫几个粉头，在王媒婆家吃酒，吃得月上东方，方才回去。

且言柏小姐，自从打发龙标动身去后，每日望他回信，闷闷不乐。当见月色穿窗，她闲步出门，到松林前看月。也是合当有事，恰恰侯登吃酒回来，打从松林经过。他乃是色中饿鬼，见了个女子在那里看月，他悄悄地走到面前。柏小姐一看，认得是侯登，二人齐吃一惊，两下文头，各人往各人家乱跑。

要知后事如何，且看下回分解。

第十九回 秋红婢义寻女主
柏小姐巧扮男装

话说侯登在王媒婆家同几个粉头吃了酒,戴月走小路回来,在龙标门口经过。也是合当有事,遇见柏玉霜在松林前玩月。他吃醉了,朦胧认得是柏玉霜小姐的模样,吃了一惊。他只认做冤魂不散,前来索命,大叫一声:"不好了,快来打鬼!"一溜烟跑回去了。这柏小姐也认得侯登,吃了一惊,也跑回去。

跑到龙家,躲在房中,喘做一堆。慌得龙太太连忙走来,问道:"小姐,好端端地出去看月,为何这般光景回来?"小姐回道:"干娘有所不知,奴家出去看月,谁知冤家侯登那贼,不知到哪里吃酒,酒气冲冲地回去。他不走大路,却从小路回去,恰恰地一头撞见奴家在松林下。幸喜他吃醉了,只认我是鬼魂显圣,他一路上吓得大呼小叫的,跑回去了。倘若他明日酒醒,想起情由,前来找我,恩兄又不在家,如何是好?"龙太太道:"原来如此。你不要惊慌,老身自有道理。"忙忙向厨内取了一碗茶来,与小姐吃了。掩上门,二人坐下,慢慢地商议。

龙太太道:"我这房子,有一间小小的草楼。楼上甚是僻静,无人看见。你可搬上妆楼躲避,那时就是侯登叫人来寻,也寻不出来。好歹只等龙标回来,看你爹爹有人前来接你就好了。"小姐说:"多谢干娘这等费心,叫我柏玉霜何以报德?"太太道:"说哪里话。"就起身点起灯火,到房内拿了一把扫帚,扒上小楼。扫去了四面灰尘,摆下妆台,铺设床帐。收拾完了,请小姐上去。

不言小姐在龙家避祸藏身,单言那侯登看见小姐,只吓得七死八活。如今回家敲开后门,走进中堂,侯氏太太已经睡了。侯登不敢惊动,书童掌灯送进书房,也不脱衣裳,只除去头巾,脱去皂靴,掀开罗帐和衣睡了。只睡到红日东升,方才醒来,想道:"我昨日在

那王婆家吃酒,回来从松林经过,分明看见柏玉霜在松林下看月。难道有这样灵鬼,前来显魂不成? 又见她脚步儿走得响,如此却又不是鬼的样子,好生作怪!"正在哪里猜时,安童禀道:"太太有请大爷。"侯登忙忙起身,穿了衣服,来到后堂。见了太太坐下,太太道:"我儿,你昨日往哪里去的? 回来太迟了。况又是一个人出去的,叫我好不放心。"侯登顺口扯谎道:"昨日有偏姑母,蒙一个朋友留我饮酒,故此回来迟了,没有敢惊动姑母。"太太道:"原来如此。"就拿出家务账目,叫侯登发放。

料理已明,就在后堂谈了些闲话。侯登开口道:"有一件奇事,说与姑母得知。"太太道:"又有什么奇事? 快快说来。"侯登道:"小侄昨晚,打从松园里经过,分明看见玉霜表妹在哪里看月。我就怕鬼,回头就跑;不想她回头也跑。又听见她脚步之声,不知是人是鬼。这不是一件奇事?"那侯氏听得此言,吃了一惊,道:"我儿,你又来呆了。若是个鬼,不过一口气随现随灭,一阵风就不见了,哪有脚步之声? 若是果有身形,一定是她不曾死,躲在哪里什么人家。你去访访,便知分晓。"侯登被侯氏一句话提醒了,好生懊悔。跳起身来,道:"错了,错了! 等我就去寻来。"说罢,起身就走。被侯氏扯住,道:"我儿,你始终有些粗鲁。她是个女孩儿家,一定躲在人家深闺内阁,不得出来。你男客家去访,万万访不出来的;就是明知道她在里面,你也不能进去。"侯登道:"如此说,怎生是好?"侯氏道:"只须着个丫头,前去访实了信,带人去搜出人来才好。"侯登听了,道:"好计,好计!"

姑侄两个商议定了,忙叫丫鬟秋红前来,寂寂地吩咐:"昨日,相公在松林里看月,遇见小姐的。想必小姐未曾死,躲在人家。你与我前去访访,若是访出踪迹,你可回来送信与我。再带人去领她回来,也好对你老爷。也少不得重重赏你。"秋红道:"晓得。"

那秋红听得此言,一忧一喜:喜的是小姐尚在,忧的是又起干戈。原来这秋红,是小姐贴身的丫鬟,平日她主仆两人,十分相得。自从小姐去后,她哭了几场。楼上的东西,都是她经管。当下听得夫人吩咐,忙忙收拾,换了衣裳,辞了夫人,出了后门。

轻移莲步,来到松园一看,只见树木参差,人烟稀少。走了半里之路,只见山林内,有两进草房,左右并无人家。秋红走到跟前叩门,龙太太开了门,见是个女子,便问道:"小姐姐,你是哪里来的?"秋红道:"我是柏府来的,路过此地歇歇。"太太听见"柏府"二字,早已存心,只得邀她坐下。各人见礼,问了姓名,吃了茶。龙太太问道:"大姐在柏府,还是在太太房中,还是伺候小姐的么?"秋红听了,不觉眼中流泪,含悲答道:"是小姐房中的。我那小姐,被太太同侯登逼死了,连尸首都不见了。提起来,好不凄惨。"太太道:"这等说来,你大姐还想你们小姐么?"秋红见太太说话有因,答道:"是我的恩主,如何不想?只因那侯登天杀的,昨晚回去,说是在此会见小姐,叫我今日来访。奴家乘此出来走走,若是皇天有眼,叫我们主仆相逢,死也甘心。"太太假意问道:"你好日子不过,倒要出来,你不呆了?"秋红见太太说话有因,不觉大哭,道:"听婆婆之言,话里有因,想必小姐在此。求婆婆带奴家见一见小姐,就是死,也不忘婆婆的恩了。"说罢,双膝跪下,哭倒在地。

小姐在楼上,听得明明白白。忙忙下楼走将出来,叫道:"秋红不要啼哭,我在这里。"小姐也忍不住,腮边珠泪纷纷掉将下来。秋红听得小姐声音,上前一看,抱头大哭。哭了一会,站起身来,各诉别后之事。小姐将怎么上吊,怎么被龙标救回,怎么寄信前去的话,说了一遍,各人悲苦。秋红道:"小姐,如今这里是住不得了。既被侯登看见,将来必不肯甘休。闻得老爷不在西安,进京去了,等到何时有人来接?不如我同小姐女扮男装,投镇江府舅老爷府中去罢。"小姐道:"是的,我都忘了,投我家舅舅去。路途又近些,如此甚好。"秋红道:"且待我回去,瞒了太太,偷他两身男衣、行李,带些金银首饰,好一同走路。"小姐道:"你几时来?"秋红道:"事不宜迟,就是今晚来了。小姐要收拾收拾,要紧。"小姐道:"晓得。"当下主仆二人算计已定,秋红先回去了。

原来柏小姐有一位嫡亲的母舅,住在镇江府丹徒县,姓李,名全,在湖广做过守备的。夫人杨氏,所生一子,名叫李定,生得玉面朱唇,使一杆方天画戟,有万夫不当之勇,人起他个绰号,叫做小温侯。这也不在话下。

单言秋红回到柏府,见了夫人。问道:"可有什么踪迹?"秋红摇头道:"并无踪迹。那松林只有一家,只得三间草房。进去盘问了一会,连影子也不知道。想是相公看错了。"夫人见说没得,也就罢了。

单言秋红瞒过夫人,用了晚膳。等至夜静,上楼来拿了两套男衣,拿了些金银珠宝,打了个小小的包袱,悄悄的下楼。见夫人已睡,家人都睡尽,她便开了后门,趁着月色,找到龙家。见了小姐,二人大喜。忙忙地改了装扮,办了行李等件。到五更时分,拜别龙太太,说:"恩兄回来,多多致意。待奴家有出头的日子,那时再来补报太太罢!"龙太太依依

不舍，与小姐洒泪而别。

按下柏玉霜同秋红往镇江去了不表。且言柏府，次日起来，太太叫秋红时，却不见答应。忙叫人前后找寻，全无踪迹。再到楼上查点东西，不见了好些。太太道："不好了！到哪里去了？"吩咐侯登如此如此，便有下落。

要知后事如何，且看下回分解。

第二十回 赛元坛奔鸡爪山 玉面虎宿鹅头镇

话说侯氏夫人听见秋红不见了,忙忙上楼查点东西。只见衣衫、首饰不见了许多,心中想道:"这丫头平日为人最是老实,今日为何如此? 想必她昨日望村里去寻到小姐,二人会见了,叫她来家偷些东西出去,躲在人家去。过些时,等她爹爹回来,好出头说话。自古道:'打人不可不先下手。'谅她这两个丫头,也走不上天去,不如我们找她回来,送了她二人性命,绝除了后患,岂不为妙!"主意定了,忙叫侯登进内,商议道:"秋红丫头,平日最是老实,自从昨日找玉霜回来,夜里就偷些金珠银子走了。一定是她寻着了玉霜,通同作弊,拐些东西,躲在人家去了。你可带些家人到松林里去,访到了,一同捉回来。"又向侯登低声说道:"半夜三更,绝其后患。要紧,要紧!"

侯登领命,,叫了他几名贴身心腹家人,出了后门,一路寻来。望松林里走了半里之路,四下一望,俱无人家,只有山林之中两进草房。侯登道:"四面人家俱远,想就在他家了。"忙叫家人四面布下,他独自走来,不表。

且言龙太太,自从小姐动身之后,她又苦又气:苦的是,好位贤德小姐,才过熟了却又分离;气的是,侯登姑侄相济为恶,逼走了佳人。正在烦闷,却好侯登走到跟前,叫道:"里面有人么?"太太道:"你是何人,尊姓大名,来此何干?"侯登道:"我是前面柏府的侯大爷,有句话来问问你的。"太太听见"柏府"二字,早已动气;再听见他是侯登,越发大怒,火上加油。说道:"你有什么话来问你太太,你说就是了!"那侯登把龙太太当个乡里老妈妈看待,听得她口音自称太太,心中也动了气。把龙太太上下一望,说:"不是这等讲。我问你:昨日可曾有个丫头到你家来?"太太怒道:"丫头? 我这里,一天有七八十个,哪里知道你问的是哪一个!"侯登听了,道:"想必这婆子有些风气。"大叫道:"我问的柏府上可有个

丫鬟走了来？"太太也大声回道："你柏家转有个逼不死的小姐在此，却没有什么丫头走来。想必也是死了，快快回去做斋！"

这一句话，把个侯登说得目瞪口呆，犹如头顶里打下一个霹雳。痴了半会，心中想道："我家之事，她如何晓得？一定她二人躲在她家，不必说了。"只得陪个小心，低低地问道："老奶奶，若是当真的小姐在此，蒙你收留，你快快引我见她一面。少不得重重谢你，决不失信。"太太笑道："你来迟了，半月之前，就是我送她到西安去了。"侯登闻言，心中大怒，道："我前日晚上，分明看见她在你家门口。怎么说半月之前，你就送她去了？看你一派胡言，藏匿人家妇女，当得何罪？"

那龙太太闻言，哪里忍耐得住，夹脸一呸，道："我把你这灭人伦的杂种！你在家里欺表妹欺惯了，今日来惹太太，太太有甚错与你？你既是前日看见在我门口，为什么不当时拿她回去，今日却来问你老娘要人？放你娘的臭狗屁！想是你看花了眼了，见了你娘的鬼了。"当下侯登被龙太太骂急了，高声喝道："我把你这个大胆的老婆子！这等坏嘴乱骂，你敢让我搜么？"

龙太太道："我把你这个杂种！你家人倒死了，做斋理七，棺材都出了，今日又到我家搜人！我太太是个寡妇，你搜得出人来是怎么，搜不出人来是怎么？"侯登道："搜不出来，便罢；若是搜出人来，少不得送你到官，问你个拐带人口的罪！"龙太太道："我的儿，好算盘！搜不出人来，连皮也莫想一块整的出去，我叫你认得太太就是了。"闪开身子，道："请你来搜！"侯登心里想道："谅她一个村民，料想她不敢来惹我。"带领家人，一齐往里拥去。

龙太太见众人进了门，自己将身上丝绦一紧，头上包头一勒，拦门坐下，侯登不知好歹，抢将进去，带领家人分头四散，满房满屋都细细一搜，毫无踪迹。原来，小姐的衣服鞋脚，都是龙太太收了。这侯登见搜不出踪迹，心内着了慌，道："罢了。罢了，中这老婆子的计了。怎生出她的门？"众家人道："不妨事，谅她一个老年堂客，怕她怎地！我们一拥出去，她老年人，哪里拦得住！"侯登道："言之有理。"众人当先，侯登在后，一齐冲将出来。

谁知龙太太乃猎户人家，有些武艺的。让过众人，一把揪住侯登掼在地下，说道："你好好的还我一个赃证！"说着，就是夹脸一个嘴巴子打来。侯登大叫道："饶命！"众人来救时，被龙太太扯着衣衫，死也不放。被一个家人一口咬松了太太的手，侯登爬起来就跑。太太赶将出来，一把抓住那个家人，乱撕乱咬，死也不放。那侯登被太太打了个嘴巴，浑身扯得稀烂，又见她打这个家人，气得个死，大叫众人："与我打死这个婆子，有话再说！"众人前来动手，太太大叫大喊："拿贼！"

不想事有凑巧，太太喊声未完，只见大路上来了凛凛一大汉，见八九个少年人同个老婆子打，上前大喝道："少要撒野！"抡起拳来就打，把侯登同七八个家人打得四散奔逃，溜了回去。

你道这黑汉是谁？原来就是赛元坛胡奎。自从安顿了祁子富三人，他就望四路找寻罗焜的消息。访了数日，今日才要回去，要奔鸡爪山。恰恰路过松园，打散了众人，救起龙太太。

太太道："多谢壮士相救，请到舍下少坐。"胡奎同太太来到家中，用过茶，通过名姓。胡奎问道："老婆婆，你一个人，为何同这些人相打？"太太道："再不要说起。"就将柏小姐守节自尽的事，细细说了一遍；侯登找寻之事，又细细说了一遍。胡奎叹道："罗贤弟有这样一位贤弟媳，可敬！"胡奎也将罗焜的事，细细说了一遍。太太也叹道："谢天谢地，罗焜尚在，也不枉柏玉霜苦守一场！"

二人谈一会。胡奎说道："太太既同侯登闹了一场，此地住不得了。不如搬到舍下，同家母作伴。住些时，等令郎回来，再作道理不迟。"太太道："萍水相逢，怎敢造府？"胡奎道："不必过谦，就请同行。"太太大喜，忙忙进房收拾了细软。封住了门户，同胡奎到胡家镇去了。

那龙太太拿了包袱，一齐动身，来到村中。进了门，见过礼，胡奎把龙府之事，细细说了一遍。胡太太也自欢喜，收拾房屋，安顿龙太太。次日，胡奎收拾，往鸡爪山去了。

且言侯登挨了一顿打，回去请医调治，将养安息，把那找寻小姐的心肠，早已搁起来了。

话分两头。且言罗焜，自从在兖州府凤莲镇，病倒在鲁国公程爷庄上，多蒙程玉梅照应，养好病，又暗许终身，住了一月有余。那日，程爷南庄收租回来，见罗焜病好，好生欢喜。治酒与罗焜起病，席上问起根由，罗焜方才说出遇难的缘故，程爷叹息不已。落后程爷说道："老夫有一锦囊，俟贤侄寻见尊大人之后，面呈尊大人。内中有要紧言语，此时不便说出。"罗焜领命。程爷随即入内，修了锦囊一封，又取出黄金两锭，一并交与罗焜，道："些须致意，聊助行装。"罗焜道："老伯盛情，叫小侄何从补报？"程爷道："你我世交，不必

客套。本当留贤契再过几月，有事在身，不可久羁了。"罗焜感谢，当即收拾起身，程爷送了一程回去。

罗焜在路走了三日，到了一个去处，地名叫做鹅头镇。天色已晚，公子就在镇上，寻了个饭店。才要吹灯安睡，猛听得一声喊叫。多少人拥进店来，大叫道："在哪间房里?"公子大惊，忙忙看时。

不知是何等样人，且看下回分解。

第二十一回　遇奸豪赵胜逢凶　施猛勇罗焜仗义

话说罗焜在鹅头镇上饭店投宿。他是走倦了的人，吃了夜饭，洗了手脚，打开行李要睡。才关上门，正欲上床，猛听得嘈嚷之声，拥进多少人来，口中叫道："在哪间房里，莫放走了他！"一齐打将进来。

罗焜听得此言，吃了一惊，道："莫非是被人看破了，前来拿我的？不要等他拥进来，动手之时不好展势。"想了一想，忙忙拿了宝剑在手，开了窗子，托地一个飞脚，跳上房檐，闪在天沟里黑暗之处。望下一看时，进来了十五六个人，一个个手拿铁尺棍杖，点着灯火，往后面去了。一时间，只听得后面哭泣之声，那些人绑了一条大汉、一个妇人，哭哭啼啼的去了。那一众人去后，只见那店家掌灯进来关门，口里言道："阿弥陀佛！好端端的，又来害人的性命，这是何苦！"店小二关好了门，自去睡了。罗焜方才放心，跳下窗子，上床去睡。口中不言，心中想道："方才此事，必有缘故。要是拿的强盗，开店的就不该叹息，怎么又说'好端端的，又来害人的性命'？是何道理？叫我好不明白。"公子想了一会，也就睡了。

次日早起，店小二送水来净面，罗焜问店小二道："俺有句话要问你：昨日，是哪个衙门的捕快兵丁，为何这等凶险？进店来拿了一男一女，连夜去了，是何道理？"店小二摇摇手，道："你们出外的人，不要管别人的闲事。自古道得好：'各人自扫门前雪，休管他家瓦上霜。'不要管他的闲事。"罗焜听了，越发动疑，便叫："小二哥，我又不多事，你且说了何妨？"店小二道："你定要问我说出来，你却不要动气。我们这郓城县鹅头镇有一霸，姓黄，名叫黄金印，绰号叫做"黄老虎"。有万顷良田，三楼珠宝。他是当朝沈太师的门生，镇江米提督的表弟。他倚仗这两处势力，结交府县官员，欺负平民百姓。专一好酒贪花，见财起意，不知占了多少良家妇女、田园房产。强买强卖，依他便罢，如不依他，不是私下处死，就是送官治罪。你道他狠也不狠？"

罗焜听了此言,心中大怒,道:"反了!世上有这等不平的事,真正的可恨!"那店小二见罗焜动了气,笑道:"小客人,我原说过的,你不要动气呀!下文我不说了。"罗焜一把抓住,道:"小二哥,你一发说完了,昨日拿去一男一女是谁?为何拿了去的?"

店小二道:"说起来话长哩!那一男一女,他是夫妻二人:姓赵,名叫赵胜,他妻子孙氏。闻得他夫妻两个,都是好汉,一身的好武艺。只因赵胜生得青面红须,人都叫他做瘟元帅;他妻子叫做母大虫孙翠娥,他却生得十分姿色。夫妻二人一路上走马卖拳,要上云南有事。来到我们店中,就遇见了黄老虎。这黄老虎是个色中的饿鬼,一见了孙氏生得齐整,便叫去家中玩耍。不想那赵胜,在路上受了点凉,就害起病来。这黄老虎有心要算计孙氏,便假意留他二人在家。一连过了半日,早晚间调戏孙氏,孙氏不从,就告诉赵胜。赵胜同黄老虎角口,带着病,清早起来就到我们店中来养病,告诉了我们一遍。我们正替他忧心,谁知晚上就来拿了去了。小客人,我告诉你,你不可多事,要紧!"罗焜听了,只气得两太阳冒火,七窍内生烟。便问店小二道:"不知捉他去是怎生发落?"店小二道:"若是送到官,打三十可以放了;若是私刑,只怕害病的人,当不起就要送命。"罗焜道:"原来如此利害!"店小二道:"利害的事多哩,不要管他。"放下脸水就去了。

这罗公子洗了脸,笼发包巾,用过早汤,坐在客房,想着:"若是俺罗焜无事在身,一定要前去除他的害。怎奈俺自己血海的冤仇还未伸哩,怎能先代别人出力?"想了一想,道:"也罢,我且等一等,看风声如何,再作道理。"等了一会,心中闷起来,走到饭店门口闲望。只听得远远的哼声不止,回头一看,只见孙氏大娘扶了赵胜,夫妻两个一路上哭哭啼啼的,哼声不止,走回来了。

公子看赵胜生得身长九尺,面如蓝靛,须似朱砂,分明是英雄的模样。可怜他哼声不止,走进店门,就睡在地下。店小二捧了开水与他吃了,问道:"赵大娘,还是怎样发落的?"那孙翠娥哭哭啼啼的说道:"小二哥有所不知,谁知黄老虎这个天杀的,他同府县相好,写了一纸假券送到县里,说我们欠他饭银十两,又借了他银子十两,共欠他二十两银子。送到官,说我们是异乡的拐子,江湖上的光棍,见面就打了四十大板,限二日内,还他这二十两银子。可怜冤枉杀人,有口难分,如何是好?"说罢,又哭起来了。店小二叹道:"且不要哭,外面风大,扶他进去睡睡,再作道理。"店小二同孙氏扶起赵胜,可怜赵胜两腿打得鲜血淋淋,一欹一跛的进房去了。店小二说道:"赵大爷病后之人,又吃了这一场苦,

必须将养才好。我们店里，是先付房饭钱，才备堂食。"孙翠娥见说这话，眼中流泪道："可怜我丈夫病了这些时，盘缠俱用尽了，别无法想。只好把我身上这件上盖衣服，烦你代我卖些银子来，糊过两天，再作道理。"说罢，就将身上一件旧布衫儿脱将下来，交与店小二。

店小二拿着这件衣衫往外正走，不防罗焜闪在天井里听得明白，拦住店小二，道："不要走。谅她这件旧衣衫，能值多少？俺这里有一锭银子，约有三两，交与你代她使用。"小二道："客人仗义疏财，难得，难得！"便将银子交与孙氏，道："多蒙这位客人借一锭银子与你养病，不用卖衣服了。"那孙氏见说，将罗焜上下一望，见他生得玉面朱唇，眉清目秀，相貌堂堂，身材凛凛，是个正人模样。忙忙立起身来，道："客官，与你萍水相逢，怎蒙厚赐？这是不敢受的。"罗焜道："些须小事，何必推辞。只为同病相怜，别无他意，请收了。"孙翠娥见罗焜说话正大光明，只得进房告诉赵胜。赵胜见说，道："难得如此，这般仗义疏财。你与我收下银子，请他进来谈谈，看他是何等之人。"正是：

平生感义气，不在重黄金。

那孙氏走出来，道："多谢客官，愚夫有请。"罗焜道："惊动了。"走到赵胜房中床边坐下。孙氏远远站立，赵胜道："多蒙恩公的美意，改日相谢。不知恩公高姓大名，贵府何处？"罗焜道："在下姓章，名焜，长安人氏。因往淮安有事路过此地。闻得赵兄要往云南，不知到云南那一处？"赵胜道："只因有个舍亲，在贵州马国公标下做个军官，特去相投。不想路过郓城，弄出这场祸来，岂不要半途而废？"罗焜见他说，去投马国公标下的军官，正想起哥哥的音信。才要谈心，只见店小二报道："黄大爷家有人来了。"罗焜闻得，往外一闪。只见众人进了中门，往后就走。叫道："赵胜在哪里？"要知后事如何，且看下回分解。

第二十二回　写玉版赵胜传音
赠黄金罗焜寄信

话说罗焜赠了赵胜夫妻一锭银子养病,感恩不尽,请公子到客房来谈心。他二人俱是英雄,正说得投机,只见店小二进来,报道:"黄大爷家有人来了。"罗焜听得此言,忙忙闪出房门。站在旁边看时,只见跑进四个家丁,如狼似虎的大叫道:"赵胜在哪里?"孙氏大娘迎出房忙道:"在这里呢,喊什么?"那四个人道:"当家的在哪里?"孙氏道:"今日被那瘟官打坏了,已经睡了,唤他做什么?难道你家大爷又送到官不成?"那家人道:"如今不送官了,只问他二十两银子,可曾有法想。我家大爷倒有个商议。"孙氏大娘听了,早已明白,回道:"银子是没有,倒不知你家大爷有个什么商议,且说与我听听。"家人道:"这个商议,与你家赵大爷倒还有益。不但不要他拿出二十两银子来,还要落他二三十两银子回去,岂不是一件美事?只是事成之后,却要重重谢我们的。"孙氏道:"但说得中听,少不得自然谢你们。"那个家人道:"现今我家大爷房内,少个服侍的人,若是你家当家的,肯将你与我家大爷做个好夫人,我家大爷情愿与你家丈夫三十两银子,还要恩待你。那时你当家的也有了银子,又不吃打了;就是你大娘也得了好处,省得跟这穷骨头。岂不是一件美事?"

那家人还未曾说完,把个孙氏大娘只气得柳眉直竖,杏眼圆睁,一声大喝道:"该死的奴才,如此放屁!你们回去,问你家该死的主人,他的老婆肯与人做小,我奶奶也就肯了。"说着,就站起身来,把那家人照脸就是一个嘴巴,打得那个家人满口流血。众家人一齐跳起来,骂道:"你这个大胆的贱人!我家大爷抬举你,你倒如此无礼,打起我们来了。我们今日带你进府去,看你怎样布摆。"便来动手扳拉孙氏。谁知孙氏大娘虽是女流,却是一身好本事,撒开手一顿拳头,把四个家人只打得鼻塌嘴歪,东倒西跌,站立不住。一齐跑出,口中骂道:"贱人!好打,好打,少不得回来有人寻你算账就是了!"说罢,一溜烟

跑回去了。罗焜赞道:"好一个女中豪杰,难得,难得!"

当下孙氏大娘打走了黄府中家丁,赵胜大喜,又请罗焜进房说话。把个店小二吓得目瞪口呆,进房埋怨道:"罢了,罢了,今番打了他不大紧,明日他那些打手来时,连我的店都要打烂了。你们早些去罢,免得带累我们淘气。"罗焜喝道:"胡说! 就是他千军万马,自有俺帮衬他。若是打坏了你店中家伙,总是俺赔你。谁要你来多话?"那店小二道:"又撞着个凶神了,如何是好?"只好去了,不表。

单言罗焜向赵胜道:"既然打了他的家人,他必不肯干休。为今之计,还是怎生是好?"赵胜叹道:"虎落深坑,只好听天而已。"孙翠娥道:"料想他今晚明早,必带打手来抢奴家。奴家只好拼这条性命,先杀了黄贼的驴头,不过也是一死,倒转干净!"罗焜道:"不是这等说法。你杀了黄贼,自去认罪,倒也罢了。只是赵大哥病在店中,他岂肯甘休? 岂不是反送了两条性命? 为今之计,只有明日就将二十两银子送到郓城县中,消了公案,就无事了。"赵胜道:"恩公,小弟若有二十两银子,倒无话说了。自古说得好:'有钱将钱用,无钱将命挨。'我如今只好将命挨了。"罗焜心中想道:"看他夫妻两个俱是有用之人,不若我出二十两银子,还了黄金印,救他两条性命。就是日后,也有用他二人之处。"主意已定,向赵胜道:"你二人不要忧虑,俺这里有二十两银子借与你,当官还了黄贼就是了。"赵胜夫妻道:"这个断断不敢领恩公的厚赐!"罗焜道:"这有何妨。"说罢,起身来到自己房中,打开行李,取了二十两银子,拿到赵胜房中,交与赵胜,道:"快快收了,莫与外人看见。"赵胜见罗焜正直之人,只得收了,谢道:"多蒙恩公如此仗义,我赵胜何以报德?"罗焜道:"休得如此见外。"

赵胜留罗焜在房内谈心,孙氏大娘把先前那一锭银子,央店小二拿去买些柴米、油盐、菜蔬,来请罗焜。罗焜大笑道:"俺岂是酒食之徒? 今朝不便,等赵大哥的病体好了再治酒,我再领情罢。"说罢,起身就往自己房内去了。赵胜夫妻也不敢十分相留,只得将酒菜拿到自己房中,夫妇二人自用。孙氏大娘道:"我看这少年客人,说话温柔敦厚,作事正大光明,相貌堂堂,不是下流之人。一定是长安城中贵人的公子,隐姓埋名出来办事的。"赵胜道:"我也疑惑,等我再慢慢盘问他便了。"当下一宿晚景已过。

次日,罗焜起来用过早饭,写了家书。封好了,上写:"内要信,烦寄云南贵州府定国公马成龙标下,面交罗灿长兄开启,淮安罗焜拜托。"公子写完了书信,藏在怀中。正要到赵胜房中看病，只见小二进来，报道："不好了，黄府的打手同县里的人来了！"罗焜听了，锁了门，跳将出来，将浑身衣服紧了一紧。

出来看时，只见进来了有三十个人，个个神眉竖眼，拥将进来。来到后头，那两个县内的公人提了铁索，一齐赶进来，大叫道："赵胜在哪里？快快出来！"孙大娘见势头凶恶，忙忙把头上包头扎紧，腰中拴牢。藏了一把尖刀，出房来道："又喊赵胜怎的？"众人道："只因你昨日撒野，打了黄府的众人。黄老爷大怒，禀了知县老爷。特来拿你二人，追问你的银子，还要请教你这拳头，到黄府耍耍。"孙氏大娘道："他要银子，等我亲自到衙门去缴，不劳诸公费事；若是要打，等我丈夫好了，慢慢地请教。"众人道："今日就要请教！"说还未了，三十多人一齐动手，四面拥来，孙氏将身一跳，左右招架，一场恶打。

罗焜在旁边，见黄府人多，都是会拳的打手，惟恐孙氏有失。忙忙抢进一步，就在人丛中喝声："休打！"用两只手一架，左手护住孙氏，右手挡住众人，好似泰山一般，众人哪里得进。罗焜道："闻得列位事已到官，何必又打？明日叫她将二十两银子送来缴官就是了，何必动气。自古道：一人拚命，万夫难当。倘若你们打出事来，岂不是人财两空？依了我，莫打的好。"众人仗着人多势众，哪里肯依，都一齐乱嚷着："你这人休得多事，她昨日撒野，打了我们府里的人，今日我们也来打他一阵。"说罢，仍拥将上来要打。罗焜大怒，道："少要动手，听俺一言：既是你们要打，必须男对男，女对女，才有道理；你们三十多人打她一个女子，就是打胜了她，也不为出奇。你们站定，待我打个样儿你们看看。"众人被罗焜这些话，说得哑口无言，欲要认真，又不敢动手；只得站开些，看他怎生打法。

罗焜跳下天井一看，只见一块石头，有五六尺长，二三尺厚，约有千斤多重。罗焜先将左手一扳，故意儿笑道："弄它不动。"众人一齐发笑。罗焜喝声："起来罢！"轻轻地托将起来，双手捧着，平空望上一掼，掼过房檐三尺多高。那石头落将下来，罗焜依然接在手中，放在原处，神色不变。喝道："不依者，以此石为例！"众人见了，只吓得魂飞魄散，不敢动手，只得说道："你壮士相劝，打是不打了，只是二十两银子是奉官票的，追比得紧，必须同我们去缴官。"罗焜道："这个自然。"就叫孙氏快拿银子，同去缴官要紧。

要知后事如何，且看下回分解。

第二十三回 罗焜夜奔淮安府 侯显晓入锦亭衙

中国禁书文库

粉妆楼

词曰：

> 五霸争雄列国，六王战斗春秋。七雄吞并灭东周，混一乾坤宇宙。
>
> 五凤楼前勋业，凌烟阁上风流。英雄一去不回头，剩水残山依旧。

话说众人见罗焜勇猛，不敢动手。一齐向公子说道："既是壮士吩咐，打是不打了。只是县主老爷坐在堂上，着我们来追这二十两银子，立等回话；要赵大娘同我们去走走，莫要连累我们挨打。"罗焜见众人说得有理，忙向孙氏丢了个眼色，道："赵大娘，你可快快想法，凑二十两银子，同你赵大爷去缴官，不要带累他们。"那孙氏大娘会意，忙忙进房来与赵胜商议。带了银子，扶了赵胜，出了房门。假意哼声不止，向众人道："承诸位费心如此，不要带累诸公跑路，只得烦诸位，同我去见官便了。"众人听了大喜："如此甚妙。"当下众人同赵胜竟往县中去了。罗焜假意向众人一拱，道："恕不送了。"

且言众人领了赵胜夫妻二人出了饭店，相别了罗焜，不一时已到县前。两个原差将赵胜夫妻上了刑具，带进班房，锁将起来。到宅门上回了话，知县升堂审问。不多一时，只听得三声点响，郓城县早已坐堂，原差忙带赵胜夫妻上去，跪将下来，侍候点名问话。郓城县知县坐了堂，先问了两件别的事。然后带上赵胜夫妻两人，点名已毕，去了刑具。知县问赵胜道："你既欠了黄乡绅家银子二十两，送在本县这里追比，你有银子，就该在本县这里来缴；若无银子，也该去求求黄乡绅宽恕才是。怎么黄乡绅家叫人来要银子，你倒叫你妻子撒野，打起他的家人来了，是何缘故？"

赵胜见问，爬上一步，哼哼地哭道："大老爷在上，小的乃异乡人氏，远方孤客，怎敢动

手打黄乡绅的家丁？况现欠他的银子，又送在大老爷案下，王法昭昭，小的岂敢撒野？只因黄府的家人倚着主人的势，前来追讨银子，出口的话，百般辱骂。小的欠他的银子，又病在床上，只得忍受。不想他家人次后说道，若是今日没得银子，就要抬小的妻小回府做妾，小的妻子急了，两下揪打有之。"回头指孙氏道："求大老爷看看，小的妻小不过是个女子，小的又受了大老爷的责罚，又病在床上，不能动手，谅她一个女流，焉能打他四个大汉？求大老爷详察。"

那知县听了赵胜这一番口供，心中早已明白了。只得又问道："依你的口供，是不曾打他的家人，本县也不问你了。只问你这二十两银子，可有没有？"赵胜见说，忙在腰间取出罗焜与他的那二十两银子，双手呈上，道："求大老爷销案。"那知县见了银子，命书吏兑明白了，分毫不少，封了封皮。叫黄府的家人领回银子，销了公案，退堂去了。当下赵胜谢过了知县，忙忙走出衙门，一路上欢天喜地跑回饭店来了，不表。

且言黄府的家人，领了银子回府，见了黄金印。问道："叫你们前去抢人，怎么样了？"众家人一齐回道："要抢人，除非四大金刚一齐请去，才得到手。"黄金印道："怎地这样费力？"众家人道："再不要提起。我们前去抢人，正与赵胜的妻子交手。打了一会，才要到手，不想撞着他同店的客人，年纪不过二十多岁，前来扯劝，一只手拦住赵大娘，一只手挡住我们。我们不依，谁想他立时显个手段，跳下天井，将六尺多长一块石头，约有千斤多重，他一只手提起来，犹如舞灯草一般。舞了一会，放下来说道：'如不依者，以此为例。'我们见他如此凶恶，就不敢动手，只得同赵胜见官。不知赵胜是哪里来的银子，就同我们见官，当堂缴了银子。连知县也无可奈何他，只得收了银子，销了案，叫我们回府来送信。"那黄金印听了此言，心中好不着恼："该因我同那妇人无缘，偏偏的遇了这个对头，前来打脱了，等我明日看这个客人是谁便了。"

按下黄金印在家着恼，且言赵胜夫妻二人，缴了银子，一同跑回饭店，连店小二都是欢喜的。进了店门，向罗焜拜倒在地，道："多蒙恩公借了银子，救了我夫妻二人两条性命。"罗焜向前忙忙扶起，道："休得如此，且去安歇。"赵胜夫妻起身，进房安歇去了。

到午后，罗焜吩咐店小二买了些鱼肉菜蔬，打了些酒，与赵胜庆贺，好不欢喜快乐。当下店小二备完了酒席，搬向赵胜房中，道："这是章客人送与你贺喜的。"赵胜听了，忙忙爬起身来，道："多谢他，怎好又多谢他如此？小二哥，央你与我请他来，一处同饮。"店小

二去了一会,回来说道:"那章客人多多拜上你,改日再来请你一同饮酒,今日不便。"赵胜听了焦躁起来,忙叫妻小去请。孙氏只得轻移莲步,走到罗焜房门首,叫道:"章恩公,愚夫有请!"罗焜道:"本当奉陪赵兄,只是不便,改日再会罢。"孙氏道:"恩公言之差矣,你乃正直君子,愚夫虽江湖流辈,却也是个英雄,一同坐坐何妨?"罗焜见孙氏言词正大,只得起身同孙大娘到赵胜房中,坐下饮酒。大娘站在横头斟酒。

过了三巡,赵胜道:"恩公如此英雄豪杰,非等闲可比。但不知恩公住在长安何处?令尊太爷太太可在堂否?望恩公指示分明,俺赵胜日后到长安,好到府上拜谢。"罗焜见问,不觉一阵心酸,虎目梢头流下泪来。见四下无人,低声回道:"你要问我根由,说来可惨。俺不姓章,俺乃是越国公之后,罗门之子,绰号玉面虎罗焜便是。只因俺爹爹与沈太师不睦,被他一本调去征番,他又奏俺爹爹私通外国。可怜我家满门抄斩,多亏义仆章宏,黑夜送信与我弟兄二人,逃出长安取救,路过此处的,那云南马国公,就是家兄的岳丈,家兄今已投他去了。闻得赵大哥要到云南,我这里有一封密书,烦大哥寄去。叫我家兄早早会同取救,要紧。"那赵胜夫妻听得此言,吃了一惊。忙忙跪下道:"原来是贵人公子!我赵胜有眼不识泰山,望公子恕罪。"公子忙忙扶起,道:"少要如此,外人看见,走漏风声,不是耍的。"二人只得起身在一处同饮。当下又谈了些江湖上事业,讲了些武艺枪刀,十分相得,只吃到夜尽更深而散。

又住了几日,赵胜棍棒疮已愈,身子渐渐好了,要想动身。罗焜又封了十两银子,同那一封书信包在一处,悄悄地拿到赵胜房中,向赵胜道:"家兄的书信,千万拜托收好了,要紧。别无所赠,这是些须几两银子,权为路费,望乞收留。"赵胜道:"多蒙恩公前次大德,未得图报;今日又蒙厚赐,叫我赵胜何以为报?"罗焜道:"快快收了上路,不必多言。"赵胜只得收了银子、书信。出了饭店,背了行李,夫妻二人只得洒泪而别,千恩万谢地去了。

且言罗焜,打发赵胜夫妻动身之后,也自收拾行李,将程公爷的锦囊,收在贴肉身旁。还清了房钱,赏了店小二二三两银子,别了店家,晓行夜宿,往淮安去了。在路行程非止一日,那日黄昏时分,也到淮安境内,问明白了路,往柏府而来。

要知后事如何,且看下回分解。

第二十四回 玉面虎公堂遭刑 祁子富山中送信

话说罗焜到了淮安，已是黄昏时分。问明白了柏府的住宅，走到门口扣门。门内问道："是哪里来的？"罗焜回道："是长安来的。"门公听得长安来的，只道老爷有家信到了，忙忙开门。一看，见一位年少书生，又无伴侣，只得问道："你是长安哪里来的？可有书信么？"罗焜性急，说道："你不要只管盘问，快去禀声太太，说是长安罗二公子到了，有事要见。快快通报。"那门公听得此言，大惊，忙忙走进后堂。正遇太太同着侯登坐在后堂，门公禀道："太太，今有长安罗二公子特来，有事要见夫人。"太太听见，说："不好了！这个冤家到了，如何是好？他若知道逼死了玉霜，岂肯干休？"侯登问道："他就是一个人来的么？"门公道："就是一个人来的。"侯登道："如此容易，他是自来寻死的。你可出去，暗暗吩咐家中人等不要提起小姐之事。请他进来相见，我自有道理。"

门公去了，太太忙问道："是何道理？"侯登道："目下各处挂榜，拿他兄弟二人，他今日是自来送死的。我们就拿他送官，一者又请了赏，二者又除了害，岂不为妙？"太太说道："闻得他十分利害，倘若拿他不住，惟恐反受其害。"侯登道："这有何难？只须如此如此，就拿他了。"太太听了，大喜道："好计！"

话言未了，只见门公领了公子，来到后堂，罗焜见了太太道："岳母大人请坐，待小婿拜见。"太太假意含泪，说道："贤婿一路辛苦，只行常礼罢。"罗焜拜了四双八拜，太太又叫侯登，过来见了礼。分宾主坐下，太太叫丫鬟献茶。太太道："老身闻得贤婿府上凶信，整整地哭了几天。只因山遥路远，无法可施。幸喜贤婿今日光临，老身才放心一二。"正是：

暗中设计言偏美，笑里藏刀话转甜。

当下罗焜见侯氏夫人言语之中十分亲热，只认她是真情。遂将如何被害，如何拿问，如何逃走的话，细细告诉一遍。太太道："原来如此。可恨沈谦这等作恶，若是你岳父在朝，也同他辨白一场。"公子道："小婿特来向岳父借一队人马，到云南定国公马伯伯哪里，会同家兄一同起兵，到边头关救我爹爹，还朝伸冤，报仇雪恨。不想岳父大人又不在家，又往陕西去了，如何是好？"太太道："贤婿一路辛苦，且在这里歇宿两天。那时老身叫个得力的家人，同你一路前去。"罗焜以为好意，哪里知道，就同侯登谈些世务。太太吩咐家人，备酒接风，打扫一间内书房与罗焜安歇，家人领命去了。

不一时，酒席备完，家人捧进后堂摆下。太太就同罗焜、侯登三人，在一处饮酒。侯登有心要灌醉罗焜，才好下手，一递一杯，只顾斟酒。罗焜只认做好意并不推辞，一连饮了十数杯，早已吃得九分醉了。惟恐失仪，放下杯儿，向太太道："小婿酒已有了，求岳母让一杯。"太太笑道："贤婿远来，老身不知，也没有备得全席。薄酒无肴，当面见怪。"罗焜道："多蒙岳母如此费心，小婿怎敢见怪？"太太道："既不见怪，叫丫鬟取金斗过来满饮三斗，好安歇。"罗焜不敢推辞，只得连饮三斗。吃得烂醉如泥，伏在桌上，昏迷不醒。太太同侯登见了，心中大喜，说道："好了，好了！他不得动了。"忙叫一声："人在哪里？"原来，侯登先已吩咐四个得力的家人，先备下麻绳铁索，在外伺候。只等罗焜醉了，便来动手。

当下四名家人听得呼唤，一齐拥进后堂。扶起罗焜扯到书房，脱下身上衣服，用麻绳铁索将罗焜浑身上下，捆了二三十道。放在床上，反锁了他的房门。叫人在外面看守定了，然后侯登来到后堂，说道："小侄先报了毛守备，调兵前来拿了他；一同进城去见淮安府，方无疏失。"太太道："只是小心要紧。"侯登道："晓得，不须姑母费心。只等五更将尽，小侄就上锦亭衙去了。"正是：

准备弩弓擒猛虎，安排香饵钓鳌鱼。

原来淮安府城外有一守备镇守衙门，名唤锦亭衙。衙里有一个署印的守备，姓毛，名真卿，年方二十六七。他是个行伍出身，却是贪财好色，饮酒宿娼，无所不为，同侯登却十分相好。侯登守到五更时分，忙叫家人点了火把，备了马出门，上马加鞭，来到锦亭衙门前，天色还早。侯登下马，叫人通报那守备。衙中看门的众役，平日都是认得的，忙问道：

"侯大爷,为何今日此一刻就来,有何话说?"侯登着急,说:"有机密事,前来见你家老爷。快快与我通报!"门上人见他来得紧急,忙忙进内宅门上报信,转禀内堂。那毛守备正在酣睡之时,听见此言忙忙起来,请侯登内堂相见。

见过礼,分宾主坐下。毛守备开言问道:"侯年兄此刻光降,有何见教?"侯登道:"有一件大富贵的事,送来与老恩台同享。"毛守备道:"有何富贵?快请言明。"侯登将计捉罗焜之事,细说一遍。道:"这岂不是一件大富贵的事?申奏朝廷,一定是有封赏的。只求老恩台早早发兵前去拿人,要紧。"毛守备听得此言,大喜。忙忙点起五十多名步兵,一个个手执枪刀器械,同侯登一路上打马加鞭跑来。

不表侯登同毛守备带了兵丁前来,且言罗焜被侯氏、侯登奸计灌醉,捆绑起来,睡到次日天亮才醒。见浑身都是绳索捆绑,吃了一大惊,道:"不好了,中了计了!"要挣时,哪里挣得动。只听得一声吆喝,毛守备当先,领兵丁拥进房来。不由分说,把罗焜推出房门,又加上两条铁索,锁了手脚。放在车中,同侯登一齐动身,往淮安府内而来。

那淮安府臧太爷,听得锦亭衙毛守备,在柏府里拿住反叛罗焜,忙忙点鼓升堂,审问虚实。只见毛守备同侯登二人先上堂来,参见已毕。臧知府问起原因,侯登将计擒罗焜之事,说了一遍。知府叫:"将钦犯带上堂来。"只见左右将罗焜扯上堂来跪下,知府问道:"你家罪犯天条,满门抄斩,你就该伏法领罪才是。为什么逃走在外?意欲何为?——从实招来,免受刑法!"罗焜见问,不觉大怒,道:"可恨沈谦这贼,害了俺全家性命,冤沉海底。俺原是逃出长安勾兵救父,为国除奸的,谁知又被无义的禽兽用计擒来。有死而已,不必多言!"那知府见罗焜口供甚是决然,又问道:"你哥哥罗灿今在哪里?快快招来。"罗焜道:"他已到边头关去了,俺如何知道?"知府道:"不用刑法,如何肯招?"喝令左右:"与我拖下去打!"两边一声答应,将罗焜拖下,一捆四十,可怜打得皮开肉绽,鲜血淋漓。罗焜咬定牙关,只是不语。

知府见审不出口供,只得将罗焜行李打开,一看,只见有一口宝剑,却写着"鲁国公程府"字号。吓得知府说道:"此事弄大了。且将他收监,申详上司,再作道理。"

不表淮府申详上司,单言那一日,毛守备到柏府去拿了罗焜,把一镇市的人都哄动了。人人都来看审反叛,个个都来要看英雄。一传十,十传百,挤个不了。也是英雄该因有救,却惊动了一人。你道是谁?原来就是祁子富。他进城买豆子,听得这个消息,一惊非小。忙忙急急跑回家来，告诉女儿一遍。祁巧云说道："爹爹，想他当日在满春园，救了我们三人，今日也该救他才是。你可快快收拾收拾，到鸡爪山去找寻胡奎，要紧。"祁子富依言，往鸡爪山去了。

要知后事如何，且看下回分解。

第二十五回　染瘟疫罗焜得病 卖人头胡奎探监

　　话说祁子富依了女儿之言，先奔胡奎家中来寻胡奎。将罗焜的事，告诉他母亲一遍。胡太太同龙太太听见此言，叹息了一会："可怜，偏是好人多磨难！"胡太太道："我孩儿自同龙太太回家之后，就往鸡爪山去了。未曾回来，想必还在山上。你除非亲到山上去走一遭，同众人商议商议，救他才好。"祁子富道："事不宜迟，我就上鸡爪山去了。我去之后，倘若胡老爷回来，叫他想法要紧。"说罢，就辞了两位太太，跑回家去吃了早饭，背了个小小的包袱，拿了一条拐杖。张二娘收了店面。

　　才要出门，只见来了一条大汉，挂着腰刀，背着行李，走得满面风尘。进店来，问道："借问一声，镇上有个猎户，名叫龙标，不知你老丈可认得他？"祁子富道："龙标？我却闻名，不曾会面。转是龙太太我却认得，才还看见的，你问她怎的？"龙标听得此言，满面陪笑，忙忙下拜，道："那就是家母。在下就是龙标，只因出外日久，今日才回来，见锁了门，不知家母哪里去了。既是老丈才会见的，敢求指引。"祁子富听了，好生欢喜，说道："好了，又有了一个帮手到了。"忙忙放下行李，道："我引你去见便了。"

　　二人出了店门，离了镇口，竟奔胡府而来。一路上，告诉他前后缘故，龙标也自放心。不一时来到胡府见了两位太太。龙太太见儿子回来，好不快乐，忙问："小姐的家信，可曾送到？"龙标回言："我走到西安，谁知柏老爷进京去了，白走了一遭，信也没有送到。"太太道："幸亏柏小姐去了。若是在这里，岂不是等了一场空了？"龙标忙问道："小姐往哪里去了？"龙太太就将遇见侯登，叫秋红探听信息，主仆相会，商议逃走，到镇江投他母舅，后来侯登亲自来寻，相闹一场，多蒙胡奎相救的话，从头至尾，告诉了一遍。龙标听了，大怒道："可恨侯登如此作恶，倘若撞在我龙标手中，他也莫想活命！"

　　太太说道："公子罗焜误投柏府，如今也被他拿住了，送在府里。现今在监，生死未

定,怎生救得他才好?"龙标听了,大吃一惊。问道:"怎生拿住的?"祁子富说道:"耳闻得侯氏同侯登假意殷勤,将酒灌醉,昏迷不醒,将绳索绑起。报与锦亭衙,毛守备带领兵丁,同侯登解送府里去的。幸喜我进城买豆子,才得了这个消息。我如今要往鸡爪山去,找寻胡老爷来救他,只是衙门中,要个人去打听打听才好。"龙标道:"这个容易。衙门口我有个朋友,央他自然照应。只是你老爷上鸡爪山,速去速来才好。"祁子富道:"这个自然,不消吩咐。"当下二人商议已定。祁子富走回家,背了行李,连夜上鸡爪山去了。

不表祁子福上鸡爪山去,单言龙标,他也不回家去,就在胡府收拾收拾,带了几两银子离了胡家镇。放开大步,进得城来,走到府口。他是个猎户的营生,官里有他的名字、钱粮差务,那些当门户的,都是认得他的。一个个都来同他拱拱手,说道:"久违了,今日来找哪个的?"龙标道:"来找王二哥说话的。"众人道:"他在街坊上呢。"龙标道:"难为。"别了众人来到街上,正遇见王二哥,一把扯住走到茶坊里对面坐下。龙标道:"闻得府里拿住了反叛罗焜,送到监里,老兄该有生色了。"王二将眉一皱,说道:"大哥不要提起,这罗焜身上连一文也没有得。况且他是个公子的性儿,一时要茶要水,乱喊乱骂。他又无亲友,这是一件苦差。"龙标道:"王二哥,我有一件心事同你商议。耳闻得罗焜在长安是一条好汉,我与他有一面之交;今日闻得他如此犯事,我特备了两肴,来同他谈谈。一者完昔日朋友之情,二者也省了你家茶水,三者小弟少不得候你,不知你二哥意下如何?"那王二沉吟,暗想道:"我想龙标,他是本府的猎户,想是为朋友之情,别无他意,且落得要他些银子再讲。"主意已定,向龙标说:"既是贤弟面上,有何不可?"

龙标见王二允了,心中大喜。忙向腰内拿出一个银包,足有三两,送与王二道:"权为使费。"王二假意推辞了一会,方才收下。龙标又拿出一锭银子,说道:"这锭银子,就烦二哥拿去买两样菜儿,央二嫂子收拾收拾。"

那王二拿了银子,好不欢喜,就邀龙标到家坐下。他忙忙拿了银子,带了篮子上街去买菜,打酒整治。龙标在他家等了一会,只见王二带了个小伙计,拿了些鸡鸭、鱼肉、酒菜等件,送到厨下,忙叫老婆上锅,忙个不了。龙标说道:"难为了嫂子,忙坏了。"王二道:"你我弟兄都是为朋友之事,这有何妨。"不一刻,俱已备办现成了。

等到黄昏之后,王二叫人挑了酒菜,同龙标二人,悄悄走到监门口。王二叫伙计开了门,引龙标入内。那龙标走到里面一看,只见黑洞洞的,冷风扑面,臭气冲人,那些受了刑

的罪犯，你哼我叫，可怜哀声不止，好不凄惨。龙标见了，不觉叹息。那禁子王二领了龙标，来到罗焜的号内，挂起灯笼，开了锁。只见罗焜蓬头赤脚，睡在地下，哼声不止。王二近前叫道："罗相公不要哼，有人来看你了。"连叫数声，罗焜只是二目扬扬，并不开口。原来罗焜挨了打，着了气，又感冒风寒；进了牢，又被牢中狱气一冲，不觉染了瘟疫症，病重不知人事。王二叫龙标来看，那龙标又没有与罗焜会过，平日是闻他名的，领了祁子富之命而来，见他得了病症，忙上前来看。那罗焜，浑身似火，四足如冰，十分沉重。龙标道："却是无法可施。"只得将身上的衣服脱下一件，叫王二替他盖好了身子，将酒肴捧出牢来，一同来到王二家中。

二人对饮了一会，龙标问道："医生可得进去么？"王二笑道："这牢里，医生哪肯进去？连官府拿票子差遣，他也不肯进这号里去的。"龙标听了，暗暗着急，只得拜托王二，早晚间照应照应；又称了几两银子，托他买床铺盖，余下的银子，买些生姜丸散等件，与他调理。龙标料理已定，别了王二，说道："凡事拜托。"连夜回家去了。

不表龙标回家，单言祁子富，自从别了龙标，急忙动身，离了淮安晓行夜宿，奔山东登州府鸡爪山而来。在路行程，非止一日。那日黄昏时分，已到山下，遇见了巡山的喽罗前来擒捉他。祁子富道："不要动手，烦你快快通报一声，说淮安祁子富，有机密事件要见胡大王的。"喽罗听了，就领祁子富进了寨门，即来通报："启上大王，今有淮安祁子富，有机密事求见胡大王，特来禀报。"胡奎听了，说道："此人前来，必有缘故。"裴天雄道："唤他进来，便知分晓。"

当下祁子富随喽兵上了聚义厅，见了诸位大王，一一行礼。胡奎问道："你今前来，莫非家下有什么缘故？"祁子富见问，就讲："罗焜到淮安投柏府认亲，侯登用计，同毛守备解送到府里，现今在监，事在危急。我特连夜来山，拜求诸位大王，救他才好！"胡奎听得此言，只急得暴躁如雷，忙与众人商议。赛诸葛谢元说道："谅此小事，不须着急。裴大哥与鲁大哥镇守山寨，我等只须如此如此，就是了。"裴天雄大喜，点起五十名喽兵，与胡奎、祁子富前作队引路，过天星孙彪领五十名喽兵，为第二队，赛诸葛谢元领五十名喽兵，为第三队，两头蛇王坤领五十名喽兵，为第四队，双尾蝎李仲领五十名喽兵，为第五队，又点五十名能干的喽兵下山，四面巡风报信。当下五条好汉、三百喽兵装束已毕，一队人马下山，奔淮安府而来。不一日，已到淮安，将三百名喽兵分在四路住下。

五条好汉同祁子富归家探信，正遇龙标从府前而回。同众人相见了，说："罗焜病重如山，诸位前来，必有妙策。只是一件，目下锦亭衙毛守备同侯登相厚，防察甚是严谨。你们五人在此，倘若露出风声，反为不便。"胡奎道："等俺今日晚上，先除一害，再作道理。"当下六条好汉商议已定，都到龙标家中。龙标忙去治了酒席，款待众人。吃到三更以后，胡奎起身，脱去了长衣服，带了一口短刀，向众人说道："俺今前去，结果了毛守备的性命，再来饮酒。"说罢，站起身来，将手一拱。跳出大门，竟奔锦亭衙去了。

　　不知毛守备死活存亡，且看下回分解。

第二十六回 过天星夜请名医 穿山甲计传药铺

话说胡奎别了五位英雄,竟奔锦亭衙而来。到了衙门东首墙边,将身一纵,纵上了屋。顺着星光找到内院,轻轻跳下,伏在黑暗之处。只见一个丫鬟,拿着灯走将出来,口里唧唧哝哝,说道:"此刻才睡。"说着,走进厢房去了。胡奎暗道:"想必就是他的卧房。"停了一会,悄悄来到厅下一张望,只见残灯未灭,他夫妻已经睡了。胡奎轻轻拨开房门,走至里面。他二人该当命到无常,吃醉了酒,俱已睡着。胡奎掀起帐幔,只一刀,先杀了毛守备,那一颗血淋淋的人头滚将下来。夫人惊醒,看见一条黑汉手执利刀,才要喊叫,早被胡奎顺手一刀,砍下头来。将两个血淋淋的人头,结了头发扣在一处,扯了一幅帐幔,包将起来,背在肩上,插了短刀,走出房来,来至天井将身一纵,纵上房屋,轻轻落下,上路而回。

一路上趁着星光,到了龙标门首。那时已是五更天气,五人正在心焦,商议前来接应,忽见胡奎跳进门来,将肩上的物件往地下一掼。众人吃惊,上前看时,却是两个人头包在一处。众人问道:"你是怎生杀的? 这等爽快!"胡奎将越房杀了毛守备夫妻两个,说了一遍,大家称羡。仍包好了人头,重又饮了一会,方才略略安歇。不表。

单言次日,那城外面的人都闹反了,俱说毛守备的头不见了。兵丁进城报了知府,知府大惊。随即上轿来到衙里相验尸首,收入棺内,用封皮封了棺木。问了衙内的人口供,当时做了文书,通详上司。一面点了官兵捕快,悬了赏单,四路捉拿偷头的大盗,好不严紧。淮安城内人人说道:"才拿住反叛罗焜,又弄出偷头的事来,必有蹊跷。"连知府也急得无法可治。

不表城内惊疑,单言众人起来,胡奎说道:"罗贤弟病在牢内,就是劫狱,也无内应;且待我进牢去,做个帮手,也好行事。"龙标道:"你怎得进去?"胡奎道:"只须如此如此,就进

去了。"

龙标道:"不是玩的,小心要紧!"胡奎道:"不妨!你只是当常来往,两边传信就是了。"

商议已定,胡奎收拾停当,别了众人,带了个人头进城。来到府门口,只见那些人,三五成群,都说的偷头的事。胡奎走到闹市里,把一个血淋淋的人头,朝街上一掼,大叫道:"卖头!卖头!"吓得众人一齐喊道:"不好了!偷头的人来卖头了!"一声喊叫,早有七八个捕快兵丁拥来,正是毛守备的首级。一把揪住胡奎,来禀知府,知府大惊,道:"好奇怪!那有杀人的人,还把头拿了来卖的道理?"忙忙传鼓升堂审问。

只见众衙役拿着一个人头,带着胡奎跪下。知府验过了头,喝道:"你是哪里人?好大胆的强徒,杀了朝廷的命官,还敢前来卖弄!我想你的人多,那一个头而今现在哪里?从实招来,免受刑法!"胡奎笑道:"一两个人头,要什么大紧。想你们这些贪官污吏,平日不知害了多少人的性命,倒来怪俺了。"知府大怒,喝令:"与我扯下去夹起来!"两边答应一声,将胡奎扯下去,夹将起来,三绳收足。胡奎只当不知,连名姓也不说出。知府急了,只问那个头在哪里。胡奎大叫道:"那个头是俺吃了。你待我老爷好些,俺变颗头来还你;你若行刑,今夜连你的头,都叫人来偷了去,看你怎样!"知府吃了一惊,吩咐收监,通详再审。按下知府叠成文案,连夜通详上司去了不表。

且言胡奎,上了刑具,来到监中,将些鬼话唬吓众人,道:"你等如若放肆,俺叫人将你们的头,一发总偷了去。"把个禁子王二,吓得诺诺连声。众人俯就他,下在死囚号内,代他铺下草荐,睡在地下,上了锁就去了。

当时事有凑巧,胡奎的枷床紧靠着罗焜旁边,二人却是同着号房。罗焜在哪里哼声不止,只是乱骂;胡奎听见口音,抬起头来一看,正是罗焜睡在地下。胡奎心中暗喜,等人去了,扒到罗焜身边,低低叫声:"罗贤弟,俺胡奎在此看你。"罗焜哪里答应,只是乱哼,并不知人事。胡奎道:"这般光景,如何是好?"

话分两头。单言龙标当晚进城找定王二,买了些酒肉,同他进监来看罗焜。他二人是走过几次的,狱卒都不敢盘问。当下二人进内,来到罗焜床前,放下酒肴与罗焜吃时,罗焜依旧不醒。掉回头来,却看见是胡奎,胡奎也看见龙标,两下里只是不敢说话。龙标忽生一计,向王二说道:"我今日买了一服丸药来与他吃,烦你二哥去弄碗葱姜汤来才

好。"王二只得弄开水去了。龙标哄开王二,胡奎道:"罗焜的病重,你要想法请个医生来,带他看看才好。"龙标道:"名医却有,只是不肯进来。"胡奎道:"你今晚回去,与谢元商议便了。"二人关会已定,王二拿了开水来了。龙标扶起罗焜吃了丸药,别了王二,来到家中。会过众位好汉,就将胡奎的言语,向谢元说了一遍。谢元笑道:"你这里可有个名医?"龙标回道:"就是镇上有个名医,他有回生的手段,人称他做小神仙张勇。只是请他不去。"谢元道:"这个容易,只要孙贤弟前去走走,就说如此如此便了。"众人大喜。

当日黄昏时候,那过天星的孙彪,将毛守备夫人的那颗头背在肩上,身边带了短兵器。等到夜间,行个手段,迈开大步,赶奔镇上而来,找寻张勇的住宅。若是别人,深黑之时看不见踪迹,惟有这孙彪的眼有夜光,与白日是一样的。不多一时,只见一座门楼,大门开着,二门上有一匾,匾上有四个大字,写道:"医可通神。"尾上有一行小字为:"神医张勇立。"孙彪看见,大喜道:"好了,找到了!"上前叩门。

却好张勇还未曾睡,出来开门,会了孙彪,问他来因。孙彪道:"久仰先生的高名,只因俺有个朋友,得了病症在监内,意欲请先生进去看一看,自当重谢。"张勇听得此言,微微冷笑,道:"我连官府乡绅请我看病,还要三请四邀;你叫我到牢中去看病,太把我看轻了些。"就将脸一变,向孙彪说道:"小生自幼行医,从没有到监狱之中,实难从命,你另请高明就是了。"孙彪道:"既是先生不去,倒惊动了。只是要求一服妙药发汗。"张勇道:"这个可得。"即走进内房,去拿丸药。孙彪吹熄了灯,轻轻的将那颗人头,往桌子底下药篓里一藏,叫道:"灯熄了。"张勇忙叫小厮掌灯,送丸药出来。孙彪接了丸药,说道:"承受了。"别了张勇去了。这张勇却也不介意,叫小厮关好了门户,吹熄了灯火,就去安睡,不提。

且言孙彪离了张勇的门首,回到龙家。见了众人,将请张勇之言说了一遍,大家笑了一会。谢元忙取过笔来,写了一封锦囊,交与龙标,说道:"明日早些起来,将锦囊带去与胡奎知道。若是官府审问,叫他依此计而行。你然后再约捕快,叫他们到张勇家去搜头。我明日要到别处去住些时,莫要露出风声,我自叫孙彪夜来探听信息。各人干事要紧。"当下众人商议已定。次日五更,谢元等各投别处安身去了。

单言龙标又进城来,同王二到茶坊坐下,说道:"王二哥,有宗大财送来与你,你切莫说出我来。"王二笑道:"若是有财发,怎肯说出你来?我不呆了?你且说是什么财。"龙标道:"那个偷头的黑汉,我在小神仙张勇家见过他一面。闻得他都是结交江湖上的匪人,但是外路使枪棒、买膏药的，都在他家歇脚，有几个同伙人是一路的。目下官府追问那个人头，正无着落，你何不进去送个访单？你多少些也得他几十两银子使用使用。"王二道："你可拿得稳么？"龙标道："怎么不稳！只是一件，我还要送药与罗焜，你可带我进去。"王二道："这个容易。"遂出了茶坊，叫小牢子带龙标进监，他随即就来到捕快班房，商议去了。

不表王二同众人商议进衙门送访，且言那小神仙张勇，一宿过来，次日早起，只见药篓边上、地下，有多少血迹。顺着血迹一看，吃了大惊，只见一个人头睁眼蓬头，滚在药篓旁边，好不害怕。张勇大叫道："不好了！"吓倒在地。

不知后事如何，且看下回分解。

中国禁书文库

粉妆楼

第二十七回　淮安府认假为真　赛元坛将无作有

话说张勇，见一个血淋淋的人头在药篓之内，他就大叫一声："不好了！"跌倒在地。有小使快来扶起，问道："大爷为何如此？"张勇道："你、你、你看那、那桌、桌子底下，一、一个人、人头！"小使上前一看，果是一个女人的首级。合家慌了手脚，都乱嚷道："反了，反了！出了妖怪了，好端端的人家，怎么滚出个人头来了？是哪里来的？"张勇道："不、不要声、声张，还、还、还是想个法、法儿才、才好。"内中有个老家人道："你们不要吵。如今毛守备夫妻两个头都不见了，本府太爷十分着急，点了官兵捕快四下里巡拿。昨日听见人说，有个黑汉提着毛守备的头，在府前去卖，被人拿住，审了一堂，收了监，恰恰的只少了守备夫人的头，未曾圆案。现正在追寻，想来此头是有蹊跷，这头一定是她的。快快瞒着邻舍，拿去埋了。"正要动手，只听得前后一声喊叫，拥进二三十个官兵捕快，正撞个满怀。不由分说，将张勇锁了，带着那个人头，拿到淮安府去了。可怜他妻子老小，一个个只吓得魂飞魄散，嚎啕恸哭。忙叫老家人带了银子，到府前料理，不表。

且言王二同众捕快，将张勇带到衙门口，早有毛守备的家人上前认了头。那些街坊上人，听见这个信息，都来看人头。骂道："张勇原来是个强盗！"

不言众人之事，单言那知府升堂，吩咐带上张勇，骂道："你既习医，当知王法，为何结连强盗杀官？从头实招，免受刑法！"张勇见问，回道："太老爷在上，冤枉！小的一向行医，自安本分，怎敢结连强盗？况且医生与守备，又无仇隙，求老太师详察。"知府冷笑道："你既不曾结连强盗，为何人头在你家里？"张勇回道："医生清早起来收拾药篓，就看见这个头，不知从何而来。正在惊慌，就被太爷的贵差拿来。小的真正是冤枉，求太爷明镜高照！"知府怒道："我把你这刁奴，不用刑怎肯招认？"吩咐左右："与我夹起来！"

两边答应一声，就将张勇掼在地下，扯去鞋袜，夹将起来。可怜张勇如何受得起，大

叫一声，昏死在地。左右忙取凉水一喷，悠悠苏醒。知府问道："你招不招？"张勇回道："又无凶器，又无见证，又无羽党，分明是冤枉，叫我从何处招起？"知府道："人赃现获，你还要抵赖。也罢，我还你个对证就是了。"忙拿一根朱签，叫禁子去提那偷头的原犯。

王二拿着签子，进监来提胡奎。胡奎道："又来请老爷做什的？"王二道："大王，我们太爷拿到你的伙计了。现在堂上审问口供，叫你前去对证。"胡奎是早间龙标进监看罗焜，将锦囊递与胡奎看过的。他听得此言，心中明白。同王二来到阶前跪下，知府便叫："张勇，你前去认认他。"张勇爬到胡奎跟前认，那胡奎故意着惊，问道："你是怎生被他们捉来的？"张勇大惊，道："你是何人？我却不认得你！"胡奎故意丢个眼色，低声道："你只说认不得我。"那知府见了这般光景，心中不觉大怒，骂道："你这该死的奴才，还不招认？"张勇哭道："清天太爷在上，小的实在是冤枉！他图赖我的，我实在不认得他。"知府怒道："你们两个方才眉来眼去，分是是一党的强徒，还要抵赖？"喝令左右："将他一人一只腿夹起来，问他招也不招！"可怜张勇乃是个读书人，哪里拚得过胡奎，只夹得死去活来，当受不起。胡奎道："张兄弟，非关我事，是你自己犯出来的，不如招了罢。"张勇夹昏了，只得喊道："太老爷，求松了刑，小人愿招了。"知府吩咐松了刑。张勇无奈，只得乱招道："小人不合结连强盗杀官府头，件件是实。"知府见他画了供，随即做文，通详上司。一面赏了捕快的花红，一面将人犯吩咐收监。那张勇的家人听了这个信息，跑回家中，合家痛哭恨骂。商议商议，带了几百两银子，到上司衙门中去料理去了。

且言张勇问成死罪，来到监中。同胡奎在一处锁了，好不冤苦，骂胡奎道："瘟强盗！我同你往日无仇，近日无冤，你害我怎地？"胡奎只是不做声，由他叫骂。等到三更时分，人都睡了，胡奎低低叫道："张先生，你还是要死，还是要活？"张勇怒道："好好的人，为何不要活？"胡奎道："你若是要活，也不难，只依俺一句话。到明日朝审之时，只要俺反了口供，就活了你的性命。"张勇道："依你什么话，且说来。"胡奎指定罗焜，说道："这是俺的兄弟，你医好了他的病，俺就救你出去。"张勇方才明白，是昨日请他不来的缘故。因此陷害。遂说道："你们想法也太毒了些。只是医病不难，却叫何人去配药？"胡奎说："只你要开了方子，自有一人去配药。"张勇道："这就容易了。"

等到次日天明，张勇爬到罗焜床前，隔着栅栏子，伸手过去，代他看了脉。胡奎问道："病势如何？可还有救？"张勇道："不妨事，病虽重，我代他医就是了。"二人正在说话，只见龙标同王二走来。胡奎只做不知,故意大叫道:"王二,这个病人睡在此地,日夜哼喊,吵得俺难过。若再过些时,不要把俺过起病来,还怕要把这一牢的人,都要过起病来。趁着这个张先生在此,顺便请了替他看看也好,这也是你们的干涉。"龙标接口道:"也好,央张先生开个方儿,待我去配药。"王二只得开了锁,让张勇进去看了一会,要笔砚写了方儿,龙标拿了配药去了。正是:

　　仙机人不识,妙算鬼难猜。

　　当下龙标拿了药方,飞走上街。配了四剂药,送到牢中。王二埋怨道:"你就配这许多药来,那个伏侍他?"胡奎道:"不要埋怨他,等我伏侍他便是。"王二道:"又难为你。"送些了水、炭、木碗等件放在牢内,心中想:四面墙壁都是石头,房子又高又大,又锁着他们,也不怕他飞上天去。就将物件丢与他弄。

　　胡奎大喜,就急生起火来,煎好了药。扶起罗焜,将药灌下去,代他盖好了身子。也是罗焜不该死,从早睡到三更时分,出了一身大汗,方才醒转。口中哼道:"好难过也。"胡奎大喜,忙忙拿了开水来,与罗焜吃了,低低叫道:"罗兄弟,俺胡奎在此,你可认得我么?"罗焜听见,吃了一惊,问道:"你为何也到此地?"胡奎说道:"特来救你的。"就将祁子富如何报信,如何上山,如何卖头到监,如何请医的话,细细说了一遍。说罢,二人大哭。早把个小神仙张勇吓得不敢做声,只是发战。胡奎道:"张先生,你不要害怕。俺连累你吃这一场苦,少不得救你出去,重重相谢。若是外人知道,你我都没得性命。"张勇听得此言,只得用心用意地医治。罗焜在狱内,吃了四剂药,病就好了。又有龙标和张勇家内天天送酒送肉,将养了半个月,早已身子强壮,一复如初。

　　龙标回去告诉谢元,谢元大喜。就点了五名喽兵,先将胡、龙两位老太太送上山去。暗约众家好汉,商议劫狱。当时众好汉聚齐人马,叫龙标进牢报信。龙标走到府前,只见街坊上众人都说道:"今日看斩反叛。"府门口发了绑三人,那些千总把总、兵丁捕快人等跑个不了。龙标听见大惊,也不进牢,回头望家就跑。拿出穿山甲的手段,放开大步,一溜烟飞将去了。

　　不知后事如何,且看下回分解。

第二十八回　劫法场大闹淮安　追官兵共归山寨

话说龙标听得今日要斩反叛,府门口发绑三人,他回头就跑。跑到家中,却好四位好汉正坐在家里等信。龙标进来告诉众人,众人说道:"幸亏早去一刻,险些误了大事,为今之计,还是怎生?"谢元道:"既是今日斩他三人,我们只须如此如此,就救了他们了。"众人大喜,道:"好计!"五位英雄各各准备收拾去了,不提。

且言淮安府看了京详,打点出入。看官,你道罗焜、胡奎、张勇三人,也没有大审,如何京详就到了?原来淮安府的文书到了京,沈太师看了,知道罗焜等久在监中必生他变,就亲笔批道:

反叛罗焜并盗案杀官的首恶胡奎、张勇,俱系罪不容诛。本当解京枭首示众,奈罗焜等枭恶非常,羽党甚众,若解长安,惟恐中途有失。发该府就即斩首,将凶犯首级解京示众。羽党俟获到日定夺。火速!火速!

臧知府奉了来文,遂即和城守备并军厅巡检商议,道:"罗焜等不是善类,今日出斩务要小心。"

守备军厅都穿了盔甲,全身披挂。点起五百名马步兵丁、四名把总,一个个弓上弦,刀出鞘,顶盔贯甲,先在法场伺候。这臧知府也是内衬软甲,外罩大红。坐了大堂,唤齐百十名捕快狱卒,当堂吩咐道:"今日出入,不比往常,各人小心要紧。"知府吩咐毕,随即标牌,禁子提人。

那王二带了二十名狱卒,拥进牢中,向罗焜道:"今日恭喜你了。"不由分说,一齐上前,将罗焜、胡奎一齐绑了,来绑张勇。张勇早已魂飞魄散,昏死过去。当下王二绑了三人,来到狱神堂,烧过香纸,左右簇拥,搀出监门。点过名,知府赏了斩酒,就标了犯人招子,邻子手赏过了花红,兵马前后围定,破锣破鼓拥将出来,押到法场。可怜把个张勇家

里哭得无处伸冤，只得备些祭礼，买一口棺木，到法场上伺候收尸。

且言淮安百姓，多来看斩大盗。须臾挨挤了有数千余人，又有一起赶马的，约有七八匹马、十数人也挤进来看；又有一伙脚夫，推着六七辆车子，也挤进来看；又有一班猎户，挂着弓，牵着马，挑着些野味，也挤进来看。官兵哪里赶得去。正在嘈嚷之际，只见北边的人马哨开，一声吆喝，臧知府拥着众人，来到法场里面。下马坐下公案，邻子手将罗焜、胡奎、张勇三个人推在法场跪下，只等午时三刻，就要开刀处斩。

当下罗焜、胡奎、张勇跪在地下，正要挣扎，猛抬头，见龙标同了些猎户，站在背后，胡奎暗暗欢喜。正丢个眼色，忽见当案孔目一骑马飞跑下来，手执皂旗一展，喝声："午时三刻已到，快快斩首报来！"一声未了，只听得三声大炮，众军呐喊。邻子手正要举刀，猛听得一棒锣声，赶马的队中拥出五条好汉，一齐抢来。龙标手快，上前几刀，割断了三人的绳索，早有小喽罗抢了张勇，背着就跑。罗焜、胡奎两位英雄，夺了刀在手，往知府桌案前砍。慌得军厅守备、千总、把总一齐上前迎敌。臧知府吓得面如土色，上马往城里就跑。

这边罗焜、胡奎、龙标、谢元、孙彪、王坤、李仲七条好汉，一齐上马，勇力争先。领了三百喽罗，四面杀来。那五百官兵同军厅守备哪里抵敌得住，且战且走，往城中飞跑。可怜那些来看的百姓，跑不及的，杀伤了无数。七条好汉就如生龙活虎一般，只杀得五百官兵抱头鼠窜，奔进城中去了。

众好汉赶了一回，也就收兵，聚在一处查点人马，并无损伤。谢元道："官兵败去，必然还要来追。俺们作速回去要紧。"胡奎说道："俺们白白害了张勇，须要连他家眷救去才好。"罗焜道："俺白白吃了侯登这场苦，须要将他杀了才出得这口气。再者，我的随身宝剑还在那里，也须取去。"谢元道："张勇的家眷，我已叫喽罗备了车子伺候；若是侯登之仇，且看柏爷面上，留为日后报复；至于宝剑，我们再想法来取。今且收兵，到张勇家救他家眷。"众人依言，一起人都赶到张勇家里。

张勇的老小见救出张勇，没奈何，只得收拾些细软金珠，装上车子，妻子老小也上了车子，自有小喽罗护送先行。还有张勇家中猪鸭鸡鹅，吩咐小喽罗造饭，众人饱食了一顿。然后一把火烧了房子，一齐上马，都奔鸡爪山去了。

那时众人上路，已是申末酉初的时候。谢元道："俺们此刻前行，后面必有大队官兵

追来,不可不防。"众人道:"他不来便罢,他来时,杀他个片甲不留便了。"孙彪道:"何不黑夜进城,杀了那个瘟官,再作道理?"谢元道:"不是这个说法,俺们身入重地,彼众我寡,只宜智取,不可力争。孙贤弟领五十名喽兵,前去如此如此。"孙彪领了令去了。又叫胡奎令五十名喽名,前去如此如此,胡奎领令去了。又叫王坤、李仲领一百名弓弩手,前去如此如此,二人领令去了。共四条好汉、二百喽兵,一一去了。谢元唤龙标、张勇:"护送家眷前行,后面俺同罗焜杀退敌兵便了。"

不表众好汉定好了计策,且言臧知府败进城来,查点军兵,伤了一半。可怜那些受伤的百姓,一个个哀声不止。不一时军厅守备、千总把总、巡捕官员,一个个都来请安。知府说道:"审察民情,是本府的责任;交锋打仗,是武职专司。今日奉旨斩三名钦犯,倒点了五百军兵、百十名捕快,约有七百余人。只斩三名重犯,还被他劫了去,追不回来;若是上阵交锋,只好束手就绑。明日朝廷见罪,岂不带累本府一同治罪?"一席话,说得那些武职官儿,满面通红,无言回答。

知府问道:"可有人领兵前去追赶,捉他几个强盗回来,也好回答上司。若是擒得着正犯,本府亲见上司,保他升迁。"众人见知府如此着急,只得齐声应道:"愿听太爷的钧旨施行。"知府大喜,点起一千人马,令王守备当先,李军厅押后;自己掌了中军,带了十多员战将、千总把总,一齐呐喊出城。

已是酉时末刻,日落满山。众军赶了十数里,过了胡家镇,只见远远有一队人马,缓缓而行。探子报说:"前面正是劫法场的响马。"知府听得,喝令快赶。赶了一程,天色已黑下来了,知府吩咐点起灯球火把,并力追赶。

只见前面那一队人马,紧赶紧走,慢赶慢走,到追了十八九里。知府着急,喝令快追,那王守备催动三军,纵马摇枪,大叫:"强徒休走!"加力赶来。只见前面的人马一齐扎下,左有罗焜摇枪叫战,右有谢元仗剑来迎,二马冲来,枪剑齐举,大喝道:"赃官,快来领死!"王守备扑面来迎,战在一处。那知府在火光中认得罗焜,大叫道:反贼在此,休得放走!"将一千人马排开,四面围住罗焜厮杀。罗焜大怒,将手中枪一紧,连挑了几名千总、把总下马。王守备等哪里抵敌得住,那一千兵将四面扑来,也近不得身。

正在两下混战,忽见军士喊道:"启上太爷,城中火起了!"知府大惊,在高处一望,只见烈焰冲天,十分利害。这些官兵,都是在城里住家的,一见了这个光景,哪里还有心恋战,四散奔逃。知府也着了急,回马就走;罗焜、谢元领兵追来。那守备正到半路,只听得一声梆子响,王坤、李仲领了一百名弓弩手,一齐放箭,箭如雨点。官兵大惊,叫苦不迭。

不知后事如何,且看下回分解。

第二十九回 鸡爪山招军买马
淮安府告急申文

话说那知府同王守备等,正与罗焜交战,忽见城里火起,回头就跑。不防败到半路之中,又遇见王坤、李仲领了一百名弓弩手,在两边松林里面埋伏,一齐放箭,挡住官兵的去路,势不可当。一干官兵叫苦连天,自相践踏,死者不计其数,只得冒箭舍命往前奔走。后面罗焜、谢元追来,同王坤、李仲合兵一处,摇旗呐喊,加力追赶。众军大叫:"臧知府留下头来!城已破了,还往哪里走!"这一片喊声,把个臧知府只吓得胆落魂飞,伏鞍而走。那李军厅、王守备见喽兵追赶又急,城中火光又猛,四面喊杀连天,黑暗之中又不知兵有多少,哪里还敢交锋,只顾逃命。那败残兵将,杀得首尾不接,一路上弃甲丢盔,不计其数。这才是:

> 闻风声而丧胆,听鹤唳而消魂。

且言臧知府同王守备,领着败残人马,舍命奔到城边,只见城中火光冲天,喊声震地。早有胡奎、孙彪领了一百喽兵,从城中杀将出来,大叫道:"休要放走了臧知府!"一条鞭、一口刀,飞也似冲将上来。臧知府等只吓得魂飞天外,魄散九霄,哪里还敢进城,冲开一条血路落荒走了。胡奎等赶了一阵,却好罗焜赶到了,两下里合兵一处。忙忙收回兵卒,回奔旧路,上鸡爪山去了。正是:

> 妙算不殊孙武子,神机还类汉留侯。

看官,你道胡奎、孙彪只带了一百名喽兵,怎生得进城去?原来,臧知府不谙军务,他

将一千人尽数点将出来追赶罗焜，也不留一将守城，只有数十个门军，干得什事？不料胡奎、孙彪伏在草中，等知府的人马过去，被孙彪在黑暗处爬上城头，杀散了把门的军士，开了城门。引胡奎杀进城来，四路放火。那一城文武官员，都随藏知府出城，追赶罗焜去了，城中无主，谁敢出头？那黎民百姓，又是日间吓怕了的，一个个都关门闭户，各保性命。被胡奎、孙彪杀到库房门口，开了库房，叫喽卒把银子都搬将出来，驮在马上，杀出城来。正遇知府败回，被他二人杀退了，才同罗焜等合同一处，得胜而回。后人有诗赞谢元的兵法道：

　　　　仙机妙算惊神鬼，兵法精通似武侯。
　　　　对阵交锋胜全敌，分明博望卧龙谋。

又有诗赞胡奎的义勇道：

　　　　义重桃园一拜情，流离颠沛不寒盟。
　　　　漫夸蜀汉三英杰，赢得千秋义勇名。

　　且言六位英雄，会在一处。一棒锣响，收齐喽卒，一路而回。赶过了胡家镇，正遇着龙标、张勇护着家眷，前来探信。见人马得胜，大家欢乐。八位好汉诉说交锋之事，又得了许多金银，各人耀武扬威，十分得意。走了一夜，不觉离了淮安七十余里，早已天明。谢元吩咐，在山凹之内扎下行营，查点三百喽兵，也伤了二三十个，却一个不少。谢元大喜，在近村人家买了粮草，秋毫无犯。将人马扮作捕盗官兵模样，分为三队而行，往鸡爪山进发。行到半路，恰好裴天雄差头目下山，前来探信，遇见谢元人马得胜而回，好不欢喜。谢元先令头目引领张勇家眷，上山去了。

　　八位好汉行到山下，早有巡山的喽卒入寨报信。裴天雄大喜，同鲁豹雄带领大小头目，大开赛门，细吹细打，迎下山来。罗焜等见了，慌忙下马。裴天雄迎接上山，到了聚义厅，大家叙礼坐下。罗焜道："多蒙大王高义，救我罗焜一命，俺何以为报？"裴天雄说道："久闻大名，如雷贯耳，今日才得幸会。小弟只为奸臣当道，逼得无处安身，故尔权时落

草。罗兄不嫌山寨偏小，俺裴天雄情愿让位。"罗焜道："多蒙不弃，愿在帐下听令足矣，焉敢如此？"谢元道："俺已分了次序在此，不知诸位意下如何？"众人齐声应道："愿听军师钧令。"谢元在袖中，拿出一张纸，众人近前一看，只见上写道：

我等聚义高山，誓愿除奸削佞，同心合意，共成大业。今议定位次，各宜凛遵，如有异说，神明昭鉴。

第一位铁阊王裴天雄；

第二位赛元坛胡奎；

第三位玉面虎罗焜；

第四位赛诸葛谢元；

第五位独眼重瞳鲁豹雄；

第六位过天星孙彪；

第七位两头蛇王坤；

第八位双尾蝎李仲；

第九位穿山甲龙标；

第十位小神仙张勇。

当下众人看了议单，齐声说道："军师排得有理，如何不依？不依者，军法从事！"胡奎、罗焜不敢再嫌，只得依了。裴天雄大喜，吩咐喽卒杀牛宰马，祭告天地，定了位次。次日大小头目都来参见过了，大吹大擂，饮酒贺喜，当晚尽欢而散。

次日，裴天雄升帐，大小头目参见毕。裴天雄传令，说道："从今下山，只取金银，不许害人性命。凡有忠良落难，前去相救；若有奸雄作恶，前去剿除。山上立起三关、城垣、宫殿，竖立义旗，是'济困扶危迎俊杰，除奸削佞保朝廷'。"军令一下，各处备办，收拾得齐齐整整，威武非凡。那胡太太同龙太太，自有裴夫人照应，各各安心住下。每日里，裴天雄同众位好汉操演人马，准备迎敌官兵，不提。

且言臧知府，那一夜被罗焜、胡奎里应外合，一阵杀得胆落魂消，落荒逃命。等到天明，打听贼兵去远，方才放心，收兵进城。安民已毕，查点城中，烧了五处民房、官署，劫去

十万皇饷银两,伤了五百人马,杀死了两名千总、五名把总。痛声遍地,人人埋怨官府不好,坑害良民。那知府无奈,只得将受伤、阵亡的人数,并百姓的户口、劫去的钱粮,细细的开了一个册子。将侯登出首罗焜的衣甲、器械,胡奎等原案的口供查明,叫书吏带了册子,自己同李军厅、王守备三人,带了印信,连夜坐船过江,到南京总督辕门上来。原来那知府同军厅、守备三人,各凑了六七千两银子,到南京寻门路送与总督,保全官爵。

那总督,是沈太师的侄子,名唤沈廷华,也是个钱虏。收了银子,随即传见。臧知府同李军厅、王守备,一同进内堂参见,将交战的事实,细细说了一遍。呈上册子,沈廷华看了大惊,道:"事关重大,只怕你三人,难保无罪。"知府哭倒在地:"要求大人在太师面前,方便一言,卑府自当竭力报效。"沈廷华将罗焜的衣甲、宝剑一看,上面却是"鲁国公程府"的字号。沉吟一会,道:"有了,有了,你三人且回衙门,候本院将这件公案,申奏朝廷,着落在程府身上便了。"知府大喜,忙忙告退,回淮安去了,不表。

单言这沈廷华,叠成了文案,就差官送长安告急。

不知后事如何,且看下回分解。

第三十回　祁子富怒骂媒婆
侯公子扳赃买盗

话说那沈廷华，得了臧知府等三人的赃银，遂将一件该杀的大公案，不怪地方官失守，也不发兵捉拿大盗，只将罗焜遗下的衣甲、宝剑为凭，说鲁国公程爷收留反叛，结党为非。既同反叛相交，不是强人，就是草寇，将这一干人犯都叫他擒捉。做成一本，写了家书，取了一枝令箭，着中军官进京去了。这且不提。

且言臧知府辞了总督回来，不一日船抵码头。上岸忽见两个家人，手里拿了一张呈子，拦马喊冤告状。左右接上状子，知府看了一遍，大惊道："又弄出这桩事来了！"心中焦躁，叫役人带了原告，回衙候审，打道进城。

看官，你道这两个告状的是谁？原来是柏府来报被盗的事。自从夜战淮安之后，第二日，臧知府见总督去了，淮安城内无人，民心未定。那一夜，就有十数个贼聚在一处，商议乘火打劫，就出城来抢劫富户。恰恰地来到柏府，明火执杖，打进柏府要宝贝。把个侯登同侯氏夫人吓得尿流屁滚，躲在后园山子石下不敢出头。柏府家人伤了几个，金银财宝劫去一半，回头去了。次日查点失物，侯氏夫人着了急，开了失单，写了状子，叫两个家人在码头上，等候臧知府，一上岸就拦马头递状。

臧知府看了状子，想着："柏文连乃朝廷亲信之臣，住在本府地方，弄出盗案，倘他见怪起来，如何是好？"随即回衙升堂坐定，排班已毕，带上来问道："你家失盗，共有多少东西？还是从后门进来的，还是从大门进来的？有火还是无火？来时是什么时候？"家人回道："约有十七八个强盗，三更时分，涂面缠头，明火执杖，从大门而进，伤了五个家人，劫去三千多两银子、物件等项。现在失单在此，求太爷详察。"知府看过失单，好不烦恼。随即便委了王守备前去查勘，一面点了二十名捕快出去捉获；一面出了文书，知会各属临近州县严加拿访，悬了赏格，在各处张挂。吩咐毕，方才退了堂。次日，委官修理烧残的府

三七六三

库房屋,开仓发饷,将那些杀伤的民人兵丁,照册给散粮饷,各各回家养息。

按下臧知府劳心之事不表,且言侯登告过被盗的状子,也进府连催了数次。后来冷淡了些时,心中想:"为了玉霜夫妻两个,弄下这一场泼天大祸。罗焜脱走也罢了,只是玉霜不知去向,叫我心痒难挠。如今,再没有如她的一般的女子,来与我结亲了。"猛然想起:"豆腐店那人儿,不知如何了?只为秋红逃走,接手又是罗焜这桩事闹得不清,也没有到王媒婆家去讨信。这一番兵火,不知她家怎样了?今日无事,何不前去走走,讨个消息。"主意已定,忙入房中,换了一身新衣服,带了些银两,瞒过众人,竟往胡家镇上而来。

一路上,只见家家户户收拾房屋,整理墙垣。都是那一夜交锋,这些人家丢了门户躲避,那些败残的人马,趁火打劫掳掠,这些人家连日平定,方才回家修理。侯登看见这个光景,心中想道:"不知王婆家里怎样了?"慌忙走到门前一转,看还没有伤损,忙叩门时,玉狐狸王大娘开了门,见是侯登,笑嘻嘻地道:"原来是侯大爷。你这些时也不来看看我,我们都吓死了;正是你捉了罗焜,带累我们遭了这一场惊吓。"侯登道:"再不要提起我家。这些时,三桩祸事。"遂将秋红逃走及罗焜、被盗之事,说了一遍。王婆道:"原来有这些事故。"

当下二人谈了些闲话,王大娘叫丫鬟买了几盘茶食,款待侯登。他二人对面坐下,吃了半天。侯登问道:"豆腐店里那人儿,你可曾前去访访?"王大娘道:"自从那日大爷去后,次日我就去访她。他父姓祁,名子富,原是淮安人,搬到长安住了十几年,今年才回来的。闻得那祁老爹为人古执,只怕难说。"侯登道:"他不过是个贫家之女,我们同他做亲,就是抬举她了,还有什么不妥?只愿她没有许过人家就好了。王大娘,你今日就去代我访一访,我自重重谢你。"王大娘见侯登急得紧,故意笑道:"我代大爷做妥了这个媒,大爷谢我多少银子?"侯登道:"谢你一百二十两。你若不信,你拿戥子来,我今日先付些你。"

那王大娘听得此言,忙忙进房拿了戥子出来。侯登向怀中取出一包银子,打开来一称,共是二十三两。称了二十两,送与王大娘,道:"这是足纹二十两,你先收了;等事成之后,再找你一百两。这是剩的三两银子,一总与你做个靡费。"王大娘笑嘻嘻地收了银子,说道:"多谢大爷,我怎敢就受你老人家的厚赐。"侯登道:"你老实些收了罢,事成之后,还要慢慢地看顾你。"王大娘道:"全仗大爷照看呢。"侯登道:"我几时来讨信?"王大娘想一想,道:"大爷,你三日后来讨信便了。还有一件事:他也是宦家子弟,恐怕他不肯把与人做妾,就是对头亲也罢。"侯登道:"悉听你高才,见机而行便了。"王大娘道:"若是这等说,就包管在我身上。"侯登大喜,道:"拜托大力就是了。"正是:

　　　　　酒不醉人人自醉,色不迷人人自迷。

当下侯登别了王大娘去了。这玉狐狸好不欢喜,因自想道:"我若是替他做妥了,倒是我一生受用,不怕他不常来照应照应。"遂将银子收了,锁了房门,吩咐丫鬟,看好了门户,竟望祁子富家来了。

　　不一时,已到门首。走进店里,恰好祁子富才在胡奎家里,暗暗搬些铜锡家伙来家用。才到了家,王媒婆就进了门。大家见了礼,入内坐下,张二娘同祁巧云,陪他吃了茶,各人通名问姓,谈些闲话。王大娘启口问道:"这位姑娘尊庚了?"张二娘回道:"十六岁了。"王媒婆赞道:"真正好位姑娘,但不知可曾恭喜?"张二娘回道:"只因他家父亲古执,要拣人才家世,因此尚未受聘。"王媒婆道:"既是祁老爷只得一位姑娘,也该早些恭喜。我倒有个好人家,人才好,家道又好,又是现任乡绅的公子,同姑娘将是一对。"张二娘道:"既是如此,好得紧了。少不得自然谢你。"忙请祁老爷到后面来,将王媒婆的话,说了一遍。祁子富问道:"不知是哪一家?"王媒婆道:"好得紧呢! 说起来,你老爷也该晓得。离此不远,就在镇下居住,现任巡抚都察院柏大老爷的内侄侯大爷,他年方二十,尚未娶亲,真乃富贵双全的人家。只因昨日我到柏府走走,说起来,他家太太托我做媒。我见你家姑娘人品出众,年貌相当。我来多个事儿,你道好不好?"祁子富道:"莫不是前日捉拿反叛罗焜的侯登么?"王媒婆道:"就是他了。"

　　祁子富不听见是他犹可,听得是侯登,不觉怒道:"这等灭人伦的衣冠禽兽,你也不该替他来开口。他连表妹都放不过,还要与他做亲? 只好转世投胎,再来作伐。"这些话,把个玉狐狸说得满面通红,不觉大怒,回道:"你这老人家不知人事,我来做媒,是抬举你,你怎么得罪人? 你敢当面骂他一句,算你是个好汉!"祁子富道:"只好你这种人奉承他,我单不喜这等狐群狗党的腌臜货。"那王媒婆气满胸膛,跑出门来,说道:"我看你今日嘴硬,只怕日后懊悔起来,要把女儿送他,他还不要哩!"说罢,她气狠狠的跑回家去了。正是:

是非只为多开口,烦恼皆因强出头。

那王媒婆气了一个死,回去想道:"这般货,我只说得稳了的,谁知倒惹了一肚皮的瘟气。等明日侯大爷来讨信,待我上他几句,撮弄他起来与他做个手段,他才晓得我的利害哩!"

不知后事如何,且看下回分解。

第三十一回　祁子富问罪充军　过天星扮商买马

　　话说祁子富怒骂了王媒婆一场，这玉狐狸回来，气了一夜。正没处诉冤，恰好次日清晨，侯登等不得，便来讨信。王媒婆说："好了，好了，且待我上他几句，撺弄他们鹬蚌相争，少不得让我渔翁得利。"主意已定，忙将脸上抓了两条血痕，身上衣服扯去两个钮扣子，睡在床上，叫丫鬟去开门。

　　丫鬟开了门，侯登匆匆进来问道："你家奶奶往哪里去了？"丫鬟回道："睡在房里呢。"侯登叫道："王大娘，你好享福，此刻还不起来？"王媒婆故意哭声说道："得罪大爷，请坐坐，我起来了。"她把乌云抓乱，慢慢地走出房来。对面坐下，叫丫鬟捧茶。侯登看见王媒婆乌云不整，面带伤痕，忙问道：你今日为何这等模样？"王媒婆见问，故意儿流下几点泪来，说道："也是你大爷的婚姻，带累我吃了这一场苦。"侯登听得此言，忙问道："怎么带累你受苦？倒要请教说明。"王媒婆道："不说的好，说出来，只怕大爷要动气。何苦为我一人，又带累大爷同人淘气。"侯登听了越发疑心，定要她说。

　　王媒婆说道："既是大爷要我说，大爷莫要着恼我。只因大爷再三吩咐，叫我去做媒，大爷前脚去了，我就收拾，到祁家豆腐店里，去为大爷说媒。恰好他一家儿都在家中，我问他女儿还未有人家，我就提起做媒的话，倒有几分妥当。后来，那祁老头问我，是说的哪一家，我就将大爷的名姓、家世并柏府的美名，添上几分富贵，说与他听。实指望一箭成功，谁知他不听得是大爷犹可，一听得是大爷，就心中大怒，恶骂大爷。我心中不服，同他揪扯一阵，可怜气个半死。"

　　侯登听得此言，不觉大怒，问道："他怎生骂的？待我去同他说话！"王媒婆见侯登发怒，说道："大爷，他骂你的话，难听得很呢，倒是莫去讲话的好。"侯登说："有什么难听，你

快快说来。"王媒婆说道:"骂你是狐群狗党、衣冠禽兽,连表妹都放不过,是个没人伦的狗畜生,他不与你做亲。我被他骂急了,我就说道:'你敢当面骂侯大爷一句?'他便睁着眼睛说道:'我明日偏要当面骂他,怕他怎的?'我也气不过,同他揪在一堆。可怜把我的脸都抓伤了,衣裳都扯破了。回到家中气了一场,一夜没有睡得着,故尔今日此刻才起来。"

侯登听了这些话,句句骂得狠心,哪里受得下去。又恼又羞,跳起身来,说道:"罢了,罢了!我同他不得开交了!"王媒婆说道:"大爷,你此刻急也无用。想个法儿害他,便使他不敢违五拗六,那时,我偏叫他把女儿送过来与你,才算个手段。"侯登道:"他同我无一面之交,叫我怎生想法害他?只有叫些人打他一顿,再作道理。"王媒婆说:"这不好,况他有多岁年纪,若是打伤了他,那时反为不美。为今之计,大爷不要出名,转出别人来寻他到官司里去,就好讲话了。"侯登道:"好好的,怎得到官呢?"

二人正在商议,忽听有人叩门,王媒婆问道:"是哪一个?"外面一个小书童问道:"我家侯大爷可在这里?"侯登见是家人口音,便叫开了门。只见那书童领了四个捕快,走将进来,见了侯登将手一拱,说道:"侯大爷好耐人,我们早上就在尊府,侯了这半日,原来在这里取乐呢。"侯登说道:"来托王大娘找几个丫鬟,是以在此。失迎,失迎!不知诸位有何见教?"众人道:"只因令亲府上盗案的事,太爷点了我们在外捉拿,三日一追,五日一比,好不苦楚。昨日才拿到两个,那些赃物都分散了,太爷审了一堂,叫我来请侯大爷,前去认赃。我们奉候了一早上,此刻才会见大爷的驾。"侯登道:"原来如此,倒难为你们了,事后少不得重重谢你们。"众人道:"全仗大爷提挈才好呢。"

王媒婆见是府里的差人,忙叫丫鬟备了一桌茶来款待。众人吃了茶,侯登同他一路进城。路上问道:"不知这两个强盗是哪里人?叫什么名字?"捕快道:"就是你们镇上人,一个叫张三,一个叫王四,就在祁家豆腐店旁边住。"侯登听得祁家豆腐店,猛然一触,想道:"要害祁子富,就在这个机会。"心中暗喜,一路行来,到了府门口,侯登向捕快说道:"你们且慢些禀太爷,先引我到班房里,让我问问他看。"

捕快也不介意,只得引侯登到班房里去。带了两个贼来,是镇上的二名军犯,一向认得侯登。一进了班房,看见了侯登,就双膝跪下,道:"可怜小人是误入府里去的,要求太爷开恩活罪。"侯登暗暗欢喜,便支开众人,低低问张三道:"你二人要活罪也不难,只依我一件事就是了。"张三、王四跪在地下，叫道："随大爷有什么吩咐，小人们总依你，只求大爷，莫要追比就是了。"侯登道："谅你们偷的东西都用完了，如今，镇上祁家豆腐店里同我有仇，我寻些赃物放在他家里。只要你们当堂招个窝家，叫人前去搜出赃来，那时你们就活罪了。"张三大喜，道："莫是长安搬来的那个祁子富么？"侯登道："就是他。"张三道："这个容易，只求大爷作主就是了。"侯登大喜，吩咐完毕，忙叫捕快，说道："我才问他二人，赃物俱已不在了，必定是寄在那里。托你们禀声太爷，追出赃来，我再来候审。倘若无赃，我家姑丈柏大人，却不是好惹的。"捕快只得答应，领命去了。

这侯登一口气却跑到胡家镇上，到了王媒婆家。将以上的话儿，向王媒婆说了一遍。王媒婆大喜，说道："好计，好计！这就不怕他飞上天去了，只是今晚要安排得好。"侯登道："就托你罢。"当下定计，别了王媒婆，走回家中。瞒住了书童，瞒过了姑母，等到黄昏后，偷些金银古董、绸缎衣服，打了一个包袱，暗暗出了后门。乘着月色，一溜烟跑到王媒婆家。

玉狐狸预先叫他一个侄子在家伺候，一见侯登到了，忙忙治酒款待。侯登只吃到人静之后，悄悄地同王媒婆的侄子拿了东西，到祁家后门口。见人家都睡了，侯登叫王媒婆的侄子爬进土墙，接进包袱。月色照着，望四下里一看，只见猪旁边，堆着一大堆乱草，他轻轻地搬起一个乱草，将包袱摁将进去，依旧将草堆好了，跳出墙来。见了侯登，说了一遍。侯登大喜，说道："明日再来说话罢。"就回家去了。

按下侯登同王媒婆的侄子做过了事，回家去了，不表。且说那祁子富，次日五更起来，磨了豆子，收拾开了店门。天色已明，就搬家伙上豆腐。只听得那乌鸦在头上，不住地叫了几声。祁子富道："难道我今日有祸不成？"言还未了，只见来了四个捕快、八个官兵，走进来，一条铁索不由分说，就把祁老爹锁将起来。这才是：

无事家中坐，祸从天下来。

当下祁子富大叫道："我又不曾犯法，锁我怎的？"捕快喝道："你结连江洋大盗，打劫了柏府。昨日拿到了两个，已经招出赃物窝藏在你家里，你还说不曾犯法？快快把赃物

拿出来,省得费事!"祁子富急得大叫道:"平空害我,这桩事是从哪里说起?"捕快大怒,道:"且等我们搜搜看。"当下众人分头一搜,恰恰的搜到后门草堆,搜出一个包袱来。众人打开一看,都是些金银古董,上有字号,正是柏府的物件。众人道:"人赃现获,你还有何说!"可怜把个祁子富一家儿,只吓得面如土色,面面相觑,不敢做声。又不知赃物从何而来,被众人一条铁索,锁进城中去了。

　　不知后事如何,且看下回分解。

第三十二回　过天星暗保含冤客
柏文连义释负辜人

话说众捕快锁了祁子富，提了包袱，一同进城去了。原来臧知府头一天晚堂，追问张三、王四的赃物，他二人就招出祁子富来了，故尔今日绝早，就来拿人起赃。众捕快将祁子富带到府门口，押在班房，打了禀帖，知府忙忙吩咐，点鼓升堂。各役俱齐，知府坐了堂，早有原差带上张三、王四、祁子富一干人犯，点名验过赃物。知府喝问祁子富，说道："你窝藏大盗，打劫了多少金银？藏于何处？快快招来，免受刑法！"祁子富爬上几步，哭道："小人是冤枉，求太老爷详察！"知府大怒，说道："现搜出赃物来，你还赖么？叫张三上来对问。"那张三，是同侯登商议定了的，爬上几步，向着祁子富说道："祁子富，你老实招了，免受刑法。"祁子富大怒，骂道："我同你无冤无仇，你扳害我怎的？"张三道："强盗是你我做的，银子是你我分的，既是我扳害你的，那赃物是飞到你家来的么？"张三这些话，把个祁子富说得无言回答。只是跪到地下，叫喊冤枉。知府大怒，喝道："谅你这个顽皮，不用刑法，如何肯招。"喝令左右："与我夹起来！"

两边一声答应，拥上七八个皂快。将祁子富拖下，扯去鞋袜，将他两只腿望夹棍眼里一踹，只听得"格扎"一声响，脚心里鲜血直冒。祁子富如何受得住，大叫一声，早已昏死过去了。左右忙用凉水迎面喷来，依然苏醒。知府喝道："你招也不招？"祁子富叫道："太老爷，小人真是冤枉！求太老爷详察！"知府大怒，喝令："收足了！"左右吆喝一声，将绳早已收足。可怜祁子富受当不起，心中想道："招也是死，不招也是死。不如招了，且顾眼下。"只得叫道："求太老爷松刑。"知府问道："快快招来！"那祁子富无奈，只得照依张三的口供，一一的招了，画完了口供。知府飞传侯登，来领回失物，将祁子富收了监，不表。

单言祁巧云听得这个消息，魂飞魄散。同张二娘大哭一场，悲悲切切，做了些狱食。称了些使费银包，带在身边。锁了店门，两个人哭哭啼啼，到府监里来送饭。

当下来到监门口，哀求众人说道："可怜我家含冤负屈，求诸位伯伯方便，让我父女见见面罢。"腰内忙拿出一个银包，送与牢头，说道："求伯伯笑纳。"众人见她是个年少女子，又哭得十分凄惨，只得开了锁，引他二人进去。见了祁子富，抱头大哭一场。祁子富说道："我今番是不能活了，我死之后，你可随你干娘，嫁个丈夫过活去罢，不要思念我了。"祁巧云哭道："爹爹，在一日，是一日，爹爹倘有差池，孩儿也是一死。"可怜他父女二人，大哭了一场。张二娘哭着劝道："你二人少要哭坏了身子，且吃些饭食再讲。"祁巧云捧着狱食，勉强喂了她父亲几口。早有禁子催她二人出去，说道："快走，有人进来查监了。"她二人只得出去。

离了监门，一路上哭回家中，已是黄昏时候。二人才进了门坐下，只见昨日来的那个王媒婆穿了一身新衣服走进门来。见礼坐下，假意问道："你家怎么弄出这场事来的？如何是好？"祁巧云说道："凭空的被瘟贼陷害，问成大盗，无处伸冤。"王媒婆说道："你要伸冤也不难，只依我一件事，不但伸冤，还可转祸为福。"祁巧云说道："请问王奶奶，我依你什么事？请说。"王媒婆说道："如今柏府，都是侯大爷做主，又同这府太爷相好，昨日见你老爹不允亲事，他就不欢喜。为今之计，你可允了亲事，亲自去求他不要追赃，到府里讨个人情，放你家老爹出来。同他做了亲，享不尽的富贵，岂不是一举两得了？"祁巧云听了此言，不觉满面通红，开言回道："我爹爹此事，有九分是侯登所害，他既是杀父的冤仇，我恨不得食他之肉！你休得再来绕舌。"王媒婆听了此言，冷笑道："既然如此，倒得罪了。"起身就走。正是：

此去已输三寸舌，再来不值半文钱。

不表祁巧云，单言王媒婆回去，将祁巧云的话，向侯登说了一遍。侯登大怒，说道："这个丫头，如此可恶！我有本事弄得她家产尽绝，叫她落在我手里，便了。"就同王媒婆商议定了。

次日清晨，吩咐家人打轿，来会知府。知府接进后堂，侯登说道："昨日家姑丈有书回来，言及祁子富乃长安要犯，本是犯过强盗案件的，要求太父母，速速追他的家产赔赃，发他远方充军，方可销案。不然家姑丈回来，恐与太父母不便。"知府听了，只得答应，说道：

"年兄请回府,本府知道了。"

当下侯登出了衙门,知府就叫点鼓升堂。提了祁子富等一干人犯出来,发落定罪。当下祁子富跪在地下,知府问道:"你劫了柏府的金银,快快缴来,免得受刑。"祁子富哭道:"小人真是冤枉,并无财物。"知府大怒,说道:"如今上司行文追赃甚紧!不管你闲事,只追你的家产赔偿便了。"随即点了二十名捕快:"押了祁子富同去,将家产尽数查交。本府立等回话。"一声吩咐,那二十名快手,押了祁子富回到家中。

张二娘同祁巧云听见这个风声,魂飞魄散,忙忙将金珠藏在身上,带出去了。这些快手不由分说,把定了门户,前前后后,细细查了一遍。封锁已定,收了账目,将祁子富带到府堂,呈上账目。知府传柏府的家人,吩咐道:"明早请你家大爷上堂领赃。"家人答应回去,不表。

且言知府将祁子富发到云南充军,明日就要启程。做了文书,点了长解,只候次日发落。

且言柏府家人回来,将知府的话,对侯登说了一遍。侯登听见这个消息,心中大喜。次日五更,就带了银两到府前,找到两个长解,扯到酒楼内坐下。那两个公人,一个叫做李江,一个叫做王海,见侯登扯他俩吃酒,忙忙说道:"侯大爷,有话吩咐就是了,怎敢扰酒。"侯登道:"岂有此理,我有一事奉托。"不一时,酒肴捧毕,吃了一会,侯登向李江说:"你们解祁子富去,是件苦差,我特送些盘费,与二公使用。"说罢,忙向怀中取出四封银子,说道:"望乞笑纳。"二人道:"小人叨扰,又蒙爷的厚赐,有什吩咐,小人代大爷办就是了。"侯登道:"并无别事,只因祁子富同我有仇,不过望你二位在路上,代我结果了他。将他的女儿送到王媒婆家里,那时我再谢你二位一千两银子。倘有祸事,都是我一人承管。"二人欢喜,说道:"这点小事,不劳大爷费心,都在我二人身上就是了。"

当下二人收了银子,听得发梆传衙役,伺候知府升堂,三人忙忙出了店门。进府堂,点名已毕,知府将祁子富家产账单交与侯登,一面将祁子富提上堂来,发落道:"上司行文已到,发配云南,限今日同家眷上路。"喝令打了二十,带上刑具,叫长解领批文下堂去了;又将张三、王四打了三十,枷号两日。一一发落,知府退堂。

且言祁子富同了两个解差,回家见了张二娘、祁巧云。三人大哭一场,只得收拾行李,将家私交与柏府。同两名长解、两名帮差、张二娘、祁巧云一齐七八个人,凄凄惨惨,离了淮安,上路去了。

　　且言那二名解差是受过侯登嘱托的,哪里管祁子富的死活,一路上催趱行程,非打即骂。可怜他三个人在路上也走了十数日。那一日到了一个去处,地名叫做野猪林,十分险恶,有八十里山路,并无人烟。两个解差商议下手,故意错走过宿店,奔上林来。走了有三十多里,看看天色晚了,解差说道:"不好了,前后俱无宿店,只好在林中歇了,明日再走。"祁子富三人,只得到林中坐下。黑夜里,在露天地下,好不悲切。李江道:"此林中没得关栏,是我们的干系,不是玩的。得罪你,要捆一捆才好。"就拿绳子将祁子富捆了。就举起水火棍来,喝道:"祁大哥,你休要怪我,我见你走得苦楚,不如早些归天,倒转快活。我是个好意,你到九泉之下,却不要埋怨我。"说罢,下棍就打。

　　不知后事如何,且看下回分解。

第三十三回　祁巧云义女安身
柏玉霜主仆受苦

中国禁书文库

粉妆楼

话说两个解差，将祁子富送进野猪林，乘着天晚无人，就将他三人一齐捆倒。这李江拿起水火棍来，要结果祁子富的性命。祁子富大叫道："我与你无仇，你为何害我性命？"李江道："非关我事。只因你同侯大爷作了对头，他买嘱了淮安府，一定要绝了你的性命。早也是死，迟也是死，不如送你归天，免得受那程途之苦。我总告诉了你，你却不要怨我。你好好的瞑目受死去罢！"

可怜祁巧云捆在旁边，大哭道："二位爷爷，饶我爹爹性命，奴家情愿替死去罢。"李江道："少要多说，我还要送你回去过快活日子呢，谁要你替死。"说罢，举起水火棍，提起空中，照定祁子富的天灵盖，劈头打下来。只听得一声风响，那李江连人带棍，反跌倒了。王海同两个帮差，忙忙近前扶起，说道："怎生的没有打着人，自己倒跌倒了？"李江口内哼道："不，不，不好了！我，我这肩窝里，受了伤了！"王海大惊，忙在星光之下一看，只见李江肩窝里，中了一枝弩箭，深入三寸，鲜血淋淋。王海大惊，说道："奇怪，奇怪，这枝箭是从哪里来的？"话言未了，猛听又是一声风响，一枝箭向王海飞来，"扑"的一声，正中右肩。那王海大叫一声，扑通的一跤，跌在地下。那帮差唬得魂飞魄散，做声不得。正是惊慌，猛听得大树林中一声唿哨，跳出七八个大汉。为首一人手执一口明晃晃的刀，射着星光，寒风闪闪，赶将来，大喝道："你这一伙倚官诈民的泼贼，干得好事！快快都替我留下人头来！"

那李江、王海是受了伤的，哪里跑得动，况且天又黑，路又生，又怕走了军犯。四个人慌做一团，只得跪下，哀告道："小的们是解军犯的苦差，并没有金银，求大王爷爷饶命！"那大汉喝道："谁要你的金银，只留下你的驴头，放你回去！"李江哭道："大王在上，留下头来，就是死了，怎得回去？可怜小的家里，都有老母妻子，靠着小的养活。大王杀了小的，那时家中的老小,活活地就要饿死了。求大王爷爷,饶了小的们的命罢!"那大汉呼呼地大笑,道:"我把你这一伙害民的泼贼,你既知道顾自己的妻孥,为何忍心害别人家的父女?"李江、王海听得话内有因,心中想着:"莫不是撞见了祁子富的亲眷了?为何他件件晓得?"只得实告道:"大王爷爷在上,这事非关小人们的过失。只因祁子富同侯大爷结了仇,他买嘱了淮安府,将祁子富屈打成招,问成窝盗罪犯,发配云南。吩咐小人们,在路上结果了他的性命,回去有赏。小人是奉太爷差遣,概不由己。求大王爷爷详察。"那大汉听了,喝骂道:"好端端的百姓,倒诬他是窝盗歼民。你那狗知府和你一班泼贼,一同奸诈害民,才是真强盗,朝廷的大蠹。俺本该着斩你们的驴头,且留你们,回去传谕侯登和狗知府,你叫他把头长稳了,有一日,俺叫他们都像那锦亭衙毛守备一样儿,就是了。你且代我把祁老爹请起来说话。"李江同众人只得前来,放走了祁子富等三人。

看官,你道这好汉是谁?原来是过天星孙彪。自从大闹了淮安,救了罗焜上山之后,如今寨中十分兴旺。招军买马,准备迎敌官兵。只因本处马少,孙彪带了八个喽兵、千两银子,四路买马。恰恰地那一天,就同祁子富歇在一个饭店。夜间哭泣之声,孙彪听见,次日,就访明白了。又见两个解差心怀不善,他就暗暗地一路上跟定。这一日,跟到野猪林,远远地望见解差要害祁子富。这孙彪是有夜眼的,就放了两枝箭,射倒了李江、王海。真是祁子富做梦也想不到的。

闲话少叙。且说那李江等放了祁子富等三人,走到星光之下,来见孙彪。孙彪叫道:"祁大哥,可认得我了?"祁子富上回在山中报信,会过两次的,仔细一看:"呀!原来是孙大王。可怜我祁子富自想必死,谁知道幸遇英雄相救。"说罢,泪如雨下,跪倒尘埃。孙彪扶起,说道:"少要悲伤,且坐下来讲话。"当下二人坐在树下,祁子富问他山中之事,胡奎、罗焜的消息,又问孙彪因何到此。孙彪就将扮商买马之事,说了一遍;祁子富把他被害的原由,也说了一遍。二人叹息一会,又谈了半天的心事。只把李江、王海吓得目瞪口呆,说道:"不好了,闯到老虎窝里来了,如何是好?倘若他们劫了人去,叫我们如何回话?"

不提众公人在旁边暗暗地叫苦,且说孙彪,欲邀祁子富上山,祁子富再三不肯,只推说女儿上山不便。孙彪见他不肯,说道:"既是如此,俺送你两程便了。"祁子富说道:"若得如此,足感盛意。"当下谈说谈说,早已天明了。孙彪见李江、王海站在哪里哼哩,说道:"你二人若不回心,也不份你,我这一箭便够了。且看祁大哥面上,过来,俺替你医好了罢。"二人大喜。孙彪在身边取出那小神仙张勇合的金疮药来，代他二人放在箭口上，随即定了疼。孙彪喝令两个帮差，到镇上雇了三辆车儿，替祁子富宽了刑具，登车上路。孙彪同八个喽兵，前后保着车子，慢慢而行。凡遇镇市村庄、酒饭店，便买酒肉将养祁子富一家三口。早晚之间，要行要歇，都听孙彪吩咐，但有言词，非打即骂。李江、王海等怎敢违拗，只得小心，一路伏侍。

那孙彪护送了有半个多月，方到云南地界。离省城只有两三天的路了，孙彪向祁子富说道："此去离省城不远，一路人烟稠集，谅他们再不敢下手。俺要回山去了。"祁子富再三称谢："回去多多拜上胡、罗二位恩公，众多好汉，只好来世报恩了。"孙彪道："休要如此说。"又取出一封银子，送与祁子富使用，转向向李江、王海等说道："俺寄下你几个驴头，你们此去，倘若再起歹心，俺叫你一家儿都是死。"说罢，看见路旁一株大树，掣出朴刀来，照定那树，一刀分为两段。扑通一声响，倒过去了，吓得解差连连答应。孙彪喝道："倘有差池，以此树为例。"说罢，收了朴刀，作别而去。

祁子富见孙彪去了，感叹不已。一家三口，一齐掉下泪来。只等孙彪去远了，方才转身上路。那两个解差，见祁子富广识英雄，不敢怠慢，好好地伏侍他走了两天。到了省城都察院府了，只见满街上，人马纷纷，官员济济，都是接新教察院到任的。解差问门上巡捕官，说道："不知新任大人为官如何？是哪里人氏？"巡捕官问了解差的来历，看了批文，向解差说道："好了，你弄到他手里，就是造化。这新大人，就是你们淮安锦亭衙人氏，前任做过陕西指挥，为官清正，皇上加恩封他三边总镇，兼管天下军务。巡按大老爷姓柏，名文连，你们今日来投文，又是为他家之事，岂不是你们造化！快快出去，三日后来投文。"

解差听了，出来告诉祁子富。祁子富道："我是他家的盗犯，这却怎了？"正在忧愁，猛听三声炮响，大人进院了，众人退出辕门。这柏大老爷行香放告，盘查仓库，连连忙了五日，将些民情吏弊扫荡一清，十分严紧，毫无私情。那些属下人员，无不畏惧。到了第六日，悬出收文的牌来，早有值日的中军，在辕门上收文。李江、王海捧了淮安府的批文，带了祁子富一家三口，来到辕门。不一时，柏大人升堂，头一起，就将淮安府的公文呈上。柏大人展开，从头至尾一看，见是家中的盗案，吃了一惊，喝令带上人犯来。

不知后事如何，且看下回分解。

第三十四回　迷路途误走江北　施恩德险丧城西

话说柏文连一声吩咐，早有八名捆绑手将祁子富等三人，抓至阶前，"扑通"的一声，掼在地下跪着。柏老爷望下一看，只见祁子富须眉花白，年过五旬，骨格清秀，不像个强盗的模样；再看籍贯，是昔日做过湖广知府祁凤山的公子，又是一脉书香。柏爷心中疑惑：岂有此人为盗之理？事有可疑。复又望下一看，见了祁巧云，不觉泪下。你道为何？原来祁巧云的相貌，与柏玉霜小姐相似，柏爷见了，想起小姐，故此流泪。因望下问道："你若大年纪，为何为盗？"祁子富见问，忙向怀中取出一纸诉状，双手呈上，说道："求太老爷明察深情，便知道难民的冤枉了。"

原来，祁子富知道柏老爷为官清正，料想必要问他，就将侯登央媒作伐不允，因此买盗扳赃的话，隐而不露细细地写了一遍；又将侯登在家内一段情由，也隐写了几句。这柏老爷清如明镜，看了这一纸诉词，心中早明白了一半。暗想道："此人是家下的邻居，必知我家内之事。看他此状，想晓得我家闺门之言。"大堂上不便细问，就吩咐："去了刑具，带进私衙，晚堂细审。"左右听得，忙代祁子富等三人除去刑具，带进后堂去了。这柏老爷一面批了回文，两个解差自回淮安，不必细说。

且说柏老爷，将各府州县的来文一一地收了，批判了半日。发落后，然后退堂。至后堂中，叫人带上祁子富等，前来跪下。柏爷问道："你住在淮安，离我家多远？"祁子富道："太老爷府第，隔有二里多远。"柏爷道："你在哪里住了几年？做何生意？"祁子富回道："小的本籍原是淮安，只因故父为官犯罪在京，小的搬上长安住了十六年，才搬回淮安居住，开了个豆腐店度日。"柏爷道："你平日可认得侯登么？"祁子富回道："虽然认得，话却未曾说过。"柏爷问道："我家中家人，你可相熟？"祁子富回道："平日来买豆腐的，也认得两个。"柏爷说道："就是我家侯登与你结亲，也不为辱你，为何不允？何以生此一番口

舌？"祁子富问着此言，左思右想，好难回答，又不敢说出侯登的事，只得回道："不敢高攀。"柏爷笑道："必有隐情，你快快从直说来，我不罪你；倘有虚言，定不饶恕。"

祁子富见柏爷问得顶真，只得回道："一者，小的女儿要选个才貌的女婿，养难民之老；二者，联姻也要两厢情愿；三者，闻得侯公子乃花柳中人，故此不敢轻许。"柏爷听了，暗暗点头，心中想道："必有缘故。"因又问道："你可知道，我家可有什事故？"祁子富回道："闻得太老爷的小姐仙游了，不知真假。"柏爷闻得小姐身死，吃了一惊，说道："是几时死的？我为何不知？若非为我女婿罗焜大闹淮安，一同劫去的么？"

原来罗焜大闹淮安之事，柏爷见报已知道了。祁子富回道："小姐仙游在先。罗恩公被罪在后。"柏爷听了此言，好生疑惑："难道我女儿死了，家中敢不来报信么？又听他称我女婿为恩公，其中必有多少情由。谅他必知就里，不敢直说。也罢，待我吓他一吓，叫他直说便了。"柏爷眉头一皱，登时放下脸来，一声大喝道："看你说话糊涂，一定是强盗。你好好将我女儿、女婿的情由从直说来便罢；倘有支吾，喝令左右将上方剑取来斩你三人的首级。"一声吩咐，早有家将把一口上方剑捧出。

祁子富见柏爷动怒，又见把上方剑捧出，吓得魂不附体，战战兢兢地说道："求太老爷恕难民无罪，就敢直说了。"柏爷喝退左右，向祁子富说道："恕你无罪，快快从直诉来。"祁子富道："小人昔在长安，只因得罪了沈太师，多蒙罗公子救转淮安。住了半年，就闻得小姐被侯公子逼到松林自尽。多亏遇见旁边一个猎户龙标救回，同他老母安住。小姐即令龙标，到陕西大人任上送信，谁知大人高升了，龙标不曾赶得上。不知侯公子怎生知道小姐的踪迹，又叫府内使女秋红，到龙标家内来访问。多亏秋红同小姐作伴，女扮男装，到镇江府投李大人去了。恰好小姐才去，龙标已回。接手长安罗公子，到大人府上来探亲，又被侯公子用酒灌醉，拿送淮安府，问成死罪。小的该死，念昔日之恩，连日奔走鸡爪山，请了罗公子的朋友，前来劫了法场救了去。没有多时，侯公子又来谋取难民的女儿，小的见他如此作恶，怎肯与他结亲？谁知他怀恨在心，买盗扳赃，将小人问罪到此。此是实话，并无虚诬，求大人恕罪开恩！"

当下柏爷听了这番言词，心中悲切，又问道："你如何知得这般细底？"祁子富道："大人府内之事，是小姐告诉龙标，龙标告诉小人的。"柏爷见祁子富句句实情，不觉的怒道："侯登如此胡为，侯氏并不管他，反将我女儿逼走，情殊可恨！可惨！"因站起身来，扶起祁子富,说道:"多蒙你救了我的女婿,倒是我的恩人了。快快起来,就在我府内住歇。你的女儿,我自另眼看待,就算做我的女儿也不妨。"祁子富道:"小人怎敢?"柏爷道:"不要谦逊。"就吩咐家人,取三套衣服,与他三人换了。遂进内衙,一面差官至镇江,问小姐的消息;一面差官至淮安府,责问家内的情由。因见祁子富为人正直,就命他管些事务;祁巧云聪明伶俐,就把她当做亲生女一般。这且按下不表。

却说柏玉霜小姐同那秋红,女扮男装,离了淮安。走了两日,可怜一个娇生惯养的千金小姐,从没有出过门,哪里受得这一路的风尘之苦。她鞋弓袜小,又认不得东西南北,心中又怕,脚下又疼,走了两日,不觉的痛苦难当。眼中流泪,说道:"可恨侯登这贼,逼我出来,害得我这般苦楚。"秋红劝道:"莫要悲伤,好歹挨到镇江就好了。"当下主仆二人,走了三四天路程,顺着宝应沿过秦邮,叫长船走江北这条路,过了扬州,到了瓜州,上了岸。进了瓜州城,天色将晚,秋红背着行李,主仆二人趱路,只想搭船到镇江。不想她二人到迟了,没得船了。二人商议,秋红说道:"今日天色晚了,只好在城外饭店里住一宿,明日赶早过江。"小姐道:"只好如此。"

当下主仆回转旧路,来寻宿店。走到三叉路口,只见一众人围着一个围场。听得众人喝采说道:"好拳!"秋红贪玩,引着小姐来看。只见一个虎行大汉在哪里卖拳,玩了一会,向众人说道:"小可玩了半日,求诸位君子,方便方便。"说了十数声,竟没有人肯出一文。那汉子见没有人助他,就发躁说道:"小可来到贵地,不过是路过此处到长安去投亲,缺少盘费,故此卖卖拳棒,相求几文路费。如今耍了半日,就没有一位抬举小可的。若说小可的武艺平常,就请两位好汉下来会会,也不见怪。"

柏玉霜见那人相貌魁伟,出言豪爽,便来拱拱手,说道:"壮士尊姓大名,何方人氏?"那大汉说道:"在下姓史,名忠,绰号金面兽便是。"柏玉霜说道:"既是缺少盘缠,无人相赠,我这里数钱银子,权为路费,不可嫌轻。"史忠接了,说道:"这一方的人,也没有一个相助肯如此仗义的,真正多谢了。"正在相谢,只见人中间,闪出一个大汉,向柏玉霜喝道:"你是哪里的狗男女?敢来灭我镇上的威风,卖弄你的钱钞!"抡着拳头,奔柏玉霜就打。

不知后事如何,且看下回分解。

话说柏玉霜一时拿了银子,在瓜州镇上助了卖拳的史忠,原是好意;不想恼了本镇一条好汉,跳将出来,就打柏玉霜。玉霜惊道:"你这个人好无分晓,我把银子与他,干你什么事?"那汉子更不答话,不由分说,劈面一拳,照柏玉霜打来。玉霜叫声:"不好!"望人丛里一闪,回头就跑。那大汉大喝一声:"望哪里走!"抢拳赶来。不防背后卖拳的史忠心中大怒,喝道:"你们镇上的人,不抬举我便罢了,怎么过路的人助我的银子,你倒前来寻事?"赶上一步,照那汉后跨上一脚。那汉子只顾来打玉霜,不曾防备,被史忠一脚,踢了一跤。爬起来要奔史忠,史忠的手快,拦腰一拳,又是一跤。那汉爬起来,向史忠说道:"罢了!罢了!回来叫你们认得老爷便了。"说罢,分开众人,大踏步一溜烟跑回去了。

这史忠也不追赶,便来安慰玉霜,玉霜吓得目瞪口呆,说道:"不知是个什么人,这等撒野。若非壮士相救,险些受伤。"史忠说道:"是小可带累贵官了。"众人说道:"你们且莫欢喜,即刻就有祸了。快些走罢,不要白送了性命。"玉霜大惊,忙问道:"请教诸位,他是个什么人,这等利害?"众人说道:"他是我们瓜州有名的辣户,叫做王家三鬼。弟兄三个,都有十分本事,结交无数的凶徒,凡事都要问他方可无祸。大爷叫做焦面鬼王宗,二爷叫做扳头鬼王宝,三爷叫做短命鬼王宸。但有江湖上卖拳的朋友到此,先要拜了他弟兄三人,才有生意。只因他怪你不曾拜他,早上就吩咐过镇上,叫我们不许助你的银钱,故此我们不敢与钱助你。不想这位客官助了你的银子,他就动了气来打。他此去,一定是约了他两个哥哥,同他一党的泼皮,前来相打。他都是些亡命之徒,就是黑夜里打死人,望江心里一丢,谁敢管他闲事?看你们怎生是好?"

柏玉霜听得此言,魂飞魄散,说道:"不料遇见这等凶徒,如何是好?"史忠说道:"大爷请放心,待俺发落他便了。"秋红说道:"不可。自古道:'强龙不压地头蛇。'我们倘若受了

他的伤,到哪里去叫冤?不如各人走了罢,远远的寻个宿店歇了,明日各奔前行,省了多少口舌。"玉霜说道:"言之有理,我们各自去罢。"那史忠收拾了行李,背了枪棒,谢了玉霜,作别去了。

单言柏玉霜主仆二人,连忙走了一程,来寻宿店。正是:

心慌行越慢,性急步偏迟。

当下主仆二人顺着河边,走了二里之路,远远的望见前面一个灯笼上写着:"公文下处"。玉霜见了,便来投宿。向店小二说道:"我们是两个人,可有一间空房,我们歇歇?"店家把柏玉霜上下一望,问道:"你们可是从镇上来的?"柏玉霜说道:"正是。"那店家连忙摇手,说道:"不下。"柏玉霜问道:"却是为何?"店家说道:"听得你们在镇上,把银子助卖拳的人,方才王三爷吩咐,叫我们不许下你们。若是下了你们,连我们的店都要打掉了哩! 你们只好到别处去罢。"柏玉霜吃了一惊,只得回头就走。

又走了有半里之路,看见一个小小的饭店,二人又来投宿。那店家也是一般回法,不肯留宿。柏玉霜说道:"我多把些房钱与你。"店家回道:"没用。你就把一千两银子与我,我也不敢收留你们,只好别处去罢。"柏玉霜说道:"你们为何这等怕他?"店家说道:"你们有所不知,我们这瓜州城,内外有三家辣户,府县官员都晓得他们的名字,也无法奈何他。东去三十里扬州地界,是卢氏弟兄一党辣户;西去二十里仪征地界,是洪氏弟兄一党辣户;我们这瓜州地界,是王氏兄弟一党辣户。他们这三家专一打降,报不平,扯硬劝,若是得罪了他,任你是富贵乡绅,也弄你一个七死八活,方才歇手。"

柏玉霜听了,只是暗暗的叫苦,回头就走。一连问了六七个饭店,都是如此。当下二人又走了一会,并无饭店容身。只看天又晚了,路又生,脚又疼,真正没法了。秋红说道:"我想这些饭店,都是他吩咐过的不能下了。我们只好赶到村庄人家,借宿一宵,再作道理。"柏玉霜说道:"只好如此。"主仆二人一步一挨,已是黄昏时分,趁着星光往乡村里行来。

走了一会,远远望见树林之中,现出一所庄院,射出一点灯光来。秋红说道:"且往那庄上去。"当下二人走到庄上,只见有十数间草房,却只是一家。当中一座庄门,门口站着

一位公公,年约六旬,须眉皆白,手执拐杖,在土地庙前烧香。柏玉霜上前施礼,说道:"老公公在上,小子走迷了路了,特来宝庄借宿一宵,明早奉谢。"那老儿见玉霜是个书生模样,说道:"既如此客官随老汉进来便了。"那老儿带他主仆二人,进了庄门,叫庄客掌灯引路,转弯抹角,走到了一进屋里,后首一间客房,紧靠后门。秋红放下行李,一齐坐下,那老儿叫人捧了晚饭来,与她二人吃了。那老儿又说道:"客人夜里安歇,莫要做声。惟恐我那不才的儿子回来,听见了又要问长问短的,前来惊动。"柏玉霜说道:"多蒙指教,在下晓得。"

那老儿自回去了。柏玉霜同秋红,也不打开行李,就关了门,拿两条板凳,和衣而睡,将灯吹灭。没有一个时辰,猛听得一声嘈嚷,有三四十人拥进后门。柏玉霜大惊,在窗子眼里一看,只见那三四十人,一个个手执灯球火把、棍棒刀枪,捆着一条大汉,扛进门来。柏玉霜看见捆的那大汉,却是史忠,柏玉霜说道:"不好了,撞到老虎窝里来了。"又见随后来了两个大汉,为头一个头扎红巾,手执钢叉,喝令众人,将史忠吊在树上。柏玉霜同秋红看见大惊,说道:"正是对头王宸。"只见王宸回头叫道:"二哥,我们一发去寻大哥来,分头去追那两个狗男女,一同捉了,结果了他的性命,才出我心头之怒。"众人说道:"三哥哥说得是,我们快些去。"当下众人哄入中堂,听得王宸叫道:"老爹,大哥往哪里去了?"听得那老儿回道:"短命鬼,你又喊他做什么事?他到前村去了。

柏玉霜同秋红见了这等凶险,吓得战战兢兢,说道:"如何是好?倘若庄汉告诉他二人,说我们在他家投宿,回来查问,岂不是自投其死?就是挨到天明,也是飞不去的。"秋红说道:'三十六着,走为上着。'乘他们去了,我们悄悄的开了门出去,挨了走他一夜,也脱此祸。"柏玉霜哭道:"只好如此。"主仆二人悄悄地开了门,四面一望,只见月色满天,并无人影。二人大喜,秋红背着行李。走到后门口,轻轻地开了后门,一溜烟出了后门,离了王家庄院。乘着月色,只顾前走,走了有半里之路。看看离王家远了,二人方才放心,歇了一歇脚。

望前又走了四里多路,来到一个三叉路口,东奔扬州,西奔仪征。他们不识路,也不奔东,也不奔西,朝前一直就走。走了二里多路,只见前面都是七弯八折的蟑螂小路,荒烟野草,不分南北。又不敢回头,只得一步步顺着那草径,往前乱走。又走了半里多路,抬头一看,只见月滚金波,天浸银汉,茫茫荡荡,一片大江拦住了去路。柏玉霜大惊,说

道:"完了,完了,前面是一片大江,望哪里走?"不觉的哭将起来。秋红说道:"哭也无益,顺着江边且走,若遇着船只,就有了命了。"正走之时,猛听得一片喊声,有三四十人,火把灯球,飞也似赶将来了。柏玉霜吓得魂不附体,说道:"我命休矣!"

不知后事如何,且看下回分解。

第三十六回 指路强徒来报德 投亲美女且安身

话说柏玉霜主仆二人走到江边没得路径，正在惊慌。猛抬头，见火光照耀。远远有三四十人赶将下来，高声叫道："你两个狗男女，往哪里走？"柏玉霜叫苦道："前无去路，后有追兵，如何是好？不如寻个自尽罢！"秋红道："小姐莫要着急，我们且在这芦花丛中，顺着江边走去，倘若遇着船来，就有救了。"柏玉霜见说，只得在芦苇丛中，顺江边乱走。

走无多路，后面人声渐近了，主仆二人慌做一团。忽见芦苇边呀的一声，摇出一只小小船来。秋红忙叫道："艄公，快将船摇拢来，渡我二人过去。"那船家抬头一看，见是两个后生，背着行李。那船家问道："你们是哪里来的？半夜三更，在此唤渡？"柏玉霜道："我们是被强盗赶下来的，万望艄公渡我们过去，我多把些船钱与你。"艄公笑了一声，就把船荡到岸边。先扶柏玉霜上了船，然后来扶秋红。秋红将行李递与艄公，艄公接在手中只一试，先送进舱中，然后来扶秋红上了船。船家撑开了船，飘飘荡荡到江中。

那江边一声唿哨，岸上三十多人，已赶到面前来了。王氏弟兄赶到江边，看见一只小船渡了人去。王宸大怒，高声喝道："是哪个大胆的艄公，敢渡了我的人过去？快快送上岸来！"柏玉霜在船上，战战兢兢的向船家说道："求艄公千万不要拢岸，救我二人性命，明日定当重谢。"艄公说道："晓得，你不要作声。"摇着船只顾走。柏玉霜向秋红说道："难得这位艄公，救我二人性命。"那船离岸有一箭多远，岸上王氏弟兄作急，见艄公不理他，一齐大怒，骂道："我把你这狗男女，你不拢岸来，我叫你明日认得老爷便了。"艄公冷笑一声，说道："我偏不拢岸，看你怎样老爷。"王宸听得声音，忙叫道："你莫不是洪大哥么？"那艄公回道："然也。"王宸说道："你是洪大哥，可认得我了？"那艄公回道："我又不瞎眼，如何不认得！"王宸道："既认得我，为何不拢岸来？"艄公回道："他是我的衣食父母，如何叫

我送上来与你？自古道：'生意头上有火。'今日得罪你，只好再来陪你礼罢。"王宸大叫道："洪大哥，你就这般无情？"艄公说道："王兄弟，不是我无情，只因我这两日赌钱输了，连一文也没有得用。出来寻些买卖，恰恰撞着这一头好生意，正好救救急。我怎肯把就口的馒头，送与你吃！"

王宸道："不是这等讲，这两个撮鸟，在瓜州镇上气得我苦了，我才连夜赶来出这口气。我如今不要东西，你只把两个人与我罢。"艄公说道："既是这等说，不劳贤弟费事，我代你出气就是了。"说罢，将橹一摇，摇开去了。这王氏弟兄见追赶不得，另自想法去了。

且言柏玉霜同秋红，在舱内听得他们说话有因，句句藏着凶机，吓得呆了。柏玉霜道："听他话因，此处又是凶多吉少。"秋红道："既已如此，只得由天摆布了。"玉霜想起前后根由，不觉一阵心酸，扑簌簌泪如雨下，乃口占一绝道：

> 一旦长江远，思亲万里遥。
>
> 红颜多命薄，生死系波涛。

艄公听得舱中吟诗，他也吟起诗来：

> 老爷生来本姓洪，不爱交游只爱铜。
>
> 杀却肥商劫了宝，尸首抛在大江中。

柏玉霜同秋红听了，只是暗暗叫苦。忽见艄公扣住橹，走进舱来，喝道："你二人还是要整的，还是要破的？"柏玉霜吓得不敢开言。秋红道："艄公休要取笑。"艄公大瞪着眼，掣出一口明晃晃的板刀来，喝道："我老爷同你取笑么？"秋红战战兢兢的说道："爷爷，怎么叫做整的，怎么叫做破的？"艄公圆睁怪眼，说道："要整的，你们自己脱得精光，跳下江去，唤做整的；若要破的，只须老爷一刀一个，剁下江去，这便叫做破的。我老爷一生为人慈善，这两条路，随你二人拣哪一条路儿便了。"

柏玉霜同秋红魂不附体，一齐跪下，哀告道："大王爷爷在上，可怜我们是落难之人，要求大王爷爷饶命。"那艄公喝道："少要多言,我老爷有名的,叫做狗脸洪爷爷,只要钱,连娘舅都认不得的。你们好好的商议商议,还是去哪一条路。"柏玉霜同秋红一齐哭道："大王爷爷,求你开一条生路,饶了我们的性命,我情愿把衣服行囊、盘费银两都送与大王,只求大王送我们过了江,就感恩不尽了。"艄公冷笑道："你这两个撮鸟,在家中穿绸着缎,快活得很哩,我老爷到哪里寻你? 今日撞在我手中,放着干净事不做,倒送你们过江,留你两个祸根,后来好寻我老爷淘气? 快快自己脱下衣衫,跳下江去,省得我老爷动手!"柏玉霜见势已至此,料难活命,乃仰天叹道："我柏玉霜死也罢了,只是我那罗焜,久后若还伸冤报仇,那时见我死了,岂不要同我爹爹淘气。"说罢泪如雨下。

那艄公,听得"罗焜"二字,又喝问道："你方才说什么'罗焜',是哪个罗焜?"柏玉霜回道："我说的是长安越国公的二公子罗焜。"那艄公说道："莫不是被沈谦陷害、问成反叛的罗元帅的二公子、玉面虎罗焜么?"柏玉霜回道："正是。"艄公问道："你认得他么?"柏玉霜说道："他是我的妹夫,如何认不得。我因他的事情,才往镇江去的。"艄公听得此言,哈哈大笑道："我的爷爷,你为何不早说,险些儿叫俺害了恩公的亲眷。那时俺若见了二公子,怎生去见他?"说罢,向前陪礼道："二位休要见怪,少要惊慌,那罗二公子,是俺旧时的恩主。不知客官尊姓大名,可知罗公子近日的消息?"柏玉霜听得此言,心中大喜,忙回道："小生姓柏,名玉霜,到镇江投亲,也是要寻访他的消息。不知艄公尊姓大名,也要请教。"那艄公说道："俺姓洪,名恩,弟兄两个,都能留在水中日行百里,因此人们替俺弟兄两个起了两个绰号:俺叫做镇海龙洪恩,兄弟叫做出海蛟洪惠。昔日同那焦面鬼的王宗上长安,到罗大人的辕门上做守备官儿,同两位公子相好。后来因误了公事,问成斩罪,多蒙二公子再三讨情,救了俺二人的性命革职回来,又蒙二公子赠了俺们的盘费马匹。来家后,我几番要进京去看他。不想他被人陷害,弄出这一场大祸。急得俺们好苦,又不知公子落在何处,好不焦躁。"

柏玉霜道："原来如此,失敬了。"洪恩道："既是柏相公到镇江,俺兄弟洪惠,现在镇江参府李爷营下做头目。烦相公顺便带封家信,叫他来家走走。"柏玉霜道："参将李公,莫不是丹徒县的李文宾么?"洪恩道："正是。"柏玉霜道："我正去投他,他是我的母舅。"洪恩道："这等讲来,他的公子小温侯李定,是令表兄了。"柏玉霜回道："正是家表兄。"洪恩

大喜,说道:"如此,是俺的上人了。方才多多得罪,万勿记怀。"柏玉霜道:"岂敢,岂敢。"洪恩道:"请相公到舍间草榻一宵,明日再过江罢。"摇起橹来,回头就荡。

荡不多远,猛听得一声哨子,上头流来了四只快船。船上有十数个人,手执火把刀枪,大叫:"来船留下买路钱来再走!"柏玉霜同秋红大惊,在火光之下看时,来船早到面前。见船头上一人,手执一柄钢叉,正是那短命鬼王宸。

不知后事如何,且看下回分解。

第三十七回

粉金刚云南上路
瘟元帅塞北传书

话说柏玉霜见王氏弟兄驾船赶来，好不着急，忙叫："洪大哥，救我！"洪恩说道："你们不要害怕，俺去会他。"说罢，拿着根竹篙，跳上船头，说道："王兄弟，想是来追我们的么？"王宸见是洪恩，站在船头，忙望他舱里一看，见柏玉霜同秋红仍然在内，心中暗暗的欢喜。说道："洪大哥，我不是来追赶你的。自古道：'狡兔不吃窝边草。'你我非是一日之交，你如今接了我这口食去，也罢了。我如今同你商议，他一毫东西我也不要，你只把两个人交与我如何？"洪恩说道："叫你家大哥来，俺交人与你便了。"王宸大喜，用手指道："那边船上，不是我家老大？"

洪恩向那边船高声叫道："大兄，你过来说话。"王宗道："大哥，有何吩咐？"洪恩道："你我二人，平日天天思念罗恩公，谁知今日，险些儿害了罗恩公的舅子，你还不知道哩！"王宗大惊道："罗公子的舅子在哪里？"洪恩道："你们追赶的二人正是，现在我船上坐着。你们快快过来陪礼。"

王氏弟兄听得此言，呆了半晌，道："真正惭愧。"忙丢了手中的器械，一齐跳过船来，向着柏玉霜就拜，说道："适才愚兄弟们无知，多多冒犯，望乞恕罪！"慌得柏玉霜连忙还礼，说道："诸位好汉请起，多蒙不杀就够了。"那王氏弟兄三人十分惭愧，吩咐那来的四只船都回去，遂同在柏玉霜船上谈心。

洪恩将柏玉霜的来历，告诉了一遍。三人大喜，说道："原来是罗公子的至亲，真正得罪了。"柏玉霜说道："既蒙诸位英雄如此盛意，还求诸位看小生的薄面，一发将那卖拳的史忠放了罢。"王宸笑道："还吊在我家里呢。请公子到舍下歇两天，我们放他便了。"柏玉霜说道："既蒙见爱，就是一样，小生不敢造府。"王宸道："岂有空过之理。"洪恩道："今日夜深了，明日俺送相公过江也不迟，俺也要会会兄弟去。"柏玉霜道："只是打搅不便。"众

人道："相公何必过谦，尊驾光降敝地，有幸多矣！"

当下洪恩摇着橹，不一时，早到王家庄上。一起人上了岸，王宸代秋红背着行李，洪恩扣了船。一同到庄上，又请王太公见了礼。树上放下了史忠，都到草厅，大家都行了礼，推柏玉霜首座。那王宗吩咐杀鸡宰鹅，大摆筵席，款待柏玉霜。一共是五位英雄，连小姐共是六位。秋红自有老家人在厢房款待酒饭。一时酒完席散，请柏玉霜主仆安寝，又拿铺盖，请洪恩同史忠歇了。一夜无话。

次日清晨，柏玉霜就要作别过江。王氏弟兄哪里肯放，抵死留住，又过了一日。到第三日上，柏玉霜又要过江，王宗无奈，只得治酒送行。又备了些程仪，先送上船去了。随后，史忠将自己的行李并柏玉霜的行李一同背了。那王氏弟兄同王太公，一直送到江边，上了船方才作别，各自回家。

且言柏玉霜上了船，洪恩扯起篷来，不一时早过了江。洪恩寻个相熟的人，托他照应了船。雇了轿子抬了柏玉霜，叫脚子挑了行李物件，同史忠、秋红弃舟登岸，进了城门。到了丹徒县门口，问到李府，正遇着洪惠，弟兄们大喜。说了备细，洪惠进去通报。

不一时，中门内出来了一人：头戴点翠紫金冠，身穿大红绣花袍，腰系五色鸾带，脚登厚底乌靴，年约二旬，十分雄壮。抬头将小姐一看，暗想道："我只有一个表妹，名唤玉霜，已许了罗府。怎么又有这位表弟？想是复娶侯氏所生的。"遂上前行礼，说道："不知贤弟远来，有失迎接。"二人谦逊了一会，同到后堂去了。秋红查了行李物件，也自进去了。轿夫、脚子，是李府的人找发了脚钱回去了；那史忠、洪恩，自有洪惠在外面款待。

且言柏玉霜同李定走到后堂，来见老太太。老太太看见柏玉霜人物秀丽，心中正要动问时，柏玉霜早已走到跟前，双膝跪下，放声大哭道："舅母大人在上，外甥女柏玉霜叩见。"李太太见此光景，不觉大惊，忙近前一把扶起，哭道："我儿，自从你母亲去世，七八年来也没有见你。因你舅舅在外为官，近又升在宿州，东奔西走，两下里都断了音信。上年你舅舅在长安，回来说你已许配了罗宅，我甚是欢喜。今年春上所得罗府被害，我好不为你烦恼，正要着人去讨信。我儿，你为何这般模样到此？必有缘故。你不要悲伤，将你近日的事，细细讲来，不要苦坏了身子。"说罢，双手扶起小姐，坐在旁边，叫丫鬟取茶上来。

柏玉霜小姐收泪坐下，将侯登如何调戏，如何凌逼，如何到松林寻死，如何龙标相救，如何又遇侯登，如何秋红来访，如何女扮男装，如何一同上路，如何瓜州闯祸，如何夜遇洪恩，从头至尾说了一遍。李氏母子好不伤心。一面引小姐进房改换衣装，一面收拾后面望英楼与小姐居住；一面治酒接风，一面请进史忠、洪恩、洪惠入内，见过太太，又见过李定。李定说道："舍亲多蒙照应。"洪恩说道："多有冒犯，望乞恕罪。"

且言柏玉霜改了装轻移莲步走出来，谢道："昨日多蒙洪伯伯相救，奴家叩谢了。"那洪恩大惊，不敢作声，也叩下头去。回头问李定道："这、这、这是、是柏公子，因何却是位千金？"李定笑道："这便是罗公子的夫人柏氏小姐，就是小弟的表妹。同继母不和，所以男装至此，不想在江口欣逢足下。"洪恩同史忠，一齐大惊，说道："原来如此，就是罗公子的夫人，好一位奇异的小姐，难得，难得！俺们无知，真正得罪了。"柏玉霜见礼之后，自往里面去了。

李定吩咐家人，大排筵席，款待三位英雄。洪惠是他的头目，本不该坐，是李定再三扯他坐下，说道："在太爷面前分个尊卑，你我论什么高下？"又道："四海之内，皆兄弟也，只要你我义气相投就是了。"洪氏弟兄同史忠，见李定为人豪爽十分感激。只得一同坐下，欢呼畅饮，谈些兵法弓马，讲些韬略武艺。只饮到夕阳西下，月色衔山，洪恩等才起身告退。李定哪里肯放，一把抓住，说道："既是我们有缘相会，岂可就此去了！在我舍下多住几天，方能放你们回去。我还要过江去，拜那王氏弟兄。"洪恩说道："俺放船来接大爷便了。"二人见李定真心相留，只得依言坐下。又饮了一会，李定说："哑酒无趣，叫家人取我的方天戟来，待我使一路，与众位劝酒。"三人大喜，道："请教。"不一刻，家人取了戟来，李定接在手中，丢开门路。只见梨花遍体，瑞雪满身，真正名不虚传，果是温侯再世。三人看了，齐声喝采道："好戟！好戟！"李定使完了八十一般的解数，放下戟来，上席重饮了一会。众人说道："'温侯'二字，名称其实了。"又痛饮了一会，尽醉而散，各自安歇。

住了数天，洪恩要回瓜州，史忠要上长安，都来作别。李定只得治酒相送。柏玉霜又写了书信，封了三十两银子，托史忠到长安，访罗家的消息。史忠接了书信银两，再三称谢，同洪恩辞了李定。李定送了一程，两下分手，各自去了。柏玉霜自此在镇江，住在李府，不表。

把话分开，另言一处。且言那粉脸金刚罗灿，自从在长安别了兄弟罗焜，同小郎君章琪作伴往云南进发。晓行夜宿，涉水登山，行无半月，只见各处挂榜追拿，十分紧急。罗灿心生一计，反回头走川陕，绕路上云南，故此耽搁日子。走了三个多月，将到贵州地界，地名叫做王家堡。那一带都是高山峻岭,怪石奇峰,四面无人。罗灿只顾走路渐渐日落西山,并无宿店,只得走了一夜。到天明时分,走倦了,见路旁有一座古庙,二人进庙一看,并无人烟。章琪道:"且上殿歇歇再走。"二人走上殿来,只见神柜下一个小布包袱。罗灿拾起来打开一看,里面有两贯铜钱,一封书信,上写道:"罗灿长兄开启"。罗灿大惊,道:"这是俺兄弟的笔迹,因何得到此处?"

不知后事如何,且看下回分解。

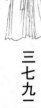

话说罗灿看见这封书是兄弟罗焜写的，好不悲伤，说道："自从在长安与兄弟分别之后，至今也没有会面。不知俺兄弟，近日身居何处，好歹如何？却将这封书信遗在此地，叫人好不痛苦。"忙拆开一看，上写道：

　　愚弟罗焜再拜书奉长兄大人：自从长安别后，刻刻悲想家门不幸，使我父子兄弟离散，伤如之何！弟自上路以来，染病登州，多蒙鲁国公程老伯延医调治，方能痊好。今过鹅头镇，路遇赵姓名胜者，亦到贵州投马大人标下探亲，故托彼顺便寄音。书字到，望速取救兵，向边关救父，早早伸冤为要。弟在淮安立候。切切！

　　罗灿看罢书信，不觉一阵心酸，目中流泪，说道："不想兄弟别后，又生出病来，又亏程老伯调养。想他目下已到淮安，只等俺的信了。他哪里知道，我绕路而走，耽误了许多日子，他岂不等着了急？"章琪道："事已如此，且收了书信，收拾走路罢。"罗灿仍将书信放在身边，将他的蓝包袱带了。却取些干粮吃了章琪背了行李，出了古庙。

　　主仆二人上路，正是日光初上的时候，那条山路并无人行。二人走有半里之遥，只见对面来了一条大汉，面如蓝靛，发似朱砂，两道浓眉，一双怪眼，大步跑来，走得气喘吁吁，满头是汗，将罗灿上下一望。罗灿见那汉只顾望他，来得古怪自己留神想道："这人好生奇怪，只是相俺怎的？"也就走了。不想那汉望了一望放步就跑。罗灿留意看他，只见那汉跑进古庙，不一刻又赶回来，见他形色怆惶，十分着急的样子。赶到背后，见章琪行李上，扣的个小蓝布包袱，口中大叫道："那挑行李的，为何将俺寄在庙里的小包袱偷了来？

往哪里去?"

章琪听得一个"偷"字,心中大怒,骂道:"你这瞎囚! 谁偷你的包袱,却来问你老爷讨死?"那汉听了,急得青脸转红,钢须倒竖,更不答话,跳过来便夺包袱。章琪大怒,丢下行李来打那汉。那汉咆哮如雷,伸开一双蓝手劈面交还,打在一处。罗灿见章琪同那汉斗了一会,那汉两个拳头似柳斗一般,浑身乱滚,骁勇非凡,罗灿暗暗称赞。章琪身小力薄,渐渐敌不住了。罗灿抢一步朝中间一格,喝声"住手",早将二人分开。那汉奔罗灿就打,罗灿手快,一把接住那汉的拳头,往右边一削,乘势一飞腿,将那大汉踢了个筋斗。那汉爬起来,又要打,罗灿喝声"住手",说道:"你这人好生撒野! 平白的赖人做贼,是何道理?"

那汉发急,说道:"这条道上无人行走,就是你二人过去的,我那包袱,是方才歇脚遗失在庙里,分明是你拿来扣在行李上,倒说我来赖你!"

罗灿道:"我且问你,你包袱内有什么银钱宝贝,这等着急?"那汉说:"银钱宝贝,值什么大紧! 只因俺有一位朋友,有封要紧的书信在内,却是遗失不得的。"罗灿暗暗点头,说道:"你这人好没分晓,既是朋友有要紧的书信在内,就该收好了,不可遗失才是。既是一时遗失,被俺得了俺又不是偷你的,你也该好好来要,为何动手就打? 俺在长安城中,天下英雄,也不知会过多少;你既要打,俺和你写下一个合同来,打死了不要偿命,才算好汉。"

那汉见罗灿相貌魁伟,猛然想起昔日罗焜的言词,说过罗灿的容貌生得身长九尺,虎目龙眉。今看此人的身体,倒也差不多,莫非就是他? 只得向前陪礼,说道:"非是俺不谦恭,只因俺着急,一时多有得罪。求客官还了俺的包袱,就感谢不尽。"罗灿见那汉来陪小心,便问道:"你与此人有甚关系? 为何替他送书? 这书又是寄与何人的?"那汉见问,心中想道:"此地无人烟,说出来,料也不妨事。"便道:"客官,俺这朋友奢遮哩! 谅你既走江湖,也该闻他名号。他不是别人,就是那越国公罗成的元孙、敕封镇守边关大元帅罗增的二公子,绰号玉面虎的便是。只因他家被奸臣陷害,他往淮安柏府勾兵去了,特着俺寄信到云南定国公马大人麾下,寻他大哥粉脸金刚罗灿,一同勾兵到边廷救父。你道这封书可是要紧的? 这个人可是天下闻名的?"

章琪在旁边听了,暗暗的好笑。罗灿又问那汉道:"足下莫非是赵胜么?"那汉道:"客官因何知道在下的名字？"罗灿哈哈大笑，道："真乃是'有缘千里来相会，无缘对面不相逢'。你要问那粉脸金刚的罗灿，在下就是。"那汉大惊，相了一相，翻身便拜，说道："俺的爷，你早些说，也叫俺赵胜早些欢喜。"罗灿忙答礼，伸手扶起，说道："壮士少礼。"赵胜又与章琪见礼，三人一同坐下。

罗灿问道："你在哪里会见我家舍弟的？"赵胜遂将在鹅头镇得病，妻小孙翠娥同黄金印相打，多蒙罗焜周济的话，细细的述了一遍。罗灿道："原来如此。赵大嫂今在哪里？"赵胜道："因俺回来找书，她在前面树林下等俺。"罗灿道："既如此，俺们一同走路罢。"

当下三个人收拾行李上路。行不多远，恰好遇见孙翠娥。赵胜说了备细，孙翠娥大喜，忙过来见了礼。四个英雄一路作伴同行，十分得意。

走了数日，那日到了贵州府。进了城找到马公爷的辕门，正是午牌时分。罗灿不敢用贴，怕人知道，只写了一封密书，叫赵胜到宅门上报。进去不多一刻，只见出来了两个中军官，口中说道："公子有请，书房相见。"

当下罗灿同章琪进内衙去了，赵胜夫妻也去投亲眷去了。原来，马公爷奉旨到定海关看兵去了，只有公子在衙。原来马爷生了一男一女：小姐名唤马金定，虽然是个绣阁佳人，却晓得兵机战略；公子名唤马瑶，生得身长九尺，骁勇非凡，人都唤他做九头狮子。

当时罗灿进了内衙，公子马瑶忙来迎接道："妹夫请了。"罗灿道："舅兄请了。"二人见过礼，一同到后堂，来见夫人。夫人见了女婿，悲喜交集。罗灿拜罢，夫人哭问道："自从闻你家凶信，老身甚是悲苦，你岳父在外，又不得到长安救你。只道你也遭刑，谁知皇天有眼，得到此处。"罗灿遂将以上的话，诉了一遍。夫人道："原来如此。章琪倒是个义仆了，快叫他来，与我看看。"罗灿忙叫章琪，来叩见太太。太太大喜，叫他在书房里歇息。当时马瑶吩咐摆酒接风，细谈委曲，到二鼓各各安歇。

次日清晨，罗灿同马瑶商议调兵救父。马瑶道："兵马现成，只是要等家父回来，才能调取。"罗灿道："舍弟在淮安立等，怎能等得？岳父回来岂不误了时刻？"马瑶一想，说道："有了！俺有名家将，叫飞毛腿王俊，一日能行五百里，只有令他连夜到边关，去请家父回来便了。"罗灿大喜道："如此甚妙！"

当下马瑶写了书信，唤王俊入内，吩咐道："你快快回家，收拾干粮行李，就要到定海

关去哩。"王俊领命。罗灿也写了一封书子,唤赵胜进来,吩咐道:"你夫妻在此,终无出头日子,你可速到淮安柏府,叫俺兄弟勾齐了兵,候信要紧。"赵胜领了书信,同妻子去了。这里王俊收拾停当,领了书信,别了马瑶、罗灿,也连夜飞奔定海关去了。

不知后事如何,且看下回分解。

第三十九回　圣天子二信奸臣
　　　　　　众公爷一齐问罪

　　话说赵胜夫妻，自此到淮安府，找到柏府，不遇罗焜，一场扫兴，自回镇江丹徒去了。后在李府遇见柏玉霜，大闹了米府。此是后话，按下不表。

　　且言王俊领了书信，出了贵州，放开了飞毛腿的本领，真如天边的鹰隼、地下的龙驹，不到五日已至定海关。正值马爷在关下操兵。这定海关是西南上一座要紧的口子，共有二十四个营头。马爷在那里开操，看了十二营的人马，还有一半未看。

　　当日，操罢回营，王俊上账参见，呈上家书。马爷展开一看，不觉大惊："原来是女婿罗灿前来请兵。罗亲翁虽是冤枉，理宜发兵去救，只是未曾请旨，怎敢兴兵？也罢，待老夫在此选二千铁骑，取几名勇将，备了队伍，回去商议，我再写表请旨平关便了。"主意已定，忙取文房四宝写了回书，唤王俊上帐，吩咐道："你回去，可令公子将本营的军兵、府中的家将，速速点齐；连夜操演精熟，将盔甲、马匹、器械备办现成。等我操完了关下的人马即日回来，就要请旨施行。"王俊听了，满心欢喜，道："日后边关打仗，若着王俊也当交锋，倘得了功劳，也就有出头之日了。"领了回书，别了马爷，如飞而去。

　　不表王俊回来，且言马爷打发王俊回去之后，次日五更，放炮开营。早有那些总兵、参将、都司、游击、守备等官，一个个顶盔贯甲，结束齐整，到辕门伺候马爷升帐。参见已毕，分立两旁。马爷传令，将十二营的兵马，分作六天，每日看两营的人马，都要弓马驯熟，盔甲鲜明，如违令者，定按军法。一声令下谁敢不遵，辕门外只见刀戟生辉，旌旗耀日。一声炮响，人马都到教场伺候，马爷坐了演武厅。三声炮响，鼓角齐鸣，那些大小兵丁，一个个争强赌胜。怎见得威武，有诗为证：

　　　　九重日月照旌旗，阃外专征节钺齐。

中国禁书文库

粉妆楼

麾下纠桓分虎豹，坛前掌握闪虹霓。

话说那马爷，将两营的人马阅过，凡有勇健的军兵，都另外上了号簿，预备关上对敌。按下不表。

且言那江南总督沈廷华，自从得了淮安府和守备的银子，遂将那锦亭衙被杀，和那反叛罗焜被鸡爪山的强盗劫了法场，抢去罗焜，伤了兵马，劫了府库钱粮的话，细细的做下文书，封了家信。又将罗焜遗下的盔甲兵器，拿箱子封了，点了两名将官、八个承差，带了文书赃证，星夜动身上长安。先到沈太师府中投了书信，书内之言，不过是藏知府求他开活的话，并求转奏，速传圣旨，追获羽党，安靖地方的事。

却好沈谦朝罢回府，家人呈上书信。沈太师看了来书，惊道："原来罗焜逃到淮安，弄出这些祸来。我在长安哪里知道。"又将罗焜的盔甲兵器打开一看，果是"鲁国公程府"的字号。想道："我想程凤虽然告老多年，朝廷一样仍有他的俸禄。他昔日同朝的那一班武将、世袭的公侯，都是相好的。一定是他念昔日的交情，隐匿罗焜在家，私通柏府要与老夫作对。况且罗焜骁勇非凡，更兼结连鸡爪山的草寇如鱼得水。倘若再过两年，养成锐气，怎生治他？再者，京都内这些世袭的公爷，都是他亲眷朋友，倘日后里应外合，杀上长安，那时老夫就完了。老夫原因天子懦弱，凡事依仗老夫，老夫欲退了这些忠良，将来图谋大业。谁知罗家这两个小冤家，在外聚了人马；众家爵主，又在内做了心腹。看来大事难成，还要反受其害。"想了一想，道："有了，先下手的为强。我想罗增的亲眷，在京的就是秦双，在外的就是马成龙、程凤，我如今就借罗焜遗下程凤的盔甲宝剑为名，会同六部好卿上他一本。就说罗氏弟兄在外招军买马，意欲谋反。前日刺杀锦亭衙，攻打淮安府，抢钱粮，劫法场，杀官兵，都是马成龙、程凤的指使，秦双的线索。如此一本，不怕不一网打尽。"

主意定了，吩咐差官在外厢伺候，随命两个得力的中军连夜传请六部九卿。头一部是吏部大堂米顺，是沈谦的妹丈；第二位兵部尚书钱来，是沈谦的表弟；户部尚书吴林，刑部尚书吴法，工部尚雍雍，都是沈谦的门生；通政司谢恩是沈廷芳的舅子，九卿等官都是沈谦的门下；只有礼部尚书李逢春，是世袭卫国公李靖之后。这老爷为人多智多谋，暗地里与各位公爷交好，明地里却同沈谦十分亲厚。故此沈谦倒同李逢春常常杯酒往还，十

分相得。

当下李爷同各位大人一齐来到相府。参见毕，分宾主坐下。沈谦道："今日请各位大人者，只因反叛罗焜结连鸡爪山，程、马等各位公爷兴兵造反。现今打破淮安，伤了无数的官兵，劫了数万的钱粮，甚是猖狂。现今江南总督沈廷华申文告急，特请诸公商议此事。"

众官大惊，忙将沈廷华的来文一看。吏部米顺说道："此事不难。太师可传文到江南总督令侄哪里去，叫他传令山东各州府县，严加缉获。卑职也传文到镇江将军舍弟哪里去，叫他发一支人马，到鸡爪山捉拿罗焜，扫荡贼众就是了。"兵部钱来说道："不是这等说，罗焜造反，非是他一人。他家乃是开国元勋，天下都有他的门生故吏；更兼朝内这些公爷，都是他的亲眷朋友。为今之计，先将在京的各位公爷拿了，然后再将云南马府、山东程府一同拿问进京。先去了他的羽党，那时点一员上将协同镇江米将军，两个合兵到鸡爪山征剿，就容易了。"沈谦喜道："钱大人所言，正合老夫之意。只是明日早朝，请诸公同老夫一同启奏才好。"众官说道："愿听太师的钧旨。"

此时把个李逢春吓得魂不附体，暗想道："明早一本，岂不害了众人的性命？左思右想，惟有缓兵之计。暗叫各位公爷自己想法便了。"主意已定忙向众人说道："我想，各位公爷都有兵权在手，明日早朝启奏，恐激出事来反为不美。不若明晚密奏，似为妥当。"沈谦道："李兄言之有理，我们竟是晚间密奏便了。"当下众官起身各散。

且言李逢春回府，已是黄昏时分。进了书房，写了四、五封密书，差几名心腹家人，悄悄的吩咐道："你们可速到各位公爷家去，说我拜上，叫各位公爷收拾要紧。"家人领命，飞奔送信去了。

次日五鼓，天子临轩，沈太师做了本章，带了江南总督的奏折文书，并六部官员，都在朝房里会了话。将本章交与通政司收了，单等晚朝启奏。早朝一罢，天子回宫，各人都在通政司衙门伺候。将到了黄昏时分，那通政司同黄门官，将沈谦等奏章一齐捧至内殿，早有司礼监吴上。天子一看，龙心大怒。

不知后事如何，且看下回分解。

第四十回 长安城夜走秦环 登州府激反程珮

话说天子见了阁部的本章,并江南总督沈廷华的奏章、淮安府的文书、罗焜的衣甲,龙心大怒,问内监道:"各官何在?"内监奏道:"都在通政司衙门内候旨。"天子传旨,说道:"快宣各官,就此见驾。"内监领旨,引沈太师和六位部堂、通政司共八位大臣,一齐来到内殿,俯伏丹墀。

天子传旨,赐锦墩坐下,各官谢恩。天子向沈谦说道:"只因去岁罗增谋反,降了番邦,到今未曾半载。朕念罗门昔日功劳,免了九族全诛之罪,只拿他一家正了法。谁知逆子罗焜逃到山东,结连程家父子,大反淮安,劫了朕的府库。朕欲点兵,急获程、罗二贼治罪。卿等谁去走一遭?"沈谦奏道:"罗焜昔日逃走,天下行文拿了半年,并无踪迹。皆因罗氏羽翼众多,天下皆有藏身之所,所以难获。为今之计,要拿罗焜,却费力了。"天子道:"据卿所奏,难道就罢了不成?"沈谦道:"求万岁依臣所奏,要拿罗焜,就容易了。"天子道:"卿有何策,快快奏来,朕自准尔。"

沈谦奏道:"罗氏弟兄如此猖狂,皆因仗着他父亲昔日在朝,和那一班首尾相顾亲朋的势,故尔如此。为今之计,万岁可传旨,先将他的朋友亲眷、内外公侯一齐拿下,先去了他的羽党。然后往山东捉获罗焜,便容易了。"天子道:"众人无罪,怎生拿他?"吏部米顺奏道:"现今鲁国公收留罗焜,便是罪案。倘若众国公也像程凤,心怀叵测,岂不是心腹大患!陛下可借程凤为名,将各家一齐拿下;候拿住罗焜再审虚实,这便是赏罚分明了。"兵部钱来又奏道:"仍求圣上速传旨意,差官星夜往各路一齐摘印,使他们不及防备,才无他变。"天子见众臣如此,只得准奏。就命大学士沈谦传写旨意道:

奉天承运皇帝诏曰:敕命大学士沈谦行文,晓谕各省督抚,今有反叛罗焜,

结连鲁国公程凤，纵兵攻劫淮安，罪在不赦。至于罗氏猖狂，皆因各世袭公侯阴谋暗助之故，即程凤例观，已见罪案。今着锦衣卫速拿程凤全家来京严审外，所有马成龙、尉迟庆、秦双、徐锐等一同拿问；待擒获罗焜，再行审明罪案，有无同谋，再行赏罚。钦此。

话说沈谦草诏已毕，呈上御案。天子看过一遍，钦点兵部尚书钱来、礼部尚书李逢春，领三千羽林军，严守各城门，以防走脱人犯，二人领旨去了。

天子又点各官，分头擒获：

一命锦衣卫王臣速往登州，拿鲁国公程凤，着解来京；

一命锦衣卫孔宣速往云南，拿定国公马成龙，着解来京；

一命吏部尚书速拿褒国公秦双收监；

一命刑部尚书速拿鄂国公尉迟庆收监；

一命通政司速拿郯国公徐锐收监。

沈谦等各领了旨意，谢恩出朝。先是两个锦衣卫各领了四十名校尉，连夜出了长安，分头去了。随后沈谦同米顺、吴法等回到府中，一个个顶盔贯甲，点了一千铁骑，捧了圣旨，都是弓上弦，刀出鞘，分头拿获。那时已有二更时分，这且不表。

却说褒国公秦双，头一日得了李逢春的信息，早已吩咐府中众将在外逃生候信，只留家眷在内。公子秦环哪里肯服，暴躁如雷，只是要反。秦爷大喝道："俺家世代忠良，岂可违旨？你可隐姓埋名，逃回山东去罢。"公子说道："孩儿怎肯丢下爹娘受苦？"秦爷说道："若是皇天有眼，自然逢凶化吉；若是有些风吹草动，也是命中注定。况俺偌大年纪，就死也无憾了；你可速回山东，整理先人余绪，就不绝秦门的香烟了。"公子道："爹爹只知尽节为忠，倘若忠良死后，沈谦图谋篡位，那时无人救国，岂不是大不忠了？岂可拘小节而失大义，请爹爹三思。"秦爷说道："就是奸人图谋不轨，自有贤人出来辅助；此时岂可作乱遗臭千古？可去快快收拾，免我动气。如再多言，俺就先拿你去了。"公子无奈，只得收拾些金银细软，先令一个得力的家将，送到城外水云庵中，交付罗太太收了。然后痛哭一场，

拜别爹娘，瞒了众人，出后门上马去了。

一路上，看见灯球火把，羽林军卒，一个个都是弓上弦，刀出鞘。公子知道事情紧急，连忙打马往北门就走。走不多远，猛见对面来了两骑马，直闯将来，马头一撞，撞了秦公子。秦公子大怒，正待动手，听得马上二人说道："往哪里去？"公子一看，不是别人，前面马上来的，是郑国公徐爷的公子，绰号叫做南山豹的徐国良；后面马上是鄂国公尉迟庆的公子，绰号叫做北海龙的尉迟宝。

原来二位公子也是得了李爷的信，思量要反，只因二位老公爷不肯，只得别了爷娘，出来逃难的。三人遇见，彼此欢喜。街上不好说话，把手一招，二人将马一带，随定秦环，来至北门城脚。下了马，三人一同站下，秦环道："二兄主意如何？"尉迟宝说道："我意欲杀入相府，拿了沈谦报仇，怎奈爹爹不肯。我们出来逃灾，不想遇见兄长，此事还是如何？"秦环说道："小弟也是此意。只因爹爹不许，如今只好在外打听势头再作道理。"三人正在说话，忽听得炮声震天，一片呐喊。三人大惊，上马看时，只见街上那些军民人等纷纷乱跑，说道："闲人快跑！奉旨闭城，要拿人哩！"三人大惊，打马加鞭，往北门就闯。

按下三位公子逃灾躲难不表，且言那吏部米顺，领了一千铁骑、四十名校尉，捧了圣旨，一拥来到秦府，将前后门团团围住。来到中堂，秦爷接旨。宣读毕，早有校尉上前，去了秦爷冠带，上了刑具。米顺领了校尉入内，将夫人并家人妇女，一个个都拿了。所有家财查点明白，一一封锁，却不见了公子秦环。米顺问道："你家儿子往哪里去了？"秦爷回道："游学在外。"米顺不信，命众人搜了一遍，不见踪迹，只得押了众人回朝缴旨。

恰好路上撞着兵部钱来、通政司谢恩，拿了徐锐同尉迟庆并两府的家眷，一同解来，入朝缴旨。奏道："秦双等俱已拿到，三家的儿子，畏罪在逃。"天子传旨，着刑部带去收监一面又命沈谦行文天下，追获三家之子。沈谦等奉旨，先将三位公爷并三家一百五十余口家眷，都收了刑部监中。

沈谦又令兵部钱来，领一千羽林军把守各门，严拿三家公子，休得让他逃脱。那兵部钱来带了兵丁，前来拿获三人。三人正在北门，得了信，打马往城外逃走。只听得炮声响亮，回头一看，看见远远的灯球火把，无数的兵丁蜂拥而来。三人大惊，连忙加鞭跑到城门口。早有一位大人领着兵丁，在城楼上守门，拦住去路。

不知后事如何，且看下回分解。

第四十一回　鲁国公拿解来京　米吏部参谋相府

话说三位公子见后面灯火彻天，喊声震地，说道："不好了！追兵到了。"忙将马头一带，三个人一齐掣出兵器，往北门就跑。跑到城边只见敌楼上坐着一位大人，率领着有二三百兵丁，在哪里盘诘奸细。你道这位大人是谁？原来就是李逢春，奉旨在哪里守城，以防走脱三家的人犯。当下三位公子一马冲来，往城外就跑。早有兵丁上前，挡住盘问。秦环猛生一计，大喝道："瞎眼的狗才！俺们是沈太师府中的人，出城有要紧的公务。休得拦住，误了时刻！"说罢就走。众兵要来拦时，李爷在城楼上看得分明，心中想道："此刻不救，更待何时？"喝道："你既是沈府的公干，快报名来！"秦公子会意，就报了三个假名。李爷说道："既有名姓，快快去罢！"一声吩咐，众军闪开，三位公子催马出城而去。正是：

　　打破玉笼飞彩凤，顿开金锁走蛟龙。

按下三位公子逃出城去了，且言钱兵部领了铁骑，巡到北门，会见了李逢春。见他防守十分严紧，下马上城，来会李逢春，说道："如今秦双等三家，俱已拿到只不见了三家的儿子。为此圣上大怒，命下官到各门巡缉。"李逢春假意大惊道："此三人，是要紧的人犯，如何放他走了？是谁人去拿的？"钱来道："是米大人同下官等去拿人的，却不曾搜见踪迹。不知年兄这里，可曾出去过什么人？"李爷道："下官在此，防守甚严。凡军民出入，俱要报名上册。并无一个可疑之人出去，敢是往别处去了？"钱来道："下官再往别处寻缉。"说罢，上马而去。正是：

　　不知鱼已投沧海，还把空钩四处寻。

话说钱来别了李逢春，领了兵马，到各门巡了一回，并无踪迹。回奏："三家儿子避罪逃走，求万岁定夺。"天子大怒，传旨："颁行天下，各处擒拿！如有隐匿者，一同治罪。"沈谦领旨，随即行文天下去了。

且言三位公子当晚逃出长安，加一鞭跑了六七里，离城远了，方才勒马歇了片时。秦公子说道："若不是李伯父放我们出城，久已被擒了。"徐国良说道："我们无故的被奸人陷害，拿了全家，此仇不共戴天！虽然逃出城来，却往哪里去好？"尉迟宝道："俺们不若也学罗焜，占个山头，招军买马，各霸一方，倒转快活。过几年杀上长安，一发夺了天下，省得受人挟制。"

秦环说道："不是这等讲，俺们这场祸，都是因罗舍亲而引起。昨日，闻得江南总督的来文，说俺二表弟罗焜，在山东登州府程老伯家借了兵马，攻打淮安，劫了府库的钱粮，上鸡爪山落草去了。俺们如今无处栖身，不如找到登州程老伯家，访问罗焜的下落，那时就有帮助了。"徐国良道："即有这条路，就此去罢。"秦环道："俺们参娘坐在天牢，此去音信不通，我们怎生放心得下？"尉迟宝道："事到如今，只得如此。"秦环想道："有了！离此十里，有座水云庵，俺家姑母现藏身在内，二兄可到庵里去躲避些时。一者，打听打听消息；二者，日后我们的人马来，也做个内应。倘若刑部监中有什么急事，可寻到沈府的章宏，便有法想。三者，你我三人同路不便，恐怕被人捉住，反为不美。"徐、尉二公子说道："秦兄说得有理，俺们竟到水云庵里去便了。"当下秦环引路，乘着月色一同往水云庵而来。

且言那罗老太太，自从逃出到水云庵中，住了六个多月。每日里忧愁烦恼，思想丈夫身陷边关，生死未保；又思念二位公子向两处勾兵取救，遥遥千里，音信不通，好生伤感。又见秦环送信说："罗焜在山东登州府程爷哪里，借了人马，攻打淮安，劫了钱粮。皇上大怒，传旨拿各公爷治罪。"太太又悲又喜，喜的是孩儿有了信息，悲的是哥哥秦双，同各公爷无辜的受罪。太太满腹愁肠，那晚心惊肉跳，睡也睡不着。叫老尼捧一张香案，在月下焚香，念佛看经。

忽听得一声门响，太太忙令老尼，问是何人。秦环回道："是我。"老尼认得公子声音，忙忙开门，请他三人入内。太太问秦环道："这二位何人？"秦公子道："这一位是徐国兄，这一位是尉迟兄，都是避罪逃走的。小侄引过来到姑母这里，暂躲一时。"太太惊道："如

今事怎样了？"秦环就将上项之事，细说一遍。又道："小侄闻二表弟在山东程伯父家，勾兵落草，程伯父必知二表弟下落。小侄欲去投他，同表弟商议个主见，不知姑母意下如何？"太太甚喜，说道："贤侄去找罗焜也好，只是路途遥远，老身放心不下。"秦环说道："不妨。小侄骑的是龙驹，一日能行千里，回往也快。"太太道："儿呀，你找到表弟，可速速回来，免我悬望。"公子回道："晓得。"随即吃了饭，喂了马的草料，收拾行李、路费、干粮等件，别了太太，辞了两位公子，上马连夜而往登州府而来。

这秦公子的马行得快，又是连夜走的，行了三日，已到了登州府地界。那奉旨来拿程凤的校尉，才到半路。公子先到登州，问到凤莲镇正是日落的时候。秦环一路寻来，远远望见有座庄院，一带壕沟，树木参天，十分雄壮，便赞道："好一座庄院！"正在观看，猛然听得一声呐喊，拥出一标人马，赶出无数的山鸡、野兽，四路冲来。

众人正在追赶，忽听得吼的一声，山岗内跳下一只猛虎，吓得众人四散奔走。只见后面一骑马上坐着一位年少的公子，头戴将巾，身穿紫袍，手举萱花斧，将那虎追赶下来。那虎被赶急了，吼了一声，跳过山嘴，往外就跑。那人喝道："你这孽畜，往哪里走？"拍马赶来，挂下萱花斧，左手拈弓，右手搭箭，飕的一箭射来，正中虎的后背。那虎带箭，望秦环的马前扑来。秦环就势掣出一对金装铜，照定那虎头上双铜打来，只听得"扑咚"一声，那虎七孔流血，死于地下。

那小将恰好赶到秦环面前，两下里一望，原来是程珮，昔日在长安会过的。程珮问道："打虎的英雄，莫不是长安秦大哥么？"秦环仔细一看，说道："原来就是程家兄弟！小弟特来奉拜。"程珮大喜。二人并马而行，叫家人抬了死虎，收了围场，一同来到庄前。

下马入内，见了程爷，行礼坐下。程爷问道："贤侄到敝地，有何贵干？令尊大人好么？"秦环见问，两泪交流，便将长安大变，因罗焜撺下衣甲，被沈谦奏本，拿问众公爷之话，细细说了一遍。程爷怒道："这衣甲宝剑，委实是老夫不在家，吩咐小女送的；这借兵之话，却从何来？"程珮怒道："等他来时，杀了校尉，反上长安，看他怎样？"程爷喝道："胡说！老夫到了长安，自有分辨。"秦环说道："不是这等讲，如今皇上听信谗言，拿到京师，岂能面圣？从何辨起？老伯尽忠也罢了，只是珮兄随去，岂不绝了程氏宗祠！"程爷道："老夫只知尽忠，听天由命。"

程公子急得暴躁如雷，忙到后堂同玉梅小姐商议。小姐大惊，道："不如我们躲到田庄去,再作道理。"当下程珮忙叫家人将小姐送到田庄去,把一切的细软都收拾了。邀秦公子一同去住,天天来家讨信。程爷只是静候圣旨。过了几日,程珮正同秦环来家讨信,才到书房,只听得一声吆喝,众校尉同登州府带了人马,将前后门俱皆围住。

不知后事如何,且看下回分解。

第四十二回　定国公平空削职
粉金刚星夜逃灾

　　话说那四十名校尉协同登州府，带领五百官兵来到程府。呐喊一声，围住了前后门。拥上堂来，大喝道："圣旨已到，跪听宣读。"那程爷是伺候现成的，随即吩咐家人，忙摆香案，接过圣旨。早拥上四名校尉，将程爷的冠带去了，上了刑具，便到后堂来拿家眷。吓得合家大小，鸦飞鹊乱，叫哭连天。

　　二位公子乘人闹时闪入后园，只见那前后门都围住了。秦环看见，急向程珮说道："俺们打出去罢！"程珮道：这里来！"来到靠外的一堵院墙跟前，程公子照定墙根一脚，只听得"哈落"一声，将墙打倒了半边，二人跳墙出来走了。这里众校尉来拿家眷时，都不见了，只有二三十名家人、妇女。校尉大怒，忙向程爷说道："程先生，你家眷哪里去了？快快送将出来免得费事。"程爷道："老夫并无妻室，所生一子，在外游学，别无家眷。"校尉大怒，喝令中军官："与我细细搜来！"中军官听得吩咐，一声答应，先将拿下的家人妇女，一个个上了刑具，押在一处；然后前前后后，四下里搜了一遍，并无踪迹。只有后园内，新倒了一堵墙，前后门都有人守住，别无去路。程爷在旁听得明白，心中暗喜，想到："是两个冤家踢倒院墙，逃出去了。"

　　那校尉听得中军说院墙新倒，忙过来看了一回，复问程爷道："你这堵墙四面坚固，为何倒了一块？想是家眷逃走了？"程爷道："诸位大人倒也疑得好笑，老夫好好的坐在家中，并不知道圣上见罪，前来拿问。一切家眷都在这里，难道是神仙，未卜先知，逃走了不成？就是一时拆了墙，也去不及。求诸位评论便了。"校尉道："你既私通反叛罗焜，焉知不预先逃脱？"程爷听得"反叛"二字，勃然大怒，道："老夫自从昔日告老，别了罗增，并不知他的儿子罗焜是个什么面貌，怎诬我结交反叛？我既结交罗焜，久已避了，何得今日还在家中被拿？我知道诸公受了嘱托来的，不必多言，只带老夫进京面圣，自有辨白，决不

带累诸公便了。"众校尉见程爷说得有理,只得吩咐登州府,封锁了程爷的家产,押了众人,进京去了。

且言那火眼虎程珮、金头太岁秦环,打倒院墙,跳出家,望山后小路就跑。跑到庄房见了玉梅小姐,两泪交流,就将校尉同登州府领兵来拿家眷的话,说了一遍。玉梅小姐哭道:"父亲偌大年纪,拿上长安,如何是好?"程珮道:"不如点些庄兵,去救了他罢。"程玉梅道:"不要乱动。惟恐校尉拿不到我们,拷问家人,找至庄上,那时怎生逃脱?"这句话,提醒了程珮。程珮忙唤百余名庄汉,各执枪刀,准备厮杀。程珮坐马提斧,在庄前探望。秦环也顶盔贯甲,手执双锏,上了龙驹,向程珮说道:"待俺探探信来!"拍马去了。

秦公子一马闯到山头,远远望见一标军马,打着钦差的旗号,解了数十名人犯,上大路去了。秦公子见人马去远了,方才缓缓的纵马下山。到程府一看,只见前后门都已封锁了。秦环叹了口气回到庄房,以上的话,告诉了程珮一遍。程珮入内,同小姐哭了一场,请秦公子商议安身之计。秦环道:"他今日虽然去了,明日知府来查田产,那时怎生躲避?依弟愚见,不如收拾行李,一同到鸡爪山去投奔罗焜再作道理。况且,这场祸是他闯下的,如今他哪里,一定是兵精粮足;我们到他哪里,就是有官兵到来,也好迎敌。"程玉梅道:"秦公子言之有理。"遂吩咐收拾起身。程珮叫庄汉备了十数辆车子,将一切金珠细软,装载上车。将一百余人分作两队,秦环领五十名在前开路,程珮领五十余名在后保护小姐、行李,离了庄房,竟奔登州而去。

在路非止一日,那日已到鸡爪山下。秦环在马上看时,见那山势冲天,十分险峻,四面深林阔涧,围护着十数个山头,有一二百里的远近。秦环赞道:"名不虚传,好一个去处!"正在细看之时,猛听得一棒锣声,林内跳出有三十名喽罗,拦住了去路,大喝道:"来人留下买路钱来!"秦环大笑道:"众喽兵,你快上山去,报与罗大王知道,说是长安秦环、登州程珮前来相助的。"那头目听得此信,飞上山通报。

裴天雄、罗焜等众大喜,随即吹打放炮,大开寨门。罗焜飞马跑下山来,大叫道:"二位哥哥,请了。"秦环同程珮见了罗焜,好不欢喜,就在马上欠身答礼,说道:"贤弟请了。"罗焜又见程府的小姐也来了,心中疑惑,先令喽兵将小姐车辆护送上山,自同秦环、程珮并马而行。来到山上,进了三关,早见裴天雄与众将,一齐迎接来了。二人连忙下马,来到聚义厅,行礼坐下。

茶罢三巡,秦环说道:"久仰裴大王威名,无从拜识。罗舍亲又蒙救拔,小弟不胜感佩。"裴天雄说道:"罗贤弟道及二位英雄,如雷贯耳,不想今日光临草寨。"罗焜问道:"二位哥哥到此必有缘故,莫非长安又有什事么?"秦环含泪说道:"一言难尽。"遂将沈廷华申文告急,被沈太师串同六部,以衣甲为题奏了一本,拿问众公爷全家治罪,多蒙李国公暗中寄信,方与徐、尉二人逃出长安,将徐、尉二人送入水云庵躲了,乃至到了登州,程公爷全家也被拿了之详情说了一遍。罗焜听得此言,直急得暴躁如雷,说道:"罢了!只因俺一个人闯下祸来,却带累诸位老伯问罪,于心何忍?"说罢,泪如雨下,哭倒在地。众英雄一齐劝道:"哭也无用,且商议长策要紧。"

当下裴天雄吩咐头目,杀牛宰马,大摆筵宴,为二位公子接风。又命打扫内室,安顿小姐。小姐在后寨,自有裴夫人等开筵款待。大堂上,却是裴天雄等款待秦环、程珮,大吹大擂,饮酒论心。从此两位英雄,就在山上落草了。每日操演人马,积草屯粮,准备伸冤雪恨,不表。

且言众校尉将程凤解到长安来到相府。恰好吏部米顺正在沈府议事,听见程凤解到,忙向沈谦说道:"程凤已来,切不可令他见驾!等拿到马成龙,再审问虚实,一同治罪。都除了害,才无他变。"沈谦依言,随即传令,收监候旨。早有校尉将程凤一家押入刑部监中,同众公爷一处锁禁,下文自有交代。

却说定国公马成龙,自从得了罗灿的信息,慌忙在定海关连夜操兵,看完了二十四营的兵马,选了三千铁骑。星夜回到贵州,进了帅府,将选来的三千铁骑留在后营。进了私衙,早有马瑶同罗灿叩见,将操的家兵、家将花名册献上。马爷一看,大喜道:"这些人马,同我带来的那三千铁骑,也够做前站兵了。"随即安慰了罗灿一番,然后写了一道自求出征的表章,点两名旗牌,到长安上本去了。当晚,马爷治宴,在书房同罗灿、马瑶饮酒。猛听得一声嘈嚷,忽见中军官进内报道:"不好了!"

不知后事如何,且看下回分解。

第四十三回 米中粒见报操兵
柏玉霜红楼露面

话说马爷上过出师的表章，正在书房同女婿罗灿饮酒谈心，讲究兵法。忽然听见一声嘈嚷，早有那两名值日的中军跑进书房，禀道："启上公爷，今有朝廷差下四十名校尉，同贵州府带领兵丁，奉旨前来拿问，已到辕门了。"马爷吃惊忙忙出了书房，传令："放炮开门，快排香案迎接。"换了朝服，到大堂接旨。

且言马瑶同罗灿听得此言，大惊，一直跑到后堂，向太太说了一遍："母亲，快快收拾要紧！恐事不谐，准备厮杀。"太太闻言大惊，忙同小姐商议。这小姐，却是个女中豪杰，一听此言忙传他帐下的一班女兵，一齐动手，将珠宝细软收拾停当，自己穿了戎装，立在后楼保护太太，不表。

且言公子马瑶同罗灿、章琪、王俊四位英雄，一个个顶盔贯甲，领着五百家将，伏在两边。四位英雄站在大堂屏风之后，来看马爷接旨。

且言马爷来到大堂，俯伏接旨。校尉开读曰：

奉天承运皇帝诏曰：敕谕云南都督、世袭定国公马成龙知悉，朕念尔祖昔日汗马功劳，是以官加一品，委尔重任，以奖功臣。今有反叛罗增，兵败降番，理宜诛其九族，因念彼先人之功，从宽处分。不料伊逆子罗焜，勾伺程凤，攻劫淮安，劫库伤兵，滔天罪恶。今据大学士沈谦报奏，罗焜猖狂，皆因尔等暗助之故。有无虚实，可随锦衣卫来京听审。钦此。

校尉官宣过圣旨，马爷谢恩，自己去了冠带，说道："诸位大人请坐。"众校尉说道："不必坐了。圣上有旨，请马千岁速将兵粮数目，交代贵州府收管，可带了印绶、家眷，一同进京覆旨。”马成龙道：“今早，本帅也有本章进京去了，此地乃是咽喉要路，不可擅离。况且本帅这颗帅印，还是太宗老皇上与金书铁券一齐赐的，至今传家九代。并无过失，岂可轻弃？再者，沈太师所奏之事又无凭据。本帅再修一道本章，烦诸位大人转奏天廷便了。”众校尉闻言大怒，说道：“俺们是奉旨拿人，谁管你上本？快些收拾，免得俺们动手！”这一句话未曾说完，只听得屏风后一声点响，两边刀枪齐举，五百家将八字排开，中间四位英雄跳上大堂。一个个相貌轩昂，身材雄壮，更兼盔甲鲜明，射着两边灯光，十分威武。

众标尉见了这般光景，吃了一惊。马公子向众人说道：“俺家祖上，九代镇守南关，蒙老皇上恩典，赐了这颗帅印，执掌兵权。同苗蛮，大小战过三十多场，不曾输了一阵，汗马功劳不计其数。俺家并无过失，何至合家拿问？烦诸公速速回朝，奏过圣上，叫他速拿沈谦治罪，赦了众家公爷，方得太平；若再搜求，俺就起兵亲到长安，捉拿沈谦对理便了。”这一席话，把众校尉吓得面如土色，向马爷说道：“既是如此，卑职等告退了。”马爷连忙喝退公子，向众校尉陪笑说道：“小犬无知，望诸位大人恕罪。还有一言相告。”众校尉说道：“老千岁有何话吩咐，卑职等遵命便了。”马爷道：“今日天色已晚，诸公远来，老夫当治杯水酒以表地主之情，还有细话上禀。”众人不敢推辞，只得齐声说道：“怎敢叨扰千岁盛意？”马爷说道：“这有何妨？”遂邀贵州府同众校尉到后堂饮宴。

当下，众人到后堂，一一坐下，共有十席，早有家将捧上酒宴。安坐已毕，肴登几味，酒过数巡，马爷开言说道：“老夫有一本章，烦诸公带回长安，转奏天廷。只说老夫正与苗蛮交战，不得来京，静在辕门候旨便了。”众人齐声应道：“俺等领命就是了。”当晚席散，就留在帅府过宿一宵。

次日清晨起身，马爷又封了四千两银子，将一道本章，送与四十名校尉，说道：“些许薄礼，望乞笑纳。”众人大喜，收了银子，作别动身而去。

马爷送了众校尉动身之后，随即回到书房。向罗灿说道：“贤婿不可久住此地了。昨日圣旨上说，你令弟勾串山东程年兄，结连草寇，攻劫淮安府库。为此，圣上大怒，方拿问众人治罪。俺想淮安乃柏亲翁所居之地，那有自己攻打之理？况且柏亲翁现任都堂，又无变动，事有可疑。莫非柏亲翁不认前亲，令弟气恨，又往别处借兵，攻打淮安，报眼下之仇不成？你可亲自到淮安，访寻令弟的消息。会见了时，叫他速将人马快快聚齐，恐怕早晚随我征讨鞑靼，救你父亲要紧。”罗灿听了此言，忙叫章琪收拾行李辞别马爷、太太，出

了帅府，上马赶奔淮安去了，不提。

且言马爷，打发罗灿动身之后，又拔令箭一枝，叫过飞毛腿王俊，吩咐道："你可暗暗跟着众校尉进京，打听消息。再者，你到老公爷坟上看看。"王俊领了令箭，随即动身，暗随校尉，上了长安大路。

不一日到了京都。众校尉进了城，先奔沈府见了太师，将马爷的言词告了一遍："现有马成龙的辨本在此，请太师先看一看。"说罢呈上。沈谦道："他前日到了一道请战的表章，是老夫接下来了，他今日又有什么表章？"随即展开一看，只见句句为着众公侯，言言伤着他自己，不觉大怒，说道："罢了！待老夫明日上他一本，说他勒兵违旨，勾通罗增谋反，先将他九族亲眷、祖上坟墓一齐削去便了。"次日，沈谦早朝奏了一本，说"定国公马成龙勒兵违旨不回，他还要反上长安来"等语。天子闻奏大怒，随即传旨，命兵部钱来点兵，先下江南，会同米良合兵先拿山东罗焜，后捉云南马成龙，一同进京治罪。钱来领旨出朝，回衙点将，不提。

再言天子又传旨意一道，着沈谦将马成龙家祖墓削平，一切九族亲眷拿入天牢，候反叛拿到，一同治罪。沈谦领旨天子回宫。

且言沈谦出朝，回到相府，即领羽林军出城，来到马府祖茔，将八代祖坟尽行削平，那些石像华表、祭礼祠堂，一同毁了。那王俊得了这个信息，偷往坟上哭拜一场，连夜赶回云南报信去了。

且言沈谦领兵回城，来拿马府在京的那些亲眷、本家宗族、祖宗上的疏亲。也不论贫富老少，在朝不在朝，一概拿入天牢监禁。沈谦将已拿的人数，开了册子，上朝复旨。所有未拿的人数，该地方官巡缉追拿，不表。

再言兵部钱来，点了两员指挥，一名马通，一名王顺，带了五千人马，到镇江来会镇海将军米良，去拿罗焜。三军在路，不一日，已到镇江。通报米良，米良随即差官同镇江府出城迎接。进了帅府，马通、王顺与米良见礼坐下，将沈太师的来书与米良看了。米良道："本帅同二位将军操演人马，再往山东去便了。"当下就将五千人马扎入营中，留马、王二将在帅府饮宴。次日五更起身，并教儿子、侄子一同前去操兵。

原来米良有个儿子，名唤米中粒，年方二十，却是个酒色之徒；他的侄儿，名唤米中砂，跟在里面帮闲撺弄，一发全无忌惮。当下弟兄二人饱餐一顿，全身披挂，跟了米良、马

通、王顺，来到教场演武。他二人哪里有心看兵，才到正午，就推事故，上前禀告回家，就去寻花问柳。也是合当有事，二人却从李公府后经过，恰恰遇见柏玉霜同秋红在后楼观看野景。不防米中砂在马上一眼望见，忙叫："兄弟，你看那边楼上，有两个好女色呢！"米中粒原是酒色之徒，听见回头一看，已见了柏玉霜同秋红面貌，不觉魂飞天外。

看了半会，说道："好两位姑娘！怎生弄得到手，就好了！"米中砂道："这有何难？待我一言，保管你到手。"米中粒大喜，道："哥哥，你若果有法儿，我情愿与你同分家产。"米中砂说："有何难处！"

未知后事如何，且看下回分解。

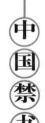

第四十四回 米中粒二八镇江府 柏玉霜大闹望英楼

话说那米中砂说道:"兄弟,我想你要此女到手,也不难。我看他这一座高楼,必是富厚人家。好在兄弟不曾定亲,明日访问明白,就烦镇江府前去为媒,不怕他不允。"米中粒道:"说得有理。"二人越看越赞,却被秋红看见了,忙请小姐进去,呀的一声,早把楼窗关了。

米中粒在马上,骂道:"这小贱人,好尖酸!她倒看见我们了。"遂缓辔而行。二人转过楼墙,来到柳荫之下,却是李府的后门。后门内,又有一位年少的妇人,也生得十分齐整。米中粒见了,笑道:"美人生在他一家,真正好花开在一树!"两个人只顾探头探脑的朝里望,不想那个妇人早看见了赶出门来,骂道:"好瞎眼的死囚!望你老娘做什的?"米中砂一吓,忙扯兄弟纵马去了。

看官,你道这位妇人如此勇敢,却是何人?原来就是瘟元帅赵胜的妻子孙翠娥。他夫妻两人,自从在云南别了罗灿,带了书信,到淮安找寻罗焜。到了淮安,打听得罗焜被柏府出首,拿入府牢中治罪,后来又劫法场,大闹淮安,勾同草寇,反上山东去了。他夫妻两人走了一场空,欲回云南去复罗灿的信,又恐罗灿离开云南,因此进退两难。只得仍回镇江丹徒县家内来住,恰好遇见小温侯李定。李定爱赵胜夫妻武艺超群,就留他夫妻两人在府,赵胜做个都头,孙氏在内做些针指。那孙翠娥同柏玉霜小姐十分相得。谈起心来,说到罗焜之事,孙翠娥才晓得柏玉霜是罗焜的妻子,小姐才晓得罗氏弟兄二人不曾被害,暗暗欢喜。

闲话少说。且言米家弟兄两个,慌忙回府,即唤一个得力家人上前,吩咐道:"丹徒县衙门对过,有一所大大的门楼,他家有一位绝色的女子。我大爷欲同他联姻,只不知她家姓甚,名谁,是何等人家。你可快去访来,重重有赏。"那家人领命去了,不在话下。

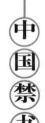

且言那米良等操了一日的兵,回府饮酒。马通、王顺向米良说道:"闻得罗氏兄弟,十分英雄,我们前去拿他,非同小可。必须商议个万全之策,方能到手。你我偌大的年纪,倘若受伤,岂不是空挣了一场富贵?"米良说道:"将军之言,正合我意。我们只须点一万精兵前去,到兖州府城里扎营,令地方官前去讨战便了。"

商议停当,次日五更,马通、王顺同米良三人,一同升帐。众将参见已毕,马通、王顺领了长安带来的五千人马在前,米良点了本营的五千人马在后,共是一万精兵。分作两队,中军打起"奉旨擒拿反叛,剿除草寇"的黄旗,耀武扬威,摇旗呐喊,杀奔山东去了。当下镇江府合城的官员,同米府的二位公子,送到十里长亭。饯行已毕,各自相别而回。不提。

且言米公子,送了他父亲出征之后,回到府中料理料理家务,忙了两日。心内时刻想着那美女的消息,正在书房同米中砂商议,忽见前日去访信息的家丁前来回信。米中粒大喜,忙问道:"打听得如何?"家丁回道:"小人前去访问,县衙门口的人说,他家姓李,那老爷名叫李全,目今现在宿州做参将哩。那女子,只怕就是他的小姐了。"米中砂听了大喜,说道:"这宿州参将李全,莫不是那小温侯李定的父亲么?"家丁回道:"正是。"米中砂哈哈大笑,道:"这个就容易了。那小温侯李定,我平日认得他,他父亲住在此地,现是叔父的治下。兄弟,你只须见镇江府说一声,保你就妥。"米中粒大喜,忙唤家人备马,拿了名帖,拜镇江府。

不一时已到,家将投了名帖。知府迎出仪门,请中粒到内厅相见。当下二人携手相挽,进了书房,见礼坐下。茶罢,知府问道:"不知公子驾临,有何见谕?"米中粒道:"无事也不敢惊动。只因晚生年登二十,尚未联姻。昨闻宿州参将李全有位小姐,十分贤德;敢烦老黄堂执柯,自当重谢。"知府笑道:"包在本府身上便了。"米中粒大喜,忙忙起身拜谢而去。正是:

御沟红叶虽云巧,月内红绳未易牵。

不表米公子回府,且言知府次日拿了名帖,就来请李定。李定见本府相召,怎敢怠慢。随即更衣上马,来到府宅门上。家人投了名帖,只见里面传请。李定进了私衙,参见毕,坐下。李定说道:"不知公祖大人见召,有何台谕?"知府笑道:"无事不敢相邀。昨日,有定海将军米大人的公郎前来,托本府作伐,说年兄家有一位令妹小姐,尚未出门,特烦本府代结秦晋,不知台意如何?倘若俯允,据本府看来,倒也是一件好事。"李定闻言,吃了一惊,忙起身打了一躬,说道:"治晚生家内,并无姐妹,想是米府中错认了,求公祖大人回复他便了。"说罢,起身告退,上马回府,不提。

且说米中粒自从托过镇江府为媒之后,回到家中。过了三日,不见知府回信,好不心焦。又叫家人备了四样厚礼,到府里来讨信。投了名帖,知府请书房相会。米公子叫家人呈上礼物,说道:"些微菲礼,望乞笑留。"知府再三推让,方才收下礼物,说道:"前日见委之事,据他说,并无姐妹,托本府回复。本府连日事冗,未及奉复,不想公子又驾临敝署。"米中粒闻言好生不悦,说道:"晚生亲目所见,家兄又同他交往,怎么说他无姐妹?这分明是他推托。还求老公祖大力成全美事,自当重重相谢。"知府道:"既是如此公子可浼一友人,且说一头果是他家姐妹,再等本府来面言便了。"公子称谢,别了知府。上马回家,一路上好为烦恼。

回到府中,将知府的言词告诉了米中砂一遍。说道:"哥哥,此事如何是好?"米中砂想了一想,说道:"我有一计,只是太狠了些,然为兄弟只好如此。如今兄弟只推看桂花请酒,先请知府前来说明了计策;然后去请李定前来看花饮酒,当面言婚。他欲依允,便罢;若是不允,只须如此如此。那时,他中了计,就不怕他不允了。"米中粒大喜,说道:"好计,好计!"

到了次日,米中砂先到李定家走走,并不提婚姻之事。过了五日,米中粒吩咐众家将安排已定,即命家人,拿贴子先请知府,向知府细说一遍。知府暗暗吃惊,只得依允。又叫家人拿帖去请李定。家人到了李府,投了名帖,入内禀道:"此贴是家少爷请公子看花饮酒的。"李定想道:"此人来请,必非好意,但是不去,倒被他笑俺胆小了。"只得赏了家将的封子,说道:"你回去多多拜上尊爷,说李某少刻就来。"那家人先自回去。

李公子随即更衣,叫家人带马,出了府门。到了米府,家人通报,米公子连忙出来迎接。进了帅府,见礼已毕,就请到后园看花。当下李定到了花园,正遇知府在亭子上看花,李定忙上前参见,坐下。李定说道:"多蒙米兄见召,难以消受。"米中粒说道:"久仰仁兄大名,休要过谦。"彼此各叙寒温。知府便说道:"前日,代令妹为媒的,就是这米公子了。"李定说道："可惜治晚生并无姐妹，无缘高攀。"米中砂忙向镇江府摇头，知府会意，就不说了。

一会儿摆上酒席，米公子邀入席中。二人轮流把盏，吃了一会，又叫府中歌姬出来劝酒。到席上，唱了两套曲子，便来劝酒。李定刻刻存神，不敢过饮；怎当得米氏兄弟有心弄计，只管叫歌女们一递一杯来敬，又换大觥，吃了十数觥。李定难回，直饮得酩酊大醉，伏几而睡，不知人事。

米中砂忙叫家将，抬到兵机房内。吩咐依计而行，不可迟延。众家人将李定抬到兵机房内睡下，将各事备定，并将绊脚索安排足下。中候李定醒来，以便行事。米中砂又吩咐："家将伺候，我在哪里听信。不可动他，俟他一醒，你们速速报我。"

不知后事如何，且看下回分解。

第四十五回 孙翠姚红楼代嫁 米中粒锦帐遭凶

词曰：

义侠心期白日，豪华气夺青云。堂前欢笑日纷纭，多少人来钦敬！

秋月春风几日，黄金白玉埋尘。门前冷落寂无声，绝少当时人问。

话说李定被米中粒灌醉，抬入兵机房内。这兵机房非同小可，里面是将军的兵符、令箭、印信、公文、来往的京报，但有人擅自入内，登时打死。这是米中砂做成的计策：用酒将李定灌醉，抬入兵机房，将兵符、令箭、暗藏两枝在他靴筒内，以便图赖他。当下李定酒醒，已是黄昏时分。睁眼一看，吃了一惊。暗想道："这是兵机房，俺如何得到？"情知中计，跑起身来往外就走，不防绊脚索一绊。此时李定心慌，又是醉后，如何支撑得住？两脚一绊，扑通一交，跌倒在地。众家将不由分说，一齐拥上，将李定捺住，用绳子捆了。

李定大叫道："是我！"众人不睬，将他绑上花厅。禀道："兵机房捉住一个贼盗，请公子发落。"米中粒大喜说道："本府太爷在此，速带他来审问。"众人把李定押到花厅，只见灯烛辉煌，都是伺候现成的。众人将李定扭到知府面前跪下，李定大叫道："老公祖在上，是治晚生李定，并非贼盗。米府以势诬良，求老公祖详察。"米公子说道："不是这等讲！我这兵机房非同小可，兵符、令箭都在其中。求公祖搜一搜才好。"

当下众人将李定浑身一搜，搜出两枝令箭、一张兵符，双手呈上。米公子大怒，说道："我好意请你来吃酒，为何盗我的兵符、令箭？是何道理？目今四海荒荒，被反叛罗焜弄得烟尘乱起。昨日奉旨才去征剿，你盗我的令箭，莫非是反叛一党么？"喝令家将："请王命上方宝剑过来，问明了口供，快与我枭首辕门示众。"家将得令，将王命上方剑捧来，放

在公案上。米中粒向知府丢了个眼色，打了一躬，说道："拜托公祖大人正法，晚生告退了。"

米公子闪入屏风，知府喝退左右，问李定说道："年兄，你还是怎么说？"李定回道："这分明是米中粒做计陷害，求公祖大人救命！"知府说道："无论他害你不害你，必定是你在他家兵机房出来，又搜出兵符、令箭。人赃现获，有何分说？况且他请过王命上方剑来，就斩了你，你也无处伸冤，叫本府也没法救你。你自己思量思量，有何理说？"李定道："公祖若不见怜，治晚生岂不是白白送了性命？还求大人搭救才好！"知府笑道："李年兄，你要活命也不难。只依本府一言，非但性命不伤，而且荣华不尽。"李定明知是圈套，因说道："求公祖大人吩咐，一一谨遵。"这知府走下公座，悄悄向李定说道："只因他前日托本府作伐，求令妹为婚，世兄不允，故怀恨在心，因而有此一举。依本府之言，不若允了婚姻，倒是门当户对，又免得今日之祸，岂不是一举而两得了？"正是：

　　劝君休执一，凡事要三思。

李定闻言，想道："我若不许他的婚姻，刻下就是一刀两段。白白地送了性命连家内也不知道。不若权且许他，逃命回家，再作道理。"便说："既是公祖大人吩咐，容治晚生回家，禀过家母，再发庚帖过来便了。"知府笑道："他若肯让你回去再送庚帖来，倒不如此着急了。你可就在此处，当着本府写一庚贴，与他为凭，方保无事。"

李定无法脱身，只得依允。说道："谨遵公祖之命便了。"知府见李定允了，哈哈大笑。忙向前双手扶起，解了绑，请他坐下。一面大叫道："米公子，出来说话！"米中粒故意出来说道："老公祖，审明了么？"知府回道："本府代你们和事。"米公子道："这兵机房重务，岂有和事之理。"知府笑道："姻缘大事，岂有不和之理。"这一句话，把堂上堂下一众家人，都引得笑将起来。正是：

　　王法如家法，官场似戏场。

话说知府向米中粒说道："公子前日托本府为媒，就是李世兄令妹。你们久后过了

门,就是郎舅,那有妹丈告大舅做贼之理。依本府愚见,今日就请世兄写了庚帖,公子备些聘礼,过去定婚;拣了好日,洞房花烛,你们就是骨肉至亲了,何必如此行为?"米中粒笑了,忙忙向知府与李定面前,各打一躬,说道:"方才得罪,望勿挂怀。"遂叫家人,取过一幅红锦绣金的庚帖,并文房四宝,放在桌上,就请李定写庚帖。李定拈起笔来,随便写了一个假年庚与府。知府大喜,双手接过,送与米公子。米公子收了庚帖,重新叙礼,摆酒陪罪。

吃了一会,天色已明,李定告退。米中砂道:"李姻兄何不同公祖大人一同起身?舍弟的聘礼久已完备,请公祖大人同李姻兄一起动身,送至尊府,岂不两便?"李定暗想道:"他今日就送聘礼过去,如何是好?"只得回道:"遵命便了。"米公子大喜,说道:"不消大舅劳心,一切大小诸事,连酒席都是小弟代兄备现成了。"一面叫家人,传齐执事,升炮开门,将那些金珠彩缎,果盒猪羊,摆了二百端。前面是将军的旗号,后面是知府的执事,细吹细打,迎将出来。米中粒送了知府同李定出了帅府,吩咐中军官道:"送到李府叫众人即便回来领赏。"中军答应,同众人去了。

且言李定和知府一路行来,心中烦恼,唤过一名家丁,附耳吩咐道:"你速回去,向太太说知如此如此。"家丁领命,星飞回去。这里知府押着米府的聘礼,不一时,已到李府门首。三声大炮,将聘礼摆上前厅。入内道喜已毕,早有中军将礼单双手呈上,李府一一收下。太太命家人,赏了众人的封包,治酒款待知府。知府饮了三杯,随即作别去了。

且言李定走入后堂,太太忙问道:"今日收了他的聘礼,他久后来娶,把什么人与他?"李定说道:"只推爹爹回来,方能发嫁。迟下了日子,来报她病故,退回聘礼,岂不两下里没话说了?"太太道:"就是如此,你也要望你爹爹任上走一遭,恐他要来强娶。"李定问道:"晓得。"遂叫洪惠并赵胜夫妻过来,吩咐道:"俺不幸被米贼设计,弄出这场祸来。我如今到老爷任上去,家内诸事,拜托你们三人照应。"三人回道:"公子放心,我等知道。"李定收拾,辞了太太,竟奔上江宿州去了。

且言柏玉霜小姐,自从闻了米家这番消息,好不忧愁。幸有秋红同孙氏早晚劝解,一连过了六七日。那日,正在妆楼闲坐,忽见秋红上楼来,报道:"不好了!米家送信,要来娶小姐了。"柏玉霜大惊,同孙氏下楼,到后堂来打听消息。

只见两个媒婆,押着四担礼盒,来到后堂。见了太太,叩头呈上礼物,说道:"我家老

太太请太太的安。本月十六日，是个上好的日子，要过来迎娶小姐。诸事俱已齐备，不劳太太这里费事。"李太太大惊失色，道："为何这等急促，我前日打发公子，到我家老爷任上去了。诸事俱未曾备办，烦你回去回复太太说，还是迟个把月才好。"来人说道："婚姻大事，两个总是要吉利的，哪有改期之理？知府太爷也就要来通信了。"说罢，二人便起身告退。

李太太好生着急，正在没法，忽听得一声吆喝，镇江府早已到门。进了后堂见了太太道喜，知府说道："老夫人在上，卑府此来，非为别事，只因十六日米府前来迎娶千金，特来通信。"太太回道："公祖大人在上，本当从命，奈拙夫、小儿俱不在家，一无所备。仍求大人转致米府，求他改期才好。"知府道："此事从无改期之理。夫人不用费心，只送令嫒过门，倘有甚话，都有卑府做主。"说罢，起身告退，回衙去了。

太太好不着急，忙请柏玉霜同孙氏来商议，说道："此事如何是好？"小姐哭道："这是甥女命苦，惟有一命而已！"孙氏说道："为今之计，只有将一个丫鬟装做小姐嫁过去，再作道理。"秋红道："不可。那日，小姐在楼上被他看见，所以只认做本府内的小姐。今日换了人嫁去，哪里瞒得他眼！如今小姐'三十六着，走为上着'。只有女扮男装速去逃命。但是公子、老爷都不在家，我们逃去之后，他来寻太太要人，如何是好？"孙氏沉吟道："我有一计。我夫妻二人，昔日蒙罗公子救命之恩，如今米贼又去同罗公子交兵，他儿子又来谋占小姐，我不报恩，等待何时？你们只去如此如此，他来迎娶，等我去便了。"太太同柏玉霜只得依允。

不觉光阴迅速，已是十六日了，太太吩咐张灯结彩等候。黄昏时分，镇江府全班执事，押着米府的花轿，全付仪仗，大吹大擂，到了李府。道过喜饮过酒，只听得三番吹打催妆，请新人上轿。里面，柏玉霜同秋红，久已改了装扮躲了。孙氏大娘藏了暗器，装扮已毕，别了小姐、夫人，上轿去了。

不知后事如何，且看下回分解。

粉妆楼

三八二二

第四十六回　柏玉霜主仆逃灾　瘟元帅夫妻施勇

话说那日米府，排了镇海将军的执事，大吹大擂，抬了八人花轿，到李府来迎娶小姐。早有诸亲六眷、合城的文武官员，到两边道喜。

那李夫人在外面，勉强照应事务，心内好生烦恼。花轿上了前厅，喜筵已过，三次催妆，新人上轿。那孙氏翠娥，内穿紧身软甲，暗藏了一口短刀，外套大红宫装，满头珠翠，出房来拜别夫人，说道："奴家此去，凶多吉少；只为报昔日罗公子的恩，故此身入虎穴。生死存亡，只好听天而已。太太不可迟延，速速安排要紧。"太太哭道："难得你夫妻如此重义，叫老身如何过得意去？"孙翠娥道："太太休得悲伤干正事要紧。"复向柏玉霜说道："小姐可速上长安，投令尊要紧。奴从此告别了！"柏玉霜哭拜在地说道："多蒙姐姐莫大之恩，叫奴家如何答报？"二人哭拜一场，孙翠娥径上花轿。听得三声大炮，鼓乐喧天，排开执事，往帅府去了。

此时，赵胜忙会了洪惠的言语，浑身穿了铁甲，提了一条镔铁棍，暗跟花轿，到米府去了。那洪惠知道，必有一场恶祸，同米府是不得好开交的，预先同赵胜夫妻商议定了。前数日已经过江来到瓜州，约了镇海龙洪恩同王氏兄弟三个，带了五十个亡命，叫了十多只小船，泊在锦江边上接应，不表。

且言柏玉霜小姐，打发孙氏动身之后，诸亲已散。关了大门，方才同秋红下妆楼来拜别太太，说道："舅母在上，甥女上长安找父亲，此一别，不知何日再会？"说罢，泪如雨下哭拜在地。太太哭道："我儿此去，路上小心要紧。到了长安，会见你爹爹，可叫他暗保你家舅舅，要紧！眼见得同米贼不得甘休。你们快快收拾去罢。"当下柏玉霜拜别了太太，同秋红依旧男装，带了行李包袱，瞒了府中的家人，悄悄的出了后门。并不敢擎灯，高一步，低一步，乘着那月色星光趱路。多亏出海蛟洪惠送二人上了大路，出了府城，雇了一只小

船,急急开船,往长安去了。

再言洪惠送了柏玉霜上船,急急赶回府来,见了太太,说了话,忙催太太收拾,动身要紧。太太将细软打了四个大包袱,先付洪惠挑到江边船上,交与洪恩。复回府来,已有二更天气。太太向众家人说道:"连日你们也辛苦了,早些睡罢。"众人听得太太吩咐,各人自去安歇。太太见家人都睡了,就同洪惠悄悄的出了后门。备了一匹马,扶着太太上了马,走小路赶出城来。到了江边,早有洪恩前来迎接,扶太太下了马。洪惠送太太上了船,叫声:"哥哥,好生同夫人作伴,在此等我。我同王氏兄弟,去接应赵胜夫妻要紧。"当下同了焦面鬼王宗、扳头鬼王宝、短命鬼王宸,各人带了兵器赶进城来。按下不表。

且言洪恩见兄弟去后,猛然想起一件事来。说道:"不好了!他们此去,非同小可。倘若关了城门,不得出城,如何是好?此事不可不防。"忙向带来的五十个亡命说道:"你们快快去,如此如此。接应他们要紧。"众人领计,飞风去了。

再言米府迎娶新人,好不热闹。米中粒浑身锦绣,得意扬扬。先是知府同合城的官员前来道喜,后是辕门上那些参将、守备、游击、都司、千总、把总一班军官,前来道喜。帅府中结彩张灯,笙箫齐奏,共有八十多席,都是米中砂管待。

将近二更时分,三声大炮,花轿进门,抬进后堂。傧相行礼,新人出轿,双双拜过天地、祖宗。笙箫鼓乐,金莲宝炬,送入洞房。众姬妾丫鬟擎金灯宝烛,引新人坐过富贵,合卺交杯。米公子满心欢喜,自从那日在楼上相逢,直至今宵才算到手。

看官,你道柏玉霜同孙氏,是一样的花容么?米公子就认不出真假?不是这个讲法。一者,孙氏大娘也生得美貌,年纪又相仿;二者,满头珠翠垂肩,遮住了面貌,又是晚上,越发真假难分;三者,此刻米公子早也神魂飘荡,欲火如焚,哪里还存神留意,故此没有看得破。

当下交杯已后,早有那些朋友、官员前来看了新人,就扯米公子前去吃酒。米公子开怀畅饮,吃到三更各官员方才起身告退。这米公子被众客多劝了几杯,吃得大醉。送众客去后,踉踉跄跄的,吩咐米中砂道:"府中一切事情,上下人等,拜托照应。小弟得罪有偏了。"米中砂笑了一声,吩咐家人照应灯火,自己却同一个少年老妈,去打混去了。

那米公子醉醺醺的,走进后堂。早有四个梅香引路,擎着灯,送米公子上楼。进得洞房,净过了手,脱去上盖衣服,吩咐丫鬟:"下楼去罢。"随手掩上了房门,笑嘻嘻的向孙氏

道："自从那日，小生在马上看见娘子一面，直到如今，才得如意。请娘子早些安歇罢。"就伸手来替孙氏宽衣。

孙氏大娘耐不住心头火起，满面通红，就是劈面一掌，推开米公子，一手脱去外衣。那米公子不识时务，还是笑嘻嘻的，来搂孙氏。孙氏大怒，骂一声"泼贼"，拦腰一拳，将公子打倒在地。公子正欲挣时，孙氏掣出短刀，喝一声，手起一刀，刺倒在楼上；赶上前按住了脸，一刀割下头来。顺手将烛台往帐幔上一点，望楼底下就走。不防楼底下，众丫鬟使女还不曾睡，听得楼上喊喝之声，忙奔上楼来看时，顶头撞见孙氏下楼。手起刀落一连搠死了两个丫鬟。

众人一看，大叫道："不好了！楼上有强人了！"这一声喊叫，惊动了合府家丁。抢上楼来，一看，只见公子倒在楼上，鲜血淋漓，头已割了。众人大惊，扶下尸首来时，楼上烧着床帏帐子，烟雾迷天，早已火起。慌得太太同米中砂，在梦中爬起来，听得这个消息，只吓得魂飞魄散，大哭连天。一面叫人抬过公子的尸首，一面叫众家人救火，一面问有多少强人，新娘子往哪里去了。众人回道："并没有强人，公子同两个丫鬟，都是新娘子杀的！"太太大惊，说道："快快与我拿住这贱人！重重有赏！"

当下众人听令，个个手执刀枪来捉孙氏。孙氏在火光中，在人手内夺了一条枪，且战且走。却不识他家出路，只顾朝宽处跑。

正在危急之时，恰好赵胜、洪惠等见里面火起，喊杀连天，就知道孙氏动手了。五条好汉，一齐打入后门，奔火光跟前来接应。正遇米府众家将围杀孙氏，洪惠大叫道："鸡爪山的英雄同伙在此，谁敢动手？"一齐端兵杀来，众人喊叫一声，回头就跑。五位好汉保定孙氏，往外就走。

太太着了急，忙叫辕门上，擂起聚将鼓来。那些大小将军，忙忙起身，奔到帅府，只见火光罩地，喊杀连天。一时，镇江府、丹徒县游击、参将、守备、文官武将，一同都到帅府请安，救火。米太太向众官说道："诸位，与我追拿强盗要紧！"众官大惊，忙忙调齐大队人马赶将来了。五位英雄保定孙氏，回头一望，只见远远灯球火把，照耀如同白昼，约有二三千人马，鸣锣擂鼓，呐喊摇旗，追杀而来。六位大惊，奔到城下。城门已关，并无去路；回头看时，追兵渐渐的赶将来了。

不知后事如何，且看下回分解。

第四十七回　小温侯京都朝审
　　　　　　赛诸葛山寨观星

　　话说六位英雄见后面追兵紧急,慌忙往前奔走。来至城下,那城门早已闭了。王宸道:"不要慌!我们爬上城头,绕城走去,遇着倒败的缺子,就好出去了。"众人爬上城头,顺着城边走无数步,忽见乱草丛中,跳出两条汉子,拦住去路。赵胜大惊,揲铁棍就打。那两个人托的跳开,火绳一照,叫道:"不要动手!洪大哥叫我们等候多时了。"王宸听得是瓜州带来伴当的声音,大喜,说道:"洪大哥叫你等在此,必有计策。"二人说道:"洪大哥怕你们不得出城,叫我们如此如此,就出去了。"六人依计,跟着二人,顺着城头去了。

　　且言那合城官员将校,带领二三千人马,高挑着灯球火把,一路追来,喊杀连天。只把那镇江府的一城百姓,吓得家家胆战,户户魂飞。听见是鸡爪山的英雄杀入帅府,放火烧楼,连公子的头都不见了,又是黑夜之中,不知有多少人马,那些来追赶的兵将,却也人人惧怕。追到城门口,绝无踪迹。

　　众官正在疑惑,猛听得四面一片喊声。有人报道:"府衙后面火起!"知府大惊,忙上高处一望,四面火光冲天,十分利害。吓得知府胆落魂飞,忙叫本衙兵丁,快快赶回救火。又见四面嘈嚷,一霎时烟雾迷天,接连又是七八处火起。只烧得满天通红,火球乱滚;耳内喊声不绝,哭声震地。那些军校人等、靠辕门住的军官,个个都是有家眷的,见城中八方火起,犹如天崩地裂,势不可当,喊叫一声,文武官员、兵丁将役,都四散奔走,回去救火,哪里禁止得住。知府见军心已乱,忙叫守备守城:"本府回衙,保守府库去了。"说罢,带了众人飞马而去。

　　且说那守备吴仁带了本部下四个把总,有二百兵丁,到了城下。只见那些百姓,一个个觅子寻爷,哭声不绝。守备忙吩咐众将:"快些分头四门巡缉,以防破城。"当下吴守备带领人马,绕着城脚缉捕奸细。一队人马来至北门,忽抬头,见城头上有十数个人,在哪里爬城。众军呐喊,说道:"强盗在这里了!"一齐赶上城来。

原来,洪惠等同王氏三雄,到四处放了火,约定在此搭软梯跳城。吴仁见了领兵赶到城上。众人喝道:"不用来,俺们去也!"一个个望城下就跳,下面早有洪恩来接。只有赵胜夫妻二人未曾下去,吴仁早已赶到,纵马大喝一声:"往哪里走?"举枪就刺赵胜。赵胜闪过枪,扬起那条镔铁棍,照吴仁头上打来。吴仁一闪,那一棍却打在马头上,那马往后一倒,连吴仁一齐滚下城脚去了。

众军急来救时,赵胜趁人乱里,抱着孙氏大娘,一并跳下城去了。这里众军救起吴仁看时,早已跌得脑浆直流,死于非命。吓得众军飞马来报知府。知府大惊,急忙传禀都统、游击,领兵出城追赶。不表。

且言赵胜夫妇跳下城来,早有洪恩接住,一同来至江边。查点人数,一个也不曾伤损。众人大喜分头跳下小船。那李太太吓得战战兢兢,来问孙氏道:"你们怎么弄得掀天泼地?将来怎样?"孙氏告诉了太太一遍,说道:"太太受惊了。"太太未及回言,猛见一派火光,镇江府协同都统、军官,带领一标人马,赶出城来了。洪恩一见,忙叫解缆开船。每船上摇起八把桨来,如流星掣电,如飞似的过江,到瓜州王家庄上安身去了。

且言知府同都统、游击、参将、兵丁、将校,赶到江边,并不见一人。大家吃惊,忙问江边上附近居民。人人都说,并没有见什么人马,只有十数只小船上,有十数个人,在此住了一夜,方才开船过江去了。知府说道:"无十数多个人如此凶险之理,想是走到别处去了。且回去救火,安民要紧。"当下文武官员回转城中,救灭了火,安慰了百姓,整整闹了一夜。

次日天明,各文武都到将军府里请安。米太太正在后堂哭公子,听得众官请安,太太收住了眼泪,叫家人请家内大爷米中砂同知府,到后堂说话。家人去不多时,只见米中砂同知府进了后堂。见了米太太行了礼坐下。

太太向知府说:"多蒙老公祖代小儿做得好媒!娶进门就杀死丈夫,放火烧了房屋。又听得她是鸡爪山的强盗,全伙在此。我想鸡爪山,是反叛罗焜同伙住地,现今老爷奉旨领兵前去征剿,莫不是李家同罗焜是一党,故此强盗婆装做新人,前来害我儿性命!此事不明,要求老公祖前去查问查问,好出文书,与老将军知道。"知府无奈,只得连忙起身,向李府而来。

却说那晚，李府家丁是辛苦了的，个个进房都睡着了。睡到半睡里，听见外面嘈嚷，老门公起身，开门看时，听得人说，米将军府里起了火了。门公大惊，上街一看，只见天都红了，连忙入内禀告。众丫鬟妇女，一齐惊起。传至上房，上房门已开了，入内看时，不见夫人在内。众人惊疑，各处找寻，并无形影。众人慌做一团，猛又听得一片喊声，七八处火起，外面宣传说，鸡爪山的贼兵来了。众家人大惊，来寻赵胜、洪惠二人，也不见了。

闹到天明，正没摆布，却好知府到了。进了中厅坐下，便叫家人，快请夫人说话。众家人一齐跪下，禀道："太爷在上，昨夜火起之时，我家太太就不见了。"知府喝道："胡说！"遂起身，率领皂快人等进内搜查，果无影响。知府着急，审问家丁口供，也无实迹。知府想道："一定是同反叛罗焜一党，故此强盗婆装做新人，刺杀了米公子，她却暗暗先走了。"只得将李府家丁一齐拿住，封锁了李府的大门。

起身回到帅府，见了米太太，说了一遍。太太变色，说道："此事却要贵府作主，交还我的贼子来。"知府喏喏连声告退。这里，一面收了米公子的尸首，一面差家将到老将军行营报信。那镇江府满腹愁烦，火速回衙，将李府众家人收了监，随即将受伤兵将被火之事，细底情由，细做成文书申详上司去了。

且言小温侯李定，自从受了米府的聘礼，连夜赶奔宿州。到他父亲任上，将柏玉霜表妹被害投奔，又见米府强聘之事，细细告诉一遍。李爷大惊，说道："你既受了他家聘礼，何好推托？"想了一想，说道："有了。我写一封书与你，连夜回去见镇江府，说我在任上，已将女儿许聘人家了，仍烦府尊大人，将原聘礼送还米府，方无他事。倘若不从，你可连夜写信送来。我自有道理。"

李定领命，带了书信，别了李爷，翻身上马，复转镇江。他在路上，却并不知米府来娶，孙翠娥杀人放火，弄出这场祸来。他单人独马，只顾赶路，那日到了镇江，已是黄昏时分。进了城门，打马加鞭，奔到自己家门首，一看只见知府的封条封锁了门户。李定大惊，说道："这是为何？我的母亲却往哪里去了？"正无布摆，猛听得一声呐喊，四面拥上七八十个官兵。钩镰套索，短棍长枪，一齐上前，将李定拖下马来，捆进府衙去了。

欲知后事如何，再听下文分解。

第四十八回　玉面虎盼望长安　小温侯欣逢妹丈

话说李定被众官兵拖下马来，大叫道："拿俺做什么？"众人说道："你家结连鸡爪山的强盗，前来放火杀人，连米公子都被你叫人杀了，还说拿你做甚？"李定听了，好不分明。

不一时，扯到府堂。推倒阶前跪下，知府升堂喝道："米府同你联姻，也不为辱你。你为何勾通鸡爪山的强盗，假扮新人，将米公子刺杀？却又满城放火，烧坏了七八处民房？吴守备前去巡拿，又被强徒打死。你罪恶滔天，今日却是自投罗网。你且说，家眷藏在何处？党羽现在何方？好好从实招来，免受刑法。"

知府还未说完，把李定只急得乱叫道："老公祖说哪里话来！俺为受了米府的聘礼，连夜赶到家父任上去报信。谁知家父已将妹子许他人，叫我连夜回来，烦公祖大人退还米府的聘礼，怎么反诬我这些话来？"知府道："胡说！本月十六日，米府迎娶新人，当晚，就是你妹子将公子刺死，放起火来。本府去救火时，满城中无数火起。人人都说米府新人，是鸡爪山强徒装的，杀了米公子，出帅府去了。忙得本府救了一夜的火。次日到你家查问，你家的家眷久已去了。本府问你家人，他说火起之时，你母亲就不见了。想你是暗通反叛，杀人放火，恐怕追拿，暗带家眷先逃。现有你的家人在牢内，怎说米府反告你？难道他把儿子自己杀了，图赖你不成么？"

李定大叫道："我在父亲任上，今日才回，怎么说我勾引强盗？想是米府来强娶亲事，舍妹不从，因而两相杀死；怕我回来淘气，故反将我母亲害了，做成圈套，前来害我。"知府大喝，吩咐将李定的家人带来对审。不一时，家人带到。

知府说道："你自己去问他们。"李定便问家人："太太到哪里去了？"家人见问，哭说道："那日，正当半夜火起之时，便去禀报夫人，夫人就不见了。"将始末情由，说了一遍。

李定心中疑惑，又问："赵胜夫妇同洪惠为何不在?"家人回道："他们三人，是同太太一齐不见的。"李定听了，心中明白，料想新人是孙氏装的："母亲、妹子，一定是同他逃走去了。只是鸡爪山的人马，怎得来的?"当下知府复问李定说道："你还有何说?"李定说道："其实晚生并不知道详细，实系才在父亲任上回来的。"知府大怒，正要动刑，忽见一骑马冲进仪门。

一位官差手执令箭，大叫道："米老将军有令，着镇江府速解一千粮草、三千人马，并将放火的原犯，解往山东登州府听审。火速，火速!"知府闻言，吃了一惊。立刻到将军辕门，领了人马粮草，随同将李定上了刑具。次日五鼓动身，押了军粮，解了李定，离了镇江，连夜奔山东去了。

且言米良合同马通、王顺，领了一万精兵在兖州驻扎，离鸡爪山数十里，安营立寨。歇了数日，点将到山口挑战，被众英雄点兵下山，一连三阵，杀得米良等胆落魂飞。伤了一半人马，败回登州去了，紧闭城门，一连半个月不敢出战。正在城中纳闷，接连是家将前来报到公子的凶信，米良大哭，昏倒在地。众官救醒，细问根由。家将备陈始末，米良大怒，因此着落知府调兵押粮，并要杀公子一干人犯前来，亲自审问。按下不表。

且言鸡爪山上，众英雄一连胜了数阵，个个欢喜。只有玉面虎罗焜，心内忧愁，盼望兄长，放心不下。那晚席散，步月来到军师谢元帐中坐下，问道："目下连胜米贼数阵，意欲要杀上长安，伸冤报仇，但不知家兄的消息如何。请教军师，还是怎生是好?"谢元道："将军休急，俺昨日袖占一课，山上虽然兴旺，奈气运未足;在百日之内，还有英雄上山相助，令兄不远就要到了。前日，我已分差四路去打探军信，等他回报再作道理。"

二人谈了一会，步出后营，到山顶上玩月。谢元仰面观星，见众星聚于江东，十分光灿;又有一颗大星，缠在勾陈星内，其色晦暗，左右盘旋，忽然一道亮光，穿入白虎宫中去了。谢元大叫道："奇怪，奇怪! 这个星光，先暗后明，过了营，却同将军的本星相聚。三日内，必有英雄上山来，却与将军有些瓜葛。想是有什令亲到此，也未可知。"罗焜甚喜，当下观过星斗，转回山寨。

忽见两个探子飞入军营，跪下禀道："小人奉令到镇江，打探米贼的虚实，今探得本月十六日，米府娶得宿州参将李全的小姐。谁知小姐刺杀米中粒，放火破城，杀死守备一

员，闹了一夜。却假我们鸡爪山的旗号，逃走去了。谁想李公子又回镇江，被知府拿住。如今领了一千粮草、三千人马，解李公子到登州来了。小人探知，特来禀报。"谢元道："记功一次，再去打探。"探子去了。

当下谢元向罗焜说道："探子来报的言词，他说假我们山寨之名，那李定，必与将军相熟。"罗焜说道："我闻得柏府有个姓李的亲眷，住在镇江一向并不曾会过。"谢元道："如此说来，正合天象了。有此机会，我们且去劫他的粮草上山，再作道理。"二人商议已定。

至次日，众英雄升帐。谢元向众人说道："大事只在今日一举，诸公须要用心！"众英雄齐声应道："谨遵将令！"谢元大喜，令火眼虎程珮领一千人马，前去如此如此；又令胡奎领一千人马，前去如此如此；又令秦环、罗焜各领五百铁骑，前去如此如此；又令鲁豹雄、王坤、李仲、孙彪领一千车仗，前去如此如此。众人得令，各领本部人马去了。

按下山寨点将之事不表，且说那镇江府同游击刁成，带了四名护粮的千总并囚车，解了李定，在路行程，非止一日。那日，已到兖州府的地界。离城四十里，天色已晚。知府说道："此去离贼寨不远，众军俱要小心。"又差一名外委，速进兖州报信，请米将军发兵，前来接应。一面吩咐："此地不可安营，速速赶进城去才好。"

众军点起灯火，行无一里之路，猛听得一声炮响，左有秦环，右有罗焜，各领五百铁骑，两边冲来。知府大惊，忙令游击将三千兵摆开，前来迎敌。与秦环二人战无数合，秦环一铜打死刁成。知府回马就走，正遇罗焜，一枪挑于马下，被喽兵擒了。众军见主将已死，弃了粮草，各自逃生。

当下罗焜、秦环杀入军中，打开囚车放了李定，先令送上山去，然后赶杀三军。那三千人，一个个丢盔弃甲，四散逃生，哪里还顾什么粮草，落荒逃走去了。这里鲁豹雄、王坤、李仲、孙彪带领车仗人马，前来接应。罗焜、秦环将镇江府解来的粮草，并夺下来的盔甲、弓箭、旗枪，尽数装载上车，护送上山去了。

且言米良等见报说镇江府解粮到了，忙忙升帐。正欲点兵接应，猛听得连珠炮响，喊杀连天。早有探子飞报，说镇江府的粮草被劫了。米良大惊，忙同马通、王顺披挂上马，带领本部人马及偏将，吩咐登州府守城，亲自赶来接应。比及赶出城来，粮草已劫去了。

罗焜的兵马又到，五百铁骑，一字排开。米良见他兵少，就来交锋。战无三合，罗焜

回马就走；米良领兵赶来，罗焜往左边一闪，早也不见了。又遇秦环五百铁骑拦路，同米良接手交锋，也战无三回合，就败向右边去了。米良见人马来得闪烁，就不追赶。

忽听得一声大炮，人马四下冲来。米良等吃了一惊，回马看时，只见登州城中火起。三人一吓，只得夺路而走。走无半里之路，又遇见胡奎、程珮领兵拦住去路，后有罗焜、秦环领兵追来。四下里喊杀连天，火光乱滚，金鼓齐鸣，十分利害。

不知后事如何，且看下回分解。

第四十九回　米中砂拆毁望英楼　小温侯回转兴平寨

　　话说米良、王顺见鸡爪山伏兵齐来，明知中计，忙领兵夺路而走，回至城下。不防胡奎、程珮奉军师将令，已经攻破登州，领兵从城里杀出，挡住去路。米良大惊，只得纵马拚命向前夺路。不防鲁豹雄、王坤、李仲、孙彪四位英雄送回粮草，又领本部人马前来助战。共是八位好汉、四千余兵，八面冲来，将米良、王顺八千人马冲做六、七段。马通为乱兵所杀，官兵抵敌不住，四散逃走，哭声震地。米良等各不相顾，只得夺路逃生，落荒而走；走了二十多里，却好王顺领着兵也到了。二人合兵一处，查点兵将，又折了指挥马通，八千人马只剩了五百残兵。这一阵杀得米良、王顺丧胆亡魂，一直败走了五十余里，方才招聚残败的人马，扎下营盘。将人马少歇片刻，就近人家抢了些米粮柴草、牛羊等类，埋锅造饭，饱餐一顿，连夜的奔回镇江去了。

　　且言鸡爪山八位英雄，杀败了米良、王顺，打破了城池，把那府库钱粮装载上山。令喽兵不许骚扰百姓，若有被兵火所伤之家，都照人口赏给银钱回去调养。那一城的百姓，个个欢喜感激。安民已毕，收拾粮草，摆开队伍，放炮开营，直回山寨。

　　早有裴天雄等一众英雄细吹细打，迎接八位英雄上山，进了聚义厅。查点人马物件，共得了二万多粮草、五万多帑银，盔甲、马匹等项不计其数，众英雄大喜。军师传令山上大小头目，每人赏酒一席，大开筵宴，庆功贺喜。一面差探子到镇江打探，一面请李定出来坐席。那李定来到聚义厅上，见了众家好汉，连忙下礼道："俺李定不幸被奸人陷害，弄得家眷全亡。自想必死，多蒙众位英雄相救！不知那位是罗焜兄？"罗焜闻言，急忙回礼道："小弟便是罗焜，不知尊兄却是何人？恕罗焜无知，多多失敬。"李定听了，将罗焜一看，暗暗点头说道："果然一表非凡，也不枉我表妹苦守一场。"随将备细说出。罗焜大喜："原来是大舅，得罪，得罪。"就邀李定与众人一一序礼毕，各人通了名姓，坐下谈心。

当下罗锟便问李定道："大舅何以与米府结亲，却又刺杀米贼，放火焚楼？却假鸡爪山名号，是何缘故？"李定说："我哪里知道。只因玉霜表妹在我家避难，不想却被米贼看见，即托镇江府为媒；小弟不从，不想被他设计陷害，勒写婚书，强送聘礼。小弟没法，只得到家父任上商议。前日回家，始知米府前来强娶，弄出这场祸来。小弟并不知是何人劫杀的，连家母不知投于何处去了。"

罗锟道："大舅临去之时，可曾托付何人？"李定说："只有家将一名，叫做出海蛟洪惠，并一位都管，名唤瘟元帅赵胜，与他妻子孙翠娥。他三人有些武艺，小弟临行，只托付他三人。小弟前日回家，连他三人都不见了，不知何故？"罗锟听得"瘟元帅赵胜"五个字，猛然想起昔日鹅头镇上之事，问道："这赵胜，可是青脸红须的大汉么？"李定道："正是。"罗锟道："奇怪，这人我认得。昔日曾写书，托他到云南寄与家兄，今日却为何在此？不知他曾会过家兄之面？叫人好不疑惑。"李定道："他原是丹徒县人氏，我也不曾问他。他说是往云南去的，会见个朋友。又托他回淮安寄信，却没有寻得到这个朋友，因此进退两难，到镇江投了小弟。他的妻子孙氏，一向同舍表妹相好，每日在楼上谈心，莫非他也知舍表妹的委曲？"罗锟道："是了，是了，一定是她。晓得我的妻子被米府强娶，她装做新人，到米府代我报仇的。只是如今，她将太太、家眷带到何处去了？"

李定说："只有洪惠有位哥哥，住在瓜州界界，想必是投他去了。只是这一场是非，非同小可，地方官必然四处追拿。她哪里安藏，怎能住得？就连家父任上，也不能无事。必须俺亲自走一遭，接他们上山才好。"谢元道："不可。此去瓜州一路，必有官兵察访，岂不认得老兄的模样？倘有疏失，如何是好？为今之计，兄可速往宿州去接你令尊大人上山，以防米贼拿问。至于瓜州路上，俺另有道理。"李定闻言，忙起身致谢道："多谢军师。俺往宿州去，只有数天路程；瓜州路远，俺却放心不下。"谢元道："兄只管放心前去，十日之内，包管瓜州之人上山便了。"李定闻言大喜，起身告别，往宿州去了。按下不提。

且言米良败回镇江，心中十分焦躁。进了帅府，又见公子死了，停枢在旁，夫妻二人大哭一场。次日升帐，一面做成告急的表章，星夜进京，到沈太师同叔父米顺哪里投递，托他将败兵之事遮盖，再发救兵前来相助；一面将阵亡的兵将造成册子，照数各给粮饷去了；一面又挂了榜文，发远近州县缉获奸细。忙了三日，都发落定了，然后将米中粒的枢送出城外，立了坟茔。夫妻二人，两泪交流，各相埋怨，说道："这都是镇江府不好，既知李宅不善,就不该代孩儿做媒。好端端的人,送了性命,这口气怎生出得?"米中砂说道:"为今之计,先发一枝令箭,会同上江提台差官到宿州,将李全拿来听审。同他那二、三十名家人,一齐先斩后奏,以报此仇。"米良道:"倘若李全不服,如之奈何?"米中砂道:"叔父大人说哪里话,他有多大官,参将敢违上司的将令么?叔父这里,差中军官多带兵丁,会合上江提督,申明原委,谅无拿不来之理。"米良道:"言之有理。"就急升堂,取令箭一枝,点了一名得力的中军,带了八名外委,吩咐道:"你可速到宿州会合提台,要他参将李全即到辕门听令。火速,火速!"中军领了令箭,即到辕门,同了八名外委飞身上马。离了镇江,星夜奔宿州去了,不提。

且说洪氏兄弟,自从救了李老夫人之后,都到王家庄安歇。住了十数日,那村坊内都是沸沸扬扬,说有捕快官兵前来巡缉奸细,十分严紧。洪恩同王氏弟兄商议道:"耳闻米贼被鸡爪山的好汉一连数阵,杀得大败回来,如今倒张挂榜文捉拿我等。我们此处安身不得了,只好往鸡爪山去,方无他患。只是路上须防巡缉。"王宸道:"我有一计,须得如此如此,就没事了。"众人道:"好。"随即装束起来。洪恩、洪惠、赵胜、王氏弟兄,共领着四、五十名庄汉,在前引路;后面是王太公家眷人等同李太太、孙翠娥,另有庄汉保护,委着前队,总往鸡爪山进发,不表。

且言米中砂,自从兄弟米中粒死后,他外面却是悲哀,心中却暗暗欢喜。想道:"兄弟已死,叔父又无第二个儿子,这万贯家财,就是我的了。只是本家人多,必须讨二老夫妇之喜,方能收我为子。今早叫人去拿李全,也是我的主意,二老甚是欢喜。我如今带了兵前去,到李家抄了他的金银,拆毁他的房屋,代兄弟报仇,二老必然更喜了。"主意已定,随即点了二、三十名家将出了帅府。一路来到李府门口,扭断了锁,步入内房,将他所有金银、古董、玩器、细软、衣囊,命家将尽数搜将出来,打成包袱,都送回府去,交与太太收了。然后来到后面,看见这座望英楼,心中大怒,说道:"生是那一日,在这楼下看见了他的女儿,弄出这样事来!"喝令众家将把这楼拆倒,放起火来。只烧得烟煤障天,四邻家家害怕,人人叹息。正烧之时,有一位英雄前来看火,不觉大怒。

不知后事如何,且看下回分解。

第五十回 鸡爪山胡奎起义 凤凰岭罗灿施威

话说米中砂把李府的望英楼拆毁,放火焚烧,惊动四邻众人都来观看,其中恼了一位英雄。你道是谁? 原来是鸡爪山的好汉穿山甲的龙标,奉军师将令,特到镇江来打听众人的消息。恰恰撞见米中砂带领家将抄了李府,又拆了望英楼,放火焚烧。只烧得人人叹息,说道:"好一个良善之家,可怜遭此一劫!"龙标在旁,探知了详细,恨了一声,说道:"这奸贼如此可恶,若不是山寨里等着俺回去,俺就是一刀先结果了他的性命!"恨了一声,回头就走。来到仪征路上,忽见远远的一簇人马,约有四十多人,分做两队而行:当先马上,坐着一位英雄,青脸红须,领着四十多人打着奉令捕快的旗号;后一队有十多个人,推着四辆车儿,五骑马上,坐着五位少年英雄,都是军官打扮。龙标看在眼中,想道:"莫非是俺鸡爪山来打探消息的么? 为何又有四辆车儿,内有家眷? 事有可疑。"遂拿出他昔日爬山的技艺,迈开大步,赶过了那一队的人马,一日走了三百余里。

次日,已到了鸡爪山。进了寨门,来到聚义厅上。众人见了大喜。罗焜忙问道:"事情如何?"龙标就将那米中砂带领家将,抄了李府的家财,拆毁望英楼的话,从头至尾说了一遍。众位英雄个个动怒,忽见巡山的小卒进寨报道:"山下有九骑马,打着米将军的旗号过来了。"谢元忙令鲁豹雄带领五十名喽兵,下山擒来审问。

鲁豹雄领命,带领五十名喽兵,下山拦路。早见那九骑马一齐冲来,当头马上是一个中军,后面跟着八名外委,是奉令到宿州拿李全的。路过此地,正遇鲁豹雄,大叫一声:"往哪里走!"抢枪便刺。中军不及提防,早中右臂,跌下马来,被小喽罗擒了。众外委正要走时,被那五十名喽兵围住,用钩镰枪拖下马来,一同绑上聚义厅,跪倒在地下。

裴天雄喝道:"你是米贼的人,往哪里去的,快快说来!"中军呈上令箭,说道:"小人是奉令到宿州去拿李全的,望大王饶命!"裴天雄大怒,道:"李爷与你何仇,却去拿他?"喝令

左右："推去斩首！"左右拥上十几名喽兵，剥去衣冠，绑将起来。中军大叫道："上命差遣，不能由己，求大王饶命！"裴天雄大喝道："先割你的驴头，且消消气！"旁边走上军师，说道："大哥且寄下他九人，小弟有用他之处。"裴天雄道："既是军师讨情，且拿去收监。"喽兵领令去了。龙标说道："还有一件：俺前日在路上，看见一队捕盗官兵，往山东路上行来。约有五十多人，倒生得人人勇悍，莫非也是米贼的奸细？倒不可不防。"胡奎笑道："前日来了一万精兵，也只得如此。谅这五十余人，干得什事！"众人谈了一会，备去安歇。

次日天明，众英雄升帐，谢元道："李定此去，为何许久不回？其中必有缘故。想是李公爷不肯上山，反将李定留住，我等须如此如此，方能上算。"众人大喜。正在商议，忽见前营小头目浑身带伤，进帐禀道："大王，不好了！今有一队捕兵，共有五十余人，上山来探路。正遇王、李二位大王，领了一百人马巡山，两下里撞见。二位大王见是捕兵，便去与他交战。谁知捕兵队内有六条大汉，骁勇非凡，二位大王战他不过。小人特来禀报。"谢元笑道："不妨，罗二哥前去收来。"罗焜得令，披挂齐整，坐马端枪闯下山来。一看，果见一标军马，在那里交锋。

王坤、李仲两口刀，敌不住那六般兵器，罗焜急抢到面前，大喝一声："少要惊慌！俺罗焜来也。"说罢，拍马抢枪，便来助战。那六人之中，早飞出一位青脸大汉，用棍架住枪，大叫道："恩公不要动手，赵胜特来相投！"罗焜定睛一看，果是赵胜。两下大喜，喝住众人，九位英雄一齐下马。

罗焜问道："赵大哥，为何久无音信？"赵胜遂将云南遇见罗灿，复回淮安，落籍镇江，相投李府，救了玉霜，放火烧城，前来相投话语，细细说了一遍。罗焜感谢不尽，遂请李太太等一同上山。小校报上山来，裴天雄等出山迎接。李太太、孙翠娥等，自有裴夫人、程小姐迎接。

聚义厅上，笙箫鼓乐，摆酒接风。左边客席上，是王太公、赵胜、洪恩、洪惠、王宗、王宝、王宸；右边主席上，是裴天雄、胡奎、罗焜、秦环、程珮、鲁豹雄、孙彪、王坤、李仲、龙标、张勇。两边小喽罗轮番把盏。饮酒中间，胡奎说道："自从裴大哥起义已来，十分兴旺。又今日得了众位前来相助，更为难得。据俺胡奎的愚见，就此兴兵，代国除害；随后请旨赴边，救罗公爷还国。不知诸公意下如何？"众人齐声应道："愿随鞭镫。"

裴天雄道："既是如此，明日黄道吉日，俺们就此兴兵。"谢元道："不可轻动。自古道：

'知己知彼,百战百胜。'目今山上,虽然兵精粮足,到底元气犹虚。况且沈谦虽有篡逆之心,却无暴露之迹。且待他奸谋暴露,天下皆知,连朝廷都没法的时节,那时俺这里起义兴兵,传示天下,以正君报国、除奸削佞为名,天下谁敢不望风降顺。岂不是名正言顺了?"当下众英雄听了谢元这一番议论,一个个鼓掌称善,说道:"军师言之有理。"当晚饮酒,尽欢而散。裴天雄已吩咐打扫了两间房子,安顿三家的家眷,各自安歇,不表。

次日升帐,谢元唤龙标、王宗、王宝、王宸、赵胜五位英雄,附耳低言道:"你们可速往宿州,如此如此,要紧!"五人领命,随即改装下山去了,不表。

且言李定自从会过罗焜,得知详细,奉命下山,往宿州救他父亲。走了数日,到了宿州,进了城门。走到参府,见了李爷,双膝跪下,哭拜于地。李爷大惊,问道:"我儿为何如此?有话起来讲。"公子遂道:"米府不肯退亲,强来迎娶。不知是何人刺杀米公子,放火烧楼,闹了一夜。孩儿回去,连门都封锁了。母亲并无下落,家人拿在牢中;孩儿也被镇江府拿住,问成勾通反叛的死罪,打入囚车,解到米贼行营正法。幸遇表妹丈罗焜,杀退米贼,擒了知府,救了孩儿的性命。又恐他来拿爹爹治罪,故此罗焜命孩儿星夜前来,请爹爹上山避难。"

李爷听了,不觉大怒,喝道:"咄!都是你这个畜生,惹出祸来,弄得妻离子散。你当初不受聘礼,焉有此事?如今反来勾为父的做强盗!我想罗门世代忠良,也只为生下不肖罗焜,弄成反叛之名,谁知你也是如此。罢了,罢了,等过两日,我亲自到督府辕门,首告拿你正法,也免得我落个臭名!"喝令家人,将公子锁入空房去了。

李爷好不烦恼,一连过了十数日。公事已清,李爷吩咐家将,收拾鞍马行囊,将公子拿到总督辕门上去出首。才要动身,忽听得一声吆喝,进来四名外委、一员中军,手拿令箭一枝,大喝道:"奉镇海将军之令,着参将李全,速到辕门回话!"

不知后事如何,且看下回分解。

第五十一回

粉金刚千里送姚眉
小章琪一身投柏府

中国禁书文库

藏书家藏禁书

话说中军奉镇海将军之令,来拿李全。李全道:"我与他不相统属,怎么拿我?"中军道:"现今钦差在镇江会审,已知会你的上司了。况你儿子罪恶滔天,现又在鸡爪山下来勾引你入伙,你还有何理可说?"李爷见说出病根,做声不得,只得说道:"此处汛地,岂可擅离?"中军道:"现有交代官,已到山东地界了。"李爷道:"不妨,我已将逆子捆下,送到辕门。你等既不知我的心迹,我同你至镇江辩白便了。"

当下李全十分焦躁,收拾起身。李定却心中暗喜,你道为何?原来这中军是赵胜扮的,便晓得其中必有缘故。那赵胜又假意着急,拿着令箭,立刻催李全动身。李全是个爽直人,随即带了公子、四五个亲随,同中军等起马就走。走了数日,早到鸡爪山下。只听得一声炮响,山上十二位英雄,盔甲鲜明,队伍齐整,冲下山来,两头扎住。李全惊道:"我手无兵器,怎生迎敌?中军官,快些夺路!"赵胜笑道:"老将军放心,山上的大王,都是我的相识。"李全未及回言,早见十二位英雄走到面前,一齐滚鞍下马。先去打开囚车,放出李定,然后来到李全马前,各打一恭,说道:"请老将军上山少歇。"

不由分说,将李全拥入山寨,请到堂上。只见李老太太迎出来了,李全大惊,说道:"你为何在此?"太太遂将以上话头说了一遍。说道:"若不是众位英雄相救,我一家,都被米贼害了。"李爷道:"玉霜甥女今在何处?"太太道:"她也是那晚,同秋红丫鬟女扮男装,到长安寻他父亲去了。"李爷两泪交流,见事已如此,也只得罢了。接手罗焜即来行礼,李爷见他相貌威严,也自欢喜。随后是赵胜、洪惠来叩见。赵胜说:"一路瞒混老爷,望老爷恕罪。"李爷扶起二人,又谢过洪恩与王氏弟兄等,然后与众人行礼。当下裴天雄治酒接风,大开筵宴,当晚尽欢而散。

次日,裴天雄升帐,请李全管理山寨。李爷道:"这断不可!蒙众位相爱,老夫在此听命足矣。"众人说道："李老伯年尊，我等诸事禀命便了。至山寨之事，不敢烦劳，还是裴兄执掌。"裴天雄见如此说，也就罢了。安坐毕，便令小喽罗，绑出镇江府同米府的中军外委，斩首号令。李爷见了，连忙前去讨情，说："念他是朝廷之臣，且看老夫面上，等平定之后，交与朝廷正法，也见将军忠义、礼法双全，岂不为美？"裴天雄道："便宜他了。"仍令小军押去收监。

按下李全在鸡爪山同罗焜相聚不表，且言罗灿自从别了马爷，同章琪上路，径上淮安找寻兄弟。那时正是八月天气，路上秋高气爽，马壮人安。雁落平沙，芦花遮岸，一派秋景，引动了离愁别恨，此时恨不得飞上淮安。不觉行了一月，那日到了山东东平府地界，相离鸡爪山不远。临近城池，处处严加防备，恐怕鸡爪山的好汉前来借粮。三里一营，五里一汛，都有官兵把守，盘诘奸细。门首贴着告示，摆着弓箭刀枪，凡遇面生之人，定要到官审问。

罗灿见风声紧急，便向章琪商议道："外面盘诘得十分利害，俺们若是青天白日走官塘大路，惟恐那些捕快官兵看破机关，反为不美；不如走小路，放夜站，走到淮安，省多少事。"二人商议已定，收拾些干粮马草，日间躲在荒山古庙藏身安歇，等到天晚，方才上马行走。

那一晚，乘着月色走东平府背后山路，曲曲弯弯，走将上来。只见四面都是高山，当中一条小路，马不能行。二人只得跳下马来，步行前去。四面一望，并无人家，总是些老树深林。二人爬过几个山头，约有二更时分。正望前行，猛见山凹里滚下一个人来，低着头，迎面跑来。不想往罗灿身上一撞，罗灿顺手一把将那人扭住，喝道："你是什么人？这等冒失！"那人见了罗灿，慌忙跪下，说道："爷爷饶命！快些放我走，后面强人追将来了！"罗灿将那人抓住，在月下一看，乃是一个白头老者，跑得气喘吁吁，急做一团。罗灿心疑，问道："你是何人？有什么人追你？从实说来，俺救你性命。"那老者见罗灿是个英雄的模样，只得说道："小老儿姓周名元，长安人氏。只因有个女儿，名唤美容，自幼在长安同卢宣结亲，许了他侄儿卢龙。如今卢宣因沈府专权，弃官修道，四海云游去了。他侄儿卢龙、卢虎在扬州落业，前日带了信来，叫小老儿带了女儿到扬州完姻。不想走到此山凤凰岭下，撞着十数个强人。为首一名，叫做金钱豹石忠，却是个旧日庄汉，十分了得。见我来到此间，带领多人，将我女儿抢上山去了。小老儿逃命至此，望爷爷救命！"罗灿闻言大怒,问道:"山寨离此有多远?你快快引我去,救你女儿回来!"周元大喜,说道:"转过山头就是了。"罗灿令章琪牵着马,周元领路,卷扎起箭袋,提了银铜,一同赶上凤凰岭来。

走到岭上,只见树木丛中,射出一派灯光。周元用手指道:"那树林之中便是。"三人抢到林中一看,但听众人在哪里豪呼畅饮,那周美容哭不住声。罗灿听了,心头火起,便令周元前去叩门。周元抢到门边,拥身一撞,扑通一声,连人跌进去了。原来那门不曾关得紧,故此跌将进去了。众贼吃了一惊,一齐拿了刀棍跑来。说时迟,那时快,早抢上一人,捺住周元,一刀结果了性命,将尸首踢开,便奔罗灿。罗灿大喝一声,舞起那两根银铜,打将进来。才动手,早打倒了两个。众人喊道:"石大哥,快来助阵!"一齐喊起。早见灯光影里,跳出一条大汉,手持钢叉赶将出来,大喝一声,便奔罗灿。罗灿抖擞神威,与众人斗了一二十合,心中想道:"不下切手,同他战到几时!"将左手的铜护住了全身,将右手隔开了石忠的叉,跨一步,大喝一声,劈将下来。石忠叫声"不好!"躲闪不及,正中肩窝,跌倒在地。众人见贼首被伤,一齐求活,往外就跑。不防门口章琪掣出双刀,一刀一个,一连杀倒了四、五个。余者不能出门,都被罗灿撒开双铜,打倒在地。急忙来看周元时,早已绝气。

公子叹了一声,便入房来救周美容。美容被石忠吊在房中,听见外面杀了半天,早已吓得半死。公子解将下来,周美容双膝跪下,哭告饶命。公子说道:"休得惊慌,俺是来救你的。"遂将遇见他爹爹引来相救的话,说了一遍。周美容大哭道:"虽蒙君子救拔之恩,只是我爹爹已死,奴家也是没命了。"罗灿问道:"卢府你可认得?"周美容道:"只有叔公卢宣,自小儿会过的,别人都不认得。"罗灿道:"既如此,俺费几日工夫,送你到扬州便了。"周美容听了,拜倒于地:"若得如此,奴家就有了生路了。只是我的爹爹尸首怎样?"罗灿道:"此时安能埋葬?不如焚化了罢。"

周美容哭哭啼啼,将周元带来的包袱行囊等件,收拾在一处。罗灿叫章琪拿出门,拴在马上。将那些尸首包在一处,三人走出大门,放起火来,连尸首一同焚化。

不知后事如何,且看下回分解。

第五十二回 众英雄报义订交
一俊杰开怀畅饮

话说罗灿打死了石忠，救出了周美容，将尸首包在一堆，团团围了一些干柴枯树。罗灿同周美容站在上风，叫章琪就在屋里放起火来。但见烈焰腾腾，不一时将两间草房烧做一块白地。此时，周美容虽然得救身安，想她父亲却被强人杀了，心中十分悲苦，向着那一堆枯骨大放悲声，哭得好不凄惨，章琪在旁劝道："小娘子，且莫要哭，快些赶路要紧。倘若被人看见，晓得我们杀人放火，那时弄出祸来怎了？"罗灿道："言之有理。小娘子，快些走罢！"周美容闻言，只得收住了眼泪，同罗灿、章琪步下岭来。这些强徒的尸首被烧的行迹，少不得次日自有地方保甲报官，不必详说。

且说他三人趁着月光步下岭来，上了大路，章琪的马让与周美容骑了。不一日，已到了江南省内，离淮安不远。罗公子向章琪说道："俺既救了他，必须亲自送到扬州，交代了卢门，方成终始。又恐兄弟在淮安等急了，两下里错过。你可先到淮安等俺，俺到了扬州就回来了。"章琪领命，分路去了。

罗灿遂一直送周美容到了扬州界，下了坊子。将卢家来的地脚引打开一看，次日照着地脚引，找过钞关门外那边一问，问到一家门首，说是卢宅。罗灿向前叩门，只见里面走出一位年少的英雄，生得浓眉大眼，肩阔腰圆，十分英雄。罗灿将手一拱："足下可是赛果老卢宣么？"那人道："不敢，那是家叔。"罗灿道："如此说，足下是卢龙兄了？"那人道："不是，那是家兄，小的是卢虎。敢问尊兄是哪里来的？问我家叔有何吩咐？"罗灿在身边取出那封原信来，说道："这可是足下与周令亲的么？"卢虎接过一看，大惊，说道："正是舍下的家信，不知尊兄从何处会见周舍亲的？快请里面坐下。"当下二人入内，见礼毕，分宾主坐下，茶罢问过名姓。卢虎便问："周舍亲目下在哪里？"罗公子见问，遂将凤凰岭相遇，被强徒害了性命，打死石忠，救了周美容，送到扬州的话，从头至尾说了一遍。

卢虎大惊，说道："原来家嫂多蒙相救，失敬，失敬！只是在下一向不曾会过家嫂，家兄又往仪征看家叔去了。今且请义士先在舍下住了几日，等家兄回来面谢。"罗公子道："足下只宜将令嫂接来，至于小弟，即刻就要上淮安去了。"卢虎道："义士说哪里话来。一者远来，二者多蒙相救，三者家兄为人性急，有名的叫做独火星。他若回来，见我放义士去了，岂不要淘气！"罗灿道："既是如此，你可快将令嫂接回府来，俺与你一同下仪征，相访令叔、令兄便了。"卢虎大喜，遂即叫乘小轿。两个家人同公子来到坊子里面，请周美容上了轿。家人替罗灿挑了行李，牵了马匹，一路回家。周美容自有内里人接进去了。卢虎治席，管待罗灿，饮酒谈心，当晚无话。

次日起身，即同卢虎一齐上马，下仪征来访卢宣的信息。原来卢宣在仪征新城卧虎山通真观里修真养性。这卢宣原是长安府知府，因见沈谦专权，他就四海云游，弃官不做，颇有些仙风道骨，善知阴阳。落足仪征，同那班豪杰相好，因此卢龙不时就来仪征走走。

话休烦絮。且言罗灿同卢虎一马跑到仪征新城卧虎山。远远一望，只见通真观门首，一对纸幡影影，满耳钟鼓盈盈。此时卢虎说道："想是观中做什么善事……"言还未了，远远看见卢龙同了四位年少英雄从山后走出来。卢虎一见，大叫道："哥哥！往哪里去，有客在此相望。"当下罗灿、卢虎一齐下马，前来与卢龙等相见。卢龙等见罗灿一表非凡，知他是个英雄，邀入观中相见。进了大殿，却好那赛果老卢宣念完经，一同见礼坐下。

茶罢，罗灿看那卢宣鹤发童颜，神清气爽，有飘然出世之姿，是个得道之士，说道："久仰仙师之名，今日方得拜见。"卢宣道："义士大难将消，小灾未满。请问尊姓大名，莫非是长安的豪杰？"这一句话，把个罗灿问得毛骨悚然。旁有卢虎说道："此位仁兄姓章，名灿。"遂将打死石忠，救出周美容，送到扬州的话，说了一遍。卢宣等叔侄拜倒叩谢，连那四位英雄一齐也拜倒在地，说道："义士义勇双全，失敬，失敬！"罗灿慌忙答礼。众人起身。

卢宣问道："义士少要相瞒，足下不是姓章。贫道昔日在长安，与令尊大人相好，后来贫道在各关上就曾见过贤昆玉尊容了。莫不是粉脸金刚罗灿兄么？"罗灿吃惊，将脸一沉，说道："仙师说那里话来！那罗灿乃是反叛，俺自姓章，仙师不要认错了。"说罢，趁势起身告别。卢宣连忙拦住，笑道："英雄何必着惊，在地都非外人。"因用手一指道："这两个是贫道的外甥，一个叫巡山虎戴仁，一个叫守山虎戴义。这两个是贫道的施主，有名的好汉，一个叫小孟尝齐纨，一个叫赛孟尝齐绮。都是沈贼的冤家，是贫道的心腹。你如不信，天地照鉴。"

那独火星卢龙，性子最急，大叫道："藏头露尾，岂是英雄本色！请仁兄直说了罢。"罗灿见众人如此，乃实告道："在下正是罗灿，逃难在外的。"众人听了大喜，一齐拜道："久仰大名，无缘不曾拜识！不想今日在此相会，请问公子将欲何往？"罗灿遂将找寻罗焜，要勾柏府的人马到边关话语，说了一遍。

卢龙听了，连连摇首说道："不好，不好！我们前日上瓜州，望王家兄弟三个连家眷都不见了。问旁边邻舍人家，说十数日之前，有人见他同洪惠家兄弟两个，一齐上山东投鸡爪山去了。耳闻令弟向日投柏府，因柏爷在任，误入家下，被谋下监，后亏鸡爪山的英雄劫法场而去。后来米良领兵去征鸡爪山，他儿子米中粒强娶李府的小姐，不想被小姐刺死，众英雄放火出城，大闹镇江府。众人听得米良兵败而回，惟恐寻踪觅迹，已投鸡爪山去了。想令弟不在淮安了，兄若去相投，再被柏府知道，岂不是自投罗网？"公子听了大惊，说道："这还了得！俺已叫章琪去了。倘若他们捉住，岂不要送了性命？"心中好不烦恼。

卢宣劝道："凡事皆有定数，公子不必忧心。再过七七四十九日，灾星退尽，那时风云自然聚会，复整家园，渐渐地显达了。目下且在贫道小庵少住，莫出大门，方保无事。"小孟尝齐纨说道："天幸今日得见公子，弟不揣愚陋，欲就此结为兄弟，不知公子意下如何？"罗灿道："既蒙诸公不弃，如此甚妙。"

当下序次，齐纨、齐绮、戴仁、戴义、卢龙、卢虎、罗灿七位英雄，一齐跪倒在地，对天发誓，刺血为盟。卢宣大喜，忙令道仆治酒款待七位英雄。他们在这里饮酒，卢宣仍去做完了法事，又备了一样素菜，也来陪众人饮酒，各谈胸中学问，十分得意。

正吃得快乐，猛听得山门外一片嘈嚷之声。众人出山门看时，只见一队官军打着灯球火把，扑将来了。

不知后事如何，且看下回分解。

粉妆楼

三八四三

第五十三回 打五虎罗灿招灾
走三关卢宣定计

话说罗灿正与众英雄饮酒谈心,忽听得山门外一片嘈嚷。众人跑到山门口来看时,只见远远地一标人马,约有五六十条火把,照耀如同白日,有百十多人从卧虎山来了。内中绑着一个大汉,后面又挑了六七个箱子,一路上吆吆喝喝地走来。卢宣眼快,忙叫众人:"快将山门关上!一群牛精了,莫要惹进来,又缠绕个不了。"众人听了,急回身关了山门,复进去饮酒。那伙人来到通真观门首,见关了山门,也就过去了。

且言罗灿见众人来得形迹可疑,又见卢宣回避,似有惧怕之意。便问道:"方才过去的这伙人,仙师为何叫他做牛精?又关门避他,是何道理?"卢宣道:"公子只顾饮酒,不要管别人的事。"罗灿越发疑心要问。

卢宣道:"说来,公子不要动气。这是仪征有名的赵家五虎,就在河北东岳庙旁边胡家糕店隔壁居住,有百万家财。父子六人,老子叫做赵安,所生五个儿子,叫做:大虎,二虎,三虎,四虎,五虎。五个人都有些武艺,结交官府,专一在外行凶打劫,欺占乡邻房屋田产。那胡家糕店,原是淮安胡家镇人,三年前,还有个黑脸大汉前来相探,说是淮安的本家。只因胡老儿有个女儿,名唤娈姑,有几分姿色,这赵家五虎爱上她的。三次说亲,胡老奶奶不允。那胡奶奶有一个内侄,叫做锦毛狮子杨春,是条好汉,现在朴树湾吃粮守汛,胡家都是他做主,故此赵家不敢来惹他。后来杨春为媒,把娈姑许了朴树湾镇上金员外的儿子小二郎金辉为妻,才下了聘定,尚未过门,谁知赵家怀恨在心。事有凑巧,新到任的王参将,同赵家是亲眷,与五虎十分相好。五日前,赵五虎到朴树湾收租,不想被强盗打劫了些财帛,伤了几个庄客。这赵家说通了王参将,买盗扳赃,说是金辉同杨春窝藏大盗,坐地分赃,打劫了他家千两黄金,伤了十名庄客。立刻禀了王参将,出了朱签,点了捕快,同了官兵先将金辉拿去,屈打成招,坐在牢内。方才拿的那条汉子,就是锦毛狮子

杨春。此去送入监牢，多分是死多活少，你可气也不气！"

公子听了此言，跳出席来，怒道："这狗男女，如此行凶作恶！可恨俺罗灿有大事在身，不得同他算账；若是昔日之时，叫他父子六人都做无头之鬼！"卢宣听了此言，暗暗的懊悔说："不好了，听他出口之言，正是朱雀当头，日内必有应验，如何是好？"便向罗灿劝道："公子有大事在身，不要管别人的闲事。"公子道："那胡变姑是淮安人，莫不是胡大哥的门族么？且待俺去探探消息如何，再作道理。"齐绮道："等我明日回去，就接胡家母女到我家去住几日；再多带些金银，到上司衙门去代杨春、金辉二人赎罪便了。看赵家怎么奈何与我？"卢龙等一齐说道："倘若他来寻我们，我们一发结果了他父子的性命，除了害，看是怎么样！"

这里七八个人，一个个动怒生嗔，要与赵家作对。只有赛果老卢宣善晓阴阳，只是解劝；知道众星聚会，必有大祸临身，向众人说道："他自有气数所关，且有官府王法照鉴。谁胜谁负，皆有前定之因，要你众人管他做什么？罗兄有大仇在身，立等去报；你们各有身家老小，何苦惹火烧身？只怕你们身受冤枉，就未必有人来救你了，贫道脱然一身，无挂无碍，尚且不敢多事，况你们都有事在身的。"这一片言词，说得众人悦服，各各和平，都说道："师父之言有理。莫要管他，我们且吃酒便了。"众英雄饮了一会儿酒，就在通真观安歇了一宿。

次日，众人起身，罗灿定要告别。卢龙道："多蒙兄弟这一番大恩，救了拙荆的性命。定要屈留些时，吃了喜酒再去。"公子道："多蒙盛情，奈弟心急如火，不能耽搁。惟恐舍弟们等久了不在淮安。那时两不凑巧，必定误了大事。"卢宣见公子要去，也上前劝道："你休要性急，令弟久已上鸡爪山去了，你的大事要到冬末春初方可施行。目下灾星未退，还是在贫道这里安住些时才好。"齐纨说道："若是公子嫌观中寂寞，请在舍下花园里去盘桓盘桓罢。"公子因见卢宣说话按着仙机，又见众人苦苦相留，只得住了。

又过了一天，戴仁、戴义有事回家去了，观中觉得冷清。齐纨也要回去，遂令家人备了几匹马，立意要请罗灿到家住去；罗灿只得别了卢宣，同往齐府。临行之时，卢宣又吩咐齐纨道："请罗公子家中去住，千万不可与他出门，方保无事。我同舍侄上扬州，代他完了姻，五七日之后就回来了。那时再请他到观中来住，要紧，要紧！"齐纨领命，即同罗灿上马，离了通真观，顺河边进东门来了。这齐府住在仪征城内资福寺旁边，他家住了十五

进房子,十分豪富。当下罗灿同齐纨走马进城,早来到齐府门首,一同下马。

上了大厅,进内见了齐老太太,行过了礼,二人来到书房坐下。公子看那齐府的房子,果然是雕梁画栋,铜瓦金砖,十分壮丽。家中有无数的门客,都是锦袍珠履,那些安童小使、妇女丫鬟,都是穿绸着绢,美丽非凡。当下齐家兄弟请罗灿到花园里蝴蝶厅下,铺下了绣衾锦帐,安顿了罗灿的行李。当晚置酒款待,自然是美味珍馐,不必细说。齐府下的那些门客、教师等类,时刻追陪,真是朝朝丝竹,夜夜笙歌;一连住了五六日,敬重罗灿,犹如神仙一般。

罗灿忽说道:"小弟在府多谢,明日就要前行了。"齐氏兄弟再三留住,哪里肯放,说道:"卢师父回来,我们不留,悉听尊兄便了。前日卢师父吩咐过的,叫我们留罗兄多住些时,今日罗兄去了,他回来时,岂不是惹他见怪?"公子道:"多蒙二位贤弟盛情,怎奈俺有大事在身,刻不能缓,实在要走了,只好改日再会便了。"齐氏兄弟见公子着急要行,只得说道:"既是仁兄要行,今日已迟了,待明早起身便了。"罗灿只得依允。当下齐纨叫家人飞到通真观探探消息,看卢宣可曾回来,一面又叫家人去叫戴仁兄弟前来相留。家人领命去了,分头去请。齐纨、齐绮又封程仪礼物。当晚治酒饯行,兄弟三人饮得更深方散。

次日五更,罗灿起身,别了齐氏兄弟,飞身上马走出东门。天才大亮,罗公子出了城,走河边赶路,往扬州而行,心中想道:"不如在此再吃些点心,省得路上又打中火。"主意已定,转过东岳庙来一看,也是合当有事,远远看见个糕幌子挂在外面,忽然想起:"此处莫非就是胡家糕店?且待俺进去吃糕,探探消息再讲。"

当下,罗灿下了马,进了糕店。只见一位老奶奶掌柜,有个伙计捧上糕来。公子问道:"你们店东可姓胡么?"小二说道:"正是姓胡。"公子再要问时,猛见一位少年,身穿大红箭衣,带了三、四十名家丁拥上店来,大喝道:"与我动手!"那些家丁把两个伙计打开,要进房内去抢人。罗灿大喝一声,拦住去路。那少年大怒道:"你敢在赵爷面上放肆么?"罗灿听了个"赵"字,心中火起,抡拳就打。

不知后事如何,且看下回分解。

第五十四回　盗令箭巧卖阴阳法　救英豪暗赠雌雄剑

话说罗灿见赵家带领打手，到胡家糕店来抢人，即跳起身来，拦住了内门，大叫道："休要撒野！她乃是个年老的婆婆，有何不是，也该好好地讲话，为何带领多人前来打抢？"原来赵五虎拿了杨春，送到王参将府里审了一堂，送到县中苦打成招，问成死罪收了监，人已不得活了。惟恐胡变姑逃走，故此五虎带领人前来打抢。不想冤家路窄，正遇罗灿在此吃糕，恰恰撞在一处。

当下，赵五虎见罗灿拦路，又是外路声音，欺他是个孤客，大怒骂道："你这死囚是哪里人，敢来多事？你可闻我赵五虎的名么？我来抢人，与你何干！快些走路，莫要讨打！"罗灿听了，如何耐得住，大喝一声说道："照打罢！"抡起双拳，就奔五虎。五虎不曾让得，反被罗灿一拳打中胸膛，"哎呀"一声，跌倒在地，早已挣扎不得，呜呼死了。

众打手见了，一齐拥上前来，都奔罗灿。哪里是罗灿的对手，一阵拳头打得东倒西歪，四散奔走，回家报信去了。不一时，只见大虎、二虎、三虎、四虎弟兄四个，同他老父赵安，带领多人围住糕店，将五虎的尸首抬在中间，来奔罗灿。罗灿见势头不可，料不能脱身，心中想道："俺不如连他父子兄弟都杀了罢。"遂跳出店外，大叫道："人是俺打死了的，不与糕店相干。你们站远些！"说罢，走上街来，顺手在马上掣出宝剑，向赵安便砍。大虎、二虎一齐上前来救时，被罗灿一剑刺中二虎的咽喉，拍通一声跌倒在地；回手一剑，将三虎连耳带腮，劈做两块。吓得大虎、四虎掣出腰刀，带领众人来斗罗灿；罗灿那口剑犹如风车一般，砍倒四虎。大虎回身就跑，大叫众人："快取挠钩、套索擒他！"众人且战且走。一会儿挠钩、套索到了，一拥齐上。

罗灿想道："倘被他拿住了，私地里要受伤。不如自己到官做个好汉。"主意定了，大叫众人："你等要拿俺去，只怕今生不能。俺是个男子汉，亲自去见官便了，也省得你们费事。"说罢，分开众人，往城里便走。赵安父子带领众人一路跟着，簇拥着罗灿到仪征县。

三八四七

进了城门，早见王参将领了本部人马赶将来了，顶头正遇着赵安，赵安就将被罗灿害了四个孩儿的话说了一遍。王参将大惊，遂令官兵抬了赵家四个尸首，押了罗灿的马匹，一同跟进城来，来报知县。知县大惊，即时升堂，摆了两张公案，同参将会审口供。早有军牢衙役带上凶手苦主、邻右干证、坊保人等，并胡家糕店母女二人，堂口跪下。点名已毕，知县先问胡杨氏道："他在你店中吃糕，因何同赵府打架？你可从实诉来！"

那胡奶奶哭道："这少年客人在小妇人店内吃糕，遇见赵五爷领了多人前来打抢小女，这小客人路见不平，因此相斗。不知他前日可有仇恨，求太爷审察详情。"知县又问赵安道："年兄，你令郎因何带领多人抢这糕店之女？你令郎平日可同这凶手相认，有仇是无仇？从实诉来。"赵安哭道："老父母在上，小儿只带领两个家人出去公干，并不曾打抢糕店。这凶手并不相认，也不与小儿有仇。此人明系杨春的羽党，因晚治生前日拿他送在老父母台下，故此他暗叫人来报仇，害了治生四个孩儿的性命。要求老父母做主。"

知县见说，遂令带上凶犯。喝道："你姓什名谁，何方人氏？白日的害了四条性命，莫非大盗杨春、金辉的羽党么？你快快从实招来，免得在本县堂上受刑！"罗灿心中想道："且待俺将错就错，弄在金、杨二人一处，再作道理。"遂回道："老爷姓章名灿，倒认得七八十个金辉、杨春，快快带来与老爷认一认看！"知县吃惊，忙令牢头到监中取金辉、杨春，提到当堂跪下。知县喝问金、杨二人："你既勾通大盗，打劫了赵府，违条犯法，理该受罪。为何又勾出凶徒章灿，在你胡家糕店内，打死了赵府四位公子？是何理说！"金辉、杨春二人齐声叫道："冤枉！小人认得什么章灿，这是哪里说起？"知县大怒，骂道："该死的奴才！凶徒现在，还要强嘴，快快诉来！"

金、杨二人回头将罗灿一看，却不认得。齐声叫道："你是哪个章灿？为何来害我们，是何缘故？"知县喝道："章灿，你看看可是他二人么？"罗灿将金、杨二人一看，果然是好汉模样，心中暗想道："俺不如说出真情，活他二人性命。"回身圆睁二目，向知县说道："老爷实对你讲了罢！老爷不是别人，乃是越国公的大公子，绰号叫做粉脸金刚的罗灿便是。只因路过仪征，闻得赵家五虎十分作恶，谋占金辉的妻子，他买盗扳赃，害金、杨二人。老爷心中不服，正欲要去寻他。谁知他不识时务，带领多人前来抢那胡氏。其时老爷在他店中吃糕，俺用好言劝他，他倚势前来与俺相打，是俺结果了他的性命，并不与曾金、杨二人相干。实对你讲，好好放了金、杨二人，俺今情愿抵罪；你倘若卖法徇私，将你这个狗官也把头来砍了。"

知县听罗灿这番言语，吓得目瞪口呆，出声不得，忙向王参将商议道："赵家盗案事小，反叛的事大。为今之计，不如申文到总督抚院衙门，去请王命正法便了。"王参将道："只好如此。"遂将罗灿、金辉、杨春一同收监。赵家父子同胡家母子，一齐回家候信，不表。

且言仪征通城的百姓，听见这一场大闹，都晓得了。沸沸扬扬，四方传说，早传到小孟尝齐纨耳中。齐纨吃了一惊，飞身上马。出了东门到通真观，来寻卢宣商议。却好行到半路，遇见了戴仁、戴义，齐纨将罗灿之事说了一遍。二人大惊，说道："连日多事，今日才得工夫赶来相探，谁知弄出这场祸来，这还了得！"齐绮道："不知卢师父可曾回来？"遂同戴氏兄弟二人，一齐举步，进了观中。

恰好卢宣同卢虎才到了观中一刻，见了齐绮、戴家弟兄走得这般光景，忙问道："你等此来，莫非是罗灿有什么祸事么？"齐绮喘息定了，将罗灿立意要行，撞入胡家糕店，打死赵家四子，亲自到官说出真情的话，说了一遍。卢宣大惊，想了一想，计上心来，向齐纨附耳低言说道："你同戴仁前去如此如此，贫道即同舍侄往南京去也。"齐纨大喜，领计去了。即令家人送一千两银子交与卢宣，带了葫芦丹药，连夜直奔南京。正是：

其中算计人难识，就里机关鬼不知。

话说齐纨又将些金银，先令戴义带到县前，会了当案的孔目，只说是杨春的亲眷，央狱卒引入监内。会了三位好汉，暗地通了言语，安慰了一番，自回齐府。见了齐绮说了一遍，齐纨又令戴义到金府说了言词。金员外大喜，说道："难得众位英雄相救。"遂同戴义来到胡家糕店，会了胡奶奶，将众英雄设计相救的话说了一遍。说道："为今之计，你与赵家相近，冤家早晚相见，分外仇深。倘若黑暗之中，令人来害你母女性命，如何是好？不若收拾收拾，且到通真观里再作道理。连老汉的家眷也往通真观里避祸去了。"胡奶奶依了金员外之言，同女儿收拾了行李细软，就央戴义背了上船。才动身，只见赵大虎带了四五个家人、地方保甲前来盘诘。

不知后事如何，且看下回分解。

第五十五回　行假令调出罗公子
说真情救转粉金刚

话说胡奶奶收拾了行李，正欲同金员外、戴义到通真观去避祸，不想赵大虎带了四五个家人，正欲前来暗害娈姑的性命。一见了戴义，便叫坊保来问："你们往哪里去？"戴义回首一看，认得是大虎，说道："原来是赵大爷。小人是本县的差人，怕他们走了，特地前来将金员外一同押去看守的。"赵大虎认以为真，说道："这就是了。"戴义遂催金员外同胡氏上船，同往通真观去了，不表。

且言南京的总督，乃是沈太师的侄儿沈廷华。他名虽为官，每日只是相与大老财翁看花吃酒，不理正务。也是罗灿该因有救，那日文书到了南京，适值总督沈廷华到镇江去会将军米良去了，来下公文的只得在门上伺候。

这沈廷华年过五旬，所生一位公子年方七岁，爱惜如珍，每日要家人带他出来看戏、观花，茶坊酒肆四处玩耍。看官，难道他一个总督衙门中，还是少吃少玩？就是天天做戏同公子看也容易。不是这等讲法。只因公子本性轻浮，每日要在外面玩耍，他才得散心。那府中有个老家人，背着公子，同自己一个十五岁的儿子，到外面玩耍。出了辕门，转过七八家门面，只见一丛人在那里看戏法儿。那老家人带着公子也来看看。那一班辕门上的衙役，认得是内里的人带公子出来玩耍，忙忙喝开众人说道："快快闪开！让少爷看戏法。"众人听言，只得让公子入内，拿条板凳请公子同那家人坐下来看。

一会儿，送茶的、送水的都来奉承。只见一个卖糖酥果子的，阔面长身，手提篮子，也挤在公子的面前来卖。公子见了酥果，便要买吃。那个卖果子的人，忙抓了一把糖果子，与那老家人说道："这是送与公子吃的。"那老家人大喜，忙向身边取出钱，把那卖糖的。那人道："小人是送与公子吃的，怎敢要钱？只要你老人家照顾就是了。"那老人家大喜，说道："怎敢白扰你的酥果？"那人道："说哪里话，只是不恭敬些儿。"说罢，竟自去了。这

老家人将糖酥果分做两半,将一半与公子吃了,那一半与自己的儿子吃了,坐在哪里玩耍。

不一时,公子只是将头吐舌,不住的两泪汪汪,满目红肿。老家人忙问道:"你是怎么样的?"又见他儿子也是一样,他两个人在地下乱滚,只是摇头摆手,说话也说不出来了。家人大惊,忙忙驮着公子,挽着儿子,急急忙忙跑回衙门,到后堂来了。看官,你道公子是何道理说不出话来的?原来是卢宣定计,做成哑口药丸,捻在糖果之中,叫卢虎卖与公子吃的,以便混进私衙,于中取事,好救罗灿。

话休烦絮。且言那老家人将公子抱到后堂,见了夫人。只见公子在地下乱滚,吐舌摇头,面色青肿。夫人大惊,忙抱住公子问道:"我儿,是怎生的?"公子只是摇手指喉,两泪汪汪,说不出缘故。夫人见了这般光景,叫问老家人道:"生是你带公子到哪里去玩的?为何弄出这般光景回来?"家人吓得战战兢兢,跑了出去,把自己的儿子带入内来,回道:"夫人在上,老奴带公子同孩儿出去看了半日的戏法儿就回来了。不知怎样,公子同我孩儿一齐得了这个病症,老奴真正不解。"夫人将那孩子一看,也是满脸青肿,口内说不出话来。夫人大惊,说道:"这是怎生的?"夫人无法,只得令家人快请医生来看。

不一时,将南京的名医一连请了七八位医生,进府来看。这公子原无病症,不过是吃了哑口丸的,那些医生如何看得出?一个个看了脉,都说无病。夫人说道:"若是无病,就不该如此模样。"内中有一个先生说道:"莫非是饮食之中吃了什么毒了?"那老家人哪里敢提吃糖的,一口咬定,只说在外玩耍,并没有吃什么东西。夫人道:"在内府又是随我吃饭食,怎生有毒?既是如此,求先生代相公败败毒便了。"这医生只得撮了一服败毒散下来。先生去了,忙令家人煎与公子服了,全无效验。一连三日,夫人着了急,骂那家人道:"你带公子去看戏法,得了病来。如今就着落在你身上,好好地请医生代公子医好了,不然处死你这老奴才!"

老家人无奈,想了一想,别无他法,只得出来寻访高人,来救公子。带了些银子出了宅门,来到前面辕门上。见了一个旗牌官问道:"你可知道此地有什么名医?快代我请一位来看看公子。"那旗牌官说道:"如今的医生,不过是略知药性,就出寻钱用,混饭吃,有什么武艺!昨日我家小儿得了一个奇病,总不说话,南京的医生都请到了,也看不好。多亏仪征来的一个道士,叫做赛果老,把我一服丸药就吃好了。如今现在我家里。"那家人听了，大喜道："公子同小儿也是得的个不语之症。既有此人，拜烦你代我去请。"旗牌道："这个容易。"遂同老家人来到家中，见了卢宣，说了备细。卢宣道："既是旗牌官吩咐，敢不效劳！"叫人背了药包，同那老家人一同来到府内。

进了后堂，说了备细。夫人令丫鬟扶出公子，卢宣一看，假意大惊，说道："公子此病中了邪毒，得费力医呢。要公子同贫道在一处宿歇三日，大驱了邪气，然后服药，才得痊愈。"那老家人见说，又将自己的孩儿叫出来一看。卢宣道："这个容易，他没邪气，服药就好了。"忙向葫芦内取出一颗丹药，把与老家人说道："快取开水，服了就好。"夫人心中疑惑，忙叫丫鬟取开水，当面服下。那孩儿吃了丹药，肚中一阵乱响，响了一会，叹了一口气，说道："快活，快活！"就说话了。夫人见苍头的儿子好了，心中骇异，敬重卢宣犹如神仙一般，忙令家人收拾内书房，就请卢宣同公子到书房去住，又备了一席素斋，款待卢宣，好不钦敬。

当晚就在书房安歇。卢宣吩咐那老家人道："烦你去吩咐门官知道，惟恐我一时要出去配药，叫他们莫要阻拦。要紧，要紧！"那家人说道："多蒙师父救好了我的孩儿，这些小事都在我身上。"卢宣大喜，当下就同公子在书房歇宿，自有书童伺候，不必细表。

等到人静之时，公子睡了，书童往外去了。卢宣往四下里一看，只见靠墙摆了两张柜橱，左边封皮上写了一条道："来往文书"，右边柜上也写了一条道："火牌令箭"。桌案上又是文房四宝。向右边厨上画了解锁的神符，悄悄的盗出一枝令箭，藏在身边，依然将厨柜锁好，贴上了封条。又用朱笔标了一纸谕帖，上写道：

谕仪征县令知悉：即仰贵县将反叛罗灿、大盗金辉、杨春交付来差。火速，火速！

卢宣收拾已完，依就去睡。

次日清晨，找到老家人说："我要出去配药。"老家人引卢宣出了辕门。卢宣找到卢虎的下处，悄将令箭拿出，付与卢虎道："你可星夜赶回仪征，如此如此。"卢虎听了此言，收了令箭，即刻过江，望仪征去了。

卢宣依旧回来，老家人领进。进了书房，同公子用过了早膳。夫人同丫鬟到书房问卢宣道:"师父,小儿病体如何?"卢宣回道:"公子的贵恙容易了,昨夜已代他退了一半邪气,约莫今晚就痊愈了。"夫人大喜道:"倘得小儿痊愈,自当重谢!"夫人说罢去了。早有那些师爷幕友前来问候,与卢宣陪话。卢宣想道:"事不宜迟,要想脱身之计才好。"假意向家人说道:"快摆香案,待贫道画符驱邪。"一声吩咐,香案已齐。卢宣画符礼拜,即取出一粒丹药与公子吃了,也是响了一阵,即刻开言。夫人同苍头好不欢喜,封了一百两银子,来做谢仪。卢宣收了,辞谢夫人,叫人背了药包而去。只听得三声大炮,报:"大人回辕了。"

不知后事如何,且看下回分解。

第五十六回 老巡按中途迟令箭 小孟尝半路赠行装

话说卢宣才出辕门，正遇着沈廷华回来了。卢宣惟恐纠缠，忙忙躲开，沈廷华也不介意，就进去了。卢宣出了辕门，也没有撞见那个旗牌，暗暗欢喜。走出城来，打发那个相送的道童回去，他自携了药包，连夜上了江船，望仪征进发，不表。

且言沈廷华回到府中已日暮。夫人备了家宴伺侯，并将公子得了哑症，遇见仪征的卢道士画符医好了的话，说了一遍。沈廷华道："有这等事！这道士今在何处？快快叫来我看看。"夫人回道："赏了他一百两银子，告辞去了。"沈廷华道："可惜，可惜。"当下一宿晚景已过。

次日，又是本城的将军的生日，前去拜寿，留住玩了一日，到第三日方才料理公务。这连日各处的文书聚多，料理一日，到晚才看这仪征县的公文。沈廷华大惊道："既是拿住了反叛，须要速速施行，方无他变。"忙取一面火牌，即刻差四名千总："速到仪征县提反叛罗灿到辕门候审，火速，火速！"千总得令去了，不表。

且言毛头星卢虎得了令箭，飞星赶到仪征，连夜会了戴仁、戴义，表兄弟三个一齐来到齐府，说了备细。齐纨听了大喜，忙取出行头与三人装扮，备了三骑马与他三人骑了，又点了八名家人扮做手下，一齐奔到县前，已是黄昏时分。那仪征县正在晚堂审事，卢虎一马闯进仪门，手执令箭，拿出那纸假谕帖，大叫道："仪征县听着！总督大老爷有令箭，速将反叛罗灿，大盗金辉、杨春，提到辕门听审！"知县听了，连忙收了令箭谕帖，亲到监中提出三位英雄交与卢虎，封了程仪，叫了江船，送他出去，然后回衙，不表。

且言罗灿见差官是卢虎，心中早已分明。行到新城，卢虎喝令船家住了，吩咐道："船上行得甚慢，俺们起旱走呢。"船家大喜，送众人上岸，自己开船去了。这卢虎和众人走岸路到了通真观，会见了金员外、胡奶奶等，说了详细。众人大喜，忙替三位英雄打开了刑具。杨春、金辉谢了卢虎等众人，又谢了罗灿，说道："多蒙公子救了糕店之女，反吃了这场苦；若不是卢师父定计相救，怎生是好。"

当下金员外治酒在观中款待。饮酒之间，罗灿说道："多蒙诸公救了在下，但恐明日事破，如何是好？此地是安身不得的，不若依俺的愚见，一同上鸡爪山去，不知诸公意下如何？"众人听了，一齐应道："愿随鞭镫。"

　　罗灿见众人依允，十分欢喜。齐纨道："只是一件，此去路上盘诘甚多，倘若露出风声，似为不便，须要装做客人前去，保无他事。山东路上，一路的关隘、守汛的官儿都与小弟相好，皆是小弟昔日为商恩结下来的。待小弟回去取些行路的行头、府号的灯笼，前去才好。"众人大喜道："全仗大力。"卢虎道："还有一件，小弟也要回去送信，相约家兄收拾收拾，都到钞关上相等便了。"当下商议定了。

　　次日众人起身，忽见赛果老卢宣回观来了，见了众人。众人大喜，拜谢在地。卢宣扶起罗灿，罗灿把投鸡爪山的话说了一遍。卢宣道："好，齐施主也不可在家住了。明日追问罗公子的根由，若晓得在你家住的，你有口难辩，那时反受其祸；不若快去收拾，也上鸡爪山为妙。"众人说道："言之有理。"齐纨想出利害，只得依允，说道："多蒙师父指教，小弟即刻回去收拾便了。"卢宣道："事不宜迟，作速要紧。"齐纨回去，不表。卢宣又令金员外回去收拾家眷，都在半路相会，又令卢虎回扬州约卢龙去了。

　　且言齐纨回到家中，瞒了家人，将一切账目都交总管收了。只说出门为客，带了五千两金子、四箱衣服，又带了数名家人，都扮做客商，推了二十辆车子，备了十数匹牲口，暗暗流泪，离了家门。同兄弟齐绮来到通真观，会了众人。将行李都装在车子上，请胡奶奶同娈姑上车，卢宣、罗灿、戴仁、戴义、齐氏兄弟都骑了马。赶到朴树湾，早有金员外的家眷，行李也装上车子，在半路相等。众人相见，合在一处，连夜赶到扬州钞关门外，奔到卢龙家内。卢龙治酒款待，歇息了一宵。

　　次日五更，大家起身，周美容收拾早膳，众英雄饱餐一顿。手下的备好车仗马匹，装上了行李等件，挂了齐府的灯笼，将家眷上了车子。金员外押着在前面登程，后面是卢宣、罗灿、卢龙、卢虎、戴仁、戴义、齐纨、齐绮、金辉、杨春十位英雄上了马，头戴烟毡大帽，身穿元色夹袄，身带弓箭腰刀，扮做标客的模样。冲州撞府，只奔山东大路，投鸡爪山去了，不表。

　　且言那四名千总，奉总督之令到了仪征县前，厅事吏慌忙通报，知县随即升堂迎接。千总拿出火牌令箭，向知县说道："奉大人之令，着贵县同王参将将反叛罗灿解到辕门听审，火速，火速！"知县大惊，说道："差官莫非错了？三日之前，已有令箭将罗灿、金辉、杨春一同提去了，为何今日又来要人？"差官道："贵县说哪里话！昨日大人方才回府，一见

了申详的文书,即令卑职前来提人,怎么说三日前已提了人去?三日前大人还在镇江,是谁来要人的?"知县闻言,吓得面如土色,忙忙入内拿了那枝令箭谕帖出来,向差官说道:"这不是大人的令箭?卑职怎敢胡行。"差官见了令箭,说道:"既是如此,同俺们去见大人便了。"

仪征县无奈,只得带印绶并原来的令箭谕帖,收拾行李,叫了江船,同那四名千总上船动身。官船开到江口,忽见天上起了一朵乌云,霎时间天昏地暗,起了风暴,吓得船家忙忙抛锚扣缆,泊住了船。那风整整刮了一日一夜,方才息了,次日中上开船,赶到南京早已夜暮了。又耽搁两天,共是五天,众英雄早已到淮安地界了。

且言那仪征县到了南京,住了一宿,次日五更即同差官到了辕门投手本。沈廷华立刻传见,知县同差官来到后堂。恭见毕,差官缴过火牌令箭,站在一旁。沈廷华便问:"原犯何在?"知县见问,忙向身边取出令箭谕帖,双手呈上说道:"五日之前,已是大人将反叛、大盗一齐提将来了,怎么又问卑职要人?请大人验看令箭谕帖。"沈廷华吃了一惊道:"有这等事?"细看令箭,丝毫不差,再看谕帖,却不是府里众师爷的笔迹。忙令内使进内查令箭时,恰恰地少了一枝。再问:"我这军机房有谁人来的?"内使回道:"就是通真观卢道士同公子在内书房住了一夜,橱柜也是封锁了的,并无外人来到。"沈廷华心内明白,忙向仪征县说道:"这是本院自不小心,被奸细盗去了令箭。烦贵县回去即将通真观道士并金辉、杨春两家家眷解来听审,火速,火速!"知县领命,随即告退,出了辕门,下了江船,连夜回仪征县。到了衙中,即发三根金头签子,点了十二名捕快,分头去拿通真观的道士并金、杨二家的家眷到衙听审。

捕快领了票子去了,一会都来回话,说道:"六日之前,他们都连家眷都搬去了,如今只剩了两座房子。通真观的道士道人也去了。"知县听见此言,吃惊不小。随即做成文书,到南京申报总督,一面又差人访问罗灿到仪征来时在哪家落脚。差人访了两日,有坊保前来密报道:"小人那日曾见罗灿在资福寺旁边齐家出去的。"知县暗暗想道:"齐纨乃是知法的君子,盖城的富户乡绅,怎敢做此犯法的事?"又问坊保:"你看得真是不真?"坊保回道:"小人亲眼所见,怎敢扯谎?"知县道:"既如此,待本县亲自去问便了。"随即升堂,点了四十名捕快,骑了快马,打道开路,尽奔齐家而来。

不知后事如何,且看下回分解。

第五十七回 鸡爪山罗灿投营
长安城龙标探信

话说仪征县打道开锣，亲自来到齐府，暗暗吩咐众人将前后门把了，下马入内。齐府总管忙忙入内禀告太太说："仪征县到了。"太太心中明白，忙叫总管带着五岁的孙子，名唤齐良，出厅迎接，吩咐道："倘若知县问话，只须如此如此回答就是了。"

原来，太太为人最贤，齐纨为人最义。临出门的时节，将细底的言语告诉过太太，所以太太见知县一来，她就吩咐孙子出厅来迎接知县。拜见毕，侍立一旁。家人献过茶，公子又打一躬说道："父母大人光降寒门，有何吩咐？"知县见他小小孩童，礼貌端正，人才出众，说话又来得从容，心中十分惊异，问道："齐纨是你何人？"公子道："是父亲。"知县道："他哪里去了，却叫你来见我？"公子道："半月前出外为商去了。"知县听言，故意变下脸来，高声喝道："胡说！前日有人看见你的父亲往通真观去的。怎敢在我面前扯谎，敢是讨打么？"公子见知县叫他，他也变下脸来回道："家父又不欠官粮，又不该私债，又不犯法违条，在家就说在家，不应扯谎。既是大人看见家父在通真观里的，何不去寻他，又到寒门做什？"这些话，把个仪征县说得无言可对，心中暗想道："这个小小的孩儿，可一张利嘴！"因又问道："你父亲平日同这什么人来往？"公子道："是些做生意的人，与家中伙计、亲眷，并无别人。"知县道："又来扯谎了！本县久已知你父亲叫做小孟尝，专结交四方英雄、江湖上朋友，平日门下的宾客甚多，怎说并无外人？"公子道："家父在外为商，外路的人也认得有几个，路过仪征的也来拜拜候候，不过一二日就去了，不晓得怎样叫做江湖朋友。自从家父出外，连伙计都带去了，并无一人来往。"知县道："昔日有个姓罗的少年人，长安人氏，穿白骑马的，到你家来，如今同你父亲往哪里去了？告诉我，我把钱与你买果子吃。"公子回道："大人在上，家父的家法最严，凡有客来并不许我们见面。只是出去的时节，我看见父亲同叔父二人带了十数个家人、平时的伙计，推了十数辆车子出门，并没

有个穿白骑马的出去。"知县道:"既然如此,你把那些家人、伙计的名字说来本县听听,看共是多少人。"公子听说,就把那些同去的名字张三李四,从头至尾数了一遍。

知县听了,复问总管道:"你过来,本县问你。你主人出门可是带的这些人数?你再数一遍与本县知道。"那总管跪下,照着公子的这些人数又说了一遍,一个也不少,一个名字也不错。知县听了暗想道:"听这小孩子口供,料来是实。"便问公子道:"你今年几岁,可曾念书呢?"公子回道:"小子年方五岁,尚未从师,早晚随祖母念书习字。"知县大喜,说道:"好。"叫取了二百文钱,送与公子说道:"与你买果子吃罢。"公子收了。知县见问不出情由,只得吩咐打道起身。公子送出大门,深深的一揖说道:"多谢大人厚赐,恕小子不来叩谢了。"知县大喜,连声道好,打道去了。

且言公子入内,齐太太同合家大小,好不欢喜,人人都赞公子伶牙俐齿,也是齐门之幸。正是:

道是神童信有神,山川钟秀出奇人。

甘罗十二休夸异,尚比甘罗小七春。

话说那仪征县回衙,就将齐良的口供做成文书,详到总督,一面又出了海捕的文书,点了捕快,到四路去访拿大盗的踪迹。过了几日,又有那抚院、按察、布政各上司都行文到仪征县来要提反叛罗灿大盗金辉、杨春候审。知县看了来文,十分着急,只得星夜赶到南京,见了总督。沈廷华无言可说,想了一想道:"不妨。贵县回去,只说人是本部院提来了;倘有他言,自有本部院做主。"知县听了言词回衙,随即做成文书,只说钦犯是南京总督部院提去听审。差人往各上司处去了,不提。

话说那沈廷华忙令旗牌去请了苏州抚院,将大盗盗了令箭,走了罗灿的话,说了一遍,道:"是本院自不小心,求年兄遮盖遮盖。京中自有家叔料理。"抚院道:"既是大人这等委曲,尽在小弟身上,从今不追此事便了。"沈廷华大喜道:"多蒙周全,以后定当重报。"正是:

法能为买卖,官可做人情。

按下沈廷华各处安排的事不表。且言众位英雄合在一处,从扬州卢龙家内动身,在路走了七日，赶过黄河，到了山东界的大路上。那一方因米良同鸡爪山交战之后，凡有关闸营汛都添兵把守，以防奸细，十分严紧；一切过往的客商，都要一一盘查，报名挂号，才得过去。淮南这一路，多亏齐纨自幼为客商，去过数次，那些守汛官军都是用过齐纨的银钱的，人人都认得，一见了仪征齐府的灯笼，并不盘问，就放过去了。惟有淮北这一路，齐纨到得少。

那一日到了登州府地界，只见人民稀少，城邑荒凉。因米良同罗焜打仗失过阵，遭了兵火的，所以如此。只有四门，每门外都有一百个官兵，扎两个营盘，在那里盘查奸细。当下众人才到城门口，早惊动了汛地上官兵，前来查问道："你们往哪里去的？快快歇下，搜一搜再走。"原来这登州自从交战之后，设立营房盘查奸细，谁知这些兵丁借此生端，凡有客商经过，便要搜查。倘若搜出兵器火药等件，便拿去献功；若搜出金银贵重的物件，大家抢了公用。客商怎敢与他争论？因此见了齐纨等也要搜搜。

齐纨见如此光景，吩咐停下车仗，头一个勒马当先，见了官军将手一拱道："敢烦转报一声，说是仪征齐纨至此，并无奸细。"那兵丁说道："胡说！我们哪里晓得什么齐纨不齐纨？只要打开行李搜搜便罢！"齐纨道："放屁！难道奸细藏在行李内不成？好生胡说！"众军听得，不由分说，向上一拥，团团围住，便要动手；众英雄大怒，一齐动手就打。那一百官兵抵敌不住，呐喊一声走了。卢宣道："必然调兵来赶！罗公子好速同贫道押家眷前行，让他们断后。"那一百名守汛官兵，另会了二百名官兵、四名千总，摆成队伍，摇旗呐喊，追赶前来。

齐纨等八人商议道："此去鸡爪山只有二百里了，不如杀他一场再作道理。"当下八位英雄挈出兵器，混杀了一阵。看看日落黄昏，官兵不战，却去安营造饭，准备连夜追赶。八人打马加鞭，趁势走了，追着罗灿说道："快些走，追兵来了！"众人急急吃些干粮，连夜奔走。猛见火光起处人马追来，又见左边也是一派红光冲天而起。

不知何处兵马，且看下回分解。

第五十八回　谋篡逆沈谦行文　下江南廷华点兵

话说卢宣见追兵到来,令罗灿带领众人、庄客在这林子右边埋伏,但见风起便出来迎敌;又令杨春、金辉保护家眷;又令戴仁、戴义前后接应;又令齐纨、齐绮同卢龙、卢虎到山后放火。众人领令去了。火光近处,追兵早来,卢宣勒马仗剑,大叫一声,迎将上来。

登州的守备见了,忙将三百人马排开,带领四名千总,前来迎敌。卢宣仗剑劈面交还,喊叫连天。战无三合,卢宣按住剑回马就走。守备大叫道:"往哪里走!"催动兵丁,拍马赶来。约有数里,卢宣口中念念有词,将宝剑望四面一指,猛然间狂风大作,就地卷来。刮得飞沙走石,地暗天昏,那官兵的灯球火把刮熄了一半。守备大惊,抬头看时,忽见山后火起,心中害怕,忙忙回马就走。那风越刮得紧了。

正在惊慌,忽然一声喊叫,早有罗灿领了三十名庄客从中间杀出来,就把三百名官兵冲做两段。登州守备大惊,忙同众将前来迎敌。又见戴氏弟兄、齐氏弟兄、卢氏叔侄共八位英雄,满山放火,一齐冲来大叫道:"鸡爪山的英雄在此,你等快快留下头来!"这一声喊叫,把三百官兵吓得四散奔走。守备着了慌,被罗灿一枪挑下马来,割了首级。众军见主将已亡,哪里还敢恋战,一个个弃甲丢盔,夺条生路逃命去了。

当下众位英雄合在一处,查点人数,一个也不差。卢宣大喜,说道:"快些赶路要紧。"众人略歇,依旧登程。走到五更时分,从一座大树林子里经过,忽见树林中两道红光,直冲牛斗。卢宣道:"奇怪!昨日交战,见红光乱起,原来就在此地。其中必有宝贝!"忙令歇下人马,埋锅造饭。却同罗灿、金辉找到红光跟前,掣出腰刀往地下一挖,挖了一尺多深,却有一块石板,掀起来看时,乃是一个小小的石盒。卢宣同罗灿揭开一看,里面并无他物,只有两口宝剑插在一鞘之内。又有柬帖一封,写着两行字迹。罗灿等拿到亮处一看,原来是一首诗,上写道:

堪叹兴唐越国公,勋名一旦付东风。

他年若遂凌云志,尽在雌雄二剑中。

罗灿见了,心中大喜,又见后面有一行小字道:"此剑一切妖魔能降,谢应登记。"罗灿大惊道:"谢应登乃是我始祖同时之人,在武举场上成仙去的,遗留此剑赠我,必有大用。"慌忙望空拜谢,将诗与众人看了。众人大喜,都来到一处坐下,饱餐了一顿。将马放过了水草。

正要起身,忽见一人带领十数个大汉,骑着马迎面闯来,见了罗灿,滚鞍下马,大叫道:"原来公子在此!"罗灿抬头一看,却是章琪。

原来章琪到了淮安,闻知柏府出首害了二公子,二公子已上鸡爪山去了。他就连夜赶到扬州,寻不见罗灿,又赶下仪征。闻知凶信,吃了大惊,星夜赶到鸡爪山投奔罗焜,又领了喽兵,前来探信。当下见了公子,十分大喜,彼此说了一番。罗灿道:"俺们一路走罢。"章琪遂令喽兵先回鸡爪山去报信,然后同众位英雄一路往鸡爪山进发。

那日到了鸡爪山的地界,只见裴天雄、罗焜、胡奎同一众英雄,大开寨门,接下山来。一众英雄下马进寨,到了聚义厅上行过礼。罗焜、胡奎、秦环与罗灿,抱头大哭一番,各人将别后情由说了一遍,然后向众英雄致谢一番。胡奎自同母亲去接了婶母,同妹子娈姑、金老夫人、周美容等,到后堂去了,自有裴夫人接待,不表。

外面裴天雄吩咐喽兵大排筵宴,款待众位英雄。客席上是卢宣、罗灿、齐纨、齐绮、金辉、杨春、卢龙、卢虎、戴仁、戴义、金员外共是十一位,主席上是裴天雄、胡奎、罗焜、秦环、程珮、李全、谢元、李定、鲁豹雄、孙彪、赵胜、龙标、洪恩、洪惠、王宗、王宝、王宸、张勇、王坤、李仲、章琪共是二十一位相陪,座间共三十二位,众头目在两旁巡查。大吹大擂,饮酒谈心,尽欢而散。

次日,升帐序了坐次。谢元说道:"目下四海荒荒,贤人远避,沈贼奸党,布满朝端。不知近日长安朝纲事体若何?倘有变动,俺们就要行事。必须得哪位贤弟前去探信才好。"龙标起身道:"小弟愿往。"金辉、杨春二人齐声说道:"二弟昔日在长安过的,一路都熟了,愿同龙兄前去走走。"罗灿说道:"小弟也要去接母亲。"谢元道:"兄长不可自去。可令龙兄同金、杨二弟先行，秦环同孙彪暗带二十名喽兵，前去接了令堂前来就是了。"罗灿大喜道："如此甚妙。"当下龙标、金辉、杨春随即下山去了。过了两三日，秦环、孙彪领了二十名喽兵，扮作客商，分为两队，暗藏兵器，连夜也往长安去了，不表。

且言沈谦得了米良、王顺的文书，俱言败兵之事，心中忧虑道："罗焜如此英雄，怎生是好？必须广招天下英雄，方可退敌除害。"沉思已定，遂请米顺、钱来到府相商。米顺道："谅鸡爪山一掌之地，成何大事？现今各省的总督、总兵都是我们心腹，何不行文到各省去，叫他们招纳英雄好汉，军中听调？京中也挂榜招兵，等兵马一齐，太师就登了大宝，再传旨征剿罗焜，怕不一阵剿灭？"沈谦大喜，遂在长安挂榜招贤，一面行文到各省去了。

自从挂榜之后，早有那些狐群狗党你荐我，我荐你，招集了多少好汉，分作上、中、下三等：上等做守备，中等做千总，下等的吃粮当兵。那些在朝的百官知道也不敢做声。自此之后，朝廷内外大小事，都是太师决断了。其时，众守备之中却有两位好汉：一个是章宏的舅子，名唤王越，叫做独角龙，是那章大娘之弟；一个是瓜州卖拳的史忠。沈谦爱他两人武艺超群，都放为守备，令他去把守长安北门，以防外面奸细。那王越虽然投了沈谦，只因去会过了章宏，知道姐姐身替罗太太之死，遭沈贼所害，怀恨在心。因此，投营效用，要遇机会暗害沈贼。这是他心事，不表。

且言沈谦一日在书房闲坐，堂候官呈上南京的文书。沈谦展开一看，原来是侄儿沈廷华的文书，上写道："奉命求贤，今在金山得了两员虎将：一名王虎，一名康龙，俱有万夫不当之勇。小侄再三请他进京，他不肯来；必须叔父差官前来聘他，他方肯出仕。五月初五日乃是小侄生辰，镇江府扮了龙舟欲与小侄庆寿，小侄意欲请廷芳贤弟前来侄署。看罢龙舟，等小侄生日过后，同兄弟聘请王虎、康龙同上长安，岂不是一举两得？小侄不敢自专，请叔父施行。"沈太师看了来文，满心欢喜，忙叫书童去请大爷前来。

沈廷芳来至书房坐下。沈谦说道："为父的与罗家作对，谋取江山，也是为你。如今诸事俱备，只少良将领兵，难得你哥哥访得两员勇将，现在金山，要人聘请。五月初五日又是你哥哥的生辰，请你去看龙舟。你可收拾聘礼、寿仪前去拜了生日，就去请了二将来京。早晚图事，岂不为美！"沈廷芳闻言，满心欢喜道："孩儿愿去。"沈谦大喜，令中书写了聘书，备了礼物；又做了两副金盔金甲、蟒袍玉带、两匹金鞍白马，收拾动身；又摆了相府的执事，在门前伺候。

沈廷芳辞别了父母,点了十数名家丁、一个堂官先去等候;又约了锦上天,一同上马往江南而来。逢州过县,自有文武官员接送。这也不在话下。

　　且言锦上天向沈廷芳说道:"门下久仰江南的人物秀丽,必有美色的女子。"沈廷芳说道:"我们做完正事,令堂官同二将先行,我们在哪里多玩些时便了。"锦上天道:"倘若遇着好的,就买她几个来家。"二人大喜。

　　不知后事如何,且看下回分解。

中国禁书文库

粉妆楼

第五十九回　柏玉霜误入奸谋计
锦上天暗识女装男

话说那沈廷芳同锦上天，由长安起身，向南京进发。那日是五月初二的日子，到了南京的地界，早有前站牌飞马到各衙门去通报。不一时，司道府县总来接过了，然后是总督大人沈廷华，排齐执事前来迎接。沈廷芳上了岸，一直来到总督公厅，沈廷华接入见礼。沈廷芳呈上太师的寿礼，沈廷华道："又多谢叔父同贤弟厚礼，愚兄何以克当？"沈廷芳道："些须不腆，何足言礼！"当下二人谈了一会。沈廷芳入内，叔嫂见礼已毕，当晚就留在内堂家宴。锦上天同相府的来人，自有中军官设筵在外堂款待。饮了一晚的酒，就在府中居宿，晚景已过。

次日起身，沈廷芳向沈廷华说道："烦哥哥就同小弟前去聘请二将，先上长安；小弟好在此拜寿，还要多玩两天。"沈廷华听了，只得将聘礼着人搬上江船，打着相府同总督旗号，弟兄二人一同起身，顺风开船，往镇江金山而来。不一时，早到了金山，有镇江府丹徒县并那将军米良前来迎接。上了岸，将礼物搬入金山寺。排成队伍，早有镇江府引路，直到那王虎、康龙二将寓所，投帖聘请。

原来二人俱是燕山人氏，到江东来投亲。在金山，遇见了沈廷华。沈廷华见他两人英雄出众，就吩咐镇江府请入公馆候信。故镇江府引着沈廷芳等到了公馆，投了名帖，抬进礼物，呈上聘礼。

二人出来迎接，接进前厅，行礼坐下。王虎、康龙说道："多蒙太师爷不弃，又劳诸位大人枉驾，我二人当受不起！"沈廷芳说道："非礼不恭，望二位将军切勿见弃！"沈廷华说道："二位将军进京之后，家叔自然重任。"沈廷芳遂令镇江府捧上礼物，打开盔箱，取出那两副盔甲，说道："就请二位穿了。"二人见沈廷芳等盛意谆谆，心中大喜，遂令手下收了聘礼，穿起盔甲。沈廷芳见他二人俱是身长一丈，臂阔三停，威风凛凛，相貌堂堂，沈廷芳暗暗欢喜道:"看此二人,才是罗焜的对手!"

当下王虎、康龙穿了盔甲,骑了那两匹锦鞍白马,一同起身来到镇江府内。知府治酒饯行,沈廷芳吩咐堂官道:"你可小心伏侍二位将军,先回去见太师,说我随后就来。"当下酒过三巡,肴登几次,二将告辞起身。沈廷华、沈廷芳、米良、镇江府、丹徒县、合城的文武众官一一相送,二将上船起身,奔长安去了。

却说那沈廷华送了二将动身之后,即同沈廷芳别了众人,赶回南京去过生日,到了总督府内,已是初四日的晚上。进了后堂,夫人治家宴暖寿,张灯结彩,开台演戏,笙箫鼓乐,竟夜喧闹。外间那些合城的文武官员、乡绅纷纷送礼,手中礼单,络绎不绝。

忙到初五日五更时分,三声大炮,大开辕门,早有那辕门上的中军官、站堂官、旗牌官、厅事吏等,备了百架果盒花红,进去叩头祝寿。然后是江宁府同合城的官员都穿了朝服前来祝寿,又有那镇江府同米良也来拜寿。沈廷华吩咐一概全收。那辕门下四轿八轿,纷纷来往;大堂口,总是乌纱红袍,履声交错。沈廷华令江宁府知客陪那一切文官,在东厅饮宴;那一切武官在西厅饮宴,令大厅相陪;那一切乡绅,令上元县在照厅相陪。正厅上乃是米良、沈廷芳、抚院、提督将军、布政、按察各位大人饮宴。当晚饮至更深方散。次日各官都来谢酒告辞,各自回署,自有大厅堂官安排回帖,送各官动身,不表。

只有镇江府同米良,备了龙舟,请沈廷华同沈廷芳到金山寺去看龙舟。沈廷芳想道:"与众官同行有多少拘束,不如同锦上天驾一小船私自去玩,倒还自由自便。"主意已定,遂向沈廷华说道:"哥哥同米大人先行,小弟随后就到。"沈廷华只得同米良、镇江府备了三号大船,排了执事,先到金山寺去了。

丹徒县迎接过江,满江面上备了灯舟,结彩悬红,笙箫细乐,好不热闹。那十只龙舟上,都是五色旗幡,锦衣绣袄,锣鼓喧天,十分好看。金山寺前搭了彩楼花篷,笙箫齐奏,鼓乐喧天。怎见得奢华靡丽,有诗为证:

何处奢华画鼓喧?龙舟闹处水云翻!

只缘邀结权奸客,不是端阳吊屈原。

话说那镇江府的龙舟,天下驰名。一时满城中百姓人等,你传我,我传你,都来游玩。

满江中巨舰艨艟、双飞划子，不计其数。更兼那金山寺有三十六处山房、朝室、店面、楼台，那些妇女人等，不曾叫船的，都在迎江楼上开窗观看，还有寓在寺里的妇女人等，也在楼上推窗观看。

其时，却惊动了一个三贞九烈的小姐。你道是谁？原来是柏玉霜。只因孙翠娥代嫁之后，赵胜、洪恩大闹米府，火烧镇江的那一夜，柏玉霜同秋红二人，多亏洪惠送他们上船，原说是上长安去的；谁知柏玉霜小姐从没有受过风浪，那一夜上了船，心中孤苦，再见那镇江城中被众英雄烧得通天彻地，又着了惊吓，因此弄出一场病来，不能行走，就在金山寺内住下。足足病了三个多月，多亏秋红早晚伏侍，方才痊可，尚未复原。那日正在寺中用饭，方丈的小和尚走到房门口来说道："柏相公，今日是镇江府备了十只龙舟，请沈总督大人同米大人饮宴，热闹得很呢。公子可去看看？"那玉霜小姐满肚愁烦，她哪里还有心肠看什么龙舟，便回道："小师父，你自去看罢，我不耐烦去看。"那小和尚去了。

柏玉霜吃完了中饭，想起心事来，不觉神思困倦，就在床上睡了。秋红在厨下收拾一会，回楼上见小姐睡着，忙推醒她，叫了一声："小姐，身子还弱，不要停住了食，起来玩玩再睡。现今龙舟划到面前来了，何不在雪洞里看看？"柏玉霜听了，只得强打精神，在雪洞里来看。谁知她除了头巾去睡的，起来时就忘记了，光着头来瞧，秋红也不曾留意，也同小姐来看。

不提防沈廷芳同锦上天叫一个小船来到金山脚下，看了一会儿龙舟，便上岸去偷看人家的妇女，依着哥哥的势儿横冲直撞，四处乱跑。也是合当有事，走到雪洞底下，猛然抬头，看见柏玉霜小姐。沈廷芳将锦上天一拍道："你看这座楼上那个女子，同昔日祁家女子一样！"锦上天一看，说道："莫不就是她逃到这里？为何不戴珠翠，只梳一个髻儿在头上？大爷，我们不要管她闲事，我们闯上楼去，不论青红皂白抢了就走；倘有阻拦，就说我们相府里逃走的，拐带了千金珠宝，谁敢前来多管！"沈廷芳道："好。"二人进寺，欲上楼来抢人。

不知后事如何，且看下回分解。

第六十回　龙标巧遇柏佳人
烈女怒打沈公子

话说那沈廷芳同锦上天，带了十数个家人往寺里正走，却遇见那个小和尚前来迎接。锦上天一把扯住小和尚道："你们寺里楼上雪洞里看龙舟的那个女子是谁？"小和尚叫道："老爷，你看错了！那是我寺里的一位少年客官，并没有什么女子！"锦上天道："分明是个女子的模样，怎说是没有？"小和尚答道："那个客官生得年少俊俏，又没有戴帽子，故此像个女子。老爷一时看错了。"沈廷芳叫道："胡说！想是你寺里窝藏娼家妇女，故意这等说法么？"小和尚吓得战战兢兢，双膝跪下，说道："老爷若是不信，请看来，便知分晓。"

锦上天道："我且问你，这客官姓什名谁，哪里人氏？"小和尚道："姓柏，是淮安人氏，名字却忘记了。"沈廷芳想道："淮安姓柏的，莫不是长安都察柏文连的本家么？"锦上天道："大爷何不去会会他就明白了。柏文连也是太师爷的人，有何不可！"沈廷芳道："说得是。"便叫小和尚引路，同锦上天竟到玉霜客房里来。

幸喜那小和尚走到楼门口叫道："柏相公，有客到来。"玉霜大惊，暗想道："此地有谁人认得我来？"忙忙起身更衣，戴了方巾。那沈廷芳同锦上天假托相熟，近前施礼，说道："柏兄请了。"柏玉霜忙忙答礼，分宾主坐下。早有那方丈老和尚知道沈公子到了，忙忙令道人取了茶果盒，拿了一壶上色的名茶，上楼来见礼陪话，也在这厢坐下。

柏玉霜细看沈公子同锦上天二人，并不认得，心中疑惑，便向锦上天说道："不知二位尊兄尊姓大名，如何认得小弟？不知在哪里会过的，敢请指教！"锦上天说道："在下姓锦，贱字上天。这一位姓沈，字廷芳，就是当今首相沈太师的公子，江南总督沈大人的令弟。"柏玉霜听了，忙忙起身行礼道："原来是沈公子，失敬，失敬！"沈廷芳回道："岂敢，岂敢。闻知柏兄是淮安人氏，不知长安都堂柏文连先生可是贵族？"柏玉霜见问着她的父亲，吃了惊，又不敢明言是她父亲，只得含糊答道："那是家叔。"廷芳大喜道："如此讲来，我们是

世交了。令叔同家父相好，我今日又忝在柏兄教下，可喜，可喜！请问柏兄为何在此，倒不往令叔哪里走走？"

柏玉霜借此发话道："小弟原要去投家叔，只为路途遥远，不知家叔今在何处？"沈廷芳道："柏兄原来不知，令叔如今现任按察长安一品都堂之职，与家父不时相会，连小弟忝在教下，也会过令叔大人的。"柏玉霜心中暗想道："今日才访知爹爹的消息，不若将机就计，同他一路进京投奔爹爹，也省得多少事。"便说道："原来公子认得家叔，如此甚妙！小弟正要去投奔家叔，要上长安去，求公子指引指引。"沈廷芳道："如不嫌弃，明日就同小弟一船同去，有何不可！"柏玉霜回道："怎好打搅公子。"沈廷芳道："既是相好，这有何妨。"锦上天在旁撺合道："我们大爷最肯相与人的，明日我来奉约便了。"柏玉霜道："岂敢，岂敢。"金山寺的老和尚在旁说道："既蒙沈公子的盛意，柏相公就一同前往甚好；况乎这条路上荒险，你二人也难走。"柏玉霜道："只是搅扰不当。"当下三个人扰了和尚的茶，交谈了一会。沈廷芳同锦上天告辞起身，说道："明日再来奉约便了。"柏玉霜同和尚送他二人出山门，一拱而别。

柏玉霜回到房中，和尚收去了茶果盒。秋红掩上了房门，向柏玉霜说道："小姐，你好不存神！沈贼害了罗府满门，是我们家的仇敌，小姐为何同他一路进京？倘被他识破机关，如何是好？况且男女同船，一路上有多少不便，不如还是你我二人打扮前往，倒还稳便。"柏玉霜道："我岂不知此理。但此去路途千里，盗贼颇多，十分难走。往日瓜州镇上、仪征江中，若不是遇着洪惠与王宸，都是旧日相熟之人，久已死了。我如今就将机就计，且与他同行，只要他引我进京，好歹见了我爹爹的面就好了。自古道：'怪人须在腹，相见又何妨！'就是一路行程，只要自家谨慎，有何不好？"正是：

明知不是伴，事急且相随。

秋红道："虽然如此讲法，也须小心谨防。"柏玉霜道："我们见机而行便了。"

不言主仆二人在寺中计较。且言沈廷芳同锦上天出了金山寺，早见那镇江府的两个内使，走得雨汗长流。见了沈廷芳，双膝跪下道："家爷备了中膳，请少爷坐席，原来少爷在这里玩呢！列位大人立候少爷，请少爷快去。"沈廷芳道："知道了。"遂同锦上天上了小

船,荡到大船旁边,早有水手搭跳板,撑扶手,扶了沈廷芳同锦上天进去。知府同米良慌忙起身出来,抢步迎接,沈廷芳进内坐下,同用中膳。

一会儿用过了,镇江府吩咐左右船上奏起乐来。十只龙船绕着官船,或前或后,或左或右,穿花划来,但见五色旌旗乱绕,两边锣鼓齐鸣,十分热闹。沈廷芳大喜,忙令家人备了几十只鸭子,叫两只小船到中间去掼。那些划龙船的水手都是有名的,又见大人来看,都要讨赏,人人施勇,个个逞能,在那青波白浪之间来往不绝,十分好看,把这沈廷芳的眼都看花了。抢完了标,吩咐家人拿出五十两银子,赏了龙舟上的水手。到晚上,龙船上都点起灯来,真正是万点红心,照着一江碧水。又玩了一会,那知府请沈廷华、沈廷芳、米良等到衙饮宴,都拢船上岸,打道登程。一路上灯球火把,都到镇江府署中去了。正是:

话说沈廷芳、沈廷华、米良、锦上天等进了府中饮宴,无非是珍肴美味,不必细表。饮完了宴,时已三更,知府就留沈廷华、沈廷芳、锦上天等在府中宿歇,不表。

且言锦上天陪沈廷芳在书房宿歇,锦上天道:"大爷,你晓得金山寺的柏相公是个什么人?"沈廷芳道:"不过是个书生。"锦上天道:"我看他好像个女子。"沈廷芳道:"又来了,哪有女扮男装之事?"锦上天道:"大爷,他两耳有眼,说话低柔,一定是个女子。"沈廷芳笑道:"若果如此,倒便宜我了。只是要她同行才好下手。"锦上天道:"大爷莫要惊破了她。只要她进了长安,诱进相府就好了,路上声张不便。"沈廷芳道:"明早可去约会了她。待我辞过家兄,同她一路而行才好。"锦上天道:"这件事在门下身上。"当下两个奸徒商议定了,一宿已过,次日清晨,沈廷芳即令锦上天到金山寺约会柏玉霜去了。他却在府中用过早膳,向沈廷华作别起身。沈廷华道:"贤弟,为何就要回去?"沈廷芳道:"惟恐爹爹悬望,故此就要走了。"知府说道:"定要留公子再玩一日才去。"沈廷芳道:"多谢,多谢。"随即动身。忙得镇江府同米良、沈廷华备了无数的金银绸缎、礼物下程,挑了十数担,差了江船,送沈廷芳起身。

那沈廷芳上了大船,来到金山寺前,吩咐道:"拢船上岸。"早有和尚接进客堂。只见锦上天同柏玉霜迎下阶来,见礼坐下。柏玉霜说道:"多蒙雅爱,怎敢相扰?"沈廷芳道:

"不过是便舟同往，这有何妨？不必过谦，就请收拾起身，船已到了。"锦上天又在旁催促说道："柏兄，你我出门的人，不要拘礼，趱路要紧。"柏玉霜见他二人一片热衷，认为好意，只得同秋红将行李收拾送上船去。清了房钱与和尚，遂同沈廷芳一路动身上船来了。

沈廷芳置酒款待，吩咐开船。到晚来，柏玉霜同秋红一床歇宿，只是和衣而睡；同沈廷芳的床头相接，只隔了一层舱板。那沈廷芳想着柏玉霜，不得到手。一日酒后，人都睡了，沈廷芳欲火如焚，按不住，爬起来，精赤条条的，竟往柏玉霜舱房里来，意欲强奸。悄悄的来推那舱板，正在动手，不想柏玉霜听得板响，大叫一声："有贼！有贼！"吓得众水手一齐点灯看火，拥进舱来照。

不知后事如何，且看下回分解。

第六十一回 御书楼廷芳横尸 都堂府小姐遭刑

话说沈廷芳正推舱房，却惊醒了柏玉霜，大叫道："有贼来了！"吓得那些守夜的水手众将，忙忙掌灯进舱来看。慌得沈廷芳忙忙起身往床上就爬，不想心慌爬错了，爬到锦上天床上来。锦上天吃醉了，只认做是贼，反手一掌，却打在沈廷芳脸上。沈廷芳大叫一声，鼻子里血出来了，说道："好打！好打！"那些家人听见公子说道"好打"，只认做贼打了公子，慌忙拥进舱来，将灯一照，只见公子满脸是血，锦上天扶坐床上。

众家人一时吓着了急，哪里看得分明，把锦上天认做是贼，不由分说，一同上前，扯过了沈廷芳，捺倒了锦上天，抢起拳头，浑身乱打。只打得锦上天猪哼鸭叫，乱喊道："是我，是我！莫打，莫打！打死人了！"那些家丁听了声音，都吃了一惊，扯起来一看，只见锦上天被打得头青眼肿，吓得众家人面面相觑。再看沈公子时，满面是血，伏在床上不动。

众家人见打错了，忙忙点灯，满船舱去照，只见前后舱门，俱是照旧未动。大家吃惊，说道："贼往哪里去了？难道飞去了不成？"锦上天埋怨道："你们这些没用的东西，不会捉贼，只会打！我真是抓住了，当贼打了我，我打贼一拳；倒被你们放掉了，还来乱打我。"舱里柏玉霜同秋红也起来穿好了衣衫，点灯乱照，说道："分明有人扭板，为何不见了？"众人忙在一处，惟有沈廷芳明白，只是不作声。见那锦上天被众人打得鼻肿嘴歪，抱着头蹲着哼，沈廷芳看见又好笑又好气，忙令家人捧一盆热水，前来洗去了鼻中血迹，穿好了衣衫，也不睡了，假意拿住了家人骂了一顿，说道："快快备早汤来吃，陪锦大爷的礼！"闹了一会，早已天明，家人备了早膳。请三位公子吃过之后，船家随即解缆开船，依旧动身趱路。

这柏玉霜自此之后，点灯看书，每夜并不睡了，只有日间无事略睡一刻。弄得沈廷芳没处下手，着了急，暗同锦上天商议，说道："怎生弄上手才好。那日闹贼的夜里原是我去扭她舱板响动，谅她必晓得了些，她如今夜夜不睡了，怎生是好？"锦上天笑道："原来如

此，带累我白挨一顿打。我原劝过大爷的，不要着急，弄惊了她倒转不好。从今以后，切不可动，但当做不知道；等她到了长安，稳定她进了府，就稳便了。"沈廷芳无法，只得忍耐。喝令船家不许歇息，连日连夜的往长安赶路。恰好顺风顺水，行得甚快。

那日到了一个去处，地名叫做巧村，却也是个镇市，离长安还有一百多里。起先都是水路，到了此地，却要起旱登程。那沈廷芳的坐船，顶了巧村镇的码头住了，吩咐众家人："不要惊动地方官，惟恐又要耽误工夫，迎迎送送甚是不便。只与我寻一个好坊子歇宿一宵，明日赶路，要紧。"家人领令，离船上岸，寻了一个大大的宿店，搬上行李物件，下了坊子。然后扶沈廷芳等上岸，自有店主人前来迎接进去。封了几两银子，赏了船家去了。沈廷芳等进了歇店，歇了一会，天色尚早，自同锦上天出去散步玩耍。

柏玉霜同秋红拣了一个僻静所在，铺了床帐，也到店门口闲步。才出了店门，只见三条大汉背了行李，也到店里来往宿。柏玉霜听得三个人之内有个人是淮安的声音，忙忙回头一看。只见那人生得眉粗眼大，腰细身长，穿一件绿色箭袄，挂一口腰刀，面貌颇熟，却是一时想不起名姓来。又见他同来的二人都是彪形大汉：一个白面微须，穿一件元色箭袄，也挂一口腰刀；一个是虎头豹眼，白面无须，穿一件白绢箭袄，手提短棍，棍上挂着包袱。三个人进了店，放下行李，见那穿白的叫道："龙大哥，我们出去望望。"那穿绿的应道："是了。"就走将出来。看见柏玉霜便住了脚，凝神来望。

柏玉霜越发疑心，猛然一想："是了！是了！方才听得那人喊他龙大哥，莫非是龙标到此么？"仔细一看，分毫不差，便叫道："足下莫非是龙标兄么？"原来龙标同杨春、金辉，奉军师的将令到长安探信，后面还有孙彪带领二十名喽兵，也将到了。当下听见柏玉霜叫他，他连忙答应道："不知足下是谁，小弟一时忘记了。"柏玉霜见他果然是龙标，心中大喜，连忙扯住了龙标的衣袂，说道："借一步说话。"

二人来到后面。柏玉霜道："龙恩兄，可认得奴柏玉霜了？"龙标大惊，说道："原来是小姐，如何在此？闻得你是洪恩的兄弟送你上船往长安去的，为什今日还在这里？"柏玉霜见问，两泪交流，遂将得病在金山寺的话说了一遍。又问道："恩兄来此何事？"龙标见问，遂将罗焜被害，救上山寨，落后李定、秦环、程珮都上鸡爪山的话，说了一遍："只因前日罗灿在仪征路见不平，救了胡娈姑，打了赵家五虎，自投到官，多亏卢宣定计救了。罗灿、杨春、金辉并众人的家眷都上了山寨。如今我们奉军师的将令，令俺到长安探信。外

面二人,那穿白的,便是金辉;那穿黑的,便是胡奎的表弟杨春。"

柏玉霜道:"原来如此,倒多谢众位恩公相救。既如此,就请二位英雄一会,有何不可?"龙标道:"不可。那沈廷芳十分奸诈,休使他看破机关。俺们如今只推两下不相认,到了长安,再作道理。"柏玉霜道:"言之有理。"说罢,龙标起身去了。

那秋红在旁听见,暗暗欢喜。不一时,那沈廷芳同锦上天回来,吩咐:"收拾晚膳吃了,早早安歇罢。"

且言龙标睡在外面,金辉问道:"日间同你说话的那个后生是谁?"龙标道:"不要高声。"悄悄的遂将柏玉霜的始末根由,告诉了二人一遍。杨春说道:"原来是罗二嫂子,果然好一表人才"!俺们何不接她上山,送与罗焜成其夫妻?"龙标道:"她要上长安投奔他爹爹的,她如何肯上山去。俺们明日只是暗暗跟随她进京去讨柏大人的消息便了。"三位英雄商议定了,一宿已过。

次日,五更起身,收拾停当。早见沈廷芳同锦上天起身,吩咐家人说道:"快快收拾行李,请柏相公用过早汤。"坐下车子,离了镇市,进长安去了。龙标见柏玉霜去后,他也出了歇店,打起行李,暗暗同金辉、杨春等紧紧相随。

赶到了黄昏时分,早已到了长安的北门。门上那日正是史忠、王越值日,盘查奸细。那二人听见沈公子回来,忙来迎接。见过了时,站立一旁。那史忠的眼快,一见了柏玉霜,忙忙向前叫道:"柏相公,俺史忠在此。"柏玉霜大喜道:"原来是史教头在此,后面是我的人,我明日来候你。"说罢,进城去了。然后龙标等进城,史忠问道:"你们是柏相公的人么?"龙标顺口应道:"正是。"史忠就不盘查,也放他进去了。

且言柏玉霜进了城,来与沈廷芳作别,道:"多蒙公子盛情,理当到府奉谢才是。天色晚了,不敢造府,明日清晨到府奉谢罢。"沈廷芳道:"岂有此理,且到舍下歇歇再走。"那锦上天在旁,接口道:"柏兄好生放样,'自古同行疏伴',既到此,那有过门不入之理!"那柏玉霜只得令秋红同龙标暗暗在外等候,遂同沈廷芳进了相府。却好沈太师往米府饮酒去了,沈廷芳引了柏玉霜来到后面御书楼上。暗令家人不许放走,便来到后堂,见他母亲去了。

且言柏玉霜上了御书楼,自有书童捧茶。吃过茶,那锦上天坐了一刻,就闪下楼去了。看看天黑了,只见两个丫鬟掌灯上楼。柏玉霜性急要走,两个丫鬟扯住了说道:"公子就来了。"柏玉霜只得坐下。看那楼上面图书满架,十分齐整;那香几上摆了一座大瓶,瓶中插了一枝玉如意。柏玉霜取出来看,只见晶莹夺目,果系蓝田至宝。

正在看时,猛见沈廷芳笑嘻嘻的走上楼来,说道:"娘子! 小生久知你是女扮男装的一位美女。今日从了小生,倒是女貌郎才,天缘作合。"说罢,便来搂抱。柏玉霜见机关已破,大叫一声。说道:"罢了,罢了! 我代婆婆报仇便了!"拿起那玉如意,照定沈廷芳的脸上打来。那沈廷芳出其不意,回避不及,正中天灵,打得脑浆迸流,望后便倒。那柏玉霜也往楼下就跳。

不知小姐生死如何,且看下回分解。

第六十二回 穿山甲遇过天星
祁巧云替柏小姐

话说柏玉霜拿玉如意将沈廷芳打死，自己知道不能免祸，不如坠楼而死，省得出乖露丑，遂来到楼口拥身跳下。谁知锦上天晓得沈廷芳上楼前来调戏，惟恐柏玉霜一时不能从顺，故闪在楼口暗听风声。忽听沈廷芳"哎"的一声，滚下楼来，他着了急，急忙来救时，正遇柏玉霜坠下楼来。他即抢步向前一把抱住，叫道："你往哪里走！"大叫众人，快来拿人。那些家人正在前面伺候，听得锦上天大叫拿人，慌得众人不知缘故，一拥前来。看见公子睡在地下，众人大惊。不由分说将柏玉霜擒住，一面报与夫人，一面来看公子。只见公子天灵打破，脑浆直流，浑身一摸，早已冰冷。那些男男女女，哭哭啼啼，乱在一处。沈夫人闻报，慌忙来到书房，见了公子已死，哭倒在地。众人扶起，夫人叫众人将公子尸首抬过一边，便叫问柏玉霜道："你是何人？进我相府，将我孩儿打死，是何缘故？"柏玉霜双目紧闭，只不作声。夫人见他这般光景，心中大怒。忙令家人去请太师，一面将沈廷芳尸首移于前厅停放，忙在一堆，闹个不了。

按下家中之事，且言那沈谦因得了二将，心中甚喜。正在米府饮酒，商议大事。忽见家人前来报道："太师爷，祸事到了！今有公子回来，带了一个淮安姓柏的女扮男装的客人，上了御书楼。不多一会，不知怎样那人将玉如意把公子打死了。现在夫人审问情由，着小人们请太师爷速速回去。"沈谦听得此言，这一惊非同小可，顶梁门轰去七魄，泥丸宫飞去三魂，起身便跑。米顺在旁听得，也吃了一惊，连忙起身同沈谦一同而来。审问情由，不表。

且言这长安城中，不一时就轰动了。那些百姓三三两两，人人传说道："好新闻！沈公子带一个女扮男装的角色回来，不知何故，沈公子却被那人打死了。少不得要发在地方官审问，我们前去看看是个什么等人。"

　　不表众人议论。且言那秋红同龙标、金辉、杨春四人，在相府门前等候柏玉霜出来。等了一会，不见出来，四人正在着急，忽见相府闹将起来，都说道："不好了！公子方才被那淮安姓柏的打死了。有人去请太师爷，也快回来了。"门口人忙个不住。秋红听得此言，魂飞魄散，忙忙同龙标等四人起身就走。走在一个僻静巷内，秋红哭道："我那苦命的小姐，千山万水已到长安，只说投奔老爷，就有安身之处。谁知赶到了此地，却弄出这场祸来，叫我如何是好？又不知老爷的衙门在于何处，叫哪个来救小姐？"龙标道："不要哭，哭也无益。俺们且寻一个下处放下行李，再作道理。"金辉道："北门口我有个熟店，昔年在他处住过的。且到哪里歇下来再讲。"当下四人来到这个熟店，要了两间草房，放下行李，叫店小二收拾夜饭吃了。秋红点着灯火，三位英雄改了装，竟奔沈府打探去了，这且不表。

　　单言那沈谦同吏部米顺回到相府，进了后堂，只见夫人伴着沈廷芳尸首，在那里啼哭。沈谦见了心如刀绞，抱住了尸首大哭了一场。坐在厅前，忙令家人推过凶手，前来审问。众家人将柏玉霜推到面前跪下，沈谦喝道："你是何人，为何女扮男装前来将我孩儿打死？你是何方的奸细？是何人的指使？从实招来！"那柏玉霜只不作声。太师大怒，叫令动刑。

　　柏玉霜想道："若是说出实情，岂不带累爹爹又受沈贼之害，不若改姓招成，免得零星受苦。"遂叫道："众人休得动刑，有言禀上。"沈谦道："快快招来！"柏玉霜禀道："犯女姓胡，名叫玉霜。只因父亲出外贸易，家中晚娘逼我出嫁，无奈，故尔男装，出来寻我父亲。不想被公子识破，诱进相府，哄上后楼，勒逼行奸。奴家不从，一时失手将公子打死是实。"沈谦回头问锦上天道："这话是真的么？"锦上天回道："他先说是姓柏，并不曾说姓胡。"米顺在旁说道："不论他姓柏姓胡，自古杀人者偿命。可将她问成剐罪，送到都察院审问，然后处决。"太师依言，写成罪案缘由，令家人押入都堂去了。

　　原来都堂不是别人，就是她嫡嫡亲亲的父亲掌都察院正印柏文连便是。自从在云南升任，调取进京，彼时曾遣人至镇江问小姐消息。后闻大闹镇江，小姐依还流落；柏公心焦，因进京时路过家中，要处死侯登，侯登却躲了不见。柏公愤气，不带家眷，只同祁子富等进京，巧巧柏玉霜发落在此。当下家人领了柏玉霜，解到都堂衙门。却好柏爷正坐晚堂审事，沈府家人呈上案卷，说道："太师有命：烦大人审问明白，明日就要回话。"柏文连

说道:"是什么事,这等着急?"便将来文一看,见是:"淮安贼女胡玉霜,女扮男装潜进相府,打死公子。发该都院审明存案,斩讫报来。"柏爷大惊,回道:"烦你拜上太师:待本院审明,回报太师便了。"家人将柏玉霜交代明白,就回相府去了。柏爷吩咐,带胡玉霜后堂听审。

众役将胡玉霜引进后堂,柏爷在灯光之下一看,吃了一惊。暗想道:"这分明是我玉霜孩儿的模样!"又不好动问,便向众役道:"你等退出大堂伺候。此乃相府密事,本院要细审情由。"众人听得吩咐,退出后堂去了。

柏爷说道:"胡玉霜,你既是淮安人,你可抬起头来认认本院。"柏玉霜先前是吓昏了的,并不曾睁眼抬头。今番听得柏爷一声呼唤,却是她父亲的声音,如何不懂?抬起头来一看,果然是她爹爹,不觉泪如雨下,大叫道:"哎呀!爹爹,苦杀你孩儿了!"柏爷见果是他的娇生,忙忙走向跟前一把扶起小姐,可怜二目中泼梭梭的泪如雨下,抱头痛哭,问道:"我的娇儿!为何孤身到此,遇见奸徒,弄出这场祸来?"柏玉霜含泪便将"继母同侯登勒逼,在坟堂自尽,遇着龙标相救。后来侯登找寻踪迹不见,秋红送信同投镇江母舅,又遇米贼招灾。只得男装奔长安而来,不觉被沈廷芳识破机关,诱进相府,欲行强逼,故孩儿将他打死"的话,细细诉了一遍。

柏爷说道:"都是为父的贪恋为官,故累我孩儿受苦。"说罢,忙令家人到外厢吩咐掩门。自己扶小姐进了内堂,早惊动了张二娘、祁巧云并众人丫鬟,前来迎接。柏玉霜问是何人,柏爷一一说了底细。玉霜忙忙近前施礼,说道:"恩姐请上,受我一拜。"慌得那祁巧云忙忙答礼,回道:"奴家不知小姐驾临,有失远迎。"二人礼毕坐下。祁巧云便问道:"小姐为何男装至此?"柏爷将前后事情说了一遍。祁巧云大惊道:"这还了得!"柏玉霜道:"奴家有愿在先,只是见了爹爹一面,诉明冤枉,拿了侯登报仇雪恨,死亦瞑目。今日既见了爹爹,又遇着恩姐,晓得罗焜下落,正是奴家尽节之日。但是奴家死后,只求恩姐早晚照应我爹爹,别无他嘱。"这些话听得众人哭声凄凄惨惨。

柏爷道:"我的孩儿休要哭,哭也无益。待为父的明日早朝,将你被他诱逼情由上他一本。倘若圣上准本便罢;不然为父的拼着这一条性命与你一处死罢,免得牵肠挂肚。"柏玉霜道:"爹爹,不可。目今沈谦当权,满朝都是他的奸党。况侯登出首罗焜,谁不知道他是爹爹的女婿?当初若不是侯登假爹爹之名出首,只怕爹爹的官职久已不保了。孩儿拼着一死,岂不干净!"柏爷听得越发悲伤。

那张二娘同祁巧云劝道:"老爷休哭,小姐此刻想是尚未用饭。可安排晚膳,请小姐用饭,再作商量。"柏玉霜道:"哪里吃得下去!"一会儿,祁子富来到后堂,看见小姐,行了礼道:"适才闻得小姐凶信,我心中十分着急,只是无法可施。奈何!奈何!"不想那祁巧云同他父亲商议:"我父,女儿上年不遇罗二公子,焉有此日?就是后来发配云南,若不是柏爷收着,这性命也是难存保。今日他家如此,岂可不报?孩儿想来,不若舍了这条性命,替了小姐,这才算做知恩报德,节义两全。万望爹爹见允!"祁子富听得此言,大哭道:"为父的却有此意,只是不可出口。既是你有此心。速速行事便了。"

当下祁巧云双膝跪下,说道:"恩父同小姐休要悲伤。奴家昔日多蒙罗公子相救,后又蒙恩老爷收留,未曾报答。今日难得小姐容貌与奴家仿佛,奴家情愿替小姐领罪,以报大恩。"玉霜道:"恩姐说哪里话来,奴家自己命该如此,那有替死之理?这个断断使不得的!"祁巧云道:"奴家受过罗府同老爷大恩,无以报答。请小姐快快改装要紧,休得推阻。"柏老爷说道:"断无此理。"祁巧云回道:"若是恩爷同小姐不允,奴家就先寻了自尽。"说罢,望亭柱上就撞。慌得柏玉霜上前抱住,说道:"恩姐不要如此。"那祁子富在旁说道:"这是我父女出于本心,并非假意;若是老爷同小姐再三推辞,连老汉也要先寻死路。这是愚父女报恩无门,今见此危难不行,便非人类了。"柏爷见他父女真心实意,便向柏玉霜哭道:"难得他父女如此贤德,就是这样罢。"柏玉霜哭道:"岂有此理?父亲说哪里话。这是女儿命该如此,岂可移祸于恩姐!"再三不肯。祁巧云发急,催促小姐改装,不觉闹了一夜,早已天明。

祁巧云越发着急,说道:"天已明了,若不依奴,就出去喊叫了!"柏玉霜怕带累父亲,大放悲声,只得脱下衣衫与祁巧云穿了。双膝跪下,说道:"恩姐请上,受奴家一拜。"祁巧云道:"奴家也有一拜。"拜罢,父女四人并张二娘,大哭一场。听得外厢沈府的原解家人,在宅门上大叫道:"审了一夜,不送出来收监,是何道理?我们要回话去呢!"柏爷听得,只得把祁巧云送出宅门,当着原解家人,带去收监。

不知后事如何,且看下回分解。

第六十三回 劫法场龙标被捉
走黑路秦环归山

话说柏爷将祁巧云扶出,当着原差送入监中去了。那原差也不介意,自回相府销差。

且言柏玉霜见祁巧云去后,大哭一场,就拜认祁子富为义父。柏老爷朝罢回来,满腹悲愁,又无法替祁巧云活罪,只得延挨时刻,坐堂理事,先审别的民情。按下不表。

且言龙标、金辉、杨春三位英雄,到晚上暗随沈府家人,到都察院衙门来探信。听得沈府家人当堂交代之时说道:"太师爷有令,烦大人审明存案,明日就要剐的。"三人听了,吃了一惊,说道:"不好了,俺们回去想法要紧!"

三位英雄跑回饭店,就将沈府的言语告诉了秋红。秋红大惊,说道:"这却如何是好?烦诸位想一良法,救我小姐一命。"金辉道:"不如等明日我三人去劫法场便了。"杨春道:"长安城中千军万马,我三人干得什事?"龙标道:"若是秦环、孙彪等在此就好了。不若等俺出城迎他们去,只是城门查得紧,怎生出去?"秋红道:"城门上是史忠把守,认得我。我送你出去便了。"说罢,二人起身,忙忙就走。比及赶到北门,北门已掩。

二人正在设法,忽见两个门军,上前一把抓住,道:"你们是什么人?在此何干?"秋红道:"你是哪个衙门里的?"门军道:"我是史副爷府里的。"秋红道:"我正要去见你老爷,你快快引我去。"门军遂引来见了史忠。史忠道:"原来是秋红兄到了,请坐。柏公子住在哪里?我正要去候他。"秋红道:"烦史爷开放城门,让我伙计出去了时,请史爷见我公子。"史忠听了,忙叫门军开了城门,急让龙标出去,不表。

这里史忠令人守好城门,随即起身步行,要同秋红去见柏玉霜。秋红见史忠执意要见,当着众人又不好说出真情,只得同史忠来到下处。进了客房,只见一盏孤灯,杨春、金辉在哪里纳愁。史忠道:"柏恩兄今在哪里?"这一句,早惊醒了金、杨二人,跳起身来忙问道:"谁人叫唤?"秋红道:"是史副爷来了。"二人明白,便不做声。史忠问道:"这二位是

何人？公子却在哪里？"秋红见问，说道："这二位是前来救我家主人的。"史忠大惊，道："为何？"秋红遂将前后的情由说了一遍。又道："明日若劫法场，求史爷相助相助。"史忠道："那柏都堂乃是小姐的父亲，难道不想法救他？"杨春道："如今事在紧急，柏爷要救也救不及了。而且沈府作对，不得过门，还是俺们准备现成要紧。"史忠道："且看明日的风声如何，俺们如此如此便了。"当下众人商议已定。史忠别了三人，自回营中料理去了。

且说龙标出了城，放开大步，一气赶了二十里路。那时二十三四的日子，又无月色，黑雾满天，十分难行。走到个三叉路口，又不知出哪条路。立住了脚，定定神说道："莫管它，只朝宽路走便了。"走没一里多路，那条路渐渐的窄了。两边都是野冢荒郊，脚下多是七弯八转的小路。又走了一会，竟迷住了，心中想道："不好了，路走错了。"回头走时，又寻不出去路。正在着急，猛见黑影子一现又不见了。自己想道："敢是小姐当绝，鬼来迷路不成？"望高处就爬，爬了两步，忽听有人叫道："龙标。"龙标想道："好奇怪，谁叫我？"再听又象熟人，便应道："是谁人叫我？"忽见黑影子里跳出一个人来，一把揪住，说道："原来当真是你。你几时到的？"龙标一想，不是别人，却是过天星孙彪。

原来，这条路是水云庵的出路。孙彪同秦环到了长安，即到水云庵找寻罗老太太。歇下人马，晚上令孙彪出来探信。那孙彪是有夜眼的，故认得龙标，因此呼唤。二人会在一处，龙标说道："你为何在此？"孙彪遂将秦环在水云庵见罗太太的话，说了一遍。龙标道："既如此，快引我去，有要紧的话说。"孙彪闻言，引龙标转弯抹角，进了水云庵。

见了太太后，与秦环并徐国良、尉迟宝见了礼坐下。秦环问道："你黑夜到此，必有缘故。"龙标将柏玉霜之事说了一遍。太太惊慌，大哭不已。秦环道："这还了得！俺们若去劫狱，一者人少，二者城门上查得紧急，怎生出进？"龙标道："不妨。守城的守备史忠，是罗二嫂的熟人，倒有照应。只是俺们装扮起来，遮掩众人耳目才好。"孙彪道："俺们同秦哥装作马贩子同你进城。徐、尉二兄，在城外接应便了。"众人大喜道："好！"

挨至次日清晨，龙标同秦环、孙彪三人，牵了七匹马，备了鞍辔，带了兵器，同了十数个喽兵，来到城下。自有史忠照应进城，约会金、杨二人去了。

且言沈太师哭了一夜，次日也不曾上朝。闷闷昏昏的睡到日午起来，问家人道："柏都堂可曾剐了凶犯，前来回话呢？"家人禀道："未来回话。"沈谦忙令家人去催。那家人去了一会，前来禀道："柏老爷拜上太师爷，等审了这案事，就动手了。"沈太师大怒道："再等他审完了事早已天黑了。"忙取令箭一枝,喝令家人:"快请康将军去监斩!"家人领命,同康龙到都堂衙门来了。

那康龙是新到任的将军,要在京中施勇,随即披挂上马,同沈府家人来到察院辕门了大喝道:"奉太师钧旨,速将剐犯胡玉霜正法! 太师立等回话哩。"柏文连闻言吃了一惊。忙令众役带过审的那些人犯,随即迎出堂来高叫道:"康将军,请少坐一刻,待本院齐人便了。"康龙见柏大人亲自来说,忙忙下马见礼,在大堂口东边坐下。

柏老爷是满腹愁肠,想道:"好一个义气女子,无法救他!"只得穿了吉服,传了三班人役、大小执事的官员,标了剐犯的牌。到监中祭过狱神,绑起了祁巧云,插了招子,上写道:"奉旨监斩剐犯一名胡玉霜示众。"挽出牢来,簇拥而行。那康龙点了兵,先在法场伺候,然后是柏老爷骑了马,摆了全班执事,赏了刽子手的花红,一行人都到北门外法场上来了。到了法场,已是黄昏时分。

柏爷坐上公案,左右排班已毕,只得忍泪含悲,吩咐升炮开刀。当案的孔目手执一面红旗,一马跑到法场,喝一声:"开刀!"喝声未了,早听得一声呐喊,五匹马冲入重围。当先一人掣出双金铜,将刽子手打倒在地,一把提起犯人,回马就跑。众军拦挡不住,四散奔逃,康龙大惊,慌忙提刀上马,前来追赶。忽见刺斜里跳出一将,手执钢叉,大喝一声,挡住了康龙厮杀,让那使双铜的英雄抢了犯人,带了众兵,一马冲出北门去了。

不知后事如何,且看下回分解。

第六十四回　柏公削职转淮安
侯登怀金投米贼

　　话说那使叉的英雄却是龙标，挡住康龙好让秦环等逃走。他抖擞精神，与康龙大战四十余合。龙标回马就走，不想被康龙大刀砍中马腿，颠下马来，早被众军上前拿住了。康龙带了十几名亲丁，赶到北门，天已大黑了。吩咐点起火把来，叫问管门的守备："史忠、王越何在？"众军回道："他二人单身独马赶贼去了。"康龙大怒，道："为何不阻住了城门，倒让贼出去？这还得了？"随即催马抢刀，赶出城门。这一番厮杀，只吓得满城中人人害怕，个个心惊，又不知有多少贼兵。连天子都惊慌，问太监："外面是何喧嚷？"太监出来查问，回说："是沈太师同文武百官大队人马，追出北门，赶贼去了。"

　　不言太监回旨，且言康龙赶了五六里，不见王越、史忠。四下里一看，又听了一会，并不见声影，只得领兵而回。

　　且言秦环抢了那祁巧云，同金辉、杨春、孙彪杀到北门。多亏史忠、王越二人假战了一阵，放秦环等出城。他二人名为追赶，其实同众英雄入了伙，也到水云庵接了罗太太上了车子，马不停蹄，人不歇气，走了一夜。早离了水云庵十里多路，方才歇下军马。查点人数，别人都在，只不见了龙标。独战康龙不见回来，想是死了，众人一齐大哭。王越说道："你们不要哭，俺出城之时，听得众军说道：'康将军擒住一人了。'想是被康龙擒去了，未必受伤。"众人也没法，只得吃些干粮，喂了马匹。

　　那秋红前来看柏玉霜，却不是小姐。秋红吃了一惊，着了急，大哭道："完了，完了！我们舍死忘生，空费了气力，没有救了小姐，却错抢了别人来了！"罗太太并众英雄齐来一看，众人都不曾会过，难分真假。只有秋红同史忠认得，详细问道："你是谁人，却充小姐在法场代死？如今小姐往哪里去了？"那祁巧云方才睁眼说道："奴家是替柏小姐死的，又谁知皇天怜念，得蒙众英雄相救。奴家非是别人，姓祁，小字巧云。只因昔日蒙罗公子救

命之恩，后来又蒙柏爷收养之德，昨见小姐遭此大凶，柏爷无法相救，因此奴家替死。以报旧德。不想蒙众位相救，奴家就这里叩谢了。"众英雄听了大喜，道："如此义烈裙钗，世间少有！"秦环道："莫不是昔日上鸡爪山送信救罗煜表弟的那祁子富么？"祁巧云道："正是家父。如今现在柏爷任上哩。"秦环说道："既如此，俺们快些回山要紧。"

当下祁巧云改了装，同罗太太、秋红一同上车。众英雄一同上马，连夜赶上鸡爪山。早有罗氏弟兄同众头目迎下山来，罗太太悲喜交集。来到后堂，自有裴夫人、程玉梅、胡太太、娈姑娘、龙太太、孙翠娥、金安人等款待罗太太、祁巧云、秋红，在后堂接风。又新添了徐国良、尉迟宝、史忠、王越四条好汉，好生欢喜。只有龙标未回，众人有些烦恼。当晚大吹大擂，摆宴庆贺，商议起兵之计。

按下山寨不表，且言那晚，康龙赶了半夜，毫无踪迹。急回头，却遇沈谦协同六部官员带领大队人马杀来。康龙见了太师，答说追赶了三十余里，并无踪迹。沈谦大惊，道："他劫法场，共有多么贼兵？"康龙道："只有五六员贼将，被末将擒得一名，那几个冲出城去了。"沈谦问道："守备为何不阻了去路？"康龙道："末将赶到城口，问王越、史忠何在，有小军报道：'他二人赶贼去了。'末将随即去赶，追赶了一程，连二将都不见回来，不知何故。"沈谦大惊，传令："且回城中，候探子报来再作道理。"一声令下，大小三军回城去了。

沈太师回到相府，令大小三军扎下行营，在辕门伺候，太师升堂，文武参见已毕。沈谦说道："我想胡玉霜乃一女子，在京城中处斩，尚且劫了法场，必非小可之辈。"米顺道："她既敢打死了相府的公子，必然有些本领。据卑职看来，她不是淮安民家之女，定是那些国公勋臣之女，到京来探听消息的。"锦上天在旁说道："还有一件，他先前在途中说是姓柏，问他来历，他又说柏文连是他叔子。昔日听得柏玉霜与罗煜结了亲，后来罗煜私逃淮安，又是柏府出首。我想，此女一定与柏文连有些瓜葛。太师可问柏文连便知分晓。"沈太师听了，大怒道："原来有这些委曲！"喝令家将："快传柏文连问话！"家将领命来至柏府。

且言柏文连处斩祁巧云，正没法相救，后来见劫了法场，心中大喜，假意追了一回。回到府中，告诉了小姐同祁子富。正在欢喜，忽见中军官进来，报道："沈太师传大人，请大人快些前去。"柏爷吃了一惊，忙吩咐祁子富同小姐："快些收拾，倘有疏虞，走路要紧。"

柏爷来到相府参见毕，又与众官见了礼。沈太师道："柏先生，监斩人犯尚且被劫，若是交兵打仗,怎么处哩!"柏文连道:"此乃一时不曾防备,非卑职之过。"大师大怒,道:"此女淮安人氏,与你同乡,一定是你的亲戚,故尔临刑放了。"柏文连道:"怎见得是我的亲戚?"沈谦忙令锦上天对证。那锦上天说道:"前在途中问过她的来历,她说是姓柏,又说大人是他的族叔,来投大人的。"柏文连大怒,道:"岂有此理! 既说姓柏,为何昨日的来文又说姓胡? 这等无凭无据的言词,移害那个?"一席话,问得锦上天无言可对。沈谦说道:"老夫也不管他姓柏姓胡,只是你审了一夜,又是你的同乡,你必知她的来历,是什么人来劫了去。"柏文连道:"太师之言差矣! 我若知是何人劫的,我也不将她处斩了。"米顺在旁,说道:"可将拿住的那人提来对审。"太师即令康龙将龙标押到阶下。

沈谦喝道:"你是何方的强盗? 姓什名谁? 柏都堂是你何人? 快快招来,饶你性命。"龙标大怒,道:"我老爷行不更名,坐不改姓,姓龙名标,鸡爪山裴大王帐下一员大将。特奉将令来杀你这班奸贼,替朝廷除害的。什么柏都堂黑都堂的,瞎问!"骂得沈谦满面通红,勃然大怒,骂道:"这大胆的强盗,原来是反叛一党!"喝令左右:"推出斩首示众!"米顺道:"不可。且问他党羽是谁,犯女是谁,到京何事。快快招来!"龙标大喝道:"俺到京来投奔的!"沈谦道:"那犯女是谁的指使? 可从实招来!"龙标道:"她是天上的仙女下凡的。"沈谦大怒,见问不出口供,正要用刑,忽见探子前来,报说:"启上太师爷:劫法场的,乃是鸡爪山的人马。王越、史忠都是他一党,反上山东去了。"沈谦大惊,复问龙标说道:"你可直说,他到京投奔谁的?"龙标道:"要杀便杀,少要罗唆!"沈谦又指着柏文连问道:"你可认得他?"龙标道:"俺只认得你这个杀剐的奸贼,却不认得他是谁。"

沈谦见问不出口供,喝令带去收监。又喝令左右:"剥去柏文连的冠带。"柏爷大怒道:"我这官儿乃是朝廷封的,谁敢动手?"沈谦大叫道:"朝廷也是老夫,老夫就是朝廷。"叫令:"快剥去!"左右不由分说,将柏爷冠带剥去,赶出相府去了。沈谦即令刑部尚书代管都察院的印务。各官散去,沈太师吩咐康龙:"恐柏文连明早入朝面圣,你可与人守住午门,不许他入朝便了。"沈谦吩咐已毕,回后堂去了,不表。

且言柏爷气冲牛斗,回到府中说道:"反了! 反了!"小姐忙问何事。柏爷说道:"可恨沈谦奸贼无礼,不由天子,竟把为父冠带剥去,赶出府来,成何体面! 我明早拚着一命,与他面圣。"小姐说道:"爹爹不可与他争论。依孩儿愚见,不如早早还乡便了。"

不知后事如何,且看下回分解。

第六十五回　柏文连欣逢众爵主
李逢春暗救各公爷

话说柏玉霜小姐，听得柏爷要与沈贼面圣，忙说道："不可。目下沈贼专权，就是朝廷的旨意，也要沈贼依允才行。爹爹纵然启奏，也是枉然；倘若恼了奸贼，反送了性命。莫若依孩儿的愚见，收拾回家，免得在是非场中淘气。"柏爷叹了口气道："只是这场屈气如何咽得下去？"小姐道："目今的时世，是忍耐为尚。"柏爷无奈，只得吩咐："一齐收拾，明日动身。"那些家人妇女闻言，收拾了一夜。

次日五鼓，柏爷起身，将一切钱粮、号簿、诰封挂在大堂梁上，摆了香案，望北谢了圣恩。悄悄的出了衙门，将行李装上车子，令家人同小姐先行，自己押后，往淮安进发。一路上，并不惊动一个地方官员，只是看山玩水，慢慢而行。那京城中百姓，过了一日知道这个消息，人人叹息。只有沈太师的一班奸贼，却人人得意。次日沈谦入朝见了天子，将削去柏文连的官职奏了一遍。天子默然不悦，口中虽不明言，心中甚是不乐，暗道："这予夺的权柄都被他自专不由朕主，将来怎生是好？"这且按下不表。

单言柏文连出了长安，行了半个多月，那日到了山东兖州府的地界。家人禀道："离此不远，就是鸡爪山的地界。山上十分利害，请老爷小路走罢。"柏爷道："不妨，我正要去看看山寨，你等放心前去。"众家人只得向大路进发。行了数里，远远看那鸡爪山的形势，但见青峰拔地，翠嶂冲天，四面八方约有五六十个山头簇拥在一处，一带涧河围绕，千条瀑布悬空，十分雄壮。

柏爷暗暗点头道："果然好一个去处，怪不得米良、王顺败兵于此。"近前再看时，只见山里面杀气冲天，风云变色，松林内飘出两杆杏黄旗，上有斗大的金字，写的是："为国除害，替天行道。"柏爷连连嗟叹，猛听得半空中一声炮响。山顶上五色旗招展，嗡哨一声，四面八方都是人马冲下山来，将柏爷的一行车马围在当中。早有一员老将，白马红袍，冲

到柏爷马前，将手一拱，道："老妹丈好认得我了？"柏爷见山上兵来，吃了一惊，正要迎敌，忽见有人称他"妹丈"，抬头一看，却是李全。因喽兵探得柏爷过此，军师谢元特请他来迎接。当下柏爷见了李全，大惊道："老舅兄来此何干？莫非是要买路钱么？"李爷道："特来请妹丈上山，少叙片时。"柏爷道："原来如此。"只得同李爷并马而行。

行到半山路口，旗幡招展，一派鼓乐之声。有裴天雄带领着众英雄，各家的公子，个个都是锦衣绣袄，白马朱缨，大开寨门，迎下山来。众英雄见柏爷驾到，一齐下马，邀请柏爷进入寨门。随后祁巧云、秋红并众家小姐等，令喽兵打了两乘大轿，前来迎接小姐与张二娘进寨。来到后堂，先见了李太太、裴夫人，后来拜了罗太太、程玉梅、祁巧云、孙翠娥、胡娈姑等。众人一一见过礼，裴夫人吩咐丫环，设宴款待。正是：

一群仙女归巫峡，满殿嫦娥赶月台。

按下后寨之言，且说柏文连、祁子富到了聚义厅，先同李全、卢宣、金员外行过礼，然后与裴天雄并各位英雄见礼已毕，才是罗灿、罗焜、李定、秦环四位公子前来拜见。柏爷偷眼看那一众英雄，人人勇健，个个刚强，暗暗称奇。正是：

一群虎豹存山岭，十万貔貅聚绿林。

裴天雄吩咐摆宴，序次而坐。饮酒之时，柏爷向李爷称谢道："多蒙老舅兄收留小女，反带累尊府受惊。"李爷道："皆因小儿被米贼所害，若不是赵胜、洪恩相救，裴大王相留，早已做刀头之鬼了。"裴天雄说道："皆众位英雄之力。"罗灿性躁，说道："舍弟多蒙令侄侯登照应狠了！"这一句话，只说得柏爷满面通红，说道："都是那侯氏不贤，险些伤了老夫的女儿性命。我今番回去，定拿侯登正法，岂可轻放。"

当下，柏爷酒席终了，就要起身告退。裴天雄等一齐向前留住，道："既来之，则安之。不弃荒山，就请大人在此驻马。明日同去整治朝纲，除奸臣，去贼党，伸冤报仇，向边关救回罗爷还朝，有何不可。"柏爷闻言，忙忙回道："老夫年迈，不能有为了。这些事，只好众位英雄勇壮前去罢。"裴天雄道："既是大人不肯出去交锋，请坐镇山寨，待小侄等出征便了。"柏爷执意要行。谢元道："既如此，只留大人少住一两日便了。"柏爷道："这可以从命。"

按下柏爷被众人留住在山寨。且言那京城中被人劫了法场，又坏了一位都堂巡抚，天下都有报章，人人传说。那日传到淮安府。侯登知道消息，吃了一惊，说道："不好了！柏都堂是我的姑父，他官既坏了，不日一定回来。这番绝不能饶我了，自古道：'打人先下手。'倒要防备要紧。"猛然想道："三十六着，走为上着。只是本家又穷，往哪里去安身才好？"想了一会，道："有了，有了，昔日米将军在淮安府饮酒，我同他有半面之识。不如多带些金银，前去投奔他，求他在沈府中，大小讨个前程，就不怕他了。"主意已定，到晚上偷开库房，盗了三千两金子，打在箱内。

次日推说下乡收租，叫家人挑了行李，雇了船只，连夜到了镇江。寻了门路先会了米中砂，然后见了米良，呈上一千两金子。米良大喜，收了金子，随即修书一封，令侄儿米中砂同他一路进京，说道："你二人会见太师，细说贼兵虚实，呈上捐官的银子，自然大小有个官做。"二人大喜，一齐动身进京。

不分晓夜，赶到长安，寻了门路，先见了锦上天。锦上天替他二人呈上了来书，见了太师。太师就问侯登道："你既是柏文连的内侄，你可将他的情由说与老夫知道。"侯登见问，就将柏文连同罗焜结亲，暗与鸡爪山来往的情由，细细说了一遍。沈谦吃了一惊，说道："原来他同众家国公都是旧相好的，若不先杀了众国公，内变起来，怎生是好？"想了一想，命侯登等且退，另日升官。随即取令箭一枝，吩咐家人快令王虎、康龙二将，速速同刑部大人点齐五百名刀斧手，即下天牢，将各家的国公、老幼、良贱并大盗龙标，一齐解赴市曹斩首。

家人得令，出了相府，传了二将，披挂齐整，点了五百名刀斧手，会同刑部吴法，将秦双、程凤、龙标、尉迟公爷、徐公爷、段公爷等各家的人口一齐绑了，押到市曹跪下。可怜哭声震地，怨声冲天。六部官员，齐到法场监斩，人人叹息。只见黑旗一展，喝令开刀。

不知后事如何，且看下回分解。

第六十六回 边头关番兵入寇
望海楼唐将遭擒

话说沈太师听了侯登之言，就将各位公爷一齐绑出市曹，并不请当今的圣旨，就要斩首。急急开刀，却好惊动了卫国公李逢春，听得此信大惊。心生一计，忙忙赶到法场，大叫道："刀下留人！"一马闯到沈谦的公案，喝开左右，向沈谦低低说道："太师，若斩了众人，大事休矣。"沈谦问道："是何缘故？"李爷道："太师爷要图天下，要买住人心。一者，不可多杀，使闻者害怕。二者，鸡爪山的贼人，有一半是众家的公子，若知他父亲已亡，必然前来报仇，反为不美。依卑职愚见，等太师登位之后，先剿灭了鸡爪山的祸根，那时再斩他们也不迟。况且，他们坐在天牢，如笼中之鸟、网中之鱼，也飞不到哪里去。"沈谦被李爷这些话说得心中大喜，道："多蒙老兄指教，险些儿误了大事。"忙命刑部吴法仍将众人收禁，回相府去了。

不表沈贼回府，且言李逢春一句话救了数百人性命，心中也自欢喜。后人有诗赞道：

> 绝妙机权迅若风，仙才不与众人同。
>
> 一言得活群臣命，不愧中原卫国公。

话说沈太师到了相府，进了书房，就有家人呈上一本边报。太师一看，原来边头关宗信告急的文书说："边头关自从罗增陷在流沙，番兵十分利害。求太师添兵守关，要紧。"沈谦大惊，即令刑部吴法领三千人马前去守关，又令米中砂解粮接应："老夫亲领大兵，随后就到。"

那吴法同米中砂得令，随即收拾，点了三千人马，不分昼夜，赶到边头关。早有宗信同四名校尉，接进了中军帐坐下。当晚设宴款待，吴法问道："番兵共有多少人马，几名战将?"宗信说道:"番兵共有十万,战将千员,十分利害。那领兵元帅父子九人,名唤九虎。"吴法大惊,道:"那九人,姓什名谁? 可曾与他战过几阵?"宗信道:"那老将姓沙名龙。所生八个儿子,名唤沙云、沙雷、沙雹、沙露、沙电、沙雯、沙霖、沙震,都有万夫不当之勇。更有一位女将唤做木花姑;一位太子,唤做耶律福,用兵如神。"吴法听了,说道:"彼众我寡,怎生迎敌?"

按下吴法在关内忧愁,且言那番邦元帅沙龙,次日传命,令八个孩儿领大兵,摇旗呐喊,一直杀到关下讨战。早有蓝旗小校飞马进关报道:"启老爷,番将前来讨战,请令施行。"吴法大惊,却好米中砂催粮已到。一齐披挂齐整,带领众将,到敌楼上来看。那楼名为望海楼,乃北关第一个要紧的去处,城高壕阔,急切难攻,所以宗信能守这半年。当下吴法同众人上楼,一看,只见那十万番兵,四面八方围住了关口,人人勇健,个个精强。怎见得,有诗为证:

十万貔貅队,三千虎豹兵。

休言身对敌,一见也魂惊。

话说吴法正在观看番兵,猛听一声"唰唰"响处,只见番营里两杆皂旗展开,闪出一员老将,头戴紫金盔,双飘雉尾;身穿龙鳞铠,满插雕翎;紫面银须,浓眉大眼;手执大刀,坐下马威风凛凛,杀气腾腾。左右摆列着四十员战将,都是反穿毛袄,雉尾高飘,铁甲钢刀,金鞍白马。如燕羽一般排开,前来讨战,吴法好不骇怕。那番将纵马提刀,大叫:"关上的,谁敢下来送死?"吴法正要亲自出战,只见米中砂提刀上马,说道:"末将前去迎敌。"吴法大喜,忙令宗信下关,同去迎敌,说道:"小心要紧。"

当下二人披挂齐整,领兵放炮,开关杀出城去。两下里压住了阵脚,米中砂拍马舞刀,便叫道:"来将通名!"只见那番将将刀一拍,说道:"俺乃六国三川征南大元帅沙龙是也。快通名来领死!"米中砂道:"俺乃大唐吏部尚书米大人的公子、加封荡寇先锋米中砂是也!"沙龙闻言,举刀就砍,米中砂对面交还。二人战了二、三个回合,米中砂抵敌不住,正要败走,宗信见了,拍马抢枪,更来助战。沙龙独战二人,毫无惧怯。又战了四、五个回合,沙龙大喝一声,一刀砍中宗信的左臂,滚鞍下马,被小番儿擒去了。米中砂大惊,虚砍

一刀，回马就走。沙龙大喝道："好唐贼，往哪里走！"纵马赶来。那大小番将一齐追杀，势不可当。吴法吓得面如土色，米中砂在下，又不好放炮。米中砂才到城门边，那沙龙的马快，早已跳过吊桥，领了众将齐到城下，就连城门也闭不及了。

米中砂才进了城，那沙龙父子九人早已冲进来了，吴法大惊，慌忙下了楼，上马就走。那沙龙父子九人，领了大队人马赶来，正与米中砂交马，只一合，被沙云一钩连枪擒过马去了。沙龙便来追赶吴法，吴法舍命杀条血路，败回二关去了。这一阵，被沙龙夺了关，吴法这里三千人马，伤了一半。败回二关，急急写下告急文书，星夜到长安去了。

那番将沙龙得了头关，就将十万番兵调进城来。打开府库仓廒，赏了三军。安民已毕，歇马三日，放炮起兵，又到二关讨战。吴法同二关的总兵，吩咐小大将官紧守城池，不许乱动，坚守不出。沙龙每日领兵到关下辱骂，一连三日，不敢交锋。沙龙见关中不敢出战，吩咐众将四面搭起云梯，安排神机火炮，连夜攻打，十分紧急。只吓得关中那些文武官员、军民人等人人胆落，个个魂惊，幸尔城高墙厚，攻打不破。吴法亲自领兵，日夜轮流守护，专等长安的救兵。

且言那差官连夜登程，不一日赶到长安。进了相府，呈上公文。太师一看，大惊，忙请六部前来议事。不一时，众人来到相府，太师将来的文书，与众人看了一看。米顺见拿了米中砂，暗暗吃惊，说道："大事未成，倒伤了自家的侄子。"想了一会道："不若乘此行了大事再讲。"便向沈谦说道："目下四海刀兵纷乱，多因太子暗弱。不若乘此机会，太师登了龙位，大封天下英雄，再点大兵与番兵交战。若是胜了，自然是一统天下，独掌乾坤；倘若不胜，就与番邦平分天下，也由得太师主意。岂不是两全其美！"沈谦大喜，说道："言之有理。"遂传齐了新收的一班武将并那六部的文臣，约定了次日议行禅位。

不知后事如何，且看下回分解。

第六十七回　众奸臣乘乱图君　各英雄兴兵报怨

话说沈太师听信米顺之言，便要篡位。传齐了武将，各领禁军人马保守各门，以防内变；传齐了六部文官，伺侯入朝办事，草诏安民。众人去了，那长安城中纷纷论说，早惊动了李逢春。李逢春听了大惊。忙忙上马，赶到相府，见了太师。

太师说道："李先生此来，必有缘故。"李逢春说道："特来相吊。"太师大惊道："老夫明日登位，何出此不吉之言？"李逢春双膝跪下，道："明日太师登位是君，李某是臣，岂有臣不谏君之理？ 明日登极之言，是谁人的主见？"沈太师道："是吏部米顺之谋。"李逢春道："米顺误国，就该斩首。"沈谦听了大惊，道："为何米顺误国该斩？"李逢春道："现今内有鸡爪山未平，多少英雄作难；外有边头关入寇，无穷番寇纵横。一旦太师登基，颁诏天下，倘若鸡爪山的贼兵以诛篡为名兴兵造反，约同了番兵一齐入寇，番兵战于外，贼寇乱于内，两下夹攻，怎生迎敌？岂不误了大事！"

沈贼听言，忙忙称谢道："多蒙先生指教，险些儿误了大事。"忙唤家将章宏，吩咐道："快去止住了众人，不要乱动。"章宏领命去了。沈谦复问李逢春道："计将安出？"李爷道："为今之计，只有再点大兵，先去平了番寇，再作道理。"沈谦依言。次日传齐了文武，说道："番兵入寇，且慢登基，先去平番要紧。"遂取令箭一枝，今兵部钱来、工部雍傩，领兵三万，新收的武将三十员，分为两队，上边关去平寇。又令米顺领兵一万，拜王虎、康龙为先锋，前去镇江会同米良、王顺，到登州府征剿鸡爪山去。众人得令，分头领兵，摆齐队伍，摇旗呐喊，放炮起营，一齐动身去了。

消息传入鸡爪山。裴天雄闻言，冷笑一声道："又来送死了。"遂请众位英雄商议。却好柏文连仍在山上，闻得此言，说道："老夫要回家走走。"谢元道："既是大人要去，只怕令侄已不在家了，回府必有别的祸事。不若点几十名喽兵，同大人回府，迎接家眷来山，以避兵乱便了。"柏爷只得依了，带了三十名喽兵，回淮安去了。

　　且言侯夫人，见侯登去了半月未回，心中正在忧愁，忽见家人入内禀道："老爷回来了。"侯夫人大惊，只得接进后堂。夫妻行礼坐下，柏爷未曾开口，夫人假意哭道："可怜玉霜女儿，自从殁后，我举目无亲。今日老爷回来，倍增伤感。"柏爷心中暗笑道："女儿现在，还要弄鬼。"仍推不知，说道："女儿既死，哭她做什么？我且问你，侯登今在何处？难道又躲了不成？"侯氏又扯谎道："半月之前，已回家去了。"柏爷道："几时来？"侯氏道："未曾定日子。"柏爷更不多问，吩咐家人："快快收拾，避兵要紧。"众人便与那三十名喽兵一齐动手收拾那些衣囊细软，装上车子。柏爷上马，侯氏坐轿，一齐起身赶到鸡爪山。

　　进了寨门。见过了众人，令柏玉霜同秋红出来相见。侯氏看见二人，暗暗吃惊道："玉霜同秋红为何在此？"当下柏爷发怒道："你说女儿死了，今日却为何在此？你这个不贤，纵容侯登作恶，险些儿伤了我女儿性命；若不亏众位英雄几次相救，久已死了。你这不贤之妇，要你何用！"拔出佩剑就砍。慌得柏玉霜一把扯住了柏爷的手，哭道："都是侯登所为，不干母亲的事。"内堂李太太、罗太太、裴夫人、张二娘、金安人、程玉梅、祁巧云、孙翠娥、胡变姑等，一齐出来劝住柏爷，扯了侯氏夫人入内去了。那侯氏脸上好生没趣，只得向柏玉霜陪话，小姐仍照常一样相待。外面，众英雄劝柏爷饮酒。忽见巡山的头目禀道："山下有云南马国公领了一队人马，前来要见。"众英雄大喜，传令大开寨门，齐来迎接。

　　原来，马成龙在云南候旨，要征剿边关。后来飞毛腿王俊回来报信，说天子听信沈谦谗言，不准请兵，将长安祖坟铲平，一切本家尽皆拿问。马爷听得此言，只急得三尸暴跳，七窍生烟。将定海关选来的三千铁骑一齐调发，同公子马瑶、金定小姐带领家眷人等投奔鸡爪山，要同罗公子兴兵报仇。当下众英雄迎接马爷上山，进了聚义厅。与众英雄见了礼，早有众家夫人小姐，将马太太同小姐迎接到后堂去了。

　　且言前厅众人与马爷见过了礼，重新摆宴款待。上坐是马爷、柏爷、祁子富、李全、卢宣、金员外、王太公，下坐是裴天雄等相陪。众人饮了一会酒，马爷说道："现今沈贼欺君，有谋篡之心，陷害忠良，常怀叵测。须要请教众位，用兵讨乱才是。"柏爷说道："正在商议此事，却好亲翁到此，实乃天助成功。"马爷道："还须柏亲翁运筹才是。"卢宣道："依贫道愚见，请大人总理人马，掌兵为帅，请柏大人镇守山寨，此乃一定不移之理。"众英雄齐声

说道："卢师傅之言有理。"裴天雄恐二人谦让，忙起身将兵符印鉴捧上，说道："如不从者，当折箭为誓。"谢元道："明日乃黄道吉日，就此请马大人起师。"马爷推辞不得。当晚席散。

次日五鼓，马爷起身，拜谢元为军师，祭过帅旗，大小头目齐集听候。只见谢元写出一张点将的单子，上写道：

第一队，罗灿、秦环领三千人马为前部先锋；

第二队，胡奎、王坤、李仲、杨春、金辉五人为左翼；

第三队，马瑶、王俊、章琪、洪恩、洪惠五人为右翼；

第四队，罗焜、赵胜、卢宣、卢龙、卢虎五人为左救应；

第五队，程珮、孙彪、王宗、王宝、王宸五人为右救应；

第六队，裴天雄、鲁豹雄、李定、史忠、王越、尉迟宝、徐国良、张勇为中军都

救应；

第七队，戴仁、戴义、齐纨、齐绮、祁子富五人押运粮草；

第八队，孙翠娥、程玉梅、马金锭、祁巧云四员女将带领女兵为后营救应。

点了八队人马，共三十六员大将，连马元帅、谢军师，共是三十八名大将，外有四员女将，领了五万喽兵，杀下山来。其余的大小各头目，都随柏爷同李全守住山寨，不表。

且言马元帅别了柏爷，领了大队人马，传令三军："不许骚扰百姓，如违令者，斩首示众！"真是军威齐整，号令严明！吩咐"放炮起营！"一声令下，马步三军，一齐起身。一路上，但见旌旗蔽日，剑戟如云，杀奔登州府而来。

不知后事如何，且看下回分解。

第六十八回　谢应登高山显圣　祁巧云平地成仙

话说马成龙统领大队人马,离了鸡爪山,向登州进发。前面先锋队里,设立两杆金字大红旗,上面写道:

"报国安民,除奸削佞。"

中军帐内高挂榜文,申明号令,细分条款,写道:

上阵退避者斩。旌旗靡乱者斩。金鼓失次者斩。妄报军情者斩。妖言惑众者斩。乱取民财者斩。克减军粮者斩。奸人妻女者斩。泄漏军机者斩。不遵号令者斩。

那十条禁令一出,军中谁敢乱动。真乃是鬼伏神钦,秋毫无犯。又作一道檄文,在各州府县张挂,上写道:

钦命云南大都督世袭定国公马成龙,为除奸削佞,报国安民事:切因奸相沈谦凌虐天子,暗害忠良。图谋篡逆,扰乱朝纲。卖官鬻爵,贿赂成行。妄开边衅,耗费钱粮。暴虐百姓,亵渎彼苍。如鬼如蜮,另有肺肠。擢发难数,罪恶昭彰。亲离众叛,帝用不臧。我等起义,为国除奸。枭除元恶,易如探囊。岂容尔辈,跋扈跳梁！为此草檄,告于四方。如敢抗逆,降之百殃。如顺义旨,降之百祥。同心协力,仰报君王。须至榜者,以翊大唐。

大唐某年某月某日示。

这一道檄文传将出去,那些附近的各州县文武官员、军民人等都知沈贼的罪恶。那些被害的一班臣子,闻知鸡爪山兴兵前来除奸报国,人人欢喜,都备了牛羊酒礼前来迎接。马爷一一优待,安抚军民,秋毫无犯。那些百姓,见马爷爱民如子,家家顶礼,户户焚香。所到之处,皆望风归降,势如破竹。马爷心中十分欢喜,吩咐三军缓缓而行。

那日午后,来到太行山下。只见前面都是高山峻岭,翠岫青峰。山凹之中,露出两根朱红旗杆,内有一座寺院。四面都是怪石如虎,苍松似龙,十分幽雅。马爷问军士这是何处,军士禀道："此乃太行山。"马爷吩咐安营。一声令下,只听得三声大炮,五营四哨,大小三军,早已扎下行营。马爷带领众将,都上山来游玩。行到寺院之前,只见那院宇轩昂,山门上有三个金字,上写道："升仙观。"旁边有一段石碑,碑上有字。马爷同众英雄近前看时,原来是隋朝谢应登在此修行得道成仙之处,因此后人起这寺院,在此侍奉香火,碑上乃谢应登先生一生事迹。谢元惊道："此乃我高祖升仙之处,不想士人乃能立庙奉侍。"马爷感叹。

忽见观门开处,走出一位白发道人,到马爷面前一揖,道："请诸位大人入内献茶。"马爷道："你寺还是僧家,还是道家?"那老者道："此观并无僧道。乃是先高祖昔日在此修行成仙,故我们就在此间侍奉香火。"马爷大喜,谢元亦喜,一齐进了山门。但见十数间殿宇,苍苔满地,翠柏参天,一派幽景,众人颇有超凡出俗之想。先是谢元参拜了祖宗的神像,次后马爷领众英雄拈香礼拜。

进了后堂,那老者夫妻两个同一个女儿,出来迎接。见过了礼,捧上茶来。同谢元叙起谱系,是谢元五服内的堂兄。谢元大喜,认了兄嫂。那女儿名唤灵花,也来拜见叔叔。那老者道："此女虽小,倒颇通武艺,求叔爷指教。"谢元道："我们随行也有女将在后。"老者道："何不请来随喜随喜?"谢元遂令人下山,请四位女将军上山少坐。

不一时,马金定、程玉梅、祁巧云、孙翠娥四员女将进了升仙观,拜了谢应登的神像。

进了后堂,早有谢灵花前来迎接。见礼坐下,众位小姐见灵花年纪虽小,生得一貌堂堂,全无半点俗气,心中大喜。马金定遂问她的兵法,程玉梅就盘她的战策,谢灵花对答如流。众小姐十分欢喜,连马爷也十分爱她。那老者备了素斋,留众英雄饮酒,谢灵花留众位小姐在后堂饮酒。当晚席散,马爷等回营。谢灵花留住三位小姐并孙翠娥在观中歇宿。夜间邀在松园内玩月,真是一轮玉镜当空,四壁苍烟凝霭。当下玩了一会,各各回楼安寝。

且言祁巧云见谢灵花仙风道骨,生是潇洒柔和,全无半点红尘俗态,暗暗地叹息。想道:"奴家年登一十七岁,经过百折千磨,终身尚无着落。倒不如谢灵花独坐深山,不染尘俗,真乃万虑齐空,无挂无碍。强似奴家父女二人,不知后来怎样结果?"不觉凄然泪下。见众人睡了,他独自一人,在后楼上推开窗子观月。玩了一会,不觉神思困倦,倚窗而卧。

方才合眼,朦胧见一对青衣童子走上楼前说道:"奉谢真君的法旨,请仙姑相见。"祁巧云问道:"你是哪里来的?"童子道:"就是本观谢真君差来奉请的。"祁巧云又惊又喜,就随那两个童子下了高楼。出了后院,转弯抹角,到了一所洞府。进了洞门,但见两旁总是苍松翠竹,瑶草奇花。上面是三层白玉阶沿,五间大殿。殿上是金砖碧瓦,画栋雕梁,高耸云霄,霞飞虹绕,甚是雄壮。祁巧云见了,不觉地心中恐惧。上了回廊,童儿入内禀过。只听得一声"请",珠帘起处,早有童子引祁巧云上殿。

祁巧云抬头一看,见那莲花宝座上,坐了一位高仙,朱唇皓齿,黑发长须。祁巧云倒身下拜,那仙翁吩咐看坐,祁巧云坐下,仙童献茶。祁巧云吃了茶,说道:"老祖师见召,有何吩咐?"仙翁道:"贫道乃隋朝谢应登是也。虽未食唐朝之禄,而本家子侄皆是唐室之臣。乃因奸相沈谦逆天行事,陷害忠良,此处交锋,该汝建功立业之时,后与白虎星君有姻缘之分。再者,日后征番,那番营内有个木花姑,妖法利害,难以取胜。故贫道特请你来,传你一卷天书,教你呼风唤雨、驾雾腾云之法。"说罢,令童儿捧出天书交与祁巧云,说道:"若遇急时,再看。"又令童儿,教他呼雷驾云神咒。祁巧云一一记在心头,收了天书,拜谢仙翁。那仙翁又令童子送她回去。祁巧云轻移莲步,出了大殿,仙童引路,出了洞门。只见一天月色,四壁花阴,仙鹤双双,麋鹿对对,看不尽观中之景。走无多步,忽见前面有一座独木桥。桥下是万丈深潭,潭内银涛滚滚。祁巧云大惊,道:"方才来时,未曾过

此,这桥怎生走得过去?"仙童道:"少星君,休要骇怕,你只随我来。"祁巧云没奈何,只得战战兢兢,随那两个仙童,一步一步的步上桥来。望下一看,只见深潭急浪,好生可怕。祁巧云才走到中间,忽见那童子大叫道:"有大虫来了!"吓得祁巧云回头看时,被那两个童子一推,说道:"去罢!"祁巧云大叫一声,跌下桥去了。

　　不知后事如何,且看下回分解。

第六十九回 粉脸金刚枪挑王虎 金头太岁锏打康龙

词曰：

义气心高白日，奢华尽赴青云。堂中歌啸日纷纷，多少人来趋敬。　秋月清风几度，黄金白璧如尘。开门不见旧时人，冷落谁来傀问？

话说祁巧云被童子推下桥来，大叫一声，不觉惊醒。乃是南柯一梦，吓得浑身香汗淋淋。睁眼看时，只见皓月当空，正是三更时分。祁巧云道："好生奇怪，分明是谢仙翁传授我的兵法，回来跌下桥去。怎生仍在楼上？"遂将那呼雷驾云的咒语一想，句句记得；再向怀中一摸，一卷天书明明白白现在怀中。祁巧云不觉大喜，忙忙展开，就在月下看时，上面有四个字，是"急时再看"，再揭过两版，字迹全无，却是几层白纸。祁巧云大疑，暗道："并无字迹，要它何用？"因又想道："且待我将驾云的法儿试试，看是灵也不灵。"遂走至楼下。来到天井，望空打了一个稽首，口中念念有词，喝声"起"，只见脚下风云齐起，身体甚是轻快，不知不觉早起到空中。祁巧云大喜，又喝声"落"，果见脚下的祥云又缓缓落将下来。祁巧云望空忙忙下拜，拜谢仙翁。复回楼上，忙将天书包好，藏在身边。进房睡了一刻，早听得鸡唱天明。

众位小姐一齐起身梳洗，早见马爷到了观内。入后坐下，祁巧云遂将夜来谢应登显圣之事，从头至尾说了一遍，"如若不信，天书现在，只是上面并无字迹，不知何故？"马爷同众小姐闻得此事，个个惊异称奇。忙忙取出天书，大家乍看，果见几版白纸，字迹全无。众人不解其意，程玉梅道："从来仙机难测，且到急难之时，再看便了。"祁巧云收了天书。

那谢灵花说道："奴家昨夜，也梦见仙童来与我讲究些兵法，奴也略知此事。此书将来必有应验，速速收好。"众人大喜。

马爷见谢灵花生得伶俐聪明，有心要他为媳，便向谢道翁商议。随后谢元也到了，力主其说。谢老夫妇好生欣喜，愿谐秦晋。马金定便要谢灵花同去出征。灵花依允，辞了双亲，欣然同众位小姐下山，一同入了行营。放了三个大炮，调动三军，起身往登州进发。早有流星探马飞报米吏部去了。

且说那米顺领了三万人马，带领王、康二将，到镇江府会合了米良、王顺，又调了二万人马，共是五万大兵，百员战将，来征剿鸡爪山。人马才进登州，早有探马报说："云南总督马成龙为帅，会合了鸡爪山的人马，一路上得了多少城池，所到之处，望风而降。今大兵到了，离城三十几里扎寨安营，请令定夺。"米顺听了吃了一惊，说道："他的兵马为何如此神速？再去打听。"米顺随即与众将商议道："闻得马成龙兵法利害，更兼鸡爪山一伙强人，俱系非常骁勇，凡是交战，众将各要小心在意。"众人都道："谨遵严令！"当晚无话。

到了次日，五鼓造饭，平明调拨大队，点齐人马，出了登州。摆开阵势，早见尘头起处，旌旗招展，鸡爪山的人马蜂拥而来。当下两军相对，压住了阵脚。米顺带领众将，出营看时，只见马爷大队的人马，旗分五色，兵按八方，盔甲鲜明，马壮人强。果然军威整肃，名不虚传。

米顺正在看时，忽听得一声炮响。绣旗开处，拥出两员小将，往左右一分。左边一将，面如傅粉，唇若涂朱，龙眉虎目，头带银盔，身披银甲，手执点铜枪，跨下一匹银鬃马，绣带飘飘，威风凛凛，乃是左先锋粉脸金刚罗灿。右边一将，黄面金腮，头顶金盔，身披金甲，手执金装铜，跨下一匹黄骠马，相貌堂堂，英风凛凛，乃是右先锋金头太岁秦环。这二位英雄如天神一般，分为左右。正中间，一面大红帅旗，马元帅全副戎装，红袍金甲；带领三十二位英雄，一个个都是锦袍金铠，分在两边，犹如雁翅排开，分外齐整。

米顺见马爷军兵如此威严，早有三分怯惧。马爷纵马出营，高叫："米顺打话！"米顺只得强打精神，纵马出营。开言叫道："马将军请了！皇上封你世袭公侯爵禄，为何同强徒谋反？今日天兵到来，快快下马受绑，免你死罪！"马爷听得大怒，骂道："你这奸贼，勾合沈谦通同作弊，番兵入寇，你不添兵征剿，反害罗增性命，是何道理？又想灭尽了众位公侯，思想谋篡，罪该万死！今日本帅到来，一者除奸削佞，为国安民，二者替众公侯伸冤出气。"说罢,将手中刀一指,道:"谁与我将此贼擒来?"罗灿应声道:"待末将擒之!"拍马摇枪,直奔米顺。

那米顺的先锋姚伦舞刀来迎。二将交锋,战无十合,罗灿手起一枪,挑姚伦下马,复上一枪,结果了性命。随即一马冲来,要擒米顺。米顺大惊,说道:"谁去擒来?"大将王虎拍马抡刀,大叫:"来将休得撒野,快报名来!"罗灿道:"俺乃定国公马元帅麾下左先锋、越国公的公子罗灿是也!来将通名,你少爷枪下不死无名之鬼。"王虎喝道:"俺乃吏部天官加封平寇将军、米元帅麾下大将王虎是也!反叛快快下马受死。"罗灿大怒,举枪就刺,王虎舞大刀劈面交还,二人战在一处。只见刀来处冷雪飘飘,枪到处寒光灼灼;一个是惯战的英雄,一个是能征的好汉,一来一往,大战了四十余合,不分胜败。

罗灿见胜不得王虎,心生一计,回马败走。王虎随后赶来,罗灿回头见王虎来得切近,扭转身躯,喝声:"去罢!"一回马枪直奔心窝挑来。王虎吃了一惊,叫声"不好",将身一闪。闪不及,那一枪正中左肩,早透了三层铁甲。险些儿落马,大叫一声,伏鞍而走。罗灿回马赶来,那米顺阵上,一连十五员战将前来接应,救王虎入营去了。

米顺阵中恼了康龙,拍马抡枪来战罗灿。罗灿正欲交锋,秦环在后大叫道:"哥哥!这场功让与兄弟罢。"早舞动双锏来战康龙,罗灿便回马观阵。只见秦环同康龙,两马相交,枪锏并举,好一场恶战。这一个双锏运动,浑身滚滚起金光;那一个铜枪起处,遍体纷纷飘冷艳。枪来锏架,锏去枪迎,大战三十回合。秦环卖个破绽,康龙不知好歹,一枪挑来。秦环将左手的锏将枪逼住,右手一锏,望康龙脑门上打来。康龙躲过了头颅,左肩早着了一下,撇了枪跑回本阵。秦环大喝一声:"哪里走!"拍马追来。

马爷见秦环已得了胜,将手中刀一指,调动了那三十二位英雄,领了大队人马,一齐冲杀过来,犹如兵山一般。怎生迎敌?米顺大队已乱,一齐拨马败下去了。

不知后事如何,且看下回分解。

话说米顺见马爷的兵将勇猛，势不可当，料难迎敌，回马往本阵就跑。三军见主将败走，谁敢迎敌，呐声叫喊，不依队伍，四散走了。后面鸡爪山的大队人马追赶下来，如天崩地裂，海沸江翻。这些吓慌了的官军，哪里当得起，只杀得叫苦连天，哀声遍地，丢盔弃甲，抛旗撤鼓。五万兵丁伤了一半，伤箭中枪者不计其数。急忙逃进城中，紧闭四门，吊桥高拽。米顺吩咐众将："小心防守要紧！"这一阵，只杀得米顺胆落魂消，将免战牌高悬。

不表米顺败进登州，紧守城门，不敢出战，且言鸡爪山的人马大获全胜，马爷也不追赶，吩咐鸣金收兵。五营四哨将校兵丁闻得金声即归队伍，安下原营，立下大寨。马爷升帐，查点兵将，未损一卒。众军得了无数盔甲弓箭、枪刀器械、旗鼓马匹，上帐请功受赏。马爷上了功劳簿，重赏三军。当晚摆宴，庆功饮酒。

次日，五鼓升帐，众将饱食了一顿。马爷传令搭起云梯炮架，四面攻城。怎奈登州地界土硬城高，兵多地广，米顺同众将守护又严，一连三日，攻打不下。马爷向谢元说道："我们并非争城夺地，不过是杀贼除奸，若急力攻城，岂不徒伤朝廷士卒。如今怎生设法破城，拿住了米贼，才免得百姓惊慌？"谢元一想，说道："大人，今晚只须如此如此，此城立即可下。"马爷闻计大喜，遂令小温侯李定、赛元坛胡奎带领三千人马，附耳道："如此如此。"又令裴天雄、王坤、李仲，吩咐道："你三人带领三千人马，只须如此如此。"三人领令去了。又令罗灿、秦环、程珮、罗焜，说道："你四人带领三千人马，如此这般，不得有误。"四将得令而去。然后下令众兵："竟奔长安，不必攻打此处。"众兵领令，连夜起行。

早有细作飞报进城，说："马成龙见攻打城门三日不下，他舍了登州，擎兵竟奔长安去了。探得明白，特来禀报。"米顺听了，大吃一惊，说道："太师爷命我来退敌拿反叛，谁知他竟奔长安去了，这还了得！"忙忙传令众将，点齐大队人马，出城追赶。众将领令，点起灯球火把,追出城来。只见马爷的人马已去远了,米顺传令众将,火速倍道追赶。

追下五十余里,忽听得一声大炮惊天。马爷扎住了大队,亲自坐马摇刀迎来,大喝道:"米顺少追,你的城池已破,尚然不知,还不早早下马受缚,省得你公爷费事!"米顺大怒,亲自提枪,领部下四十员战将前来交锋。马爷阵上,早有马瑶、王俊、洪恩、洪惠、戴仁、戴义、赵胜、孙彪八条好汉,随定了马爷,奋勇当先,前来交战。又是半夜黑暗之中,只杀得鬼哭神号,天愁地惨。

米顺抵敌不住,忽又听得连珠炮响。米顺心惊胆战,回头看时,暗暗叫苦。只见城中四面火起,喊杀连天,金鼓震地。米顺阵上的三军,一齐叫喊:"不好了!城池已破了!"一个个胆落魂消,无心恋战,回马就走,四散奔逃。米顺见阵脚乱,三军四散,只得虚按一枪,回马就走。众英雄大喝一声道:"米贼往哪里走!"一齐催兵追赶下来。这一阵只杀得尸横遍野,血流成河。

马爷连忙吩咐招降众军。齐声高叫道:"米家众军将士听着!俺公爷施恩,不忍杀戮尔等,如降者免死!"那败残的人马,恨不得陡生双翅,脚下腾云,想逃性命,听得马爷招降,犹如死去又生;个个弃甲丢盔,慌忙下马,跪满道旁,齐声应道:"只求活命,情愿归降。"马爷见众军归降,吩咐扎下大寨,不表。

且言胡奎等破了城,正遇王顺。不一合被胡奎所擒。李定一戟刺倒了米良,一齐捉进城中去了。裴天雄一马冲入重围,来拿米顺。早有康龙、王虎来救,秦环、罗灿二人前来迎敌,四将在乱军中混战。秦环见康龙的枪来得切近,将双锏并在左手,把康龙的枪掀在半边,伸过右手,喝声:"过来罢!"抓住勒甲绦,提过马去。王虎见秦环擒去了康龙,着了慌,刀法略慢了一慢,大腿上早被罗灿一枪挑落马下,被众军所获。

众英雄齐奔米顺,那米顺叫声"不好",忙忙去了盔甲,扮做小军的模样混入乱军之中,带领部下贴身的几十名战将,杀开一条血路,打灭了灯球火把,落荒而走,连夜逃奔长安去了。那些残兵败将见主将逃回,一个个倒戈卸甲,情愿投降。胡奎大喜,吩咐鸣金收兵进城。

不一时,马爷大兵已到,一齐入城。安民已毕,查点众将,个个前来参见。马爷大喜,都上了功劳簿。一面吩咐治酒与众将庆功,犒赏三军;一面将拿来的米良、王顺、王虎、康龙并一切大小将官,总押上囚车,送上鸡爪山交付柏爷,同以前拿的校尉、知府,一同囚禁。当晚安歇。

次日，查点受伤的兵丁，都赏了粮饷，打发回家去休息安养。将新降的人马查点数目，有愿为军者，都收入后队；有不愿为军的，听他自去还乡，并不勉强。马爷这令一下，那些大小三军，欢声震地，个个都愿为军效力，共除奸贼，并无二心。

这个风声传将出去，那些远近的府县官员，都畏马爷之威，感马爷之德，谁敢抗违？大兵一到，处处开城纳款，所得粮草军饷，不计其数。马爷一路抚军安民，浩浩荡荡直往长安进发，不表。

且言米顺所领五万人马，只剩得四十五骑，杀得丧胆亡魂。一路上马不停蹄，连夜赶到长安。急忙见了沈谦，哭诉前事。沈谦闻言，大惊失色，道："似此大败，如何是好？目下钱来等又征剿鞑靼去了，长安城内，将少兵稀，怎能迎敌？"忙取令箭一枝，到邻近地方调了一万人马，到长安扎驻，以备迎敌。侯登同锦上天在座，便说道："马成龙此来，非为别事，乃是为众国公报仇。好在众国公都在天牢，太师可奏闻天子，只说众国公之后兴兵造反，请天子御驾上城，假意诏安，复他们官职。诱进长安，散了他的兵权，一并杀之，省得费力。若是他们不从，即将众国公绑上城头，便叫他们退兵，他们岂有不念父子骨肉的道理？"沈谦大喜，说道："此计甚妙！就是如此便了。"

且言马成龙催动大队人马，那日赶到长安，吩咐三军抵城安营。早有探马报进相府，说道："鸡爪山的人马抵城下寨。"沈谦闻报，大惊道："他如何来得如此神速？"探子禀道："他自行兵以来，就是在登州同米大人打了一仗，余处关隘都是望风投顺。一路上秋毫无犯，并无阻滞，故此来得火速。"沈谦听了心中骇怕，吩咐再去打听。忙令九门提督同米顺带领众将守城，一面入朝见了天子，启奏道："今有众国公之子怨恨皇上杀他父母，勾同鸡爪山的贼兵前来报仇。兵马已临城下，请圣上亲去退敌。"天子大惊，说道："一向并无报文启奏，为何一时兵就到了？"沈谦奏道："老臣已曾几次发兵前去征剿，无奈不能取胜。前边头关老臣已发兵去了。"天子不悦，说道："既是老卿自专征伐，今日自去退兵便了，要寡人何用。"沈谦闻言大怒，道："既是如此说来，圣上可将玉玺送与老夫，老夫自能退敌！"说罢，竟自执剑走上金銮，抢步来到龙案跟前。天子大惊。

不知后事如何，且看下回分解。

第七十一回　祁巧云驾云入相府　穿山甲戴月出天牢

却说天子见沈谦带剑上殿，吃了大惊，说道："老卿休得发怒作躁，待寡人明日上城退敌便了。"沈谦大喜，道："这便使得。老臣领旨回家，候圣驾便了。"随即出朝，吩咐整顿军马，不表。

且言马成龙的大队人马，到了皇城脚下，安营已毕。当晚同众将商议道："今日此来，虽然是要拿沈谦治罪，想来到底是天子的皇城，不可擅行攻打。倘若沈谦闭门不出，严加防守，又不能攻打，那时节如何是好？"军师谢元道："大人可修成一道诉告的本章，去见圣上。再修一封战表送与沈谦，约他出来会战便了。"马爷依言，随即修成一道本章，又修成战书一封，和表章扎在一处。

次日，五鼓升帐，便问两旁众将："谁人敢去投书？"言还未了，王氏三雄应道："我等愿往。"马爷大喜，随即封好了表章战书，打发三人去了。

王氏三雄领了表章战书，随即披挂上马。出了营门，竟到城下叫道："营门的听着！快快通报，今有战表在此，俺们是来下书的。"那守城门的官儿望城下一看，见是三个人，随即开了城门，放下吊桥，引三人入城。到了相府，却好沈谦点齐了三军，正在那午门外候驾。

当下门官禀过，王氏三雄见了沈谦，也不下跪，呈上书札，说道："马元帅有书在此，叫你亲去会他。"沈谦接将过来，将本章战书展开一看，吃了一惊。心中想道："若是天子看见此本，岂不将我从前之事，尽行诉出来了？"随即喝令左右："快将来人送入天牢囚了！"左右得令，遂将王氏三雄一齐用绳索绑了，送入天牢监禁。

王氏兄弟一时无备，又无兵器战斗，不能脱身，只是高声大骂。众人将他三人拥入天牢，恰好与龙标监在一处。彼此会见，暗暗的会了话，说道："如今也无可奈何，且待兵败

城破,那时俺们先到他家,拿他满门便了。"按下不表。

且说那乾德天子升殿,点齐了一众侍卫,调了羽林军马。天子上了逍遥马,同沈谦的军马、一班的文武官员,离了午门,竟往北门。上了城楼,摆齐了龙旗、御仗、钺斧、金瓜、护卫、銮仪、宝座,天子下马坐下。望城下一看,只见马爷的五万精兵,犹如长蛇之势,旗幡招展,人马精强,剑戟森森,刀枪闪闪,十分严整。那乾德天子同文武见了如此军容,君臣们一齐惊骇。

忽听得大营中一声炮响,阵脚门开,左边涌出一彪人马,俱是白旗白号的三军,拥着一员银盔银铠、白马银枪的小将,压住了左边的阵脚;右边涌出一彪人马,俱是红旗红号的三军,拥着一员金盔金甲、金铜黄马的小将,压住了右边的阵脚。然后是中军营内,竖出一面大红销金"帅"字旗,旗下马成龙领着那三十二位英雄,一对对摆出营来,簇拥马成龙出了大营。这边城上有一员黄门官高声叫道:"营中听着! 圣上有旨,宣定国公马成龙快来城下见驾。"马爷听得此言,抬头一看,只见城头上两旁摆列着文武,正中黄罗宝盖之下,端坐着乾德天子。

马爷一见大惊,连忙同众英雄纵马来到吊桥口,一齐滚鞍下马,俯伏在地,启奏道:"罪臣等甲胄在身,不能全礼,望陛下恕臣等慢君之罪!"天子传旨:"赦尔等之罪,各赐平身。朕有一言,尔等静听。"马爷谢恩奏道:"愿闻万岁圣谕!"天子说道:"尔众家国公,乃朕先朝太宗皇帝赐尔众家世享富贵,尔等久沐宏恩,不思报国,扫灭外荒,今日提兵至此,意欲何为? 非反而何?"马爷奏道:"臣等世享荣封,龙恩难报;原思各尽其职,以报皇恩。怎奈沈谦欺君谎奏,先斩罗增全家,后又铲了微臣的祖墓。臣等无处伸冤,只得亲自来京对理审冤。目下番兵入寇,民不聊生,皆沈谦卖国专权,作奸犯科,万民怨恨,以致于此。臣等此来,非敢恣意获罪,一者,为国家除奸去恶;二者,为万民除害安生;三者,为祖宗报仇,也消无辜之恨,别无他意。"

天子听了马爷这一番实情,便道:"既然如此,也该拜本来京启奏才是,不应勒兵至此。"马爷奏道:"臣等向日拜本来京,上奏天廷,昨日又有本章差官奏上,陛下怎说无本?"天子听了大惊,道:"本从何来?"沈谦在旁大喝道:"马成龙,你两次俱是反表战书,本从何来? 圣上面前还敢妄奏!"说罢,手起处就是一冷箭飞来,直奔马爷的咽喉。马爷猛然看见,急将头一低,正中盔上,不觉勃然大怒,跳将起来大叫:"圣驾请回,待微臣杀此奸贼!

中国禁书文库

粉妆楼

三九〇五

不要惊了陛下的龙体。"说罢，喝令众将上马，执械攻城。

一声令下，三军众将擂鼓摇旗，冲到城下。驾起云梯，支起炮架，弩箭、火炮、鸟枪往城上飞来，好不利害。把个乾德天子吓得忙忙下了城楼，上了逍遥马，众文武簇拥围护，回宫去了。这里马爷率领大小三军攻打一日，沈谦魂飞魄散，无法可施，惟有吩咐大小将士，紧守城池而已。

单言马爷一时动怒攻打，皇城岂可擅自攻打，获罪如何是好？谢元道："若不攻城，怎生得拿奸贼？必要里应外合，不用兵火破城才好。"众将议道："待我等今夜爬城而入便了。"马爷道："城高河阔，把守得甚是严紧，怎生爬得进去？徒劳无功。"马爷心中纳闷，祁巧云上前禀道："大人不要烦恼。今夜可虔诚焚香，求看天书，待奴驾云入城便了。"马爷闻言大喜，遂吩咐众将各归营寨。众人心下好不疑惑：看此女原有些异处，一定有些奥妙，明日必见分晓。

不言众人猜疑，且言马爷到晚沐浴更衣，悄悄来到后营。见了祁巧云，祁巧云吩咐侍女快摆香案。祁巧云请过天书，供奉在香几上面。先是马爷拈香望空四拜；拜毕后，乃是祁巧云拈香礼拜，口中祝告道："弟子奉令进城探听军情，望求大仙指示，速现天文，明断吉凶！"祝罢，拜了四拜。立起身来，揭开天书一看，上面现出一篇银砾字迹，写得甚是分明。马爷取过同祁巧云看时，上写道："沈谦恶罪已满，气数当绝。当尔祁巧云同白虎星罗焜建功立业，尔二人本有姻缘之分。速速驾云入城，面圣陈情，除奸灭寇。速速去讫，不可迟误！"马爷一见，大喜道："既是神圣现出天文，不可迟延，可与罗焜火速前去。"祁巧云面涨通红，说道："待奴家独自去罢。"马爷说道："你前缘既定，这有何妨？"祁巧云回道："孤男独女，成何雅道？"马爷道："既如此，俺令小女同去便了。"祁巧云只得依允。

马爷遂密唤罗焜入内，吩咐道："你今夜可同小女金定并祁巧云入城面圣，捉拿沈贼报仇。"罗焜得令，带了银铜弓箭，那金定、巧云披挂整齐，各带双剑。步到香案前，巧云写了两道符，与罗焜、金定各人佩在身上。一齐辞了马爷，马爷说道："今夜五更炮响为号，本帅领兵在北门接应。"三人听令，一齐出了帐篷，站立平地。罗焜同金定抓住巧云的丝绦，站在一处。巧云口中念念有词，喝声："起！"只见三朵祥云，从他三人脚下飘飘冉冉，不一时早起在空中。罗焜、金定、祁巧云三人站立云端，稳如泰山，心中好不欢喜。

当下马爷见他三人腾空而去，心中大喜，笑道："大事已成！"忙忙入帐，传令众将尽起，人马齐到北门等候。五更炮响即去抢城，不表。

且言巧云、金定、罗焜三人商议道："我们此去，必须先见圣上奏过了，再去捉拿奸贼沈谦才是道理。只是空中行路，不知皇宫在于何处？"三人正在云中探路，猛然一阵异香上冲牛斗。拨开云头，望下一看，正是朝廷的内院。但见宝烛辉煌，照得分明，那殿上摆设香案，有四名太监伏侍，天子在哪里焚香。三人看得明白，一齐按下祥云。走到香案前，俯伏在地。天子见空中降下三个人来，跪在地下，吃了一惊，吓得倒退几步。战战兢兢问道："尔是何怪，至此何干？速速说来。"

不知后事如何，且看下回分解。

粉妆楼

第七十二回 破长安里应外合 入皇宫诉屈伸冤

话说天子正在哪里焚香祝告，猛见半空中落下三个人来。吓得天子问道："你们三个人是妖是仙，到此何干？莫非是刺客，前来暗害寡人么？"三人奏道："万岁在上，臣等非妖非仙，亦不是刺客。求圣上赦臣等死罪，臣等有下情冒奏天廷。"天子听了，说道："赦尔等无罪，有什么事，从实奏来。"

罗焜、祁巧云、马金定三人一齐俯伏奏道："臣乃定国公马成龙帐下先锋，奉令前来捉拿奸贼沈谦，特来奏知陛下。"天子惊问道："尔等既是马卿的军官，怎得腾空至此？姓什名谁，从实奏来。"罗焜奏道："微臣非别，乃越国公罗增次子罗焜。"天子吃了一惊，说道："大反山东就是你么？"罗奏道："臣焉敢反，皆因沈谦逼急，出于无奈。"天子问道："那两员女将是谁？"罗又一一奏了姓名，将已往之冤，并如何驾云的事，细细奏了一遍。

天子方才大喜，道："朕一时不明，误听奸贼，杀了你全家人口。悔之不及，朕之过也。朕哪里知道其中委曲？且喜卿等今日前来，有话再慢慢的一一奏上。"罗焜谢恩，复又奏道："臣有三件大事，要求万岁开恩。"天子道："是那三件事？"罗焜奏道："头一件，众国公的家眷，皆是为臣家之事拿入天牢，无辜受罪。求皇上天恩，赦免众人的罪，情愿对审虚实。第二件，臣等兵犯长安，要求殊恩，赦臣等拥兵之罪。第三件，今夜五更，马成龙兵进城池，捉拿沈谦治罪。沈谦久有谋篡之心，惟恐兵进之时，沈谦暗进宫来行刺，臣情愿在午门保驾。"

天子闻奏，心中暗想道："若是罗家果有反意，他此刻何不就刺寡人？不若准其所奏便了。"忙令内监取过文房四宝，御手亲写一道赦条，付与罗焜。早有内监掌灯，引他三人出了朝门，到天牢去了。

天子复又传旨，着太师沈谦出城召马成龙单人独马，同来内宫见驾。内监奉命传旨去了，不表。

　　且言罗焜等出了朝门，来到刑部衙门。刑部吴法征边去了，只有几员副堂执事。当下见了圣旨到来，慌得那署印官儿忙忙接旨，同三人进了天牢。宣读毕，那些众国公谢过恩，便来同天使见礼。各通了姓名，方知是罗增的次子罗焜，众人大喜。又见龙标与王氏三雄前来相见，问罗焜怎生入城的原由，罗焜一一说知。罗焜又令马金定、祁巧云："速领众公爷入朝，谢恩回旨。俺与龙标、王氏三兄弟，各带兵器前往北门，接应元帅的兵马。"金定闻言，遂领众公爷缴旨去了。

　　单言罗焜等五位英雄一同上马飞到北门，来接应马爷的大队。按下不表。

　　且言沈谦自从马爷的兵到，为因折了王虎、康龙无人退敌，只得在相府同侯登、锦上天、黄玉等聚集众将，商议退兵之策。无计可施，正在纳闷，忽见门官进来，禀道："启太师爷，不好了！不知何人上本，将天牢内众公爷尽行放出，入朝去了。"沈谦大惊，道："半夜三更，皇宫内院，谁人擅敢进去？况且左右近侍的文武，俱是老夫之人，谁敢如此行事，其中必有缘故。"锦上天道："何不差人前去探听信息，看是甚原由，再作道理。"沈谦依言。

　　正要差人前去打探消息，忽见中军慌忙入内禀道："圣旨到了，请令定夺！"沈谦大惊道："不好了！其中必有缘故。"一面传令，开门接旨，一传令大小三军，披挂齐整，都到辕门伺候。吩咐毕，只见四名穿宫太监捧定旨意进来。沈谦也不跪拜，就令宣读。那四名太监也不与他计较，就开圣旨诵读道：

　　　奉天承运皇帝诏曰：旨谕文华殿大学士领左右丞相事沈谦知悉，今有越国公罗增次子罗焜面奏朕躬，言定国公马成龙等兵犯长安，实欲请旨破番，并无反意。敕尔沈谦即同马成龙进宫面谕。钦此。

　　沈谦听见罗焜黄夜入内院，进宫面见圣驾，吓出一身冷汗。道："罗焜难道他会插翅飞腾不成？"想了一想，便问那四名太监道："你们在深宫内院伺候万岁，可知道罗焜是从哪里来的，谁人引见？"太监回道："咱家伏侍万岁爷正在后宫焚香，忽见三个人从云端里落将下来。一男两女，总是戎装打扮，口称是奉马成龙之令，入宫见驾。奏了一番，皇爷准奏，即降谕旨到刑部天牢赦出众人，又传旨令咱家们到你这里的。"

沈谦大惊,道:"有这等事? 这还了得!"侯登在旁说道:"事已如此,太师可速点兵马,拿住罗焜同众公爷,仍旧送入天牢,再退兵就是了。"锦上天道:"不如擒拿住罗焜,搜了玉玺,献到番邦,勾了鞑靼,约会米大人一同起兵,前来同马成龙交锋,有何不可?"沈谦道:"只好如此。"忙令侯登、黄玉,点了三十名健将保护家眷,以备逃走;自己同锦上天点齐众将,统令大队人马,杀出辕门。正遇罗焜、龙标、王宗、王宝、王宸五位英雄前来夺路,一声呐喊,冲到辕门。

沈谦在灯火之下看得明白,喝令众将:"与我拿下!"一声令下,早有众将一拥上前,团团围住,大喝:"罗焜休走! 留下头来!"这里罗焜大怒,叫声:"四位兄弟,就此拿下沈贼,再去接应元帅大兵便了。"当下罗焜掣出双铜,龙标、王氏三雄就在从军中夺了兵器,便来冲阵;米顺领着一班众将,前来接战。五位好汉,敌住了三万雄兵。罗焜这一对银装铜,挡住枪,驾住剑,撇开棍,格开刀,就敌住了无数兵器,十分利害。然五人虽是英雄,到底寡不敌众,只顾得架隔遮拦,难以取胜。按下不表。

且言那传旨的四名太监,见事不谐,溜出相府。回朝见了天子,细奏一番,天子大惊。旁边祁巧云同马金定忙忙跪下,请旨道:"臣等愿同众公爷前去解围。"天子准奏。

当下二位女将同秦双、程凤等众位公爷,辞驾出朝,上马提兵,前去解围。才出了午门,正遇着李逢春带领本部一千人马,前来保驾,要见天子。见了秦双,说了备细,李爷大喜,道:"小弟也去走一遭。"当下合兵一处,赶向前来,大喝一声道:"沈谦快快下马,俺们到了!"沈谦正与罗焜交战,猛见一派火光,就知有兵来了。问左右时,方知秦双等前来接应。沈谦勃然大怒,喝令分兵迎敌。

正在酣战之时,猛听得四下里连珠炮响。探子飞报前来,急急说道:"城外马元帅攻城紧急,启太师爷知道。"三军一听此言,人人魄散。个个魂消,哪里还有心恋战。阵脚一乱,罗焜等早已冲出重围,杀往北门去了。沈谦忙令锦上天带领家眷,同侯登先去南门;自己断后,统领众将杀出南门,投番去了。

且言罗焜、龙标等也不追赶沈谦。一齐杀散三军,即时开了城门,迎接马成龙兵马。

不知后事如何,且看下回分解。

第七十三回 众爵位遇敕征番 各英雄提兵平寇

话说罗焜开放城门，迎接马爷进城，合兵一处。马爷传令将大队人马扎在城外，只带了众位英雄来到午门。会了众位公爷，叙了寒温，早见黄门官前来宣召，召马成龙等人入宫见驾。

马爷领了众人，随着黄门官进了午门，来至内殿。见了天子，山呼已毕。马爷奏道："臣违旨提兵，罪该万死！求万岁的龙恩，赦臣死罪。"天子说道："朕一时不明，听信奸贼，以致如此，卿有何罪。"复问罗灿道："朕当日误听沈谦谎奏，拿你全家正法，你兄弟二人因何先知信息，怎样逃奔山东？如何聚集山林，招兵买马，以致今日？你将其中的曲折，细细从实奏来。"

罗灿见天子问他的缘由，忙忙跪爬一步，遂将"元坛庙义结胡奎，因游满春园见沈廷芳强逼祁巧云，一时路见不平，怒打沈廷芳，因此结下仇恨。不想臣父边头关告急的文书投到相府，沈谦改换了告急的文书；谎奏天廷，公报私仇，害了微臣全家性命。多亏义仆章宏连夜送信，伊妻王氏替了臣母，才救出臣母子三人"，如何投奔云南、淮安，如何上山，从头至尾，细细奏了一遍。

天子闻奏，方才明白，说道："原来如此。快宣章宏，前来见朕。"李逢春听得，忙跪下奏道："启万岁，这章宏是罗家旧仆，如今现在沈家，只是沈谦的奸谋已经泄漏，全家逃走，不知章宏何往，乞万岁圣旨定夺！"天子闻奏大怒，先着李逢春宣召章宏；又命秦双、程凤领羽林军三千，前去追捉沈谦；命马成龙等众将俱回原营歇息，明日朝见。旨意已下，天子回宫。众人领旨出朝，不表。

单言李逢春来到相府，只见头门大开，四壁无人。一直走到后面，猛见后书楼上有一点灯光射下。李爷带四名家将走上楼来，一看，只见那人在那里查点文卷。李爷近前一看，不是别人，正是章宏。李爷大喜，说道："圣上有旨，前来召你。你在此何干？"章宏回道:"小人在此查他的文案,替旧主伸冤。"李爷道:"既如此,快快收拾,同去见驾。"当下章宏将沈谦平日来往的文书以及改换外省藩镇关节的本章、一切的卷案,一一查了,交付李爷的家将。同李爷一齐动身,出了相府,封了空房。将文案存在李府,飞同李爷来到马爷的行营。正遇章琪巡营,父子相逢,十分大喜。忙忙与李爷同章宏进了中军,禀明马爷。马爷大喜,即同众将出来迎接。行礼坐下,章宏侍立不坐。马爷同罗灿、罗焜一齐说道:"你乃是我罗门的恩公,大唐的义士,令郎又屡建奇功,焉有不坐之理?"章宏再三谦让,只得坐下。马爷传令中军,设宴款待章宏。饮酒之间,章宏就将沈谦谋害的情由说了一遍,众人无不痛恨。

众人饮了一夜的酒,早已天明。各人换了朝服,入朝见驾。章宏将沈谦一切的私书、文卷双手呈上,早有近御的侍臣接过,传与太监。太监接来铺于龙案之上,天子细细的观看:一、陷害忠良,二、私通边关,三、卖官鬻爵,四、谋占田产,以及暗收战将,私封官职……种种不法,件件欺君。天子看了,不觉龙心大怒,骂道:"沈贼!沈贼!原来如此万恶滔天,险些被你误了大事!"

天子大怒了一会,传令将文卷收过,遂宣众英雄上殿。天子说道:"尔等聚义山东,皆沈谦所逼,出于无奈,赦尔等一概无罪。朕念章宏忠义可嘉,封为黄门官,随驾办事;马成龙同罗灿等凡一概有职者,加三级,官还原职;无职者,俱封四品冠带,候有功再行升赏。"众人听罢,一齐谢恩。马爷复奏道:"如今番兵入关,罗增失陷在彼,况沈谦又降番邦去了,臣等情愿领兵前去征剿,请旨定夺。"天子准奏,择定五日后祭旗拜帅,兴兵前去破番。马爷领旨。

天子传旨,命光禄寺大摆御宴,通明殿上赐马爷、众公爷、众家好汉饮宴。那马金定、程玉梅、祁巧云、孙翠娥、谢灵花等一班女将,是正宫娘娘赐宴。圣旨已下,百官谢恩,都来饮宴。天子又令李逢春同鸿胪寺前去犒赏鸡爪山的人马。

当下天子驾幸通明殿,众人跟随入朝。天子升殿,高居宝座;众文武排班叩谢圣恩,列两边而坐,殿下奏乐。早有当职的官员、穿宫的太监,捧出山珍海味、玉液琼波。众文武一个个开怀畅饮,只有罗氏双雄同小将章琪心中悲苦:罗氏兄弟悲的是老父在番,章琪苦的是亲娘已死。正是:

此日荣华沾异宠,他年风木有余悲。

话说君臣畅饮一天,至晚方散。众人谢恩,天子回宫。众女将亦谢过娘娘的恩,出了正宫,跟随马爷,大众回营,不表。

且言秦双、程凤，奉旨追赶沈谦。赶了一日，追赶不上，回朝缴旨。缴过了旨，也赶到马爷营中叙话。各各慰劳，尽诉被冤之事。不觉过了五日，众军养成锐气，收拾出兵。天子临朝，众人朝贺，各自归班。天子坐下，传旨宣定国公马成龙见驾。马成龙出班俯伏，天子道："敕卿为定边关大元帅，仍带原来的人马前去征番。一应军机重务、文武官员，许你先行后奏。"马爷谢恩，带领众将辞驾出朝。出了午门，回到行营，调动大队人马齐赴教场。排齐队伍，祭过帅旗，遂上演武厅升帐坐下，众将参见。

马爷传令，令粉脸金刚罗灿、金头太岁秦环、赛元坛胡奎、小温侯李定四人上帐听令。马爷说道："你四人带领五千人马，挂先锋印，头队先行。"四将得令而去。马爷又传令，令玉面虎罗煜、瘟元帅赵胜、穿山甲龙标、火眼虎程珮："你四人带领五千人马，挂二路先锋印，二队而行。"四人"得令"一声，"领令"去了。马爷又传令九头狮子马瑶、飞毛腿王俊、两头蛇王坤、双尾蝎李仲上帐听令。四人上帐打躬，马爷说道："你四人带领五千人马，领中军游击使，三队而行，本帅自领中军，统领部下铁阁王裴天雄、独眼重瞳鲁豹雄、赛诸葛谢元、过天星孙彪、小神仙张勇、小郎君章琪、镇海龙洪恩、出海蛟洪惠、巡山虎戴仁、守山虎戴义、小孟尝齐纨、赛孟尝齐绮、赛果老卢宣、独火星卢龙、毛头星卢虎、小二郎金辉、锦毛狮子杨春、独角龙王越、金面兽史忠、焦面鬼王宗、扳头鬼王宝、短命鬼王宸、南山豹徐国良、北海龙尉迟宝，共是二十四员战将，随本帅中军听令，四队趱程。"众将听令而去。马爷又令孙翠娥、马金锭、程玉梅、祁巧云、谢灵花："你五人带领五千人马，后营监督粮草，五队而行。"五位女将得令下去。马爷分拨已定，自带三万人马、二十四员战将，吩咐升炮起营，出北门。三声大炮，拔寨起程。

兵马正走间，早有蓝旗小校前来，报道："启元帅，前面已到十里长亭。有卫国公李爷奉旨前来饯行，请令定夺。"马爷闻报，传令大小三军扎下行营。出离大帐，下马步上亭来。早有李逢春、秦双、程凤共满朝文武，迎下亭来。见礼已毕，马爷谢过圣恩，入席饮酒，各各叙了几句寒温。酒过三巡，肴登几品，马爷同李爷说道："小弟去后，烦老兄令人上鸡爪山将柏亲翁、李亲翁请上长安，一同保驾。"李爷说道："小弟领教。"当下马爷辞别众人，起身去了。李爷等一同回朝缴旨，不表。

单言马爷领了大兵往边关进发。行有十余日，早有流星探马前来报道："启上元帅：今有沈谦逃奔番邦，又有王虎、康龙不知怎样逃下山寨，也降顺番邦，夺了三关，同番帅沙龙领兵前来入寇。离贼营只有数十里，请令施行。"马爷吩咐说道："就此安营。"

不知后事如何，且看下回分解。

第七十四回 玉面虎日抢三关 火眼虎夜平八寨

话说马爷安下行营，扎下大寨，早有探马报入番营。元帅沙龙忙请沈谦前来问道："你那南朝马蛮子领兵到此，前来与本帅打仗。他的兵法如何？"沈谦答道："若论马成龙用兵，却有韬略，况且又有这班小贼相助，元帅不可轻敌。"耶律太子道："且看明日，先见头阵如何，再作计较。"当晚无话。

次日五鼓，马爷升帐。五队将官齐集中营参见。马爷传令，令头阵前队先锋往番营讨战，二路先锋接应："本帅亲领三队合中军将校，前来压阵。"众将一齐"得令"，一个个摩拳擦掌，上马端兵，前来厮杀。只听得三声炮响，早有前路先锋罗灿、秦环、胡奎、李定，又有二路先锋罗焜等，八位英雄一齐出营，来到番营挑战。真乃人人奋勇，个个争先！

再讲那番帅沙龙，带领着八子与耶律福、木花姑，并先锋耶律蛟，新投南将王虎、康龙、大小众将，调齐了二十万番兵，齐出营来摆成阵势。沙龙保定了耶律太子，同木花姑等出了营门。抬头一望，见南兵整肃，盔甲明亮，分外狰狞。明知道利害，吩咐众番儿各家强弓硬弩，射住了阵脚。

南阵上，早有罗灿拍马挺枪，前来讨战。沙龙令先锋对阵，那番营先锋吐哩哈拍马交锋，两马相交，刀枪并举，并不答话。战未三合，早被罗灿一枪结果性命。沙龙一见大怒，挥大刀亲自来战。那罗灿抖擞精神，与沙龙交锋。一个是南朝的好汉，一个是北地的英雄，大战了五十余合，不分胜败。

那沙龙的长子沙云，见父亲战罗灿不下，拍马抢刀便来助战。这边小温侯李定，大喝一声，挺画戟来战沙云，两个英雄战无数合，李定一戟刺沙云下马。沙龙大惊，将大刀一摆，舍命来救时，早被李定擒回营中去了。耶律太子见失了沙云，吃了一惊，忙令沙雷等八将，一齐掩杀过来。这边阵上，早有胡奎、秦环、李定一齐出马迎敌，只杀得征云冉冉，杀气腾腾。

马爷见番兵大队俱到，忙令："二路先锋前去抢关，三队人马接战，本帅亲自冲他的老营，就此一阵成功。要紧，要紧！"一声令下，早有罗焜、赵胜、龙标、程珮领一万人马，前去抢关；三队的马瑶、王俊、王坤、李仲也领一万人马，前来接应，马爷亲领大兵，冲踏他的老营去了。

且说那番帅沙龙同他七子，领了众将正战罗灿，以多为胜，尽数冲来。只听得一声炮响，呐喊惊天，早有马瑶领众将杀来，横冲一阵，将番兵冲做两段。沙龙见了，正要分兵迎敌，忽见帅旗招展，马爷踩进重围，大叫："番奴！你的老营已破，还不投降，等待何时！"说罢，拍马抢刀，冲过去了。沙龙同耶律福正欲追赶，无奈罗灿、胡奎、秦环、李定、马瑶、王俊、李仲、王坤八位英雄，四面围住了厮杀。那沙霖略慌了一慌，早被胡奎一鞭打中天灵，死于非命。沙龙见又丧了一子，好不伤心，无心恋战，虚晃一刀，回马而走。

众英雄随后追来，只杀得那些番兵尸横遍野，血流成河。沙龙冲出重围一望，只见老营大队早已乱了。沙龙见老营已破，无计可施，只得领兵来会沈谦。那沈谦同王虎、康龙，正领了兵来会沙龙，报说老营已失。沙龙听得，忙领败兵落荒而走。

马爷夺了番帅的老营，又令罗灿等追赶沙龙，令马瑶等接应。众人领令去了。

且言罗焜等奉令抢关，来到三关隘口，大叫："番奴听着，你的元帅被擒，快快开城，饶你等性命！"那守关的番将，名唤沙儿生，领兵出关迎战。罗焜并不答话，交马一合，被罗焜一枪挑于马下。领兵冲过壕河，抢进关门。那些番兵见主将已死，情愿归降。罗焜大喜，忙换了旗号，守住三关。一面查点府库钱粮，一面令龙标，到马爷营前报捷。

按下罗焜走马抢了三关，且言沙龙见老营已失，只得收聚败兵回关。不想被马爷追赶，马不停蹄，喘息不定，折了无数兵马。一个个丧胆忘魂，哪里还敢恋战，舍命冲至关下，只见关上换了大唐的旗号。沙龙大惊，正欲回头走时，早有赵胜领兵冲下关来，舞枪便刺。沙龙大怒，抢刀来战。战未三合，又听得喊杀连天。回头看时，后面罗灿、马瑶两队人马，飞也似的杀至跟前。沙龙大惊，回马就走，弃了三关，连夜奔走小路，逃回二关去了。这里众将合兵一处，都进了三关，不提。

且说龙标一马跑至马爷大营，见了马爷，报说抢了三关的事。马爷大喜，随即调动了大队人马，一齐上关。安营已毕，赏了三军。关上摆宴，款待众将贺功，当晚无话。

次日清晨，调齐了大队人马，杀下三关来取二关。

且言番帅沙龙，领残兵连夜败回北关，一面上表求救，一面传令他六子同降将王虎、

康龙,每人领一千人马出关。绕关安八座大营,以防攻战。自同耶律福、木花姑、米顺、沈谦、钱来居中下了大营,以备迎敌。

且言马爷的大队人马,到了北关。三声大炮,安营扎寨,早是黄昏时分。马爷升帐,传令众将上帐听令。马爷说道:"今夜三更,前去劫寨,听我号令。"遂令程珌、卢龙、卢虎领令箭一枝,带领三千人马,冲他的头营,不得有误;又令罗灿、戴仁、戴义领令箭一枝,带领三千铁骑,冲他的二营,不得有误;又令李定、洪恩、洪惠领令箭一枝,带领三千铁骑,破他的三营,不得有误;又令马瑶、王俊、章琪领令箭一枝,带领三千铁骑,冲他的四营,不得有误;又令金辉、杨春、史忠领令箭一枝,带领三千人马,冲他的五营,不得有误;又令秦环、王坤、李仲带领三千铁骑,踏他的六营,不得有误;又令龙标、齐纨、齐倚领令箭一枝,带领三千人马,劫他的七营,不得有误;又令王宗、王宝、王宸领令箭一枝,带领三千人马,打他的八营,不得有误。又令胡奎、罗焜、鲁豹雄、赵胜、裴天雄、孙彪:"你六人带领五千铁骑,攻破他的北关,擒拿贼将,八方救应,不得有误!"众将领令去了。

马爷道:"本帅亲领大队人马踏他的中军便了。"当下马爷分拨已毕,又令马金锭、程玉梅、孙翠娥、祁巧云、谢灵花五员女将:"带领本部人马,预备火具,前去烧他的老营、粮草,要紧,要紧!"又吩咐谢元、王越、卢宣看守老营,小心在意。众人得令下去。

一更造饭饱餐,二更披挂齐整,三更时分一声号炮,十路人马,一齐杀至番营,好不利害。那头阵的火眼虎程珌,舞动萱花斧,踏进头营。砍去鹿角,挑开挡众,进了中营。

番将沙雷吃了一惊,忙忙上马提刀,前来迎敌占只见四面八方火起,众将冲来。吓得魂飞魄散,无心恋战,虚按一刀,往二营败走。沙雷败至二营,早撞见罗灿冲来,不敢交锋,同沙震来奔三营、四营时;只见八座营盘一齐皆乱,总被唐兵所破。那沙氏兄弟同王虎、康龙,弃了八座大营,来奔中军,与沙龙合兵迎敌。早有马成龙摇刀冲进中军,八路英雄齐到,那程珌生得莽撞,抡动大斧,不论好歹,砍遍八营,只顾冲杀,势不可当。

沙龙见势不好,叫令众将:"保太子回关要紧!"虚按一刀就走。后面众将紧紧追来,只杀得番兵首尾不能相顾。沙龙拼命杀条血路,冲到关时,迎头正遇五员女将拦路,将火箭一齐放来。祁巧云念动咒语,祭起风来,只烧得通天彻地,烟雾迷漫。沙龙大惊,落荒而走。

不知后事如何,且看下回分解。

第七十五回　小英雄八路进兵　老公爷一身归国

话说沙龙见五员女将迎面放火，攻杀前来，势如山倒，勇不可当，沙龙只得弃了北关，落荒而走。五位女将追了一阵，得了北关。

马爷的九路大兵一齐都到，会合在一处。鸣金收兵，安营扎寨。众英雄总来献功：也有斩将的，也有生擒的，也有夺粮草马匹的，纷纷济济，前来恭见马爷。马爷大喜，吩咐一一记功。查点众将时，独不见了罗焜的那支兵马前来缴令。马爷大惊，忙令马瑶、程珮领本部人马，前去探听。二人得令去了。

且言罗焜等五位英雄攻劫番兵，追到北关山后，正遇沙龙父子领兵败走。罗焜拍马抢枪一冲，将番兵冲做两段。沙龙回马，领着王虎、康龙，来战罗焜。后面沙雷弟兄六人，保定了耶律太子，前来夺路；裴天雄大怒，抢开两柄银锤，战住沙氏六雄。胡奎、孙彪、赵胜来助罗焜，战在一处。那罗焜的眼快，回头一看，见裴天雄战住沙氏弟兄六人，前头马上穿黄袍的小将，料是耶律太子，心中一想，擒住了耶律太子就好了，忙忙拍马抢枪，撒了沙龙，竟奔耶律太子。太子措手不及，回马就走。

罗焜紧紧追来，那沙雷吃了一惊，忙唤他五个兄弟一齐追来，保护太子。裴天雄大怒，来助罗焜。罗焜追入乱军，一把抓住了耶律福，提过马来，往松林山内跑。沙氏弟兄舍着性命赶进山来，裴天雄也追进山来。此刻却有四更时分，那山路黑暗，不知东南西北。罗焜擒住了耶律福，进了松林跳下马来，将耶律福绑在树上。回身上马，转出松林，来战沙雷。那沙雷弟兄六人一齐迎敌，罗焜一条枪挡住了六般兵器，好一场厮杀。

按下罗焜在山中交战，且言沙龙、木花姑与胡奎等交战，正杀得难解难分，忽见小番报道："不好了！太子被罗焜蛮子擒了去了！六位小将军前去追赶，也不见了。"沙龙舍命

的冲杀，那木花姑在马上作起妖法，只见风云四面齐起，走石飞沙，十分利害。胡奎见四方黑暗，不分东西，回马败走。后面沙龙混杀追来，孙彪独力难支，睁着夜眼，领兵避入山里去了。

且言胡奎、赵胜败将下来，走了三十里。恰好马瑶、程珮两路救兵齐到，一阵杀得番兵四散奔走。沙龙见救兵已到，料难取胜；又且人倦马困，只得领兵奔回本国求救去了。

且言马瑶、胡奎、赵胜、程珮四将，合兵一处，查点人马，只不见了罗焜、裴天雄、孙彪三人的下落。程珮道："他三人不见，如何是好？"胡奎道："他去追赶耶律太子，不知去向。俺们又被番将兴妖作法，南北不分，四散奔走，因而失路。待俺去找来！"马瑶道："此刻五更黑暗，怎生去寻？不若安下营盘，待天色明了，一同前去。"当下四人安营少歇，不表。

且言孙彪，领了几十名部将败入山口。一路行来，听得山坡内有人马之声：孙彪睁开夜眼一看，却是裴天雄单人独马，在哪里找路。孙彪大叫道："裴大哥！不要惊慌，俺来了。"裴天雄听得是孙彪声音，大叫道："弟兄快来指路，罗兄弟被沙家六将追入山中去了！"孙彪大惊，领部将拍马前来，同裴天雄并马而行，进山来找寻罗焜。

那罗焜正在山内，单枪独马，战住沙氏弟兄六个。罗焜虽是猛勇，到底寡不敌众；况且战了一夜，骨软筋酥。看看天色微明，那沙氏弟兄并力奋勇来战罗焜，六般兵器四面攻来，实难迎敌。罗焜正待要走，恰好孙彪、裴天雄二将一齐俱到。见罗焜受敌，孙彪大叫道："罗二哥，休要惊慌。大兵到了！"罗焜见孙彪、裴天雄俱到.方才放心。

裴天雄舞动银锤，孙彪舞起铁枪，冲杀将来。那沙氏六人吃了一惊，分头前来迎敌。孙彪令三十名部将把住了山口，舞动铁枪战住了沙露、沙雹，罗焜战住了沙震、沙雯，裴天雄战住了沙雷、沙电。九位英雄战在山内，各战二十余合。裴天雄偷空一锤，打沙电下马；沙雯急来救时，被罗焜后心一枪，挑下马来，都被部将所擒。沙雷见失了两个兄弟，心中一慌，手内的刀一慢。又被裴天雄一锤打中左肩，滚鞍下马，也被部将擒了。

那沙震、沙露、沙雹，见失了三个手足，吓得魂飞魄散，无心恋战，虚按一刀，一齐回马。孙彪拍马追来，拈弓搭箭，一箭正中沙震的右臂，险些落马。带箭飞奔去了。孙彪同裴天雄还要去赶，罗焜道："穷寇勿追，留他去罢。"三人勒住了战马，将沙雷、沙电、沙雯同耶律福捆在一处，交付部将押了，一路而去。

出得山来，日光已上。一行人出了山口，正遇马瑶等前来探听踪迹。一见了罗焜等，众人十分大喜，说道："家父恐罗兄有失，特命小弟来迎。为何却在此处？"罗焜将上项事说了一遍，彼此大喜，合兵一处而行。

到了北关，进了帅府见了马爷。马爷大喜，将耶律福同沙氏弟兄四个人打入囚车，后营监禁。吩咐歇兵三日，再行征战。一声令下，大小三军无不欢喜。

不表马爷按兵不动，再表沙雹、沙露、沙震弟兄三人穿山越岭，连夜奔逃，赶上了沙龙。父子相逢，哭诉一番，沙龙流泪说道："失陷多人，如何是好？"一路凄凄惨惨，败归番邦，入朝见了番王，哭奏前事。

番王闻奏大惊，说道："失了太子，怎好交兵？"忙聚两班文武，商议退兵计策。左班中闪出丞相左贤，出班奏道："南朝马蛮子乃是将门之子，惯会用兵，难以取胜。为今之计，传令各关紧紧把守。量他不识我邦的路径，待他粮草尽了，他自然回去。"那番王道："太子怎生回来？"左贤道："待交兵之时，擒住了他的将官，就好对换。"番王闻言，忙令沙龙父子，领兵前去迎敌，擒了南将，将功折罪。沙龙领旨，又点了十万精兵。带领三子，摆齐队伍，杀到回雁关来。

且言马爷歇兵三日，传令起营。领着大队人马，也奔回雁关来。行了十日，到了关口，马爷吩咐放炮安营。沙龙见马爷到了关下，与马爷挑战几阵，无奈不得取胜。只得令沙雹同王虎、康龙扎营，在关后把守，不许交战。话说那回雁关两边尽是峻岭高山、深崖陡壁，只有中间一条大路入关。若是把守定了，任你千军万马也难得过去。旁边还有一条路，名叫回雁峰。那峰三百余里，通着流沙谷口，山林广大，多有强徒。当日罗增败兵在此，就往流沙谷驻扎去了。

这里马爷连日攻打回雁关，急切攻打不下，心中纳闷。想了一想，令小军寻土人前来问路。土人禀道："此去回雁峰有条小路紧通流沙谷，有三百多里；到了那里，便可以进番邦内郡，不走这条路了。只是里面山高路险、多有虎豹豺狼、强徒草寇，难以行走。小人们在此生长，也没有走过。"马爷听了，便向众人说道："要破此关，除非走这条小路。只是路险难行，怎生是好？"想了一会，留下土人。令罗焜同龙标、赵胜、胡奎、马瑶、王宗、王宝、王宸等，吩咐多带干粮，扮做猎户，带领土人前去探路。

八位英雄得令回营,扮做猎户,同了土人离了大营。越过回雁峰,进了谷口。弯弯曲曲一路行来、只见山高路窄,树老林深,绝无行人来往。一行人走了三日,日间行走高山,夜间草中歇宿。又行了五日,只见前面两个山头十分险峻,山下却是个三叉路口。八位英雄同土人走上前来,正欲找路,猛听得山凹内一棒锣声,拥出一标人马来了。

　　不知后事如何,且看下回分解。

第七十六回　献地图英雄奏凯
顺天心豪杰收兵

话说罗焜等走入回雁峰,走了三五日,到了三叉路口。猛听得高峰岭上滚出一支兵来,拦住去路,大喝:"行人慢走!留下买路钱来。"八人闻言大怒,齐来动手。早杀散了一队喽兵,逃回山寨去了。

八位英雄哈哈大笑,往前又走。走不多时,猛听得一声炮响。急回头看时,只见山上大红帅旗招展,早又飞下一标人马。当先一将,金盔金甲,白马银枪,威风凛凛,相貌堂堂。你道是谁?原来就是罗增困兵败阵不得回关,就在此地驻扎。

当下大队人马赶下山来,罗爷大喝道:"谁人大胆,敢伤俺的兵丁?好好留下头来!"马瑶、赵胜便来迎敌。罗焜听得来将是长安的声音,急抬头一看,大惊道:"来将好似俺爹爹的模样!"忙止住众人,急上前仔细一看,果是他爹爹。不觉失声哭叫道:"爹爹!孩儿在此!"罗爷在马上吃了一惊,定睛望下一看,果是他次子罗焜。罗爷又悲又喜,慌忙跳下马来,扶住罗焜哭道:"我儿因何到此?这些又是何人?"罗焜一面招呼众人相见,一面呜呜咽咽细诉根由。罗爷道:"且不必悲伤。此地非讲话之所,快随我上山来。"

众人跟定罗爷上山入寨,先是马瑶拜见,道:"小侄马瑶,为因老亲翁失陷此地,故随家父提兵至此。"罗爷笑逐颜开,称谢不已。次后是龙标六人拜见,各通名姓,罗爷一一还礼。然后是罗焜俯伏膝下道:"爹爹在此,备尝辛苦,恕孩儿不能侍奉之罪!"

罗爷一面扶起,一面请众人坐下,一面细问罗焜道:"你将我去后情由,说来我听。"罗焜道:"自从爹爹身陷番邦,被沈谦上了一本,欲要害我全家。亏旧仆章宏送信,伊妻王氏替了母亲。连夜逃出长安,将母亲寄住在水云庵内,哥哥投奔云南。孩儿投奔淮安,路过凤莲镇,患病在程老伯庄上。蒙程老伯调治好了,临行又赠锦囊一封,云有要紧言语,俟爹爹见了开看,尚在营内,未曾带来。后来孩儿到了淮安,被侯登出首,问成大辟,多亏众

友劫了法场,同到鸡爪山聚义。落后哥哥到了,将母亲接上山来。接手马亲翁到山,会兵进京击走沈谦,奏闻天子,伸明冤枉,天子赦罪。如今奉旨征番,因回雁关难于攻打,奉马亲翁之令特来探路。"细细说了一遍,又道:"多蒙神灵暗佑,使孩儿今日得见爹爹!"

罗爷听了,悲喜交集,连忙起身,向众人谢道:"多蒙诸位贤契如此患难相扶,叫俺罗增何以为报?"大家谦逊了一番。罗爷说道:"既是马亲翁兵阻回雁关,不识路径,俺在此几年,画得地图一张,待俺修书一封,差人送至营内,叫马亲翁按图进兵攻打,取关便了。俺这寨内现有番兵一万,请诸位一同抄至关后约会,里应外合,破这回雁关易如反掌。"龙标说道:"小侄情愿送地图回营,约会进兵。"

罗爷听说大喜,连忙修书。一面吩咐摆酒款待众人。用罢酒饭,罗爷将地图书札封好,交与龙标起身。次日,罗爷点齐了一万精兵,同马瑶等拔寨起身。兵走流沙谷,暗抄关后而来,按下不表。

单言龙标离了山寨,连夜奔回大营。见了马爷,呈上书札,将回雁峰下罗焜父子相逢的话,说了一遍。马爷闻言大喜,说道:"今日巧会了罗亲翁,真是天助俺成功也!"看了书信地图,忙忙升帐,聚集众将。

当下罗灿得信,急急进帐禀道:"适闻家父下落,小婿恨不得飞身前去。就此禀明大人,同龙标兄去了!"马爷道:"不必着急。"就点龙标、罗灿、程珮、秦环四位将军,带领一万精兵走小路,会合罗爷攻打关后。罗灿大喜,星飞地去了。又点李定、金辉、杨春、王越领兵一万,关前攻打,"本帅亲领大队,前来接应。"四将得令而去,又令齐纨、齐绮守营。号令一下,三声大炮,各人领兵起身。

李定等来至关下搦战,沙龙出马与李定交锋。未及数合,马爷的大队人马齐到关下,四面攻打,势不可当。沙龙令王虎、康龙分兵迎敌。马爷将大刀一摆,冲入关口,使动大刀,无人敢当;杀得人头乱滚,鲜血直冲。番兵大乱。

木花姑见事不谐,连忙作起妖法。只见阴云四合,惨雾迷天,满空中神号鬼哭之声,恍若千军万马,我军慌乱。祁巧云见是妖法,左手掐诀,右手用剑一指,喝声"疾",猛听得一个雷声,妖气顿灭,依然白日青天。木花姑见破了法大怒,仗剑直取祁巧云。巧云用剑急架相还,往来十合。巧云抵敌不住,马金定、程玉梅两马齐出,大喝:"妖奴休得逞强,有吾在此!"花姑更不打话,力战三人。又战多时,孙翠娥见三位小姐战他不下,忙同谢灵花刺斜里杀来助战。

五般兵器，围定了木花姑厮杀。花姑招架不来，正欲回马，不防谢灵花手快，一枪直奔心窝。花姑急闪，肩上早着；负痛要走，孙翠娥双刀已扑入怀内，花姑急用剑隔开，后面马金定、程玉梅两根枪已将近肋下。花姑急纵马回身，祁巧云又用剑从左边刺下。花姑急闪，早将马尾削断。孙翠娥、谢灵花又从右边逼入，木花姑急了，向祁巧云虚闪一剑；祁巧云急闪，木花姑催动秃马，早从阵里冲出。

五位女将乘势追来，花姑急从腰内解下一个葫芦，倾出法宝，向对阵上洒来。这是他炼就灵砂，其细如尘，其利如刺，能入目损睛，入肉损筋。祁巧云看见又是妖法，知道必然利害，回马走归本阵。须臾，飞砂走石，众军着伤的，都叫苦不迭。

祁巧云无法，忙取天书展看，上写："向巽地借风反吹之。"巧云大喜，急向巽地呼风，吹口气；喝声"疾"，果见飞砂飘荡，吹入彼阵上去了。花姑见妖术又破，魂不附体。番兵头面受砂，如同锥刺，呐声喊叫，四散奔逃。马元帅乘势鞭梢一指，大军蜂拥追来。木花姑慌了，收转灵砂。沙龙见阵脚已乱，支撑不住，同木花姑败进关中去了。

比及进关，罗元帅率领众将已攻破后关杀入。沙龙慌了手脚，忙同木花姑等引兵夺路。顶头撞见罗灿，木花姑左臂负痛，不敢交锋，将口一张，一道黑气直冲罗灿面上喷来。罗灿却全然不觉，你道为何？原来罗灿身佩雌雄二剑，一切妖魔鬼祟，断不能侵。木花姑见魔不倒罗灿，慌忙回马，跟定沙龙夺路。

那沙龙正战马瑶，不得脱身。见木花姑到了，并力冲杀，透出重围。众英雄紧紧追赶，罗灿马快，看看赶上，用枪向木花姑后心刺来。花姑回首，喝声："脱！"罗灿的枪早从手中落下。罗灿大惊，急掣双剑在手，那剑不掣犹可，掣出来只见万道金光。木花姑叫声："不好！"回马就走。那剑就从罗灿手内飞出，如二龙天矫，起在空中，向木花姑盘绕。忽听一声响亮，二龙鼓风升空，木花姑的首级已不见了。这就是谢应登的妙用，来助罗灿成功的。当下罗灿又惊又喜，急忙下马，望空拜谢，拾起枪来。随后众英雄赶到，都感叹不已。却是沙龙因这里耽搁，早已去远了，罗灿等收兵不赶。

进入关中，那时马爷与罗爷已会合在一处了。罗灿禀明雌雄剑变化，斩了木花姑，已为仙人收去的缘由，众人惊异。马爷吩咐记罗灿征番第一功。又下令命卢宣、谢元守关，次日起兵，向前进发。营内大排筵宴，同罗爷细诉离情。

当晚罗爷父子回营，罗焜取出程凤锦囊。罗爷看了，书中大意是："有女愿结丝萝，因令郎在患中，不便提起，故走字代面，与亲翁商之。"罗爷看罢，对罗焜道："你受程府大恩，此事怎好推却？且等我回朝，见柏亲翁商之。"罗焜暗喜，又禀明祁巧云天缘作合之故。罗爷道："都等入朝商议。"当夜无话。

次日，马爷与罗爷分兵两路，左右征进，势如破竹。守关的酋长闻风而逃，不上半月，已得了十几处关隘。

话分两头。且说沙龙败回本国，哭奏前事。番王大惊道："关隘已失，木花姑又死，如何迎敌？"忙问两班文武退兵之策，丞相左贤出班，奏道："马、罗二帅兵法精通，更兼有异人相助，此诚难与争锋。据臣愚见，莫若上表求和，以免此祸。"番王道："太子同沙门诸将，怎得回国？"左贤奏道："待微臣将这条性命付于度外，亲到唐营，凭三寸不烂之舌，替吾主分辩便了。"番王闻言，放下忧愁，说道："全仗丞相此去。"遂写了降书降表，备了千两黄金、珍珠宝贝、美酒羊羔，令番官挑了，跟随左贤出了番国，尽奔马爷营中来了。

早有细作报进中军，罗爷怒道："他如今势败求和，俺偏要洗尽番奴，以清边界！"马爷道："且看他来意如何，只要他将沈、米二贼一齐献来，得报旧恨，就罢了。况且番邦沙漠之地，俺们中原要他无益，何必多杀？"当下传令，众将披挂齐整，分列两班。吩咐中军，候左贤到了，令他进帐。不一时，左贤已到，中军禀过。

左贤到了，整冠束带，步行进了大营。偷眼望两旁一看，见马爷营中，人强马壮，甲亮盔明，暗暗吃惊。同了中军，参见二位公爷已毕，又与众将见礼。罗爷吩咐看坐，左贤道："二位公爷在上，下邦小臣焉敢就坐？"马爷道："既到吾营，那有不坐之礼？"左贤向上告了坐，呈上了降表，禀道："寡君多多拜上二位公爷。只因一时不明，听信匪臣之言，兴兵冒犯天朝的边界，有劳公爷兵到下邦，罪该万死！寡君情愿春秋献贡，求公爷上表，下邦沐恩不尽。外有贡献，求公爷笑纳。"说罢，又呈上礼单。

二位公爷看过了表章，罗爷故意怒道："昔日兴兵犯界，今日势败求和。你可知道尔国有三罪？无故兴兵，罪之一也；收我国逃臣，罪之二也；夺我城池，罪之三也。今日之事，只叫你主亲自出来决战便了。俺候他三日，如不出来，俺这里架炮攻城，洗尽番邦人数，那时休怪！"

这一番言语，吓得左贤战战兢兢，走向前来双膝跪下，道："还求二位公爷宽恩恕罪！"

马爷劝道："罗公请息怒，既是左贤先生亲来，怎好不准情面？只要依俺们两件事，便罢。"左贤起身，忙打一躬，说道："只求公爷吩咐，敢不依从？"马爷道："第一件，要你主亲修誓书，年年进贡，永不犯边；第二件，要将沈谦等一干逃臣总要送出。"左贤道："头一件容易，第二件，沈谦虽在城中，他的手下兵多将广，难于下手。必须公爷这里多着几员大将前去相帮，方不误事。"

马爷依允，忙点史忠、王宗、王宝、王宸、金辉、杨春、王越、章琪八将，同左贤回城，前去捉拿沈谦。八将得令，同左贤告辞进番。左贤将八人藏了，见过番王，说了备细，会过了沙家父子。番王假意传旨聚两班文武商议，说道："既是南兵不准求和，卿等可召降臣沈谦、米顺前往大营，同左贤、沙龙等商议退兵之策，与他交战便了。"众臣领旨出朝。番王回宫，不表。

单言左贤领了旨，前来召沈谦。那沈谦听得交战，暗暗地欢喜，带了米顺、王虎、康龙、锦上天、侯登、吴法、钱来、宗信等，来到沙龙的大营。左贤见了，远远迎接上帐，见礼坐下。左贤说道："请太师到了，非为别事，可奈罗增不准讲和，要求太师施展大才，在下愿听军令。"沈谦道："岂敢，岂敢。若是丞相见委，破罗增易如反掌。"沙龙大喜，吩咐摆酒款待。沈谦等众人入席，才饮了几杯，只见沙龙将金杯抛地。一声响亮，早跳出八位英雄，同沙龙父子一齐动手，来拿沈谦。沈谦等也动起手来。

不知后事如何，且看下回分解。

中国禁书文库

粉妆楼

话说沙龙掷杯为号，王越、史忠、金辉、杨春等一齐跳出，竟奔沈谦，大喝："奸贼休走！"沈谦大惊，情知中计，忙要起身逃走，早被沙龙抓住。王虎、康龙一齐来救，早被史忠、杨春等一齐拥上，将康龙、王虎、米顺等一起拿下；喝令捆绑了，打上囚车。

复请八位英雄，重新换席饮酒。席终，一齐起身。八位好汉押住囚车，左贤捧了降表，沙龙押着进贡的珊瑚玛瑙、宝贝珍珠，一同来到马爷的大营。早有蓝旗小校前来迎接。

左贤进了中军，拜见了二位公爷。又与大小众将见过了礼，呈上表章以及贡献礼物。随后是八位英雄，押着囚车前来缴令。罗爷吩咐，推入后营监禁。中军帐上，摆酒款待左贤、沙龙。沙龙同左贤一齐跪下，说道："求二位公爷开恩，放了小主，吾主感谢二位公爷的洪恩不尽了！"罗爷说道："既是如此，令人将耶律福同沙氏弟兄一齐放了，请入中军。"

当下耶律福同沙氏四人出了囚车，换了服色，到了中军，君臣们一齐跪下拜谢了二位公爷，又与众人见礼。礼毕坐下，马爷劝解一番。罗爷传令中军摆宴，款待番邦君臣饮酒。三军都有赏赐，当晚尽欢而散。

左贤同耶律福等拜谢回朝，见了番王，细细说了二位公爷的仁德。次日，番王又备了十车金银珠玉、千口肥羊；千樽美酒，亲到营中送行。见了二位公爷，再三致谢。二位公爷收了礼物，别了番王，吩咐放炮，拔寨起营。大小三军，一路趱行而回。正是：

　　鞭敲金镫响，人唱凯歌回。

话说三军日夜趱行，那日已到边头关。卢宣、谢元接进关内，大队人马关内住下。二位公爷进了帅府,合郡的文武都来参见。当下写了本章,差官连夜进京报捷。一面点将守关,立了碑记,以劝后人。众文武送了筵席,又送礼物下程;二位公爷只留下筵席,下程礼物一概不收。

歇马一日,次日传令拔寨起营。路途之间,只见关内的百姓,焚香点烛,扶老携幼,跪满街旁,都来瞻仰叩送。二位公爷策马慢慢而行,众英雄脸上风光,人人得意。后人有诗赞马爷的忠勇,道之:

忠勇人无敌,懿亲义气高。

一朝施战马,千载仰风标。

又有诗赞罗增的苦节道:

越国功劳大,幽州世业高。

若非甘苦节,焉得姓名标!

话说二位公爷一路行来,已离长安不远,早有地方官飞奔长安报信去了。

且言乾德天子自从接了边报,龙心大悦,遍示诸臣,道:“可喜番国平定,罗卿现在还朝,此马成龙之功也。”又过数日,黄门官启奏说:“马、罗二位国公,离长安不远,请旨定夺。”天子大喜,传旨着李逢春、秦双、李全、柏文连,领合朝文武同去迎接,李逢春领旨,不表。

且说二位公爷的大队人马正行之间,早有军政官禀道:“启上二位公爷,今有合朝文武,奉旨在十里长亭迎接。”二位公爷听得,传令三军,就此安营。二位公爷率领诸将,到了长亭,下马步行,上亭同众文武行礼,各相安慰。摆上了皇封御酒,众人谢恩入席。饮了数杯,李爷说道:“请二位仁兄,领众男女将到舍下改装见驾。”马爷道:“领教。”随即出了席,回到营中,先令王俊解了囚车前走,然后同男女英雄,押着番邦进贡的珍宝、一齐进城,同到李府,卸甲改装。

到了午门,黄门官启奏天子,传宣召见。二位公爷领旨入朝,山呼已毕,呈上番王的

降表并进贡的礼物。天子大喜，说道："卿等汗马功劳，真不愧勋臣之后。"马成龙道："微臣无功可录，此皆罗增之力、众将之能也。"说罢，将功劳簿，并一切交兵的日期，及得胜的众将，一同呈上。天子展开，一一观看。说道："卿有大功，不须谦让。只可恨沈谦奸贼无理，险些害了罗贤卿的性命。今喜罗贤卿有功回朝，方见得你赤心为国。"罗增道："臣失陷番隅，有辜帝命，罪当万死，岂敢言功！"天子道："不必过谦，卿等鞍马劳顿，速往光禄寺赴宴。"众人谢恩而去。

天子传旨："令柏文连，李逢春将沈谦等一干人犯带至便殿，朕亲自一一审问。"李逢春等领旨，将一干人犯带入便殿，见了圣驾。天子喝问沈谦道："你与罗增何仇，平白的奏他降番？他如今得胜回朝，你今倒降番邦，更有何说？"沈谦无言可答，只是叩头求生。

天子大怒，令将沈谦、米顺、米中砂、钱来、吴法、锦上天、侯登、宗信等，一同斩首示众；其余家眷人等，都发到边外充军。李逢春等领旨，押了一干人犯出朝。一面飞报罗、马二府，一面点了羽林军、刽子手，将一干人犯押赴法场。

此时罗爷正在马爷营内谈心，忽见家将将李爷的来信呈上，罗爷道："知道了。"遂令章琪："将你母亲同众家人的亡灵立起牌位，到法场去祭奠祭奠！"章琪得令，前去备了祭礼。罗公爷同二位公子换了素服，令家人抬了祭礼，摆了执事，笙箫鼓乐，迎奔法场。供下灵位，摆下祭筵，罗爷领着二位公子同章宏、章琪等，哭祭一番。

祭毕，李爷喝声："开刀！"这些百姓朝开一闪，早听得一声炮响。刽子手提刀，先从沈谦杀起；将一干奸贼一齐斩首。那长安的百姓，有的畅快，有的唾骂，都说道："他当日害人，今日是天网恢恢，疏而不漏，杀得才好！"有几个说道："他不知害了多少好人，今日只得一死，倒便宜了他了。"后人有诗叹沈谦道：

> 无故害忠良，欺心谋帝王。
> 一朝身首碎，万载臭名扬。

又有诗骂米顺道：

> 司马官非小，缘何意不良？

冰山难卒倚,笑骂满云阳。

话说法场上,斩完了众犯,一面令人收拾法场,将众人尸首掩埋;一面将首级拿大木盒盛了,回朝缴旨。罗爷令人收过祭礼,烧化纸钱,毁了众魂牌位。领着公子、章宏等,来谢柏、李二位大人。李爷道:"众奸已斩,尊府大冤已伸,静候天子恩封便了。"罗爷道:"全仗二位大人之福。"说罢正欲回朝缴旨,只见一骑马飞也似的冲来,大叫道:"圣旨下!"李、柏二位大人吃了一惊。不知何旨,忙忙前来迎接。

不知后事如何,且看下回分解。

话说那一骑马飞奔法场，口称圣旨下，李、柏二位老爷慌忙前来迎接。

天使开读，原来是着李逢春传令马成龙，将人马扎入沈谦的满春园，权且安歇，静候封赠；后着李逢春起造各家的府第；又令柏文连发放众犯家眷，前去充军。二位老爷接过圣旨，送过天使。李爷即同罗爷等，一同往大营去了。柏爷捧了首级进朝回旨，即将各犯的老小，议定边关各处充军，起解发配，不提。

且表罗爷同李爷来到营中，马爷接进中军。行礼已毕，家将献茶。茶罢，李爷将圣旨说了一遍。众人听了大喜，道："俺们在此营中不便，且到满春园去，安歇安歇。"马爷遂传三军，拔寨起营，都到满春园内扎驻。正是：

> 玉堂金屋难存己，画栋雕梁总属人。

话说二位公爷，同众英雄进了满春园。吩咐备宴，留李爷一同饮酒谈心。

次日天明，李爷领了众人入朝见驾。天子传旨，令合朝文武陪众功臣到飞云殿饮宴，候旨加封。众人领旨，到飞云殿团团坐下。自有司礼监伺候，摆上御宴，奏起鼓乐，只候驾来。

不一时，掌扇分开，金灯引路，天子驾临。众人跪接，天子入座。令礼部侍郎展开一幅黄绫封官的丹诏，挂于正中。令礼部宣读旨意，众文武静听上谕，礼部向前宣读道：

诏曰：古昔帝王赏功罚罪，约法昭明。咨尔众臣，忠义可嘉，合宜封功赐爵，以彰朕体恤功臣之意。

今将封号书名于左：

越国公罗增，被害流沙，忠心不改，义节可嘉，封为义节武安王。

定国公马成龙，平定沙漠，忠勇可嘉，封为忠勇成平王。

卫国公李逢春，靖供尔位，燮和国家，有古大臣之风，封为智略安平王。

褒国公秦双，见难不避，义节可嘉，封为褒城郡王。

鄂国公尉迟庆，见难不避，义节可嘉，封为鄂州郡王。

鄁国公段式，见难不避，义节可嘉，封为鄁城郡王。

鄝国公徐锐，见难不避，义节可嘉，封为鄝邑郡王。

英国公李全，教子义方，一心赞国，封为英城郡王。

都院柏文连，历任封疆，忠心不贰，封为淮东郡王。

鲁国公程凤，无辜受害，甘守臣节，封为东平郡王。

义使章宏，为主忘身，为国忘家，封为宣城亭侯。

裴天雄首倡义师，征寇有功，封为安定亭侯。

罗灿忠孝双全，边功第一，封为宝城亭侯。

罗焜孝勇可嘉，边功最多，封为昌平亭侯。

胡奎征寇有功，封为山阳亭侯。

鲁豹雄征寇有功，封为灵宝亭侯。

秦环征寇有功，封为永定亭侯。

马瑶征寇有功，封为绵竹亭侯。

程珮征寇有功，封为宁海亭侯。

谢元征寇有功，封为鳌座亭侯。

李定征寇有功，封为溧水亭侯。

龙标征寇有功，封为铜山亭侯。

孙彪征寇有功，封为邵武亭侯。

赵胜征寇有功，封为历城亭侯。

王坤征寇有功，封为思恩亭侯。

李仲征寇有功，封为武进亭侯。

卢宣征寇有功，封为海门亭侯。

洪恩征寇有功，封为瓜州亭侯。

洪惠征寇有功，封为镇海亭侯。

戴仁征寇有功，封为靖江亭侯。

戴义征寇有功，封为六合亭侯。

齐纨征寇有功，封为真州亭侯。

齐绮征寇有功，封为青山亭侯。

卢龙征寇有功，封为广陵亭侯。

卢虎征寇有功，封为芜城亭侯。

徐国良征寇有功，封为宛平亭侯。

尉迟宝征寇有功，封为大兴亭侯。

史忠征寇有功，封为彰德亭侯。

王越征寇有功，封为永定亭侯。

章琪征寇有功，封为孝感亭侯。

张勇征寇有功，封为清浦亭侯。

杨春征寇有功，封为金坛亭侯。

金辉征寇有功，封为平山亭侯。

王俊征寇有功，封为南安亭侯。

王宗征寇有功，封为扬子亭侯。

王宝征寇有功，封为蜀冈亭侯。

王宸征寇有功，封为狼山亭侯。

柏玉霜、祁巧云、谢灵花、马金锭、程玉梅，其受婚者俱袭夫爵，晋封夫人；其未婚者俟择配另赠。

其秦、罗诸家命妇，俱加封一品太夫人。

其余俱荣封三代，各赠夫人。

礼部读完了圣谕，众人一齐俯伏谢恩。天子又传旨新封众将诸大臣，俱留殿内饮宴；又令各命妇、夫人，俱在内宫饮宴。

众人领旨，忽见罗增出班，奏道："臣有下情，求陛下俯察。"天子道："贤卿有何奏章？"

罗增道："臣次子罗焜,昔年曾订柏文连之女玉霜为妻;后因避难山东,蒙程凤恩养,愿以女玉梅妻之。臣子不敢自专,禀之于臣,臣思次子既受程府大恩,此事岂容拒却?只得向柏文连商之,蒙柏文连许可,愿同伊女雁序班行。昨云南总督马成龙云,臣子罗焜昔日进宫护驾,系祁子富之女祁巧云挚领入内。据马成龙云,此女亦与臣次子有姻缘之分,曾于谢应登遗书见之。事虽荒渺,亦系天缘,况臣子尝施恩于彼,彼亦有恩于臣子。此事不为无因,望陛下定夺。"

天子道："以德报德,理所当然。但不知柏卿意下如何?"柏文连奏道："臣婿若非程凤抚救,焉有今日?程氏之婚,臣断无不允之理。又臣女昔日击死沈延芳,祁子富之女曾守身替死,此诚千古义烈之裙钗。若得与臣女一门相聚,臣之幸也,又何不可之有?"天子大喜,因问道："祁子富何人也?"柏文连道："河南府祁凤山之子也。其父为沈谦所害,彼因流落长安。其人正直不阿,古道自许,乃当世之君子也。"天子又问道："谢应登何人也?"马成龙奏道："此谢元之高祖,谢灵花之高高祖也。生在隋朝,因功名不遂,退而修道,遂得升仙,今太行山仍有遗迹。曾暗赠罗灿宝剑,赠祁巧云天书。前破番阵降妖,皆赖其暗佑之力。"

天子欣然,遂宣柏玉霜、程玉梅、祁巧云上殿,面谕道："柏玉霜奔走江湖,终能完节,当世之烈女也,与罗焜为首妻;程玉梅次之,祁巧云又次之。"三人谢恩毕,柏玉霜又奏道："臣妾奔走江湖,全赖义婢秋红周旋患难,乞陛下旌奖。"天子道："婢女能仗义如此,亦属难得。不可令其失所,即与罗焜为侧室可也。"众人欢喜,各谢恩毕。

天子又降恩旨道："祁子富古道可风,着为东宫教授。其随行张氏,赐黄金千斤,以旌义节。谢应登默佑皇图,着于太行山重塑庙宇,春秋二祭。其谢灵花之父,恩赐三品职衔,奉祀香火。又章宏妻王氏,替主尽节,情殊可悯,着将沈谦府第改为义烈祠奉祀。"众人重新谢恩。

天子又赏从征兵卒,每人白银十两、粮米三担、美酒一坛、肥羊一口;外将番邦所得金银彩缎,照人数按月分给。着令回家养息一月,免其差役。圣旨一下,欢声如雷,然后众人领宴。

不知后事如何,且看下回分解。

第七十九回　结丝萝共成花烛
乘鸾凤同逐姻缘

话说天子传旨开宴,只见两边鼓乐齐鸣,笙箫细奏。天子居中坐下,文武大臣分两班序坐。早有执事官员捧上金壶玉盏、山珍海错。端的是帝王富贵,怎见得:

> 孔雀屏开,天子设琼林之宴;玉螭扇展,群臣赴金殿之筵。海错山珍锦盘中,捧着龙肝凤胆;金波玉液银壶内,泛出青黄碧绿。歌传金石,谱成箫管笙簧;响彻云霄,按定宫商角徵。烛龙吐彩,珠光与宝炬齐辉;象鼎焚香,异兽与珍禽并舞。但只见,乌纱象简,妙合着翠帔金绡;朱履绯袍,簇拥着云罗雾縠。真是洗盏称觥,曲尽今宵之乐;君歌臣赞,务伸此日之欢。这才是,欲求真富贵,惟有帝王家。

按下君臣在飞云殿饮宴作乐,且言众位夫人、小姐,早有宫女掌灯,引人正宫,参拜娘娘。娘娘传旨平身,各人锦墩赐坐,妃女献茶。茶罢,娘娘传旨内侍摆宴伺候,先领众家夫人、小姐,到各宫游玩,回来饮宴。内侍领旨。娘娘起身,向众位夫人、小姐说道:"难得众卿到此,且先到各宫游览一番,然后饮宴。"众夫人、小姐谢恩。

当下四名宫女,掌了两对金灯在前引路,君臣们前后相随而行。那时星月初明,映着那玉殿琼楼、奇花瑶草,十分幽雅。众夫人、小姐随着娘娘,游遍了三十六宫、七十二院,真正娱目骋怀。忽见司礼监跪下,说道:"启娘娘。宴已齐备,请驾回宫。"娘娘闻奏,传旨摆驾回宫。内侍领旨,引入朝阳正殿。

须臾,宴已摆齐,但见金碧辉煌,香烟馥郁;光浮玉斝,色映金樽。娘娘赐坐,众夫人、小姐一一谢恩,依次坐下。众宫女乐奏云璈,更番劝酒。众夫人、小姐不敢失仪,酒过三

巡,食供九献,便起身谢宴。娘娘又备了多少珠翠花粉、海外名香、绫罗缎匹,令穿宫太监捧了。那宫女们掌着金灯,在前引路,送众位夫人、小姐出宫。众位夫人、小姐谢了恩,出了宫门。早有长班衙役前来迎接,打道回满春园,不表。

且言外殿上众文武大臣,也谢宴回满春园去了。次日清晨,上朝谢恩。天子传旨,令工部尚书监督工程,将沈谦府第重新起造,改为义烈祠,春秋二时赐祭。又令起造各位王侯府第,按品级施行。工部尚书领旨回转衙门,点了三十名效力的官儿。先择了地基,然后分头去办工料,派定规矩,管工的管工,管料的管料。各人派定,一齐开工,起造了四十多日.早已齐备。

当下工部大人见工程已完,又亲到各府,验看一遍。然后将各家府第,开成一本清册,上朝缴旨。天子闻奏大喜,将册子展开一看,上写道:

遵旨起造各位王侯府第,清册注名于左,计开:

第一府第,义烈祠堂;

第二府第,义节武安王罗府;

第三府第,忠勇成平王马府;

第四府第,淮东郡王柏府;

第五府第,智略安平王李府;

第六府第,东平郡王程府;

第七府第,褒城郡王秦府;

第八府第,鄂州郡王尉迟府;

第九府第,鄙城郡王段府;

第十府第,鄎邑郡王徐府;

第十一府第,英城郡王李府;

第十二府第,宣城亭侯章府;

第十三府第,安定亭侯裴府;

第十四府第,山阳亭侯胡府;

第十五府第,灵宝亭侯鲁府;

第十六府第,蟊厔亭侯谢府;

第十六府第,铜山亭侯龙府;

第十八府第,邵武亭侯孙府;

第十九府第,历城亭侯赵府;

第二十府第,思恩亭侯王府;

第二十一府第,武进亭侯李府;

第二十二府第,海门亭侯、广陵亭侯、芜城亭侯卢府;

第二十二府第,瓜州亭侯、镇海亭侯洪府;

第二十四府第,靖江亭侯、六合亭侯戴府;

第二十五府第,真州亭侯、青山亭侯齐府;

第二十六府第,彰德亭侯史府;

第二十六府第,永定亭侯王府;

第二十八府第,清浦亭侯张府;

第二十九府第,金坛亭侯畅府;

第三十府第,平山亭侯金府;

第三十一府第,南安亭侯王府;

第三十二府第,扬子亭侯、蜀冈亭侯、狼山亭侯王府;

第三十二府第,东宫教授祁府。

天子看完清册,又命礼部尚书;择定明日吉期,迎送各位功臣进府。

圣旨一下,次日五鼓,众功臣入朝谢恩。随即摆齐执事,笙箫细乐,各位进府。合朝九卿四相六部官员,及合城的文武大小职事,纷纷送礼,各府道喜,好不热闹。正是:

此日衣冠荣画锦,他年姓字表凌烟。

话说众位王侯进了新府,彼此请酒恭贺,忙了二十多日。那日,罗爷在府无事,堂候官禀道:"圣旨到了。"罗爷忙忙起身接旨,太监宣读。旨意是:"朕念卿父子功高,赐马金定同尔长子完姻,赐柏玉霜、程玉梅、祁巧云、秋红同尔次子完姻。赐黄金千两、彩缎百端。明日又是黄道良辰,着李逢春代朕为媒,迎娶完姻。钦此。"

罗爷谢恩,请过圣旨,太监复旨而去。罗爷入内,与夫人商议,准备二位公子的花烛。一面张灯结彩,一面安排筵宴。令旗牌各投名帖,去请御媒李王爷同保亲秦王爷那三十几位侯爷并合朝文武官员,前来饮宴。只见满城中,车马纷纷,一齐都到罗门道喜。真是门前车马,堂上笙歌,好不光彩。正是:

> 堂前珠履三千客,房内金钗十二行。

按下罗府的事,且言柏府也接了圣旨,早有英城郡王夫妇同侯氏夫人治备妆奁,打发玉霜、秋红出嫁。那程府、祁府总是如此,不必细细交代。

再讲马府接了圣旨,也都收拾预备,挂彩张灯。等到次日,马爷亲唤小姐上轿。三声大炮,出了府门。一路上吹吹打打,到了罗府门首。只听得一派乐音,却好柏府、程府、祁府三家的四乘花轿,一齐到门。罗爷吩咐升炮开门,先是马小姐的花轿到门,后是柏玉霜、程玉梅、祁巧云、秋红女四乘花轿依次进门。自有侯相赞礼请出五位新人,各归洞房;然后二位公子各去合卺交杯。罗爷上厅待客,方才入席,忽听得一声吆喝,说道:"东宫太子的驾到了!"

不知后事如何,且看下回分解。

中国禁书文库

粉妆楼

第八十回　凌烟阁上千秋标义
粉妆楼前百世流芳

　　话说罗爷正在前厅陪客饮宴，忽听得一声吆喝，堂官禀道："启王爷，东宫太子奉旨前来恭喜，驾已到了辕门，请王爷接驾。"罗爷慌忙吩咐，大开中门，穿了朝服，同众王侯齐出门来迎接。

　　只见太子坐在逍遥马上，头戴紫金冠，身穿滚龙袍，摆列着半朝銮驾，金瓜钺斧分于左右。罗爷父子同众王侯一齐跪下，道："臣等不知千岁驾到，迎驾来迟，望千岁赦罪！"太子连忙下马，亲手来扶，说道："请起！孤恭贺来迟。休得见怪。"当下众人起身，请太子登堂行礼。太子中间正坐，各王侯次序两旁。太子道："孤备了些许菲礼，来与二位小王兄贺喜。"说罢，早有太监捧上两盘金银珠宝、古董玉器，当厅摆下。

　　罗爷父子向前谢恩收过，然后两边奏乐，请太子入席饮宴。正中是太子独席，两旁是众王侯相陪。席面上玉斝金卮，山珍海错，十分富丽。有诗为证：

　　　　孔雀屏开玳瑁筵，霞光霭霭袅香烟。
　　　　风云龙虎今宵会，画锦敷荣亿万年。

　　话说东宫太子饮过宴，传旨摆驾回宫而去。众王侯送太子回宫之后，也告别各回府去了。罗公退入后堂，吩咐掌灯送二位公子进房。二位公子请过安，各自归房，不表。

　　且言大公子进房与马小姐合卺，真是女貌郎才，一双两好。有诗为证：

　　　　琴瑟初调韵，关雎此夜歌。
　　　　春风花弄色，楚岫会仙娥。

再言二公子进柏小姐房中合卺，他夫妇二人与众人不同，都是遭过患难的。今日席上绸缪，枕边恩爱，自有无数衷情，两相慰藉，做书的不能臆说。

到了次日，自然依着天子的次序，各房中合卺交欢。后人有诗羡罗焜的奇遇道：

春风锦帐美春光，揉碎芙蓉玉有香。

云锁巫山仙梦永，四尊神女一襄王。

话说罗府到了次日，二位公子起身，一齐参拜天地，又拜了父母。然后入朝谢恩，又到各岳父家谢亲，不必细表。

且言马爷，自从金定小姐出阁后，又择了日期与公子马瑶完姻。谢灵花这边都是谢元主持其事。恰好那一日，平山亭侯金府也迎娶姿姑。各位王侯又往来道喜，络绎不绝，都不必细表。

这三家完姻，足足闹了一个月方才无事。众王侯自从封赠之后，安享了一月有余。众人禀知罗爷，要回家祭祖。罗爷遂同众人上本，天子准奏，各赐了御祭。众人谢恩出朝，择日动身。

罗爷祖茔是在长安，择日兴工重新修造。马爷的祖茔也在长安，向日被沈谦削平的，久已修整如新，不须再造。其余王爷在京的坟墓，不必细说。那祁子富就在长安将他父母的坟同他妻子的坟，别自择日，创立设祭，他也不回淮安了。余者，柏文连回淮安，程凤回登州，李全回镇江，赵胜回丹徒，胡奎回淮安，杨春、金辉、戴仁、戴义、齐纨、齐绮回仪征，卢宣、卢龙、卢虎回扬州，洪恩、洪惠回镇江，王太公、王宗、王宝、王宸回瓜洲，龙标回淮安，裴天雄、谢元、孙彪等回山东，不必交代。

单言赵胜回家祭祖，正从鹅头镇经过。巧遇冤家黄金印骑马而来，赵胜见了，喝令家将："与我把马上这贼拿下！"家将得令，上前将黄金印抓下马来，拖翻在地。黄金印大叫无罪，赵胜冷笑了一声，说道："你抬起头来，认俺一认，可该你的房饭钱了？"那黄金印抬头一看，认得是赵胜，只吓得胆裂魂消，只求饶命。赵胜大怒，喝令扯下去打。打了四十大棍，即唤地方官，取一面重枷枷了，喝道："你若再不改过，本爵取你的狗命便了。"正是：

善恶到头终有报，只争来早与来迟。

按下赵胜的事，且说各位王侯回家祭祖，有两个月的限期，一齐回京缴旨。各人到了长安，进朝见了天子，复了旨各归府第。那张二娘的饭店房子，已改做尼姑庵了。胡奎、罗灿、罗焜三人想起旧事，令家人备了香烛，带了各行的匠人，到城外梅花岭还愿。兴工建庙，塑元坛像，立碑，招了僧人，永奉香火。罗太太又令公子到水云庵，重新修造佛像装金。

众位王侯诸事已毕，每日上朝辅政。真乃是：

君明臣良，文修武备；国家有道，百姓安康。

乾德天子心中欣喜。一日，文武百官早朝朝见，分班侍立，天子说道："朕赖众卿建功立业，欲效太宗的故事，于凌烟阁上图画众卿容貌，使万古千年，永垂不朽。不知众卿意下如何？"众人一齐跪下谢恩，说道："这是万岁的龙恩，臣等铭感五内！"天子大喜，传旨选了四十名巧笔丹青，上凌烟阁图画众人之像。

这些众功臣跟随天子上了凌烟阁。令左右内臣取文房四宝，展开十数丈白绫，令丹青落笔。不消半日，就画全了。正当中，是天子的龙颜，左右两边即是罗增、马成龙等一众王侯的容貌。天子一看，只见须眉毕露，笑貌如生，十分精巧。天子大喜，赏了匠人。遂传旨令光禄寺摆宴，就在凌烟阁君臣共乐，庆贺功勋。光禄寺领旨，不一时备齐了御宴。天子居中，众功臣两旁序坐。正是：

光禄池台开锦绣，将军楼阁画神仙。

话说君臣们饮宴，尽欢而散。次日五鼓，众功臣入朝谢恩。

罗爷回府，心中想道："俺昔日身在流沙，妻离子散，穷困已极，哪想还有今日！全亏了两个孩儿纠合义师，使我成功归国，此乃上苍所助也。不可不上谢神灵，下宴戚友。"当下遂令旗牌各府投帖,请宴谢神。诸事备办齐整,不多一时,人马纷纷,众位俱到。罗爷忙忙出厅迎接,次序坐下。

罗爷吩咐内外摆席,两旁鼓乐齐鸣,笙歌宣奏。罗爷敬神奠酒,安席入坐。马成龙首席,领着一班王侯饮宴,罗爷父子相陪;内席是马太太领着众家的太太饮宴,罗老太太同了五位夫人相陪。两边奏乐,开场做戏。内外官客、堂客,只饮至三更,方才席散。

真正:合家欢乐,称心满意;百世荣华,千秋佳话。

可见忠佞两途,关乎家运。前半部就如冥府幽司,后半部何等光天化日,这岂非亲贤远佞之明效大验哉! 余故细细谱出,以为劝善之金鉴云。

诗曰:

一折翻成酒一杯,粉妆旧谱换新裁。

铸成忠骨承恩露,褫去奸魂代怒雷。

化日无私真令辟,凌烟有后尽英材。

稗官提笔谈遗事,慷慨悲歌八十回。